Charles [illegible] l de Gouden Strop: vo [illegible] 2), *De macht van men*[illegible] laatste twee titels werd [illegible] t *Wachtwoord* de trilog[illegible] die het in het gedigitaliseerde [illegible] onemen tegen hogere machten. In *De vriend* (2012) luistert een rechercheteam gesprekken af van een groep Kroatische mannen. De tolk, Emma, komt tot een verbijsterende ontdekking.

Jac. Toes (Den Haag, 1950) won met *Fotofinish* in 1998 de Gouden Strop. Bij De Geus verschenen ook *De kleine leugen*, *De twaalfde man* (met Arnold Jansen op de Haar) en *Blind zicht*. Vanaf 2007 schreef hij samen met de Duitse auteur Thomas Hoeps drie thrillers: *Kunst zonder genade* (genomineerd voor de Gouden Strop), *Het leugenarchief* en *Het hoogste bod*.

Bram Dehouck (België, 1978) gaf met *De minzame moordenaar* (2009) zijn schrijverscarrière een bliksemstart. Hij won in één keer de prestigieuze Gouden Strop én de Schaduwprijs voor het beste spanningsdebuut. *Een zomer zonder slaap* volgde in 2011 en bevestigde Dehoucks kwaliteiten, getuige de vele positieve reacties in de pers. In de loop van 2012 verschijnt zijn derde thriller, *Hellekind*.

FSC
www.fsc.org
MIX
Papier van verantwoorde herkomst
FSC® C013683

Boeken van Charles den Tex

Dump
Code 39
Schijn van kans
Stegger
Angstval
De macht van meneer Miller
Claim
CEL
Spijt
Onmacht
Wachtwoord
Deal
De vriend

Boeken van Jac. Toes

De kleine leugen
De twaalfde man (met Arnold Jansen op de Haar)
De afrekening
Fotofinish
Kunst zonder genade (met Thomas Hoeps)
Blind zicht
Het leugenarchief (met Thomas Hoeps)
Het hoogste bod (met Thomas Hoeps)

Boeken van Bram Dehouck

De minzame moordenaar
Een zomer zonder slaap

De Gouden Strop Omnibus

Charles den Tex

De macht van meneer Miller

Jac. Toes

Fotofinish

Bram Dehouck

De minzame moordenaar

DE GEUS

De Gouden Strop is de prijs voor het beste oorspronkelijk Nederlandstalige spannende boek. De prijs werd in 1986 ingesteld op initiatief van het Genootschap van Nederlandstalige Misdaadauteurs (GNM).
De prijs is genoemd naar het gelijknamige boek van Joop van den Broek uit 1982. Beheerder van De Gouden Strop is het bestuur van de Stichting Gouden Strop.

De Gouden Strop wordt jaarlijks uitgereikt tijdens de Avond van het Spannende Boek, de openingsavond van Juni – Maand van het Spannende Boek. De winnaar van de Gouden Strop ontvangt een cheque van € 10.000,- en een sculptuur van Marianne van den Heuvel.
De organisatie en de uitreiking van De Gouden Strop zijn in handen van de Stichting CPNB.

Kijk voor meer informatie op www.degoudenstrop.nl of volg De Gouden Strop op Facebook en via Twitter (@degoudenstrop).

Omslagontwerp Mijke Wondergem
Omslagillustratie © Den Tex: Andy & Michelle Kerry/Trevillion Images
Omslagillustratie © Toes: Millennium/Denis Cohadon
Omslagillustratie © Dehouck: Hayden Verry/Arcangel Images/HH
ISBN 978 90 445 2568 7
NUR 305

INHOUDSOPGAVE

Charles den Tex

De macht van meneer Miller

Voor Rudolf: al bijna zolang als ik weet
Met dank aan Jeroen Kodde.

1 Bellilog 13.06.04

Kees vandaag. Om de vijf minuten tranen in mijn ogen. Wist niet dat ik zo sentimenteel was. Misschien betekent het gewoon meer dan ik weet. Of wil toegeven. En dat met niet meer dan een halve dag vrij, waar ik eigenlijk niet eens de tijd voor heb, want ik zou niet weten wanneer ik die uren moet inhalen – leven in de marge – meer heb ik niet. Alles telt. Fuck it. Jes nog zeker tot eind van de week in s.f. waarschijnlijk langer. Geen seks dus, behalve in mijn hoofd. Leven voor de toekomst, permanent heden. Nu, nu, nu, zoveel nu. Daarom. Drieënhalf uur, drie als het meezit. Terug in de tijd.

Wish me luck.

2 Hyperventilatie

Het einde van mijn leven landde vier weken geleden op Schiphol. Daarna is het nooit meer hetzelfde geworden. Op een maandagochtend om twaalf voor halfnegen bracht een Boeing 747 het rechtstreeks uit Atlanta, zonder tussenstops, en ik ging het nog afhalen ook. Vanaf het moment van de landing, zeven minuten te vroeg zelfs, was ik verloren. Alle controle die ik dacht te hebben, werd me ontnomen. Als ik die ooit al had gehad natuurlijk, maar zolang niemand je test, kun je denken wat je wilt.

Bij de gate heerste de verwachtingsvolle sfeer van mensen die speciaal voor een ander doen wat ze anders nooit zouden doen: in een meute door een glaswand staren naar een ruimte waar ze niet in kunnen en waar altijd minder te zien is dan ze hadden verwacht. Toch stond ik daar ook op mijn tenen te turen naar iemand die ik wilde herkennen. Een gezicht liefst, met een speurende blik, met dezelfde verwachting die vanaf de andere kant van het glas ontlading zoekt. Zwaaiende armen, handen, springende mannen en vrouwen, rondrennende kinderen, intense ogen die door alle belemmeringen heen signalen zenden naar de ander, DIE ander, die zij hier komen ophalen.

Ik stond samen met mijn ouders te wachten op Kees, mijn jongere broer, die vijfenhalf jaar geleden was vertrokken en tussendoor niet meer terug was geweest. Hij was toen net tweeëntwintig. Hij was blijven hangen in een studie die elk jaar een andere naam had en ik was doorgestoomd op weg naar een baan die me voorgoed uit mijn verleden zou trekken. Kees en ik schelen iets meer dan twee jaar en lijken niet op elkaar, in niets. Hij is blond en ik ben donker en dat is misschien nog het minste onderscheid. In alles kozen wij het tegengestelde: smaken, kleuren, het maakte niet uit. Als ik sport wilde, wilde hij muziek. En andersom. Had ik trek in een burger, zeurde hij om pizza.

Altijd was er wel iets, en we waren altijd samen, onafscheidelijk, want met Kees wist ik wie ik was. Hij was mijn broer, ik was zijn broer. Het was makkelijk als ademen, vanzelfsprekend als lopen. Behalve dat hij zich inschreef voor een *exchange program* theoretische wiskunde, een vak waarin hij verzeild was geraakt omdat hij het kon. Wat hij zelf het liefst zou willen, werd nooit helemaal duidelijk. Hij ging naar Amerika en was vijf jaar later nog niet terug. Na een paar maanden werden e-mails niet meer beantwoord, het telefoonnummer dat ik van hem had, was van de ene op de andere dag afgesloten. Niets begreep ik ervan. Mijn ouders werden gek van dingen die ze niet vertelden. Geschreeuwde woorden achter dichte deuren, ademhaling zo hoog dat de lucht nauwelijks door hun keel kwam, zich ophoopte achter hun ogen.

Maar ze zeiden niets.

Toen Kees vertrok, waren we allebei al het huis uit. Van de rand van Dordrecht was ik, via een studie in Rotterdam, in Amsterdam terechtgekomen. Dat ik zomaar, zonder paspoort en zonder inentingen, van de bijbelstreek naar het hart van de internationale handel kon, sterkte mijn vertrouwen in de dingen die ik vanuit de sober gelovige wereld van mijn ouders niet kende. Het bedrijfsleven en de enorme hoeveelheden geld, drank en dure kleding die daarin omgaan. Mannen en vrouwen die elkaar op elk denkbaar vlak beconcurreren: status, positie, relatie, macht of bezit. Niets ligt vast, behalve dat je het moet bevechten. Voor het eind van mijn vierde jaar had ik een baan in Amsterdam, communicatieconsultant bij een groot adviesbureau, HC&P. De economie had een onstilbare honger naar jonge, pas afgestudeerde figuren met een hoge hormoonspiegel en een meer dan gemiddeld IQ. Bij HC&P zaten meer dan vierhonderd adviseurs en stafleden in een blinkend glazen toren aan de Zuidas van Amsterdam. Het is de Nederlandse vestiging van een adviesbureau dat over de hele wereld actief is. Daar zat ik, op de negende verdieping, met een flexplek, een complete uitrusting moderne apparatuur, een leaseauto van de zaak en elke maand meer geld op mijn bankrekening dan ik ooit had gezien.

Ik kan met iedereen praten, altijd, onder alle omstandigheden. Dat is wat ik doe. Ik leef van praten, e-mailen, bellen en vergaderen. Zestien uur per dag. Ik train anderen, zodat ze altijd weten wat ze moeten zeggen. Soepeler voor de camera, beter in vergadering, effectiever in overleg. Dat is mijn vak, voor een gedeelte heb ik dat geleerd, maar het is vooral een natuurlijke aanleg. Directeuren, voorzitters en politici zijn mijn klanten. De minister van Justitie zag ik elke week, soms vaker, om hem te leren hoe hij hard beleid zo kan brengen dat het zo min mogelijk weerstanden oproept.

Dat deed ik, al jaren, en in die jaren verdween Kees. Stap voor stap trok hij zich terug uit mijn herinnering waar alles wat wij samen deden steeds mooier werd, maar ook steeds minder.

Tot ik die donderdagochtend met mijn neus tegen de glaswand stond en beelden vanuit het verleden projecteerde op de twijfelende mensenmenigte die rond de lopende band schuifelde, op zoek naar koffers en tassen. Met droge lippen en te snelle adem wachtte ik. Zonder erbij na te denken, haalde ik een Labello-stift uit mijn zak en wreef het vet rond mijn mond. Een automatisme. Nergens zag ik iemand die in de verste verte op Kees leek.

Mijn ouders naast me waren net zo verbaasd als ik toen onze blikken eindelijk werden beantwoord. Een zwaaiende arm, eerst aarzelend, daarna vol overtuiging. Mijn ouders zwaaiden terug. Ik niet. Om de een of andere reden kon ik mijn armen niet meer omhoog krijgen. Mijn ledematen leken vastgeschroefd aan mijn lijf. Mijn longen hingen met keilbouten aan mijn rug, vol veel te zware lucht. Mijn hart pompte paniek door mijn aderen. Kees zwaaide, naar mij, en keek me aan met ogen die me door het glas heen leken te zuigen.

Even later gingen de schuifdeuren van Gate 3 open. Kees liet de tassen op de grond vallen en holde op me af, viel me om de hals, gewoon, zonder iets te zeggen, sloeg armen om me heen en drukte me tegen zich aan, puur lichamelijk contact, en zei toen:

‘Jezus, wat heb ik jou gemist!’

Dat was het moment waarop ik mezelf niet meer kon vinden. Vierkant in de aankomsthal, Kees in mijn armen. Ik wist wat ik zag, maar ik zag niet wat ik wist. Ergens ging iets kapot en langzaam voelde ik mijn knieën slap worden. De ontvangsthal van Schiphol werd steeds donkerder en later, pas veel later had ik in de gaten dat een onbekende man aan me zat te plukken en te trekken.

‘Hij is er weer’, riep de man. Tussen de menigte zag ik mijn ouders. En Kees. Meteen daarna werd alles weer zwart. De volgende keer dat ik weer iets zag, was het een man in een groen-geel pak achter in een ambulance. Hij klopte op mijn rug, luisterde aan mijn borst, scheen met een lichtje in mijn ogen en bewoog zijn rechterwijsvinger langzaam van links naar rechts op en neer.

‘Hyperventilatie’, zei hij en hij gaf me een klein zakje om in te ademen als het nog een keer zou gebeuren.

Wist hij veel.

3 Bellilog 14.06.04

Ik ben er niet. Oké?

4 Uitroeptekens in het niets

Gisteren werd mijn woordenstroom abrupt gestopt. Nadat ik uit de ziekenauto was gestapt, formulieren ingevuld, vragen beantwoord en gezond verklaard, stond ik alleen voor de terminal van Schiphol. Zonder ouders, zonder Kees. Tussen de hysterische aanvallen door had ik mijn vader duidelijk gemaakt dat ze niet op mij moesten wachten. Liever niet. In mijn hand hield ik het zakje en de instructies 'wat te doen bij een volgende aanval'. Ik had niets meer te zeggen. Hoe ik ook probeerde, ik kon geen antwoord vinden op de vragen die steeds groter en agressiever op me af kwamen.

Behalve drank. Dat wilde ik. Veel alcohol, zonder andere mensen. En dan vooral zonder bekenden, zonder adviseurs en klanten. Zuigers. In de dichtstbijzijnde bar zocht ik een dubbele wodka-ijs. Na een derde glas wilde ik helemaal niemand meer zien, zelfs de barman niet. Zijn professionele vrolijkheid werkte averechts. Half dronken en half ontregeld ging ik terug naar huis. Zo kon ik toch niet meer naar kantoor, zeker niet naar een klant. Dat wilde ik ook niet, maar door de alcohol hoefde ik er niet meer over na te denken.

Ik trok de deur van mijn flat achter me dicht en begon. Tegen de tijd dat ik de lege fles tegen de muur aan scherven smeet, heerste er in mijn hoofd een totale verstopping van onhandelbare gedachten en overstuurde emotie. De drie uur die ik had vrijgenomen om Kees op te halen werden er vijf. De eerste afspraak ging voorbij terwijl ik opnieuw inschonk en een gevoel van overwinning niet kon onderdrukken. De telefoon ging, mijn mobiel, kantoor, dat kon ik op de display zien. Meer dacht ik er niet van. Alcohol had de besturing van mijn systemen overgenomen. Uur na uur verdween mijn agenda, vergaderingen losten op in het niets. De wekelijkse sessie op het ministerie van Justitie. De voorbereiding van de Europese top over Veiligheid en Integratie zou het vandaag zonder mijn inbreng moeten stellen. Etnische spanningen en religieuze waarheden leidden in bijna alle Europese landen tot steeds fellere tegenstellingen. De EU moest tot gemeenschappelijk beleid komen, maar de gevoeligheden waren zo groot, dat vooruitgang onmogelijk leek. Voor HC&P was het de grootste opdracht ooit. Vanuit tien landen werkte het bureau aan de conferentie. Ik ook. Mijn begeleiding van de minister was een essentieel onderdeel van het hele project.

Maar niet nu.

Het eindeloze piepen van mijn mobieltje was niet meer dan het staartje van uitzinnig belverkeer tussen bureau en klanten die voor niets in vergaderkamers zaten te wachten. Het maakte geen enkele indruk meer op me. Het waren hinderlijke geluiden uit een andere wereld, signalen die geen verbinding meer konden leggen.

Trillend van de drank pakte ik het toestelletje op en schakelde het uit. Legde het terug op tafel. Stil nu, een eenzaam object. Ding onder de dingen. Ik wilde de fles pakken die iets verderop stond, maar verloor mijn evenwicht. Niets bijzonders, alleen kon ik niet meer bedenken hoe ik mezelf moest tegenhouden. Mijn armen en benen kenden nog wel wat reflexen, zoals zwaaien en om me heen grijpen, maar de wodka had er geen grip op.

Met een enorme klap ging ik onderuit. Languit achterover. Stijlvol, dacht ik nog, tot ik met mijn hoofd veel te hard de houten vloer raakte. Scheuten pijn vochten zich door de drank en hielpen me verder, want door de steken wist ik nu zeker dat ik meer drank nodig had. Veel meer.

Midden in de nacht viel de elektriciteit uit. Alles. In één keer. Van het ene moment op het andere was de flat donker. Ik hing half op de bank en probeerde te begrijpen wat er aan de hand was, maar veel verder dan de aardlekschakelaar kwam ik niet. Waarom die nou plotseling zou zijn uitgeschakeld, daar had ik geen idee van. Struikelend en strompelend liep ik naar de gang.

Bij elke stap moest ik me vasthouden aan een deurpost of aan de muur. Halverwege moest ik stoppen. Mijn hoofd tolde. Mijn ledematen waren slap en onbetrouwbaar. Hijgend leunde ik tegen de muur. De inhoud van mijn maag werd steeds onrustiger. Ogen dicht. Diep ademhalen. Langzaam. Tot de rust terugkeerde en ik weer verder kon. Nog vier of vijf passen. Meer niet.

De stoppenkast zat in een hoekje van de garderobe, vlak naast de voordeur van de flat. Op de tast zocht ik in het donker naar het schapje boven de stoppenkast. Daar lag mijn paspoort. Altijd op dezelfde plek. Vlak bij de deur. Bij mijn jassen. Handig. Daarnaast lagen een paar reservezekeringen en een zaklantarentje. Ongecontroleerd graaiend vond ik het lampje en knipte het aan. Staarde naar de stoppenkast. Minutenlang, leek het wel, want wat ik zag drong nauwelijks tot me door. Knoppen, dat zag ik. Het duurde lang voordat ik begreep dat alle schakelaars goed stonden en nog langer voordat ik de conclusie trok dat de elektriciteit dus niet in de flat was uitgevallen. Ik zakte achterover tussen de jassen.

Daar werd ik later wakker. Mijn ogen gingen open en zagen bekende vormen die ik niet direct herkende. Het licht in de flat was weer aan en het duurde even voordat ik me herinnerde wat er eerder was gebeurd. Hoeveel eerder wist ik al niet meer. Mijn hoofd was in verzet tegen de alcohol, maar mijn tong en mijn keel wilden meer. Mijn lichaam had vocht nodig. Langzaam begonnen fysieke eisen alle gedachten weg te drukken, maar beelden bleven hangen. Nog steeds. Kees met uitgestrekte armen. Warm lijf tegen me aan. Ogen die alles konden zien. Zelfs nu. Zelfs hier. Dat dacht ik, dus ik had toch nog gedachten.

Misselijkheid zat opeens overal. Vanuit mijn maag greep het om zich heen en voordat ik de wc kon bereiken, wrong mijn maaginhoud zich naar buiten. De ingrijpende geur van braaksel sloeg terug op mijn ingewanden en even later hing ik machteloos over de rand van de pot. Reflexen stuwden tot er niets meer naar boven kwam. Daarna werd de dorst weer erger. In een vlaag van virtuele nuchterheid vond ik in de keuken alles wat ik nodig had. Twee magnetron-hamburgers, cola en een fles rum. Terwijl de magnetron draaide, slurpte ik het blikje leeg en trok de kurk uit de fles. De rum vond moeiteloos zijn weg door mijn systeem en sloot zich onmiddellijk aan bij de alcohol in mijn bloed. Ik was overgeleverd aan een vloeibaar verbond van middelen die het beste met me voor hadden. Het vet en zout van de hamburgers boden geen enkele bescherming, maar deden des te meer voor mijn overtuiging. Junkfood is het enige echte eten van de moderne wereld. Honderd procent verwerkt, behandeld, veranderd en van smaak versterkt. Met garantiedatum afgegeven door een multinational. Iets anders hoef ik niet.

De vloer bleef dichtbij. Kruipend, slurpend. Halverwege de rum was er weinig reden meer om rechtop te staan. Ik hing tegen de bank, met fles en sigaretten. Daglicht kwam veel te vroeg, en met nietsontziend optimisme. Een pijnlijke vrolijkheid waar ik geen enkele behoefte aan had. Meer dan ooit miste ik iemand bij wie ik hoorde. Ik miste Jessica.

De rest van de rum bracht stilte, bewusteloze stilte. De tijd versnelde, zomaar. Als ik met mijn ogen knipperde, was er weer een uur voorbij. De zon verdween uit het raam. De rum werd triple sec. De televisie stond aan en zond woordspelletjes uit die ik niet begreep. Lachende gezichten, verbazing, onbegrijpelijk opgewekte kleuren en mensen die met grote stelligheid van alles beweerden. Beelden flitsten voorbij alsof het televisietoestel tot de nok toe gevuld was en alles er meteen uit stroomde zodra je er een opening in maakte. Mannen met baarden en vrouwen met hoofddoekjes keken naar de smeulende resten van een gebouw. Gekwetste gelovigheid in hun ogen. En haat. Dat herkende ik onmiddellijk. Haat die nog niet de ruimte kreeg, die werd bewaard voor de toekomst, eindeloos houdbaar, genetisch opgeslagen. De stem van de nieuwslezer werd opeens strakker, met minder ruimte tussen de klanken.

'...is vannacht brand uitgebroken in de plaatselijke islamitische school. Het vuur ontstond op meerdere plaatsen tegelijk en greep razendsnel om zich heen. Muren van de school zijn beklad met racistische leuzen en beledigende teksten. Na de eerdere ongeregeldheden leek de situatie onder controle, maar die rust bleek schijn. Plaatselijke moslims spreken van een aanslag en ...'

Ik zapte weg, naar TMF, dreunende muziek, geluid uit, zwemmend door de kamer op het laatste restje triple sec. De smaak van sinaasappel begon me tegen te staan. Ik spoelde de mierzoete plakkerigheid weg met witte wijn. Daar had ik nog meer dan voldoende van. Ik was voorbij de alcohol, voorbij dronken. Ik was in een transcendentale staat beland, waarin ik alles zag en alles hoorde, maar niets meer registreerde. Minutenlang zat ik naar mijn computerscherm te staren zonder dat er een vraag in me opkwam of ik de wil had om iets te doen. Ik zat er voor mijn weblog, dat wist ik. Ergens ver weg in mijn achterhoofd spartelde een gewoonte die sterker was dan alles wat ik naar binnen kon gieten. Ik moest mijn weblog schrijven, al was het maar een paar woorden, want zonder mijn log was ik niet meer bij de wereld. Met slappe vingers bediende ik de computer. Even verbaasde ik me erover dat hij al aanstond, ik kon me niet herinneren dat ik hem had aangezet. Een misplaatst soort overtuiging nestelde zich in mijn hoofd, terwijl ik wist dat ik niets meer met zekerheid kon weten.

Het e-mailicoontje flitste. Nieuwe berichten. Ik las de mail van Jessica. Stuurde een antwoord. Negeerde alle paniekerige berichten van kantoor. Uitroeptekens in het niets. Jezus, wat was ik ziek.

5 Bellilog 15.06.04

Sterk BSE-gevoel, versponsde synapsen waar signalen in verdwijnen en als iets heel anders weer uit tevoorschijn komen, gedempt, verwrongen. Agressief.

Mail van: Jes
Onderwerp: sf
work hard play hard, 24-7, in shape in gear. erg pik-gericht hier, geregenereerd oer met ik-waarde. heeft wel wat. ben hier nog lang niet klaar. alles goed aan de amstel? miss-u. jes

Mail aan: Jes
Onderwerp: Re: sf
je gaat toch niet vreemd? want daar moet ik dus niet aan denken. hier ben ik even mijn draad kwijt. erg veel xxx en alles wat ik vergeet. belli

6 Man is the information he carries

De afgelopen jaren had ik dikke bonussen ontvangen. Voor elke vervolgopdracht die ik wist binnen te halen kreeg ik procenten van de omzet, meer als het een heel nieuwe opdracht betrof. Soms ging het om tienduizenden euro's. En nu was mijn toekomst opeens onzeker.

Twee dagen lang had niemand iets van me gehoord, collega's niet, klanten niet, directie niet. Begrijpelijk voor mij, misschien, maar levensgevaarlijk voor het dienstverband. Het was een vorm van corporate zelfmoord. HC&P accepteerde heel weinig van zijn medewerkers en ik was ruimschoots over de grens gegaan. In de lift wachtte ik tot de deuren zich sloten. Met schoon ondergoed, een schoon overhemd, wit, zonder das, donkerblauw pak met een klein streepje, en net voldoende gel om mijn haar in een stand van opgewekte verbazing vast te houden. Het was niet echt, maar het werkte. De alcohol zat nog tot achter mijn oogleden. Ik zag er gladgestreken uit, maar in mij heerste een verwarring die ik niet kon onderdrukken. Ik had alle hulp nodig die ik vinden kon, en tot ik die had gevonden, sloot ik alles uit. Vooral het contact met mijn familie. Met hen wilde ik niet praten, en zeker niet met Kees. Niet omdat Kees niets zei, maar omdat ik mijn eigen woorden niet meer vertrouwde. Alles wat ik wilde zeggen, betekende iets anders dan wat ik zei, en dus hield ik mijn mond. Veel beter.

Die strategie zou op kantoor waarschijnlijk niet lukken, want HC&P zag informatie als het eerste bedrijfsbelang. Niet de mensen, niet de apparaten, niet de gebouwen of de klanten, maar de informatie. Mensen waren niet meer dan de informatie die ze in zich verenigden en die door hen bereikbaar werd.

Man is the information he carries.

Dat staat gegraveerd in een gepolijst, donker granieten zuiltje in de hal van elk van de zevenhonderddrieëntwintig vestigingen van het bedrijf. Het is een klein, stijlvol object, niet schreeuwerig of protserig, integendeel. Als je niet weet dat het er staat, dan moet je het zoeken en dat is een deel van de aantrekkingskracht. Het is de slogan van het bedrijf, meer dan dat misschien, het is het fundament waarop het de wereld tegemoet treedt. Sollicitanten moeten lange vragenlijsten beantwoorden en eindeloze gesprekken voeren.

'Als wij niet weten wat jij weet, dan weten we nooit wat we voor elkaar kunnen doen.' Zo denkt de leiding bij HC&P en zo werkt het bureau. Openheid, en het delen van kennis en informatie, dat is de basis van samenwerking. Het bureau weet alles van mij. Het weet wie ik ben, waar ik vandaan kom, waar ik woon, wat mijn bankrekeningnummer is, wat mijn favoriete muziek is, wat mijn sterktes en mijn zwaktes zijn, hoe hoog mijn IQ is (sollicitanten onder de 140 worden zonder opgaaf van reden afgewezen), waar mijn familie woont, welke ziektes ik heb gehad en wanneer ik voor het laatst naar de tandarts ben geweest.

IQ is belangrijk. Partner-IQ is 180 en hoger. Dat zijn de mannen met het vermogen extreem ingewikkelde situaties en gegevens te doorzien en nieuwe mogelijkheden te formuleren. Jessica is de eerste vrouw in het bedrijf die op dat niveau denkt en werkt. Wat ze mist aan ervaring compenseert ze met een ongetemd killerinstinct. Ze is sneller en trefzekerder dan wie ook. Ze kan zich volledig concentreren en toch bereikbaar blijven voor anderen, alsof haar hersenen twee gescheiden functies kennen, net als ademen en kijken. Jessica is een IQ-storm in haar eigen lichaam en HC&P doet niets liever dan haar soms angstaanjagende capaciteiten benutten. Alles binnen de regels van het bureau, natuurlijk.

De dichtschuivende deur van de lift werd door een sterke, gebruinde hand gestopt. Dries van Waayen stapte de glimmend gepoetste ruimte in.

'Ik ook mee', zei hij, partner-directeur, zesenvijftig, zijn horloge kostte meer dan alles wat ik aan had. Zijn gezicht stond strak maar blij. Alles wat hij deed was belangrijk en dus serieus. Hij genoot zo van zijn werk dat de voldoening van hem af straalde. Altijd, onder alle omstandigheden.

'Bellicher', zei hij. Hij had het vermogen om op een ijzige manier vriendelijk te klinken. 'Zijn wij zeker de enigen?'

'Lijkt er wel op.'

Terwijl de deur voor de tweede keer dichtschoof, legde Van Waayen een hand op mijn schouder en keek me aan met een blik waarin niets te lezen viel, behalve dat onbeschaamde genieten van zichzelf.

'Komt goed uit,' zei hij, 'want wij moeten het eens met elkaar over de toekomst hebben, lijkt je niet?' Met zijn wijsvinger duwde hij op de knop voor de vijfde verdieping. Even leek het of de opwaartse beweging van de lift alleen effect had op zijn wenkbrauwen. Die stegen tot ongekende hoogte. De lach verdween van zijn gezicht. 'Want je begrijpt natuurlijk wel dat die er heel anders uitziet dan een paar maanden geleden.' Hij verwachtte geen antwoord. De slechte economie, de inzakkende beurs, de invallende stilte bij fusies en overnames, de ingestorte telecom en de leeggelopen IT en het gat van twee dagen dat ik net had gecreëerd – alles was een reden om mijn toekomst bij het bureau te bespreken.

Ik knikte, trok wat met mijn lippen, probeerde een onbestemde glimlach. Het maakte allemaal weinig uit.

'Bij mij', zei Van Waayen. 'Tegen de lunch, dacht ik. Komt dat uit?' Dat laatste was geen vraag. Zorg dat het uitkomt.

'Uurtje of halfeen', zei ik. We wisten allebei waar dit over ging.

Van Waayen knikte. 'Prima', zei hij.

De lift kwam met een zucht tot stilstand. Het zachte geluid van een elektronisch nagebootste gong en een knipperend cijfer gaven aan dat we op de vijfde waren aangekomen.

'Dit ben ik', zei Van Waayen. '*Last in first out*, geldt ook voor mij. Zie je wel!' Hij lachte en verdween door de gang. Zijn gang.

Verschil moet er zijn, en op het moment dat de lift zich weer in beweging zette, drong het tot me door dat ik zou worden ontslagen. Hier bood zelfs het alcoholresidu geen uitvluchten meer. In feite stond ik al buiten. Virtueel misschien nog, maar wat was een paar uur op het grote geheel?

De lift schoot omhoog en drukte mijn keel in mijn hart, als ik slikte perste ik het ritme uit mijn borst, verstijfde mijn lichaam in een droge kramp. Dit was meer dan ik hebben kon. Ontslag kon niet. Het was onmogelijk. Mijn lichaam leek zich fysiek tegen de gedachte te verzetten. Ontslag betekende dat ik zou worden afgesneden van alles wat ik had, van de techniek, het vak, de systemen. Afgesneden van de opdrachten die me tot in het hart van alle belangrijke ontwikkelingen brachten. Megaopdrachten waar ik twintig uur per dag voor kon werken. Gedreven door de verplichting oplossingen te vinden waar ze vaak niet waren. Waar de oplossing pas ontstond als ik hem vond. Als wij ze vonden. Racend door het land, voor elke klant, elke opdracht een ander team. *Connected.* Met alles. Als ik dat niet meer had, dan bleef alleen de inhoud, en inhoud is voor losers. Het vooruitzicht alleen al sneed mijn adem af.

Voorzichtig hijgend, ondiep en niet te snel, stapte ik op de negende de lift uit. Mijn lippen waren zo droog dat ze leken te barsten. Koffertje in mijn ene hand en Labello in mijn andere haastte ik me naar mijn flexplek. Uitkijkend over Amsterdam smeerde ik het vet op de kleine, scherpe velletjes en de priemende kloven in mijn lippen. Het verlichtte de trek om mijn mond, dat wel, maar hoe ik ook keek, de ochtend werd alleen maar korter. Halfeen naderde zoals het dat nog nooit had gedaan. Onvermijdelijk. Nog vijfentwintig minuten. Twintig. Een kwartier.

Wat er ook gebeurt, dacht ik, dit niet.

Van Waayen zei: 'Ik heb in twee dagen meer ontevreden klanten aan de telefoon gehad dan in de afgelopen vijftien jaar …' Hij keek me aan en zweeg.

Ik reageerde niet.

'...jouw klanten', zei hij. 'Erik Strila van Justitie heeft nog nooit zo vaak gebeld. Als je een minister laat zitten zonder iets van je te laten horen, dan doe je iets niet goed. En dan druk ik me heel netjes uit. Ik heb me twee dagen lang in allerlei hoogst ongemakkelijke bochten moeten wringen om ervoor te zorgen dat het daarbij bleef. Maak je geen zorgen, alle klanten zijn gerustgesteld en ze blijven. En dat is meer dan ik van jou kan zeggen.'

Wat er met mij aan de hand was, kwam pas op de derde plaats, of nog later. De eerste plaats was voor de klant, de tweede voor het bureau. Terecht misschien, alleen overdreef Van Waayen. De macht van de klant is dat hij wegloopt en naar een ander gaat. Dat is misschien zo, maar in de praktijk lopen klanten niet zo snel weg. Dat speelde nu ook helemaal niet, maar dat hij voor mij uitvluchten had moeten verzinnen, dat stak hem. Erger dan ik had kunnen denken.

'Daarvoor heb ik je niet aangenomen', zei hij. 'Even serieus. Gisteren heb ik al op stel en sprong Peter naar Den Haag moeten sturen, want de voorbereiding van de EU-top gaat gewoon door, of jij nou wel of niet komt opdagen. Ik heb het er ook met de andere partners over gehad en we kunnen hier niet meer doen alsof er niets is gebeurd, begrijp je.' Hij lachte niet. Het belang van een tevreden klant was groter dan ooit. 'De EU-top is onze grootste opdracht. De afstemming van het Europese veiligheids- en integratiebeleid zet ons vierkant in alle betrokken ministeries. Justitie is daarin cruciaal. En wat doe jij? Blijkbaar is die verantwoordelijkheid bij jou niet in betrouwbare handen. Dus, als ik niet nu ingrijp, ligt de ellende straks tot aan het plafond, en wat hebben we dan met z'n allen voor elkaar gekregen?'

Het was een gesprek met veel logische gevolgtrekkingen uit onmiskenbare ontwikkelingen, maar het was voornamelijk geen gesprek. Het leek er niet eens op. Het was een aanbod van drie maanden salaris en de toezegging me gedurende een half jaar te helpen bij het vinden van een nieuwe baan. Concreet: een dikke achttienduizend euro, vijf gesprekken met een outplacementadviseur en geen enkel uitzicht op werk, want ontslagen adviseurs vormen een nauwelijks bemiddelbare groep. Vooral communicatieadviseurs. Auto inleveren, mobiel inleveren, laptop inleveren, klanten inleveren en binnen vier maanden de zekerheid dat de combinatie van hypotheek en flexibel krediet me genadeloos onderuit zou halen.

Ik reageerde niet op het aanbod. Dat had ik besloten. Onbewust. Instinctief. Ik tuitte mijn lippen, schudde wat met mijn hoofd, trok met mijn wenkbrauwen.

'Zou kunnen', zei ik. 'Zou kunnen.' Maar ik ging niet akkoord, om de eenvoudige reden dat ik het er niet mee eens was.

'Neem even rustig je tijd', zei Van Waayen. In zijn stem klonk een verplicht soort redelijkheid. 'Dan praten we morgen verder. Vrijdags heb ik altijd tijd.'

'Het is vandaag woensdag', zei ik.

'Whatever, je begrijpt wat ik bedoel. Je hoeft hier niet voor de lunch weg, zo gaan we hier niet met elkaar om, maar linksom of rechtsom moeten we hier een conclusie trekken. Dat weet jij net zo goed als ik.'

Twintig minuten later stond ik weer op de gang. Ik had niets toegezegd, niets toegegeven, en van de broodjes had ik er niet een genomen. In mijn maag lag een bijtende plas koffie en zuur. Niets van wat ik wist, bleek nog te zijn wat het was. Het immense pand van HC&P, vorige week nog het fundament van een rotsvaste toekomst, was nu het tegendeel. Met één beslissing zou ik aan de achterkant van alle glans en veiligheid terechtkomen. Als ik nu losliet, kwam ik er nooit meer in. Dat was zeker, en dus ging ik niet weg. Sterker zelfs, ik bleef.

Na de lunch belde ik mijn contacten en verzette al mijn afspraken. Met veel excuses en mooie woorden pakte ik mijn oude klanten nog één keer in. Waarom weet ik niet, maar het ging vanzelf. Ik belde Erik Strila, die nu al verbaasd leek van me te horen. Mijn vertrek snelde kennelijk voor me uit. Hij hoorde mijn verontschuldigingen wel, maar hij omzeilde ze ook, alsof hij al andere had gekregen. Betere. En dat had hij ook.

'Erik,' zei ik, 'hoe vaak hebben wij elkaar het afgelopen jaar gezien en gesproken?'

'Te vaak om op te noemen.'

'En al die keren was ik er, altijd. Alles altijd perfect voorbereid. Waar of niet?'

'Dat klopt, ja.' Hij beaamde het, maar het klonk als een vergeten herinnering. Een adviseur is zo goed als zijn laatste prestatie.

Ik zei het om het gezegd te hebben. Ik was nog niet weg. Erik Strila was de klant met wie ik het beste kon werken. Hij was mijn contactpersoon bij Justitie. Ik had hem in verlegenheid gebracht bij zijn minister, en dat zou hij me niet zomaar vergeven.

'We spreken elkaar nog wel', zei hij. Zelfs een afscheid ging hij uit de weg.

Mijn onderbewustzijn kwam geheel zelfstandig en bijna ongemerkt tot een beslissing. Mijn hoofd maakte afwegingen die ik niet kende. Wat ik wist, wat ik had gedaan, wat ik had gehoord, alles werd keurig op rijtjes gezet, onder elkaar, naast elkaar, vergeleken, opgeteld, afgetrokken, gewogen en nog één laatste keer omgedraaid, voordat het werd goedgekeurd of afgewezen. Terwijl ik belde en praatte, drong het tot me door, ergens achter mijn ogen, langs de fijne vertakkingen van de zenuwcellen in mijn hoofd, waar tussen de honderden miljoenen contacten er eentje bleef hangen.

Helder als glas.

Hard als oorlog.

7 Bellilog 16.06.04

Ik ben communicatieadviseur en ik zou niets anders willen zijn. Zou het me niet eens kunnen voorstellen. Adviseur zijn is een state-of-mind. Ondertussen liggen de verhoudingen als volgt: VW is partner en ik ben junior – eigenlijk al niet meer, maar dat moet nog bevestigd worden, dus tot die tijd wel – en partners hoeven geen gelijk te hebben, want een junior heeft altijd ongelijk. Het is misschien niet eerlijk verdeeld in het leven, maar dat is niet erg. Dat is macht. En omdat HC&P een net bedrijf is, zal een junior ervoor zorgen dat een partner zijn macht nooit hoeft te gebruiken. Want zoiets doe je niet. Macht hebben is chic, maar macht gebruiken is plat. En plat kan niet. Een platte adviseur is een contradictio in terminis. Een platte adviseur bestaat niet. Die heft zichzelf op.

Zo liggen de verhoudingen, en de enige kans die ik heb, is de partner iets in handen te geven waardoor hijzelf belangrijker wordt. Niet ten opzichte van mij, want ik tel niet eens mee, maar ten opzichte van zijn collega's, de andere partners, de maten. Daar worden de punten geteld.

Loopt u rustig door, de deur sluit zich vanzelf.

Mail van: Jes

Onderwerp: Re: Re: s.f.

vreemd? draad kwijt? pardon? waar gaat dit over? ben heet en denk aan je. helpt dat? love u

8 De resten van sterke soortgenoten

Aan het eind van de middag stopte ik mijn spullen in mijn koffertje, stak mijn mobiel in mijn zak, ritste mijn laptop in de tas, nam de lift naar de derde verdieping en sloot me op in de kantine.

Er was niemand. Alle tafels waren afgeruimd, de vloeren geveegd. Er heerste een weldadige rust. Beheerst liep ik naar achteren, alsof ik wist wat ik deed, en zette mijn spullen in de verste hoek, het dichtst bij de keuken. Ik duwde de klapdeur open en keek naar binnen. Ook daar was niemand meer.

Uitstekend.

Ik draaide de knippen op de toegangsdeuren waardoor ze vanbinnen op slot zaten. Het waren klapdeuren zonder sleutelgat. Niets was eenvoudiger. Niemand had nog bedacht dat iemand zich in de kantine zou willen verschansen. Waarom ook?

Zo wist ik zeker dat ik morgen het gebouw in kon, al was het alleen maar omdat ik het niet had verlaten. Het was denken en doen op het allerlaagste niveau, maar het was al meer dan eens gebeurd dat iemands pasje, na een openhartig evaluatiegesprek, de volgende dag niet meer werkte. Zo iemand kwam niet verder dan de hal beneden. Er was altijd wel een reden voor onmiddellijke weigering van toegang. De meest gebruikte was de vertrouwelijke bedrijfsinformatie van klanten. Informatie was heilig en iedereen accepteerde de bescherming ervan. Overdreven? Misschien, maar in de advieswereld is alles overdreven. Afscheid nemen deed men van een afstand, nooit in elkaars bijzijn. Dat vertroebelt de zaken maar. Zo eenvoudig werkte het, en ik was niet van plan op zo'n kinderlijke manier op straat te komen staan.

Met elke handeling werd ik kalmer, meer overtuigd van mijn gelijk. Ik maakte koffie, knipte het licht uit en trok me terug in het hoekje dat ik voor mezelf had gemaakt. Laptop op een tafeltje, mobiele telefoon uit. Ik wilde niet dat iemand me ging bellen. Dat zou te bizar zijn. Ik klikte door de documenten in mijn computer en staarde soms minutenlang naar de memo's en rapporten die ik voor klanten had geschreven. De laatste tijd veel voor het ministerie van Justitie. Mediatraining van de minister, de communicatie van het veiligheidsbeleid. Dat was mijn werk. De betovering van het werk zat in de omvang van de opdracht, in de wetenschap dat tienduizenden, honderdduizenden, soms miljoenen mensen te maken zouden krijgen met het resultaat van dat werk. Kleine voorstellen worden versterkt tot merkbare veranderingen. Daar staarde ik naar, en het wachten ging vanzelf.

Om mij heen werd het gebouw stiller en groter. Er klonken minder telefoons, er liepen minder mensen over gangen, de liften gingen nog maar af en toe op en neer. Een paar laatwerkers waren er altijd wel, HC&P kende deadlines en belangen die de adviseurs soms tot diep in de nacht aan het werk hielden. Ook dat was normaal. Ik wist dat ik pas vanaf een uur of twee, drie 's nachts echt alleen zou zijn in het gebouw, en zelfs dat was niet zeker. Door de extreme werktijden werkte het alarmsysteem bijna nooit. Het was er wel, maar niemand schakelde het in, omdat er altijd nog wel iemand bezig was ergens in het gebouw. Beneden zat een nachtwaker die met een batterij videocamera's de belangrijkste plekken in het gebouw in de gaten hield. De kantine hoorde daar niet bij.

Ik kreeg honger. In de keuken vond ik goed gevulde voorraadkasten. Als het moest kon ik het hier een week uithouden. In de ijskasten lagen brood en beleg in overvloed. Er waren slaatjes in verschillende soorten en maten. Met een bord vol met van alles en een blikje cola om een niet-aflatende nadorst mee te temmen, deed ik het licht weer uit. In het late daglicht at ik, dronk nog een blikje cola en wachtte op de rest van de avond. En de nacht.

Ik werd wakker op de grond. De cola had zijn werk gedaan en wilde nu verder. Met stijve ledematen stond ik op, rekte me en keek om me heen. Het was donker, alleen boven de deur brandde het kleine lampje van de nooduitgang. Een wit hollend mannetje op een groen vlakje. Het was tien over twee.

Voorzichtig deed ik de deuren van het slot. De knippen schoven traag terug en even later duwde ik de deur op een kier. De wc's waren aan de overkant van de hal in een van de gangen links. Misschien vijftien meter van de kantine, meer niet. Met mijn hand aan de deur luisterde ik.

Het was stil, en ook hier was het donker op de noodverlichting na. Ik hoorde niemand en zag niemand. Onwillekeurig werd de aandrang heviger. Snel glipte ik de hal in en schoot naar de overkant. Met grote passen haastte ik me de hoek om en bleef plotseling ergens met mijn voeten achter haken, allebei, eerst de rechter en daarna de linker, en dook voorover. Languit op de grond. Geschrokken en verbaasd keek ik om, bijna lacherig om mijn eigen stommiteit, dat ik niet had gezien dat daar iets lag, een tas of een … wat was het eigenlijk. Op mijn knieën kroop ik dichterbij, duwde met mijn hand tegen iets wat verdacht veel leek op een arm. Kneep even. Geen reactie. Nog dichterbij en opeens keek ik in het afwezig starende gezicht van een vrouw.

Ze reageerde niet. Ze lag op de grond, midden in de nacht. Ik hoorde hier niet, maar zij nog veel minder, en zeker niet zo. Ik duwde nog een keer zachtjes tegen haar schouder.

'Hé', zei ik.

Er gebeurde niets.

'Hé!' zei ik nog eens, iets overtuigder en ik duwde harder. Ze rolde om, van haar zij op haar rug en haar ogen bleven me met een verbijsterde en verwijtende blik aankijken. Ze zag niets. Ze knipperde niet eens.

Voorzichtig trok ik mijn hand terug en leunde achterover op mijn hurken. Mijn blik gefixeerd op de vrouw. Op het lichaam van een vrouw. Een vrouw die ik niet kende lag hier dood in de gang. Ik stond op, duizelingen tolden door mijn hoofd en trokken aan mijn maag. Het duurde alles bij elkaar misschien twintig seconden, misschien iets langer. De schok van de afgelopen dagen, de overmatige hoeveelheid alcohol die ik naar binnen had gewerkt, de confrontatie met Van Waayen, met mijn ontslag. En dan dit.

Wie was die vrouw? En waarom lag ze hier? Was ze gewoon, op weg naar huis na een nacht werken, met haar tasje om haar schouder in elkaar gezakt? Nog voor ze de lift kon bereiken? Of was ze door haar enkel gezwikt, onderuitgegaan, hoofd tegen de muur? Een van haar schoenen was losgeschoten en lag iets verderop in de gang. Zou kunnen. Alleen was er aan de muur niets te zien. Ze lag dwars door de gang, haar hoofd zeker een meter van de muur af. Dus hoe dan? Als het niet zomaar een of ander maf ongeluk was geweest, of hartstilstand, wat was het dan? Was ze vermoord? En zo ja, door wie? Er was niemand. Met ingehouden adem luisterde ik, probeerde ik verschillende geluiden te onderscheiden, maar het enige wat ik hoorde was het gebouw. Onbestemde tikjes en klikjes, een zacht zoemen en suizen van klimaatbeheersing en andere systemen die overal in de plafonds en muren waren weggewerkt, mechanische geluiden die zonder tussenkomst van mensen werden geproduceerd. In alle andere omstandigheden normaal, maar nu niet.

Hoe lang lag ze hier al? Wanneer had ik voor het laatst geluiden gehoord op de gang? Voordat ik in slaap viel, ruim daarvoor. Na een uur of tien was het op deze verdieping in elk geval stil geworden.

Weer keek ik naar de vrouw. Ik liep om haar heen, zakte op mijn knieën, pakte haar tas en ritste hem open. Onhandig voorovergebogen in het halfdonker probeerde ik te zien wat erin zat. Het was een grote tas met lange, stijve hengsels die de hele tijd in de weg zaten. Ik zag een portemonnee, pakje sigaretten, een aansteker en allerlei andere kleine dingen. Ik graaide tussen de spullen, haalde er een setje huissleutels uit en wilde verder zoeken toen ik vanuit een van de zijgangen een zwaaiend licht zag naderen. De bundel zwenkte heen en weer van links naar rechts, en vrijwel onmiddellijk daarna klonken gedempte, fluisterende stemmen. Twee, misschien drie verschillende. Adem stokte in mijn keel, en in een flits besefte ik dat ik hier niet moest zijn. Op geen enkele manier. Deze mannen waren niet van de beveiliging. Ze liepen met zaklantarens door een donker kantoor. Mensen die hier hoorden, deden het licht aan en praatten op normaal volume. Plotseling had ik iets te pakken, een plat plastic kaartje. Ik trok het tevoorschijn. Het was haar bedrijfspas en in een flits zag ik haar achternaam. Radekker. Dat was het enige, meer tijd had ik niet. De mannen waren bijna tot de hoek van de gang gekomen. Ik stopte de andere dingen terug in de tas en wilde hem teruggleggen, maar mijn haar was verstrikt geraakt in een van die rare omhoogstaande hengsels. Met een felle ruk trok ik de tas los en kon met moeite een schreeuw onderdrukken. Vier snelle passen en ik was uit de gang verdwenen. Ik liet de deur van de kantine zachtjes dichtgaan. Hijgend, met bonkend hart leunde ik tegen de muur achter de deur. Ik voelde aan de plek waar ik de haren uit mijn hoofd had getrokken en ik wachtte, luisterend naar gestommel en gezeul, naar opmerkingen die ik op zijn best maar half kon verstaan.

'...doen we dit? Pakken we de lift?'

'Nee, eikel!'

Gelach. Meer gestommel.

'Andere kant, ja!'

'...jij de spullen?'

Gemompel.

'Wat denk je?'

'Wat ik denk is wat ik vraag. Anders vroeg ik wel wat anders.'

Er klonk een slepend geluid, gezucht en gesteun.

'Jezus, is dat wijf zwaar.'

Een doffe klap.

'Ja, kijk effe uit, wil je!'

Mijn gedachten struikelden over elkaar. Ik wist te weinig en wat ik wist zinde me niet. Was bedreigend. Uitkijkend over de stad in een kantoortoren van glas, staal, natuursteen en beton stond ik letterlijk te ver van alles af. In een wijk zonder woningen en zonder winkels, waar mensen in pakken naartoe reizen om hoog boven de grond plannen te maken, besprekingen te voeren, rapporten te schrijven en andere abstracte dingen te doen. Handwerk had alleen nog betrekking op het bedienen van een computer of een telefoon, van toetsen en knoppen, voor de rest was het een beeldspraak. Een communicatieadviseur heeft geen idee wat handwerk is. Ik was niet de juiste figuur om dode mensen te vinden. Niet op straat, niet in de trein en zeker niet in dit kantoor. Toch wilde ik weten wat er in de hal gebeurde. Wat die mannen daar deden. En ik moest de beveiliging bellen. Twee dingen tegelijk.

Eerst bellen.

Liefst zo snel mogelijk. Alleen door anderen te bereiken, kon ik iets doen. Ik holde de keuken in, vond een wandtoestel naast de klapdeuren en griste de hoorn van de haak. Het nummer! Ik keek aan de binnenkant van de hoorn, op het toestel, maar het lijstje met interne nummers ontbrak. Beveiliging had een eigen nummer dat iedereen hoorde te kennen, voor noodgevallen. Alleen waren er nooit noodgevallen en dus had ik geen idee.

Negen?

Ik duwde op de toets en luisterde. Er gebeurde niets.

Een?

Weer niets.

Nul?

Buitenlijn.

Vloekend smeet ik de hoorn weg en rende terug naar de ingang van de kantine. Duwde voorzichtig een van de deuren op een kiertje, en keek. Luisterde.

Stilte.

Er klonk geen geluid. Er bewoog niets. Aarzelend liep ik de

kantine uit. De gang was verlaten. De vrouw was weg, haar tasje was weg, de losse schoen was weg en de mannen waren weg. Er was niets waaraan iemand nog iets kon zien. Nog steeds onzeker liep ik verder de gang in, naar de lift. De deuren waren dicht en de lichtjes bij de knoppen waren uit. De liften stonden stil, ergens, waar dan ook. Koortsachtig dacht ik na. Het kantoor was gebouwd in een wigvorm met een centrale kolom en twee gebogen vleugels. De liftschachten bevonden zich in het middendeel en de nooduitgangen zaten op de uiteinden van beide vleugels. Van waar ik stond waren beide uitgangen ongeveer even ver, alleen waren de mannen uit de linkervleugel gekomen en dus leek het me voor de hand liggen dat ze langs dezelfde weg waren teruggegaan.

Elke keuze was er een en geen keuze betekende niets doen. Ik holde de gang in, niet op volle snelheid, maar op een vreemde, vertraagde manier. Geremd door voorzichtigheid. Door angst. Ik wilde opschieten en tegelijkertijd geen lawaai maken. Het resultaat was dat geen van beide lukte. Ik schoot niet op en maakte meer geluid dan nodig. Bij de laatste bocht in de gang hield ik stil, leunde tegen de muur en keek voorzichtig om de hoek. Niemand. Het nooduitgangbordje scheen eenzaam tussen de scheidingswanden. Nu rende ik naar de deuren aan het einde van de gang en duwde er eentje open. Achter de deur lag een kaal betonnen trappenhuis waarin elk geluid weerklonk en galmde alsof het door een goedkope versterker kwam. Ik hoorde niets. Geen enkel geluid. Behoedzaam stapte ik de ruimte in en probeerde over de leuning door het trapgat te kijken, maar de afstand was te groot. Als ik de deur losliet zou hij in het slot vallen en kon ik er niet meer in. Al mijn spullen lagen nog in de kantine, dus wat er ook gebeurde, ik moest terug kunnen. Ik trapte een van mijn schoenen uit, legde hem dwars in het kozijn en liet de deur er tegenaan zakken. De sterke dranger duwde het zachte leer volledig uit vorm en met kleine, onverwachte pijn zag ik hoe driehonderd euro schoenmode werd verfrommeld.

Met twee treden tegelijk stormde ik de trap af, naar de uitgang beneden op de begane grond, drie verdiepingen lager, en even later stond ik in de parkeergarage onder het gebouw. Mijn tweede schoen tussen de laatste zware stalen deur, nog platter dan de eerste. Er was niemand. Op het immense kale betonnen parkeerdek stonden drie auto's en een daarvan was van mij. Buiten op straat klonk het geluid van een langsrijdende motor. Heel in de verte loeide een sirene. Heel even. Daarna was het stil. Er was niets te zien, niets te ontdekken.

Langzaam liep ik terug naar boven, naar de kantine. Ik had iets gezien, maar ik had geen enkel bewijs dat er iets was gebeurd. Niets. Als ik de beveiliging erbij haalde, dan zou de man hooguit willen weten wat ik in het pand deed. In de kantine nog wel. Mijn werkplek lag zes verdiepingen hoger, dus wat moest ik daar? Wat moest ik hier? De politie bellen zou hetzelfde resultaat opleveren, met als enig verschil dat de politie waarschijnlijk niet eens zou komen. Geen lichaam, geen mensen, niets. Ik had alleen mijn eigen gedachten, mijn ideeën en die vertrouwde ik maar half. Ik dacht dingen die me verlamden, waardoor ik niet meer kon zijn wie ik was, of wie ik dacht dat ik was. Alsof je altijd van chocola hebt gehouden en plotseling, van het ene moment op het andere, van alleen de geur al ziek wordt, uitslag krijgt, dat je allergisch blijkt voor datgene waar je het meest van houdt. Zoiets, maar dan erger.

Dat kwam door Kees, dat was duidelijk. Kees had mij binnenstebuiten gekeerd. Mijn hele lichaam kwam in verzet tegen mijn eigen gedachten. Op moleculair niveau woedde er een oorlog in mij, en op het slagveld was mijn zelfvertrouwen het eerste wat eraan ging.

In een van de ijskasten in de keuken vond ik een fles wijn en sneller dan ik in de gaten had, werkte ik meer dan de helft ervan naar binnen. Smaak ging totaal aan me voorbij. De alcohol vond met overtuigend gemak de resten van sterke soortgenoten.

Er was misschien een halfuur verstreken sinds ik voor het eerst de kantine verliet om naar de wc te gaan, en daar was ik nog steeds niet geweest. Hoogste tijd. Ik trok mijn jasje uit en hing het over de rugleuning van de stoel, stak mijn handen in de zakken om mijn sigaretten eruit te halen. Pakje, aansteker en er zat nóg iets in de rechterjaszak. De sleutels van de vrouw. En haar pasje. Ik keek. Las de naam op het pasje, I. Radekker. Met haar naam kwam ook het beeld van haar levenloze lichaam terug. Alleen, achtergelaten in de gang, zielloos op het onverslijtbare kantoortapijt.

Ik stopte de sleutels in mijn zak, liep naar de wc's en trok me terug in een van de hokjes.

Kippenvel op mijn armen.

9 Bellilog 17.06.04

Adrenalinedromen, vingers op de toetsen, gereedschap om tekens mee te maken, contact met contactpunten, niemand te bereiken, signalen aan mijzelf ... erg slecht geslapen.

10 Eerst kijken, dan denken

Het werd licht. Eindelijk. Ik had er bijna drie uur op gewacht. Wakker, rusteloos, onzeker als ik was duurde de tijd veel langer dan ik gewend was. Ik zette koffie en in de keuken luisterde ik naar het kleine radiootje dat daar altijd stond. Muziek. Praatprogramma's. Nieuws. Berichten die nauwelijks bleven hangen, emigrerende boeren, protesterende zorgmedewerkers, financiële tegenvallers. Ik hoorde het, maar de details drongen niet tot me door. Behalve van dat ene item.

> ...bij de moskee zijn gisteravond jongeren van autochtone en allochtone afkomst met elkaar op de vuist gegaan nadat de ruiten van het gebedshuis waren ingegooid. De politie wist de groepen te scheiden. Zeven personen raakten gewond en werden naar het ziekenhuis overgebracht. Pas ver na middernacht keerde de ...

De berichten die je niet wilt horen, klinken altijd het hardst. Elke dag leek een nieuwe aanleiding om op de komende Eurotop hardere besluiten te nemen. Beelden van oplopende conflicten spookten door mijn hoofd. Het waren gedachten waar ik geen ruimte voor had. Mijn eigen situatie had voorrang.

Vanaf halfzeven kwamen de eersten binnen, de adviseurs ruim voor de stafmedewerkers en voordat klanten konden gaan bellen. Vaak was de vroege ochtend het enige deel van de dag waarop rustig kon worden gewerkt zonder te worden gestoord door telefoon, ad-hocbesprekingen, binnenlopende collega's of uit de hand lopende vergaderingen. Ik pakte mijn spullen en wachtte in de gang tot iemand beneden in de lift stapte om naar boven te gaan. Pas toen de lift zich in beweging zette, drukte ik op de knop, zodat beneden niemand kon merken dat ik nog in het pand was.

De lift stopte en bijna geluidloos gingen de deuren open. Er stonden twee mannen in, jonge adviseurs, net als ik mensen die hun uren moesten vinden waar anderen ze lieten liggen. Frans Stutman en Thomas Ridden. Ze keken me aan, gedoucht en geschoren, maar met de slaap nog dik in de ogen.

Frans was de eerste die iets zei. 'Hé, Michael, nachtje doorgewerkt?'

'Is 't te zien?'

'En te ruiken', zei Thomas.

'Dank je.'

'De nada.' Frans deed zijn koffertje open, haalde er een designerflesje uit, richtte het verstuivertje op mijn jasje en drukte. Een wolk frisse mannengeur daalde op me neer. Thomas wapperde met zijn hand, hoestte.

'Toe maar', zei hij. 'Wat is dat voor ellende?' Hij griste het flesje uit Frans zijn handen. 'Drie liter voor een tientje? Of is 't van Shell? Loodvrij in een verstuiver? Dit product kan ik niet meer vrijgeven. Bescherming van de volksgezondheid boven alles.'

Op de achtste ging de deur open. Thomas sprintte naar buiten. Frans achter hem aan, de gang in, uit het zicht. Met hen verdween de lol van het vak, de onstuimige wil om overal een mening over te hebben, een inzicht aan toe te voegen of een bijdrage aan te leveren. Een verdieping hoger stapte ik uit, liep de rechtervleugel van het gebouw in naar de grote werkruimte met flexplekken. Een adviseur hoort bij de klant te zijn en niet op kantoor achter een bureau. Daar zit hij zijn tijd te verdoen, en daarom was een ver doorgevoerde vorm van de stoelendans toegepast. Wij hadden tien werkplekken voor vijftien mensen. Tien bureaus die van iedereen waren en dus van niemand. Op de bureaus lag niets, er stond geen plantje, geen foto, geen briefkaart. Niets. Tien maagdelijke werkbladen gaven de indruk van een ongebruikt kantoor. Iedereen had een eigen karretje, een soort veredelde boodschappenwagen, gemaakt van modieus geborsteld aluminium en hoogwaardig kunststof, met een plek voor dossiers en mappen en een afsluitbaar compartimentje onderin. Alsof je op de afdeling voor terminale patiënten terecht was gekomen en bij je bed nog wat spulletjes van jezelf mocht hebben. Niet te veel, want het duurde toch niet lang meer en dan moest al die rommel maar weer worden opgeruimd.

Bij de deur pakte ik mijn karretje, liep ermee naar de verste plek, aan het raam, en plugde mijn laptop in. Terwijl de computer opstartte, pakte ik mijn mobieltje. Het stond nog steeds uit. Sinds gistermiddag was ik onbereikbaar. Het kantoor van HC&P had nauwelijks vaste telefoons. Zelfs de secretaresses liepen met mobieltjes door het pand. Iedereen was altijd bereikbaar. Overal. Tenzij je het telefoontje uitzette, maar dat was alleen toegestaan tijdens besprekingen met klanten of met meerderen. Het eerste was bedrijfsbeleid, het tweede was een onuitgesproken regel.

Zodra het toestel het netwerk had gevonden, klonken de piepjes en verscheen het voicemailsymbooltje op het display. Ik belde en kreeg van de computerstem van het telefoonbedrijf te horen dat er zeven berichten voor me waren. Drie van Dries van Waayen, persoonlijk nog wel.

'Bellicher,' klonk zijn gemanicuurde stem, 'bij nader inzien denk ik dat we toch snel tot een punt moeten komen waarbij er voor beide partijen meer duidelijkheid is. Ik begrijp dat je op pad bent en bij de klant zit, en dat is geweldig, maar als je ergens aan begint is het verstandig meteen door te pakken. Dat adviseren we onze klanten en dat doen we zelf ook. Bel me', zei hij.

Einde bericht.

In het volgende werkte hij de gedachte verder uit. 'We moeten er nu voor oppassen dat we ons niet op de verkeerde dingen gaan richten, dat we het verschil tussen effectiviteit en efficiency niet uit het oog verliezen. Focus op het doel, dat is belangrijk. Daar gaat het om. Dat weet ik en dat weet jij. Dus lijkt het me goed als we daar zo snel mogelijk op kunnen terugkomen. Bel. Ik ben bereikbaar.'

Einde bericht.

De derde voicemail was minder genuanceerd. Het gecultiveerde gladde randje in zijn stem was verdwenen. Ik was helemaal niet bij een klant en dat wist hij nu ook. 'Als je het niet erg vindt wil ik NU weten wat jij in GODSNAAM aan het doen bent! Hoe krijg je het voor elkaar om, juist nu, zo'n wezenloze beslissing te nemen? Dat staat niet alleen haaks op het belang van de klant, maar gaat ook ten koste van de goede naam van HC&P. Ik verwacht je DUS morgenochtend om kwart over tien bij me op de kamer.'

Toneelstuk in drie bedrijven. De aankondiging van het idee, de confrontatie met het principe en de onmiddellijke uitvoering. Allemaal mijn eigen schuld. Vanzelfsprekend. Management maakt geen fouten, en zeker niet het management van een internationaal adviesbureau.

Daarom was hij erop gebeten mij uit zijn omgeving te verwijderen. Zo snel mogelijk, voordat mijn gedrag negatieve gevolgen kon hebben. Op dat punt was hij meedogenloos. Je kon foutjes maken in je analyse, je kon dingen missen in je onderzoek, je kon vergeten de juiste vraag te stellen. Het was natuurlijk wel een teken van domheid, maar het was toegestaan. Een mens maakt fouten, dat gebeurt nu eenmaal. De seniors en de partners zorgen ervoor dat je op die fout wordt gewezen. Allemaal prima, met mate natuurlijk. Maar een klant laten zitten, DE klant, dat kon niet. Dat was hoofdzonde nummer een. Zelfs ziekte was nauwelijks een excuus. Zolang je kon lopen, zitten en aanwezig zijn, dan sleepte je je naar de afspraak. Desnoods zei je een hele middag niets, dat was altijd nog beter dan niet verschijnen. Een afspraak met een klant afzeggen kon alleen om ruimte te maken voor een afspraak met een belangrijkere klant. Een groothandel in kantoorartikelen kon bijvoorbeeld wijken voor een ministerie, maar ook dan alleen als het echt niet anders kon. Zomaar, zonder opgaaf van redenen en zonder zelfs maar te bellen de klant laten zitten, was ondenkbaar. En dat is precies wat ik had gedaan. Voor Dries van Waayen was ik onhoudbaar geworden.

Ik luisterde de rest van de berichten af en pas bij het laatste drongen de woorden weer tot me door. Het was Kees, eenzaam kletsend in de digitale opslagruimte.

'Hé, Michael, met mij, je bent er niet ... of wel en dan wil je niemand aan de lijn ... mij dus ook niet, wat dan ook, en dat is best, ik bedoel, dat je niets tegen me zegt, kan ik me wel voorstellen ... even dan, niet te lang, natuurlijk, want ... ik wil wel dat je weer met me praat, dat wel, want ... jezus, hoe moet ik dat nou zeggen ... ik ben het, ik bedoel, dat weet je toch?'

Het viel stil. Alleen een kleine ruis van de verbinding klonk, nog een paar seconden. In trance zat ik vanachter het bureau uit het raam te staren. Het mobieltje aan mijn oor. Het bericht, allang afgelopen, afgesloten en opgeslagen, zou nog vierentwintig uur worden bewaard. Daarna niet meer.

Ik was terechtgekomen in een vreemd land, in vijandig gebied. Dit wilde ik niet. En eerlijk gezegd, zover was ik ook nog niet. Al mijn pakken hingen nog in de kast, overhemden van honderdvijftig euro per stuk, zijden dassen. Mijn adviseurspraat zat nog in mijn computer en die had ik altijd bij me.

Als ik om kwart over tien bij Dries van Waayen moest zijn, wilde ik weten wat ik moest vragen. Niet alleen over mijzelf, maar vooral over mevrouw Radekker. Hoe snel ik zou worden ontslagen, daar kwam ik wel achter. Ik wist precies hoe dat ging. HC&P toeterde tegen iedereen dat loyaliteit het hoogste goed was. Je mocht elkaar nooit afvallen, niet in de steek laten, maar als het moest stond je vóór het eind van de dag buiten. Ik had geen enkel vertrouwen in de loyaliteit van het bureau. Kennelijk was het mijn tijd om te gaan en op die manier mijn bijdrage te leveren aan het instandhouden van de winst. Ook goed.

Maar met Radekker was iets niet goed. Zij was dood en haar lichaam was verdwenen. Binnen de muren van dit kantoor was iets gebeurd waar niemand iets van wist, behalve ik. Als ik niet snel iets deed, dan kon ik niets meer doen. Eenmaal buiten het bedrijf zou het onmogelijk zijn nog met iemand contact te krijgen, en dus moest iemand van de directie op de hoogte worden gesteld. Dries van Waayen als eerste. Tenslotte was hij verantwoordelijk voor het personeel. Als ik het aan Van Waayen wilde vertellen, dan moest ik weten wie Radekker was, op welke afdeling ze werkte en of ze al werd vermist of niet. Dat soort dingen. Simpele dingen.

Via het HC&P-net waren alle namen, telefoonnummers en werkplekken van medewerkers beschikbaar. Binnen twee minuten wist ik dat er maar één Radekker bij het bedrijf werkte: Ina Radekker, debiteurenanalist op de afdeling Finance & Control met een vaste werkplek, kamer 3-026. Ze had een eigen doorkiesnummer, maar daar had ik nu weinig aan. Ik klikte door naar het telefoonboek en zocht Radekker in Amsterdam. Twee hits. H.K. Radekker in de Van Breestraat. Leek me niet de juiste. Verkeerde voorletters en een veel te duur adres. Mijn lippen deden pijn van de droogte. Door de airco of door iets anders, misschien wel door de straling van alle mobiele telefoons. Met mijn tanden trok ik aan de losse velletjes tot er eentje afscheurde. Zonder Labello had ik geen leven. Ik bekeek de tweede naam: I. Radekker, Admiraal de Ruyterweg. Dat klopte beter met een debiteurenanalist van begin dertig. Ik schreef het adres en telefoonnummer op en belde. Onwillekeurig hield ik mijn adem in. Stel dat er werd opgenomen, wat moest ik dan zeggen? Ik kon moeilijk zomaar vertellen wat ik dacht: dat er hier afgelopen nacht iemand was vermoord en dat ik bovendien dacht dat het mevrouw Radekker was en werd die misschien vermist, of ... Na twintig keer overgaan hing ik op. Er was niemand thuis. Logisch. Of niet logisch, dat kon ook. Alles kon.

Een voor een kwamen de anderen binnen. Nieuwe geuren verdrongen elkaar. Koffie, eau de toilette, leer en was van gepoetste schoenen en chique koffertjes. Korte gesprekjes klonken links en rechts, soms haperend, dan weer doorschietend in een onverwacht harde lach. Begin van een dag, een gewone dag, donderdag, nog geen eind van de week. Buiten een waterige ochtend in juni, binnen voldoende ambitie in een ruimte bij elkaar om Nederland alsnog een eigen vliegtuigindustrie te geven.

'Hier, je ziet eruit alsof je wel wat gebruiken kan.'

Vanuit mijn linkerooghoek verscheen een beker dampende koffie op het bureau.

Gijs sleepte een stoel van een ander bureau vandaan en ging tegenover me zitten. Hij had een oude plastic tas in zijn hand, van Albert Heijn. Gijs deed niet aan luxe koffertjes. Dat was zonde van het geld. Zeker als je elke week bij het boodschappen doen voor een dubbeltje een prima tas kreeg. Gijs was net zo oud als ik, ruim tien centimeter langer, één drieënnegentig, econoom van opleiding, wiskundige van natuur. Als hij een complexe berekening kreeg voorgelegd, dan zag hij gewoon het antwoord, alsof de onderdelen en de symbolen hetzelfde waren als de kleuren en lijnen van een schilderij. Zoals ik naar een foto kijk en zeg: 'O ja, een auto', zo keek hij naar een ingewikkelde wiskundige opdracht en dan zei hij: 'O ja, eenentwintig.'

Waar het vandaan kwam, wist hij zelf niet eens. 'Zie je dat dan niet?' vroeg hij dan. 'Dat staat er toch. Je ziet toch dat het er staat? Hoe kan je dat nou niet zien?' Hij zag sommen als composities, tabellen als visuele samenstellingen, jaarrekeningen en balansen waren voor hem de eenvoudigste cartoons. Hij was tijdens zijn studie wel eens gezakt voor tentamens omdat hij het antwoord wel wist, maar niet kon uitleggen hoe hij tot dat antwoord was gekomen. In feite kwam hij ook niet tot antwoorden, die waren er al.

Voor mij niet. Ik zag de wereld in relaties, in posities en belangen. Als iemand iets zei, dan zag ik zijn woorden als een rivier door een landschap stromen. Aan toon en uitspraak hoorde ik het belang en zag ik waar de dijken goed lagen en waar een doorbraak dreigde. Ik zag precies wat iemand moest zeggen, wanneer en tegen wie om de eenheid van zijn woorden te bewaren en toch binnen alle oevers te blijven. Dat zag Gijs weer niet. Gijs luisterde naar iemand en hoorde alleen wat er werd gezegd.

'Als iemand twaalf zegt, dan bedoelt hij toch twaalf? Of word ik nou gek?'

Zo ongeveer. En we waren allebei kleurenblind, hij iets meer dan ik, maar allebei vonden we dat er opvallend veel metallic groene auto's rondreden.

'Rapport af?' vroeg hij.

Ik schudde mijn hoofd.

'Niet af?'

Weer schudde ik.

'Nacht doorgewerkt en toch niet af? *Bad planning*, Bellicher.'

Ik knikte.

'Kan ik wat doen? Helpen? Ik heb nog wel een uurtje.'

De hete koffie zakte langzaam door mijn lichaam en bracht een ontspanning die ik al uren niet meer had gevoeld. De laconieke houding van Gijs deed de rest. Opeens besefte ik dat ik mezelf genadeloos voor de gek hield. Ik verschool me achter de gebeurtenissen van afgelopen nacht en deed alsof mijn toekomst binnen het bureau er niet meer toe deed. In vergelijking tot een moord stelden mijn eigen problemen niets voor. Dat dacht ik, maar als ik heel eerlijk was, dan lagen de zaken precies andersom.

HC&P was een ongewone verzameling mensen, hele en halve genieën met uitzinnige talenten en bizarre gaven. Iemand als Gijs van Olde Nieland, die de wereld zag als een palet van getallen, waardes en codes; die alles wat anderen abstract vonden, zag als het enige concrete, en dat volstrekt normaal vond. Zo waren er meer binnen het bedrijf. Aangetrokken door het werk, door de soms absurd ingewikkelde problemen die steeds vaker op het bureau van de adviseur werden gedumpt, omdat daar de mensen werkten die dwars door de meest ingewikkelde vraagstukken heen konden kijken. Het was een zichzelf versterkend proces. Dat verklaarde de ijzersterke positie van de grote, internationale adviesbureaus, en met iets minder dan honderdduizend adviseurs in meer dan zevenhonderd vestigingen in honderdvierentwintig landen behoorde HC&P tot de allergrootste. Adviseurs van het bureau hadden hun invloed op het beleid van overheden en het bedrijfsleven over de hele wereld. Als moderne *consigliaries* hadden zij het oor van de machtigen en rijken. Ongemerkt stuurden zij de beslissingen van regeringen en bedrijven, beslissingen die gevolgen hadden voor honderden miljoenen, miljarden mensen, waar ze ook woonden, in Amsterdam, Londen, New York en Parijs, maar ook in dorpen als Rijpwetering, Lurcy la Ville, Pleasant Hill en Wexford. Door hun wijdvertakte netwerk waren adviseurs niet alleen op de hoogte van de ontwikkelingen waar dan ook, in sommige gevallen bepaalden zij het beleid zelf.

In Nederland hoorde ik daarbij. Ik hoorde bij die mensen, bij Gijs en Thomas en Jan en bij Jessica, die alles zag als een uiting van strategie en balanceerde op de rand van perversie. Dat was te zien aan de manier waarop ze haar lichaam bewoog, soms met nauwelijks gecontroleerde schokjes, altijd heel klein, omdat ze zichzelf razendsnel wist te beheersen. Op ongelegen momenten kwam ze zo dicht tegen me aan staan dat ik nauwelijks meer kon praten. Elke beweging kon een vorm van aanranding zijn. Dat soort dingen deed ze en dan keek ze erbij alsof ze in een vergadering zat en zei ze iets over het strategische verschil tussen een merk en een product.

Jessica en ik woonden niet samen, maar daar was niets mee gezegd. Zij had een appartement aan de Gerrit van der Veenstraat. Zelf zat ik in de Deurloostraat, honderd vierkante meter op de bovenste verdieping. De twee adressen suggereerden een groter verschil dan er was, want zonder haar was ik niet wie ik wilde zijn. Gijs was de eerste die ik bij HC&P had ontmoet, maar door Jessica was ik van het bureau gaan houden. Bij die mensen hoorde ik.

En ik hoorde bij Sandra en bij Marja, die van iedereen die ze tegenkwam de religieuze achtergrond en opvoeding kon zien alsof het als een aura om hen heen hing. Zij kon de ingewikkeldste conflicten binnen drie minuten tot hanteerbare proporties terugbrengen. 'Een protestant tussen vier katholieken', was haar observatie nadat ze alleen maar was voorgesteld aan de vijf leden van een volstrekt geblokkeerde raad van bestuur. 'Dat verliest die protestant natuurlijk altijd, alleen, je kent de protestanten, die geven nooit toe.'

Daar hoorde ik bij en bij al die andere mafketels die een grijze auto niet van een groene konden onderscheiden, maar die van een instortende openbare dienst wel de strategie, de economie, de sociologie en de communicatie uit elkaar konden houden, daar de prioriteiten in konden aangeven en dat nog konden uitleggen ook.

Eerst kijken, dan denken. Dat was regel nummer één. Anders wist je niet waar je het over had. Om mij heen zag ik de mensen waar ik bij hoorde. Als ik daar niet meer bij kon horen, dan hoorde ik nergens meer bij.

Dries van Waayen was nog niet van me af.

11 Melk of zwart

'Ken jij iemand bij Finance & Control?' vroeg ik.

Gijs knikte. 'Natuurlijk,' zei hij, 'daar zitten de enige mensen in dit gebouw die weten hoe een getal eruitziet, ook al weten de meesten dan weer niet wat ze ermee moeten. Wie zoek je?'

'Radekker.'

'Meneer of mevrouw?'

'Mevrouw. Debiteurenanaliste.'

'Nooit van gehoord. Is er iets mee? Moet ik iemand voor je bellen?'

Ik dacht pijlsnel na, zag hoe mijn woorden door het bedrijf zouden gaan, via Gijs naar de afdeling en van de afdeling naar de manager van die afdeling en van daaruit verder.

'Nee, hoeft niet,' zei ik, 'ik kan d'r alleen niet vinden.'

'Komt omdat je niet weet aan wie je het vragen moet, meneer de communicatiespecialist. Laat mij maar even.'

Voor ik het wist, zat hij met de telefoon in zijn hand en keek hij me aan met een blik die het midden hield tussen verbazing en vanzelfsprekendheid. Gijs zat nergens mee. Dat had niet alleen te maken met zijn wiskundige manier van denken, maar ook met het soort familie waar hij uit kwam. Gijs van Olde Nieland was opgevoed met de manieren van de oude adel en dat was nog duidelijk zichtbaar. Als je een wind of een boer moest laten, dan deed je dat; als je iets wilde, dan vroeg je dat, en als je vond dat een ander iets moest doen, dan zei je dat. Gijs had een gedreven gemak en een natuurlijke afstandelijkheid. De eenvoud van het voorrecht zat er nog diep in bij hem en juist die capaciteit kon ik nu goed gebruiken. Als ik straks bij Dries van Waayen mijn naderend ontslag wilde afwenden, dan had ik goede argumenten nodig. Doorslaande argumenten.

'Ik heb een klant nodig', zei ik.

'Een klant? Zomaar?' Gijs liet het telefoontje weer in zijn zak glijden.

'Nee, eentje die indruk maakt.'

Gijs dacht na. In zijn ogen zag ik de afweging die hij maakte. Ik was die afweging. Gijs beschikte over een indrukwekkende kring van relaties, kennissen en bekenden. Zowel via de familie van zijn vader als die van zijn moeder zat hij in een netwerk van mensen op goede posities. Er was geen multinational of ministerie of hij had er wel een of ander familielid zitten. Decennia van democratisering en van kansen voor iedereen hadden daar minder verandering in gebracht dan je zou verwachten. Alleen als je direct met iemand als Gijs werkte, merkte je het gemak waarmee hij kon doordringen, de vanzelfsprekendheid waarmee hij anders onbereikbare mensen aan de lijn kreeg, maar hij liep er niet mee te koop, nooit.

Daarom was mijn vraag zo ongewoon. Ik vroeg hem zijn contacten in te zetten om mij te helpen. Hier. Nu. Ongeacht of iemand op mijn diensten zat te wachten, vroeg ik hem ergens een oom of achterneef op te duikelen, die naar mij zou vragen. Specifiek naar mij. Voor Gijs was het de vraag of ik dat waard was. Een simpele vraag, maar wel een die hij nooit aan mij zou stellen.

'En dan moet dat zeker ook graag een beetje snel?'

Ik keek op mijn horloge. Het was kwart over acht.

'Ach, wat is snel?' zei ik. 'Als ik niet binnen anderhalf uur een nieuw account binnenbreng, lig ik eruit.'

Gijs antwoordde niet. Hij stond op, wreef met zijn hand langs zijn lippen, zwaaide met een vinger naar me en liep weg. Na drie passen draaide hij zich om en kwam weer terug naar mijn bureau.

'Anderhalf uur?' vroeg hij.

'Ongeveer.'

'Dat is dus ...' Gijs keek nu ook op zijn horloge. '...zo rond kwart voor tien?'

'Als dat zou kunnen.'

'En wat gebeurt er om kwart voor tien, als ik vragen mag?'

'Dan zit ik bij Dries van Waayen.'

'Juist.'

We zwegen. Gijs stond op en pakte zijn kopje.

'Jij nog koffie?'

Zonder antwoord af te wachten pakte hij ook het mijne en bleef voor mijn bureau staan, in elke hand een kopje, zijn gedachten god mag weten waar. Een dienstbaar genie. Hij boog zich naar me toe en stelde een gefluisterde vraag. Altijd netjes.

'Dit heeft toch niet iets te maken met die ... eh ... mevrouw Rakker van Finance & Control?'

Ik schudde mijn hoofd. 'Radekker is iets heel anders.'

'Sure?'

'Maak je geen zorgen.'

Gijs lachte en leunde nog dichter naar me toe.

'Is 't iets wat ik weten moet?' vroeg hij.

Ik lachte ook, maar antwoordde niet.

Gijs zette de kopjes met een klap weer op het bureau. 'Hoofdlijnen, Bellicher, kom op! Dat lukt je toch hopelijk nog wel? Zonder hoofdlijnen kan ik nergens met je aankomen.'

Het was een van de regels van het bureau. Het vermogen je tot de hoofdlijnen te beperken was een voorwaarde om op het hogere adviesniveau te kunnen meedraaien. Wie zijn gedachten door details liet bepalen, bleef onherroepelijk hangen in een of andere functie als assistent of onderzoeker. Details waren belangrijk, dat wel, *the devil is in the detail*, dat wist iedereen. Alles moet kloppen, niemand mag ooit ergens een steek laten vallen, maar er komt een moment waarop de adviseur erop vertrouwt dat alle aspecten, zelfs het kleinste en nu nog onzichtbare, allemaal aan de orde zullen komen. De senior vertrouwt erop dat de junior alle gaten dichtloopt. De partner vertrouwt erop dat de senior zijn juniors op de juiste plekken aan het werk heeft. Zo gaat dat. Alles gericht op het naar voren halen van de hoofdlijnen. Gijs had gelijk, in een wereld waarin het normale tempo drie stappen vooruit was, liep ik hopeloos achter. Als ik niet eerst voor mezelf zorgde, dan kon ik vragen over Ina Radekker verder wel achterwege laten. Dan luisterde er niemand meer naar me.

'Oké,' zei ik, 'ik heb klanten drie dagen laten zitten.'

Gijs liet een boer. 'Pardon?' zei hij, niet om zich te verontschuldigen, maar om zijn verbazing te laten blijken, ook al droeg die nog wel de geur van zijn laatste maaltijd. 'Je hebt klanten laten zitten, zonder te bellen? Zonder te mailen? Zomaar?'

Ik knikte.

'Omdat?'

'Persoonlijk', zei ik.

'Overmacht?'

'Enorm.'

Gijs glimlachte. '*Say no more*. Ik bel wel iemand.'

Van Waayen was in gesprek. Op zich was dat niets bijzonders, want Van Waayen was altijd in gesprek. Dat was zijn werk en hij was er uitzonderlijk goed in. Van de negen partners van het bureau had Dries van Waayen met voorsprong de beste babbel. Hij kon denken en praten tegelijk. Het was een kwaliteit waardoor veel opdrachtgevers een rotsvast vertrouwen in hem hadden, want hij bedacht de oplossing voor een probleem soms letterlijk waar ze bij zaten. Mensen die eenmaal met Dries hadden gewerkt liepen nooit meer bij hem weg. Hij had een ijzersterke reputatie en die beschermde hij op elke denkbare manier. Terecht, want een goede naam is de basis waarop elke nieuwe klant binnenkomt. Zonder goede naam droogt de stroom uiteindelijk op.

Ik wachtte, op een stoel in de kamer van zijn secretaresse, Rachel, die me af en toe aankeek en glimlachte op een manier die het ergste deed vermoeden.

'Ben bang dat het nog even duurt', zei ze en ze wees naar de verbindingsdeur. Het liep tegen tienen. 'Hij zit met meneer Breger en ...'

De telefoon ging en verbrak het kleine contact dat we hadden. Achter de deur klonk gestommel en gelach van mensen die aan het eind van een bespreking zijn gekomen. De deurkruk ging naar beneden en even later werd de deur resoluut geopend. Een grote man kwam de kamer uit. Lang en breed, met grove trekken en een veel te harde stem. Dries van Waayen vlak achter hem, nog steeds lachend om iets wat eerder was gezegd. De twee mannen liepen door de kamer van de secretaresse naar de gang. Ze keken niet eens naar me, en gedroegen zich alsof er niemand anders in de kamer aanwezig was. De secretaresse gebaarde naar Van Waayen en wees op de telefoon.

'Momentje', zei ze en ze drukte op een knopje waardoor de beller in de wacht werd gezet. Van Waayen en Breger stonden nu in de gang.

'Huib, we zien elkaar overmorgen bij het afscheid van Kolf. Jij komt toch ook?' Van Waayen kwam achteruit de kamer van de secretaresse weer in lopen.

Huib Breger?

'Reken maar', zei Breger. Zijn stem klonk vanuit de gang en met elk woord dat hij sprak dacht ik een bepaalde klank te herkennen, een toon. 'Hé, en jij praat met de States? Daar kan ik op rekenen?'

Ik wist dat ik die stem eerder had gehoord, maar kon me niet herinneren waar.

'Wat denk je?' zei Van Waayen en hij lachte. Hij zwaaide en draaide zich om. Naar mij. Naar zijn secretaresse.

'Wat ik denk is wat ik vraag', zei Breger vanuit de gang. 'Anders vroeg ik wel wat anders.'

Ik verstijfde in mijn stoel. Het was dezelfde opmerking die ik afgelopen nacht in de gang had gehoord. Uitgesproken op precies dezelfde harde, vlakke manier. Breger was een van de mannen die de vorige nacht het lichaam van Ina Radekker uit het gebouw hadden weggehaald.

Breger en Van Waayen?

Vragen flitsten door mijn hoofd, en geen van die vragen kon

ik hier stellen. Ik probeerde me te concentreren op het gesprek dat ik nu moest gaan voeren, maar wat ik ook probeerde, steeds hoorde ik weer die stem. En elke keer als ik die stem hoorde, zag ik Ina Radekker weer liggen. Dood en daarna verdwenen.

Een van de mannen die dat hadden gedaan, was net op bezoek geweest bij een partner van het bureau. Dat kon toeval zijn, alles in het leven kon toeval zijn, maar het kon ook iets heel anders betekenen. Het liefste wilde ik opstaan en weglopen, maar Van Waayen kwam naar me toe. Op zijn gezicht stond de onmiskenbare uitdrukking van een manager die gaat managen en die daar zin in heeft. Zijn secretaresse, gebarend op de achtergrond, gefrustreerd omdat ze niet de aandacht kreeg die ze vroeg, sloeg met haar vuist op haar bureau, net op het moment dat Van Waayen iets tegen me wilde zeggen.

'WAT?' vroeg hij geïrriteerd. 'Je weet dat ik nu met Michael in gesprek ga en dat ...'

'Ik heb de SG van Binnenlandse Zaken hier onder de knop', zei Rachel. Ze was onverstoorbaar. 'Zal ik vragen of hij later terugbelt?'

Van Waayen verstilde. De SG van Binnenlandse Zaken was een klant met een grote K. 'Eberhuizen?' zei hij.

Rachel keek op haar horloge. 'Al drie minuten', zei ze. 'Als hij niet al heeft opgehangen.' Ze duwde op het knopje en zette haar professionele stem op. 'Meneer Eberhuizen? Ja, excuses dat u moest wachten, maar meneer Van Waayen moest even van ergens anders komen ... ja, dat soort dingen zeggen we niet, dat begrijpt u ... precies ... wat u zegt ...' Ze lachte. 'Ik zet u door.' Ze duwde op meer knopjes en het toestel in de andere kamer ging over.

Van Waayen reageerde onmiddellijk. 'Een minuutje,' zei hij tegen mij, 'echt, dit moet even.' Hij haastte zich naar zijn kamer en trok de deur achter zich dicht.

'Zeikerd', zei Rachel en ze lachte weer. 'Met poep en pies kun je nog steeds alles goedpraten. Zal ik koffie voor je halen? Want dat minuutje is natuurlijk onzin. Jij zit hier over een kwartier nog, dat begrijp je. Wil je melk of zwart?'

'Melk', zei ik en ik was blij dat ik die ochtend ten minste één eenvoudig antwoord kon geven.

Vanuit de deuropening van zijn kamer keek Van Waayen me aan. Uitdagend. Nijdig. Hij wenkte niet en hij bewoog niet. Hij stond stil, benen iets uit elkaar, een hand in zijn broekzak, de ander spelend met zijn telefoontje, en hij keek. Hij keek alsof hij iets zag wat hij niet begreep, iets wat buiten zijn verwachtingen viel, iets wat hij het liefst met zijn blik alleen zou willen ontleden om te zien wat erin zat. Ik wist niet of hij mij verachtte of juist niet. Zijn ogen gaven geen enkele indicatie van zijn gedachten. Met bonkend hart wachtte ik op wat hij ging zeggen.

Hij zei niets.

Met onevenredig veel inspanning lukte het me op te staan en een paar passen zijn kant op te zetten. Ik ben niet lang. Niet zo lang als Gijs. Zelfs niet eens zo lang als Jessica, zeker niet als ze hakken aan heeft, en Jes houdt wel van een hakje. Eén negenenzeventig ben ik, donker krullend haar, donkere ogen, dikke wenkbrauwen, recht voorhoofd, weinig overtuiging. Ik kan eigenlijk niets, maar ik geef niet snel op. Mijn spieren waren verstijfd, mijn voeten en handen tintelden, omdat ik te lang in een verkrampte houding had gezeten. Zenuwen. Door mijn ledematen te schudden probeerde ik de bloedsomloop weer op gang te krijgen, tot ik besefte dat ik er zo, met wapperende handen, onbeschrijfelijk stom uit moest zien.

Van Waayen negeerde mijn gedoe en kwam een paar passen dichterbij, tot we pal tegenover elkaar stonden. Nog duurde het seconden voor hij sprak.

'Is dit een actie, Bellicher?' vroeg hij. 'Want dan is het een hele goeie.'

Zonder mijn reactie af te wachten draaide hij zich om en liep zijn kamer in. Even later was hij weer terug met een papiertje in zijn hand.

'Want weet je wat het geval is? Het ministerie van Binnenlandse Zaken, nee, ho, wat zeg ik, de secretaris-generaal van Binnenlandse Zaken wil een communicatieadviseur, en van alle communicatieadviseurs die er in dit land rondlopen, en dat zijn er nogal wat, wil meneer er maar één hebben. Eén! Een eenendertigjarig adviseurtje wil hij hebben, ja! Geloof jij het?'

Hij duwde het papiertje in mijn gezicht.

'Morgenochtend, tien uur, in Den Haag, en als jij daar één stap verkeerd zet, dan mag je zo doorlopen.'

Ik nam het papiertje van hem aan.

'Zijn we duidelijk?' vroeg hij.

Ik knikte.

'Mooi, dan wil ik je tot die tijd niet meer zien', zei hij en hij bleef me aankijken tot ik de kamer had verlaten.

12 Bellilog 17.06.04

Gijs hangt over mijn bureau. Hij legt een oude plastic tas boven op mijn papieren, een ordinaire rood-witte van de Edah deze keer. Doet hij altijd. Zijn grote handen frunniken met zijn bril. Hij maakt bewegingen die ik van hem ken, die ik bijna dagelijks zie. Ik weet dat hij de poten van zijn bril drie keer in en uit vouwt voor hij hem in de binnenzak van zijn jasje stopt. Ik weet het en hij doet het. Net als met die tas op mijn papieren. En ik weet dat hij pulkt aan de nagelriem van zijn rechter middelvinger. En hij doet het. Hoe meer hij pulkt, hoe meer last hij heeft van het velletje boven die nagel. Dat weet ik, net zoals hij van mij dingen weet, die ik niet ken. En terwijl hij daar staat te wachten tot hij wat zegt, wilde ik dat ik net zo vertrouwd was met mezelf als hij.

Als je het aan de juiste persoon vraagt, kun je gered worden. Misschien is het maar voor even, maar dat is al heel wat. Zeker voor mij. Ik ben een wees van de ICT, mijn ouders zijn zo achterhaald dat ze niet meer in dezelfde dimensie leven. Technologie maakt eenzaam, en we zijn nog maar net begonnen. Zonder Jes, zonder Gijs kan ik het niet. Kijk mam, zonder handen! Of kijk eigenlijk maar niet.

Mail aan: Jes
Onderwerp: familie
ben je d'r nog?
hier vallen de gaten er in
zoenen,
m.

13 0,17 seconden

Soms werkt een plan te goed. Zoals nu, want opeens stond ik niet op straat, maar onder verhoogde werkdruk. Alle klanten die ik de vorige dag had gebeld om afspraken te verzetten, omdat ik dacht ze toch nooit meer te zullen zien, stonden nu keihard in de agenda. Elke opdrachtgever zou verwachten dat ik de verloren tijd ging inlopen. Dat was normaal. Ik had een week voordat ik bedolven zou worden onder de vergaderingen en deadlines. Voor die tijd moest ik het beste vriendje zien te worden van de secretaris-generaal van Binnenlandse Zaken. Hoe het Gijs gelukt was om op zo korte termijn zo'n mega-account in te schakelen, was onbegrijpelijk. Gijs had zijn eigen redenen om te doen wat hij deed, en wat hij vandaag voor me had gedaan, was onbetaalbaar. Dat besefte ik, net zoals ik wist dat ik hem daar ooit op een passende manier voor zou moeten bedanken.

Alleen niet nu.

Nu moest ik de tijd die ik had zo goed mogelijk benutten. Ik wilde niet over klanten en opdrachten nadenken voordat ik wist wat er met Ina Radekker was gebeurd, voordat ik wist wat er zich woensdagnacht had afgespeeld en wie daarbij betrokken was. En de eenvoudigste manier om daarmee te beginnen, was om gewoon naar haar afdeling te gaan en daar te vragen wie Ina Radekker eigenlijk was. En waar ze was?

De naam Finance & Control klinkt militaristisch bancair, alsof het geld de maat van alle dingen is, en dat is het ook. In de westvleugel van de derde verdieping merk je daar overigens weinig van. Op de stafafdelingen, waar klanten over het algemeen niets te zoeken hebben, is altijd wel iemand te vinden. Er wordt gespreid geluncht, ook al trekt verreweg het grootste deel van de medewerkers om halfeen richting de kantine. Dat is dan ook het rustigste moment in het gebouw.

Op de afdeling heerste een diepe stilte. Driekwart van de kamers was leeg, hier en daar zat nog iemand geconcentreerd naar een beeldscherm te staren of met een oor in een telefoon. Niemand die me iets vroeg, ik geloof zelfs dat niemand me zag. Ongehinderd liep ik verder, op zoek naar de plek van Ina Radekker.

Nummer 3.026 was een ruime kamer met drie bureaus, alledrie onbemand. Op twee van de bureaus stond de computer aan en lag werk waar mensen overduidelijk nog mee bezig waren. Het derde bureau was opgeruimd, op een paar papieren na bijna leeg. De computer stond uit en niets wees erop dat er vandaag aan gewerkt was. Als Ina er niet meer was, dan was dat haar bureau.

Ik bladerde door de papieren, een paar interne memo's over het gebruik van het kopieerapparaat en over gewijzigde voorschriften voor de beveiliging van documenten en administratieve gegevens. Er lag een bureauagenda met afspraken. Deze week niets, volgende week ook niet. Ina Radekker had niet het soort baan waarvoor ze veel met anderen hoefde te overleggen. Ze had geen klanten en ze had geen leveranciers, ze hoefde geen urenstaten bij te houden en ze reed geen vijftigduizend kilometer per jaar om altijd daar te zijn waar de opdrachtgever dat wilde. Haar werk speelde zich af op één plek, achter één bureau. Haar werk was niet facturabel, haar uren waren haar werktijd. Als ze langer werkte, dan was dat overwerk. Een begrip dat adviseurs niet kenden.

Ik trok de laden van haar bureau open. In de eerste lag niets bijzonders. Paperclips, nietmachientje, ontnieter, wat pennen en potloden, gewone kantoorartikelen. De volgende lade bevatte een doosje lege diskettes en een stapel cd-roms. Snel bladerde ik door de cd's. Stuk voor stuk waren het software cd's met extra programmatuur, allemaal gericht op het verwerken van administratieve gegevens. In de onderste la lagen wat mapjes en een paar grote, dikke enveloppen. Ik haalde ze eruit en bekeek de inhoud. Het waren uitdraaien van een administratie die zo op het eerste gezicht niets met het bedrijf te maken had. De afkorting MF zag ik ergens, met een hoop namen en cijfers die me niets zeiden. Waarschijnlijk een privé-klus die ze tussen het reguliere werk door deed. Ik stopte de papieren terug in de mapjes en de enveloppen en nam alles mee.

Twee deuren verderop zat een vrouw geconcentreerd te werken. Ik klopte kort en liep naar binnen. Ze was een jaar of veertig, klein en spichtig. Ze had kort, steil blond haar en een verbeten uitdrukking op haar gezicht die maar af en toe door een flits van een glimlach werd doorbroken. Ze keek op van haar werk en vroeg wat ik wilde.

'Ik zoek Ina Radekker', zei ik. 'Weet u waar ze is? Of is ze gewoon lunchen?'

De vrouw lachte.

'Nou, misschien is ze wel lunchen, maar dan niet hier. Ina is weg, dus eh ...'

'Weg?'

'Met vakantie.'

'Huh?' Het was eruit voor ik het wist.

'Ja, probeer het eens op Kreta', zei ze. 'En anders zit ze over drie weken weer gewoon aan d'r bureau. Als je zolang kan wachten.'

'Kreta?'

Ina bleek geheel volgens de al maandenlang bekende vakantieplanning van de afdeling naar het Griekse eiland vertrokken. Vlucht om halfzes 's ochtends, inchecken vanaf vier uur. Niemand verwachtte iets van haar te horen tot ze half juni weer terugkwam. Ja, een briefkaart misschien.

'En als dat je allemaal te lang duurt, dan moet je het mij doen', zei ze. Weer wierp ze me die verbeten blik toe.

'Bent u boos?' vroeg ik.

'Omdat je hier natuurlijk komt klagen over Ina', zei ze verongelijkt. 'Met dat zalverige glimlachje van je, want zo zijn jullie allemaal. Adviseurs. Lief kijken en ondertussen halen ze je onderuit. De meeste mensen komen hier alleen om te zeggen dat er iets niet klopt, en dat is dan natuurlijk onze schuld. Maar wij controleren alleen maar, en als er iets niet klopt, dan zeggen we dat. Het lijkt wel of niemand meer kan tellen tegenwoordig.'

'Kunnen we ook niet', zei ik. 'Een beetje adviseur leert dat een plus een drie is, dus dat wordt nooit meer wat.'

Ik probeerde Gijs te pakken te krijgen, maar hij was onbereikbaar, in vergaderingen. Op zijn voicemail sprak ik in dat ik tussen zes en zeven in Vak Zuid zou zijn, de tent aan de achterkant van het Olympisch Stadion. Het was er vaak vol en lawaaierig, maar het was ook dichtbij en makkelijk. Iedereen ging naar Vak Zuid. Al jaren, en naarmate de Zuidas van Amsterdam groeide werd het er drukker en drukker. Zoveel anders was er niet in de buurt.

Ik haalde mijn laptop van mijn karretje, sloot hem weer aan op het netwerk en haalde mijn e-mail op. Twaalf berichten. Klanten, klanten en nog eens klanten. Ze stuurden elke dag hele pakken vol informatie. Rapporten, plannen, onderzoeken, metingen, PowerPoint-presentaties, sheets, folders, jaarverslagen, alles werd in de e-mail gestopt en gestuurd. Het maakte zaken vaak nodeloos ingewikkeld, want niemand wist meer wat er nu wel en wat er niet toe deed.

De laatste mail was van Kees. 'Ik zie je wel', stond er. Aan de mail zat een attachment. Het was een foto van Kees zelf. Een portret met ogen vol verwachting en een glimlach om voor door de knieën te gaan. Letterlijk, ik wist er alles van.

Geïrriteerd klikte ik de foto weg en bewaarde hem op de vaste schijf van mijn computer. De irritatie zelf bleef hangen in mijn lijf, in mijn rug en in mijn nek. Ik was boos op mezelf, meer dan op Kees. Ik opende de mail weer en stuurde een antwoord: 'Ik jou ook. Laat mij maar even.'

Op het netwerk van HC&P zocht ik naar Huib Breger, maar nergens, in geen enkele afdeling van het bedrijf kon ik hem vinden. Dat verbaasde me. Ik dacht terug aan de ontmoeting van vanochtend, aan de manier waarop Van Waayen en Breger met elkaar spraken. Het was duidelijk dat de twee elkaar goed kenden en dat ze vaker bij elkaar over de vloer kwamen. Breger werd ook niet begeleid toen hij wegging, niet door Van Waayen en niet door zijn secretaresse. Ze maakten zelfs geen aanstalten om zoiets te doen, en dat betekende dat hij in het gebouw hoorde. Of in elk geval bij het bedrijf, want het was strikt beleid dat vertrekkende bezoekers tot aan de uitgang werden begeleid, tot ze door het poortje waren. Er was de afgelopen jaren te veel uit het pand gestolen, computers en apparatuur, er waren ook hele kamerinrichtingen verdwenen, bureaus, stoelen en kasten. Vrij snel daarna kwamen de pasjes en de poortjes en het beleid dat onbekenden niet meer alleen door het gebouw mochten zwerven. Ook de gasten van de directie niet.

Breger was dus geen gast, geen bezoeker van buiten, en dat betekende dat hij een pasje moest hebben en op de een of andere manier als medewerker, hoog of laag in de bureauhiërarchie, geregistreerd moest staan. Maar dat stond hij niet. Nog vreemder was dat hij midden in de nacht in het gebouw aanwezig kon zijn, en kon vertrekken. Ook dat betekende dat hij en die andere mannen pasjes moesten hebben om het gebouw in en uit te kunnen. Zelfs de parkeergarage kon je zonder pasje niet uit.

Zwijgend keek ik naar mijn scherm en in mijn hoofd volgde ik de tergende logica van de computer. Als de computer een antwoord geeft dat niet klopt, dan klopt het toch, want de antwoorden van de computer kloppen altijd. Als het antwoord van de computer niet klopt, dan weet je dus zeker dat het niet aan de computer ligt. Dan was de vraag verkeerd en het duurt soms lang voordat je dat begrijpt.

Hoe ik ook naar het scherm staarde, ik kwam geen stap verder. Het betekenende bijvoorbeeld dat niet alle mensen met een pasje geregistreerd stonden. Dat was een eenvoudige conclusie en nadat ik die eenmaal had getrokken, kon ik hem ook wel begrijpen. Er waren allerlei mensen van de bewakingsdienst, de schoonmaak, de kantine of van de onderhoudsdiensten die niet bij HC&P in dienst waren, maar bij toeleveranciers van het bedrijf. En die mensen zouden dus nooit op het HC&P-net te vinden zijn. Logisch. Maar als Huib Breger bij een van die bedrijven werkte, waarom was hij dan zo joviaal en dikke maten met Van Waayen? Dries van Waayen gruwde van schoonmakers en horecavolk. Hun platheid tastte zijn gevoel van eigenwaarde aan. Hij kon wel eens een grapje met zo iemand maken, maar meestal werd daar niet om gelachen, omdat anderen de grapjes van Dries vaak niet begrepen. Dries' gevoel voor humor had met belangen en posities te maken, en dat was aan schoonmakers niet besteed. Die veegden de vloer aan met dat soort getrut.

Met een klik op het icoontje onder in het scherm surfte ik naar Google. De naam Breger leverde duizenden hits op. Veel te veel. Ik probeerde achternaam en voornaam samen, Huib Breger, en 0,17 seconden later kreeg ik het overzichtelijke resultaat van de zoekopdracht: zeven hits, alle zeven voor dezelfde Huib Breger, student informatica aan de universiteit van Johannesburg, lid van het roeiteam en drager van de suggestieve titel *'Man you most like to have icecream and chocolate sauce with in a public sauna 2003'*. Hij had zelfs een eigen website, Huibbreger.sa. Ik klikte op de link en bladerde even later door het weblog van een nerd en sportfreak. Een eindeloze verzameling berichtjes, observaties, aantekeningen en foto's waarmee hij een verslag van zijn leven maakte. Net zoals ik dat deed op bellilog.com. Rechts boven in het scherm stond een grote button. Mail me. Dat deed ik en ik schreef dat ik hier een man van een jaar of vijftig was tegengekomen met dezelfde naam als hij en vroeg hem of dat niet toevallig familie van hem was.

Je weet het niet. Internet is het medium waarin je het toeval kunt opzoeken en schijnbaar onmogelijke contacten kunt leggen. Mensen die elkaar niet kennen, en niet kunnen kennen, wisselen berichten uit alsof ze buren zijn. En dat zijn ze ook. In de digitale wereld is iedereen je buurman.

Van Waayen was er niet, de deur uit naar een bespreking. Rachel, zijn secretaresse, had het druk met het verwerken van verslagen en aantekeningen, en het beantwoorden van de telefoon, die om de paar minuten ging. Ze gaf me het adres van het ministerie van Binnenlandse Zaken, vlak bij het Centraal Station in Den Haag.

'Treinen in de spits is een ramp', zei ik.

'Wat een onzin', antwoordde ze zonder van haar aantekeningen op te kijken of haar typesnelheid te verminderen. 'Een aardbeving is een ramp. Hongersnood is een ramp. Oorlog is een ramp. Treinen in de spits is werk, dus let op je woordkeus.' Ze draaide zich naar een stapel papier, trok er een velletje uit en gaf het aan me. 'Hier, briefing voor morgenochtend.'

Het was een kort verslagje van het gesprek dat Van Waayen had gevoerd met de SG van Binnenlandse Zaken, drs. A.W.J.M. Eberhuizen. Van Waayen had het teruggebracht tot een rijtje trefwoorden en aangevuld met standaard advieskretologie om het alvast een herkenbaar kader te geven. De 'complexe omgeving' stond er al in, de 'herdefinitie van de strategische uitgangspunten' en nog wat begrippen die het werk van de adviseur op het hoogste niveau moesten verankeren.

Ik glimlachte. Dit kende ik.

'Bedankt', zei ik en ik wilde de kamer uit lopen. Op de drempel draaide ik me om. 'O ja,' zei ik, 'wat ik nog vragen wou, die man die hier vanochtend was ...'

'Welke man?'

'Die vent die bij Van Waayen was toen ik een afspraak met hem had.'

'O, die, meneer Breger, geloof ik. Wat is daarmee?'

'Weet jij wie dat is?'

Rachel keek me aan met een blik die aan de pokertafel tot

astronomische inzetten zou kunnen leiden.

'Geen idee', zei ze. 'Ik had de man nog nooit gezien.' Ze draaide zich naar haar beeldscherm en het volgende moment vlogen haar vingers weer over het toetsenbord.

Ons gesprek was afgelopen.

14 Ruud

Happend in een cheeseburger keek ik vanuit de auto naar het pand schuin aan de overkant van de Admiraal de Ruyterweg. Het was een groot huis, gesplitst in verdiepingen. Tweehoog was de woning van Ina Radekker. Hier, aan een drukke straat in Amsterdam-West, had ze gewoond. Ik had geen idee hoe lang of hoe, ik wist niet of ze huurde of dat ze de etage had gekocht. Het enige wat ik van haar wist, had ik liever niet willen weten. Vette druppels zakten langs mijn kin. Smaak en sap van de burger zwommen in mijn mond. Instant bevrediging van eten met een wereldmerk.

Ergens moest ik een aanwijzing kunnen vinden dat ze niet op Kreta zat, dat ze niet zomaar met vakantie was, want dan pas kon ik anderen inschakelen om iets te doen. In haar woning hoopte ik de naam van haar reisbureau te vinden, zodat ik iemand kon bellen om te vragen of ze inderdaad een vlucht had geboekt. Of een hele vakantie. En zo ja, of ze was komen opdagen. Of ze de reis had afgezegd. Of niet. Dat soort dingen. Een begin, iets, want als ze inderdaad had geboekt en niet op Schiphol was verschenen, dan was ze vermist en kon de politie zich ermee bemoeien. Dat wilde ik bereiken.

Ik verfrommelde de verpakking, veegde mijn mond en handen af en belde nog een laatste keer haar nummer om te zien of er niet toevallig toch iemand was. De telefoon ging eindeloos over, maar er werd niet opgenomen. Uiteindelijk stapte ik uit en liep nog een paar keer heen en weer voor het huis, kijkend naar de voordeur, naar de ramen op twee hoog, en naar die van de verdieping eronder. Nergens zag ik beweging. Ik liep naar de voordeur. Vijf treetjes op. Sleutelbos in mijn hand. De deur had twee sloten, een normaal en een pin. Ik draaide eerst het pinslot open en stond daarna onhandig te friemelen voordat ik de juiste sleutel te pakken had voor het normale slot. Eindelijk duwde ik de deur open en even later stond ik in een smal trapportaal met een steile Amsterdamse trap naar de eerste en naar de tweede verdieping.

Daar sloot een tweede voordeur de woning af van de rest van het huis. Ik koos een van de overgebleven twee sleutels en had meteen de goede. Voorzichtig ging ik op de bovenste verdieping naar binnen. Hier woonde Ina. Hier had ze gewoond. Technisch was het nog steeds haar woning, het stond vol met haar spullen en haar verleden, ook al zou ze zelf nooit meer ergens wonen. Onthechte gedachten over iemand die ik niet kende brachten een onplezierig gevoel van leegte.

Eenmaal binnen verdwenen de aarzeling en de angst. Zodra de deur achter me dichtviel, voelde ik me veiliger en kwam mijn natuurlijke drang om overal mijn neus in te steken weer boven.

Aan de achterkant lag een slaapkamer en een kleine badkamer. Aan de voorzijde van het huis waren de voorkamer en een kleine zijkamer doorgebroken om een grote woon-eetkamer met open keuken te maken. Meer was er niet. Tegenover de voordeur, op de overloop, stond een smalle gangtafel met daarboven een grote spiegel. Op het tafeltje stond een mandje met wat kleine spullen, een pasje voor de videotheek, nog een paar sleutels, waarschijnlijk voor een fiets, een strippenkaart, wat elastiekjes, wat kleingeld. Naast het mandje een stapeltje enveloppen, drie blauwe van de belastingdienst en wat reclamedrukwerk. Aan de voorkant van het tafeltjes zat een klein laatje. Niet de plek waar iemand informatie over zijn vakantie zou bewaren, maar ik trok het toch maar open. Twee paar handschoenen en een opgevouwen sjaaltje. Meer niet.

Ik deed het laatje weer dicht en liep naar de grote voorkamer. Bij de open keuken stond een ronde eettafel met vier stoeltjes. De andere kant van de kamer werd ingenomen door een opstelling met twee tweezitbankjes, een kleine salontafel, een enorm wandmeubel met ruimte voor geluidsinstallatie, televisie, dvd-speler, boeken en nog veel meer. Het meubel besloeg anderhalve wand, vanaf de deur waar je de kamer binnenkwam naar de hoek en de helft van de muur tegenover de deur. Aan het eind van de kast was een uitschuifbaar werkblad. Daarop stond een dichtgeklapte laptop. Datwell, hetzelfde model als ik had. Snel doorzocht ik de kast. Ik hoefde niet te weten wat er allemaal in stond, ik hoefde alleen maar iets te vinden dat met haar reis te maken had. Alle andere spullen kon ik overslaan. Iemand die een reis boekt, stopt de informatie niet ergens tussen de literatuur en de kookboeken.

Ik klapte het computertje open en terwijl het opstartte keek ik verder in de kast. Er stond van alles en er stond niets. Ina Radekker had laden vol cd's, honderden, voornamelijk klassiek, veel boeken, vazen, kandelaars, schalen, beeldjes, een paar porseleinen figuurtjes en foto's in lijstjes. Te veel voor de kleine woning, te weinig om iets uit te kunnen opmaken. Met een stoel van de eettafel zette ik me achter de laptop. Dit was haar thuiscomputer, die niet meeging naar kantoor, loginnaam en wachtwoord stonden standaard ingevuld. Hier was de kans dat een ander in haar computer zou kijken zo klein dat ze haar wachtwoord niet geheim hoefde te houden. Uit mijn zak haalde ik een pen en een papiertje en schreef haar logingegevens op.

Snel klikte ik naar de webbrowser en het apparaat maakte verbinding. Terwijl ik wachtte, keek ik onder het bureautje. Op de grond lagen twee kleine dumbbells, handhaltertjes van twee kilo elk, gemaakt uit één stuk ijzer, een staaf in het midden en aan beide uiteinden een kleine massief stalen bal. Ik pikte er eentje op en deed er wat oefeningen mee. Voor mij was het te licht, ik voelde het gewicht niet eens, maar voor iemand die dag in dag uit achter de computer zit en alleen haar polsen, handen en vingers beweegt, was het precies het goede gewicht om de spieren af en toe even iets anders te laten doen.

Met een klein geluidje gaf de computer aan dat hij was aangesloten op internet. Ik legde het haltertje terug en klikte naar het venstertje waar de webgeschiedenis in stond, in de hoop daar de site van een reisbureau te vinden.

Een lange rij websites verscheen in het venster. De namen zeiden me niets, behalve de naam van de website van HC&P zelf. Ik kopieerde de lijst en mailde hem naar mijn eigen e-mailadres. De computer was een paar seconden bezig en ondertussen probeerde ik te bedenken waar ik informatie zou kunnen vinden over Ina's reis. Als ze via de computer op kantoor had geboekt, zou ik het nooit kunnen vinden. Ik was in gedachten verzonken en had niet in de gaten wat er gebeurde. Pas toen de voordeur weer in het slot viel, hoorde ik dat er iemand anders in de flat was.

Te laat.

De kamer bood geen enkele plek om me te verbergen en dus koos ik voor de enige verdediging die overbleef. De aanval.

'Hé,' riep ik, 'wie is daar?' En met een verontwaardigde uitdrukking op mijn gezicht liep ik door de kamer richting de gang. Zover kwam ik niet. Voor ik de deur kon bereiken, werd de opening gevuld door een vierkante man in het lelijkste trainingspak dat ik ooit had gezien. Glimmend geel, oranje, zwart, groen en zilver knetterden van zijn armen en benen. Zijn sportschoenen waren helwit, om zijn dikke rode nek hing een gouden ketting met een gouden naamplaatje. Ruud, stond erop in cursieve letters.

Net wat ik nodig had.

Ruud sprak niet, hij keek alleen maar. Niet om iets te begrijpen, maar om iets duidelijk te maken. Hij keek me recht in mijn ogen en knipperde niet. Een snelle blik links en rechts om er zeker van te zijn dat er geen anderen waren, en vanaf dat moment had hij alleen nog oog voor mij.

Ik blufte.

'Krijg ik nog antwoord?' vroeg ik en ik deed een stap dichterbij. Als mannen zo nodig een spel moeten spelen om te zien wie de grootste heeft, dan doe ik altijd mee. Dat hoort er nou eenmaal bij, het is onderdeel van de code onder mannen.

Ruud zag dat anders. Vanuit stilstand schoot zijn rechterhand naar voren en greep me bij mijn keel. Hij drukte me moeiteloos naar achteren, met mijn rug over een van de tweezitsbanken. Ik rolde en tuimelde en op geen enkel moment verminderde de druk op mijn luchtpijp. Ruud had me vast als een kat die een prooi in zijn bek heeft. Soepel en sterk gleed hij over de bank. Ik viel, hij ging door zijn knieën. Ik rolde, hij draaide. Ik trapte en maaide met mijn benen, graaide naar de hand om mijn strot. Naarmate ik minder lucht kreeg, groeide de paniek in mijn lijf. Ruud speelde geen spel. Ruud deed niet aan codes voor mannen. Ruud hoefde geen indruk te maken.

Hij tilde me van de grond, liet me los en trok zijn hand terug. Adem gilde door mijn keel naar binnen. Ik zag niets en ik hoorde niets, ik voelde alleen de alles overheersende behoefte aan lucht. In alle rust haalde Ruud uit. Zijn vuist trof me midden in mijn borst. De lucht die ik net met zoveel moeite had ingeademd, werd er met één gerichte dreun weer uit gemept. Ik klapte dubbel, sloeg mijn armen om me heen en probeerde een uitweg te vinden. Meer nog dan de pijn was het shock die me verlamde. Dit kende ik niet. Ik kende bullen, hufters, ordinaire sportschooltypes, rondhangende randjongeren en corpsballen die altijd wel in waren voor een potje duwen en trekken, maar dit kende ik niet. Ruud was een ander soort, hij was niet geïnteresseerd in opleiding of afleiding, Ruud was eropuit de verhouding te bepalen. Voor eens en voor altijd.

Hij legde een hand onder mijn kin, trok mijn hoofd omhoog en gooide me over de omgevallen bank tegen de boekenkast. Boeken en beeldjes en vazen en snuisterijen vielen over me heen. Ruud greep een van mijn enkels en sleepte me uit de rotzooi naar het midden van de kamer. Daar legde hij een tweede hand om dezelfde enkel en ik voelde hoe de twee handen zich in een ijzeren greep sloten. Hij zette zijn voeten uit elkaar, zakte door zijn knieën, kromde zijn rug en wachtte een paar seconden. Hij kreunde. Ademde uit en daarna diep in, zette de lucht klem in zijn vierkante borstkas, pompte zichzelf op en met een rauwe ruk sleurde hij me in een draaiende beweging, als een reusachtige slinger, door de kamer. Mijn schouders en mijn hoofd knalden tegen het meubilair. Eettafel en stoelen gingen omver. Ik voelde een felle steek in mijn wang waar de huid van mijn gezicht werd geschaafd. In paniek strekte ik mijn armen en greep me vast aan het eerste wat ik tegenkwam, de rand van de kast. Mijn vingers vonden houvast aan een van de staanders van het wandmeubel en ik trok met alle kracht, armen en benen tegelijk. In een reactie gooide Ruud zijn gewicht naar achteren en op dat moment liet ik los en trapte met hem mee. Zonder tegenkracht vloog Ruud achteruit, klapte tegen de deurpost en liet mijn enkel los.

Ik lag languit op de grond. Zo snel als ik kon krabbelde ik bij hem weg en probeerde overeind te komen, maar ik was niet snel genoeg. Ruud sprong vanaf de deur naar de bank, zette zich af op de rugleuning en dook boven op me.

Ik graaide zonder te kijken, naar iets, wat dan ook, om me mee te kunnen verdedigen. Zonder hulpmiddel had ik geen enkele kans. Hij was niet alleen veel sterker, hij wist ook wat hij deed. Ruud had ervaring en dat was aan alles te merken. Alleen al de manier waarop hij bewoog. Zijn lichaam was zijn belangrijkste instrument. Voor mij niet. Ik was een hersenwerker die voor de lol aan conditietraining deed. Mijn overlevingsdrang speelde zich in mijn hoofd af. Als ik niet beter en sneller kon denken dan een ander, was het voor mij afgelopen. Ik kon duiken en draaien en sprinten en slaan, ik kon anderen onderuithalen, klemzetten en afmaken. Met woorden. Ruud kon dat ook, alleen hoefde hij zijn mond er niet voor open te doen.

Hij trapte me naar de zijkant van de kamer. Steeds verder krulde ik me op om de dreunende schoppen af te weren. De punt van zijn schoen dreunde op mijn borst en in mijn buik en schampte mijn gezicht. Een tweede wond, op mijn voorhoofd nu. Bloed liep door mijn ogen en langs mijn wang naar beneden. Ruud hield een adempauze, twee seconden, net genoeg voor mij om weg te rollen, onder het uitschuifbureautje waar de laptop op stond. Hij moest zich bukken om me er onderuit te slepen en op het moment dat hij zich naar me toe boog, greep ik een van de kleine haltertjes en maaide ermee als een knots. De massieve stalen bal raakte hem dwars op zijn kaak en in een ogenblik van onverwachte stilte hoorde ik het bot kraken. Ruud richtte zich schreeuwend op en beukte met zijn achterhoofd tegen het bureaublad boven hem. De laptop werd gelanceerd, vloog door de kamer en belandde krakend op een hardstenen vensterbank. Ruud stuitte terug. Naar mij. Weer haalde ik uit en dit keer trof ik hem midden op zijn voorhoofd.

Eén keer.

De stalen bol liet een deuk achter, net boven zijn ogen, en zijn blik verstarde. Met trillende hand hield ik het haltertje vast. Ruud schokte een paar keer, zijn ogen gingen dicht en weer open. Hij keek me aan alsof hij niet meer wist waar hij was of wie hij was, en zakte in elkaar. Hijgend en trillend lag ik op de grond. In de plotselinge stilte hoorde ik mijn eigen panische ademhaling.

In de badkamer bekeek ik mezelf in de spiegel. Ik had twee grote halen over mijn gezicht. Bloed zat overal. Met een natte handdoek depte ik mezelf schoon, voorzichtig wreef ik alle vegen weg. Het bleek mee te vallen. De wond boven mijn oog bloedde het meest en het duurde even voordat ik het wist te stelpen. In het badkamerkastje vond ik pleisters en daarmee plakte ik het wondje zo strak mogelijk dicht. Zo strak dat mijn linkerooglid omhoog werd getrokken, in een onwrikbaar verbijsterde stand.

Ik plakte er nog een pleister overheen om er zeker van te zijn dat het vast zou blijven zitten, ruimde de rotzooi in het badkamertje op, spoelde de wasbak uit tot er nergens meer bloedspetters zaten, propte de vuile handdoek in een plastic tas die ik in de keuken vond en liet de rest zoals het was. Ruud lag nog steeds bewegingloos onder het bureautje. Voorzichtig knielde ik naast hem neer. Zijn gebroken kaak zou wel weer goed komen, maar de deuk in zijn voorhoofd was misschien blijvend. Door de positie waarin hij lag, was het moeilijk te zien. Zijn spraakvermogen zou er in elk geval niet door worden aangetast. Elke andere bijwerking was meegenomen.

Wankelend liep ik de trap af, naar buiten. De sleutels van de woning gooide ik iets verderop in een glasbak. Rinkelend vielen ze tussen de scherven. Ik stak de straat over en stapte in mijn auto. Even wilde ik 112 bellen om door te geven dat er een gewonde man lag op de Admiraal de Ruyterweg 753, tweehoog. Maar ik deed het niet. Ruud had het zeker niet gedaan als ik daar had gelegen. Een klootzak met een deuk in zijn hoofd is nog steeds een klootzak.

Vak Zuid was afgeladen. De herrie van mensen en muziek was intens. Ik was te laat voor de afspraak met Gijs, maar dat maakte niet uit. In Vak Zuid bleef iedereen hangen tot ze degene hadden gevonden die ze zochten. Ergens in het midden van het café stond een grote groep HC&P'ers. Ik wrong me door de menigte tot ik bij hen was aangekomen. Uit het niets verscheen een glas bier en daarna een witte wijn. De wijn gaf ik door, het bier sloeg ik in een lange teug naar binnen. Het lege glas gaf ik door richting de bar. Thomas was de eerste die mij in de gaten had. Gebarend vroeg hij of ik er nog een wilde. Ik hield mijn duim en wijsvinger vijf centimeter van elkaar en maakte een korte achteroverslaande beweging. Thomas knikte en even later kwam er een dubbele wodka-ijs mijn kant op.

'En?' Gijs schreeuwde plotseling in mijn oor om boven de dreunende muziek uit te komen. De kale betonnen afwerking van Vak Zuid was een akoestische aanslag op elke bezoeker.

'En wat?' schreeuwde ik terug.

'Heeft oom Walter nog gebeld?' Gijs leunde naar me toe en sprak bijna direct in mijn oor. 'Ik dacht, je moet iemand hebben die Dries kent en hij zei dat-ie zou bellen en meestal als oom Walter zegt dat-ie iets zal doen, dan ...'

'Oom Walter?'

'Binnenlandse Zaken.'

'Reken maar dat die heeft gebeld', zei ik.

'Mooi.' Gijs keek om zich heen, zijn blik dreef weg.

'Bedankt', zei ik.

'Net zo makkelijk', zei hij. Pas toen vielen hem de pleisters boven mijn oog op. In het halfdonker van het café tussen de dicht opeengepakte mensen kon je de meest opzichtige dingen missen. Hij duwde er voorzichtig tegen met een vinger.

'Lastige klant?' vroeg hij.

'Stelt niet veel voor', zei ik. 'Maar het bloedt alsof ik ritueel behandeld ben.'

Gijs knikte. Als ik zei dat het niets was, dan geloofde hij dat onmiddellijk, dan vroeg hij er niet over door. Dat kwam mij goed uit, want ik had geen zin om het uit te leggen. Daar was het hier ook de plek niet voor. Vak Zuid was de corporate club van de buurt. Hier kwamen de hard werkende en goed betaalde high potentials, account-executives, productmanagers, marketingmanagers en consultants in allerlei soorten en maten. Ambitie en competitie hielden het energieniveau hoog, tot diep in de nacht. Op luidruchtige manier werd het verwerven van nieuwe opdrachten gevierd en liepen mensen vooruit op het binnenhalen van klanten die nog niet eens wisten dat ze benaderd zouden worden. Succes was de magneet die alle kompassen beïnvloedde. Noord, zuid, oost en west waren vervangen door één allesoverheersende richting. De wind waaide maar uit één hoek en of je hem mee had of tegen, werd hier bijgehouden.

Tien voor halfdrie 's nachts stond ik buiten op de stoep, laptop in een draagtas aan mijn schouder, autosleutel in mijn hand. Een maanloze nacht. Honderden sterren in een wolkeloze lucht boven de flats van de Stadionweg. Ik wist niet waarom, maar de nacht was anders, groter, de sterren leken verder weg, de auto's leken dichterbij. Hoog in de lucht schoof een vliegtuig voorbij, geluidloos op weg naar een heel andere plek op aarde, alleen de knipperende lichtjes waren te zien. Rood en wit.

Ik had onsterfelijke trek in een sigaret, klopte met mijn handen op de zakken van mijn jasje en haalde een pakje tevoorschijn. Leeg.

15 Bellilog 18.06.04

Zou je een ander mens kunnen doden? Hoe vaak heb je die vraag al gehoord? En hoe vaak heb je niet al glazig theoretisch hypothetisch geantwoord? Nou ja, als het moet. Als ik word aangevallen. Als een ander mij wat wil doen? Als het erom gaat. Dan denk ik wel, ja, dat ik iemand helemaal verrot zou kunnen slaan. Of als ze aan mijn vriendin komen. Als ze aan Jes komen. Dan ook.

Maar het zijn woorden, totdat je echt slaat. Doorslaat. Dik dertig jaar loop ik nou rond op deze wereld en nu is het zover. Nu kan ik antwoord geven. Gelukkig wel, maar gelukkig word ik er niet van.

En dan opeens HB2. Huib hier en Huib daar. Twee dezelfde namen. Gekloonde klanken. Namen die elkaar kennen, die meer gemeen hebben dan de letters waaruit ze zijn opgebouwd. De vragen stapelen zich op.

Mail van: HB2
Onderwerp: Alle Bregers
Hi Michael,
Alle Bregers zijn familie van elkaar. Ook de Bregers die ik niet ken, maar dat zijn er niet veel. Huib Breger die jij bedoelt, is waarschijnlijk mijn 'verloren' oom. Woont niet meer in Zuid-Afrika. Al een hele tijd niet meer. Wat wil je weten? Zeg 't maar.
Met groeten en in haast,
HB2

Mail aan: HB2
Onderwerp: Re: Alle Bregers
HB2!
Dit had ik niet verwacht. Nooit. Gedacht misschien, heel even, gedroomd ook, maar nooit serieus rekening mee gehouden.

Echt niet. Dit is echt heel erg goed. En ik weet nauwelijks wat ik moet vragen. Alles wat je me over je oom kunt vertellen: GRAAG! Wat hij doet, waar hij zit, en de rest.
Hoe meer, hoe liever. En hoe sneller, hoe liever. Niet om onbeleefd te zijn, maar ik heb ook nogal haast. Van een dringend soort.
Alvast bedankt en groeten,
Michael

Mail aan: Jes
Onderwerp: Fout
Gaat hier niet goed. Misjemisjemisje,
Belli

16 Het systeem wint

Nauwelijks uitgeslapen stond ik voor de ingang van het ministerie van Binnenlandse Zaken. Mijn haren stijf van de gel en mijn zenuwen stijf van de koffie. Gisteren hing nog in flarden in mijn hoofd, verontrustend, want zij dreigden mijn concentratie op elk moment onderuit te halen. Overal in mijn lichaam voelde ik de herinneringen van het gevecht in de woning van Ina Radekker. Onverwachte bewegingen deden pijn. Over het wondje boven mijn oog zat een nieuwe pleister, kleiner dan de vorige, maar nog steeds duidelijk aanwezig. Ik stampte op de stoeptegels en zoog de rook uit mijn sigaret diep naar binnen. Vervuiling hielp. Teer en nicotine gaven houvast. De aankomst van Dries van Waayen deed de rest.

'Je ziet eruit alsof je door een vrachtwagen bent aangereden', zei hij.

'Maak je geen zorgen,' zei ik, 'zo voelt het ook.'

'Dat is dan gerechtigheid.' Met die woorden liep hij het gebouw in en meldde ons aan bij de portier. We kregen pasjes en moesten wachten tot we werden opgehaald. Van Waayen probeerde op elke mogelijke manier het verschil in positie tussen ons te laten merken. Hij verloor zich in eindeloze opmerkingen over de ontwikkelingen in de organisatie van Binnenlandse Zaken en het belang van de communicatie daarbij, en steeds hoorde ik de woorden van Gijs: 'Als oom Walter zegt dat hij iets zal doen, dan doet hij dat.'

Door de beveiligingsdeuren kwam een secretaresse aanlopen, haar blik snelde haar vooruit. Ze knikte, glimlachte en stak haar hand uit. Net op het moment dat Van Waayen haar begroeting beantwoordde, begon zijn mobiele telefoon te piepen. Zodra het kon schoof Van Waayen mij naar voren, haalde zijn telefoontje uit zijn zak en excuseerde zich.

'Ze weten me overal te vinden', zei hij en hij lachte de lach van een man die weet dat hij niet gemist kan worden en zich graag daarvoor verontschuldigt. 'Maar hierna gaat hij uit.' Hij beantwoordde de oproep met een kort 'Ja?' Zakelijk. Daarna zei hij secondelang niets. Zijn ogen werden groter, zijn mond zakte open en onwillekeurig verdween de samengebalde energie uit zijn lichaam. 'Hè?' zei hij uiteindelijk. 'Wacht even, maar ... Hè ...? Dit kán helemaal niet!'

Hij draaide zich weg en liep hoofdschuddend in het rond. Hij leek niet meer te beseffen waar hij was. Met elke pas die hij zette, zakte het bloed verder uit zijn gezicht weg. Binnen een minuut zag hij lijkbleek. Het zelfovertuigde volume was volledig uit zijn stem verdwenen.

'...nee, natuurlijk kom ik ... ja, zo snel mogelijk ... ja.' Hij verbrak de verbinding en bleef wezenloos voor zich uit staren. De secretaresse en ik liepen naar hem toe, maar nog voor een van ons iets kon zeggen, begon zijn mobieltje alweer te piepen. Hij keek op het schermpje, duwde op het knopje en luisterde.

'Ja ...' zei hij, 'ja ... doe wat je moet doen, maakt niet uit wat. Ik ben over drie kwartier op kantoor ... ja ... tot zo.' Hij verbrak de verbinding en nam me bij mijn schouder. In een hoekje van de hal hoorde ik wat ik al wist. Alleen de details kende ik nog niet. In een vuilcontainer in de parkeergarage onder het gebouw was het lichaam van een vrouw gevonden. De politie stond al binnen met een team rechercheurs, in- en uitgangen waren afgezet. Van Waayen was in shock.

'Want het lijk, het lichaam, bedoel ik, ligt binnen, begrijp je wat ik bedoel? Het ligt binnen.'

Ik knikte. Van Waayen had geen idee hoe goed ik hem begreep. Rillingen trokken over mijn rug. Tintelingen in mijn vingers.

'Het lichaam ligt binnen ons beveiligingssysteem, en dat betekent ...'

Weer piepte zijn telefoontje. Automatisch nam hij het gesprek aan en vrijwel onmiddellijk verstarde zijn gezicht.

'Geen commentaar', zei hij. Hij probeerde beleefd te blijven, maar verbetenheid en woede klonken door in zijn korte woorden. 'Ik zei geen commentaar en dat meen ik!' Met een nijdig gebaar drukte hij het gesprek weg en vloekte. 'De televisiecamera's zijn er denk ik eerder dan ik', zei hij. 'Je moet het hier verder alleen doen, ben ik bang, oké? Ik spreek je later.'

Hij leverde zijn pasje weer in en verdween. Ik keek hem na door de glazen wand van het gebouw en wist precies waar hij het over had. Beter. Ina Radekker was terug, op een plek waar niemand haar had verwacht.

Ik wist niet meer wat ik moest denken. Aan de ene kant was ik blij dat haar lichaam was gevonden. Nu was ik niet meer de enige die wist wat er met haar was gebeurd. Ik liep niet meer rond met ongewenste kennis die ik met niemand kon delen, omdat niemand me zou geloven. Aan de andere kant wist ik dat er vanaf nu allerlei vragen zouden worden gesteld. Vragen waarop ik niet altijd antwoord kon geven. Of wilde geven.

Walter Eberhuizen was een lange man van ergens in de vijftig, met blond grijzend haar, een hoog voorhoofd en blauwe rusteloze ogen. Hij praatte drie uur in een kwartier en liet mij nauwelijks aan het woord. Dat kwam mij uitstekend uit. Ik maakte aantekeningen, stelde vragen en probeerde het gesprek zo snel mogelijk naar de eerste standaardconclusie van het bureau te leiden: een inventarisatie. Zodra ik die opdracht binnen had, kon ik weg.

Zo makkelijk liet Eberhuizen zich niet inpakken. Hij wilde het hele spel, en hoe langer hij het maakte hoe meer ik er weg wilde. Niets hielp en dus schakelde ik over op de automatische piloot. Ik luisterde, lachte als het uitkwam, maakte een grap als ik er een zag, en tot mijn opluchting kon Eberhuizen er nog om lachen ook. Vanaf dat moment ging het eigenlijk vanzelf. Ik kreeg een rondleiding, werd voorgesteld aan managers, assistenten en stafmedewerkers, en kreeg nog meer koffie.

'Je hebt toch hoop ik tijd voor een broodje?' vroeg Eberhuizen. 'Want we hebben op je gerekend.'

Nee, dacht ik, maar ik zei iets anders. 'Natuurlijk, wat is een man zonder een broodje?'

Pas halverwege de middag zat ik in de trein terug naar Amsterdam. Met een vervolgafspraak en uitzicht op een eerste opdracht. Het had een perfecte middag moeten zijn, want een halflege trein is het mooiste vervoermiddel dat er is. Groot en ruim, alsof een overvloed aan tijd met je meereist. Een rijtuig met de afmeting van een aardig appartement om mij ergens heen te brengen. Voor onder de twintig euro.

Maar mijn lippen waren droger dan ooit. Er stonden negen berichten op mijn voicemail. Stiftend en wrijvend luisterde ik ze af. Drie klanten die de verschoven afspraken nog een keer wilden verschuiven. Een bericht was van Jessica. Haar terugkeer uit San Francisco was uitgesteld. Het project waar ze aan werkte duurde langer dan voorzien en kon nog wel een week gaan duren. Of langer. Een bericht van Gijs, hoe het bij oom Walter was gegaan, en dat op kantoor de pleuris was uitgebroken. Een van mijn moeder, waar ik was, dat de politie had gebeld en dat ze me thuis hadden geprobeerd en daar was ik ook niet. En twee keer de politie met het dringende verzoek contact op te nemen met inspecteur Pletting. Zodra ik kon, graag. Het was belangrijk.

Zwijgend keek ik uit het raam naar het voorbijrazende weiland. Tussen Den Haag en Amsterdam is weinig opwindends te zien, integendeel, het is er intens normaal. Het landschap is vertrouwd en vreemd tegelijk. Ik keek naar de rechte slootjes, de rechte plakken land, de rechte hekjes en hagen, de rechte huizen en rechte straten en vroeg me af of een zo hoge mate van overzichtelijkheid wel houdbaar was.

Waarschijnlijk niet.

Wat de politie met mij moest, begreep ik niet. Niemand wist dat ik die nacht in het gebouw was geweest. Zelfs Breger wist dat niet.

De urgentie van de oproepen drong niet tot me door. Mijn hoofd voelde alsof het ergens anders was. Met mijn laptop in een tas vol documenten en papieren zat ik in een trein op weg naar kantoor. Daar was ik. Op de terugweg naar Amsterdam, waar ik nog geen vierentwintig uur geleden een man met een massief stuk ijzer tussen zijn ogen had geslagen. Zo hard dat het kraakte. En hoe vaak ik ook tegen mezelf zei dat ik geen andere keus had, dat ik had gedaan wat ik onder die omstandigheden moest doen, het voelde niet goed.

Ik belde Gijs en voor ik iets kon zeggen begon hij te fluisteren. 'Niet hierheen komen!' siste hij. 'Wat je ook doet!'

Het eerste onderzoek moest nog beginnen, maar HC&P had onmiddellijk een uitdraai laten maken van de automatische pasjesregistratie van de nacht dat Ina werd vermoord. Daarop was te zien dat zij het pand niet meer had verlaten. Bovendien bleek ik die nacht de enige andere persoon in het gebouw te zijn geweest, en dus was iedereen naar me op zoek. Vooral de politie.

'Ze zijn hier al twee keer op de afdeling geweest. Op de gang staat een agent en beneden bij de ingang staan er wel vier.'

'Maar Van Waayen wist toch waar ik was', zei ik.

'Natuurlijk wist hij dat', zei Gijs. 'Maar wat denk je dan? Denk je dat hij de SG van Binnenlandse Zaken de politie op zijn dak stuurt omdat hij broodjes zit te kanen met een van moord verdachte adviseur? Ja? Waar ben jij met je hoofd, man?' Hij zweeg.

Ik vloekte.

'Misschien heb je niets gedaan, maar ...'

Zijn voorzichtigheid voelde als verraad. 'Misschien?' vroeg ik. 'Hoe bedoel je, misschien? Als jij al zo reageert, dan weet ik meteen wat ik van anderen kan verwachten.'

'Ik bedoel dat jij het misschien niet gedaan hebt,' zei hij, 'maar dat weet niemand. Jij was de enige andere in het pand, dus wat moeten mensen dan denken?'

'Niks', zei ik.

'Precies.'

'Ik was niet de enige.'

'Nee, natuurlijk niet. Dat zou ik ook zeggen.' Gijs vloekte. 'Dat zou iedereen zeggen, jezus, man, hoor je dan niet hoe dat klinkt?'

'Nee', zei ik. 'Ik heb geen idee hoe dat klinkt.' Ik was woedend. 'Er waren zeker twee en misschien drie andere mensen in het pand. Zeg jij maar hoe dat klinkt!'

Gijs zweeg.

'Wat is er in godsnaam gebeurd?' vroeg hij.

Ik schakelde mijn telefoon uit om te voorkomen dat ik zomaar inspecteur Pletting aan de lijn zou krijgen. Bij station WTC bleef ik zitten, omdat ik niet wist of de politie het station het dichtst bij het kantoor in de gaten hield of niet. Anders zouden ze me zo van de straat kunnen halen, en dat mocht niet gebeuren. Niet nu. Als het pasjessysteem van HC&P alleen mijn aanwezigheid had geregistreerd, dan was ik verloren. Mijn woord, zonder getuigen, tegenover een volledig geautomatiseerd systeem, dat geloofde niemand. Het systeem wint. Altijd. Nu het lichaam van Ina was gevonden, zou de politie bovendien haar flat onderzoeken, en plotseling drong het tot me door wat ze daar zouden vinden. Ruud was allang verdwenen, daar was ik van overtuigd, maar het interieur van de woning was gesloopt en mijn vingerafdrukken zaten overal. Als ze ergens bloedvlekken vonden, dan was het mijn bloed. Waar ze ook keken, ze kwamen bij mij uit. Communicatie is de kunst om zo helder mogelijk de meest ingewikkelde of vervelende boodschap over te brengen, zodanig dat de ander het volledig begrijpt, het ermee eens is en weet wat het voor hem betekent.

Er was zojuist met mij gecommuniceerd.

In de twee minuten treinen tussen WTC en RAI vielen mijn mogelijkheden een voor een weg. Alles wat ik deed, kon door de politie worden gevolgd of worden gevonden. Van het ene moment op het andere moest ik verdwijnen. Iets anders kon ik er niet van maken.

Onwillekeurig keek ik om me heen, naar mensen zoals ik, met koffertjes en papieren, problemen en dromen, familie en vrienden, en opeens drong het tot me door dat zij heel anders waren. Ze leken helemaal niet op mij. Niet meer.

17 Bellilog 18.06.04

Oké, iedereen kan dit lezen, en dat is ook de bedoeling, maar ondertussen is de wereld spiegelbeeld geworden. Ik ben blijven hangen, aan de verkeerde kant van de feiten, en de feiten zijn niet cool. Oude wereld, maar wel keihard. De feiten bepalen en wie de feiten bepaalt heeft alles. Ik bepaal niks. Ik heb wat ik heb en meer heb ik niet. Gezocht voor moord, zonder verdediging. Naar kantoor kan ik niet. Naar de flat kan ik niet. Naar mijn ouders kan ik niet. Ik kan geen namen meer noemen. Ik kan niet naar G. J is er niet. Auto kan niet. Dus wat heb ik nog?

E-mail en geld. Bank: 900, spaar 16.700, aandelen 28.300.

En de rest van de stad. Van het hele land.

Mail van: HB2
Onderwerp: Oom
Kan niet zomaar. Mijn familie wil meer over je weten. Wie ben je? Wat doe je? Waarom zoek je oom Huib? Oké?
Vertel.
HB2

Mail aan: HB2
Onderwerp: Re: Oom
Ik ben Michael Bellicher en ik ben in mijn eentje – 1 MB, dus – adviseur bij HC&P Amsterdam (zoek maar op het net), verdacht van moord op een collega, met dank aan je oom.
Nou jij weer.
MB

18 Welcome?

Over geld hoefde ik me niet direct zenuwachtig te maken, zolang ik erbij kon. Ik had geen idee hoe snel mijn bankrekeningen geblokkeerd konden worden, ik wist niet eens of dat wel zou gebeuren, maar ik wist dat het kon. Dat was voldoende. Als ik geen geld meer had, was het snel afgelopen. Dat besef bracht inzicht. Ik moest onderdak zoeken en aantonen dat ik niet de enige in het kantoor was die nacht. In die volgorde. En dan ging ik even voorbij aan de kleinere problemen, namelijk dat ik geen flauw benul had waarom Ina Radekker eigenlijk was vermoord of hoe ik Huib Breger kon vinden, dat ik niets tegen die man kon bewijzen, en dat ik geen schone kleren had.

Ik stapte uit op station RAI en nam een tram naar mijn bankkantoor. Daar nam ik al het geld op van mijn rekening en gaf opdracht mijn spaargeld over te schrijven en mijn aandelenpakket te verkopen. Vanaf de volgende dag was alles beschikbaar. Mijn eigen zakelijkheid verbaasde me. Zodra ik wist dat ik nergens meer heen kon, was er een vreemd soort afstandelijkheid over me gekomen. Ik deed wat ik moest doen. Klinisch, wanhopig rustig, om vooral mijn zelfbeheersing niet te verliezen. Daar zou de situatie alleen maar erger van worden. Dat ik niet meer naar mijn eigen flat kon, accepteerde ik als een tijdelijk verschijnsel, maar zodra ik erover nadacht, brak het zweet me uit. Dan werd ik geconfronteerd met mijn eigen onmacht, en dat sneed dieper dan ik ooit had kunnen denken. Ik miste Jessica.

Bij de telefoonwinkel om de hoek kocht ik een nieuw mobieltje, prepaid met een hoop beltegoed en een geladen batterij, zodat ik meteen kon bellen. Bij de H&M daar in de buurt kocht ik ondergoed, een paar T-shirts, sokken, twee broeken en een jack, en bij V&D zocht ik een rugzak uit. Groot genoeg voor mijn laptop, mijn kleren en meer. Donkerrood en grijs. Zwarte schouderbanden. Voor ik de zaak uit liep, kocht ik een zak drop, bijna een pond. Om te kauwen en te zuigen als ik niets anders meer kon verzinnen.

Vanaf het Rembrandtplein nam ik een taxi naar een autoverhuurbedrijf aan de rand van de stad en huurde een kleine onopvallende auto. Op de parkeerplaats zat ik minutenlang achter het stuur te staren naar het langsrazende verkeer. Ik had alles gedaan wat ik kon bedenken, ik had geld, ik had kleren, ik kon bellen en ik was mobiel.

Maar wat nu?

Bij de RAI reed ik onder de ringweg door en nam een kamer in het Novotel. Alsof het de gewoonste zaak van de wereld was. Man in pak, met koffertje en een rugzak. Stap voor stap verdween ik in het niemandsland van de reizende zakenman. Een parallelle wereld, een van de vele, waar honderdduizenden mensen dagelijks doorheen trokken, en waar ik moeiteloos in paste.

'Betaalt u per kaart?' vroeg de man achter de balie. Vriendelijk vragende ogen.

Ik schudde mijn hoofd. 'Contant', zei ik. Autohuur en hotelkamers konden worden nagetrokken en dus zou ik waarschijnlijk om de dag van hotel moeten veranderen.

Zonder erbij stil te staan was ik een volgende fase in geschoven, die van zelfbehoud. Ik had tijd nodig om erachter te komen wat ik moest doen. Meer tijd dan ik zou willen.

In de hotelkamer zette ik mijn laptop op het bureautje en plugde in op de telefoonlijn. Terwijl hij startte zapte ik langs de zenders op de televisie. Spelletjes, muziek, vrolijke mensen in vrolijke kleuren. Nieuws. De minister van Justitie, mijn minister, op straat voor de ingang van het ministerie, Erik Strila op de achtergrond. Mijn mensen, mijn klanten. De minister sprak tegen drie, vier microfoons die hem voor zijn mond werden geduwd. Op die vreemde geknepen, afstandelijke toon, alsof het hem allemaal niets deed, beweerde hij dingen die uit het ongerijmde leken te komen. Het gebrek aan begeleiding was nu al hoorbaar. Zonder met zijn ogen te knipperen zei hij dat het aantal extremistische moslims in ons land veel hoger bleek te zijn dan werd gedacht, en ik wist dat het niet klopte. Ik kende het rapport waar hij zijn uitspraak op baseerde. Een paar dagen voordat ik onderuitging, had ik het onder embargo ontvangen, en de conclusies die daar in stonden, waren anders. Terwijl hijgerige journalisten wilden weten of er nu hardere maatregelen kwamen, of de minister eindelijk gevaarlijke imams het land ging uitzetten en wat hij dacht te doen om de veiligheid van de mensen in het land te garanderen.

Met een half oor luisterde ik naar het gekakel en zocht in de bestanden op mijn laptop naar het rapport. Moeiteloos klikte ik ernaartoe en bladerend naar de juiste gegevens leek het alsof mijn verstand me in de steek liet. Daar, op het scherm van mijn computer stonden exact dezelfde conclusies als de minister wereldkundig maakte. De aantallen waren onrustbarend, de dreiging was inderdaad veel groter dan gedacht.

Mijn geheugen protesteerde. Ik wist zeker dat ik nog geen week geleden een heel ander verhaal had gelezen, milder en genuanceerder, maar hoe ik ook heen en weer bladerde, het rapport ademde overal dezelfde urgentie. Verslagen staarde ik naar het scherm. Kennelijk kon ik mijn eigen geheugen niet meer vertrouwen.

Ik haalde mijn berichten op en zocht naar de mail die ik naar mezelf had gestuurd vanuit de woning van Ina Radekker. Even later had ik de lijst webadressen op mijn scherm. Ik sloeg de lijst op in een bestand en maakte van elk adres in het tekstbestand een hyperlink. Ik hoefde er alleen maar met de cursor op te klikken en de browser surfte erheen.

Een voor een werkte ik ze af, op zoek naar de dingen waar Ina mee bezig was geweest vanaf haar eigen computer. Het was een verzameling zonder enige structuur. Ik surfte van tweedehandsboekensites, naar sites over de behandeling van zwemmerseczeem, recepten voor bouillabaisse en een site van de gemeente Amsterdam over bemiddeling bij huurconflicten. Het waren flitsen uit het leven van een vrouw die ik nooit had gekend. Flitsen waarvan ik niet eens wist of ze op haar betrekking hadden of op iemand anders, een vriendin of een familielid.

De laatste drie adressen op het lijstje waren van HC&P zelf. De eigen Nederlandse site, de Amerikaanse site van ons hoofdkantoor en een subsite daarvan met een eindeloos adres. Ik klikte erop en de computer ging aan het werk. Hij was minutenlang bezig voordat er eindelijk een dialoogschermpje verscheen met de vraag: 'Bestand openen of opslaan?'

Ik klikte op 'openen' en even later verscheen de deprimerende opmerking: 'Onvoldoende geheugenruimte'.

Ik staarde naar het scherm. Het interne geheugen van mijn laptop was niet genoeg om de site te openen. Meestal betekende het dat er een programma werd meegezonden voor de besturing van de site, maar normaal gesproken ging dat makkelijk. In dit geval dus niet.

Ik sloot alle programmatuur die ik niet nodig had en probeerde het opnieuw. Het resultaat was hetzelfde, niet voldoende geheugencapaciteit. In gedachten verzonken staarde ik naar het scherm en het duurde even voordat ik in de gaten had dat mijn computer iets aan het downloaden was. De vaste schijf draaide en rechts onder in het scherm gaven twee groene vlakjes aan dat er intensief dataverkeer aan de gang was. Met de muis schoof ik naar het kruisje rechts boven in het scherm om het webadres te sluiten, maar de computer reageerde niet op het commando. Ik klikte nog een keer. Weer geen reactie.

Snel achter elkaar flitsen een paar pop ups over het scherm. Even snel waren ze weer verdwenen. Een paar seconden bleef het rustig, totdat de browser uit zichzelf aan het werk ging. Op de adresregel versprongen de webadressen in hoog tempo. De computer zocht zelfstandig zijn weg over het internet, tussen meer dan acht miljard websites en nog god mag weten hoeveel meer onbekende, verborgen sites. Wat ik ook klikte met de muis of op welke toetsen ik ook drukte, ik had er geen enkele invloed meer op. De computer was een programma aan het uitvoeren en zolang hij daarmee bezig was, reageerde hij niet meer op commando's. Daarmee had het programma de controle over mijn laptop overgenomen. Zomaar. Zelfs over mijn eigen spullen had ik al niets meer te zeggen. Ik wist niet meer of ik het erg moest vinden of juist niet. Gelatenheid en woede wisselden elkaar af.

Het was een vreemd gevoel. Tikkertje spelen met mezelf.

Eindelijk kwam het beeldscherm tot rust. Langzaam laadde een site met een grote foto als achtergrond. De aarde gezien vanuit de ruimte. Daaroverheen verscheen een korte tekst:

You have reached the home of mister Miller
Welcome?

19 Iemand zien, praten

The home of mister Miller was minder toegankelijk dan op het eerste gezicht leek. Wat ik ook probeerde, ik bleef in die startpagina hangen. Uiteindelijk moest ik de computer uitzetten en opnieuw starten om hem weer te kunnen gebruiken. Ik was geïrriteerd en vermoeid. De beslissing om niet meer naar huis te gaan, om alle contacten te verbreken, begon me in te halen. Het was een impulsieve keuze geweest. Snel genomen. Meer gebaseerd op wat ik niet wist dan andersom. Het was een vlucht, zo had ik het niet gezien toen ik hier incheckte, maar zo zag ik het nu wel.

In het Novotel was ik zo onvindbaar dat ik zelf nauwelijks meer wist waar ik was. Het was vrijdagmiddag, tien voor vijf. De einde-weekspits was al ruim een uur bezig en het verkeer op de ringweg, dat ik vanuit het raam van mijn kamer kon zien, stond muurvast. In beide richtingen. De grote kantoorgebouwen liepen leeg op die van de consultants na. Ik wist dat Gijs nog tot laat bezig zou zijn, want bij HC&P heerste een keiharde arbeidscultuur. Niemand ging op tijd naar huis. Iedereen werkte langer dan het normale aantal uren. Om de vaak bovengemiddeld intelligente en getalenteerde mensen aan zich te binden, legde HC&P sterk de nadruk op het familiegevoel. HC&P'ers horen bij elkaar en zorgen voor elkaar. Dat was de andere kant van de zware competitieslag die elke dag werd geleverd.

Daarom wist ik ook zeker dat Van Waayen wel tien keer zou nadenken voor hij me zelf aan de politie zou uitleveren. Hij zou niet kunnen verhinderen dat ik ergens werd opgepakt en als hij me zou spreken, dan zou hij me bezweren dat ik mezelf moest aangeven, maar zelf tegen de politie zeggen: 'Hij zit daar en als je er nu heen gaat, kun je hem zo meenemen.' Dat niet. Dat paste niet bij het bureau.

In de tijdelijke rust van de hotelkamer zag ik hoe weinig ruimte ik eigenlijk had. Zolang er volgens het registratiesysteem die nacht geen andere aanwezigen in het pand waren, kon niemand me helpen. Zeker het management van het bureau niet. De vraag was waarom het systeem mij wel had geregistreerd en Huib Breger en de andere mannen niet. Het betekende dat bepaalde mensen het gebouw in en uit konden zonder dat het systeem hun bezoek vastlegde. Of dat de registratie van hun aanwezigheid later was gewist. In mijn hoofd wisselden de twee mogelijkheden elkaar af, en ik kon niet beslissen welke erger was.

De laatste was eigenlijk het overzichtelijkst. Er waren kennelijk mensen met toegang tot het registratiesysteem, mensen die het konden manipuleren. Dat was niet goed, maar het gebeurde zo vaak en bij zoveel bedrijven, dat het nauwelijks opmerkelijk was. Maar degene die het systeem kon manipuleren en die daarvan gebruik had gemaakt om een van de medewerkers van het kantoor letterlijk en figuurlijk af te voeren, was dikke maatjes met minstens een van de partners van het bureau. Ik was ervan overtuigd dat Van Waayen niets te maken had met de moord op Ina Radekker, maar dat hij er ook niet van op de hoogte was dat gegevens uit het registratiesysteem konden worden gewist, dat geloofde ik niet. Dat was een toevalligheid te veel. Wat moest Van Waayen anders met die Breger?

De andere mogelijkheid was veel erger. Een systeem dat sommige aanwezigen wel registreert en andere niet, was heel goed denkbaar. Het enige wat je nodig had, was een pasje met een chip die het systeem opdracht gaf het bezoek niet vast te leggen en software die een dergelijke opdracht herkende en accepteerde. Moeilijk was het niet, de consequenties ervan waren daarentegen bizar. Het betekende dat de leiding van het bureau willens en wetens een systeem had gemaakt waarbij bepaalde mensen ongemerkt de kantoren in en uit konden.

Simpel.

Maar waarom? En als het al zo was, hoe zou ik dat ooit kunnen aantonen? De leiding van het bedrijf zou het nooit toegeven, omdat ze dan zelf medeverantwoordelijk was.

Mijn gedachten kaatsten van de kale muren van het hotel. Hoe meer ik erover nadacht, hoe groter mijn probleem werd. In beide gevallen moest ik in het registratiesysteem van HC&P zijn, want alleen daar zou ik iets kunnen vinden, hetzij om te bewijzen dat het systeem anders werkte dan men dacht, of om aan te tonen dat iemand ermee had geknoeid. En in beide gevallen was ik de lul, want ik wist niets van software. Ik begreep dat je met automatisering van alles kon, maar niet hoe dat ging. Ik wist dat er een programma was dat de aanwezigheid registreerde, en ik begreep dat het op een van de grote computers van het bedrijf draaide, maar ik had geen idee waar ik dat programma moest zoeken, niet fysiek en niet virtueel. Ik wist niet eens waar de centrale computer van het bedrijf stond. Misschien stond dat ding helemaal niet in ons kantoor, maar heel ergens anders. Met de huidige techniek kon het in India staan, of in China en dan merkte niemand er iets van.

Niet alleen wist ik niets van informatietechnologie, ik kende ook niemand in die branche. In tegenstelling tot sommige andere grote adviesbureaus had HC&P geen eigen IT-bedrijf. Als ik al iemand kon vinden die me kon helpen, dan zou dat dus iemand buiten het bureau moeten zijn, en die had weer geen toegang tot het interne netwerk van het bedrijf.

Dat had ik nu nog wel, maar ik maakte me geen illusies. Het zou niet lang duren voordat mijn eigen autorisatie werd opgeheven. Gezocht door de politie in verband met een moord, dat was voldoende reden om mij de toegang tot het netwerk te ontzeggen. Dan hoopte ik nog even voort te kunnen met de inloggegevens van Ina. Ik ging ervan uit dat haar toegang nog een tijdje actief zou blijven. Niemand had enige reden daar met grote haast iets aan te veranderen. Integendeel, dat soort kleinigheden bleven soms nog jaren in systemen hangen, de cynische bureaucratie.

Ik belde in en haalde mijn e-mail op. Elf berichten. Eentje van Van Waayen. Ik las.

Michael,
Aangezien je je telefoon niet meer beantwoordt (een bevreemdend teken overigens), moet het maar even op deze onpersoonlijke manier.
In het licht van de gebeurtenissen die dit bedrijf niet alleen in een periode van rouw hebben gedompeld om het verlies van een gewaardeerde medewerkster, maar ook in een van diepe vertwijfeling, lijkt het me beter dat je je zo snel mogelijk in verbinding stelt met de politie. Dat is de enige manier om tot de gewenste helderheid te komen. Ik persoonlijk kan niet geloven dat jij iets met deze gruwelijke moord te maken hebt. Dat wil ik ook niet geloven. Maar HC&P kan zich ook niet permitteren naïef te zijn. Totdat je de politie van je onschuld hebt kunnen overtuigen, ben je hier op non-actief gezet. Ik heb al contact gehad met je klanten om hen daarvan op de hoogte te stellen. Ook met BiZa trouwens, ook al betekent dat hoogstwaarschijnlijk dat de hele opdracht daar niet doorgaat. Dan begrijp je wel hoe hoog ik de zaak opneem. Doe alsjeblieft wat je moet doen, zodat we snel weer op gewone voet met elkaar verder kunnen.
Dries van Waayen

Op de website van kantoor probeerde ik in te loggen, maar mijn wachtwoord en username waren al onbruikbaar gemaakt. Ik vloekte. Tot zover het warme familiegevoel van HC&P.

De beslissing was niet alleen al genomen, zij was al uitgevoerd ook. De laatste zin uit de e-mail klonk daardoor vals. '...zodat we snel weer op gewone voet met elkaar verder kunnen.' Het leek me verstandig daar niet op te rekenen.

Toen ik het bericht wegklikte, verscheen er een dialoogvenster. De verzender wilde graag bevestiging dat ik het bericht had gelezen. Die bevestiging kon nu worden verstuurd.

JA OF NEE?

Ik koos NEE. Dries van Waayen kon beslissen wat hij wilde, hij kreeg van mij geen bevestiging. Hij kreeg geen antwoord op zijn telefoontjes en geen teken van leven totdat ik wist waar ik het over had, en dat kon nog wel even duren.

Met het nieuwe mobiele telefoontje belde ik mijn ouders. Eindelijk, veel te laat natuurlijk, maar voor hen was elke reactie te laat. Ze leefden met zekerheden die ik niet kende. Een opgebouwd pensioen en een plek in het hiernamaals. Tot ver na de oude dag was hun toekomst geregeld. Zij hadden gereserveerde plaatsen tot in het oneindige. Het enige wat ze hoefden te doen, was tot hun dood contributie blijven betalen. Elke verstoring van de orde was een directe aanval op de regeling. Mijn moeder was in alle staten. Ze kon het niet meer aan. Eerst het gedoe met Kees en alle onzekerheden die dat bracht en nu werd er gezegd dat ik iemand had vermoord.

'Is dat zo?' vroeg ze. Met haar religieuze overtuiging hechtte ze een groot belang aan waarheid en eerlijkheid.

'Nee', zei ik.

'Waarom zeggen ze het dan?'

De politie, de pers, anderen. Als 'ze' het zeggen, zijn het feiten. Wat ík te zeggen heb, is opeens niet meer dan een mening. Het gevoel kwam me al bekend voor. Verontrustend bekend.

'Dat zeggen ze, omdat ze het denken', zei ik.

'O … en waarom …'

'Mam!' zei ik, mijn stem dwingend. Zo wilde ik niet praten. Tegenover mijn eigen familie moest ik me verdedigen. Ik was er al bang voor geweest, maar nu het gebeurde viel het zwaarder dan ik had verwacht.

'Kom je hierheen?' vroeg ze.

'Hangt ervan af', zei ik. 'Misschien zondag.'

'Zondag?'

'Misschien', zei ik weer. 'Hoe laat kom je uit de kerk?'

'Meestal om een uur of halftwaalf, maar als jij komt dan ga ik niet.'

'O', zei ik. 'Ja, dat kan ook.'

Zo schoven we om elkaar heen, proberend kleine zekerheden te vinden, kleine afspraken die een beetje houvast konden bieden. Mijn moeder was bereid daarvoor haar grote houvast, de kerkdienst op zondag, op te geven, voor één keer weliswaar, maar dan nog. Wat ik ervoor moest opgeven, daar durfde ik niet eens aan te denken.

'Kees is ook weg', zei ze opeens. 'Heeft een eigen verdieping.'

'Waar?'

'Ja, waar denk je? In Amsterdam natuurlijk, ergens, ik heb het opgeschreven ...' Ik hoorde haar rommelen met papiertjes. '... hier heb ik het, Hondecoeterstraat, ken je dat? Is dat een beetje aardig?'

'Hondecoeter is keurig, mam, maak je geen zorgen.'

'O, ik hoef me geen zorgen te maken?' zei ze opeens scherp. 'Nu hoef ik me plotseling geen zorgen te maken. Daar kom je wel een beetje laat mee, neem me niet kwalijk.'

Ik probeerde uit te leggen dat ik het zo niet had bedoeld, maar ik kreeg de kromme woorden niet meer in een rechte zin. Mijn moeder had een streep getrokken.

'Weet je wat, Michael? Zodra je weer iets eerlijks kan zeggen, iets wat ik vertrouwen kan, dan bel je maar weer. Als je alleen maar flauwe praatjes kan maken, dan hoeft het voor mij niet. Begrijp je?' Ze wachtte mijn antwoord niet af.

Een week geleden wist ik nog precies wie ik was, mijn grappen waren leuk, mijn gevoel voor humor was een van mijn sterkste eigenschappen, ik was vriendelijk, intelligent en attent. En ik was snel. Mijn werktempo lag hoog en mijn inzicht had de onbelemmerde snelheid van intuïtie. Ik wist wie ik leuk vond en wie niet. Een week geleden. Nu wist ik niet meer wat ik wilde en als ik het wist, durfde ik het niet te zeggen, of ik wist niet hoe het moest.

Ik belde Gijs. Zijn stem knalde door de telefoon. 'Jezus, man, waar ben je? Ik heb je al acht keer gebeld! Tien keer. Meer.'

'Stuur dan een mail', zei ik. 'Dat telefoonnummer gebruik ik niet meer.'

Maar mailen weigerde hij uit angst voor het screenen van berichten en een acuut gebrek aan vertrouwen. 'Je moet niets met de mail doen', zei hij. 'Niet met mij, of met wie dan ook van kantoor.'

'Ben jij vanavond thuis?' vroeg ik.

'Ik weet het niet.'

'Gijs alsjeblieft', zei ik. 'Ik moet iemand zien, praten. Er gebeurt te veel. Ik ...'

'Is al goed', zei hij.

We spraken af op een tijd die ons allebei veilig leek. Ver na middernacht.

20 Nee, dat is Kees

Aan het eind van de dag was ik terug in het centrum. In de rugzak had ik mijn laptop en alle papieren en documenten. Ik zeulde alles met me mee. Het enige wat ik in mijn hotelkamer had achtergelaten was de rest van mijn kleren. Mijn streepjespak en overhemd had ik afgegeven bij de stomerijservice van het hotel. Morgenochtend klaar.

Met grote passen liep ik van de tramhalte naar de internetwinkel. De afgelopen paar dagen was de haast in mijn lijf gekropen. Overal waar ik was wilde ik zo snel mogelijk weer weg. Ik wilde niet gezien worden en ik wilde al helemaal niet gevonden worden. Ik voelde me opgejaagd door mensen die ik niet kende. Voortdurend had ik het idee dat ik iets vergat, iets over het hoofd zag. Daarom had ik haast.

Ik kocht een uur internet, voerde op een van de computers het lange webadres in en wachtte op contact met de site. Flitsend snel kwam de verbinding tot stand en de computer ging aan het werk. Moeiteloos deze keer. Via de hogecapaciteitsverbindingen van de winkel kwam de grote hoeveelheid informatie binnen. Het scherm flitste een paar keer vol vreemde, voor mij onherkenbare informatie, alsof het de hik had, en werd vervolgens egaal grijs. Midden op het scherm gaf een zandlopertje aan dat ik nog even geduld moest hebben, het systeem was aan het werk.

Ik wachtte. Minutenlang keek ik naar het lege scherm en naar het tergende icoontje. Er gebeurde niets. Ik wipte achterover op de stoel, vouwde mijn handen achter mijn hoofd en wachtte. Mijn hoofd leeg, mijn ogen gefixeerd op het scherm.

Na een minuut of vier flitste het scherm nog een paar keer, werd het helemaal zwart en even later helemaal blauw. Een prachtig diepblauw.

Rechts boven in het scherm stonden een paar aanduidingen:

b.ng-chn-infra/nat./051703/00.23 – act.

Links onderin stond:

*User-id: pb***7?all***

Links bovenin was een klein menuutje:

Operate
Run
Link
Back

Met de muis klikte ik op de laatste optie in het menu, Back, en onmiddellijk flitste het beeld weg naar een nieuw scherm. Alle aanduidingen waren verdwenen. Midden in het blauwe veld stonden nu drie woorden:

User-id
Location

Log in

Achter User-id en Location moest iets worden ingevuld. Ik vloekte. Door op de back-knop te klikken was ik uit het programma geschoten en kon ik er pas weer in met een loginnaam. Ik typte pb***7?all** bij User-id en Amsterdam bij Location en klikte op Log in. Zonder succes, de toegang werd geweigerd. Logisch, het programma verving automatisch een aantal tekens door sterretjes of vraagtekens, zodat een ander nooit kon zien wat de user-id was. Ik had bij toeval een webadres van de computer van Ina Radekker geplukt waarmee ik in één keer langs de beveiliging van het systeem kon schieten, alsof ik door een openstaand achterraam een gebouw binnen kon en niemand me meer naar een pasje vroeg.

Ik staarde naar het scherm en naar de paar woorden op het diepe, donkere blauw. Na een paar minuten zag ik pas het webadres, 1121774.938/utilities/55618.222. Het adres had niets meer met HC&P te maken en was ook totaal anders dan het adres van het scherm waarop ik was binnengekomen. Ik begreep er niets van.

Ergens moest iets zijn, iets wat Radekker had gedaan of niet had gedaan, waardoor ze uiteindelijk vermoord was. Dat kon niet anders. Gezien haar werk zou het waarschijnlijk iets met geld te maken hebben, geld van klanten en van het bureau. Alle transacties gingen elektronisch, dus iemand met de juiste codes kon heel veel geld van de ene rekening naar de andere verhuizen.

Maar wat dan nog? Het zou misschien kunnen, maar ik geloofde het niet. Het was niet logisch en ook moorden moeten logisch zijn. Misschien zelfs meer dan andere dingen, omdat de reden anders niet goed genoeg is. Zeker in dit geval, want de dood van Ina Radekker was geen dramatisch uit de hand gelopen liefdesgeschiedenis. Niet voor de liftdeuren op de derde verdieping van het kantoor van HC&P.

Maar wat was het dan? Zelfs al had ze een paar miljoen achterovergedrukt, dan was dat nog geen reden om iemand uit de weg te ruimen? Nog los van het feit dat je zoiets niet deed, schoot je er niets mee op, want dan kreeg je dat geld nooit meer terug. Dat was wat er niet klopte. Tenzij het andersom lag, natuurlijk. Tenzij mevrouw Radekker er achter was gekomen dat iemand anders er met het geld vandoor ging. Dan was er wel een reden om in te grijpen. Hoe hoger het bedrag, des te sterker de reden.

Dan bleef er wel een andere vraag over. Wat deed die Huib Breger daar? Waarom kon hij ongemerkt zijn gang gaan in het gebouw? Als ik een nacht in de kantine bleef hangen, kwam daar de volgende dag een keurig verslag van uit de computer. Maar als hij met een paar maten een debiteurenanaliste wegwerkte, dan was daar geen spoor van te vinden. Dat iemand wordt vermoord, oké, dat hoort niet, maar hier zat een mate van organisatie achter die niet in verhouding stond met wat Radekker had kunnen ontdekken. Er waren minimaal drie mannen bij betrokken, het was de nacht voor ze met vakantie zou gaan, het was dus gepland. De mannen hadden niet alleen toegang tot het registratiesysteem, ze waren ook op de hoogte van haar persoonlijke plannen. Dat allemaal om een financiële fraude te verbergen?

Om hoeveel ging het dan wel niet?

Met een bescheiden geluidje gaf de computer aan dat mijn tijd op was. Binnen twee minuten zou de computer van het net af gaan, tenzij ik meer tijd bijkocht. Ik keek nog een laatste keer naar het blauwe scherm met de paar woorden erop. Ook dat klopte niet. Als Radekker via haar computer een fraude op het spoor was gekomen, dan had ik iets moeten vinden met financiële informatie, een boekhouding of een administratie, iets in elk geval waaruit bleek dat er met geld werd geschoven.

Zo'n site of document had ik nergens gevonden, en deze had er ook niets mee te maken. Waar deze website toe diende, was mij vooralsnog volstrekt onduidelijk. Maar het was niet voor het beheren van financiën. Dat zag ik zelfs nog wel.

Ik logde uit en borg mijn spullen op. Met de tram ging ik terug naar de RAI en liep vanaf het eindpunt de paar honderd meter naar het hotel. In mijn kamer werd ik door vermoeidheid overvallen. Zodra ik op de rand van het bed ging zitten, was er geen houden meer aan. Mijn hele lijf had een schreeuwende behoefte aan rust. Letterlijk. Ik kon mijn spieren horen. Ik belde de receptie en vroeg of ze me om halfeen 's nachts wilde wekken, douchte, kleedde me uit en kroop in bed. Het was kwart over acht. Met een beetje geluk kon ik vier uur slapen. Wat ik op dat moment dacht, weet ik niet meer, maar veel kan het niet geweest zijn.

Halfeen precies ging de telefoon. Slaapdronken sleepte ik me uit bed, hees me in mijn kleren en vertrok. In de lobby van het hotel en buiten op het parkeerterrein was het stil. In de buitenwijken van Amsterdam is de nacht rustig, ook in het weekend.

In het centrum was dat anders, zeker in de buurt waar Gijs woonde. Daar was de vrijdagnacht nog volop bezig. Ik wurmde de auto in een gaatje tussen een lantarenpaal en een brugleuning. Het plekje was zo klein dat ik nauwelijks nog kon uitstappen.

Gijs was van een gegoede familie, dus Gijs woonde op de gracht, de Keizersgracht. Hij had een pand aan het stukje tussen de Utrechtsestraat en de Amstel. Geen groot pand, maar wel een heel pand, drieënhalve meter breed en vijftien meter diep. Vier verdiepingen hoog met smalle steile trappen, waar hij zich met zijn lange lijf op en af frommelde. De kamers waren smal en kleiner dan je van een grachtenpand zou verwachten. Het trappenhuis in het midden van het pand verdeelde het in een voorkant en een achterkant met een smalle overloop ertussen. Het huis was ooit van een of andere oudtante geweest, die op haar achtentachtigste kinderloos was gestorven. Via de vererving was het bij Gijs zijn ouders terechtgekomen en via hen bij Gijs zelf, want de familie verkocht nooit onroerend goed. Sommige panden in het centrum van de stad behoorden al meer dan tweehonderd jaar tot het familiebezit. Van het eind van de achttiende eeuw meegenomen naar de moderne tijd.

We liepen achter elkaar door de smalle gang naar de keuken aan de achterkant van het huis, en door de achterdeur naar buiten de tuin in, net zo smal als het huis en meer dan twintig meter diep. Helemaal achterin stond een tuinhuis, een gebouwtje van één kamer, spaarzaam ingericht met een groot bureau en een paar stoelen, tegen de muur een oude bank, in de hoek een oud tafeltje met een waterkoker en een koffiezetapparaat, een klein ijskastje en een minuscuul wastafeltje. Dit was Gijs zijn hok. Hier zat hij het liefst, weg van Amsterdam en via de zware computer onder zijn bureau in contact met de rest van de wereld.

Gijs zei niets. Hij dook onder zijn werktafel en kwam even later tevoorschijn met een fles wijn. Pas toen hij had ingeschonken en met een glas onder zijn neus achterover zat, wilde hij weten wat ik in godsnaam aan het doen was.

'Als ik dat wist', zei ik.

'Zo ken ik je niet', zei hij.

'Ik ook niet.'

Hij zweeg weer. Ik ook. We dronken.

'Want jij bent altijd … nou ja, gewoon …' Hij keek me aan. 'Dat klinkt misschien lullig, maar ik bedoel het tegenovergestelde, want al die moeilijke zogenaamde genieën bij ons op kantoor hebben allemaal een gebruiksaanwijzing van tien centimeter dik, en als je naar ze wijst, dan hebben ze al een complex, maar jij niet. Jij doet gewoon, gewoon …'

We zwegen.

'Maar nu niet', zei hij. 'Waarom ben je nou in die kantine gaan zitten? Wie doet dat nou?'

'Ik', zei ik. 'Want ik was bang dat ik er de volgende dag niet meer in zou komen.'

'In de kantine?'

'Nee, in het kantoor natuurlijk. En van die gedachte alleen al raakte ik in paniek.'

Gijs knikte. 'Die kan ik volgen', zei hij. 'Ten dele, want zelfs al word je ontslagen, dan …'

Ik wist wat hij ging zeggen en ik wist dat hij geen idee had hoe belachelijk dat was.

'Dan wat?' zei ik.

'Nou ja, zo erg is dat toch ook weer niet?'

'Voor jou misschien niet,' zei ik, 'maar als ik op straat kom te staan, dan duurt het maar een paar maanden voordat ik omval. We hebben niet allemaal een vette bankrekening waar we zonder limiet geld van kunnen trekken.' Ik snauwde, feller dan ik wilde. 'Mijn familie heeft geen pandjes hier en daar. Als ik mijn ouders bel, dan kan ik een tientje krijgen, of misschien een honderdje, want meer hebben ze niet. Oké?'

Gijs slikte. 'Sorry', zei hij. Hij wist zich even geen houding te geven, zwaaide onhandig met zijn armen.

'Bovendien kan ik op het ogenblik niet zoveel hebben, oké. Al helemaal niet van mijn familie.'

Opeens stond Gijs op en trok me van mijn stoel, zodat ik pal tegenover hem stond. Zonder iets te zeggen sloeg hij zijn armen om me heen, trok me tegen zich aan en klopte me met onwennige bewegingen op mijn rug. Zo onhandig als het was, zo direct kwam het over.

'Stom van me', zei hij.

Voor ik het wist, stroomden de tranen over mijn wangen. De zelfbeheersing die ik met ijzeren wil in stand hield, viel weg. Midden in de nacht, in een tuinhuis in Amsterdam in de armen van Gijs stond ik te janken. En zodra ik dat dacht, moest ik nog harder huilen. Het was niet te stoppen. Snotterend maakte ik me uit zijn omhelzing los, veegde met mijn mouw langs mijn ogen en wangen. Gijs en ik kenden elkaar een jaar of drie, meer niet, maar vanaf het eerste moment begrepen we elkaar alsof we niet anders gewend waren. Met Gijs was elk gesprek zinvol, zelfs als het nergens over ging. Juist dan. Dat is het verschil, niet in het gesprek, maar in de manier waarop je met elkaar omgaat. Hoe dat tot stand kwam, wist ik niet, misschien was het een geur of een bepaald soort elektronen dat je om je heen hebt, een aura of wat dan ook, maar de basis van het contact was direct. Niet fysiek, want Gijs en ik hoefden niet aan elkaar te zitten, daarom was zijn omhelzing ook zo onhandig. Het contact tussen ons was basaal, een soort fundamentele gelijkheid, alsof we allebei dezelfde streepjescode hadden. Piep. Piep. Klaar. Hoef je het daar niet meer over te hebben.

Dat hadden Gijs en ik. Ik veegde mijn ogen droog en lachte.

'En wat Van Waayen over je zegt, dat geloof ik ook niet', zei Gijs.

Ik grinnikte. 'Ik weet niet eens wat Van Waayen over me zegt,' zei ik, 'en volgens mij hoef ik dat ook niet te weten.'

Gijs schudde zijn hoofd. 'Klopt', zei hij.

Weer was het stil. Achter in de tuin drongen de geluiden van

Amsterdam nog wel door, maar ze leken ver weg.

'Maar ik zal je zeggen wat ik wel weet', zei ik. 'Ik was niet alleen in dat gebouw. Er waren anderen, en een van die mannen heet Breger.'

'Breger?' Gijs herhaalde de naam en zijn vingers vlogen naar het toetsenbord van zijn computer. Hij deed wat ik ook al had gedaan en met hetzelfde resultaat. In de personeelsoverzichten van HC&P kwam de naam Breger niet voor.

'En wie is die Breger dan?' vroeg hij.

'Precies', zei ik. 'Dat is vraag nummer één, twee en drie.'

'Wat weet je?' vroeg Gijs.

'Niet genoeg.'

Gijs schudde zijn hoofd. 'Dat bedoelde ik niet', zei hij. 'Kom op, ben jij nou een adviseur?' Hij trok me uit mijn stoel en duwde me door de kamer. 'Vooruit, lopen, bewegen. Zolang je stilstaat, gebeurt er niets.' Hij duwde me nog een keer en nog een keer. Steeds een paar stappen verder. Zodra ik stilstond, was hij er weer. 'Vertel, waar was je? Wat deed je? Wat weet je?' Door de combinatie van vragen en bewegen dwong Gijs me mijn verslagenheid van me af te schudden. Je weet meer dan je denkt, dat is het uitgangspunt. Eerst kijken, dan denken. Maar het gaat niet vanzelf.

Haperend vertelde ik wat ik wist, van de nacht in de kantine tot de vechtpartij in de flat van Radekker. Ik liet niets weg, sloeg geen detail over, en hoe meer ik vertelde, des te minder ik ervan begreep, en des te meer de details gingen overheersen. Terwijl ik praatte, haalde ik mijn laptop uit de rugzak en zette het ding op.

'Waarmee?' vroeg Gijs.

'Een dumbbell', zei ik. 'Zo'n haltertje van een kilo of twee.'

'Midden op zijn voorhoofd?'

Ik knikte. 'Ongeveer wel, ja.'

'En leeft-ie nog?'

'Toen ik wegging, bewoog hij nog, dus ...'

Ik schoof de laptop naar hem toe. Op het scherm stond een

lijstje. 'Dit zijn webadressen', zei ik. 'En het gaat om een ervan, maar die site moet ik op jouw computer benaderen. De mijne trekt dat niet.'

Gijs pakte een stoel en schoof achter mijn laptop, ik ging aan het werk met zijn computer. Terwijl het apparaat de site aan het laden was, hoorde ik Gijs door de e-mail klikken en de sites bekijken. Het laptopje zoemde.

Klik. Klik.

'WAUW!' zei Gijs. Hij leunde achterover in zijn stoel en schonk zichzelf nog een glas wijn in. 'Weet je wat het is?' zei hij. 'Je hebt mooie vrouwen en je hebt hele mooie vrouwen. Dat weten we allemaal.' Onwillekeurig wreef hij met zijn hand door zijn kruis. 'En dan heb je natuurlijk dit soort vrouwen. Jezus, wat heb jij voor waanzinnige wijven in je computer zitten?'

'Ik?'

Hij veranderde de stand van het scherm om een scherper beeld te krijgen. Opeens draaide hij de computer, zodat ik het scherm kon zien.

'Is dit soms die Ina?' vroeg hij.

Op het scherm stond een foto van de vrouw die mij totaal had ontregeld, de vrouw die ik beter kende dan welke andere vrouw ook, maar die van mezelf een totale onbekende maakte. Door haar wist ik niet meer wat voor en achter was, letterlijk. Alles wat ik dacht te weten, wist ik niet meer. Ik dacht dingen die ik niet mocht denken, maar die niet tegen te houden waren. Ik probeerde te slikken, maar van het ene moment op het andere was mijn keel droog. Mijn hart bonsde, mijn ademhaling vloog omhoog tot ze in mijn strot klem leek te zitten. Om te spreken moest ik de woorden erdoorheen persen.

'Nee,' zei ik, 'dat is Kees.'

21 Please reconfirm

Voor Gijs was Kees gewoon een rare naam voor een vrouw. Meer niet.

'Oké,' zei hij, 'Kees, maar Kees is anders wel bloedjemooi. Ik weet niet hoe jij d'r kent of wat ze in je computer doet, maar Kees is helemaal goed.'

'Kees is mijn broer', zei ik.

Gijs zweeg. Zijn ogen flitsen van het scherm naar mij en weer terug. Heen en weer. Hij lachte. 'Met zo'n broer heb je geen zussen meer nodig', zei hij en hij lachte weer, ongemakkelijk. 'Hoe bedoel je, je broer?'

'Kees was mijn broer', zei ik, 'tot ik hem afgelopen maandag van Schiphol ging afhalen en hij opeens mijn zus bleek te zijn.'

Gijs stond met een ruk op. 'En dat wist je niet?'

'Nee', zei ik. 'Hij was vijf jaar weg, vijf jaar hadden we elkaar niet gezien, geen foto's, niets. Tot-ie opeens voor me stond en ik …'

'Ah nee, hou op!'

'Dat kan je wel denken, maar …'

'Je schrikt je wezenloos.'

'Ja, dat ook,' zei ik, 'maar wat er gebeurde, was …'

'Je denkt dat je iemand kent en dan blijkt het een vreemde te zijn, een onbekende, *creature from outer space*, jezus, man, want wat zeg je dan?'

Ik schudde mijn hoofd. 'Nee,' zei ik, 'nee …'

'Want dat is het toch?' Gijs was niet te stoppen. 'Hij heeft zich laten ombouwen, want daar hebben we het over, en iemand die zich laat ombouwen, dat kan je niet volgen. Ik in ieder geval niet.'

Ik zweeg en staarde voor me uit. Gijs zei van alles, maar niet wat ik dacht.

'Of wil jij zeggen dat je dat wel kan volgen?' vroeg hij. 'Dat je dat begrijpt, of zo, want dan moet je het zeggen.'

Ik schudde weer mijn hoofd.

'Nee,' zei ik, 'maar daar gaat het niet om.'

'O nee? Waarom dan wel?'

'Kijk naar het scherm', zei ik.

Gijs draaide de computer weer naar zich toe en keek. Staarde.

'Wat zie je dan?'

'Een wereldwijf', zei hij, zonder enige aarzeling.

'Precies', zei ik. 'Dat vind ik nou ook, alleen ligt dat voor mij heel anders.'

Het duurde een paar seconden voordat het tot hem doordrong wat ik zei. Toen keek hij me aan, met wijd opengesperde ogen.

'O fuck!' zei hij. 'Jongen, wat ben jij in de war.'

Samen keken we naar de foto van Kees, stralend op het kleine beeldscherm. Ogen die mij kenden zoals niemand anders me kende. Kees, met wie ik twintig jaar lang alles had gedaan, alles had geleerd, alles was geweest. Zeker de helft van mij was samen met Kees ontstaan, overal in mijn geheugen zaten verbanden, die allemaal in één keer hadden losgelaten. Hoe langer ik naar de foto keek, hoe minder ik mezelf nog herkende. Dat was de echte schok.

Achter zijn rug begon de boekenkast te schuiven. Eerst dacht ik dat vermoeidheid en alcohol te veel waren geworden, dat ik hallucineerde, maar na een eerste bedrieglijk kleine beweging schoof de hele kast geluidloos opzij. Vanuit het donker klonk de stem van een vrouw.

'Ik zag nog licht,' zei ze en ze kwam naar binnen, 'en ik dacht, buurman heeft vast nog wel een glaasje voor een eenzame ...' Ze zag mij en hernam zich. 'O, hallo,' zei ze, 'ik wist niet dat je ...' Ze stak haar hand uit. 'Hoi, ik ben Emma, ik woon hierachter en Gijs en ik hebben een ...' Ze wees achter zich op de weggeschoven boekenkast, zag plotseling onze geshockeerde gezichten en dacht dat zij die had veroorzaakt. '...Oké, dit gaat helemaal verkeerd', zei ze. 'Sorry, ik ...' Ze wilde weglopen, maar Gijs hield haar tegen.

'Nee, wacht', zei hij en hij keek mij aan. 'Ik geloof dat we wel wat afleiding kunnen gebruiken. Toch?'

Ik knikte. Wat ik allemaal wilde zeggen, was niet zo veel. Het belangrijkste was eruit en de rest begreep ik zelf nog niet. Ik stond op en stak mijn hand uit.

'Ik ben Michael', zei ik.

Emma keek ons aan. 'Ik val hier geloof ik ergens middenin', zei ze, haar oog viel op de laptop en op de foto van Kees. 'O, nou zie ik het, zitten jullie vieze plaatjes op internet te bekijken?'

Gijs lachte. 'Zoiets', zei hij en hij klikte de foto weg.

'Nou, van mij mag je,' zei Emma, 'maar dan wil ik wel drank.'

En drank was er. In hoog tempo werkten we twee flessen wijn weg, en door de wijn en de ongegeneerde vrolijkheid van Emma verdween ook mijn paniek. Tijdens het vullen en legen van de glazen leek het alsof Emma dichter naar Gijs kroop dan andersom, maar als dat al zo was, dan hield hij haar niet tegen.

Terwijl Gijs de derde fles openmaakte, leunde ze opeens voorover en legde een hand op mijn knie.

'Ik weet niet wat je dwarszit,' zei ze, 'maar dat er iets zit, is duidelijk.'

Met wat moeite dwong ik een ongemakkelijke glimlach op mijn gezicht. 'Nou ja,' zei ik, 'er is inderdaad wel iets, maar ...'

Emma sloeg het restje van haar glas achterover en voordat ze zich luid lachend weer achter de boekenkast terugtrok, gaf ze me een daverende klap op mijn schouder. 'Nee schat, je moet het niet tegen mij zeggen, maar tegen degene voor wie het bedoeld is', zei ze. Ze draaide zich om en zoende Gijs vol op zijn mond. 'Ooit grijp ik je', zei ze en ze verdween lachend in het donkere gat achter de kast.

'Buuf', zei Gijs.

In stilte staarden we naar de lege doorgang, een gat in de ruimte, een poort naar een andere dimensie, naar de achterkant van het leven.

Uit Gijs' computer klonk een kort geluidje, een ping, zoals je hoort wanneer er een nieuwe e-mail binnenkomt. Gijs keek.

'Weet jij wat dit is?' vroeg hij.

Op het scherm was dezelfde blauwe website te zien, met hetzelfde korte menuutje: *Back, Operate, Run, Link, Log out.* Links onderin stond ook hetzelfde als vorige keer: *User-id: pb***7?all**.* Ook rechts bovenin stond weer hetzelfde: *b.ng-chn-infra/nat./051703/00.23 – act.*

Wat er anders aan was, was de balk midden over het scherm, met een aan en uit flitsend rood kader. In die balk stond:

User please reconfirm with mister Miller. Log in location does not match current status.
Running server check.

Mister Miller? Ik schudde mijn hoofd.

'Deze site heb ik in de computer van Radekker gevonden', zei ik. 'Zij deed hier iets mee, en in alle dingen die ik van haar kan vinden, is dit het enige wat ik niet begrijp. Dus misschien heeft het ergens iets mee te maken. Ik weet het niet.' Ik keek naar het scherm. 'Maar wie mister Miller nou is? Reconfirm with mister Miller staat er. Ken jij een Miller?'

Gijs schudde zijn hoofd.

'En wat dat is?' Ik wees op de laatste regel. 'Running server check. Het zegt me niets.'

'Dat is makkelijk', zei Gijs. 'Computers doen altijd precies wat ze zeggen, dus als er staat "running server check", dan is-ie dat aan 't doen. De server aan het checken.'

'Oké, maar waarop?'

'Op wat er staat', zei Gijs weer en hij wees op de regels op het scherm. 'Identiteit en locatie. Dat staat er. Hij vraagt om identificatie, dat moet jij doen, en hij zegt dat de loginlocatie niet klopt met de huidige status. Dus nu is hij aan het kijken waar wij precies zitten ... denk ik.'

'Kan dat?' vroeg ik.

'Vast.'

Ik vloekte, reikte langs hem naar de muis en verbrak de verbinding met internet.

22 De Sundance Kid

Vroeg in de ochtend schrok ik wakker. Even wist ik niet waar ik was. De oude driezitsbank waar ik op lag, rook bekend, maar niet verwacht. Zaterdagochtend zag er in het tuinhuis van Gijs, alcohol nog ruim in mijn bloed, heel anders uit dan ik gewend was. Onvast op de voeten trok ik mijn broek en T-shirt aan en liep door de tuin naar het huis, op zoek naar een toilet. Zo stil mogelijk deed ik de achterdeur open en glipte naar binnen. Het was vroeg, veel vroeger dan ik had gedacht, en ik wilde Gijs niet wakker maken. Boven hoorde ik gestommel. Kleine geluiden van iemand die rondliep. Het was een oud huis, de planken vloeren kraakten en klonken hol. Ik glimlachte, Gijs was ook al op. Met mijn hand aan de kruk van de wc-deur keek ik door de gang. Het was licht, vroege zon scheen naar binnen, niet alleen door de ruitjes in de voordeur. Er was meer. Er lag een lange streep licht door de gang en opeens zag ik waar die vandaan kwam. De voordeur stond op een kier.

Verwonderd liep ik naar de voorkant van het huis, deed de deur verder open en keek naar buiten. Er was niemand. Ik draaide me om, ging weer naar binnen en duwde de deur dicht. Met een onverwacht luide knal viel hij in het slot. Op hetzelfde moment hield het gestommel boven op.

'Gijs?' riep ik.

Boven klonk een onderdrukte vloek en een net zo onderdrukt antwoord van een ander. Even leek het alsof de temperatuur van mijn lichaam in één keer tien graden zakte. Ik huiverde, rilde. Een seconde later gloeide ik, angst joeg de temperatuur weer omhoog. Aan de klank van de stemmen te horen waren er boven twee mannen. Twee mannen, drong het tot me door, en geen van die twee klonk als Gijs.

'There's a number two downstairs. GO!' hoorde ik, direct gevolgd

door het geluid van iemand die snel de trap af kwam. In paniek keek ik om me heen. Het huis was te klein om me ergens te kunnen verbergen. Ik moest razendsnel beslissingen nemen die ver buiten mijn ervaring lagen. Buiten had ik nauwelijks kans. In een achtervolging zou ik snel worden ingehaald. Binnen waren mijn kansen nog kleiner, tenzij ik tijd kon winnen. Ik deed de voordeur weer open, draaide me om en holde aan de achterkant het huis uit, naar de tuinkamer. Ik griste mijn spullen bij elkaar, mijn laptop en mijn rugzak, schoof de boekenkast een stukje opzij, glipte door de opening en duwde de kast weer op zijn plaats.

Aan de andere kant was het aardedonker. Ik was in een soort schuurtje terechtgekomen, een hok zonder raam. Het enige puntje licht kwam door een klein rond gaatje dat op ooghoogte in de achterwand van de boekenkast zat. Ik perste mijn gezicht ertegenaan en loerde door het gaatje. Ik kon bijna de hele kamer zien en door de glazen deur had ik uitzicht op de tuin en de achterkant van het huis.

Voorzichtig, aarzelend bijna, kwam een man door de achterdeur naar buiten. Hij keek links en rechts van de deur. De tuin was smal en zo spaarzaam beplant dat er nergens een plek was voor iemand om zich te verbergen. Toch bewoog hij langzaam, weloverwogen, tot hij halverwege de tuin was. Daar draaide hij zich om en keek naar boven. Uit de gebaren die hij maakte, begreep ik dat de tweede man ergens op een hogere verdieping bij een raam moest staan. De man in de tuin schudde zijn hoofd en liep snel de laatste meters naar het tuinhuisje.

Diep ademend probeerde ik tot rust te komen, maar hoe ik me ook concentreerde, mijn opwinding werd alleen maar erger. Mijn hoofd begon te zwemmen, ik werd duizelig en moest me aan de wand van het schuurtje vasthouden om niet onderuit te gaan. Op dat moment herkende ik wat er met me aan de hand was. Dit was hetzelfde beklemmende gevoel dat mij op Schiphol had overvallen. Hyperventilatie. De diepe ademhaling waartoe ik mezelf dwong, was precies verkeerd. De druk in mijn lichaam steeg steeds verder, alsof mijn ingewanden opzwollen en langzaam maar zeker mijn longen samenpersten. In paniek probeerde ik het proces te stoppen, maar mijn angst maakte het alleen maar erger. Mijn longen pompten veel te veel zuurstof naar binnen en in een poging de verstoorde balans recht te zetten, werkten ze harder in plaats van minder. De ziekenbroeder in de ambulance had me verteld wat ik moest doen. Hij had me een zakje gegeven dat ik om mijn mond kon zetten, zodat ik minder zuurstof binnenkreeg en meer koolzuur. Allemaal makkelijk, verstandig en logisch, maar het zakje lag in het hotel. Ik wist ook precies waar het lag, op het dressoir naast het televisietoestel.

Met tintelende vingers ritste ik mijn rugzak open. Op de tast in het donker zocht ik het zakje drop dat ik eerder had gekocht. Onhandig wriemelend en draaierig trok ik het sluitinkje eraf, draaide het zakje om, schudde het leeg in de rugzak en bracht de opening van het lege zakje over mijn mond en neus. Achter mijn rug voelde ik de boekenkast even bewegen op het moment dat de man aan de andere kant de deur van de tuinkamer opendeed. Voorzichtig ademend, het zakje nog steeds voor mijn mond, zette ik mijn oog weer voor het kijkgat. De man stond binnen. Hij stond recht tegenover me, ik zag zijn gezicht en zijn ogen. Hij was iets kleiner dan ik en iets breder, met zware spieren die vanuit zijn schouders schuin omhoog zijn nek in liepen. Daardoor leek zijn gezicht vervormd. Zijn hoofd leek een dop die boven op het lichaam was gezet. Diepliggende, donkere ogen namen de kamer op. In zijn linkeroor zat een hoorknopje. Een draadje liep langs zijn wang naar beneden, naar een apparaatje in zijn borstzak. Aan zijn schouder hing een tas.

Hij sprak zachtjes: *'Unit is here.'* Hij luisterde. *'Okay'*, zei hij. Hij bukte zich en verdween uit het zicht. Ik hoorde hem rommelen onder het bureau en even later kwam hij weer tevoorschijn. Hij tilde de computer van de grond en zette het ding achterstevoren op het werkblad. Uit zijn tas haalde hij een schroevendraaier en met geoefende handen schroefde hij de achterkant van de behuizing los. Voorzichtig trok hij het binnenwerk eruit, schroefde een paar onderdelen los en legde ze apart. Uit zijn tas haalde hij nieuwe onderdelen die hij in de computer monteerde. De man werkte geluidloos en snel. Hij zette de computer terug op de grond onder het bureau, sloot alle snoeren weer aan, stopte de oude onderdelen in zijn tas en keek nog een keertje goed rond.

Op het laatste moment werd zijn aandacht getrokken door iets in de kast. Met drie passen stond hij er pal voor en zag ik zijn hand op het kijkgat af komen. Adem stokte in mijn keel. In een automatische reactie deinsde ik achteruit en stootte tegen een hark die naast me stond. De langzaam schuivende steel maakte een schurend geluid tegen de houten wand van de schuur. Mijn hand schoot uit en ving de steel voor hij ratelend op de grond kon vallen.

In de andere kamer had de man het geluid gehoord. Hij stopte en luisterde. Zijn ogen namen elk deel van de kast in zich op, plank voor plank, en ik besefte dat hij binnen een paar seconden het gat in de achterwand zou vinden. Koortsachtig dacht ik na. Ik kon niet weg, dat zou zoveel lawaai maken dat de man desnoods dwars door de boekenkast achter me aan zou komen. Terug was helemaal geen optie. De enige mogelijkheid die ik zag, was het gat dichtmaken. Voor de man was het niet meer dan een rond zwart plekje. Omdat er aan mijn kant geen licht was, kon hij er niets door zien. Hooguit kon hij er met een lantaren door schijnen of er iets doorheen steken. Het gat was net groot genoeg voor een vinger of een pen of zijn schroevendraaier. En als hij er op die manier achter kwam dat er achter de boekenkast een ruimte was, dan zou hij gaan zoeken naar de doorgang. Het gat dichthouden was dus het beste.

Weer zocht ik op de tast in mijn rugzak en vond de disk met de gekopieerde bestanden. Ik trok hem uit het vakje en legde het schijfje tegen het gat. Met de muis van mijn hand duwde ik het vlak tegen het hout, zodat het niet zou bewegen.

Ik hoorde niets en voelde niets, behalve dat ik onmiddellijk overal jeuk kreeg op plekken waar ik alleen bij kon als ik het schijfje zou loslaten. Zenuwenjeuk. Erger was mijn ademhaling, die langzaam weer begon te klimmen. Ik dwong mezelf zo ondiep mogelijk te ademen en de lucht zo lang mogelijk in mijn longen te houden. Langer dan mijn zenuwen goed voor me vonden.

Door de dunne achterwand van de boekenkast hoorde ik de stem van de man.

'Okay', zei hij en onmiddellijk daarna voelde ik iets door het gat gestoken worden. Het hout trilde en even later botste er iets tegen de diskette. Het tikte niet, het maakte nauwelijks geluid. Waarschijnlijk was het zijn vinger.

Het schijfje stilhouden, op zijn plaats, dat was het enige wat ik hoefde te doen, maar ik had er al mijn concentratie en aandacht voor nodig. Ik wist dat de man me niet kon zien, ik wist dat hij me niet kon horen, ik wist dat hij niet wist dat ik wist ... en al die dingen die ik wist hielpen me niet.

Mijn arm begon te trillen. De diskette leek het zwaarste ding dat ik van mijn leven had moeten tillen. Weer duwde de man tegen het plastic. Een keer. Twee keer. Hij klopte met zijn vinger tegen de achterwand van de kast. De holle tikken klonken als donderslagen in mijn oren.

'Okay, no, just a minute.' Ik hoorde zijn stem zich van de kast verwijderen. Snel liet ik de diskette zakken en keek. Hij stond van een afstandje de kast te bekijken. Na een paar seconden stapte hij naar een van de zijkanten en verdween uit het zicht. Even later begon de kast te schommelen en te wrikken. Hij probeerde erachter te kijken, maar hij duwde van de verkeerde kant. Hij duwde dicht in plaats van open. Als hij van de andere kant had geprobeerd, dan had hij de kast zo kunnen wegschuiven. Ik hoorde hem kreunen en zuchten en met een schreeuw zette hij zijn volle kracht erin. Dwars door die gil hoorde ik aan mijn kant van de kast een korte, droge klik. De klik van een slot.

Aan de andere kant gaf de man het op. Ik hoorde hem hijgen en op adem komen.

'All clear', zei hij. Hij keek nog één keer rond om er zeker van te zijn en vertrok.

Ik zag hem door de tuin naar het huis lopen, de keuken in gaan en ook die deur achter zich dichtdoen. Ik wachtte nog even, niet lang, want ik moest terug, ik moest het huis in om te zien of Gijs er nog was. Hoe het met hem was. Herinneringen van Ina Radekker kwamen hard en scherp terug. Haar had ik niet gekend. Maar Gijs kende ik wel. En Gijs kende mij. Dat was het verschil. Ik zette mijn handen tegen de achterkant van de kast, vond een verticale lat, klemde mijn vingers ertegen en duwde en trok, zo hard als ik kon. Er gebeurde niets.

Stommelend in het donker zocht ik de buitendeur van het schuurtje en zette hem open. Licht stroomde naar binnen en ik zag het simpele, maar sterke mechanisme dat de kast op zijn plaats hield. Onderaan was een verticale stang tegen de achterwand van de kast geschroefd. De stang was in een haak gevallen en die haak kon alleen met een sleutel worden geopend. Een oud, eenvoudig slot, dat ze waarschijnlijk nooit meer gebruikten, maar dat de kast onwrikbaar op zijn plaats hield.

Ik zocht naar mogelijke plekken waar zo'n sleutel zou kunnen zijn. Aan een spijker in de wand was mijn eerste gedachte. Ik keek links en rechts van de kast. Het schuurtje was stampvol, overal hingen dingen, touwtjes, tuingereedschap, sproeiers en een tuinslang. Er stonden trapjes, een opgevouwen droogrek voor de was, emmers en een enorme hoeveelheid oude potten en blikken, maar nergens hing een sleutel aan een spijker. Een voor een begon ik de potten en blikken om te draaien om te zien of het ding daar in zat. Op mijn knieën graaide ik in de achterste bakken.

'Ja?' hoorde ik achter me. Ik draaide me om. Emma stond met een slaperig hoofd pal achter me. In haar hand had ze een bronzen beeld, een abstract beeld, dat ze aan de taps toelopende kant boven haar hoofd hield.

Toegepaste kunst.

'O, ben jij 't', zei ze. 'Ik dacht al, je maakt veel te veel lawaai voor een inbreker.' Ze liet het beeldje zakken. 'Wat doe jij trouwens aan mijn kant van de kast?'

Een paar minuten later slopen we samen door de achterdeur de keuken in. Het huis was stil. Nergens klonken nog stemmen of voetstappen. We renden de smalle trappen op naar boven.

Gijs lag naast zijn bed op de grond, en even, een paar seconden misschien, bleven Emma en ik in de deuropening staan. Met ingehouden adem keken we, in de hoop dat hij zou bewegen, geluid zou maken. Net als bij Ina Radekker was er ook hier geen bloed te zien, nergens, maar net als zij lag Gijs er roerloos bij. We staarden naar hem, alsof straling uit onze ogen hem kon helpen, hem de energie of de kracht kon geven terug te komen van waar hij was. Misschien was dat ook zo, waarschijnlijk niet, maar als de gedachte het enige is wat je nog hebt, dan wordt zij sterker dan ze is. Emma was de eerste die het zag.

'Hij bewoog', zei ze. 'Ik zag het!'

Ze duwde me opzij en knielde naast hem neer. Ze legde twee vingers op zijn hals en sloot haar ogen. Haar kalme concentratie leek eindeloos te duren. Voorzichtig kwam ik dichterbij en liet me aan de andere kant van Gijs door mijn knieën zakken, bevangen door de angst dat dat rare lange hoofd van hem, waarin cijfers als beelden en berekeningen als landschappen bepaalden hoe hij de wereld zag, voor altijd stil zou worden, en daarmee een deel van die wereld voorgoed zou sluiten. Dat dacht ik, en dat deed pijn. Angst nestelde zich als een virus in mijn lichaam. De paniek kwam door iets anders. Als ik niet naar Gijs was gekomen en met zijn computer naar die ene website was gesurft, dan was er niets gebeurd. Iets anders kon ik er niet van maken.

Reconfirm with mister Miller.

Location does not match.

Running server check.

Wie bent u en waar zit u? vroegen ze, wie ze dan ook waren, en het antwoord hadden ze zelf gevonden. Nog geen acht uur later stonden hier vreemde mensen binnen. Mensen die geen vragen stelden, maar onmiddellijk in de aanval gingen. Zonder waarschuwing, zonder uitleg, zonder enige interesse in persoon of reden. Hard en efficiënt.

Ik stond op en keek om me heen. Een slaapkamer in een huis op de Keizersgracht in Amsterdam. Het was gewoon, netjes, normaal. Het waren dingen die ik gewend was te zien. Dat ik hier was, dat ik hier gisteren naartoe was gekomen, ook dat was normaal. Kennelijk kon dat niet meer. Alleen het stomme feit dat ik in het tuinhuis lag te slapen en ze mij niet hadden gezien, had mij hier gered. Daardoor waren ze bij Gijs uitgekomen en niet bij mij.

'Hij is er nog!' zei Emma. Opeens lag er de urgentie in haar stem van een arts aan het werk. Ze verschoof Gijs tot hij op zijn zij lag, wrikte zijn mond open en stak een vinger diep in zijn keel. Het duurde even voordat hij reageerde, maar de automatische reflex werkte nog. Gijs begon te kokhalzen en even later kwam het eerste beetje vocht naar boven. Ik holde naar de badkamer, trok een badhanddoek van een rek en rende weer terug. Voorzichtig en toch haastig legde ik de handdoek onder Gijs zijn mond. Emma duwde haar vingers nog een keer diep in zijn keel en dit keer reageerde hij heftig. De inhoud van zijn maag golfde naar buiten. Emma nam een punt van de handdoek en veegde zijn mond af. 'Meer!' riep ze. In de kast vond ik schone doeken. Ik legde een stapel naast haar neer, haalde de vuile weg, mikte het ding in het bad en draaide de kraan open. Een minuut of tien lang rende ik op en neer met vuile en schone doeken. Ik haalde en bracht en spoelde en wrong uit, totdat Gijs niets meer over te geven had. Ik stond met een natte handdoek in mijn hand in de deuropening te kijken hoe Emma hem beademde.

Tussen ademhappen door riep ze: 'Bel 1-1-2!'

Een verdieping lager, in de zitkamer, vond ik een draadloos toestel. Ik graaide het mee en holde de trap weer op. Terug in de slaapkamer toetste ik het nummer, keek naar het toestel in mijn hand en verbrak de verbinding nog voor die tot stand kon komen.

'Heb je gebeld?' vroeg Emma.

'Nee', zei ik.

'Waar wacht je dan op, lul!' Ze schreeuwde naar me en dook weer voorover, over het lichaam van Gijs, dat ze weigerde los te laten. Gijs was er nog, meer hoefde ze niet te weten.

Ik legde de telefoon naast haar neer.

'Luister ...' zei ik. Verder kwam ik niet. Emma's woedende woorden sloegen de mijne terug mijn mond in.

'Ik hoef niet te luisteren, zak! Doe iets!'

Ik greep haar schouders vast en trok haar omhoog.

'Emma,' zei ik, 'ik ben hier niet. Oké?' Ik schudde haar door elkaar. 'Ik kan hier niet zijn. Ik ben hier niet en ik was hier niet.'

'Als je nog lang zanikt, is Gijs er niet.' Haar ogen toonden de agressie die ze binnenhield. Met een maaiende beweging van haar arm probeerde ze mijn handen weg te slaan. Ik liet niet los.

'Dit is mijn schuld', zei ik. 'Wie het doet, weet ik niet en waarom weet ik ook niet, maar het is voor jou en voor Gijs veiliger als niemand weet dat ik hier was.'

'Maar jij hebt ze gezien? Jij kan de politie vertellen hoe ze eruitzien. Jij ...'

'De politie zoekt me al', zei ik.

'Mooi zo.'

'Voor een andere moord.'

Alle uitdrukking verdween uit haar blik. Ze staarde me aan met wijd opengesperde ogen.

'O', zei ze. 'Oké ...'

Ik pakte de telefoon en gaf het toestel aan haar. 'Het is beter als jij belt, geloof me nou maar.'

Ze nam het ding van me aan en keek me nog een seconde aan met een volstrekt vlakke blik, alsof ze in die ene seconde kon zien wat ik zei. Daarna draaide ze zich van me weg, boog zich over Gijs en deed alsof ik er niet meer was. Alsof ik er nooit was geweest. Precies zoals ik had gevraagd, maar erger dan ik had kunnen bedenken.

Pas in de hotelkamer begon ik weer te functioneren. Ik douchte, haalde mijn kleren van de stomerijservice, betaalde de rekening en vertrok. Hoe korter ik op een plek bleef, des te kleiner was de kans dat iemand me zou kunnen vinden.

Ik leverde de auto in bij het verhuurbedrijf en nam de trein naar Schiphol. Daar was ik anoniem, in de nationale afzuigkap. Op nog geen vijftien minuten van het centrum van Amsterdam verdween ik in de menigte van reizigers en vakantiegangers. Ik nam een kamer in het Hilton en keek minutenlang naar de dalende en stijgende vliegtuigen. In stilte starend en denkend probeerde ik te achterhalen wat ik wist.

Op het internet had ik een website gevonden die ik niet begreep. Dat op zich was niet opmerkelijk, er waren zo veel dingen die ik niet begreep. Maar deze website was dodelijk, en dat was wel opmerkelijk. Een dodelijke website was ik nog nooit tegengekomen. En zeker niet een van HC&P. Dit was een site van het bedrijf waar ik zelf voor werkte, een bedrijf dat niemand aannam voordat ze alles van hem wisten.

Alles.

Tot een paar dagen geleden vond ik dat niet alleen redelijk, ik vond het nog terecht ook. Het bedrijf was groot geworden door de allerhoogste kwaliteit te leveren in elke denkbare situatie en het beschermde die status door de simpele regels die het streng toepaste. Logisch. Maar sinds vandaag zag ik dat anders.

Omdat het bedrijf zo veel van me wist, kon het me overal klem zetten. *Man is the information he carries*, en zolang zij die informatie in handen hadden, konden ze de mens die erbij hoorde onder druk zetten. Waar ze maar wilden. Uitschakelen, als het moest.

Tenminste, zolang ze de juiste informatie hadden, en daar kon ik misschien iets aan veranderen. Mensen weten niet meer met wie ze contact hebben. E-mail is makkelijk en het is misleidend te gebruiken. Iedereen kan elk e-mailadres openen dat hij maar wil. Als ik wil dat iemand denkt dat ik Winston Churchill ben, of George Bush, dan open ik een adres onder die naam en verstuur mijn bericht. Zo eenvoudig gaat dat, alleen trapt niemand daar in. Niet als je een e-mail krijgt van george.bush@zonnet.nl, bijvoorbeeld. Dan niet, maar als een van de partners van HC&P een bericht kreeg van een bekende zou hij misschien net niet voldoende opletten en de mail beantwoorden.

Dat dacht ik.

Met de gebruikersnaam en het wachtwoord van Ina Radekker logde ik in op het net van HC&P en zocht de e-mailadressen van alle partners van het bureau. Van het HC&P-net surfte ik naar de sites van verschillende providers en opende een aantal nieuwe e-mailadressen, op mijn naam geregistreerd, maar de naam in het adres zelf was van de man die ik zocht en van wie ik niet wist wie het was: Huib.breger@aol.com, h.breger@tiscali.nl en Huibbreger@hotmail.com.

Met steeds een van die drie adressen als afzender schreef ik elf e-mails, allemaal met hetzelfde bericht, gebaseerd op de meldingen die bij Gijs op het scherm van zijn computer waren verschenen. In het Engels.

Identity confirmed, but unavailable. Location NOT secure. Please input mister Miller.
HBreger

Meer niet. Het ging om de reactie, niet om het bericht. Ergens moest ik een ingang zien te vinden, een hoekje van de verpakking los zien te peuteren, en op dit moment leek een wilde gok me beter dan eindeloos lang te blijven piekeren. *'I shoot better when I move'*, zei de Sundance Kid. Hij moest bewegen om iets te kunnen raken. Als hij stil bleef staan, mislukte alles. Dat had ik nou ook.

Doe iets.

De berichten verdwenen via de telefoonlijn en even later haalde de computer nieuwe berichten op. Negenentwintig stuks. Ik bekeek ze, een voor een. Er zaten er twee bij die ik wilde zien. Eentje omdat ik erop zat te wachten. En een ander die ik liever niet had ontvangen.

23 Bellilog 19.06.04

Oké, waar is de grens? Dat is een legitieme vraag. Waar moet ik naartoe? Foute vraag. Waar kom ik vandaan? Hier. Dat punt heb ik nu bijna bereikt. G is gepakt. Ze hebben G gepakt. Wie zijn 'ze'? Iemand. Mensen. Mensen die naar mij op zoek zijn. Ik kan steeds minder zeggen, terwijl ik steeds meer kwijt wil.

Miller?

Wie is Miller?

Mail van: Jes
Onderwerp: bad news
wat hoor ik?
xxxx
j

Mail aan: Jes
Onderwerp: Re: bad news
wat vraag je?
Hier alles 100% op zijn kop. Vertel ik je later wel, maar het gaat niet goed. Kut. Wanneer kom je? Ik hou van je. m

Mail van: Miller
Onderwerp: Confirmation
Dear mister Michael Bellicher,
You have reached our website recently and failed to complete the registration form. Also we understand you are no longer at the Amsterdam Novotel.
Please reconfirm with us.
Sincerely,

Miller

24 Oranje handen, witte knieën

Miller? Miller wist dat ik in het Novotel had gezeten en stuurde mij een mailtje over een of ander registratieformulier dat ik niet had ingevuld. Dit was erger dan ik dacht. Die zogenaamd onschuldige vraag betekende dat ik net op tijd dat hotel had verlaten. Miller wilde me laten weten dat hij vlak achter me zat. Als ik hem voor wilde blijven, dan moest ik beter opletten. Hoe hij me daar had gevonden, wist ik niet. Maar dat hij me had gevonden was duidelijk.

In de grote hal van het vliegveld was het druk. Duizenden mensen waren op weg, allemaal met eenzelfde soort gedreven vrolijkheid. In afwachting van de reis die binnen een paar uur zou beginnen, of van degene die ze kwamen afhalen. Zoals ik nog geen week geleden. In die tijd was ik veranderd, van een succesvolle adviseur in een toerist met rugzak. Wereldreiziger in de Randstad. Mijn uiterlijk was onherkenbaar. Ik had me al vier dagen niet meer geschoren, baardgroei reikte tot mijn oren. Ik liep rond in vieze kleren en op verkeerde schoenen. Mijn pak was gestoomd en hing schoon in de kast, nutteloos te wachten op een leven dat abrupt was afgebroken.

Ik had geld nodig. Bij een geldautomaat stak ik mijn pasje in de gleuf en toetste mijn pincode in. Geluidloos verwerkte het apparaat mijn gegevens en weigerde. Het bericht dat op het scherm verscheen was zo hard en zo simpel, dat ik het niet kon geloven. Niet wilde geloven.

Pas ongeldig
Transactie beëindigd

Meer stond er niet. De geldautomaat schakelde terug naar zijn beginstand en deed alsof ik niet bestond. Alsof ik er nooit was geweest. Mijn pasje was verdwenen en kwam niet meer tevoorschijn. De heerlijke anonimiteit van geldautomaten had zich tegen me gekeerd. Nu stond ik tegenover een machine en was ik machteloos. Vanuit een volledig geautomatiseerd systeem was mijn pasje geïdentificeerd en ingenomen. Van het ene moment op het andere was ik afgesloten van mijn geld. Mijn eigendom.

Ik vloekte en trapte tegen het apparaat. Hard. Zinloze woede ontplofte in mijn lijf. Ik had een bijna onbedwingbare neiging iemand te slaan. Ik schreeuwde. Om me heen keken mensen me aan. Een man kwam naar me toe, strekte een bezwerende hand naar me uit.

'Gaat het een beetje?' vroeg hij.

Ik knikte. Dwong mezelf me te beheersen. Slikte mijn boosheid in. Voelde die als vloeibaar beton door mijn lichaam zakken.

'Sorry', zei ik. 'Let niet op mij.' Ik trok mijn jas recht en liep weg. De hal in. Zonder bestemming. Woede nog in mijn hoofd, in mijn ingewanden. Doelloos liep ik van de ene kant van de hal naar de andere, langs hamburgertenten en koffiebars, langs supermarkten en boekwinkels, drogisterijen en kledingzaken. Langzaam zakte mijn opwinding. Uiteindelijk ging ik zitten aan een klein tafeltje in een broodjeszaak. Een meisje kwam met een internationaal soort vrolijkheid vragen wat ik wilde hebben.

Koffie.

Terwijl zij de bestelling ging halen, controleerde ik hoeveel geld ik nog had. Van de negenhonderd die ik had opgenomen was nog een kleine driehonderd over. Voldoende voor nu, maar de kamer in het Hilton zou daar korte metten mee maken. Als ik daar bleef zitten, was ik in twee dagen door mijn geld heen. En dan had ik niets gekocht. Geen eten en geen spullen, geen tandenborstel, geen tandpasta, geen kam, geen scheermes, geen nieuwe Labello-stift en geen kleren. Dingen die ik nodig had. Hard nodig had.

Het enige wat ik nog had was een spaarrekening in Frankrijk. Ooit geopend, na het innen van een flinke bonus. Ik wilde er toen een kleine wijngaard van kopen in de buurt van Bergerac, maar van het plan was nooit iets terechtgekomen. Na een eerste storting op de rekening had ik er niets meer mee gedaan. Hier had ik het niet nodig en daar stond het niemand in de weg. Een kleine twintigduizend euro, contant meegenomen en daar gestort. Perfect. Alleen had ik er geen pinpas en geen creditcard van. Ik had een Frans chequeboek en een RIB, een *relève d'identité bancaire*. Daarmee en met mijn paspoort kon ik het geld opnemen. Maar dan wel in Frankrijk.

Al die dingen lagen nog in mijn flat.

Mismoedig slenterde ik door de hal. Ik wist wat ik moest doen en ik wist ook dat ik het zou doen, maar mijn eerste reactie bleef langer hangen dan ik wilde. Overal om mij heen klonk muziek, vrolijk en energiek. Geuren van fastfood. Vers brood en frituur. Vruchtensap en koffie. In cafeetjes en eettentjes hingen televisietoestellen die geluidloze nieuwsbeelden de wereld in stuurden. Oorlogen en onderhandelingen, doden en sport. Rellen in een stad. Ergens. Mensen holden. Mannen met helmen en automatische geweren schoten op iemand die niet zichtbaar was. Onscherpe beelden. Een geblinddoekte vrouw op haar knieën. In het zwart geklede, gemaskerde mannen met machetes. Arabische tekens. Ondertiteling: De ongelovigen hebben zich verzameld om ons aan te vallen. Zij kunnen ons niet aanvallen. Ministers in grijze pakken, strakke gezichten.

'Een double baconburger en een cola light', zei ik tegen het meisje achter de counter.

Ze lachte naar me zoals alleen meisjes achter fastfoodcounters ooit naar me lachen. Omdat ze moet. Het is haar werk om mij aardig te vinden. Ik betaal ervoor. Is allemaal in de prijs inbegrepen. 'Grote cola?' vroeg ze.

'Grote cola', zei ik.

De Deurloostraat was nog maar gedeeltelijk wakker. Vanuit een zijstraat had ik redelijk overzicht. Schuin tegenover mijn voordeur zag ik een geparkeerde auto met twee mannen erin. Het was de enige auto waar mensen in zaten en ze maakten geen aanstalten om uit te stappen of weg te rijden. Ze zaten er gewoon, in een donkerblauwe Kia, een non-descript voertuig dat nergens op zou vallen, als die twee er maar niet in hadden gezeten.

Mijn woning was nummer 56 driehoog. Naast mij, op 58 driehoog, woonde Bert Vaasen, getrouwd met Francine, en 's zaterdags nooit voor de middag de deur uit. Bert had een sleutel van mijn appartement, voor het geval ik de mijne had vergeten. Ik had ook een sleutel van zijn flat voor het omgekeerde geval. Het verschil was dat ik al meerdere malen bij hem had aangebeld en hij nog nooit bij mij.

'En dat is maar goed ook,' zei hij dan, 'want jij bent er toch nooit.'

Bert vergat zijn sleutels niet, dat zat niet in hem. Hij was accountant en hij telde alles tien keer voordat hij de deur uit ging. Hij was in de vijftig, had het gezicht van een man die gelijk heeft omdat hij een man is en hij had alle meningen die daarbij hoorden. Voor hem was ik een dwaze kwaker die nooit wist wat hij vond; hij was de betrouwbare kankeraar die veel te goed wist wat hij vond. Bert en ik konden het uitstekend met elkaar vinden. Hij schold op de regering en op banken en verzekeringsmaatschappijen, en ik ook. Een borrel met Bert liep meestal uit op het uitwisselen van vooroordelen, waarna we allebei opgelucht verder konden.

Ik pakte mijn mobieltje en belde zijn nummer.

'Hé, Bert, met mij.'

'Ja, dat hoor ik ook wel', zei hij. 'Sleutel vergeten?'

'Nee,' zei ik, 'dat niet, maar ik sta hier wel iets verderop, en ...'

'Dacht ik al. Heb je de smiezen gezien?'

Ik lachte. 'Blauwe Kia', zei ik.

'Eikels', zei Bert. 'Ik zie je zo.'

Ik liep terug door de zijstraat en kwam via de Rijnstraat van de andere kant de Deurloostraat weer in, zodat ik de politieauto van de achterkant naderde. Ik stak de straat over naar nummer 58-60 en belde aan bij Bert. Terwijl ik wachtte tot hij met de zoemer de deur opendeed, draaide ik me om en keek links en rechts door de straat. De mannen in de auto aan de overkant reageerden niet.

Boven wilde ik Bert vertellen wat er aan de hand was en waarom ik bij hem aanbelde, maar hij luisterde niet eens. Zonder een woord te zeggen pakte hij de krant van de vorige dag, vouwde hem open en legde hem voor mijn neus op tafel. Moord in Amsterdam-Zuid, politie zoekt Michael B. Foto van mij ernaast, met een zwart balkje over mijn ogen, maar *De Telegraaf* beheerste dat kunstje zo goed dat iedereen kon zien wie ik was.

'Moet je koffie?' vroeg Bert. Hij wachtte mijn antwoord niet af. 'Fransje,' riep hij naar zijn vrouw in een van de andere kamers, 'we hebben een moordenaar op bezoek, doe jij effe een bakkie.'

Met een dampende mok onder zijn neus vertelde Bert hoe 'ze' van de politie een paar dagen geleden bij mij binnen waren geweest. 'Of ze je gingen verhuizen', zei hij en hij vloekte. 'Volgens mij hebben ze alles drie keer in hun handen gehad, echt waar, ik overdrijf niet. Overdrijf ik, Frans?'

Francine schudde haar hoofd. 'De hele ochtend zijn ze bezig geweest', zei ze. 'Acht uur stonden ze hier al voor de deur, beneden, met ik weet niet hoeveel man, maar ...'

'Vijf', zei Bert. 'Vijf man. Eikels.'

'En tot zeker halfeen. En 's avonds zijn ze nog een keer teruggekomen, maar volgens mij waren ze toen met zijn tweeën en waren ze ook vrij snel klaar. Met een uurtje waren ze alweer weg, toch Bert?'

'Minder.'

Twee keer waren er mensen in mijn appartement geweest. 's Ochtends de politie en 's avonds anderen. Ik kon me niet voorstellen wat ze er dachten te kunnen vinden, maar dat was geen belemmering geweest om alles ondersteboven te halen.

'En nu?' vroeg Bert.

‘Moet ik erin’, zei ik. ‘Via het balkon.’

Bert keek me aan. Hij begreep wat ik bedoelde en waarom ik het wilde, maar het duurde even voordat hij het accepteerde.

‘Weet je ’t zeker?’ vroeg hij.

‘Een beetje’, zei ik.

‘Dan is ’t goed.’

We liepen samen naar de andere kant van de flat, door de keuken het smalle balkon op dat aan de achterkant langs het gebouw liep. Dat van Bert grensde aan dat van mij, gescheiden door een bakstenen muurtje. Ik zette één voet op de balustrade en legde een hand op Berts schouder.

‘Geef even een tilletje’, zei ik. Bert greep me om mijn middel en voor ik het wist stond ik met twee voeten op het smalle metselwerk, driehoog boven de grond. Berts vuist om mijn riem geklemd.

‘Over dit soort dingen moet je niet al te lang nadenken,’ zei ik, ‘daar wordt het alleen maar erger van.’

Bert lachte. ‘Weet je ’t zeker?’ vroeg hij weer.

Ik knikte. ‘Nee,’ zei ik, ‘maar daar heb ik niets aan. Nu!’

Bert liet los. In een lange draaiende beweging greep ik de bovenkant van het muurtje links naast me, zwaaide mijn rechterbeen buiten het balkon, om het muurtje heen en zette mijn voet zo ver mogelijk op de balustrade aan de andere kant. Ik gooide mijn bovenlichaam erachteraan en duikelde mijn eigen balkon op, voorover. Ik haalde mijn handen open aan de bakstenen en landde keihard met mijn knieën op het betonnen vloertje.

‘En?’ hoorde ik de laconieke stem van Bert vanachter de scheiding.

‘Ik bloed uit drie wonden en ben de rest van mijn leven waarschijnlijk kreupel.’

‘Mooi zo’, zei Bert. Het was even stil. ‘Kom je zo nog terug of wat doe je eigenlijk?’

‘Volgens mij moet ik dit niet nog een keer doen’, zei ik en ik wreef over de pijnlijke plekken aan mijn handen en benen. ‘Ik pak wat ik hier te pakken heb en dan loop ik zo de voordeur uit. Dat verwachten ze toch niet.'

Bert reageerde niet.

'Oké?' vroeg ik.

'Eigenlijk was het veel slimmer geweest als ík daar naar binnen was gegaan', zei hij.

'Misschien. Maar ik wil ook weten hoe het ervoor staat, daarbinnen. Ik wil het zelf zien.'

'Klopt', zei Bert. 'Bel maar even voor je weggaat.'

Binnen was minder te zien dan ik had verwacht. Hier en daar waren dingen overhoop gehaald, maar het meeste stond nog op zijn plek, min of meer. De grootste chaos was in mijn werkkamer en in de zitkamer. Daar lag alles over de grond. Mappen, ordners, papieren. De laden van mijn bureau stonden open en het merendeel van de inhoud was eruit gehaald en domweg in de rondte gesmeten. Ik begreep niet hoe iemand op die manier iets kon zoeken. Het sloeg nergens op. De puinhoop was meer een uiting van woede dan van verwoed zoeken.

Snel controleerde ik de kamers. In de keuken, de slaapkamer, de eetkamer en de badkamer was de situatie betrekkelijk normaal. Mijn kleren lagen in de kast en al het servies was heel. Het meubilair had de aanslag overleefd en ze hadden de vloerbedekking laten liggen. In de zitkamer liep ik naar het raam aan de straatkant en gluurde vanuit een hoek naar beneden. De twee mannen zaten nog steeds in de blauwe auto. Ze hadden niets in de gaten.

Terug in de gang liep ik naar de garderobe, naast de deur. Ik reikte langs de jassen, naar het schapje boven de stoppenkast en voelde met mijn vingers. Het paspoort lag er nog steeds, keurig naast het doosje zekeringen. Ik glimlachte en liet het in een van de binnenzakken van mijn jas glijden.

Dat was één. Nu het chequeboek nog, met de RIB. In de zitkamer liep ik naar de boekenkast die rechts naast het raam stond.

Op de bovenste plank voelde ik tussen twee boeken, *The Thin Man* en *The Continental Op*, en trok het dunne chequeboekje tevoorschijn. Keurig. Onaangeroerd. Ook dat stopte ik in een van de binnenzakken van mijn jas.

Klaar. Ik kon weg, maar ik ging niet. Minuten later betrapte ik mezelf erop dat ik was begonnen dingen op te rapen en terug te leggen. Zonder dat ik er erg in had. Paar mappen terug in de kast, papieren op een stapeltje. Ik stond midden in mijn werkkamer met een ordner in mijn linker- en een archiefdoos in mijn rechterhand toen het tot me doordrong wat ik aan het doen was. Ik was in mijn huis en in een soort reflex wilde ik de orde weer herstellen. Het was een logische reactie op een verkeerd moment. Ik zette de twee dingen netjes op hun plek in een van de kasten en belde Bert.

'Met mij. Ik ga d'r vandoor.'

'Geef me twee minuten.'

Ik nam de lift naar beneden en keek door het ruitje in de voordeur van het portiek. Even later kwam Bert naar buiten. Hij stak de straat over en liep aan de andere kant langs de blauwe auto. Hij boog zich voorover naar het raampje van de bestuurder. Ik wachtte nog een paar seconden tot Bert de mannen aan de praat had, deed de deur open en stapte naar buiten. Mijn handen gloeiden van de schaafwonden en bij elke stap voelde ik mijn knieën, maar ik liep zonder te kreupelen of te trekken de straat uit. Op de hoek van de Rijnstraat keek ik achterom. Bert stond nog steeds naast de politieauto. Hij keek. Stak zijn hand op en zwaaide. Ik zwaaide terug, net zo makkelijk, en verdween de hoek om.

Tegen de tijd dat ik terug was op Schiphol deed alles pijn. Mijn armen, mijn benen, mijn schouders en mijn hoofd verzetten zich tegen elke beweging, alsof ik in de sprong en de val al mijn spieren had verrekt. Even later stond ik bij de drogist. Ditmaal voor pleisters, Betadine, een pijnstillende crème en een grote verpakking paracetamol. Ik nam alles mee naar mijn kamer en begon een uitgebreide behandeling van mezelf. Ik waste de schaafwonden aan mijn handen en depte ze met Betadine. Waar mogelijk deed ik er een pleister op. Ik nam drie paracetamol en smeerde wat crème op mijn knieën. In mijn ondergoed stond ik voor de spiegel, oranje handen en witte knieën. Draaiend hoofd. Ik zag eruit als een in elkaar geslagen kansloze randjongere. Maar dan wel in het Hilton. Deze dag moest ik hoe dan ook betalen, dus ik kon er maar beter van profiteren. Uitgeput liet ik me op bed vallen.

Ik kon ook niets hebben.

25 Het kale treinlicht

De Thalys schoof rustig het land uit, België in. Vroeg in de ochtend nog. Eind juni, het mooie weer van de afgelopen dagen was verdwenen. Grijze luchten hingen hoog aan de hemel. Af en toe brak de zon er met felle stralen doorheen, maar nooit lang. Hoe verder we kwamen, hoe dieper het wolkendek. Prima. Het leek alsof ik daardoor minder vindbaar was. Beter verborgen.

Mijn rugzak lag bij de incheckbalie van het Hilton. Alles wat ik had, zat erin, veilig in een afgesloten ruimte. Wat ik niet meenam, kon ik ook niet kwijtraken. In de trein had ik niet meer dan een plastic tasje bij me.

Met een schriftje en een pen zat ik aan het smalle uitklaptafeltje, en schreef. Ik had vierenhalf uur naar Parijs. In die tijd beschreef ik alles wat er was gebeurd. Niet in mijn blog, want dit was niet voor anderen om te lezen. Dit was alleen voor mij, om niet te vergeten en om te begrijpen. Om ergens het verband te vinden tussen de feiten en de agressie. Er moest een reden zijn voor het geweld. In het begin had ik gedacht dat Ina Radekker op een financiële onrechtmatigheid was gestuit, een fraude. Zij zat bij Finance & Control, dus die gedachte leek logisch. Maar sinds de aanval op Gijs leek het een stuk minder waarschijnlijk. Gijs was een cijfergenie, maar van de administratie van het kantoor wist hij net zo weinig als ik. Niets. Bovendien waren ze alleen maar bij Gijs uitgekomen omdat ik daar zat. Het ging ze niet om hem, maar om mij.

Ze. En wie waren 'ze' eigenlijk?

Breger. En Miller. En wie nog meer? Van Waayen? En wie was Ruud? Wie had Ruud naar de woning van Radekker gestuurd? En wie had hem daar weer weggehaald? Want na de klap met de dumbbell kon Ruud niet meer alleen over straat. Wie waren de Amerikaanse mannen die bij Gijs in huis waren? Amerikanen?

Waarom Amerikanen? Gestuurd door Miller? En wie was Miller dan?

En waarom ik? Omdat ik die nacht aantoonbaar de enige andere aanwezige in het pand was. De handige schuldige. De man die niemand zou missen. Misschien, maar dat konden ze gewoon aan de politie overlaten. Het enige andere dat ik wist, was het webadres. Een adres waar ik niets mee kon en waar ik niets van begreep. Behalve dat het gekoppeld was aan *The home of mister Miller*. Weer Miller.

Ik schreef en schreef. Steeds opnieuw ordende ik dezelfde feiten in een ander perspectief, een andere rangschikking, chronologisch, naar belangen, naar contacten, naar geld, en naar het werk. Het werk van HC&P. Wat waren de belangrijkste opdrachten van het bureau? Strategische adviezen voor grote bedrijven, beleidsontwikkeling voor ministeries, reorganisaties, herstructurering van openbare diensten, er was geen aspect van de samenleving waar HC&P niet mee te maken had. Al die opdrachten waren belangrijk, maar niets kon tippen aan de projecten die het bureau voor de Europese Unie deed, en de EU-top over Veiligheid en Integratie was op dit moment het grootste. In twaalf verschillende landen werkte het bureau aan de voorbereiding. Honderden adviseurs probeerden orde te scheppen in de chaos van regels en procedures en tegelijkertijd een antwoord te vinden op de groeiende onrust in de West-Europese landen. Rapporten en inventarisaties genereerden eindeloze hoeveelheden cijfermateriaal, dat alleen met de juiste modellen kon worden geïnterpreteerd. HC&P leverde die modellen, verschafte de kaders, voerde de interpretaties uit en presenteerde de resultaten in handzame rapporten. Elke week opnieuw, want elke week waren er nieuwe cijfers, nieuwe feiten. En elke week werd de toon grimmiger, werd de politiek zenuwachtiger, en de toekomst onzekerder. De tijdsdruk was enorm. De top was over een paar weken, maar de onderhandelingen werden nu gevoerd. Dag in dag uit. Wat er straks aan nieuw Europees beleid werd vastgesteld op het gebied van immigratie, integratie, vluchtelingen, antiterrorisme en veiligheid, dat werd nu bepaald. Zelfs ik werkte daaraan mee. De communicatietraining van de minister van Justitie had alles te maken met de overtuigingskracht van het Nederlandse standpunt. Niet alleen in Nederland zelf.

Daar lag het belang van HC&P. Een gigantisch belang, want als deze opdracht tot een goed einde werd gebracht, dan was de rol van het bureau in de EU voor jaren verzekerd. Zelfs op het hoofdkantoor in Amerika werd de voortgang van de opdracht gevolgd. Daarom zat Jes daar. Zij was een van de Europese adviseurs die het beleid van de EU naast dat van de Verenigde Staten kon leggen en de verbanden kon zien.

Bij zulke grote belangen konden er andere afwegingen worden gemaakt dan ik normaal zou vinden. Maar wat was de aanleiding? Wat had Ina Radekker gevonden dat absoluut, tegen elke prijs, geheim moest blijven? Wat had ik gevonden? Dat was geen fraude. Daar geloofde ik niets meer van. Het was de website. Op die website gebeurde iets, en wat het ook was, het had iets met die EU-opdracht te maken. Hoe langer ik erover nadacht, hoe zekerder ik het wist. Ik wist alleen niet waarom.

In Parijs haalde ik mijn spaarrekening leeg en met meer dan twintigduizend euro op zak kocht ik nieuwe kleren. Een broek, T-shirts, een jack met eindeloos veel zakken, allemaal met ritssluiting, ondergoed, sokken, een petje en lichtgewicht wandelschoenen. Toen ik aan het eind van de middag weer in de trein stapte, zag ik eruit als een commando op vakantie.

Terwijl de Thalys met zo'n driehonderd kilometer per uur door het Noord-Franse landschap raasde, probeerde ik Gijs te bereiken. Er werd niet opgenomen. Ik liet de telefoon eindeloos overgaan, tot de poging door de centrale werd verbroken. Hij was waarschijnlijk naar een ziekenhuis gebracht, maar ik wist niet welk. Zijn achterbuurvrouw Emma kon ik niet bellen, want ik kende haar achternaam niet. Op kantoor zouden ze misschien iets weten, maar dat waagde ik niet. Ik wilde voorlopig geen enkel contact met wie dan ook van HC&P. Toch wilde ik weten hoe het met hem was. Ik wilde informatie. Iets.

Ik pakte mijn oude mobiele telefoon en belde de voicemail. Er waren meer dan tweehonderd nieuwe berichten en bijna net zoveel sms'en. Met een barrage aan oproepen probeerde de politie mij ervan te overtuigen dat ik me moest aangeven. Na tien berichten zette ik het toestel weer uit. Ik was voor niemand te bereiken. Prima. Uiteindelijk had ik toch maar één keus: ik moest zelf op pad.

In de late avond kwam ik aan in Amsterdam. Vanaf het Centraal Station nam ik de tram naar de Herengracht. Die liep ik af tot ik ongeveer op dezelfde hoogte was als het huis van Gijs één gracht verder. In het weinige licht van de straatlantarens las ik de naamplaatjes. Bij de derde deur vond ik haar naam.

Emma Silverschmidt.

Kon niet missen. Ik deed een paar passen terug en keek naar het huis. Het was een groot pand, veel groter dan dat van Gijs, bijna twee keer zo breed. Souterrain, grote voordeur en twee hoge ramen op de beletage en nog twee verdiepingen. Achter enkele ramen brandde nog licht. Ik belde aan en even later hoorde ik gestommel achter de deur. Totaal onverwacht klonk haar stem uit een speakertje vlak naast mijn oor.

'Wie is daar?' vroeg ze.

'Ik', zei ik en ik hoorde pas hoe stom dat was nadat ik het had gezegd.

'Dat komt mooi uit,' zei Emma, 'want ik ben er ook. Had je verder nog wat?'

'Michael', zei ik.

'Moet ik die kennen?'

'De schuurman', zei ik.

'Michael Schuurman?'

'Nee, dé schuurman, de man in je schuur, vriend van Gijs.'

Het bleef even stil. 'O, ben jij het', zei ze uiteindelijk.

'Dat zei je vorige keer ook al.'

De deur ging open. Emma was niet groot, maar ze vulde de deuropening met haar aanwezigheid. 'Ja?' vroeg ze en daarmee was duidelijk dat ik niet binnen mocht komen.

'Hoe is 't met Gijs?' vroeg ik.

Ze antwoordde niet meteen en keek me weer aan met die vlakke, lege blik die ik eerder van haar had gezien. Niet kil, maar klinisch, alsof ze me beoordeelde.

'Met Gijs is het goed', zei ze.

Ik moest een prop in mijn keel wegslikken. 'Zeker?'

Ze haalde haar schouders op. 'Zo goed als', zei ze en ze zweeg.

'Dank je', zei ik.

'O, daar heeft-ie echt wat aan', zei ze, en nu was ze wel hard. 'Als je niet kan blijven wanneer het ertoe doet, kom dan niet na afloop laten zien hoe erg je het vindt. Persoonlijk vind ik dat dus niet kunnen.'

Ik vermeed haar blik en keek naar de muur naast me, waar ik nu voor het eerst een ander bord zag. Een bord met een eigen bel.

E. Silverschmidt
Psychiater, praktijk

Opeens begreep ik waarom zij zo afstandelijk kon kijken, zo leeg. Hoe ze zo totaal onzichtbaar kon zijn achter haar ogen. Het was een professionele blik waarmee ze me observeerde en tegelijkertijd op afstand hield. Ik zei niets, want alles wat ik zei was verkeerd. Emma had besloten dat ik een onbetrouwbare lafaard was, omdat ik Gijs had laten zitten. Omdat ik haar had laten zitten. Voor mijn ogen zag ik een masker van vriendelijkheid over haar gezicht trekken.

'Is dat alles?' vroeg ze. Ze had haar hand al aan de deur. 'Want dan geloof ik dat we ons gesprek nu beter kunnen beëindigen.'

'Nee,' zei ik, 'wacht even. Waar is hij?'

‘Hij ligt in het Prinsengracht Ziekenhuis, hier in de buurt. Nog een nacht. Ter observatie. Morgen komt hij weer thuis.’ Ze keek me aan, wenkbrauwen omhooggetrokken. Ze noemde me ook opeens weer u. ‘Zullen we het dan hierbij laten? Dan kunt u ook weer naar huis’, zei ze.

Ik zuchtte. Met grote moeite forceerde ik een glimlach op mijn gezicht. ‘Als het allemaal zo eenvoudig was,’ zei ik, ‘dan hoefde ik hier niet aan de deur te komen.’

Het Centraal Station was een krioelende massa etende en drinkende mensen. De gang onder de perrons rook naar drank, pizza en patat. Op een van de trappen lag een jongen te kotsen, zijn vrienden keken van een afstandje naar zijn ellende en lachten. Het was nog voor middernacht en veel jongens zaten al tot hun oogkassen volgepropt met bier, breezers en baco’s. Er hing een onwezenlijke sfeer van uitgewerkt plezier, te vroeg beginnende katers en opgewonden meningen. Ruzies en geschreeuwde woorden klonken hard in de tunnel onder de perrons. Hollanders, Marokkanen, Turken en Surinamers claimden luidkeels de ruimte om hen heen.

Politie en spoorwegpersoneel controleerden overal. Hier en daar werden vechtpartijen uit elkaar gehaald. Sommige groepen jongeren losten vanzelf op zodra de uniformen naderden, anderen bleven juist bij elkaar om zo hard mogelijk hun recht op te eisen. Iedereen mocht daar zijn, dus zij ook. Confrontatie was overal, op kleine schaal, maar intens en gedreven. Hier vormden groepen jongeren grensposten voor hun eigen gebied. De scheidslijn tussen doorgeslagen lol en ongeremde frustratie was dun. Dit was de harde kant van integratie, de werkelijkheid achter de cijfers en statistieken, het gevoel van mensen die allang niet meer begrijpen wat ze zien. En eigenlijk wist ik niet meer of de feiten achter de werkelijkheid aan liepen of andersom.

In de trein trokken tien, twaalf jongens door de wagons. Op te grote afstand achternagezeten door twee conducteurs. De sfeer was beangstigend. In het kale treinlicht kwam de groep heel dichtbij. Luidruchtig schreeuwend, elkaar opfokkend. Met vier, vijf tegelijk spraken ze reizigers aan, tien centimeter van hun gezicht. Te dichtbij. Te hard. Gespitst op elk verkeerd antwoord. Tien paar ogen die alles in de gaten hielden.

Op Schiphol was de nacht nog in volle gang. Ik slenterde door de grote hal van het vliegveld naar de uitgang en probeerde de rondlopende beveiliging zo veel mogelijk te vermijden. Tot voor de entree van het hotel werd er gepatrouilleerd en na een tijdje begon ik eraan te wennen. Ze waren kennelijk niet op zoek naar mij en zolang ik maar niets deed om de aandacht te trekken, hoefde ik me geen zorgen te maken.

Ik was zo gefixeerd op de bewaking dat ik Breger pas zag toen ik vlak achter hem stond. Ik herkende zijn achterhoofd, zijn ruw opgeschoren haar, zijn harde nek en ik herkende zijn stem met dat vreemde, wat zangerige accent. Hij zei: 'Oké, jullie naar boven, doe ik hier de bar.' Hij wees naar de ingang van de bar tegenover hem.

Snel draaide ik me om en ik hoopte dat hij me niet zou herkennen. In mijn nieuwe kleren zag ik eruit als een toerist, niet als een adviseur. Langzaam, zonder plotselinge bewegingen liep ik terug naar de balie. Gedachten kolkten door mijn hoofd.

Dit kon niet! Hoe kon Breger weten dat ik hier zat? Hier, in dit hotel, op Schiphol. Hoe kon hij me zo snel vinden? De ruime lobby was opeens beklemmend klein. De man aan de andere kant van de balie keek me verwachtingsvol aan.

'Good evening, sir,' zei hij, 'can I help you?'

'U hebt mijn rugzak in bewaring. Bellicher. Ik zat in kamer 517', zei ik en ik wachtte.

De man glimlachte, zei 'natuurlijk', draaide zich om, pakte de rugzak uit een kast, reikte hem over de balie aan en zei: 'Er was hier trouwens net nog iemand die naar u vroeg, als u een momentje heeft dan ...'

'Nee', zei ik en ik legde een vinger tegen mijn lippen. Mijn hart bonsde in mijn keel. Adem klom omhoog. Ik dwong mezelf kalm te blijven. Hees de rugzak op mijn rug, trok mijn pet dieper over mijn ogen en draaide me om naar de uitgang. Breger stond pal achter me. Hij stapte opzij om me door te laten. Het ging goed. Precies zoals ik had gehoopt, maar toen Breger zich omdraaide om naar een van zijn mannen te gebaren, maaide hij de pet van mijn hoofd. In een reflex sprong ik weg. Breger reageerde, verontschuldigde zich. 'Ik had u niet gezien', zei hij en hij zakte door zijn knieën om mijn pet op te rapen. Hij zag mijn gezicht en heel even trok een frons over zijn ogen. Zijn blik vernauwde zich, en ik wist dat hij me zou herkennen. Onvermijdelijk. De herkenning duurde een paar seconden, misschien iets langer.

In die tijd was ik op weg naar de deur van het hotel.

'Hé!' riep hij. Achter me klonk gestommel en gevloek. Breger sloeg zich een weg door de menigte. Ik holde naar buiten, over het terrein naar de ingang van het hoofdgebouw, zigzaggend tussen het verkeer. Op volle snelheid stoof ik de hal van het vliegveld in en probeerde tussen de mensen daar te verdwijnen. Breger was groter en sterker dan ik, maar ik was wendbaarder, dus zocht ik steeds de grootste drukte op. Daar kwam ik, links en rechts zwenkend en springend, sneller tussendoor dan hij. Hij zat vlak achter me en zou me onherroepelijk inhalen. Op de rechte stukken was hij gewoon sneller.

Ik draaide scherp naar rechts en holde naar de coffeeshop in de hoek. Zonder aarzelen stortte ik me tussen het publiek, sprong over stoelen, over tafels, over mensen heen en kwam met een paar meter voorsprong aan de andere kant van het terras weer de hal in.

Lucht perste en hamerde in mijn borst, verzuring trok van binnenuit mijn spieren uit elkaar. Ik rende dwars door de hal, naar de Burger King aan de overkant, Breger steeds dichterbij. Ik holde tussen twee rijen wachtende mensen naar de counter en op het allerlaatste moment liet ik me in een sliding onderuitglijden, tussen hun benen door naar de andere kant van de rij. Breger knalde in volle vaart tegen de counter en hapte naar lucht. Ik greep het eerste stoeltje dat ik zag, schoot terug langs de rij en ramde de poten in zijn rug. Met alles wat ik in me had beukte ik op hem in. Om mij heen begonnen mensen te gillen en te schreeuwen. Ik greep Breger bij zijn jack en smeet hem het laatste stuk over de roestvrijstalen toonbank. Zijn jack scheurde in mijn handen, en Breger verdween aan de andere kant onder het rek met wachtende hamburgers.

Ik draaide me om en liep weg, alle kreten negerend. Alsof ik nergens iets mee te maken had. 'Sorry', zei ik. '*Excuse me,* pardon ...' Aan het einde van de counter ging ik de hoek om. Met trillende benen en hamerende ademhaling glipte ik tussen een langslopende groep mensen, en liep met hen mee terug naar de grote hal. Bij de eerste ingang schoot ik de roltrap af naar het beneden gelegen perron en stapte in de gereedstaande trein. Waar hij heen ging wist ik niet, maar alles was beter dan hier. Bewegingloos wachtte ik tot de deuren sloten.

Zo ver mogelijk weggedrukt in een hoek haalde ik het papieren zakje tevoorschijn en hield de opening over mijn neus en mond. Langzaam ademde ik in en uit, tot de tintelingen en de druk in mijn lijf waren verdwenen.

Pas toen de trein reed, merkte ik dat ik nog iets anders in mijn hand hield: een stukje stof van Bregers jack, een borstzakje dat ik er in zijn geheel had afgescheurd. Compleet met inhoud, en dat bleek een hard plaatje, een pasje. Langzaam haalde ik het tevoorschijn en keek.

Risk Containment Group
H. Breger
Operations manager
111.37vbr-599/00spm.002

Nog geen tien minuten later stapte ik weer uit op het verlaten station van Hoofddorp. Midden in de nacht. Laatste trein. Ik had enorm droge lippen.

26 Nog steeds Gijs

De nacht in Hoofddorp is diep. Er is niemand die erheen gaat en niemand die er weg wil. Iedereen is al weg. De kantorenwijk ligt verlaten en stil tussen het spoor en de snelweg. Het station is van beton, glas, staal en moderne tegels. Blije kleuren. Kaal tl-licht houdt de vrolijkheid binnen de perken. Een andere man stapte samen met mij uit. Hij had een donker pak aan en trok een koffer op wieltjes achter zich aan. De wieltjes tikten op de voegen tussen de tegels. Het was het enige geluid in de wijde omgeving. De man wist waar hij heen moest. Doelgericht liep hij de trap af en verdween. Ik hoorde de wieltjes tikken, steeds verder weg. Een autodeur sloeg dicht.

De stationshal was leeg. Het loket gesloten. Wie nu nog wilde reizen was aangewezen op de kaartjesautomaten. Buiten was de leegte nog veel groter. Op het parkeerterrein stond niet één auto, bij de taxistandplaats was geen taxi te bekennen. De laatste was waarschijnlijk net vertrokken.

Even wist ik niet wat ik moest doen. Ik was moe, mijn lichaam was afgepeigerd, al mijn ledematen smeekten om een bad en een bed. Intussen raasde mijn hoofd door. Als ik stil bleef staan, waren mijn gedachten nog gejaagder, en dus hees ik mijn rugzak op mijn rug en begon ik te lopen. Ik volgde het meanderende nieuwe asfalt, langs donkere gebouwen, onder lantarens die voor niemand schenen, behalve misschien voor de beveiligingsdiensten en nachtwakers. En voor de borden van de makelaars. Met wanhopig grote letters probeerden zij de leegstaande kantoorruimte aan de man te brengen. Onwillekeurig begon ik te tellen. In een straat stond vijfentwintigduizend vierkante meter kantoor leeg. Ik was terechtgekomen in een spookstad.

Ik liep en liep. Het eind van de straat was verder dan ik had verwacht. Een kwartier later bereikte ik het Crown Plaza. Ik sjokte over het parkeerterrein en stond eindelijk voor een blinkende balie in een doodstille lobby. Een man in een hoteluniform keek me vriendelijk aan. Het was kwart over een. Zelfs de muzak stond al uit.

'Goedenavond', zei hij, en dat klonk geweldig.

Ik kleedde me uit en bekeek mezelf in de spiegel. Hier en daar wat schrammen en blauwe plekken, voor de rest viel het wel mee. Het voelde erger dan het was. Ik pakte mijn rugzak uit. Alle papieren legde ik op het kleine bureautje in een hoek van de kamer. Mijn laptop ernaast. Met overdreven aandacht controleerde ik of ik alles nog wel had. Veel was het niet, maar ergens in die paar spullen lag het antwoord dat ik zocht. Alleen niet nu.

Met twee pijnstillers en de inhoud van een miniflesje whisky in mijn lijf liet ik me in een heet bad zakken. Langzaam. Keer op keer vulde ik het bad bij met warm water, om zo lang mogelijk te genieten van die rare staat van halve gewichtloosheid. Veel later, diep in de nacht kroop ik pas in bed.

De volgende dag werd ik wakker met maar één gedachte in mijn hoofd: de laptop. Als Breger me zo snel kon vinden, dan moest hij iets hebben waarmee hij me kon vinden. Een apparaat of een signaal of iets anders. Mijn mobiele telefoon kon het niet zijn, want sinds ik een nieuwe had gekocht stond mijn oude uit. Het enige wat ik aan apparatuur had, was de computer, die ik van kantoor had gekregen en die ik nu overal met me meesjouwde. Als Breger een signaal van mij ontving, dan moest het uit die laptop komen, dan kon niet anders.

Maar hoe?

Het adres van Gijs was razendsnel gevonden toen hij had ingelogd op een bepaalde website. Met mijn eigen computer was ik daar nog nooit op geweest, en dus ging ik ervan uit dat ze de mijne niet konden vinden. Waarom zouden ze tenslotte? Ze konden moeilijk alle computers in de gaten houden.

Tenzij het andersom was, en dat computers van het bedrijf een automatisch meldsysteem hadden. HC&P had een eigen wereldwijd computernetwerk waarin veel van de informatie van het bedrijf werd uitgewisseld. Het zou heel goed kunnen dat niet alleen de medewerkers een wachtwoord hadden om op dat net te kunnen, maar dat de computers zelf ook een meldcode hadden. Op die manier had HC&P een dubbele zekerheid. En als dat zo was, dan meldde mijn computer zich iedere keer wanneer ik het bedrijfsnetwerk op ging automatisch aan. Dat had ik vanuit het hotel op Schiphol gedaan. Weliswaar met het wachtwoord van Ina Radekker, maar als mijn computer een eigen code had, dan hoefden ze alleen daarop te reageren en dat deden ze heel snel.

Met nieuwe interesse keek ik naar het dichtgeklapte apparaat dat daar stil en werkloos lag. Het kon. Ik wist dat het kon. Moderne computers konden de raarste dingen zonder dat je er erg in had. Maar het klopte niet, want met mijn wachtwoord kon ik vanaf elke computer inloggen op het bedrijfsnet. Ik kon dat vanaf een computer bij een klant en zelfs vanuit een internetcafé als het moest. En als dat kon, wat had je dan aan computers die zichzelf aanmeldden en afmeldden?

Toch werd ik gevonden via mijn computer en via de verbinding met het internet. Dat wist ik zeker. Ik vloekte. Zonder internet was ik nergens en met internet kon ik nergens blijven. Het betekende dat ik van de ene naar de andere openbare internetgelegenheid moest trekken, totdat ik wist hoe ze me traceerden.

Ik pakte mijn spullen bij elkaar, checkte uit en nam een taxi terug naar het station van Hoofddorp.

Vanuit de stille eersteklascoupé belde ik Gijs. Hij klonk opgewekt, vrolijk bijna. Het hele gedoe had hem een dag en een nacht gekost en eigenlijk had hij in lange tijd niet zo goed geslapen.

'Zou ik elk weekend moeten doen', zei hij. 'In zo'n ziekenhuis halen ze alles bij je weg, behalve de televisie.'

Hij deed er luchtig over. Te luchtig, maar dat was zijn manier.

Hij stond boven het aardse geploeter, zelfs als dat aardse hem hardhandig naar beneden probeerde te trekken. Juist dan. Wel vertelde hij dat Emma en ik hem net op tijd hadden gevonden. Emma had het belangrijkste gedaan, zo snel mogelijk zijn maag leegmaken, daardoor konden ze hem in het ziekenhuis verder behandelen.

'Vraag niet hoe,' zei hij, 'want ik was er zelf nauwelijks bij. Emma weet er alles van.'

'Emma praat niet meer met mij, ben ik bang.'

Gijs lachte. 'Ja, dat krijg je', zei hij. 'Had je maar niet weg moeten lopen.'

'Ik kon niet anders', zei ik.

'Weet ik.'

'Nee,' zei ik, 'je weet nog niet de helft. En het wordt alleen maar erger.'

'O, denk je?' Gijs bleef er laconiek onder. 'Wie heeft er nou eigenlijk in dat ziekenhuis gelegen? Jij of ik?'

'Jij', zei ik.

'Precies. Maar weet je wat ík niet begrijp? Dat alles wat er op mijn computer stond, is verdwenen. De programma's staan er nog wel op, en ook niet allemaal trouwens, maar al mijn werk, al mijn documenten, mijn mail login, al het andere is weg. En wat erop staat, is helemaal niet van mij.'

'Voordat ze weggingen heeft een van die lui jouw harddrive eruit gehaald en er een nieuwe in gezet.' Ik vertelde wat ik vanachter de boekenkast had gezien.

'Maar waarom?' vroeg Gijs. 'Dat heb ik toch onmiddellijk in de gaten. Zodra ik dat ding aanzet, zie ik dat het niet klopt.'

'Dat is waar,' zei ik, 'maar misschien was het niet hun bedoeling dat jij ooit nog je computer aan zou zetten.'

Gijs was even stil. 'En als ik er niet meer was, dan zou het een ander nooit opvallen. Die zou waarschijnlijk niet eens in de gaten hebben dat het mijn schijf niet was.'

'Zoiets', zei ik.

‘Ik moest dus weg omdat er iets op mijn computer stond’, zei Gijs. ‘Even inbreken en de bestanden van mijn computer wissen was niet genoeg, nee, ik moest zelf ook gewist worden.’

‘Net als Radekker’, zei ik.

‘Daar lijkt het wel op’, zei Gijs. Hij dacht even na. ‘Waar ben jij nu?’

‘Zeg ik niet’, zei ik. ‘Je hoort wel weer van me. Open maar een webadres dat je alleen vanuit internetcafés gebruikt.’

‘nogsteedsgijs@yahoo.nl’, zei hij. ‘Wat vind je daarvan?’

27 Geruststellend vooroordeel

Waarom ik naar mijn ouders ging, wist ik eigenlijk niet. Instinct waarschijnlijk. Iets dat een eigen logica volgt, of het nou logisch is of niet. Familiebanden trekken, ook al zit er nauwelijks meer iets aan vast. Het is een soort zenuw, die lang nadat het contact is vergaan, impulsen blijft sturen. Eens in de zoveel tijd moet je eraan toegeven, om de impuls tevreden te stellen.

Verslaving werkt net zo.

Het huis van mijn ouders ligt in een woonerf, aan het eind van een weg die op een onvoorspelbare manier door het wijkje kronkelt. De bezoeker die er voor het eerst komt, kan er met geen mogelijkheid de weg vinden. Er is geen onderscheid meer tussen straat en stoep. Er is helemaal geen stoep. De voorkanten van de huizen zien eruit als achterkanten en het geheel is uitgevoerd in de smakeloze bouw van de jaren zeventig. Het huis is bijna net zou oud als ik, we schelen krap drie jaar, maar we hebben niets gemeenschappelijks.

Hier was ik opgegroeid, in een buitenwijk van Dordrecht. Zestien jaar lang had ik kunnen zien hoe de groter wordende bomen en struiken het wijkje geen enkel karakter gaven. De ouder wordende natuur was eerder een vermomming voor de straten dan een onderdeel ervan. De beste oplossing was waarschijnlijk een snoei- en tuinierverbod en gewoon te wachten tot de planten de hele wijk hadden overwoekerd.

Aan het begin van de straat stond ik stil en wreef met de Labello over mijn lippen. Rustig. Ik rolde ze over elkaar om het vet te verspreiden. Van het punt waar ik stond, kon ik het huis van mijn ouders niet zien, maar wel een groot gedeelte van de straat. Er stonden niet veel auto's en daartussen viel de postende politie zo op dat ik er niet eens naar hoefde te zoeken. Iemand die in deze wijk in zijn auto blijft zitten, die hoort hier niet.

Ik liep de straat voorbij naar de ingang van de poort die iets verderop uitkwam tussen twee huizen, op een plek waar je die niet direct zou verwachten. Door het ontwerp van de wijk met de vele draaiende straten was ook het systeem van achterom grillig.

Ik dook het poortje in. Via de tuin liep ik naar de achterdeur en ging naar binnen. Met één stap stond ik, onaangekondigd, tussen de thee en de gevulde koeken.

'Michael?' zei mijn moeder.

'Ik had toch gezegd dat ik zou komen.'

'Maar het is helemaal geen zondag? Je zou zondag komen en zondag hebben we hier zitten wachten en ...'

'We?' Het was een onbewuste vraag, een vraag die onaangekondigd uit mijn groeiende wantrouwen naar buiten kwam. Mijn moeder wist dat de politie buiten het huis in de gaten hield. Mijn moeder wist alles wat er in de buurt gebeurde.

'Nou ja, we, hier, zoals we hier zijn, en je zou op zijn minst een beetje rekening met ons kunnen houden, want zo makkelijk is het voor ons ook niet.'

Ze waren met zijn drieën. Mijn vader in zijn stoel en mijn moeder in de opening van de keukendeur. Peter, mijn jongste broer, hing in een hoek van de bank, dopjes van een discman in zijn oren, afstandsbediening van de tv in zijn hand. Fox Kids-tekenfilms zonder geluid voor zijn ogen, house in zijn oren. Hij stak zijn rechterhand op. Palm naar voren.

'Yo, Michael, cool.'

Ik wreef mijn rechterhandpalm tegen de zijne. Zacht contact, huid op huid.

'Peet', zei ik.

Mijn vader hees zich uit zijn stoel en plaatste zijn grote lijf pal voor me. Hij sloeg me op mijn schouder en barstte in lachen uit.

'Ik weet niet wat ze van jou denken,' zei hij, 'maar volgens mij denken die lui helemaal niet.' Het was zijn manier om me te laten weten dat hij achter me stond. Onvoorwaardelijk. Kort en met geruststellend vooroordeel. Precies wat je van je familie verwacht. Bij hem zat ik goed, maar hij wilde wel alles weten, zoals wie die vermoorde vrouw nou eigenlijk was.

'Vriendin van je?' vroeg hij.

'Nee, iemand van de financiële afdeling. Ik had haar nog nooit gezien.'

'Zie je wel!' Mijn vader keerde zich naar mijn moeder en herhaalde wat ik had gezegd. Hij had compleet vertrouwen in me. Mijn moeder niet. Zij vond dat ik me aan de regels moest houden. Als ik onschuldig was, dan kon me niets gebeuren. Dat dacht ze. Ze zuchtte.

'Dat weet ik ook wel', zei ze. 'Zeker een allochtoonse?'

'Waarom zou ze allochtoon zijn?' vroeg ik.

'Omdat ze daar midden in de nacht was. Wat had ze daar te zoeken als ze niet van de schoonmaak was? Want dan heb je de raarste mensen in huis. Dat is nou eenmaal zo.'

'Radekker, mam. Ze heette Radekker. Oké?'

'O, een joods meisje?' vroeg ze. Moeiteloos verschoof ze haar oordeel.

'Weet ik veel, bovendien was ik daar ook midden in de nacht!'

'Ja, maar jij moest werken.'

'Wat weet jij daarvan?'

Zonder dat ik het wilde was ik in de ruzie terechtgekomen die ik had willen vermijden. Mijn vader gebruikte zijn vooroordelen om zijn gezin te beschermen. Mijn moeder gebruikte de hare om de rest van de wereld aan te vallen. Het was om gek van te worden. Peter keek me vanaf de bank aan. Wenkbrauwen hoog opgetrokken. Hij had zich voorgoed uit dit soort confrontaties teruggetrokken. De discman was de muur om zijn gedachten, dreunende muziek hing als een elektronisch schild om hem heen. Zelfs de geharde meningen van mijn moeder ketsten daarop af.

Mijn vader kwam tussen ons in staan en probeerde het onzinnige gesprek te stoppen.

'Hij zegt toch dat hij haar nog nooit heeft gezien.'

'Tot ze daar lag', zei ik.

'Precies', zei mijn vader. 'En waar lag ze dan?'

'In de gang, voor de lift.' Ik knikte, nam een stukje gevulde koek van het schaaltje op tafel en stopte het in mijn mond. Suiker hielp tegen de vervreemding.

'Maar dan hebben anderen haar toch ook gezien?' vroeg mijn vader.

Ik schudde mijn hoofd en besefte hoe weinig ze wisten. Zij dachten dat het om Ina Radekker ging, en daar ging het ook om, maar mijn wereld was intussen gedraaid, gekanteld, binnenstebuiten gekeerd, en ik was aan de buitenkant terechtgekomen. De buitenkant van mijn eigen leven. Ten opzichte van hen bevond ik me in een andere dimensie. Ik zag dingen die voor hen helemaal niet bestonden, en terwijl ik antwoord gaf wist ik dat alles wat ik zei tien keer zoveel uitleg nodig had.

'Nee,' zei ik, 'er was niemand anders.'

'O, oké. Maar waarom dan niet? D'r werken daar toch honderden mensen?'

'Ja, maar niet midden in de nacht.'

Ze wisten nog niets en hoe meer ik probeerde een begin te vinden, des te moeilijker het werd. 'Mam,' zei ik, 'ik ben ergens in terechtgekomen, ik weet niet wat het is, maar het is niet wat jullie ervan hebben gehoord. Geloof me maar.'

'En dus moet je naar de politie', zei ze. Als de politie me zocht, dan moest ik meewerken. Zo zag zij dat. Zij kon niet geloven dat de politie mij niet zou geloven.

Ik schudde weer mijn hoofd. 'De politie kan niet, mam, echt niet. Alle bewijs leidt naar mij. Zodra ik daar binnenkom, houden ze me aan, mikken me in een cel en dan kan ik het verder vergeten. Geen sprake van. *Forget it.*'

Ik liep naar de keuken en haalde een biertje uit de ijskast, en met het flesje aan mijn mond liep ik terug de kamer in.

'Kees er niet?' vroeg ik.

Mijn vader schudde zijn hoofd. 'Kees heeft het veel te druk in Amsterdam', zei hij. 'Weet ik wat-ie allemaal doet.'

Dat was meer dan mijn moeder kon verdragen. Ze deed haar mond open en begon te gillen. Een hoge, snerpende klank sneed door de kamer. Ze stampte met haar voet en sloeg met haar vuisten in de lucht.

'ZE HEET GEEN KEES!' schreeuwde ze.

'Maakt 't nou uit hoe ze heet', zei mijn vader. 'Ze ís toch Kees? Ja toch? Of zie ik dat nou verkeerd?'

Peter trok de dopjes van de discman uit zijn oren en staarde naar het geluidloze televisiescherm, waar aangeklede dierenfiguren achter elkaar aan zaten.

'Ah,' zei hij, 'Kees is gewoon een geil wijf.'

De stilte in de kamer bleef lang hangen. Peter had het ergste gezegd. In precies die zes woorden die mijn vader, mijn moeder en ik hadden willen vermijden. Voor altijd. Daarom was de stilte zo alomvattend. Mijn moeder was de eerste die zichzelf hervond.

'Dat soort dingen moet je niet zeggen!' siste ze.

'Juist wel', zei Peter. 'Je moet er niet zo moeilijk over doen. Luister,' hij stond op en ging tussen ons in staan, '...dan zeg ik het nog een keer: Kees is een geil wijf, oké? En elke jongen die dat niet vindt, heeft zijn pik aan de verkeerde kant hangen.'

'Ze heet Kirsten', zei mijn moeder. 'Kirsten. Pas als we haar noemen zoals ze genoemd wil worden, weet ze dat ze geaccepteerd wordt.'

'Hou toch op! Je noemt 'r Kirsten en verder blijft ze gewoon een vent met een probleem. Ja, dahag! Je moet d'r lijf accepteren. Als Kees hier met een naveltruitje binnenkomt, dan denk ik: wow, cool. Mijn zus! Dan komt die naam vanzelf.'

'Voor jou misschien', zei ik. 'Maar voor mij ligt dat anders. Ik lag vroeger met Kees in één bed.'

Peter lachte. 'Dan heb je te vroeg gepiekt, jongen. Wereld is wreed.'

Het duurde even voor ik in de gaten had dat mijn moeder er niet meer was. Tijdens die laatste zinnen was ze weggeglipt en nu zag ik haar niet meer. Ik hoorde haar ook niet in de keuken of ergens anders.

'Waar is mam?' vroeg ik. Mijn vader reageerde net zo verbaasd als ik.

'Ik dacht dat ze hier ...'

'Volgens mij liep ze net naar buiten', zei Peter.

Ik vloekte, rende door de kamer en rukte de deur naar de hal open. Aan het andere einde van de hal zag ik de voordeur op een kier staan en in een flits besefte ik wat ze aan het doen was. Kirsten kon ze misschien niet meer redden, maar mij nog wel. Een abrupte kalmte daalde over me neer. Ik draaide me om, ging de kamer weer in en liep in één keer door naar de achterdeur.

'Ik moet ervandoor', zei ik. 'Mam is de politie gaan halen.'

Mijn vader zei niets. Hij stond midden in de kamer en bewoog niet meer.

'Ik,' zei hij, '...maar ...'

Peter vloekte een vloek die ik nog niet kende. Voor mijn ogen viel mijn familie uit elkaar, te snel om er nog iets aan te kunnen doen. De lijm had losgelaten. Veranderingen brachten principes naar voren die omwille van de lieve vrede te lang verborgen waren geweest. Nu die vrede door anderen was verlaten, werden de kanonnen in stelling gebracht en mijn moeder schoot met scherp. De geslachtsverandering van Kees was een frontale aanval door het hart van Gods orde; mijn betrokkenheid bij een moord trof haar waar ze het niet had verwacht, in de flanken van haar fatsoen. Mijn moeder trok zich terug in de stellingen die ze kende en liet mijn vader alleen achter, in het vacuüm tussen zijn vrouw en zijn kinderen. Al die jaren was zijn gezin het ijkpunt geweest van alles wat hij deed of dacht. Nu greep hij in het niets. Jarenlang had hij ons bij elkaar gehouden. Nu dwong zijn vrouw hem te kiezen. Voor haar, voor zijn vrouw, voor zijn zoon of voor zichzelf. Ik zag de aarzeling in zijn ogen, de angst.

'Misschien dat we elkaar een tijdje niet meer zien,' zei ik, 'maar wat er ook gebeurt, wat ze ook zeggen, ik heb het niet gedaan.'

Hij knikte. 'Dat weet ik', zei hij. En op dat moment zag ik ook het vertrouwde vooroordeel terugkeren. Mijn vader keek opzij. Zijn ogen vonden die van Peter. 'Wij houden ze hier wel even tegen. Oké, Peet?'

Peter reageerde onmiddellijk.

'GO!' gilde hij en hij sprong over de leuning van de bank, rende de hal in. Nog voordat ik de achterdeur uit was, hoorde ik de voordeur in het slot vallen. Ik keek mijn vader nog een keer aan. Wilde alles zeggen, maar kon niets anders doen dan knikken. Twee keer. Ik kon nergens meer heen en had meer haast dan ooit.

Razende haast.

Mijn voordeel was dat ik de buurt beter kende. Hun voordeel was dat ze zoveel hulp konden inroepen als ze wilden. Voordat het zover was, moest ik weg zijn. Ik rende de achtertuin uit, de poort in en perste me drie tuinen verder door een dichte heg de tuin van een van de achterburen in. Ik was er nog niet door of ik hoorde opgewonden stemmen en voetstappen de poort in komen. Mijn rugzak bleef achter een tak hangen en met een ongeduldige ruk trok ik hem los. Achter me deinden de struiken heen en weer.

Vanuit de tuin waarin ik stond, kon ik naar binnen kijken in het huis. Er was niemand. Ik keek om me heen. Twee tuinen verderop zaten mensen buiten, de familie Janson, die hier al bijna net zo lang woonde als wij. Achter me naderden de anderen. Sneller. Dichterbij. Ik klauterde over de schuttingen en landde midden in hun borreltijd. Ze gilden en schreeuwden en zodra ze zagen dat ik het was, begonnen ze te joelen.

'Hé, Michael, ken je de deur niet vinden, jochie?'

Ik lachte om hun grap, want dat hoorde, maar intussen sprintte ik naar hun achterdeur.

'Mijn vader weet ervan', riep ik. Waarom weet ik niet, maar het leek toepasselijk. En het klopte. Ik stormde hun huis in, door de achterkamer, naar de hal en door de voordeur weer naar buiten. Zonder om te kijken schoot ik aan de overkant van de straat tussen twee huizen een volgende poort in en holde zo hard als ik kon naar het andere eind. Daar splitste de poort zich. De ene kant leidde terug naar de straat, de andere kant naar een parkje dat onze wijk scheidde van de volgende wijk. Die kant nam ik en even later rende ik tussen de bomen en over de grasveldjes die ik al zo lang kende dat ik er niet over hoefde na te denken hoe ik liep. Ik wist elk paadje, kende elk weggetje. Ik wist waar het heen ging en waar het uitkwam. Hier had ik voor het eerst ontdekt hoe groot de wereld was. De bosjes en de velden leken toen onmetelijk, nu stoof ik erdoorheen alsof het een stadstuintje was.

Aan de overkant dook ik een van de straten in. Hier werkte het eindeloos kronkelende en draaiende stratenplan in mijn voordeel, maar de winst die ik hier boekte, was tijdelijk. Ik moest nog steeds de wijk uit. Ik liep en holde en rende tot ik ergens iemand vond die op het punt stond om te vertrekken. Een man, zijn auto klaar, het portier open, voor de deur zoende hij een vrouw, omhelsde haar nog. Ik sloop aan de andere kant langs de auto, deed het andere portier open en ging op de passagiersstoel zitten. Rugzak tussen mijn benen. Wat de man ervan zou vinden of hoe hij erop zou reageren, het interesseerde me niets meer. Deze man ging me meenemen, alleen wist hij het nog niet.

Even later stapte hij in. Terwijl hij zich in de bestuurdersstoel liet zakken, zag hij me. Zijn mond zakte open om iets te zeggen, maar ik was hem voor. Ik stak een vinger omhoog, vlak bij zijn ogen.

'Niks zeggen', zei ik. 'Rijen.'

28 Leave the net alone

Zijn vuist trof me tussen mijn ogen, op het bovenste botje van mijn neus. Ik zag hem niet eens aankomen. Mijn hoofd sloeg achterover en klapte tegen de deurstijl.

'Wat dacht je nou, eikel?' zei hij. 'Dat ik onder de indruk was van dat vingertje van je?'

Hij haalde uit voor een volgende klap, maar die hoefde ik niet meer. Ik gooide het portier open en liet me zijdelings uit de auto vallen. Op het laatste moment greep ik mijn rugzak en kroop op handen en voeten weg. Achter me hoorde ik hem vloekend en tierend mijn kant op komen. Ik krabbelde overeind en rende de straat uit, schoot het eerste het beste poortje in dat ik tegenkwam en wurmde me weer door een heg een tuin in.

De tuinen hier waren groter dan aan onze kant van het park en deze had een lang pad dat om een aantal struiken kronkelde voor je bij het huis kwam. Achterin bij de poort stond een stenen schuur, aan de ene kant de heg, aan de andere kant een grote, uit zijn krachten gegroeide laurier. Ik kroop eronder en vond een plekje uit het zicht, tegen het muurtje van de schuur. Daar ging ik zitten, het dichte groen overal om me heen. Ik trok mijn benen op en rustte mijn ellebogen op mijn knieën. Voorzichtig betastte ik mijn gezicht en voelde warme nattigheid. Bloed liep langs mijn neus naar beneden. Het wondje dat ik in het gevecht met Ruud had opgelopen, was weer opengegaan. Boven mijn rechteroog. Het bloedde niet erg, maar voldoende om vlekken te maken op mijn T-shirt en mijn broek. Met een tissue depte ik tot het bloeden was gestopt.

Langzaamaan werd het stil om me heen. De schreeuwende man vertrok en wat overbleef waren de stemmen van mensen. Stemmen op afstand. Af en toe een lach of een uitroep, maar na verloop van tijd stierven ook die geluiden weg. Het was het eind van de middag, rond een uur of zes. Donkere wolken voorspelden regen.

Ik liet mijn hoofd tegen de muur leunen en schrok van de pijnlijke bult op mijn achterhoofd. Naarmate ik ontspande deed alles meer en meer pijn. Uit de rugzak haalde ik het doosje paracetamol, drukte twee pilletjes uit het stripje en nam ze zonder water in. Ik kauwde ze tot ze een papje waren geworden en slikte het weg. Droge korreltjes bleven nog lang tussen mijn tanden zitten.

Ik liet me wegzakken op mijn zij en trok de rugzak onder mijn hoofd. De platte computer was een vreemd soort kussen, met alleen een extra T-shirt en onderbroek om de harde kunststof te verzachten.

Midden in de nacht werd ik wakker. De regen was niet gekomen, maar vocht uit de grond trok omhoog in mijn kleren. Ik was stijf en verkleumd. Voorzichtig duwde ik mezelf overeind. Tussen de heg en de schuur kroop ik de poort in en liep terug naar de straat. Bij het licht van een lantaren keek ik op mijn horloge. Het was tien voor halfdrie. Er was niets, niemand. Er liep geen bus en er was geen taxi. Er zat niets anders op dan te lopen, naar het station. Niet dat ik daar iets kon doen op deze tijd van de nacht, maar hier blijven sloeg ook nergens op.

In een bijna lege coupé reisde ik met de eerste trein naar Rotterdam en vandaar verder naar Amsterdam. Bij elk station stapten er meer mensen in en tegen de tijd dat we uit Leiden vertrokken, zat de trein vol.

Op het Centraal Station in Amsterdam kocht ik een beker koffie en een broodje. Ik schrokte het broodje naar binnen. Pas toen ik het op had besefte ik hoeveel honger ik had. Op een bankje in de hal nam ik voorzichtig kleine slokjes van de gloeiendhete koffie en keek verdwaasd om me heen. Ik was terug in mijn stad. Zo voelde het. Ik was terug op de plek waar ik hoorde. Hier wist ik waar alles was en hier bleef ik tot ik een uitweg had gevonden uit de problemen die me voortjoegen. Hier moest het gebeuren, ik liet me niet nog een keer de verkeerde kant op sturen. Als ik een kans wilde hebben, dan moest ik me concentreren.

Hier.

Ik nam de tram naar de Munt en liep het korte stukje naar het hotel op de hoek van de Bloemenmarkt en de Vijzelstraat. Ik wilde een kamer waar niemand me kwam zoeken en waar alles kon worden bezorgd. Tweehonderd euro per nacht. De man achter de balie keek me aan met een beheerste maar verbaasde blik. In de spiegel aan de muur achter hem zag ik wat hij zag. Een vieze, ongewassen, ongeschoren man met bloed aan zijn gezicht en aan zijn kleren.

'Is … alles … in orde?' vroeg hij.

Ik legde zevenhonderdvijftig contant op de balie en zei: 'Volgens mij wel', en schreef me in onder de naam Richard Bakker.

'Drie nachten', zei ik.

De man achter balie herhaalde wat ik zei.

'En hebt u een paspoort of identiteitsbewijs?'

'Nee', zei ik en ik legde nog eens honderd euro voor hem neer. 'Ik ben er niet eens. Voor niemand.'

De man glimlachte, stopte de honderd euro in zijn zak en gaf me een keycard. 'In kamer 313 is nooit iemand', zei hij.

'Behalve room service', zei ik.

'Vanzelfsprekend', zei hij. 'Room service komt overal.'

Ik douchte en schoor me, stopte de vuile kleren in een zak voor de wasserijservice en bestelde een ontbijt met roerei, spek, brood, koffie en sap. Met een handdoek om me heen gewikkeld zat ik aan het kleine tafeltje in de kamer en werkte alles naar binnen. Ik kleedde me aan met de schoonste kleren die ik nog had en ging de deur uit.

Bij de internetwinkel om de hoek logde ik in en zocht eerst wat ik kon vinden over het bedrijf dat vermeld stond op het pasje van Breger, Risk Containment Group. Google kon niets vinden en geen enkele andere zoekmachine gaf een antwoord. Op het hele wereldwijde web was niet één vermelding van het bedrijf te vinden. Meer dan acht miljard pagina's met informatie en op niet één daarvan kwam de naam van deze organisatie voor. Dat was niet alleen obscuur, dat kon alleen het resultaat zijn van een bewuste keuze om onbekend te blijven.

Uit mijn tas haalde ik het papiertje met het lange internetadres en voerde het nog een keer in. Ik wachtte tot de verbinding tot stand was gekomen en intussen pakte ik het pasje van Breger. Met de muis klikte ik terug naar het eerste scherm. Midden in het blauwe veld stonden weer de drie woorden: *User-id, Location, Log in.*

Op het pasje stond een cijfer- en lettercode onder de naam van Breger. Die vulde ik in bij Userd-id, Location: Amsterdam, en klikte op de knop 'Log in'. Het scherm flitste en even later verscheen het beeld dat ik één keer eerder had gezien. De aarde gezien vanuit de ruimte. Daaroverheen de tekst: *You have reached the home of mister Miller. Welcome.*

Dit keer zonder vraagteken. Een paar seconden later verdween de tekst en verscheen er vanzelf een kort menuutje.

Applications
Systems
Security

Log out

Ik koos 'Systems' en een nieuw menu verscheen:

Network
Imbedded
Host
Station control

Configuration management
Hardware

Back

Het zei me niets, maar met zijn pasje van de Risk Containment Group was Huib Breger bevoegd hierin te komen. En als hij hierin mocht, dan was zijn pasje waarschijnlijk ook goed voor de kantoorgebouwen van HC&P. Dat zou betekenen dat het systeem inderdaad verschillende pasjes herkende en die op een gescheiden manier van elkaar registreerde. En dat betekende precies wat ik niet wilde dat het zou betekenen, namelijk dat HC&P doelbewust een dubbel systeem had geïnstalleerd, een voor gewone mensen en een voor geheime mensen.

Huib Breger was een van die geheime mensen. Niet meer dan dat. Er moesten ook anderen zijn. Maar wie waren dat? Elke vraag leidde naar meer vragen. Steeds weer bleek ik aan de verkeerde kant van de informatie te zitten.

Ik klikte op de eerste keuze van het menu, Network, en wachtte terwijl de computer een groot bestand binnenhaalde. Op het scherm verscheen een wereldkaart met een waanzinnig ingewikkeld patroon. Lijnen bewogen over het beeld, niet in slingerende bewegingen, maar alsof ze stromen zichtbaar maakten. Knooppunten in die stroom lichtten even op en versprongen. Rondom een knooppunt ontstond een soort lokaal netwerk, dat op zichzelf opeens kon uitdijen om vervolgens net zo plotseling weer te krimpen. Het geheel leek nog het meest op een grote zwerm vogels die nu eens uitwaaierend, dan weer compact zwenkend langs de hemel vliegt. Het was een fascinerend spel van vormen die zichzelf het ene moment herhaalden en het volgende moment leken op te heffen. De zwerm gedroeg zich soms als het centrum van het netwerk, maar kon ook opeens verspringen of verschuiven of secondelang van het scherm verdwijnen, zonder dat het netwerk daar iets van leek te merken.

Ik begreep er niets van.

Dit scherm bood visueel inzicht in de status van een netwerk. Een waanzinnig groot en complex netwerk. Hoogstwaarschijnlijk het netwerk van HC&P, maar zelfs dat stond niet vast. Ik klikte terug naar het eerste menu en koos 'Applications' en daaruit 'Monitor'. Onmiddellijk verscheen links boven in het scherm het korte menuutje dat ik eerder had gezien: *Operate; Run; Link; Back.*

Ik koos de eerste mogelijkheid, 'Operate', en klikte erop. Rechts op het scherm verscheen een langwerpig kader, van boven tot onder, met een scrollbar ernaast. In het kader stond een rij landennamen, op alfabetische volgorde, van Albanië tot Zwitserland en alle landen die daartussen hoorden. Ik klikte op Nederland en een nieuw kader verscheen met een eenvoudiger keuze: *National government; Local government; NGO; AEX companies; Other quoted companies; Other.*

Onder de knop 'National government' vond ik de volledige lijst van de Nederlandse ministeries. Ik koos het ministerie waar ik zelf de meeste ervaring mee had, Justitie, en zodra ik daar op klikte, kreeg ik een nieuwe lijst op het scherm. Onder het kopje *'Choose project'* verscheen een opsomming van alle projecten die bij Justitie liepen. Het duurde even voordat het tot me doordrong dat dit niet alleen een overzicht was van de projecten die HC&P voor Justitie deed, want dat waren er op dit moment misschien twee, hooguit drie. Hier stond een lijst van alle projecten waar het ministerie mee bezig was. Interne en externe projecten door elkaar, keurig gerangschikt en toegankelijk, en voor het merendeel strikt vertrouwelijk. Hier stonden namen van projecten waar ik wel eens van had gehoord, maar waarvan ik niet wist waar ze over gingen of wie er verantwoordelijk voor was. Alles was hier te vinden, van de reorganisatie van de kantine tot de criteria voor bezuinigingen.

Met de muis scrollde ik door de lijst, namen en aanduidingen schoten over het scherm. Ik klikte op *'Coaching'*. Daaronder verscheen een nieuwe keuze: 'Minister' of 'Top'. Ik koos 'Minister' en kreeg te zien welke acties er werden ondernomen om de minister van Justitie beter en effectiever te laten communiceren met zijn eigen departement, met zijn eigen partij, met zijn collega's in het kabinet, met de Tweede Kamer en met de pers. Er werd inzicht gegeven in wat er al was gedaan met de minister en wat er nog moest gebeuren. De monitor-functie van dit programma gaf niet alleen de status van het project aan, maar ook het gewicht ervan en de relaties met andere projecten, en tot mijn eigen stomme verbazing werd aan de coaching van de Nederlandse minister door dit wereldwijde netwerk een hoge prioriteit toegekend. Ik klikte en in een flits stond de wereldkaart van het netwerk weer op het scherm. Nu liepen de lijnen vanuit Nederland naar de rest van de wereld en vloog de zwerm via Frankrijk, Engeland en Duitsland naar alle landen van de Europese Unie, naar het Midden-Oosten en naar Noord-Amerika.

Rechts stond een kort overzicht van de status. Er flitste een rood balletje naast het eerste punt: *Coach out.*

Dat was ik. Ik was er niet. Onwillekeurig moest ik lachen, maar de lach voelde verkeerd. Bleef steken in mijn keel, als oud brood zonder vocht.

Naast het volgende punt, *Critical path*, flitste een oranje puntje. Ik klikte erop en de wereldkaart verdween. Een soort planning verscheen op het scherm. Het was een overzicht van dingen die ik niet begreep. Data, projectnamen en plaatsen leken ongestructureerd door elkaar te staan. Een van die namen sprong eruit: RISC. Die naam had ik ergens op een document gezien. Ik klikte erop en langzaam vormde zich een logo van vier woorden: *Roadmap Interzonal Strategical Confrontation.*

Het logo bleef een paar seconden in beeld en vervaagde. Op het scherm verscheen een korte inleiding over het project. Een combinatie van elementen die in vrijwel elk beleidsstuk van elke overheid thuishoren, zoals de hoge complexiteit van de samenleving, snel veranderende omstandigheden, de onderlinge samenhang van alle economieën op de verschillende continenten en de steeds kleinere invloed die nationale overheden hebben op de omstandigheden in het eigen land. Daaraan werd een nieuw begrip toegevoegd: 'Interzonal Strategical Confrontation'. De gedachte was van een misselijkmakende eenvoud. Na de aanslagen in de Verenigde Staten werd de wereld in een aantal zones verdeeld. Elk van die zones speelde een rol in de confrontatie tussen het christendom en de islam. De War on Terror kreeg een strategische uitwerking in drie soorten: regelrechte oorlog, harde onderhandeling en maatschappelijke confrontatie. Het eerste speelde zich af in die landen die rechtstreeks werden aangevallen. Het tweede in de landen in de directe omgeving van de oorlogsgebieden. En het derde speelde in West-Europa. Nergens anders, want nergens anders waren christendom en islam zo sterk aanwezig in een en hetzelfde gebied. Bij ons moest de confrontatie zich afspelen binnen de democratie, maar het gevecht was net zo hard. De roadmap schetste een beeld van een oorlog, waarbij de Amerikanen de gevechten op afstand deden en wij, de Europeanen, in de straten en steden van onze eigen landen de islam moesten terugdringen.

Zo stond het er. Eenvoudig en hard. Onontkoombaar helder. RISC was een oeroude militaire strategie om een vijand te lijf te gaan: verwoest de thuislanden tot er geen kern meer is en val de vooruitgeschoven fronten aan. Uiteindelijk zullen die instorten, omdat er geen voeding meer is vanuit de kern. En West-Europa was het vooruitgeschoven front.

Plotseling splitste het beeld zich op het scherm. De tekst kwam links te staan in een kolom. Rechts vulde de wereldkaart het grootste deel van het scherm en begonnen er in de tekst hyperlinks en contactmogelijkheden naar allerlei punten op de wereldkaart te flitsen. De computer was bezig berekeningen binnen te halen waarvan ik geen idee had. Dit was een project op een heel andere schaal dan ik gewend was. Na ongeveer een minuut rekenen verdween de zwerm van de wereldkaart en ontvouwde zich een nieuw netwerk van lijnen die de verhoudingen tussen Europa en de Verenigde Staten, Afrika, het Midden-Oosten en Azië in beeld bracht.

Het beeld stolde in een rode contourlijn. Daaroverheen werd een tweede, blauwe lijn geprojecteerd en opeens werd het duidelijk wat de zwerm was: een overzicht van acties en beleid in landen over de hele wereld om daarmee te kunnen voorspellen hoe het gezamenlijke effect van al die inspanningen de balans zou beïnvloeden.

Dit was een of ander scenario-doorrekenprogramma, maar dan op een enorme schaal. Hiermee kon het effect van beslissingen en gebeurtenissen worden uitgerekend. Het programma hield het midden tussen een computerspel, een management game en een simulatieprogramma.

De informatiedichtheid was onvoorstelbaar, maar tegelijkertijd werd de informatie zo gepresenteerd dat het belang ervan in één oogopslag duidelijk was. Het toonde de details en de grote lijn en de relatie ertussen, zodat belangrijke details als het ware vanzelf zichtbaar werden. Het was fascinerend om de invloed van het kleine op het grote te kunnen zien, het verloop van die invloed te kunnen volgen, overal de relaties te zien tussen de handelingen van mensen over de hele wereld. Alles hangt met alles samen, dat werd op dit scherm niet alleen bewezen, het werd ook duidelijk gemaakt hoe. Het beeld was bedwelmend, verslavend, en in dit scenario draaide ik mee. De manier waarop ik de Nederlandse minister van Justitie coachte en begeleidde werd meegewogen in de ontwikkeling van de wereld. Hoe harder hij de grenzen van de Nederlandse tolerantie kon aangeven, hoe groter de invloed van de radicale conservatieven in Europa zou worden. Want als zelfs de wereldberoemde tolerantie van de Nederlanders faalde, dan was er geen andere optie dan confrontatie.

Het vermogen van het programma was duizelingwekkend en de gedachte dat het was gekoppeld aan RISC gaf me kippenvel.

Om dit te beschermen was Ina Radekker vermoord, daar twijfelde ik geen seconde aan. Hier speelden belangen die oneindig veel groter waren dan geld. Dit ging om geloof en geloof is nog altijd het dodelijkste dat de mens heeft. RISC had een doel en de EU-top over Veiligheid en Integratie was een van de belangrijke stappen op weg naar dat doel. Op die top zouden de uitgangspunten voor de komende jaren worden vastgelegd. En dit maffe zwermprogramma van meneer Miller hield op de een of andere manier alle veranderingen bij en verwerkte de gevolgen, zodat het effectiefste beleid kon worden bepaald. Het hardste beleid.

Dwars door mijn gedachten sprong een dialoogvenstertje op het scherm. De boodschap was simpel. Er stond:

Do you wish to speak to mister Miller?
Yes – No

Of ik met meneer Miller wilde praten? Waar ging dit over? Natuurlijk wilde ik met die man praten, maar hij wist niet wie ik was. Ik had ingelogd met de gegevens van Huib Breger, en waarom zou Huib Breger met meneer Miller willen praten? Dat was de vraag. Ik kon gebruikmaken van Bregers identiteit en Miller alles vragen wat ik wilde. Die verleiding was groot. Tegelijkertijd besefte ik dat ik dat waarschijnlijk maar één keer kon doen. Voordat mijn virtuele gesprek met meneer Miller was afgelopen, zouden ze in de gaten hebben dat ik Breger niet was en daarna zou ik nooit meer met zijn user-id dit net op kunnen. Ik kreeg een kans en die kans moest ik zo goed mogelijk gebruiken. En dat was niet nu. Ik moest meer weten voordat ik verder ging. Haastig klikte ik op 'No' en leunde achterover, niet voorbereid op de chatregel die onmiddellijk daarop onder in het scherm verscheen.

Huib, if you don't want control, then leave the net alone, will you?

29 Automatisch antwoord

Het was echt! Dit was de wereld in een doos. Dit was geen macht, dit was almacht. *If you don't want control, then leave the net alone*, kon maar één ding betekenen: ik zat niet te kijken naar een programma in een computer van HC&P, ik zat live op een netwerk. De veranderingen en verschuivingen die ik erop zag, waren een weergave van wat er op dat moment in de werkelijkheid gebeurde. *Do you wish to speak to mister Miller?* De vraag klonk steeds luider in mijn hoofd. Hoe langer ik naar het scherm keek, naar de informatie die in zwermen over de wereld trok, hoe benauwder ik het kreeg, en hoe onwaarschijnlijker het werd.

HC&P had kantoren in honderdtwintig landen en elk kantoor had zijn eigen computers, die allemaal in een netwerk waren verbonden. Maar de informatie die ik net had gezien bij het ministerie van Justitie, die zat niet in een computer van het kantoor. Dat kon niet. Alleen het ministerie had al die informatie. Als ik via dat netwerk in de data van het ministerie van Justitie kon kijken, dan had ik waarschijnlijk ook toegang tot de informatie van alle andere ministeries en van alle beursgenoteerde bedrijven in het land. En dat was alleen nog maar in Nederland!

Zo'n grote hoeveelheid informatie was niet door één computer te verwerken. Dat kon alleen als de informatie direct uit de systemen van de bedrijven en organisaties zelf werd gehaald. Maar dat was bijna onmogelijk. Dan moesten overal beveiligingssystemen en firewalls worden uitgeschakeld. Bij één bedrijf zou dat nog wel kunnen, bij twee ook nog wel, of drie of vier, maar om bij al die organisaties in al die landen binnen te komen, moest je beschikken over een waanzinnig goede codebreker. Bovendien werden al die toegangscodes regelmatig veranderd en dat betekende dat je een leger mensen in dienst moest hebben alleen al om alles in de gaten te houden. Tenzij ook dat was geautomatiseerd.

Toch was het de enige manier die ik kon bedenken. Als het een echt, live netwerk was, dan moest het ongelimiteerd toegang hebben tot systemen die gesloten waren voor buitenstaanders. Hermetisch gesloten.

Ina Radekker was midden in een systeem beland waarvan zij het bestaan niet eens hoorde te kennen. Dat was haar einde geworden. Ik was nu al veel verder doorgedrongen dan zij. De enige reden waarom ik er nog was om daarover te kunnen nadenken, was dat ze me niet konden vinden. Ze. Huib Breger. En wie nog meer? En wie was Huib Breger eigenlijk, behalve dat hij belangrijk genoeg was om *net control* te krijgen als hij dat wilde? Van een zekere meneer Miller.

Ik logde uit en schreef alles wat ik wist in een lange e-mail aan HB2 in Zuid Afrika. Ik gaf hem de gegevens van zijn verdwenen naamgenoot, ook de gegevens van het pasje; ik stuurde hem het webadres waar hij op de site van het netwerk kon inloggen, en ik vertelde hem dat iedereen die inlogde in de gaten werd gehouden. Dat de systeembeheerder in onthutsend korte tijd kon achterhalen waar je zat, tot en met straatnaam en huisnummer, en dat ongeautoriseerd gebruik kon leiden tot permanente verbreking van elke verbinding.

'Wat het is, weet ik niet,' schreef ik, 'en hoe het werkt, weet ik ook niet, maar op de een of andere manier zorgt het ervoor dat IK word verdacht van een moord die zij hebben gepleegd. Ik word door iedereen gezocht. Door de politie die me wil opsluiten en door jouw oom, die me voorgoed wil uitloggen. Alles wat je me vertellen kan, graag, en graag zo snel mogelijk. Wees voorzichtig!'

Nadat ik het bericht had verzonden surfte ik naar de verschillende mailadressen die ik had geopend om mail op naam van Huib Breger te versturen. Het was tijd om te zien of er antwoord op de berichten was gekomen. Bij Hotmail was er een, een kort.

Message understood CU in Brussels. Talk there. CvdV

CvdV was Caspar van den Vogels. Hij was niet alleen managing partner van het kantoor in Nederland, maar ook lid van de European Board, die de activiteiten van het bureau in de verschillende Europese landen coördineerde. 'In Brussels' betekende bij de regionale bespreking, die dit keer in het teken stond van de naderende EU-top. Iedereen die iets te vertellen had binnen HC&P Europa zou daar aanwezig zijn. Zelfs uit de Verenigde Staten en Japan kwamen partners om ervoor te zorgen dat de juiste informatie op de juiste plek terechtkwam. Caspar van den Vogels kende Huib Breger dus, en hij kende hem goed genoeg om in zulke korte bewoordingen een afspraak met hem te maken. Dries van Waayen en Caspar van den Vogels, dat waren er twee van de elf.

Vanaf dit adres had ik mails gestuurd naar nog drie anderen, Klaas Nandringa, Wiebe Groothand en Sander Wispe. Die drie hadden nog niet gereageerd. Van Wiebe wist ik dat hij in China zat en misschien niet regelmatig zijn e-mail controleerde. Klaas zat tot over zijn oren in de herstructurering van een van de grootste installateurs van Europa en was dus wel in Nederland, net als Sander, maar zij hadden geen van beiden nog kunnen antwoorden.

Ik surfte naar de site van Tiscali en haalde ook daar de mail op. Vanaf dat adres had ik het bericht gestuurd naar Rob Bank, Siem Kampen en Jan Willem Keizer. Rob en Siem hadden geantwoord. Rob schreef:

Please inform when location is secure, Rob

In alle eenvoud zei het bericht voldoende over Rob Bank. Hij wist wat er wel of niet 'secure' was, hij wist wat hij wel of niet moest doen zolang de 'location' niet 'secure' was en verder was alles gesneden koek. Rob wist waar het over ging. In gedachten verzonken opende ik de mail van Siem Kampen en las een gestapeld bericht van vragen en antwoorden, een bericht dat duidelijk niet naar dit adres gezonden had moeten worden, maar daar per ongeluk terecht was gekomen.

– Huib, is dit inderdaad van jou? Siem

– NEE, DAT IS NIET VAN MIJ! IK HEB GEEN BERICHT VERSTUURD! HB

– Als het niet van jou is, van wie dan? Siem

Siem Kampen zat er bovenop. Dat hij het laatste mailtje per ongeluk ook naar mijn adres bij Tiscali had gestuurd, was natuurlijk een misser, maar wel een die mij goed uitkwam. Het Tiscali-adres was onbruikbaar geworden. Huib Breger zou kunnen traceren vanaf welke plek ik mijn e-mail bewerkte en dat wilde ik vermijden. Snel verliet ik de site en surfte naar aol. Vanaf dat adres had ik het bericht naar de laatste vier partners gestuurd. Hier had ik maar één antwoord ontvangen, van Johan Wolfsen, de oudste partner en iemand die een beetje zijn eigen weg ging. Hij was bij het bureau gekomen nadat hij zelf al een indrukwekkende praktijk had opgebouwd met een omvangrijke klantenlijst. Steeds vaker kwam het bureau hem tegen bij opdrachtgevers en steeds vaker bleek hij een concurrent waar niemand omheen kon. De stem van Johan Wolfsen woog zwaar bij zijn klanten. HC&P had zijn bureau, Wolfsen Consult, gekocht voor een veel te hoog bedrag. Acht medewerkers en een jaaromzet van een kleine tweeënhalf miljoen, daar hadden ze hem het viervoudige van geboden, plus een positie als partner. Alles gegarandeerd, goudgerand en verzekerd. Johan Wolfsen zat bij HC&P op rozen en hij schreef:

Ik ken geen Huib Breger, geen idee waar dit over gaat. Waarschijnlijk is dit bericht naar een verkeerd adres gestuurd. Als dat zo is, dan weet je dat bij dezen. Groet, JW

Dat was hem.

Ik wist niet wat er zou gebeuren toen ik die berichten stuurde, ik wist ook niet wat ik moest verwachten, maar zodra ik het antwoord van Wolfsen zag, wist ik dat hij de reden was. Ik zocht een partner, iemand zo hoog mogelijk in het bedrijf, die net zo weinig wist als ik. Iemand die niet wist dat er in het bedrijf heel verkeerde mannen rondliepen, mannen die een ander belang dienden dan dat van de opdrachtgevers van het bureau, mannen die geen enkele moeite hadden met het afwegen van belangen die de medewerkers van het bedrijf niet kenden. Ik zocht iemand die daar niets van af wist, maar die binnen het bedrijf zoveel te zeggen had, dat er naar hem werd geluisterd. En mijn eerste taak was ervoor te zorgen dat hij naar mij zou luisteren.

Ik opende een nieuw e-mailadres bij weer een nieuwe provider, dit keer onder een andere naam. Niet meer Huib Breger, maar ook niet mijn eigen naam, die was te beladen en te besmet. Mijn eigen naam zou voor hem misschien aanleiding zijn juist niet naar me te luisteren, niet via de e-mail, en het mooie van het internet is dat je kunt zijn wie je wilt. Je kunt je persoonlijkheid uitbreiden tot in het oneindige, allemaal virtueel, allemaal schijn, tot het een manier wordt om contact te leggen. Dan verschuift het virtuele en blijkt de werkelijkheid te beïnvloeden door de manier waarop je die presenteert. Bij xs4all opende ik een adres waarin de naam van zijn baas was verwerkt, Caspar van den Vogels, een man naar wie hij zou moeten luisteren, en schreef:

> Huib Breger is de nieuwe man vanRCG, uit Amerika. Lijkt alles over te nemen hier, erg onaangenaam. Hoogste tijd om even bij te praten, maar dan wel ergens anders. Morgen, halfeen 't Kalfje, aan de Amstel.

Wolfsen en ik waren elkaar twee of drie keer in vergaderingen tegengekomen, maar we hadden nooit direct contact gehad. Ik had dan ook niet het idee dat hij nog zou weten wie ik was. Daar rekende ik op, dat ik hem herkende en hij niet onmiddellijk op mijn aanwezigheid zou reageren.

Ik drukte op de knop en het bericht was weg. Een antwoord hoefde ik niet van hem, als hij er morgen maar was. Wat ik dan tegen hem moest zeggen om hem te overtuigen van mijn onschuld en van de vreemde dingen die op het kantoor gebeurden, het was me een raadsel. Ik had nog iets meer dan vierentwintig uur om een goed verhaal in elkaar te draaien en daarbij kon ik wel wat hulp gebruiken. Ik belde Gijs, maar kreeg geen gehoor. Zelfs geen voicemail. Ik stuurde hem een e-mail met de vraag of we elkaar zo snel mogelijk konden zien en terwijl ik zat te denken kwam zijn antwoord. Een automatisch antwoord.

Gijs van Olde Nieland is de komende twee weken niet bereikbaar, tot 4 juli.

Ik vloekte.

30 Bellilog 19.06.04

De laatste keer dat ik iets tegen iemand zei, kreeg ik room service. De keer daarvoor kreeg ik een dreun voor mijn kop. Nuances, details, kleine verschillen in een wereld onder druk. Ik geloof niet, maar mijn voorsprong verdampt. Heiligheid groeit, overal, heilige stoel, heilige steen, heilig veldje, heilige olie, heilig licht. Echte heiligheid, de heiligheid van harde mannen met groot historisch besef en diepe kennis van de schriften. Heilige schriften, bijna vergeten. Room service, nog een bijbel graag, nee, de bijbel die hier lag heb ik al op, en een koran en doe er ook maar een talmoed bij, en een cola-light. Voor de vertering. Een gevecht tussen partijen die mijn partijen niet zijn. Ken je dat? Gedwongen te kiezen net toen je dacht dat je voorgoed in de zesde dimensie was aangekomen? Waar die keuze helemaal niet meer bestaat. En dan de dreun voor je kop. Want het blijkt de zevende hemel te zijn en alles begint weer van voren af aan.

Droge lippen, altijd droge lippen. Woorden steken als ik ze uitspreek. Hoe vaak ik ook smeer. In mijn eentje houd ik een hele vetfabriek aan de gang.

Mail van: Jes.
Onderwerp: Re: Re: bad news
wat ik vraag is wat je godverdomme aan het doen bent!? hier hebben ze het al over the Dutch Dirtball, en dat ben jij. onze relatie begint me hier op te breken, je weet hoe ze zijn: *you're for us or against us*. de corporate family is heilig en ik weet zo langzamerhand niet meer wat ik moet zeggen. TALK TO ME, BELLI!
xxx
j

Mail aan: Jes
Onderwerp: Re: Re: Re: bad news
als je niet meer weet wat je moet zeggen, moet je oppassen dat je niet het verkeerde zegt. jes, ik mis je meer dan ik dacht, woorden doen pijn. wat zeg je eigenlijk? wat weten zij daar van ons? hou van je
the milkwhite kid

Mail van: HB2
Onderwerp: spook
Oom Huib al jaren weg. Grote problemen met iedereen. Altijd. Volgens mijn vader, zijn broer, is hij een 'spook', maar dat klinkt aardiger dan hij is. Als ik de verhalen van mijn neven, nichten, ooms en tantes kan geloven, dan is oom Huib een soort terrorist.
Huib

Mail aan: HB2
Onderwerp: Re: spook
Terrorist? Met baard? Heb ik hier niets van gezien.
Michael

31 Niet trillen

Zenuwachtig van het wachten, opgewonden door te veel koffie en druipend van het water zat ik aan een tafeltje in een hoek van café 't Kalfje. Een halfuur te vroeg. Buiten regende het met een enthousiasme alsof neerslag voor het eerst was uitgevonden. De scooter die ik had gehuurd om de afgelegen plek snel te kunnen bereiken en net zo snel te kunnen verlaten, bood geen enkele bescherming tegen het vallende water. Mijn haren dropen en ik had droge lippen. Vegend met papieren servetjes probeerde ik mijn zenuwen in bedwang te houden, maar uiteindelijk maakte ik het alleen maar erger. Hoe langer ik wachtte, hoe belangrijker de ontmoeting met Wolfsen werd. Hij was de enige binnen het bedrijf met voldoende macht om me te kunnen helpen. Iemand anders was er niet. Niet voor mij.

Mensen met wie ik omging waren collega's, soms was het iemand die ik bij een opdrachtgever had leren kennen, maar altijd waren het mensen met een directe of indirecte relatie tot HC&P, de corporate familie, en pas aan het kleine tafeltje in het café drong het tot me door hoe totaal de inlijving was. Ik leefde op de zaak en ik leefde voor de zaak. De zaak was overal. Van 's ochtends vroeg tot 's avonds laat, vaak veertien uur per dag, dacht ik aan HC&P, praatte ik over HC&P en deed ik iets voor HC&P. Zelfs mijn relatie met Jessica was verwrongen, half, want hoe harder ik werkte, hoe meer het werk me opslokte, hoe meer er van me werd gevraagd, hoe meer werk er voor me was en hoe harder ik weer werkte.

In Zuid-Afrika zat HB2 in zijn eentje te pielen met een computer. Ik hoopte dat hij me meer informatie kon bieden, zeker na zijn laatste opmerkingen. Huib Breger was dus een 'spook', een spion? Maar van welke dienst? De Risk Containment Group? Het zou wel verklaren waarom de organisatie niet te vinden was.

Maar wat deed een geheime dienst, welke dan ook, op het kantoor van HC&P en wat moesten ze met Ina Radekker? Het bureau was betrokken bij allerlei vertrouwelijke projecten, zelfs bij geheime opdrachten. HC&P was vaste adviseur bij de Wereldbank en bij de EU. Voor dergelijke klanten werd het hele netwerk van het bureau ingezet. Natuurlijk had het bureau te maken met geheime informatie en waarschijnlijk ook met de beveiligingsdiensten van de opdrachtgevers.

Maar een 'spook'?

Johan Wolfsen is bijna twee meter en hij draagt zijn lengte alsof het niets is. Altijd rechtop, schouders naar achteren, kin naar voren, een ontspannen houding door een makkelijke balans. Zijn blik gleed door de kleine ruimte. Café 't Kalfje ligt aan de grens van Amsterdam, net buiten de ringweg, aan de Amstel. Het stelt niets voor, een houten keet met wat aanbouw, meer is het niet, maar de ligging is geweldig. Bijna op loopafstand van de futuristische kantoren en het grote geld is het een overblijfsel uit een andere tijd. Hier konden grote zaken tot hun kern worden teruggebracht. Hier at je kroketten met brood en uitsmijters ham-kaas aan een bruine kroegtafel met een Perzisch kleedje, om je heen niets dan weilanden, de rivier en de lucht. Een natte lucht die dag.

Wolfsen klopte de druppels van zijn jas en keek nog een keer rond. Zijn gezicht stond strak, uitdrukkingsloos. Hij verwachtte hier zijn partner en directeur te vinden voor een onduidelijk gesprek. Zijn scherpe ogen flitsten heen en weer, vonden degene die zij zochten niet en kwamen tot rust op een tafeltje aan het raam. Hij trok zijn jas uit, hing hem over een van de stoelen en ging zitten.

Afwachtend keek hij om zich heen. Haalde zijn mobiele telefoon uit zijn zak, duwde op wat knopjes, keek naar het schermpje en borg het ding weer weg. Hij bestelde een kop koffie en wachtte. Twee mannen kwamen binnen, luid pratend, lachend, water van hun kleren schuddend, pakken met een krijtstreep, overhemd met das. Bankmannen zo te zien. Ze zochten een plek aan de andere kant van het café en zagen niemand anders dan zichzelf en de deal waar ze mee bezig waren.

De ober serveerde koffie, een kopje met een lepeltje, een kuipje room, suikerklontjes en een verpakt koekje. Wolfsen keek ernaar, trok voorzichtig de folie van het kuipje en goot de room in het kopje. Roerde.

Er was niemand met hem meegekomen. Bijna vijf minuten wachtte ik al en voorzover ik het kon zien, was hij alleen. Het was zo rustig in het café dat ik me nauwelijks kon vergissen. Wolfsen, de twee mannen aan de andere kant, nog een ouder stel ook bij het raam, en ikzelf. Andere mensen waren er domweg niet.

Ik stond op, liep naar zijn tafeltje en legde een hand op de rugleuning van de stoel tegenover hem. Zonder iets te zeggen ging ik zitten. Wolfsen keek me aan. Hij wilde iets zeggen, maar slikte zijn woorden in. Hij keek om zich heen en weer naar mij. Geen van beiden zeiden we iets. Ik gaf hem de controle over de situatie. Ik had te weinig om in deze ontmoeting het voortouw te nemen en dus was het beter als hij het gevoel had dat hij de baas was.

Dat was hij ook.

Hij kneep zijn ogen tot spleetjes en draaide zijn hoofd weg, keek naar buiten, naar de stromende regen en draaide bijna een minuut later zijn ogen pas weer naar mij.

'Michael Bellicher', zei hij. 'Dat ben jij toch?'

Ik knikte.

'Oké.'

Hij zweeg weer en keek. In stilstand vertoonde zijn blik meer actie dan de tollende ogen van iemand in paniek. Wolfsen keek om iets te zien en hij bleef kijken tot hij het zag. In de tussentijd zei hij niets. Achter zijn ogen voltrok zich een razendsnel selectieproces. Ik kende het van hem en van andere partners. Tientallen, honderden mogelijkheden schoten door zijn hoofd en elke mogelijkheid werd gerubriceerd, ingedeeld, opzijgezet, vastgehouden en in de situatie gepast. Hij wist wie ik was. Hij wist wat er met mij aan de hand was. En toch zat ik hier, bij hem. Ik zat er op valse voorwendselen, maar ik zat er. En hij zat er. Hij had kunnen weten dat de uitnodiging om hier te lunchen niet van zijn directeur kwam. Het enige wat hij had hoeven doen, was checken, een kleine check, meer was er niet voor nodig geweest, dan had hij het zeker geweten. Maar dat had hij niet gedaan. Hij zat hier. De gegevens van de situatie waren glashelder en ik vertrouwde erop dat hij sneller en beter dan ik tot dezelfde conclusie zou komen. Zijn stille blik liet mij geen seconde los terwijl hij dacht en positioneerde. Hij glimlachte.

'Wat zie je eruit', zei hij. 'Lijkt wel of je door een kudde koeriers bent aangereden.'

Ik slikte en zei niets.

Wolfsen had geen haast. Maar hij had ook geen behoefte te doen alsof we er voor de gezelligheid zaten. 'Oké, wie is Huib Breger?' vroeg hij.

'Huib Breger heeft Ina Radekker vermoord.'

'Jij niet?'

Ik schudde mijn hoofd. 'Nee, ik niet', zei ik.

'Leek mij al sterk', zei hij. 'En waarom zeg je dat niet?'

'Omdat ik niets kan bewijzen en omdat anderen kunnen bewijzen dat ik het wel heb gedaan.'

Wolfsen knikte. 'De werkelijkheid is de perceptie van de werkelijkheid', zei hij. 'De waarheid is wat mensen zien, en wat ze niet zien, telt niet. Dat bedoel je? Maar jij en Ina waren toch de enigen in het gebouw?'

Ik schudde mijn hoofd.

'Niet?'

'Het kan bewezen worden dat Ina en ik de enigen waren', zei ik. 'Sterker nog, het wordt bewezen. Maar zo is het niet.'

Wolfsen zweeg. Zijn aandacht gericht op de informatie die hij zojuist had gekregen. Hij had geen enkele aanvechting om mijn beweringen te ontkennen of als onzin te betitelen. Hij luisterde naar wat ik zei en oordeelde niet. Hij inventariseerde. Hij keek wat de consequenties waren van wat ik zei, hij schoof en puzzelde met de gegevens tot ze pasten of niet pasten. Als iets niet paste, had hij een vraag. Adviseur tot in zijn tenen.

'Weet je wel wat je zegt?' vroeg hij.

'Dat Breger ...' Verder kwam ik niet.

'Nee, nee, nee, niet een of andere meneer Breger, daar gaat het niet om. Jij zegt dat HC&P, het wereldberoemde, overal gerespecteerde adviesbureau HC&P, zijn eigen medewerker heeft vermoord. Dat zeg jij.'

Dat was het. Dat was de keiharde conclusie achter alle onbegrijpelijke systemen, computers en netwerken. Dat was de onontkoombare ellende waarmee ik me geconfronteerd zag. Een machtige multinational, tot de nok gevuld met mensen die stijf stonden van de contacten met politici op elk denkbaar niveau, met ondernemers, met wetenschappers, met de top van leger en politie in meer landen dan ik uit mijn hoofd kon opnoemen, ruimde een medewerker uit de weg, zomaar omdat dat nodig bleek.

'Dat zeg jij', herhaalde Wolfsen.

'Daar lijkt het wel op, ja.'

Hij knikte. 'Oké.' Nog steeds geen oordeel. 'Wil je koffie?'

'Nog meer koffie trek ik niet', zei ik. 'Doe maar iets anders, soep of zo. Kan dat?'

'Nog een keer', zei Wolfsen. 'Wie is Huib Breger?'

'Vent van de Risk Containment Group', zei ik tussen happen goed gevulde Hollandse groentesoep door. Veel grijsgroene sliertten, oranjebruine schijfjes en heel veel zachte balletjes. Heet en zout. Precies wat ik nodig had. 'Van RCG heb ik nog nooit gehoord. Ik kan het bedrijf ook nergens vinden, maar Breger heeft een pasje waarmee hij ons kantoor in en uit kan zonder dat iemand er iets van kan terugvinden.'

'En hoe weet jij dat?'

Ik stak mijn hand in mijn zak en legde het pasje van Breger op tafel. Wolfsen pakte het op en bekeek het van alle kanten. Het was een gewoon pasje zoals er honderden miljoenen van zijn in de wereld. Dit was bedrukt met een logo in grijs, zilver en geel. Eenvoudig, geen moeilijke hologrammen, wel een chip, en de gegevens van Breger.

'Hiermee kan hij het kantoor van HC&P in?' vroeg Wolfsen.

'En nog veel meer', zei ik en ik hield mijn hand op. Hij mocht het pasje bekijken en voelen zoveel hij wilde, maar ik wilde het wel terug. Voorlopig was dat pasje mijn enige toegang tot het systeem. Zonder dat pasje ging ik hier niet weg.

Wolfsen hield het een laatste keer omhoog, alsof hij er doorheen wilde kijken, en legde het voor zich op tafel. Met een uitgestoken wijsvinger duwde hij het naar me toe.

'Risk Containment Group', zei hij, 'is het eigen beveiligingsbedrijf van HC&P.'

'Nee toch.'

'Luister.' Wolfsen zwaaide met zijn handen alsof hij iets goed te maken had. 'Omdat HC&P voor zoveel topmensen werkt, is er behoefte aan eigen beveiligingscapaciteit. Elke keer wanneer een voorzitter of een minister op een van onze kantoren komt, moeten we die veiligheid kunnen bieden. Bovendien moeten we de absolute vertrouwelijkheid van informatie kunnen garanderen, en voor je het weet heb je dus ...'

'De Risk Containment Group', zei ik.

'Precies. RCG. En RCG is geheim', zei hij. 'Alleen partners zijn van RCG op de hoogte, omdat alleen partners het contact hebben met dat soort klanten.'

'U dus ook', zei ik.

Hij knikte. 'Ik ook, ja.'

'Dus u weet wie Huib Breger is?'

Hij schudde zijn hoofd. 'Van Huib Breger heb ik nog nooit gehoord,' zei hij, 'en als hij is wat er op zijn pasje staat dat hij is, Operations Director, dan kan dat niet.'

Ik lepelde het laatste restje van mijn soep weg en stelde de enige vraag die overbleef: 'Als dat zo is, waarom zit ik dan hier met u te praten, en niet met een van de andere partners?'

Wolfsen zweeg. Ook het antwoord op deze vraag kon hij zelf bedenken, en dat deed hij, maar op de situatie die door dat antwoord ontstond had hij nauwelijks meer invloed.

'Dat kan niet', zei hij, maar terwijl hij het zei, vloeide de overtuiging uit zijn stem weg. 'Bedoel je dat ik de enige partner ben die deze Huib Breger niet kent?' vroeg hij.

Ik knikte. 'Bij Dries van Waayen loopt hij de deur plat', zei ik.

Wolfsen vloekte, binnensmonds en beheerst, maar zijn woede was duidelijk merkbaar. Dat hij een medewerker, zelfs een directeur van het bedrijf niet kende, was niet van belang. Het bedrijf was te groot om iedereen te kennen. Zelfs al vond Wolfsen dat hij hoorde te weten wie de Operations Director van RCG was, dan nog was het mogelijk dat hij hem niet kende. Maar dat alle andere partners de man wél kenden, dat die man op de nacht van de moord in het gebouw aanwezig was en dat niemand, maar dan ook niemand daar iets van wist of iets over zei, dat accepteerde hij niet. Dat was absurd. Alleen híj wist het niet, dat was het verschil, en dus was hij niet het soort partner dat hij dacht te zijn. Zijn collega's, de mannen met wie hij dagelijks werkte, die hem als hun gelijke hoorden te behandelen, hadden hem nooit verteld dat ook binnen HC&P sommige mensen gelijker zijn dan anderen. Hij hoorde bij de anderen, dezelfde groep waar ik ook in zat. Voor iemand die zich al die tijd aan de andere kant heeft gewaand, is dat even slikken. Wolfsen deed dat in stijl. Hij knipperde een paar keer met zijn ogen, wreef over zijn kin, krabde op zijn achterhoofd en riep de ober.

'Twee jonge borrels', zei hij en terwijl hij wachtte op de bestelling pakte hij zijn mobiele telefoon en koos een nummer. Kijkend naar mij, zijn blik op een onzeker makende manier dwingend en afwezig tegelijk, zweeg hij tot er aan de andere kant werd opgenomen. Zo kort als dat duurde, zo lang bleef het stil.

'Casper', zei hij opeens zonder zijn blik een seconde van mij af te wenden. Hij had Casper van den Vogels aan de lijn, managing partner van het bureau. 'Casper, met Johan, ja, zeg luister, dat mailtje van die Huib, moet ik daar nou wat mee of hoe zit dat?' Hij luisterde bewegingloos, hij knikte niet of schudde niet met zijn hoofd. Even later zei hij: '...dacht ik wel, ja, nee precies, dan weet ik voldoende. Bedankt hè.' Hij verbrak de verbinding en legde het toestelletje voor zich op tafel. Hij zweeg en wachtte tot de ober kwam. De man legde twee viltjes neer, op elk viltje zette hij een borrelglaasje tot de rand gevuld, beslagen door de lage temperatuur van de drank.

'Twee jonge', zei de ober.

Wolfsen legde duim en wijsvinger van zijn rechterhand om het steeltje van het glas en wachtte tot ik hetzelfde had gedaan. Zo zaten we tegenover elkaar.

'Wat zei Casper?' vroeg ik.

Hij glimlachte, pakte het steeltje iets steviger vast en tilde het glaasje een centimeter van de tafel en hield het daar stil. Gestrekte arm.

'Niet trillen', zei hij.

Tegelijkertijd brachten we de glaasjes omhoog.

'Casper zei dat ik me geen zorgen hoefde te maken en dat hij de zaak wel met Huib zou regelen. Geen probleem.' Hij raakte met zijn glaasje even het mijne aan. 'Cheers', zei hij. 'Op alles wat ik nog niet weet.' Hij zette het glaasje aan zijn lippen en sloeg het in één keer achterover. Ik ook. Terwijl ik de koude drank door mijn keel voelde glijden, was ik even terug in de onbedreigde wereld. Dit was Holland, hier was het gras groen en de regen nat, dit land was wereldkampioen korfbal en uitvinder van de frikadel, hier waren derdegeneratie-Marokkanen nog steeds allochtonen en geen Arabische Nederlanders, hier was het veilig en rustig. Hier gebeurden geen rare dingen. Niet hier. Twee kilometer verderop wel. Daar viel Nederland uit elkaar en struikelde iedereen over de brokstukken.

Wolfsen zette de zaak op scherp. 'Even voor de goede orde', zei hij. 'Jij wordt gezocht door de politie, in verband met moord, en door jou te helpen word ik medeplichtig. Dat zijn we toch met elkaar eens?'

Ik knikte.

'En waarom zou ik jou dan helpen, in plaats van je aan de politie over te dragen?'

Ik zweeg. Dit was de vraag die ik niet wilde beantwoorden, die ik niet kon beantwoorden. Er waren zoveel redenen, te veel misschien wel, maar het waren allemaal mijn redenen. Hij moest me helpen omdat ik onschuldig was, ook al had ik juist zijn hulp nodig om dat te kunnen bewijzen. Hij moest me geloven omdat er niemand anders was binnen het bedrijf, omdat het bedrijf, zijn bedrijf, ons bedrijf, kennelijk iets deed wat niet mocht. Kennelijk. Het was allemaal vaag en weinig overtuigend.

Opeens zag ik wat hij aan het doen was, en tegelijkertijd zag ik waarom ik niet kon antwoorden. Hij had zich teruggetrokken in het veilige niemandsland van de consultant, waar alles altijd de verantwoordelijkheid is van de ander, waar elk beroep op eigen betrokkenheid kan worden weggeschoven door een volgende vraag, een andere overweging, een nieuwe mogelijkheid, of een vergeten aspect. Maar niet nu. Niet met Radekker dood en Gijs net uit het ziekenhuis. Niet nu alles van mij was afgenomen, nu er nergens meer iets van mij was, geen familie, geen thuis, geen vrienden. Niets had ik meer, behalve de angst dat ik ook dat nog zou kwijtraken.

Nu lag de zaak anders.

'Waarom je moet helpen,' zei ik, 'dat weet ik niet, en dat hoor ik ook niet te weten. Dat is jouw overweging. Als ik je moet overtuigen, heeft het geen zin. Alleen als jij het wilt, kun je iets doen. Om welke reden dan ook. Omdat je er zin in hebt of omdat je het belangrijk vindt, maakt niet uit.' Al pratend werd ik kwaad. Wat ik te zeggen had, beet ik hem met nauwelijks verholen woede toe. Waarom moest ik alles voor iedereen bedenken? Ik had niets gedaan. 'Het is jouw beslissing,' zei ik, 'en je moet niet proberen die mij in de schoenen te schuiven. Oké? Daar zit al meer dan genoeg in.' We keken elkaar aan. 'Ik vind het prima als je de adviseur speelt,' zei ik, 'maar dan wel graag nadat je gekozen hebt. Niet daarvoor. Ik ben geen klant, ik heb geen opdracht, ik heb geen budget en ik heb geen beslissingsbevoegdheid. Ik kan alle hulp gebruiken die je me geven kunt, maar dan moet je die wel geven. Anders zitten we hier onszelf voor de gek te houden.'

Nu was het mijn beurt om op te staan. Aan de bar bestelde ik nog twee borrels. Ik twijfelde geen moment aan de keuze die Wolfsen zou maken, maar ik hoefde er even niet bij te zijn.

Met twee glaasjes op een klein blaadje liep ik terug naar het tafeltje, zonder te trillen, zonder te morsen. Voorzichtig zette ik er eentje voor hem neer en een voor mezelf. Ik zei niets. Hij ook niet. Ik ging zitten en hief het glaasje.

'Zeg 't maar', zei ik.

Hij glimlachte. 'Akkoord', zei hij. 'Je hebt gelijk. Ik moet mijn eigen beslissingen nemen. Maar ik heb wel nog een paar vragen.' In een halfuur tijd leidde hij mij weg van de verwarrende overvloed aan details in mijn hoofd naar de vragen die ik moest stellen, en naar de antwoorden die ik zocht. Niet dat hij die antwoorden had, maar hij wist hoe ik moest kijken om te kunnen zien wat ik miste. Alle vragen die ik zelf ook al had gesteld kwamen nog een keer langs. Wolfsen ordende en analyseerde. Voor mij, maar vooral voor zichzelf. Wie was Breger? Wat was zijn functie? Wat was er zo geheim aan het werk van HC&P? Wat was zo geheim dat het de inzet van een eigen geheime dienst rechtvaardigde? Hij vroeg maar door, tot hij voldoende had gehoord.

'Dus moet je de software in', zei hij uiteindelijk.

Welke vraag hij ook stelde, steeds kwam het erop neer dat niemand binnen HC&P antwoord zou geven. Er was niemand die zijn mond open zou doen. Het bewijs dat ik zocht, zat ergens in een computer en de enige manier om daarbij te kunnen, was via de software.

Wolfsen schreef iets op een papiertje en schoof het naar me

toe. Het was een naam, Vince Batte. Eronder een telefoonnummer.

'Bel hem maar', zei Wolfsen. 'Dan zorg ik er wel voor dat hij weet wat hij moet doen.'

'En wie is Batte?' vroeg ik.

'Iemand bij WorldWare. Die maken al onze programma's. Als iemand de weg kan vinden in onze systemen, dan is het Vince. Bovendien kan hij ervoor zorgen dat je een pas krijgt, zodat je gebruik kan maken van het bedrijfsnet zonder dat er onmiddellijk overal allerlei alarmbellen gaan rinkelen.'

Hij pakte zijn mobiel en koos het nummer op het papiertje. Hij wachtte, maar werd even later verbonden met een voicemail. 'Bel hem morgenochtend maar,' zei hij, 'dan stuur ik hem zo meteen wel even een mailtje. Oké?'

Ik knikte.

'Mooi', zei hij en hij schoof zijn stoeltje naar achteren. Hij stond op en rekende af bij de bar. Terwijl we samen onze jassen aantrokken zei hij: 'Ik doe niets tot ik weer van jou hoor. En laat even weten hoe het met Vince is gegaan. Hou je goed.'

Hij sloeg me kort op mijn rug, trok zijn hoofd tussen zijn schouders en sprintte naar zijn auto in het laantje tegenover de ingang van het café. Even later reed hij weg. Ruitenwissers zwiepten heen en weer. Linksaf het dijkje op, bij de molen weer linksaf en honderd meter verder verdween hij achter de struiken. Ik pakte mijn scooter, gespte de helm om en zat in de stromende regen voor me uit te kijken.

32 Onwillekeurige reacties

Water spoot aan beide kanten van het scootertje opzij. Het was nog geen vier uur 's middags en het leek wel nacht. De bewolking was zo dik en de regen zo hard dat er nauwelijks nog daglicht te vinden was. Het verkeersplein voor de RAI stond blank, hier en daar moest ik afremmen en uitwijken, omdat de plassen te diep waren voor de kleine wielen. Ik keek links en rechts, voor en achter om het andere verkeer in de gaten te houden. In de gutsende regen was niet goed te zien welke kant de auto's op gingen. Bij het bowlingcentrum sloeg ik links af, schoot voor een paar auto's langs en reed even later langs de zijkant van de RAI. De weg was hier nagenoeg leeg, bijna iedereen ging rechtdoor de Scheldestraat in.

Om zo min mogelijk last te hebben van de regen hing ik voorovergebogen over het stuurtje. Mijn gedachten teruggetrokken achter mijn helm, reed ik langs het flatgebouw, richting de brug over de Boerenwetering. Voor me lag een grote plas water op het wegdek. Ik kon er aan de linkerkant langs, maar dan moest ik midden over de weg zwenken. Rechts moest ik over het voetpad. Ik keek in mijn spiegel en zag een zware zwarte schim snel dichterbij komen. Links was dus uitgesloten, dan kwam ik pal voor de aanstormende auto terecht.

Ik remde, trok het stuurtje naar rechts, hees het voorwiel de stoep op en was volledig onvoorbereid op de klap die kwam, want op datzelfde moment schampte de auto de achterkant van het scootertje. Ik hoorde het ding onder me kraken en voelde hoe het onhoudbaar onderuitging. Met een verbeten overtuiging hield ik het stuur vast en trok mijn rechterbeen onder de scooter vandaan. Krakend en vonken spugend knetterde het ding over de stoeptegels tot het tegen de muur tot stilstand kwam. Ik lag op mijn buik in het water. Rugzak op mijn rug, helm op mijn hoofd. Naast mij lag het scootertje. Het hele achterspatbord was eraf gescheurd, tot vlak achter het zadel. Door de klap was ook het voorspatbord verbogen en gescheurd. Mijn hele lijf spande zich, overal voelde ik mijn spieren tintelen en trekken. Ik sprong overeind en keek achterom. Tien meter verderop stond de auto stil naast de stoep. Remlichten rood opgelicht.

Vloekend en tierend trok ik de scooter overeind, op zijn standaard, en liep naar de wachtende auto. Ik stapte van de stoep om naar de bestuurderskant te lopen en op dat moment gingen de remlichten uit. Een kort moment was het donker en stil. Alleen de regen die nog steeds met bakken naar beneden kwam. Ik hoorde de droge klik van een automatische versnellingsbak en twee helwitte achteruitrijlampen lichtten op. Het volgende moment overstemde de loeiende motor alle andere geluid. De auto kwam recht op mij af.

Ik sprong. Uit de baan van de auto, van de weg, in één keer op de stoep. Ik holde naar de scooter, klom op de restanten van het zadel, duwde hem van zijn standaard en wilde wegrijden. Het gescheurde voorspatbord sleepte over de grond en een deel ervan raakte vastgeklemd tussen het voorwiel en de voorvork. Ik stopte, zette mijn voet tegen het frame, pakte het stuk kunststof en rukte het los. Net op tijd klom ik op het onttakelde apparaat. De auto was gestopt en had positie gekozen bij een uitrit, dwars over de stoep. Ik kon er niet meer langs, niet over de weg en niet over de stoep. Dus moest ik de andere kant op. Ik gaf gas, legde het scootertje naar rechts, maakte met slippende achterband een draai op de plaats en stoof weg, terug naar de voorkant van de RAI. Zonder spatborden was het scootertje een rijdende fontein geworden. Achter me zag ik de auto slippend en glijdend naderen. De grote auto accelereerde moeiteloos door het slechte weer. Ik draaide de gashendel helemaal open, schoot de Scheldestraat in en bleef midden op straat rijden, tussen de auto's die van en naar de RAI reden. Daar was de meeste ruimte. Onder me gilde het kleine motortje alsof ik het wilde wurgen. Met groot licht en flitsende knipperlichten stormde de wagen achter me aan. Links en rechts schoven automobilisten naar de zijkant en in mijn spiegels zag ik hem zo snel naderen, dat ik iets moest doen. Elke seconde werd de afstand kleiner. Ik remde hard, gooide de scooter naar rechts, glipte tussen twee auto's door het brede trottoir op en draaide de scooter om, voorwiel naar de straat. Hijgend keek ik om me heen. Midden op straat stond de grote donkere wagen, een Audi. Daar kon ik het nooit van winnen. Rechts was een zijstraat, misschien tweehonderd meter verderop. Te ver. De Audi zou er eerder zijn dan ik. Links ging terug naar de RAI, naar het grote plein ervoor en de straat waar hij me al een keer had gepakt. Gejaagd keek ik om me heen, veilig zolang ik op de stoep stond, de auto midden op straat. Dacht ik. Tot al mijn gedachten ophielden. Het raampje van de Audi gleed geluidloos naar beneden. Tussen de voorbijschuivende auto's zag ik in een flits de loop van een pistool. In een reflex trok ik de scooter naar links en gaf gas. Achter me hoorde ik een kleine knal, nog gedempt door de regen, direct gevolgd door het rinkelend lawaai van een versplinterende winkelruit.

Het scootertje sprong vooruit en denderde over de stoep. Naast me zag ik de Audi achteruit door de straat racen. Achteruit ging hij bijna net zo hard als ik vooruit. Ik schoot tussen twee geparkeerde auto's door, stak de straat over, rakelings achter de Audi langs en ging volgas weer de andere kant op, naar de Churchilllaan. Door de plotselinge draai had ik een voorsprong die ik tot de hoek wist vast te houden. Daar greep de Audi me vlak voor de bocht naar links en smeet het scootertje van de weg. Weer trok ik mijn benen omhoog, ik stond bijna op het zadel, handen aan het stuur terwijl het ding over de stoep stuiterde en met een klap tegen de muur tot stilstand kwam. Rechtop. Ik hoorde het frame onder me kreunen. Kraken. Maar boven alles hoorde ik het ongebroken geluid van het motortje. Zonder na te denken draaide ik het gas open en spoot ervandoor. Alles wat ervan af kon breken, was ervan af. Het scootertje was gereduceerd tot een kaal frame met een motor en leek er alleen maar sneller van te worden. Ik scheurde weg, over de stoep, door de berm, de verkeerde rijbaan op, daar was ik veilig. Tot de volgende kruising. De Audi was er het eerst en draaide naar links, door het rode licht, met flitsende lichten stopte de auto aan het begin van de rijbaan. Ik stopte ook. We waren honderd meter van elkaar verwijderd. Misschien minder. Tussen ons geen verkeer meer. Om ons heen des te meer. Achter de Audi ontstond snel een opstopping van auto's die niet konden doorrijden. Geflits van lichten. Blèrende toeters. Hozende regen.

De Audi trok langzaam op, vertraagd bijna, en kwam stapvoets dichterbij. De krachtige motor was in staat om in vijf of zes seconden voldoende snelheid te maken om mij met scootertje en al te verpletteren. Ik moest het centrum zien te bereiken. Hoe dan ook. Dat was het enige wat ik nog kon bedenken. Daar in de kleine straatjes en stegen kon ik hem van me afschudden en verdwijnen. Hier niet. Hier in de brede straten van Amsterdam-Zuid was de auto in het voordeel. De rechte stukken waren te lang, de bochten te ruim. Niet hier, dacht ik en ik gaf gas.

Behoedzaam stuurde ik naar de linkerkant van de weg, langs de stoeprand. De Audi volgde mijn richting en hield de doorgang dicht, klaar om de stoep op te schieten en me daar klem te zetten. Tergend langzaam kropen we naar elkaar toe, wachtend op het moment dat de ander zijn keuze maakte, tot de ander de beslissing nam om links of rechts te gaan, of recht vooruit. Die beslissing stelden we allebei zo lang mogelijk uit, want degene die kiest, legt zich vast. Die sluit andere mogelijkheden uit en vertrouwt erop dat hij met zijn snelheid de juiste keuze heeft gemaakt.

Ik stopte. Motortje pruttelend tussen mijn knieën. Regenwater droop van mijn helm, ik was doorweekt. Mijn hele lichaam dreunde in mijn druipende kleren. Dit hield ik niet. Ik zag nauwelijks nog wat de ander deed, alles ging op gevoel en intuïtie en dat was prima als ik op hoge snelheid door de straten van Amsterdam spoot, daar kende ik elke hoek en elke kruising. Maar hier, oog in oog met een tweeënhalve liter v6 vierwielaangedreven Audi, dat moest ik niet doen. Ik trok op, draaide het scootertje naar rechts, hees het de groenstrook in die de twee rijbanen van elkaar scheidde, en stoof modder spuitend naar de overkant. Dit keer reageerde de Audi onmiddellijk, grommend en brullend stortte de zware auto zich door de lage struiken; slippend op het gladde gras, draaiend en tollend om de juiste richting te pakken te krijgen, kwam het gevaarte achter me aan. Ik bleef op het middenstuk, reed zo hard als ik kon, want daar kon ik weer afstand maken. Zodra ik links of rechts een van de rijbanen koos, was de auto weer in het voordeel. Ik reed door tot de brug achter het Apollo Hotel. Daar schoot ik van de middenberm af, de rechterrijstrook op, langs de auto's die voor het stoplicht stonden te wachten, rechtsaf de brug over en aan de overkant linksaf de kade op. De Audi trok zich niets van het eenrichtingsverkeer aan en kwam op volle snelheid achter me aan. Op het laatste stukje, langs de roeiclub, was mijn voorsprong al weer kleiner geworden, maar nu was ik aan de rand van de Pijp en ik wist dat ik vanaf de volgende zijstraat in het voordeel was. Ik gleed door de bocht, over de stoep, de Audi nog geen tien meter achter me. Honderd meter verder, scherp links. Tweehonderd meter, weer scherp links. Nog eens honderd meter, rechts en direct daarna weer links, vol gas over de Ceintuurbaan, links, rechts, nog een keer rechts. Ik reed voluit, niets te verliezen, en toch bleef de Audi te dichtbij. Straat na straat wist ik wel steeds iets meer afstand te nemen, maar niet genoeg. Ik nam nog twee scherpe, haakse bochten en stoof zo hard als ik kon richting de Ferdinand Bol. In volle vaart kwam ik het kruispunt op stuiven, stuiterde over de tramrails, knalde met het voorwiel in een gat in het wegdek dat door de regen niet meer te zien was, verloor de macht over het stuur en kon er nog net af springen voor het scootertje knetterend onderuitging en met een enorme klap tegen de rupsbanden van een grijper uit elkaar spatte. Kennelijk brak de benzineleiding want een seconde later sloegen de vlammen eruit. Ik holde weg, keek om me heen en zag de tram bij de halte aan de overkant van het kruispunt. In een panische sprint perste ik alles uit me wat ik nog in me had. Struikelend en happend naar adem bereikte ik de voorste deur van de tram en sprong erin.

'RIJDEN!' gilde ik.

De bestuurder draaide zich om en keek me met grote, verbaasde ogen aan. Weer zo'n herrieschopper in zijn tram. Ik zag hem het denken.

'GAAN!' schreeuwde ik. 'RIJDEN!!'

Ik draaide me om en zag dat de bijrijder uit de auto was gesprongen en naar dezelfde tramdeur holde. Met een enorme trap probeerde ik de deur achter me dicht te rammen. Onmiddellijk kwam de bestuurder uit zijn stoel.

'Hé!' riep hij en hij greep me bij mijn schouder. 'Ben je helemaal van de ratten, eikel!' Hij was groter dan ik. Met een enorme hand trok hij me bij de deur weg en sleurde me achteruit. Op dat moment probeerde de man uit de Audi de deur weer open te trappen. Getergd draaide de trambestuurder zich om.

'Nog zo'n grappenmaker', zei hij en hij keek door de ruit naar buiten. Hij en ik zagen allebei het pistool dat de man door de rubberen sluiting van de deur wilde steken. Ik dook achter de bestuurder langs en klom in zijn stoel. Ramde mijn vuist op de knop van de bel, duwde de hendel naar voren en met een schok zette de tram zich in beweging.

Stalen wielen jankten op de rails. Mensen gilden en schreeuwden, vielen tegen elkaar aan. Met een doffe dreun duwde de tram de Audi opzij en accelereerde. De man bij de voordeur probeerde zich ergens aan vast te grijpen, maar klapte tien meter verder tegen een lantarenpaal. De smalle stoep bood hem geen enkele ruimte. Met mijn hand op de bel hield ik de hendel ver naar voren geduwd. Over het rechte stuk van de Ferdinand Bol, naar de kade bij de Heineken Brouwerij, ging het steeds harder. Of de kruising bij de brug naar het Weteringcircuit vrij was, kon ik niet zien en ik had geen tijd om me er zorgen over te maken. Bellend, ratelend, krakend en piepend stoof de tram het kruispunt over. De Audi volgde op afstand, de rechtervoorkant van de auto was verfrommeld, maar hij reed nog even hard. De kansen om hem af te schudden werden steeds kleiner. Nog kleiner dan ik dacht.

'En nou is het afgelopen!' Met een felle ruk trok de trambestuurder me uit zijn stoel en smeet me in het gangpad. Hij klom op zijn plaats en zette de tram stil, midden op het Weteringcircuit. Ik kroop op handen en voeten tussen de mensen door, schreeuwend dat ze uit de weg moesten. Wat er ook gebeurde, hier kon ik niet blijven. Als die kerel in de Audi me te pakken kreeg, was het afgelopen. Zijn maat lag nog ergens op de stoep, vergevingsgezindheid stond vast niet hoog op de prioriteitenlijst. En als het aan de trambestuurder lag, dan bleven we hier gewoon staan tot de politie kwam. Dat was nog veel erger, want tegen de politie kon ik niet vechten. Ik gilde en maaide wild om me heen, duwde mensen uit de weg. Zonder te letten op wie of wat ik raakte. Ik kon niet anders. Ik moest weg uit deze val. Bij de eerstvolgende deur trok ik aan de noodgreep en de deur sprong open. Ik liet mezelf naar buiten rollen, krabbelde overeind, rende het circuit over naar de andere kant en verdween in de smalle straten van de Weteringbuurt.

In de Leidsestraat was het druk, overal doorweekte mensen. Iedereen sjokte dicht tegen elkaar aan door de smalle straat, eettenten zaten vol dampende en druipende groepen. Hamburgers, pizza's, bagels, gewone broodjes, patat, om mij heen werd er van alles naar binnen gewerkt en in het gedrang van vette geuren, zout en zoet door elkaar, schoof mijn maag alle protesten van mijn lichaam opzij. Met een hamburger-kaas en een grote koffie zocht ik het achterste tafeltje bij McDonald's en verborgen in de menigte verslond ik het broodje. De harde smaken en zachte substantie precies goed. Mijn handen trilden, mijn tanden klapperden, onwillekeurige reacties van mijn spieren die zich ontspanden. Mijn hoofd tolde. Kleine slokjes nippend van de gloeiend hete koffie begonnen langzaam de eerste gedachten terug te komen, en die waren niet opwekkend. Op het kleine tafeltje klapte ik mijn laptop open, plugde mijn mobiel in en zocht contact met het net. Met iemand. Ergens.

33 Bellilog 20.06.04

Oké, mocht ik nog twijfelen, dan kan ik daar nu mee ophouden. Op zich is dat al heel wat. Hoe weinig ik ook weet, ik twijfel niet meer. Dit is echt.

Mail van: Jes
Onderwerp: terug weg
op vliegveld, gaat het vliegtuig niet. terror warning. geloof jij 't? die lui zien hier overal aanslagen. dus ik weer terug in hotel. morgen nieuwe vlucht boeken, dan snel in a'dam. waar ben je, want waar jij bent landen volgens mij geen vliegtuigen ... love u, jes

Mail van: HB2
Onderwerp: Re: Re: Oom
Nee, zonder baard. Oom is van de andere kant. Fundamentalistisch blank. God zelf met een geweer. Zo een. Mijn familie zegt dat je voorzichtig moet zijn. Bespreken hier wat we gaan doen. En waar komt dat netwerk vandaan? Dit is groot, dit is chaos. Mail. Ik wacht.

Mail naar: HB2
Onderwerp: Pardon?
Fundamentalistisch blank? En daar gaan jullie wat aan doen? Graag. M.

34 Handen in de afweer

Naar het hotel aan de Vijzelstraat kon ik niet meer terug. Ik moest een ander adres zien te vinden, een ander hotel in een ander deel van de stad. In een week tijd was ik in meer Nederlandse hotels geweest dan in de dertig jaar daarvoor. Ik leunde achterover met mijn rug tegen de muur en sloot mijn ogen. Om me heen het lawaai van stemmen en muziek. Tientallen schoolkinderen schreeuwden om het hardst om aandacht die ze allang hadden, maar elke minuut bevestigd wilden zien. Toeristen riepen naar elkaar, van het ene tafeltje naar het andere. In de nietaflatende herrie was het moeilijk om twee begrijpelijke gedachten achter elkaar te hebben. Ik pakte mijn mobiele telefoon en toetste een sms-bericht naar Wolfsen.

Ontmoeting bekend. Jij bent gevolgd. Doe niets.

Ik drukte op de knopjes en verzond het bericht. Twee minuten later had ik bericht terug.

Oké. WorldWare wacht op je.

Ik schakelde mijn mobiel uit. Nu ik met dit apparaat contact had gehad met Wolfsen was het onbruikbaar geworden. Het 06-nummer kon uit het toestel van Wolfsen worden gehaald en vanaf dat moment was ik traceerbaar. Ik pakte mijn spullen bij elkaar en liep de Leidsestraat in. Bij de eerste de beste telefoonwinkel kocht ik een nieuwe mobiele telefoon. De oude gooide ik weg, in een prullenbak ergens bij een tramhalte op een gracht. Wie hem vond, mocht hem hebben. Bij het Koningsplein ging ik linksaf het Singel op, naar de Universiteitsbibliotheek iets verderop. In het informatiecentrum stonden zo'n vijftig pc's, snelle bakken met snelle internetverbindingen. Even later zat ik veilig in de achterkamers van de Amsterdamse wetenschap.

E-mail, daar ging het om. Altijd. Zonder e-mail en zonder toegang tot internet zou ik weinig meer kunnen. Internet is een niet af te sluiten en niet te bewaken deel van de wereld geworden. Het is een openbaar logboek, anoniem en persoonlijk. De virtuele samenleving is echt geworden, niet in de plaatjes en de spellen en de toepassingen die er op te vinden zijn, maar in de verbindingen die internet biedt vanaf elke plek naar elke plek. Nog niet zo lang geleden ging de post naar je huis of naar je werk. Je had twee plekken. Nu was ik bereikbaar op zoveel virtuele adressen als ik maar wilde, die allemaal vanaf elke denkbare locatie toegankelijk waren. Dat was echt, niet virtueel. Ik wist niet waar Huib Breger in Zuid-Afrika woonde, maar ik had hem gevonden en hij wist mij te vinden. Daar ging het om.

HB2 stuurde me het adres van een website en logingegevens, met de opdracht van internet af te gaan en via een andere computer op dat adres in te loggen. En of ik deze e-mail kon wissen. Droog. Zakelijk.

Ik schreef de gegevens op een papiertje, verwijderde de mail uit de map ingekomen mails en verwijderde hem ook nog eens uit de prullenbak. Daarna sloot ik de browser af en logde opnieuw in op een andere computer. Met de gegevens die ik van Huib had gekregen, kwam ik direct in een chatprogramma terecht.

'Hi', verscheen er op mijn scherm. 'Waar was je?'

Ik typte mijn antwoord: 'Bezig, de chaos is hier agressief.'

'Dit is veilig', schreef hij. 'Dit is een secure server. Niemand draait hierop behalve ik en de identiteit van de server is verborgen achter die van een ander.'

'Dan is die ander in gevaar.'

'Don't worry.'

'Te laat', typte ik. 'Ik *worry*.'

Huib vertelde me hoe hij zijn server had beschermd, achter

die van het hoofdbureau van politie in Johannesburg. 'Routed via Israël', schreef hij, 'kunnen we het net van HC&P op zonder dat ze ons kunnen lokaliseren.' Als ze zijn computer al konden vinden, dan kwamen ze uit bij de Zuid-Afrikaanse politie en als ze daar doorheen probeerden te prikken, belandden ze bij een adres in Tel Aviv, waar het contact werd gescrambled voordat het naar hem werd teruggeleid.

'Alles wat je doet, doe je via dit adres', schreef hij.

Mij best. Hoe minder kans dat ik hier weer werd gevonden, hoe liever het me was. 'En wat bedoel je nou met die chaos?' schreef ik.

Het duurde even voordat zijn antwoord verscheen, maar toen het eenmaal kwam, kwam het steeds sneller en kwam er steeds meer. Het leek wel of hij daar, duizenden kilometers verderop, met zijn vingers aan het toetsenbord, zijn gedachten niet kon bijhouden.

'Het netwerk', schreef hij, 'is het grootste dat ik ooit heb gezien. Miljoenen computers over de hele wereld zijn aan elkaar geschakeld en staan in voortdurend contact met elkaar. De gezamenlijke rekencapaciteit is niet meer te bevatten. Samen zijn al die losse pc's de grootste computer ter wereld. Die van de CIA in de Verenigde Staten valt erbij in het niet. Niet alleen omdat het er zo veel zijn, want als je een hele loods vol zet met pc's en weet ik al niet, dan heb je nog niets. Wat dit net zo absurd krachtig maakt, is de besturing ervan. Het net stuurt zichzelf. Er is geen hart, geen centrum, er is geen monstercomputer die alles in de hand houdt en alle opdrachten verdeelt en regelt en beheert. Het net regelt dat allemaal zelf op basis van de informatiestromen door het net. En naarmate het aantal aangesloten computers groter wordt, en dat groeit elke dag, past de besturing zich aan. Hoe groter het netwerk wordt, hoe effectiever de beveiliging is, omdat het netwerk zichzelf bewaakt. De voorsprong wordt elke dag groter. Het is beeldschoon en angstaanjagend. En het is niet meer te stoppen. Al trek je een miljoen computers uit dat net, gewoon alle stekkers eruit en de spullen uit het raam gooien, dan blijven er nog een paar miljoen over en die gaan gewoon door alsof er niets is gebeurd. Als je het net wilt uitschakelen, dan moet je alle computers van dat net halen. ALLEMAAL! Weet je wat dit is? Dit is voorbij internet. Dit is de nieuwe wereld en dit is een wereld die niemand wil. Wie dit net tot zijn beschikking heeft, kan alles. Die heeft controle over alle informatie van alle overheden en grote bedrijven in de hele wereld. Kijk.' Het scherm splitste zich en de chatregel kwam onder op het scherm te hangen. Daarboven verscheen een webbrowser en even later de website waar we het over hadden. Huib logde in en klikte door de menuutjes alsof hij zijn hele leven niets anders had gedaan. Op het scherm verscheen de wereldkaart die ik eerder had gezien, met de informatiezwermen. Huib klikte door en we zoomden in op de wereldkaart, naar Europa, naar Nederland, naar Den Haag. Het netwerk van lijnen en punten werd steeds verfijnder en steeds beter zichtbaar. Uiteindelijk klikte Huib op een punt op een bepaalde plek in een gebouw, zo gedetailleerd werd het.

'Dit is een computer', schreef hij. 'Gewoon, ergens in een gebouw in Den Haag. Die computer staat aan. Kijk maar.' Hij klikte weer een paar keer en de kaart verdween van het scherm. Even later keek ik naar een ouderwets MS DOS-scherm. Zwart. Een regel met drie witte tekens. M:\ en een knipperende cursor. Het zag er allemaal volstrekt ongevaarlijk uit.

'Dit is de M-drive van die computer. Wat een M-drive is, weet ik niet, maar dat doet er niet toe. Een drive is een drive. En vanuit die M-drive kan je gewoon naar de C-drive en die kent iedereen.'

Achter de backslash typte hij C:. En een tweede regel verscheen. C:\.

'En van hieruit kun je gewoon die computer in. Kijk maar.'

Achter C:\ verscheen het woordje 'exit' en een seconde later verscheen Windows op het scherm en daarna Excel.

'Kijk, er is nog iemand aan het werk', typte Huib.

In stilte keek ik naar het scherm. Hier en daar werden getallen ingevuld of gewijzigd. De spreadsheet rekende de wijzigingen door en de nieuwe totalen verschenen keurig onderaan in de daartoe bestemde hokjes. Wat er berekend werd zag ik niet en waar de berekening voor was ook niet, maar wat ik wel begreep, was dat wij online zaten mee te kijken in de computer van iemand in Den Haag en die iemand had er geen idee van dat er twee mensen, een in Amsterdam en een in Zuid-Afrika, alles konden zien wat hij deed. Letterlijk.

'Maar hoe kan dit?' schreef ik. 'Hoe kunnen wij in de computer van een ander meekijken? Is die computer dan gekraakt?'

'Nee,' schreef Huib, 'niet gekraakt. Die computer zit gewoon in het net. En dus kun je erin. Wanneer je maar wilt. Zelfs wanneer die vent dat ding straks uitzet als hij naar huis gaat, dan kun je er nog in.'

'Maar hoe kunnen wij erin als die computer niet gekraakt is?'

'Via de M-drive', schreef Huib.

'En wat is dan een M-drive?'

'Weet ik het, waarschijnlijk een afgeschermd deel van de harde schijf. Dat is het meestal. Deze computer heeft er in elk geval een en het maakt niet uit welke punt je in dat netwerk aanklikt, ze hebben er allemaal een.'

Het begon me te duizelen. Miljoenen computers aangesloten op een netwerk dat niet alleen informatie van en naar die computers kon halen en brengen, maar dat bovendien de rekencapaciteit van al die computers kon schakelen. Huib had gelijk, dit speelde zich af op een schaal die mijn voorstellingsvermogen te boven ging.

Man is the information he carries. Wie de informatie van de wereld beheerst, beheerst de wereld. Met dit netwerk kon dat. En iemand zat aan de knoppen. Oom Huib Breger bijvoorbeeld. Verder kwamen mijn gedachten niet, want op dat moment viel een zware hand op mijn schouder. In een flitsende reactie sprong ik uit de stoel en wilde me achter het tafeltje op de grond laten vallen, maar de hand liet niet los. Ik gleed onderuit, probeerde weg te rollen en knalde met mijn hoofd tegen de rand van de tafel. Door de val schoot ik uit de greep van de man achter me. Ik draaide me om, op mijn hurken, armen naar voren gestrekt, handen in de afweer om alles wat er kon zijn tegen te houden.

De beheerder van de internetafdeling keek me verbouwereerd aan. 'Jezus,' zei hij, 'doe effe rustig. Het is vijf voor zes. Zes uur gaan we dicht, dus je hebt nog vijf minuten.' Hij deed een paar stappen en kwam naar me toe, wees op een wondje boven mijn oog. 'Gaat het?' vroeg hij.

35 De geruststelling van een gladde huid

Het was nog steeds niet droog. Twee dagen regende het nu al, weliswaar weinig overtuigend, maar nog steeds nat. Zomernat. Met een nieuwe pleister boven mijn oog stond ik buiten op de stoep. De belangrijkste vragen waren nog steeds onbeantwoord. Het liefst wilde ik met iemand anders van HC&P kunnen praten, overleggen. Dat miste ik, contact met iemand die begreep waar ik vandaan kwam. HB2 hielp natuurlijk, maar hij kende het bedrijf niet, hij wist niet wat wij deden, namen van mensen, projecten en plaatsen zeiden hem niets. Daar had ik iemand anders voor nodig. Gijs bijvoorbeeld, maar Gijs was weg en bij Wolfsen moest ik even niet meer in de buurt komen.

Ik zwierf rond, van fastfoodtent naar café, tot ik iets na elven in de Gerrit van der Veenstraat naar boven keek. Er brandde licht op de eerste verdieping. Na bijna anderhalve maand was ze er weer. Ik stapte het portiek in, belde aan en wachtte. Achter de deur hoorde ik gestommel en gevloek van iemand die onhandig gehaast de trap af kwam.

Sprakeloos stonden we tegenover elkaar.

'Hé, Belli', zei ze.

'Jes', zei ik.

Wat er allemaal door haar hoofd ging, weet ik niet, maar het ging pijlsnel. Ze stak haar hand uit, greep me bij mijn pols, trok me naar binnen en gooide haar armen om me heen. Haar mond op de mijne. Tongen tegen elkaar. Over elkaar. Fysiek contact dat al mijn gedachten eindelijk onmogelijk maakte. Eindelijk. Rust is het lichaam van een ander. Ze liet me los en duwde me de trap op. Zonder verder iets te vragen of iets te zeggen zette ze me in de zitkamer op de bank.

Ik hoorde haar voetstappen op de gang, heen en weer. Langzaam verdween de opwinding en kregen huiselijke geluiden de overhand. Hoe langer het duurde, hoe meer de vermoeidheid bezit nam van mijn lijf. Ik was gekraakt. Mijn benen leken de helft korter, mijn hielen zaten in mijn billen, mijn hoofd deed pijn, vanbinnen en vanbuiten. Ik zat op de bank, een groot, strak, donkerblauw geval, met mijn rugzak op mijn knieën, mijn armen eromheen geslagen en mijn hoofd erbovenop. De twee minuten werden er drie en daarna verloor ik elk idee. Ik werd wakker, languit liggend op de bank, een kussen onder mijn hoofd en een deken over me heen. Mijn natte kleren had ik nog aan. Ik wist niet meer waar ik was of waarom ik er was, maar mijn rugzak was weg. In paniek graaide ik om me heen. In het donker kon ik niets zien, maar naast me op de bank lag hij niet.

'Shit!' zei ik.

Een lamp in de hoek van de kamer sprong aan. Jessica zat in de stoel ernaast. Haar ene hand bediende het knopje van de lamp, de andere wees naar een punt op de grond.

'Zoek je dat?' vroeg ze.

Op de grond naast de bank stond mijn rugzak. Intact. Alle ritsen gesloten. Ik pakte hem op en keek erin. Alles was er nog, zoveel was het niet.

'Dank je', zei ik.

'De nada.'

'Sorry trouwens, dat ik zo ...'

Ze lachte. 'Maak je geen zorgen', zei ze. 'Alhoewel, jij ziet eruit alsof je je enorm zorgen moet maken', zei ze.

Het was halfeen, ik had meer dan een uur geslapen en dat was pas het begin van wat ik aan slaap nodig had. Mijn lichaam hunkerde naar bewusteloosheid, naar vredige uitschakeling. Het uurtje was te kort geweest voor herstel en te lang om zomaar te kunnen loslaten.

'Kom', zei ze.

Ze nam me mee naar de badkamer, hielp me uit mijn kleren en zette me onder de douche. Het warme water stroomde over mijn lichaam en voor het eerst voelde ik me weer veilig. Alle gewicht leek uit mijn lichaam weg te trekken en op te lossen. Wolken stoom vulden het douchehokje en schermden me af van de rest van de wereld.

Mijn kleren waren weg en op een krukje lagen droge spullen, van Jessica, die ik zolang aan kon. Een trainingsbroek en een sweatshirt. In de keuken haalde ze de pleister van mijn wenkbrauw en bekeek het wondje, maakte het opnieuw schoon en plakte er ten slotte een nieuwe pleister overheen. Van een afstandje bekeek ze me. Ze schudde haar hoofd.

'Belli, jongen, heb jij enig idee wat je allemaal aan het doen bent?'

'Nee.'

'Want in de States weten ze het wel.'

Ik keek haar aan. Dit was het begin van de vraag, en Jessica had hem sneller bereikt dan ik had gewild. Het liefst hoorde ik de vraag helemaal niet. Hem stellen was een gebrek aan vertrouwen, en dat gebrek had ik al van mijn moeder gekregen. Meer was te veel. Maar nu Jessica de vraag had aangekondigd, was er geen weg meer terug. Doen alsof ze niets had gezegd, was geen oplossing. In de States weten ze het wel. Dat zei ze en, bewust of onbewust, dat was ook haar mening. Begrijpelijk misschien, want zij wist alleen wat ze van anderen hoorde, maar ik accepteerde het niet.

'Wat weten ze in de States?' vroeg ik.

'Dat jij die vrouw hebt ...' Ze wilde de woorden niet zeggen, bang dat het daardoor echt zou worden. Wat eenmaal is uitgesproken, slijt niet meer. Woorden die maar een paar seconden duren, blijven jarenlang hangen.

'Wat?' vroeg ik. Stap voor stap door het mijnenveld en bij elke stap vragen wat er ligt.

'Je weet wel', zei ze.

'Misschien, maar dat vroeg ik niet.'

'Oké, ik wil het uit jouw mond horen', zei ze. 'Dat begrijp je toch wel?'

Het was de trap op mijn ziel. Ze vroeg me een verklaring af te leggen, een eed, en dacht dat ik dat wel zou begrijpen. Maar wat ik begreep, was dat ik nu ook van haar een verklaring nodig had. Meneer Miller had de diepste lagen van mijn leven bereikt.

'En wat zou ik dan met die vrouw gedaan hebben?' vroeg ik.

'Jij zou haar vermoord hebben', zei ze opeens bijna zakelijk.

'Geloof jij dat?' vroeg ik.

Ze deed alsof ze niet hoefde na te denken. Het was haar bijna gelukt. 'Nee,' zei ze, 'maar iedereen zegt het.'

'Net wat ik nodig heb', zei ik. Jessica had mijn probleem glashelder neergezet. Iedereen zei dat ik Ina Radekker had vermoord en dus had ik het gedaan. Er was die nacht niemand anders aanwezig geweest, dat was voldoende bewijs. Bovendien waren communicatiemensen nooit te vertrouwen, die zeiden maar wat, dat wist iedereen allang. Ik was veroordeeld en afgevoerd. Dader bekend. Iedereen blij. Behalve ik.

'Weet jij waar Gijs is?' vroeg ik.

'In San Francisco', zei ze.

Naar het hoofdkantoor. Zonder enige aankondiging was hij naar de andere kant van de oceaan gehaald.

'Sinds wanneer?'

Ze aarzelde even, alsof het informatie betrof die niet voor mij bestemd was. 'Al een tijdje,' zei ze, 'voorzover ik weet. Hij zit in de economische kant van veiligheid. Je weet wel, systemen bedenken om geldstromen van terroristen te zoeken en te blokkeren, dat soort werk.'

'En jij?' Langzaam drong het tot me door dat mensen om mij heen heel andere dingen deden dan ik dacht dat ze deden. Dat lag voor een groot gedeelte aan mij, want voor de hand liggende dingen zag ik vaak over het hoofd. Maar het kwam ook door de anderen. Er werd gewerkt met een dubbele agenda, sommige mensen wisten meer dan andere mensen en dat gevoel had ik de laatste tijd iets te vaak.

'Of ik voor de EU werk? Ook ja, maar dan op een heel ander niveau, meer algemeen.'

'RISC', zei ik.

Niet eerder had ik zo duidelijk kunnen zien hoezeer Jessica was gericht op macht. Ze zweeg en keek me aan met een blik die ik maar al te goed van haar kende, haar nucleaire blik, de ongefilterde blik van de deeltjesversneller in haar hoofd, de blik waarmee ze mensen splitste en met hun kernen goochelde. Dat kende ik van haar, maar tot op heden was ik er zelf nooit het onderwerp van geweest. Nu wel. Nu voelde ik hoe ik gewogen werd. Waar stond ik in de rangorde? Waar stond ik ten opzichte van haar? Als ik van RISC wist, dan had ik zelf ook een positie die zij weer niet kende. Wie kende ik? En met wie werkte ik? Op welk niveau zat ik? Wat kon ze zeggen en wat wilde ze zeggen?

Positie en belang, invloed en informatie. Macht. Jessica was er gek op. Haar lichaam produceerde onmiddellijk alle hormonen die ze voor een gevecht nodig had. Daardoor was ze scherper, sneller en harder. Ze domineerde in alle opzichten en dat is wat ze wilde.

'RISC?' herhaalde ze. 'RISC is niet Europese Unie. RISC is een intern project, een soort prototype ontwikkeling, een nieuwe analysemodel dat we aan het testen zijn.' Ze draaide een verhaaltje af, niet bedoeld om vragen te beantwoorden maar om ze op afstand te houden.

'HC&P heeft geen interne projecten', zei ik. Het was bluf, ik wist er niets van, maar op de een of andere manier wilde ik haar tot uitspraken verlokken die ze niet wilde doen.

Ze lachte. 'Je weet niet wat je zegt', zei ze. 'HC&P ís een intern project. Alles wat het bureau doet, is intern.' Ze stond op en liep naar de ijskast. Uit het vriesvak pakte ze een fles wodka, zette twee glazen op tafel en schonk ze vol.

Wat Jessica me vertelde, duurde een halve fles. RISC was een wereldwijd project. In alle landen waar HC&P actief was, werd geïnventariseerd wat de strategische belangen waren, niet alleen van bedrijven, maar ook van overheden, zodat die met elkaar konden worden vergeleken en het bureau beter en gerichter zijn klanten kon adviseren.

'De val waar iedereen in zit,' zei ze, 'is dat de strategie van de een die van de ander mogelijk maakt of juist verhindert. Bedrijven en landen houden elkaar in een soort evenwicht door niet allemaal hetzelfde te willen of te kunnen. En als ze wel hetzelfde willen, dan zit daar een limiet aan. Dat is de val. En die functioneerde prima tot een paar jaar geleden, maar door de gebeurtenissen van de laatste tijd, de aanslagen en de terroristische oorlogsverklaring zijn de strategische belangen sterk veranderd. Strategie is altijd vanuit jezelf geredeneerd, rekening houdend met anderen. Niet andersom. Neem jouw geval. Jij moet je afvragen wat je nou eigenlijk kan. Maar dat doe je niet. Jij vraagt je de hele tijd af wat anderen doen. En daar reageer je dan op. Dat is geen strategie, dat is vluchten.'

'Eerst overleven,' zei ik, 'daarna zie ik wel weer verder.' In mijn hoofd tuimelden de gedachten over elkaar. Wat Jessica zei, klopte. Maar het klopte ook niet. Ik had andere informatie over RISC, de strategische confrontatie tussen christendom en islam, en daar hoorde ik haar niet over. Misschien omdat ze er niets over wilde zeggen, of misschien omdat ze er niets over kón zeggen. Dat laatste leek het meest waarschijnlijk. 'Waarom denk je dat ik hier zit?' vroeg ik.

'Omdat ik de enige was waar je nog terechtkon?'

'Ook.'

'Nog andere redenen?'

'Omdat ik van je hou en omdat ik de laatste tijd steeds meer behoefte heb om van je te houden.' Ik zweeg. Ze reageerde niet. Niet zoals ik wilde. Er leek een vertraging in haar reactie te zitten, alsof ze alles eerst controleerde. 'Bovendien is de beste schuilplaats het dichtst bij de vijand', zei ik.

'En dat is bij mij? Dank je.'

Jessica zat er dichterbij dan ze zelf wist. Dat besef was in de loop van de nacht tot me doorgedrongen. Zij was niet de vijand, maar kon het elk moment worden. Pas wanneer ze dieper in de kring van het HC&P-netwerk werd opgenomen, zou ze weten waarom er werd gezegd dat ik Ina Radekker had vermoord en niet iemand anders. Dat zou nog wel even duren, en tot die tijd hoefde ik me geen zorgen te maken. Zolang ik maar bij haar was. Ik glimlachte.

'Ik moet naar bed', zei ik.

'Hoogste tijd', zei ze. Ze trok me uit de keukenstoel en duwde me voor zich uit de gang in. Achter me knipte ze de lichten uit. Ze nam me mee naar de slaapkamer.

Ik kleedde me uit en stapte in het bed, gleed tussen de lakens. Jessica ook. Ongeveer dertig seconden bleef ze aan haar kant. Vervliegende vragen tussen ons in. Daarna kropen we tegen elkaar aan. Mijn lichaam schokte en trilde in haar handen. Nooit eerder had ik seks zo hard nodig gehad. Wat Jessica daarvan dacht, was voor mij niet meer bereikbaar, maar aan haar lijf te merken dacht ze net zo weinig als ik. Het was hard en lang, alsof we allebei het eind wilden uitstellen. Wegduwen. Pas veel later kwam het gevoel, de nabijheid van de ander, van haar. De warmte van haar lichaam en de bedrieglijke geruststelling van haar gladde huid. Ik sliep.

36 Bellilog 22.06.04

Toen mijn moeder de politie binnenhaalde, verliet mijn vader het huis. Hij verliet haar. Drie uur nadat ik de achterdeur uit was gegaan, trok hij de voordeur achter zich dicht. Een weekendtas in zijn ene hand en zijn autosleutels in zijn andere, meer had hij niet nodig om een eind te maken aan vierendertig jaar huwelijk. Dat was een paar dagen geleden en nu is hij weg. Pa is weg. Het huis uit. Gisteren. Weg bij ma. Dat was hij al, maar nu ook met zijn bureautje, zijn computer, zijn kleren, zijn boeken, zijn laarzen en zijn foto's. Dat mailde Peet. Hij was erbij. Ik niet. Ik was er niet eens bij toen mijn familie zichzelf ophief, uit elkaar haalde, demonteerde. Sinds gisteren ben ik een los onderdeel, als een autobumper op de sloop, prima bumper nog, alleen geen auto meer. Het geheel is weg en nu zijn we alleen nog maar de som der delen, als we dat al zijn, want wat tel je dan eigenlijk? Broers en zussen – een zus, meervoud – en ooms en tantes, neven en nichten – waar dan? – wat? Ouders?

Dit was tussen hem en ma, zei pa, zegt Peet. En God waarschijnlijk, daar hoor ik niemand meer over. Beter zo. Maar de vragen worden steeds verder uitgekleed. Ga ik nog naar huis? Is dat nog thuis? Als alle onderdelen zijn vervangen, is het dan nog wat het was? Wordt mijn moeder meer moeder zonder mijn vader? En andersom. Omdat ze elkaar niet meer belemmeren in wie ze zijn? Worden de delen beter zonder het geheel? Is de bumper meer bumper zonder auto? Ja, natuurlijk, want dan is hij eindelijk bumper in volle glorie. Er is geen motorkap of portier om de aandacht af te leiden, op te eisen, alleen is er niks meer te bumpen.

Zoiets.

Mail van: HB2
Onderwerp:
Weet jij waar hij is?

Mail aan: HB2
Onderwerp: Re:
In Amsterdam of in Brussel. Volgens mij.

37 Be daring

Nog voor er daglicht was, begon de wekker doordringend te piepen. Jessica's rechterhand mepte op het knopje en in de daarop volgende stilte gleed ze het bed uit. Ik hoorde een paar geluiden, niet veel, een deur, wat voetstappen. Daarna zakte ik terug in mijn slaap en werd pas weer wakker toen Jessica op haar hurken naast het bed zat en met een vinger tegen mijn voorhoofd tikte.

'Hallo,' zei ze, 'is daar iemand?'

Ze zwaaide met een paar sleutels voor mijn neus.

'Hier,' zei ze, 'nieuwe setje sleutels. Kan je d'r in en d'r uit. Ik ben weg en pas vanavond om een uur of acht weer terug. Misschien wat eerder. Zie ik je dan, oké? Hou je goed.'

Ik kreunde en mompelde dingen die op oké en dank je moesten lijken, maar eigenlijk sliep ik nog. Ik hoorde haar nog tot de voordeur in het slot viel. Van de rest van de ochtend merkte ik niets meer.

's Middags trok ik haar joggingbroek en sweatshirt weer aan, zocht wat te eten in de keuken, zette koffie en kroop achter mijn laptop, die ik midden in de nacht had opgesteld. Even later zat ik op het net en surfte ik naar de beveiligde site van Huib. Hij had me laten zien hoe ik via het HC&P-net bij iemand anders in de computer kon kijken. Dat wilde ik controleren. Liefst bij iemand die ik kende, een van mijn eigen klanten, iemand die ik kon bellen terwijl we in zijn computer rondkeken. Via de chatregel stuurde ik Huib naar de computer van Erik Strila, hoofd communicatie bij het ministerie van Justitie in Den Haag.

Huib vond de computer zonder enige moeite. Sneller dan ik had gedacht rolden de documenten en programma's over het scherm. Even later keek ik naar een tekst die op het scherm veranderde terwijl ik ernaar keek.

'Hij is dus nu bezig?' vroeg ik aan Huib.

'Wat je op je scherm ziet, is wat er nu, op dit moment, in zijn computer gebeurt.'

'Oké,' zei ik, 'geef me een paar minuten.'

Ik pakte mijn mobiel, zocht het directe nummer van Strila en belde. Hij nam onmiddellijk op. Een beetje afwezig eerst, en verbaasd. Hij had van mijn baas begrepen dat ik niet meer bij het bureau werkte, en dus wist hij niet goed in welke hoedanigheid ik hem nu belde.

'Begrijp je?' zei hij.

Ik lachte en stelde hem gerust.

'Ik weet niet wat je hebt gehoord, maar alles wat je gehoord hebt, is waar', zei ik.

'Dan ben je behoorlijk de lul', zei hij.

'Waarschijnlijk', zei ik. 'Laten we het daar maar niet over hebben. Luister, Erik, ik heb een paar vragen. Hele eenvoudige. Mag ik even?'

'Als het niet te persoonlijk is.'

'Op wat voor computer werk je?'

Strila reageerde onmiddellijk. 'O, op de computer waar ik altijd op werk, op mijn laptop. Iedereen werkt hier met die dingen, dus ik ook.'

'Laptop', herhaalde ik. 'Oké, van welk merk?'

'Datwell.'

'Dacht ik al. Volgende vraag: ben je nu aan het werk?'

'Ja.' Weer zonder aarzeling.

'Iets aan het schrijven?'

'Ja, een verslag van een vergadering. Niets bijzonders. Wil je nog weten waarover?'

'Nee,' zei ik, 'ik wil dat je iets typt. Gewoon de volgende zin van dat verslag. Niets zeggen, alleen maar typen.'

'Heeft dit iets met je werk te maken, of...?'

'Doe nou maar', zei ik. 'Alsjeblieft.'

Even gebeurde er niets, maar na een paar seconden begon de

cursor weer over het scherm te lopen. Strila schreef.

'...is dan de belangrijkste doelgroep', las ik hardop terwijl de woorden op het scherm verschenen, 'en daarom kan ... niet ... worden ... volstaan ...' Naarmate ik verder las, begon Strila langzamer te typen, tot hij helemaal stopte. Hij zei niets. Ik zei niets. Even later bewoog de cursor weer. Ik las: *Hoe weet jij wat ik schrijf?*

'Omdat ik het hier op mijn scherm kan lezen', zei ik.

Strila vloekte.

'En dat is nog niet alles', zei ik. Met een paar klikken van de muis opende ik een nieuw menuutje en koos het programma waarmee ik zelf in het document van Strila kon werken. Ik veranderde een paar zinnen in zijn tekst en schreef er een paar nieuwe bij zonder dat hij er iets aan kon doen. Door het telefoontje hoorde ik Strila protesteren.

'Dit kan niet!' riep hij.

Op mijn scherm zag ik dat hij het document sloot. Voor mij maakte het niets uit, ik kon gewoon doorgaan. Toen Strila even later het document weer opende, had ik nog een aantal wijzigingen in de tekst aangebracht. Al die tijd kon hij aan zijn computer niet merken dat iemand erin aan het werk was. Er waren geen knipperende ledjes, geen extra geluiden. Met de programmatuur en de adsl-verbinding was zijn computer continu online. Vanaf het moment dat hij de laptop aanzette, was hij verbonden met internet. Daarom kon ik in zijn computer komen, dat was normaal, ook al hoorde het niet. Maar het was niet normaal dat hij daar op geen enkele manier iets van merkte. Strila was woedend en eiste dat ik onmiddellijk een eind maakte aan wat ik dan ook aan het doen was.

'NU!' zei hij.

'Erik, luister', zei ik.

'Nu!' herhaalde hij. 'Ik wil dat je dat programma nu uitzet!'

'Dat programma is niet van mij', zei ik. 'Ik kan het niet uitzetten. Ik zou niet weten hoe het moet.'

'Oké, dan doe ik het.' Het was even stil. Via de telefoonverbinding hoorde ik zijn laptop klikken en piepen. Midden op mijn scherm verscheen een klein venstertje met de tekst:

Host computer shutting down.

Even later verscheen een nieuw tekstje in het venstertje.

Host computer inactive.

Het tekstje en het venstertje rolden zichzelf op tot een balletje en dat verdween naar de statusbalk rechts onderin waar het terugkwam als een klein icoontje, een computertje met een rode streep erdoor. Verder veranderde er niets.

'Shit!' zei ik hardop.

'Wat is er?' vroeg Strila.

'Jij hebt je computer uitgezet', zei ik.

'Ja, wat denk je? Ik kan toch niet toestaan dat ...'

'Erik, ERIK!' riep ik, 'je begrijpt het niet! Jij hebt je computer uitgezet, maar dat maakt niets uit! Ik zit er nog steeds in!'

Strila vloekte luidruchtig. 'Maar dat kán helemaal niet!' riep hij. 'Hij staat uit. Hier. Trek ik de stekker uit het stopcontact. Zo.'

Het maakte geen verschil.

'O nee? En zo dan?' zei Strila.

Het volgende ogenblik verdween zijn verslag van mijn scherm en keek ik naar een leeg grijs veld. Midden op een venstertje met de tekst

Host computer unavailable.

'Wat heb je nu gedaan?' vroeg ik.

'Telefoonkabel eruit getrokken', zei Strila.

'Oké, dat helpt.'

Zo werkte het hele netwerk van HC&P. Met de huidige technologie stonden al die computers voortdurend in verbinding met internet. Het enige wat iemand nog nodig had was een manier om langs alle beveiligingssystemen te komen. Het betekende dat er in al die computers bepaalde programmatuur moest zitten om die beveiliging uit te schakelen. Dus ook in die van Erik Strila. Maar hoe Huib ook zocht, hij vond geen specifieke software om mee te hacken. Op de M-drive stond vooral het geavanceerde programma waarmee het net werkte, maar ook dat ging ervan uit dat iedereen ongemerkt langs de beveiliging kon glippen.

'Zorg dat je die laptop in handen krijgt', schreef Huib in de chatregel.

'Waarom?' vroeg ik.

'Omdat er iets in dat ding moet zitten, software of hardware, er moet íéts in zitten waardoor dit allemaal kan. Desnoods moet iemand het uit elkaar schroeven om erin te kijken.'

Ik zag mezelf al met een schroevendraaier in de weer. Openmaken zou nog wel lukken, schroeven draaien kan ik nog wel, maar dan? Ik was een technisch onbenul, ik zou het ene onderdeel niet van het andere kunnen onderscheiden. In een tijdschrift had ik wel eens een foto van een chip gezien, maar verwerkt in een computer zag dat er heel anders uit.

'Ben je daar nog?' De stem van Strila trok me uit de overpeinzing.

'Ja', zei ik.

Strila was kwaad. Dit was een overtreding van allerlei regels. Het was inbreken, hacken, stelen, spionage, noem het maar op. Hij deed zijn uiterste best om mij op beheerste toon te vertellen dat hij dit met HC&P zou opnemen en dat ik er nog heel veel van ging horen, ook al werkte ik niet meer bij dat bureau.

'Erik,' zei ik, 'dit is de reden dat ik er niet meer werk.'

'Omdat je dit soort ongein uithaalt?'

'Nee, omdat zij dat doen.'

'O, vast. Dat moet ik geloven?'

Ik legde uit dat het niet om een of ander trucje ging, maar dat het een heel netwerk was, over de hele wereld, en dat er binnen het ministerie van Justitie alleen al meer dan veertig computers op het net waren aangesloten. 'En jij denkt zeker dat ik dat soort ingewikkelde dingen kan maken?' vroeg ik. 'Geloof je het zelf?'

'Nee,' zei Strila, 'dat geloof ik nog veel minder.'

'Dank je.'

Het bleef even stil. In de chatregel onder op mijn beeldscherm verscheen een nieuw bericht van Huib.

'Dit duurt te lang. We moeten van het net.'

'Oké,' antwoordde ik, 'vanavond ben ik er weer.'

'Jij hebt dit ontdekt en daarom ben je er bij HC&P uit gezet?' vroeg Strila.

'Bijna', zei ik. 'Iemand anders heeft het ontdekt en die is vermoord. En omdat ik het weet, kan ik me bij HC&P niet meer vertonen.'

Strila reageerde niet.

'Begrijp je?'

'Dit wil ik niet begrijpen', zei hij.

'Mooi, dan begrijp je het.'

Koortsachtig probeerde ik te bedenken hoe ik zijn computer te pakken kon krijgen. Ik kon zijn kantoor niet in. Ik kon zijn huis niet in en ik kon hem toch moeilijk ergens op straat opwachten en het ding van hem afnemen.

'Erik,' vroeg ik uiteindelijk, 'neem jij je laptop elke dag mee naar huis?'

'Ja. Hoezo?'

'Mag ik dan vanavond je computer komen jatten?'

'O', zei Strila. 'Hoe dacht je dat te doen?'

'Gewoon, aanbellen, om een uur of tien? Komt dat uit?'

Kleren. Ik moest nieuwe kleren hebben. Het joggingpakje van Jessica was helemaal volgens de laatste mode, maar niet iets waarmee ik me heel erg ontspannen buiten kon vertonen. Lichtblauw, broek strak om de billen en het kruis, wijde pijpen, sweatshirt met opdruk: *Be daring*.

Het was een aansporing die nog wel iets had als Jessica ermee rondliep, maar in mijn geval nodigde het uit tot ongewenste aandacht. Voor nu had ik geen keus. Mijn eigen kleren waren zo kapot dat ze nog meer opvielen. Ik pakte alles weer in mijn rugzak en ging de deur uit. In de Beethovenstraat nam ik lijn 5 naar het eindpunt, naar het winkelcentrum in Amstelveen. Keiharde muziek dreunde om me heen terwijl de verkoper me met een blik van totale verbijstering bekeek. Zijn ogen gingen op en neer over mijn outfit, niet één keer, maar wel drie keer. Ik wilde iets zeggen, maar hij hief zijn hand om me het zwijgen op te leggen. Hij schudde zijn hoofd, tuitte zijn lippen en draaide met zijn ogen.

'Niets meer aan doen', zei hij uiteindelijk.

'Daar was ik al bang voor', zei ik.

'Bang?' Hij schudde weer zijn hoofd. 'Wat staat er nou op je borst? Dan kun je op zijn minst zelf het goede voorbeeld geven.'

De man nam me mee naar een paar rekken helemaal achter in de zaak. Daar hing de serieuze vrijetijdskleding. Outdoor-survivalspul. Een uur later stond ik weer buiten, volledig gekleed in de belangrijkste wereldmerken. Ik had twee broeken van hetzelfde goed waar ze parachutes van maken, licht en soepel en toch onwaarschijnlijk sterk, en een jack van sympatex, een ademend en tegelijkertijd vochtafstotend materiaal, en met een eindeloze hoeveelheid zakken. Ik had schoenen waarin de allerlaatste ontdekkingen op het gebied van lopen waren verwerkt, onverslijtbaar, met enorme grip op elk denkbaar oppervlak. Er was geen enkel natuurlijk materiaal in verwerkt.

Bij de Bijenkorf kocht ik een pak, confectie, geen gezeur, zat als gegoten, bruin met een geel streepje, erg modern en precies wat ik nodig had als ik me ergens onopvallend tussen ex-collega's en klanten moest vertonen. Wit overhemd, een stapeltje T-shirts en wat onderbroeken. Alles verdween in de rugzak, net als Jessica's sportpakje. Ik kocht nieuwe pleisters, een donker baseballpetje, een zakmes en sigaretten. Het kon me niets meer schelen. En ik wilde roken.

'Aanstekertje erbij?' vroeg de man achter de toonbank. Hij hield een plastic ding omhoog, gifgroen. Een schap verderop lagen een paar Zippo's te blinken in de halogeenverlichting. Spullen, ik wist nog steeds niet hoe het nou in zijn werk ging, maar vaak gaven de mooie dingen een bepaalde voldoening die de goedkope wegwerpvariant niet had. Ik kocht een Zippo, met vuursteentjes en busje benzine erbij. In de rugzak was ruimte genoeg en voldoening had ik de laatste tijd veel te weinig.

Op het terras van een broodjeszaak in het midden van het winkelcentrum koos ik een tafeltje ergens in de hoek. Ik vulde de aansteker en wachtte tot de benzine in de lont was getrokken. Met een sigaret tussen mijn lippen flipte ik het kleine dekseltje open en draaide het wieltje met mijn duim. De zachte gele vlam walmde even en werd rustig. Ik hield de punt van de sigaret erin en zoog. Rook in mijn longen, heerlijk. Ik bestelde koffie en belde het nummer dat ik van Johan Wolfsen had gekregen.

'Batte', klonk een gehaaste stem. 'Heb je effe, momentje ...'

De hoorn werd neergelegd en ik probeerde te bedenken wat ik precies van Vince Batte kon verwachten. Als Wolfsen was geschaduwd, dan zou, theoretisch, ook het contact met Batte ontdekt kunnen worden. Bij het minste of geringste teken dat Batte op welke manier dan ook door Breger en zijn mannen was benaderd, zou ik het gesprek afkappen, zonder enige uitleg. Dat hij me liet wachten, voelde meteen al verkeerd. Toch hing ik niet op. Niemand kende het nummer van mijn mobieltje en dus kon niemand weten dat ik het was.

'Ben ik weer', zei Batte. 'Kan ik voor je doen?'

Ik introduceerde mezelf en meer had Batte niet nodig. Wolfsen had hem inderdaad bereikt en hij had het werk allemaal al gedaan ook. Batte praatte snel, alsof hij zijn woorden zou vergeten als hij ze te langzaam sprak.

'Oké, top, je spullen liggen klaar, dus, eh, wanneer kom je?'

Nu aarzelde ik. Dit ging te makkelijk. Ik kon niet beslissen of hij gewoon druk was of dat hij me moest binnenhalen voor iemand anders. 'Heb je haast?' vroeg ik.

'Ik niet.' Hij lachte. 'Behalve dat ik altijd haast heb, want dit is software en dan zit je altijd aan de verkeerde kant van de tijd, maar Wolfsen had gezegd dat het voorrang had, dus ... wat je wilt ...'

'Wie weet er nog meer van?' vroeg ik.

'Waarvan?'

Er klonk geen enkele aarzeling in zijn stem. Niet één keer. Hij beantwoordde elke vraag op dezelfde snelle manier. Ik vroeg hem van alles door elkaar om te horen of zijn reactie veranderde, sneller of langzamer werd, of hij over het een langer moest nadenken dan over het ander.

'Van de spullen?' vroeg ik.

'O, dat. Dat weten Wolfsen en ik. En jij. En Wolfsen weet niet eens welk nummer je nieuwe pasje heeft. Dat weet ik alleen.'

'Wat is jouw naam ook al weer?'

'Batte. Vince Batte.'

'En wat voor spullen heb je precies voor me?' Op de achtergrond hoorde ik af en toe het zacht ratelende geluid van vingers die over een toetsenbord schieten.

'Nou ja, één spullen om precies te zijn. Pasje, compleet met nummer, naam, niet de jouwe natuurlijk, en een code die door het systeem wordt herkend, maar niet wordt geregistreerd. Dat soort dingen. Wat we voor bezoekende topmannen ook wel maken, je weet wel, mensen die overal zijn, maar nooit ergens zijn.'

'Ben je aan het werk?' vroeg ik.

'Altijd. Er is altijd wel wat met dat systeem van jullie. Mooi hoor, je kan er alles mee, echt, wat je maar wilt, maar zo waanzinnig ingewikkeld. Echt, bizar. Het hogere frotwerk. Wat doen we?'

Zijn ritme en zijn hele manier van doen bleven constant. Wat ik hem ook vroeg, hij bleef zichzelf, vrolijk, gehaast, zonder enige aarzeling.

'Ik kom het wel halen', zei ik. 'Waar zit je?'

Halen kon pas eind van de middag als hij terug was in Amsterdam. Het bedrijf zat ergens in de buitenwijken van Amersfoort en hij was de rest van de dag bezet met besprekingen en het testen van nieuwe programmaonderdelen. We spraken af in een café dicht bij het Centraal Station.

'Ken je 't Ponthuis?' vroeg hij.

38 Batte

In de regen stond ik op de pont naar de overkant van het IJ. Volgens de weerberichten was dit de natste juniweek in ik weet niet hoeveel jaar. Elke dag dreven nieuwe buien over het land, gesteund door enorme, zelfingenomen storingen die boven de Noordzee een hangplek hadden gevonden.

Vanaf het water zag de stad er anders uit, kleiner, lager vooral. De fietsers op de pont en het water eromheen bepaalden de maat. Leunend op de reling van de achterplecht leek Amsterdam opeens een dorp, een stad met een centrum van vier verdiepingen hoog, meer niet. Het was overzichtelijk en zo weinig bedreigend, dat ik niet meer begreep waar het gevaar vandaan kon komen. En toch was het er, ontegenzeggelijk. Daar, achter de mooie façades van de eindeloze hoeveelheid monumenten waren mensen die van me af wilden. Liever vandaag dan morgen. Gisteren was nog beter geweest.

De pont had wind mee, over het water haalden de vlagen ons in en bliezen dikke warme regendruppels in mijn gezicht. Ik schudde mijn hoofd en voelde alle plekken waar mijn huid te strak zat door de helende wonden. De overtocht duurde geen vijf minuten, maar het was lang genoeg om me even uit mijn gejaagdheid te verdrijven.

Batte was ongeveer net zo oud als ik, en daarmee hielden de overeenkomsten op. Hij was lang en op een vreemde manier modieus. Zijn warrige voorkomen was bestudeerd onverzorgd en precies zo gewild. Tot en met het laatste loszittende puntje van zijn overhemd dat aan de achterkant onder zijn scheefzittende zwarte jasje uitstak. Zijn bril met zwaar zwart montuur versterkte de indruk van iemand die geen enkel belang hecht aan uiterlijk, behalve dat het minuscule merktekentje op een van de pootjes je liet weten dat hij voor zijn nonchalance veel had betaald. Batte was erg cool en Batte was doorweekt. Net als ik. Water drupte van zijn hoofd, van de gelcompositie die hij 's ochtends had aangebracht, was weinig meer over. Hij bleef naast het tafeltje staan en aarzelde.

'HC&P?' vroeg hij uiteindelijk.

Ik knikte.

'Oké', zei hij en hij ging zitten.

'Niet goed?' vroeg ik.

'Ach, ik had iets in een pak verwacht, geschoren en zo, je kent dat wel, iemand met conceptloos haar en een rode das met gele dingetjes erop. Niet eh ...' Hij maakte een gebaar waarbij de waterdruppels in de rondte vlogen. 'Whatever', zei hij. Hij leunde naar voren en bekeek de schrammen en korsten op mijn gezicht. 'Gaat dat wel goed?' vroeg hij.

'Beter dan gisteren', zei ik en daarmee hoopte ik dat het onderwerp was gesloten. Ik had geen zin in een bespreking van mijn lichamelijke gesteldheid. Dat het zo was, was al erg genoeg.

Batte was honderd procent programmeur en het duurde even voordat ik in de gaten had dat zijn hoofd op een heel andere manier werkte dan het mijne. Batte dacht in logische sequenties, in elkaar uitsluitende of versterkende combinaties, in enen en nullen, hij dacht digitaal. En dat deed hij in eén tempo dat voor mij nauwelijks was bij te houden.

Vince Batte kon de geautomatiseerde wereld aan. Hij begreep hoe die wereld werkte. Hij kon zelf programma's bouwen of afbreken, wat hij maar wilde. Hij kon computers gebruiken zoals ik een hamer of een tang. Dat was het verschil. De mensen die de technologie beheersen, kunnen steeds meer. De mensen die dat niet kunnen, raken steeds verder achterop. Daar ligt de tweedeling tussen makers en gebruikers en de achterstand van de gebruikers wordt steeds groter. Vroeger kon een journalist zijn eigen pen of typemachine nog wel repareren, als het moest, maar nu kan hij niets meer. Hij kan de spullen gebruiken en daarmee is het klaar. Ikzelf behoorde tot de klasse die niets kon. Communicatieadvies had met het functioneren van de wereld niets te maken. Het was kruiderij in de keuken van een restaurant, een van de vele potjes op de plank waar de chef soms wel en soms geen behoefte aan had. Wat ik deed kon de smaak verbeteren, maar niemand kon er een gerecht mee maken. Aan het tafeltje tegenover Vince Batte voelde ik me klein. Batte had de wereld in zijn vingers. Als hij dit deed, gebeurde er dat. Als hij dat deed, gebeurde er dit. Logisch gevolg. Hij wist wat er ging gebeuren en dat gebeurde dan ook. Terwijl ik blunderend door een mijnenveld rende, net op tijd wegspringend voor de explosies die om me heen afgingen, kon Batte zelf bepalen waar de mijnen lagen. Tot op zekere hoogte.

'Maar kan jij dan uit het systeem halen wie er op een bepaalde nacht allemaal in het gebouw van HC&P aanwezig waren?' vroeg ik.

'Ja.'

'Kan jij dat ook voor de nacht van woensdag op donderdag anderhalve week geleden?'

'De nacht dat die vrouw van de administratie is vermoord.'

Hij zei het zonder aarzelen. Zonder oordeel. Hij was de eerste die het niet over mij had, maar over wat er was gebeurd. Logisch en simpel. Bevrijdend.

'Die, ja', zei ik.

'Heb ik al gedaan', zei hij. 'Tenminste, hebben wij al gedaan.'

'Hebben jullie gedaan? Zelf?'

'Nee, operations zit in India, voor de hele groep.'

De consequentie van wat hij zei, drong pas langzaam tot me door. 'Zit het beveiligingssysteem voor de hele groep op één plek?' vroeg ik.

Batte knikte.

'HC&P heeft honderdtwintig kantoren over de hele wereld en wie er in welk kantoor aanwezig is, wordt allemaal op één plek bijgehouden?'

Hij knikte weer. 'Maakt feitelijk geen fuck uit', zei hij, 'of je het centraal doet of decentraal. Dat is ook allemaal onzin, dat zijn woorden uit een ander tijdperk. Alles wat je decentraal doet, is in een netwerk gekoppeld en is dus ook centraal. Als je de juiste codes maar hebt. De enige reden dat het allemaal in India zit is omdat het daar veel goedkoper is. En die lui zijn angstig goed.'

'Big Brother', zei ik.

'HC&P', zei Batte.

We keken elkaar aan. 'HC&P is Big Brother?' vroeg ik. Het was me niet helemaal duidelijk wat ik vroeg, maar de opmerking van Batte paste te goed bij het opgejaagde gevoel dat ik had en bij het netwerk dat het bedrijf onderhield.

'In onze wereld kan je niet om ze heen', zei Batte op een toon alsof iedereen dat wist. 'WorldWare in elk geval niet. Als wij niet voor HC&P zouden werken, dan zouden we niet half zo groot zijn. En bij Datwell is het net zo. Misschien nog wel sterker.'

Datwell had de afgelopen paar jaar een stormachtige groei doorgemaakt. Pc's, laptops, servers, hele automatiseringssystemen, allemaal van een hoge kwaliteit tegen een prijs die niemand voor mogelijk hield. Datwell had een prijzenoorlog ontketend en vooralsnog leken ze die oorlog op alle fronten te winnen. WorldWare en Datwell waren wat dat betreft heel vergelijkbaar. Schijnbaar vanuit uit het niets hadden ze een dominante positie verworven in een extreem concurrerende markt. HC&P werkte met de producten van Datwell en met de programma's van WorldWare. Duizenden bedrijven over de hele wereld deden hetzelfde.

'Whatever', zei Batte weer. Het onderwerp hoorde niet in zijn gesprek thuis en werd opzijgezet. 'Dat hebben we dezelfde dag uitgezocht, click-plok. Stelt ook niks voor, code d'r in, autorisatie, je bent in tien minuten klaar. Echt. Jij en die Radekker waren de enigen. En de beveiliging. Verder niemand.'

'Ja, dat weet ik nou wel, ja', zei ik. Ik werd gek van iedereen die zeker wist dat ik de enige in dat gebouw was. 'Kun je in het systeem ook de mensen vinden die wel in het gebouw waren maar die niet geregistreerd stonden? Zoals ik nu met dit pasje kan.' Ik hield mijn nieuwe plastic kaartje omhoog.

'Nee, natuurlijk niet', zei Batte.

'Waarom niet?'

'Omdat die niet geregistreerd staan. En wat je niet registreert, kun je later niet opvragen. Ja? Zijn we d'r nog?'

Ik speelde met het pasje en staarde naar de drankjes op tafel. Batte dronk Bacardi-cola, ik zat aan een watertje. Mijn avond was nog lang en het weinige overzicht dat ik had, wilde ik bewaren. De woorden van Batte draaiden rond in mijn hoofd. Wat hij zei was logisch, en toch zat het niet lekker. Eerder had hij gezegd dat het systeem van HC&P alles kon en het eerste wat ik vroeg, dat kon het niet.

'Dat klopt toch niet?' zei ik.

'Nee, als je het zo zegt, niet,' zei hij, 'maar wat er niet in zit, kan je er niet uithalen.'

'Als ik met dit pasje naar binnen ga, dan word ik niet geregistreerd. Oké, dat begrijp ik, maar registreert het systeem niet ergens anders dat er een niet-geregistreerd persoon is binnengelaten? Met andere woorden, zit er niet iets anders in het systeem dat je er wel uit kan halen, als je maar weet dat het erin zit?'

Batte zweeg en dacht. Hij dronk zijn baco en zette het glas heel langzaam en heel beheerst weer neer.

'Ga verder', zei hij.

'Ik was er en Radekker was er. Wij tweeën zijn bekend en wij komen ook netjes uit het systeem rollen. Maar ik weet dat er minimaal nog twee, en waarschijnlijk drie andere mensen in het gebouw waren. Die komen niet uit het systeem. Tenminste, niet als je de gewone vraag stelt, namelijk: wie waren de geregistreerde aanwezigen. Maar ze waren er wel! Ik weet het, en als ik het weet, dan weet dat systeem het ook.'

'Ga daar maar van uit', zei Batte. 'Wat dat systeem niet weet, is de moeite van het weten niet waard.'

'Precies,' zei ik, 'alleen geeft het systeem pas antwoord als je het de juiste vraag stelt.'

'Dat is het basisprincipe van elk systeem.'

'Oké,' zei ik, 'dus de vraag is: wat is de vraag?'

'Heel goed', zei Batte. Hij glimlachte. 'En vraag je dat aan mij?'

'Ik? Ik heb geen idee wat ik wel en wat ik niet kan vragen.'

'Je hebt een niet-registrerende vip-pas, volgens mij kan jij heel wat vragen.'

'Als je maar geen rekeningen stuurt', zei ik.

'Die uren frot ik er wel ergens tussen', zei hij en ik dacht dat ik ongeveer begreep wat hij bedoelde. Ik dacht ook dat iemand die zulke taal gebruikte zich nooit door Huib Breger zou laten inpakken. 'Waar kan ik je bereiken?' vroeg hij.

'Niet', zei ik. 'Ik besta niet en ik ben er niet. En dat wil ik graag even zo houden.'

Ik schreef zijn huisadres op, ergens op een van de eilanden ten oosten van het station. Java-eiland. 'Ik vind je wel', zei ik. 'Hoe ben je trouwens met hardware?'

'Hardware is peanuts', zei hij. 'Dat kan jij zelfs.'

Met dat misverstand op zak nam ik de trein naar Den Haag. Erik Strila woonde aan een mooie, ruime straat, de twee kanten gescheiden door een brede groenstrook in het midden. Grote bomen gaven de laan het karakter van een park. De bus stopte op de hoek van de straat en in het vallende duister zocht ik zijn huisnummer. Het was stil om me heen. Er waren in deze wijk geen cafés of restaurants, geen snackbars of disco's. De bus was het meest opwindende en die kwam alleen maar langs. Hier heerste de diepe veiligheid van vaste aanstellingen en Zweedse auto's tussen royaal gebruikte Hollandse baksteen. Het voelde vreemd, ongepast bijna.

Strila deed open en liet me binnen. Hij was nors, van zijn gebruikelijke makkelijke manier van doen was niets meer over. Zonder een woord of vraag nam hij me mee naar de eetkamer. Zijn laptop stond op de tafel. Hij bleef in de deuropening staan en wees naar het ding.

'Daar', zei hij.

Ik liep ernaartoe en pakte het op, hield het in mijn handen, draaide het om en om, keek naar de bovenkant en de onderkant en zette het weer neer. Het was inderdaad een Datwell. Heel vergelijkbaar met mijn eigen laptop.

'Heb je het er nog over gehad?' vroeg ik. 'Met iemand?'

Strila schudde zijn hoofd.

'Zeker weten?'

'Wat is zeker?' zei hij, in een poging zijn onzekerheid in het gesprek te betrekken. Ik begreep waarom hij dat wilde, maar dit was niet het juiste moment.

'Ja is zeker en nee is zeker', zei ik.

'Nee,' zei hij, 'ik heb het er met niemand over gehad.' Het was alsof die gedwongen uitspraak hem bevrijdde uit zijn zelfopgelegde zwijgzaamheid. 'En wat dan nog, als ik het er wel met iemand over had gehad? Want dat is wat ik eigenlijk had moeten doen, dat weet je. Je weet dat ik het onmiddellijk had moeten melden. Dit is een ernstige inbreuk van onze ...'

Ik stak mijn handen in de lucht ten teken van overgave en om hem te laten weten dat hij niet verder hoefde te gaan.

'Ik weet het', zei ik.

Naast elkaar stonden we naar zijn computer te kijken. Als een vreemd, halfdood beest hield het apparaat onze aandacht gevangen. Het leek een eigen leven te hebben. De buitenkant zag er bekend uit, maar binnenin gebeurden dingen die niet konden. In dat ding moest iets te vinden zijn, wat wist ik niet, maar ik hoopte dat Vince Batte met een paar soorten schroevendraaiers meer te weten kon komen.

'En volgens jou zijn er bij ons op het departement meer computers waar je zomaar van buitenaf in kan?' vroeg Strila.

'Stuk of veertig, ja,' zei ik, 'maar je kan er niet zomaar in. Je moet eerst toegang hebben tot een bepaald netwerk.'

'En dat heb jij?'

'Ja,' zei ik, 'maar dat was niet de bedoeling.'

Gehaast legde ik Strila uit wat er aan de hand was. Ik moest hem wel iets vertellen, maar tegelijkertijd wilde ik er weg. Hoe eerder ik zijn laptop bij hem het huis uit had, hoe liever het me was. Ik wilde weg, op pad. Zolang ik in beweging was, voelde ik me veilig. In een bus of in de trein. Prima. Hoe langer ik ergens stilzat, hoe zenuwachtiger ik werd.

39 Kuthoofd

Piepend begon de tram aan zijn rit over het Damrak. Ik zat bijna alleen in het rijtuig en gedachteloos staarde ik uit het raam naar de voorbijtrekkende stad, blij dat er even niets was om over na te hoeven denken. Op de Beethovenstraat stapte ik uit en liep de laatste paar honderd meter naar Jessica's bovenhuis. Er brandde licht. Ze was dus thuis en dat deed me goed. Jes en ik waren te belangrijk voor elkaar. De twijfel die ik gisteren had gevoeld, had meer met mij te maken dan met haar. Ik was opgejaagd, zij niet. En wat ze ook zei, bij haar voelde ik de bedreiging niet meer. Ik ging naar binnen en schoot met grote passen, twee treden tegelijk, de steile trap op naar de tweede verdieping.

Net voor ik de laatste treden met een paar sprongen wilde nemen, zag ik Jessica's lange blonde haar van de bovenste trede naar beneden hangen. Ze lag op haar zij, haar hoofd half gedraaid, ogen wijd opengesperd staarde ze naar het plafond waar ze niets zag. Haar mond hing open alsof ze nog naar lucht wilde happen. Te laat, veel te laat.

'JESSICA!' gilde ik en ik sprong de laatste treden op.

'Fuck, hij is binnen!' riep iemand vanuit de keuken, en het volgende moment stormde een man de gang in. Hij greep me vast en sleurde me bij Jessica vandaan. Zijn armen klemden om mijn borst en met zijn hoofd beukte hij op mijn rug. In een van de andere kamers hoorde ik gestommel. Deze man was niet alleen en als ik niet snel iets deed, lag ik straks naast Jessica. Ik moest weg, zo snel mogelijk. Al mijn zintuigen concentreerden zich op het volgende moment. Alle gedachten, alle overwegingen, alle belangen kwamen hier samen. Ik zag en hoorde alles nog voordat het gebeurde. Ik trapte naar achteren en raakte de man hard op zijn scheen. Op hetzelfde moment ramde ik mijn elleboog naar achteren in zijn borst. Zijn greep verslapte iets en ik liet me naar beneden zakken. Ik rolde om en wilde naar de trap, maar hij was sneller. Hij glipte om me heen en haalde uit. Ik dook weg, onder zijn vuist door en trapte tegen zijn knie. Hij vloekte en dook op me af. Hij greep me van voren, zijn armen sloten zich om mijn borst en nog voor hij mij kon vastklemmen, sprong ik omhoog, greep de brede sierlijst boven het trapgat en trok mijn benen omhoog. Zo hard mogelijk ramde ik mijn knieën in zijn maag. De man kreunde en liet me los, even maar. Hij hapte naar adem en in die halve seconde zette ik mijn voeten op zijn borst en schopte hem naar beneden. Met twee voeten tegelijk, hangend aan mijn armen, alle spierkracht vrij om uit te halen. En dat deed ik.

Hij ging met een boog achterover de trap af en knalde met zijn rug op de steile treden. Achter me kwamen twee andere mannen de gang in. In een flits keek ik achterom en zag het hoofd van Breger, grijnzend achter de betonnen kop van een zwaar getrainde figuur.

'GRIJP 'M!' gilde Breger. De man dook op me af, vuisten als een stormram vooruit, en trof me, pal onder mijn rugzak, midden in mijn rug.

De pijn trok vanuit mijn ruggengraat naar alle delen van mijn lichaam. Even dacht ik dat het voorbij was. Over. Einde verhaal. Door de dreun raakte ik in een zwaai. Ik liet de lijst los en sprong achter de eerste man aan. Los van de muur, los van de grond zweefde ik naar beneden, sneller dan alles, in een perfecte lijn langs de treden van de trap, naar beneden, waar de eerste man probeerde overeind te komen.

Ik landde midden op zijn borst. Ramde hem met mijn vallende gewicht weer achterover en onder mijn voeten hoorde ik zijn ribben kraken. Het grote lichaam sprong op in een spastische reactie en het volgende moment zakte hij gillend van de pijn nog verder naar beneden. Ik rukte de voordeur open, sprong naar buiten en smeet de deur weer achter me dicht. In mijn zak graaide ik naar de sleutels en terwijl ik achter de deur de mannen naar beneden hoorde hollen, stak ik de pinsleutel in het slot en draaide hem om. Huiverend stond ik voor de deur en wachtte, maar hoe de twee aan de andere kant ook rukten en beukten, de deur ging niet meer open. Ze konden er alleen uit als ze vanbinnen het pinslot openden. Vloekend en schreeuwend stampten ze weer naar boven. Ik leunde naar voren, stak de pinsleutel weer in het slot en liet hem daar zitten. Daarna draaide ik me om en liep de straat uit naar de hoek met het Olympiaplein. Elke stap was verkeerd. Ik liep alsof mijn voeten niet meer van mij waren. Bij elke pas voelde ik niet de harde stoeptegels maar de borst van de man kraken onder mijn zolen.

Vanuit mijn rug schoot de pijn naar mijn benen en naar mijn nek. Onzeker liep ik verder, tegel voor tegel. In de stille, brede straten was ik opeens verder van huis dan ik ooit was geweest. Al die tijd had ik gedacht dat ik ooit, ergens een bewijs kon vinden dat ik niet de enig andere aanwezige was in het kantoor van HC&P en dat dan vanzelf de problemen een voor een zouden verdwijnen. Gewoon bewijzen dat ik het niet was en klaar. Zo belachelijk was dat toch niet?

Maar nu zou dat nauwelijks iets oplossen. Ik was zo diep weggezakt, dat ik me beter kon aangeven bij de politie. Daar zat ik in elk geval veiliger en was de kans klein dat ik mijn situatie nog erger zou maken.

De donkere Audi op de hoek van de straat zag eruit als zo veel luxe auto's. Eerst liep ik er voorbij, tot ik het beschadigde voorspatbord zag en de auto herkende. Het was de wagen van Breger. Voorzichtig liep ik eromheen. Er zat niemand in. Deuren waren op slot. Kleine rode alarmlichtjes knipperden op de portieren. Ik liet me op de stoeprand zakken en uit een van de zijvakken van mijn rugzak haalde ik het busje aanstekerbenzine, flipte het spuitmondje omhoog en spoot een flinke straal over een van de achterbanden van de auto. Uit mijn broekzak haalde ik mijn aansteker, duwde het kapje open en draaide het wieltje. Voorzichtig hield ik het vlammetje bij de band en onmiddellijk klom het vuur eromheen. Van een afstandje spoot ik er nog wat meer benzine op tot het goed fikte. Ik liep om de auto heen en stak ook de andere achterband aan. Pas toen ik de hoek omging en de auto smeulend en brandend achter me liet, wist ik hoe machteloos kwaad ik was. Ik wilde slaan, schoppen, bijten als het moest. Dat ik er eentje hard had geraakt, kon me opeens niets meer schelen. Hooguit was het niet hard genoeg en dat besef trof me als een vloedgolf over vlak land. Ik was terechtgekomen in een andere wereld, waar het leven geen vanzelfsprekend recht was. Als ik niet oplette, kon ik het bij de eerste deur inleveren.

Kreupelend haastte ik me naar de Stadionweg en haalde net een late tram, terug naar het Centraal Station. Achterin liet ik me op een van de stoeltjes zakken. Terwijl de tram wegreed kon ik in de verte een oranje gloed zien oplichten. Even later was het vuur uit het zicht verdwenen. De tram reed. Mijn billen ongemakkelijk op het harde bankje. Hoe ik ook heen en weer schoof, ik kon geen positie vinden waarin de pijn in mijn rug minder voelde. Ik klemde mijn armen om de rugzak op mijn schoot en duwde mijn hoofd voorover in de stijve kunststof, punten prikten in mijn wangen. Tranen liepen uit mijn ogen.

Jessica.

Ik vloekte, heel erg hard, en mijn stem knalde door de wagon. De paar andere mensen in de tram keken verstoord om. Ik was de zoveelste Amsterdamse gek in het openbaar vervoer, meer niet. Ik zag hun reactie, ik kende die reactie, een week geleden deed ik het zelf, omkijken, opgetrokken wenkbrauwen, getergde blik, en het werkte averechts. Wat nou getergd? Verstoord?

'KIJK VOOR JE MET JE KUTHOOFD!' gilde ik naar een omkijkende man en ik trapte tegen het stoeltje voor me, harder dan ik had gedacht, waarschijnlijk omdat ik helemaal niet dacht. Het stoeltje kraakte, maar bleef heel. Even later kwam de tram tot stilstand, op de hoek van de Stadionweg en de Beethovenstraat. De bestuurder klom uit zijn stoel en liep de hele lengte van de tram naar achteren tot hij pal voor me stond. Hij legde een hand op de leuning van de stoel voor me en boog zich naar me toe, een klein beetje maar.

'Wat doen we?' zei hij. 'Je kan er hier uit, als je wil.'

Ik probeerde iets te zeggen, wat weet ik niet meer, maar mijn lippen trilden oncontroleerbaar en opeens kon ik niet meer dan blubberende geluiden voortbrengen. Mijn armen nog steeds om mijn rugzak geklemd, de twee laptopcomputers als harde kern van mijn bestaan, begon ik langzaam heen en weer te wiegen. Jessica was dood. Ze was er niet meer. Haar maffe, ongebonden leven dat extremen zocht om de meedogenloze precisie van haar hersenen in toom te houden, was afgelopen. Niet omdat zij het wilde, want dit was het laatste wat ze wilde, maar omdat iemand anders het wel genoeg vond. Ze was dood, niet omdat ik haar niet vertrouwde, maar omdat ze iets had gedaan wat ze niet had moeten doen. De cirkels sneden diepe sporen in mijn hoofd en de tramchauffeur leunde iets verder naar me toe.

'Oké, we hebben allemaal wel eens een moeilijke dag', zei hij. Hij legde een hand op mijn schouder en duwde me een beetje naar achteren, met mijn rug tegen de leuning van het stoeltje. Ik sprong bijna uit mijn vel van de pijn, mijn gezicht vertrok in een grimas en ik klemde mijn kaken op elkaar. Er werd hier niet meer gegild. Controle was wat ik nodig had en dit was het moment om die terug te pakken.

'Moeilijke dag', zei ik. Ik frommelde de woorden tussen mijn lippen door. Tranen stroomden over mijn wangen. Zover reikte mijn controle nog niet.

'Precies', zei de chauffeur en hij liet mijn schouder los. Ik leunde onmiddellijk voorover op mijn armen om de spanning van mijn rug te halen.

'Dus blijven we nou rustig?' vroeg hij.

Ik knikte. 'Blijven rustig', zei ik.

'Mooi', zei hij en hij keek me aan. Ergens klopte er iets niet, dat zag hij ook wel, maar of het nou de nacht was of het tijdstip of problemen met zijn vrouw of wat anders, verder kwam hij niet. 'Zie je nou wel,' zei de man, 'zo moeilijk is het allemaal niet.' En met een bemoedigende klap op mijn rug liep hij terug naar zijn plek.

Langzaam zakte ik iets verder voorover. De pijn was niet meer te harden. De opbeurende klap was meer dan mijn wervels aankonden. Ik merkte nog dat het om me heen donkerder werd. Donkerder en stiller. Verder naar voren zakken kon ik niet, want ik zat klem tegen de rugleuning van de stoel voor me. De twee laptops in de rugzak op mijn schoot hielden me overeind, ook al wist ik dat zelf niet meer.

40 Een onnatuurlijke hoek

Pas toen de tram met gillende wielen de draai over de brug voor het station maakte, kwam ik weer bij. Het snerpende geluid drong door alles heen en rukte me uit mijn verdoving, terug naar mijn bewustzijn dat als eerste weer de pijn registreerde. Ik was er nog.

Nog net.

Ik hees mezelf overeind, stapte uit en keek over het plein voor het station. Het was er druk. De politie patrouilleerde in groepjes van twee. Overal was controle. Groepjes hier, eenlingen daar. Confrontatie hing als een geur in de lucht. Scherp en hard. Geschreeuwde meningen als wapens in een voortdurende strijd. Jongens, mannen, altijd mannen, op zoek naar de klap die ze kunnen uitdelen, naar de klap die aankomt.

Op het donkere plein stonden plassen van eerdere regen. Nu was het droog, maar de lucht was zo verzadigd van vocht, dat je er alsnog nat van werd. Wezenloos sjokte ik voor het station langs naar de andere kant. Waarom wist ik niet. Ik liep om te lopen, de rugzak op mijn rug duwde met iedere stap tegen de gevoelige plek. Na een paar passen hing ik hem aan een schouder.

Aan de andere kant van het plein lag het grote Hotel Ibis. Langzaam liep ik naar het middenstuk, tussen de trams aan de linkerkant en de rechterkant, het driehoekige plein dat reikt tot aan de brug, en daar stond ik stil. Ik liep al zeker tien minuten rond en was geen stap verder. Dit was de kop van Amsterdam, ruim na middernacht, de stad die ik niet meer zou verlaten voordat ik mijn problemen had opgelost, en ik was nog steeds niet verder dan de ingang. Of de uitgang. Een paar stappen verder achteruit en ik lag in het IJ, de stad uit gemept, afgedreven naar het IJsselmeer, of naar de Noordzee, ik wist niet eens welke kant dat water op stroomde.

Mijn stad. Mijn leven. Ik hoefde nergens iets van te weten en toch kon ik overal 'mijn' voor zetten. Mijn land, mijn baan, mijn werk, mijn familie, mijn broer. Elke keer bleek dat niets of niemand zich iets van mij aantrok. Mijn baan was weg, mijn werk bleek iets heel anders te zijn, mijn familie was uit elkaar en mijn broer bleek niet eens een broer. Mijn leven was niet meer dan een herinnering. Een vage herinnering. Elke dag verdwenen er details, dingen waarvan ik twee weken geleden nog dacht dat ze onveranderlijk waren. Voor altijd. Mensen en wie zij waren bepaalden wie ik was. Door hen wist ik wie ik was. Waar ik was. Zonder de mensen bleven er alleen de dingen over, en dingen worden nooit vrienden.

En mijn Jessica, dacht ik, ook al was ze dat niet meer. Het was de wetenschap dat ze het ook nooit meer kon worden die haar mijn Jessica maakte, in mijn hoofd, waar opeens alles draaide. Ik zat op een bankje en keek naar het Damrak, opgemaakt als een zinloos feest. De lelijkste straat van Nederland, voorgoed verpest door goedkope horeca en misplaatste stadsinrichting. Het feest was nep. Er was geen feest, tenminste, niet dat ik het had gemerkt.

De regen hervond zijn taak en dikke druppels vielen op mijn hoofd, mijn schouders en mijn benen. Ik wist wat ik moest doen, natuurlijk wist ik wat ik moest doen. Het was het laatste wat ik wilde, maar ik had geen keus. Wat Jessica mij had verteld over de opdrachten waaraan ze werkte en wat de betekenis was van dat werk, was te weinig, te dun. Ze had mijn vermoedens bevestigd, maar niet meer dan dat. Het begon er steeds meer op te lijken dat RISC het centrale project was van HC&P. Als ik op het net rondkeek, dan waren er overal verwijzingen te vinden. Als ik er iets over te weten wilde komen, dan moest ik nu naar kantoor, zo snel mogelijk, voordat haar spullen werden opgeruimd en voordat er nergens meer een spoor van Jessica Polse was te vinden. Midden in de nacht was de beste tijd. De nachtwakers wisten niet wie wie was en met het nieuwe pasje kon ik het gebouw in en uit zonder dat iemand er iets van zou denken. Ik hoefde alleen maar te doen alsof ik er thuishoorde en het enige wat ik daarvoor nodig had was een pak en een overhemd. Die had ik.

Ik nam een kamer in het Ibis, betaalde vooruit, en ging naar boven. Eenmaal binnen, in de veiligheid van de besloten ruimte, begonnen mijn functies het te begeven. Bewegen werd steeds moeilijker. Zonder pijnstillers kon ik niets meer. Mijn rug was kapot. Een voor een kauwde ik vijf paracetamol tot pap en slikte ze door met veel water. Voorzichtig kleedde ik me uit en vouwde de vochtige kleren op tot een klein pakketje. Mijn ondergoed gooide ik weg, ik had geen zin om met vuile was rond te lopen. In de badkamer haalde ik de oude pleisters van mijn gezicht, waste me en depte mijn gezicht droog, heel voorzichtig. Ik deed zo min mogelijk. Geen douche, geen bad, niet scheren, niets. Elke vorm van ontspanning moest ik vermijden, want als ik nu losliet, bleef er geen energie meer over.

Met het schaartje aan het zakmes knipte ik zo klein mogelijke stripjes pleister en plakte ze recht en netjes over de wondjes. Uit de rugzak haalde ik schoon ondergoed en schone sokken, het pak en het overhemd. Langzaam kleedde ik me aan. De nieuwe kleren waren droog en schoon en zacht. Ik stopte sigaretten en aansteker in de zakken van het jasje, mijn zakmes in een broekzak en mijn portefeuille in een binnenzak. De vochtige kleren stopte ik in een apart compartiment van de rugzak. Ik zette de donkere baseballpet op mijn hoofd en trok de klep over mijn ogen. In de spiegel zag ik er strak uit. Allemaal nep.

Beneden legde ik mijn sleutel op de balie en vertrok. Het was ver na enen toen ik in een taxi stapte en de chauffeur het adres van HC&P gaf. De auto gleed door Amsterdam op vreemde klanken van Arabische disco. De chauffeur bemoeide zich niet met me en dat kwam me uitstekend uit. Om de paar minuten blafte hij iets in een microfoon, waarop hij krakend antwoord kreeg. Ik hing naast hem in de stoel, mijn rugzak tussen mijn knieën en ik dacht dat ik zonder enig probleem de rest van de nacht daar zou kunnen doorbrengen. Gewoon rijden, stad in, stad uit, funky jengel uit de speakers, man aan het stuur die het allemaal prima vond zolang ik maar betaalde. En ik had geld zat.

Op de parallelweg van de Parnassusweg liet ik de taxi stoppen. Ik gaf de chauffeur honderd euro en vroeg hem te wachten tot ik terug was.

'Kan even duren', zei ik.

De man draaide de twee biljetten van vijftig tussen zijn vingers en zei: 'Voor honderdvijftig wacht ik tot morgenochtend zeven uur.'

'Daarna niet meer?' vroeg ik, terwijl ik hem een derde briefje van vijftig gaf.

'Zeven uur zit m'n dienst erop.' Hij lachte. 'Daarna zoek je 't zelf maar uit.'

Voorzichtig stapte ik uit de auto, mijn rugzak liet ik staan. 'Voor jouw dienst erop zit, ben ik terug', zei ik. 'Niet weggaan.'

Ik stak de straat over, liep onder het viaduct door, achter langs het Atrium naar de nieuwe torens naast het WTC. Zonder me te haasten liep ik naar de ingang van het gebouw. Even was ik bang dat er overal sirenes zouden gaan loeien en dat ik door de beveiliging zou worden overvallen. Even. Ik duwde de gedachte uit mijn hoofd en hield het pasje dat ik van Batte had gekregen voor de scanner. Er klonk een kort piepje, het rode lichtje werd groen en de glazen deuren schoven open. Wolfsen had zijn woord gehouden. Vince Batte had geleverd wat hij hem had gevraagd. Ik ademde diep in, klemde al mijn onwillige lichaamsdelen op elkaar en liep de hal in.

De nachtwaker keek op van het televisiescherm achter de balie. Mijn hart stampte in mijn keel. Als ik hier langs kwam, was de rest eenvoudig. Alles hing af van mijn vermogen normaal te doen. Ik stak mijn linkerhand in mijn zak, zwaaide met het pasje in mijn rechterhand en slenterde naar de beveiligingspoortjes alsof ik niets voelde, alsof de pijn in mijn rug er helemaal niet was. Met het nieuwe pak en het petje precies excentriek genoeg om door te gaan voor een midnight consultant.

'Navond', zei ik.

'Latertje?' antwoordde de man. Ik had hem nog nooit eerder gezien. Wel zo goed.

'En 't wordt nog later', zei ik. Met een geoefend gebaar hield ik mijn pasje voor de volgende scanner. Het poortje piepte en ik kon erdoor.

'Gevallen?' vroeg de bewaker. Hij wees op de pleistertjes op mijn gezicht.

'Mishandeling binnen het huwelijk', zei ik. 'Waarom denk je dat ik hier zo laat nog wil zijn?' Hij lachte en ik stapte door het poortje de hal in naar de liften. Met nog vier stappen was ik uit zijn gezichtsveld en hij zag niet hoe ik trekkend met mijn been veel minder nonchalant de lift haalde.

Wat ik niet zag, waren de instructies die al het beveiligingspersoneel had gekregen. Eén daarvan was melding van alle ongeplande aanwezigheid van personeel buiten de normale kantooruren. Bij HC&P was dat na acht uur 's avonds. Dat zag ik niet, en al helemaal niet dat die melding inderdaad werd gemaakt.

Wat ik wel zag, waren de camera's die gericht stonden op de belangrijkste gebieden van het gebouw. Zij registreerden personen in de liften en op elke etage in de hal direct voor de liften en in nog een paar andere ruimtes. Hoe goed mijn pasje ook was, de bewaker hoefde niet te weten waar ik in het gebouw naartoe ging. Ik nam de lift naar de vijfde verdieping, stapte uit, liep een van de gangen in, helemaal naar het einde, waar het cameratoezicht niet meer reikte, en nam de trap naar de negende. Voordat ik aan de klim begon, haalde ik een stripje paracetamol uit mijn zak en stopte er nog eens twee in mijn mond. Droog kauwend, slikkend en strompelend ging ik naar boven.

Vier verdiepingen hoger kwam ik uit in de gang waar ik moest zijn. Ook daar hingen geen camera's. Zelfs al zou iemand naar me op zoek gaan, dan moest hij alle verdiepingen controleren, en het gebouw was groot. Wat dat betreft had ik geen haast, maar hoe eerder ik weer buiten stond, hoe beter ik me zou voelen.

Het kantoor was verlaten. Vanuit de verlichte gang stapte ik de donkere werkruimte in, de grote kamer met alle flexplekken. Naast de deur stonden de karretjes in strak gelid. Ik liet het licht in de ruimte uit, anders zou iedereen van buitenaf onmiddellijk kunnen zien waar ik zat. In het schemerdonker, bij het licht uit de gang, bekeek ik de karretjes. Er stonden er zestien en ze zagen er allemaal hetzelfde uit. Het onderste deel, vlak boven de wieltjes, was een compartiment met een deurtje dat op slot kon. Dat was bestemd voor werk. Alle documenten die informatie over klanten bevatten, hoorden achter het gesloten deurtje te zitten. Daarboven zat een schapje waar allerlei kleine kantoorspulletjes bewaard konden worden, pennen, potloden, paperclips. En daar weer boven zat een boekenplank die naar achteren toe een beetje scheef afliep, zodat de boeken er niet uit konden vallen. Op die plankjes bewaarden de meeste mensen wat naslagwerken en meestal ook een paar mappen en ordners die met het werk te maken hadden, omdat het afsluitbare compartimentje domweg te klein was voor alle spullen die je in de loop van een project verzamelde. Net zoals het hele idee van de flexplek geen rekening hield met de behoefte om alles wat betrekking had op de opdracht om je heen te hebben, onder handbereik. Liefst meer dan je op je bureau kwijt kon.

De karretjes hadden naamplaatjes op de handgrepen. Die van Gijs stond ertussen. Het mijne was er niet meer bij. Hoe kinderachtig het ook was, toch voelde ik het als een onterechte veroordeling. Een steek die ik niet verdiende. Tegen beter weten in keek ik nog een keer, om er zeker van te zijn dat ik het niet over het hoofd had gezien. Onzin. Stom ook, ik moest me niet tot dat soort klein gelijk laten verleiden. Daar had ik de tijd niet voor en als Breger zijn zin kreeg, dan had ik er het leven niet meer voor. Prioriteiten telden harder dan ooit.

Jessica's karretje stond er wel. Ik legde mijn hand op de greep en trok het ding naar de dichtstbijzijnde stoel. Ik boog een bureaulamp naar beneden en knipte hem aan, zodat het licht direct op het karretje scheen. Zittend keek ik snel wat er op het bovenste plankje stond. Twee mappen, eentje met informatie over een opdracht voor een oliemaatschappij en de andere met verslagen van stuurgroepvergaderingen bij een zorginstelling. Verder boeken en wat oude rapporten, referentiemateriaal. Niet interessant. Ik voelde het deurtje van het onderste compartiment. Op slot. Logisch. De meesten van ons bewaarden het sleuteltje in het schapje tussen de pennen en andere zooi. Ik trok het naar voren en zocht. Jessica had er een soort bestekbak in gelegd waardoor ze de verschillende dingen in eigen vakjes kon opbergen, maar hoe ik ook keek, er lag geen sleuteltje tussen.

Ik opende mijn zakmes en stak de punt tussen het deurtje en de zijkant van het karretje. Het slotje was klein, meer voor de vorm dan voor echte beveiliging. Ik duwde het lemmet zo ver mogelijk naar binnen en wrikte. Het krakende en schrapende geluid klonk opeens belachelijk hard in de stille ruimte. Onwillekeurig stopte ik om te luisteren. Ik hoorde niets, op de gang was het stil en alleen van buiten drongen vage geluiden door. Zo vaag, dat het even duurde voor ik besefte wat ik precies hoorde. Een dichtslaand autoportier. Deze tijd van de nacht hoorde dat niet. Ik was hier en als er nu nog iemand anders het gebouw in kwam, dan wilde ik weten wie dat was. Ik sprong op uit de stoel, vervloekte mijn rug en haastte me naar het raam. Vanuit een hoek keek ik naar beneden, naar de weg aan de voorkant van het gebouw. In het donker van negen hoog was het moeilijk te zien, maar automerken herkende ik vanaf grote afstand. Langs de stoep stond een donkere Audi geparkeerd. Vast niet dezelfde waarvan ik een paar uur geleden de banden in de fik had gestoken, maar kennelijk zaten de heren niet om een auto verlegen. Aan de bestuurderskant stond een man licht voorover gebogen te praten met de man achter het stuur. Even later kwam een derde man de voordeur van het gebouw uit lopen. Hij wenkte. De man naast de auto liep naar de voordeur en de twee verdwenen naar binnen. De laatste man parkeerde de auto pal voor het gebouw.

Overal waar ik was, waren zij ook, en elke keer met een sterkere overtuiging en een nog duidelijker missie. In bedrijfstermen was er weinig aan de hand met dit team. Het enige waar het ze nog aan ontbrak, was succes, en daar wilde ik niet op wachten. Op handen en voeten kroop ik terug naar het karretje, hees mezelf op de stoel, zette een voet tegen het zakmes en met één trap sprong het deurtje open.

Het compartiment zat tot de nok toe volgestouwd met mappen en papieren. Veel te veel om eens rustig te bekijken. Elke seconde dat ik langer in deze kamer bleef, was te lang. De bewaker wist misschien niet waar ik was, maar Huib Breger zou linea recta naar deze verdieping en naar deze kamer komen. Als hij bij de balie de beelden van mijn binnenkomst had gezien, dan wist hij dat ik het was en dan wist hij ook waar ik was. Ik moest weg en om de documenten mee te nemen, had ik een tas nodig. Ik keek om me heen, maar zag alleen de lege bureaus en de karretjes in een rijtje naast de deur. Ik probeerde me de eigenaren voor de geest te halen. Wie van hen zou een plastic tas hebben. Thomas? Nee, te modieus. Frans ook niet. Gijs? Gijs wel. Natuurlijk had Gijs zo'n ding, hij was er meer dan eens mee op kantoor gekomen.

Ik greep zijn karretje en trok het schapje open. Achterin lag het sleuteltje van het onderste compartiment. Snel maakte ik het deurtje open en daar lagen, rechts in de hoek naast de mappen, keurig opgevouwen tot kleine vierkantjes, drie plastic tassen. Eén van Albert Heijn, één van de Edah en één van de Bijenkorf. Ik haastte me terug naar het karretje van Jessica en propte zo veel mogelijk papieren in de tassen. Ik knipte het bureaulampje uit en stapte de gang in. De pijnstillers werkten zolang ik geen overdreven bewegingen maakte, maar nu had ik geen keus. Ik rende, holde, niet naar de liften, want daar kon Breger elk moment uit komen, maar terug naar het trappenhuis aan het eind van de gang. De tassen hingen zwaar aan mijn armen. Elke stap dreunde in mijn rug. Ik leunde tegen de deur, duwde hem open, glipte de gang uit en terwijl de deur achter me dichtviel hoorde ik het beschaafde ding-dong geluidje van de lift. Ik had een voorsprong, maar lang zou ik die niet vast kunnen houden. Dit was dezelfde route die Breger had genomen met het lichaam van Ina Radekker. Hij wist precies hoe je dit gebouw in en uit kon en zou er geen vijf minuten voor nodig hebben om achter me aan te komen.

In het trappenhuis kon ik niet blijven. Het was te ver naar beneden en ik was te langzaam. Ik moest eruit zijn voordat zij erin kwamen. Dan wisten ze niet op welke verdieping ik zat. Hoe sneller hoe beter, en dus ging ik een verdieping lager, op de achtste, weer de gang in. Ik holde naar de centrale hal, duwde op de liftknoppen en wachtte tot de lift van de verdieping boven me kwam. Zodra de deur opende, leunde ik naar binnen, duwde op de knop voor de bovenste verdieping en bleef zelf in de hal staan. Zodra de deur zich sloot, rende ik de volgende gang in naar de trap aan het uiteinde van de andere vleugel van het gebouw. De hengsels van de tassen sneden in mijn handen. Hobbelend en stuiterend ging ik de trap af. Steeds haastiger en steeds sneller, dacht ik, maar eigenlijk wist ik niet meer wat ik dacht. Ik had al mijn concentratie nodig om overeind te blijven. Te laat zag ik de deur op de verdieping onder me openzwaaien. Ik was halverwege de vierde en de derde verdieping en opeens stond de man van de beveiligingsdienst voor me. Midden in het trappenhuis. Hij keek naar boven, zijn blik vlak en hard.

'Dat dacht ik al', zei hij en zijn rechterhand schoof naar de korte knuppel aan zijn riem.

Zonder erbij na te denken draaide ik me om en kreupelde de trap op. Het was niet te doen. Ik was nog geen drie stappen verder of ik wist dat ik een verkeerde beslissing had genomen. Omhoog was een doodlopende weg. In alle opzichten. Ik draaide me weer om en keek naar beneden. De bewaker kwam rustig, met beheerste bewegingen achter me aan. Hier had ik niets meer te verliezen. Alles beter dan Breger, dacht ik, alles, en ik dacht nog veel meer. Ik dacht dat ik me in het hotel toch had moeten scheren, bijvoorbeeld, dat ik toch een bad had moeten nemen, dat dacht ik ook. Mooie, warme, zachte gedachten, terwijl ik de tassen tegen mijn borst klemde, iets door mijn knieën zakte en afzette. Met een strak boogje dook ik naar beneden, boven op de man. De tassen en papieren vingen mijn val op, maar mijn hele lichaam kraakte en scheurde. Ik eindigde een paar treden lager dan de bewaker, mijn voeten naar beneden, de tassen had ik losgelaten. Boven me sprong de man overeind met een veerkracht die ik me alleen nog uit een vorig leven herinnerde. Ik kon me niet eens meer in een zittende positie werken.

Half onder een van de zakken naast me zag ik de knuppel liggen. Ik greep het ding, hield het verscholen en wachtte tot hij op de trede pal boven me was aanbeland. De grote schoenen voor mijn neus, donkergrijze broek met een bies langs de naad aan de zijkant. Ik zag het haarscherp en haalde uit. Met alle kracht die ik had, sloeg ik boven de instap van de schoen op zijn enkel. Het massieve knuppeltje raakte hem precies op het uitstekende botje. Het kraakte. Ik hoorde het kraken. In het stille trappenhuis, tussen het kale beton klonk het hard en duidelijk. Brekend bot. Even, een fractie van een seconde, gebeurde er niets. Even was het doodstil voordat de man het uitschreeuwde van de pijn en zich aan de trapleuning vastgreep. Op dat moment verloor ik alle beheersing. Het enige wat ik nog zag, waren de voeten van de man boven me. Mijn waarneming was verkleind tot datgene wat ik moest breken, waar ik me doorheen moest meppen om weg te kunnen. Mijn leven hing af van iemands enkels en ik had er geen enkele moeite mee om daar wat aan te doen. Woest mepte ik op de andere enkel in. Drie keer, vier keer maaide ik de knuppel tegen het gewricht. Ik sloeg tot de man de leuning losliet en onderuitging. Jammerend en gillend lag hij dwars over de trap, zijn beide voeten hingen in een onnatuurlijke hoek aan het uiteinde van zijn lichaam.

Snel greep ik de tassen, veegde de papieren bij elkaar en propte ze er weer in. Voorzichtig stapte ik over de man heen. Ik kende hem niet eens. Hij kende mij niet. Het zag er niet naar uit dat er in de toekomst nog iets moois tussen ons ging ontstaan. Zijn portofoon kraakte.

'Rob?' klonk een stem die ik zo langzamerhand overal zou herkennen. Breger was op zoek naar zijn man. 'Rob, waar zit je?'

Ik greep het apparaatje, trok de snoertjes eruit en smeet het weg. Strompelend en wankelend ging ik naar beneden, voorbij de begane grond, naar de parkeergarage. Met het pasje opende ik de poort aan de achterkant en liep naar buiten. Hier was niemand. Ik liep naar de zijkant van het terrein, klom over het hekje naar de Strawinskylaan, stak over en liet me aan de andere kant van het talud af glijden, door de natte aarde en dichte struiken. Via het fietspad liep ik terug naar de Parnassusweg, opende het portier van de taxi en liet me in de stoel vallen.

'Ben ik weer', zei ik.

De chauffeur keek me aan en zei niets. Het jasje van mijn pak lag aan flarden, de broek was van voor naar achteren uitgescheurd, van het overhemd waren alle knopen verdwenen, mijn ogen waren zo dik, dat ik er bijna niet meer door kon kijken, het petje was ik kwijt, de modder van het talud zat overal.

Hij keek naar het klokje op zijn dashboard. Het was tien voor halfvier.

'Ruim op tijd', zei hij.

41 Steeds iets dieper in mijn huid

Wie familie wil, moet familie zijn.

Het was misschien niet het beste moment om daarmee te beginnen, maar een ander moment had ik niet. Ik wilde niet terug naar het hotel. De gedachte aan het hok van een kamer met een aan de muur vastgeschroefde reproductie en een voorgedrukt kaartje waarop je klachten en suggesties kon invullen, was meer dan ik aankon. De kamer had geen minibar en er was geen room service. Er was helemaal geen service en zonder service ben je in een hotel erg alleen. Dat wilde ik niet. Ik wilde niet alleen zijn en ik had een enorme behoefte aan zorg. Veel zorg. Tien minuten later stopte de taxi in de Hondecoeterstraat. De chauffeur hielp me uitstappen en zette de rugzak en de plastic tassen naast me op de stoep.

'Oké?' vroeg hij.

We wisten allebei dat het antwoord daarop 'nee' was, maar ik zei 'ja', want wat moet je in zo'n geval? Ik had wat ik wilde hebben en ik was waar ik wilde zijn. Dat was al heel wat. Ik zou natuurlijk kunnen klagen, en eerlijk gezegd had ik daar wel zin in, maar ik had er domweg de energie niet meer voor. Kreunen zou nog wel lukken.

Langzaam reed de taxi weg, flarden achterlatend van een bungee jumpende zangstem zagend rond een strakke beat. Ik keek om me heen. De Hondecoeter was zo'n straat waarvan mensen je honderd keer kunnen vertellen waar die ligt en dan nog kun je hem niet vinden, een nette straat in een nette buurt, een straat die geen indruk maakt. Tussen de Nicolaas Maes en de Frans van Mieris, de huizen leken er hoger omdat de straat smaller was. Gezichtsbedrog.

Voor de zoveelste keer stond ik voor een deur. Ik wist niet dat ik het in me had, maar aanbellen bij een ander bleek een van mijn fundamentele vaardigheden. Ik zeulde de rugzak en de tassen naar de deur en in het halve licht van de lantaren, die net iets te ver weg stond, zocht ik de namen bij de bellen.

Drie hoog. Kirsten, stond er, zonder achternaam. Niemand die me hier ooit zou kunnen vinden. Ik heb namelijk geen zus.

Ik belde aan en moest lang wachten voordat er reactie kwam. Maakte niet uit, ik had geen haast. Aarzelend ging de deur op een kier.

'Ja?' hoorde ik. 'Wie is daar?'

'Ik', zei ik. Totaal onduidelijk, maar kennelijk was de klank van mijn stem voldoende, want de deur ging langzaam verder open. Kirsten keek me aan en wat ze zag klopte niet meer met wat ze wist. Ik was niet meer dezelfde man die haar van het vliegveld had gehaald, ik was niet meer de broer die ze dacht dat ik was. Ze herkende me onmiddellijk, maar daarna hield het op. Ik zag het in haar ogen, de duizelige draai die ik zelf ook had gevoeld. Een-een, dacht ik en ik greep de deurpost vast.

Meer zat er niet in.

Ze zeulde me naar binnen en sleepte me de trap op. Driehoog was hoger dan ik had gedacht. In de nette buurten bouwden ze de plafonds hoger en dus werden de trappen steiler. Amsterdam op zijn smalst is altijd een trappenhuis. Het duurde eindeloos, treetje voor treetje gingen we omhoog. Om de zoveel treden moest ik stoppen, leunen tegen de muur, de spanning van mijn rug nemen. Ik leefde om de pijn heen, voor mijn ogen dansten kleuren die er helemaal niet waren, groen en geel, paars. Blauwe strepen op zwart. Of was het wit? Als het oranje werd, was ik er geweest. Dat wist ik zeker. Van oranje werd ik duizelig, altijd.

Boven duwde ze de deur naar de voorkamer open en heel voorzichtig, voetje voor voetje, begeleidde ze me naar een grote bank.

'Ga hier maar zitten', zei ze.

Ik zat en zweeg. Zocht naar woorden om iets te zeggen.

'Pa is weg', zei ik. Waar het vandaan kwam, wist ik niet, maar het was het enige wat ik kon bedenken. Typisch.

'Hij heeft groot gelijk', zei ze en met die vier woorden wist ik dat ik op de juiste plek terecht was gekomen. De enige plek. Kees was niet weg. Hij was er nog steeds, alleen was hij Kees niet meer.

Met haar handen aan mijn schouders duwde ze me zachtjes opzij, tot ik op de bank lag. Ze trok mijn schoenen en sokken uit en legde mijn benen recht. Ik stortte nu zo snel in, dat ik met moeite nog hier en daar een woord uit mijn sluitende bewustzijn kon trekken.

'Rugzak', zei ik. 'Tassen.'

'Welke tassen?' vroeg ze.

'Stoep.'

'Oké, haal ik wel. Maak je geen zorgen.'

Geen zorgen, dat was precies wat ik horen wilde. Kees en ik begrepen elkaar. Dat was altijd zo geweest. Ogen dicht, nog steeds al die kleuren die wild en fel door mijn hoofd schoten. Ik hoorde haar de kamer weer uitgaan en de trap aflopen.

De bank ging niet. De kussens waren te zacht en al na een paar seconden begon mijn rug zo'n pijn te doen dat ik er met geen mogelijkheid op kon blijven liggen. Ik rolde opzij en wilde me beheerst op de grond laten glijden, maar door de verplaatsing van mijn gewicht verschoven de kussens en lag ik in één keer op de planken vloer. Met mijn kin op het hout. Kiezen op elkaar en niet omdat ik dat wilde. Ik lag op mijn buik. Voorzichtig bracht ik mijn armen omhoog en duwde mijn handen onder mijn gezicht. Ik lag plat en hard en ook al waren mijn knieën, armen en gezicht het er niet mee eens, mijn rug vond het geweldig. De kleuren hielden op, het werd eindelijk donker. Ik geloof dat ik nog wel hoorde dat ze weer naar boven kwam, maar het kon ook het slaan van mijn hart geweest zijn. Vertrouwd als traplopen.

Ik werd wakker met een dun kussentje onder mijn hoofd en een verstijfd lichaam. Alles zat op slot. Mijn armen en benen reageerden niet meer op mijn wil. Zelfs mijn vingers leken niet meer te begrijpen wat de bedoeling was. Er lag een dekentje over me heen waar ik geen beweging in kon krijgen. Waarschijnlijk kreunde ik, want even later kwam Kirsten naast me op de grond zitten. Daglicht om haar heen.

'Ben je daar nog?' vroeg ze.

'Nauwelijks.'

'Kun je opstaan?'

Ik schudde mijn hoofd en dat ging al bijna niet.

'Toch zal 't moeten', zei ze.

'Even. Nog even', zei ik. 'Voordat je aan me begint te trekken, mijn rug ...'

'Je rug? Heb je pijn aan je rug?'

Ik knikte.

'Waar ongeveer?'

'In het midden. Mijn wervels.'

Ze verdween uit mijn gezichtsveld, trok het dekentje van me af en even later voelde ik haar vingers over mijn rug glijden. Voorzichtig tastend, voelend, af en toe met lichte druk. Om de centimeter vroeg ze: 'Hier?' en zodra ik ontkennend antwoordde, gleden haar vingers verder.

'Hier?'

'Nee.'

Ze raakte me nauwelijks aan, mijn overhemd en mijn jasje, of wat daarvan over was, zaten nog tussen haar vingertoppen en de plek, maar toch gilde ik toen ze hem aanraakte.

'Oké', zei ze. 'Hier dus.'

'Ja.'

'Mooi. Blijf liggen.' Ze stond op, liep de kamer uit en kwam terug met een schaar. Ze knipte mijn jasje en mijn overhemd open, tot en met de kraag en sloeg de twee helften terug, zodat ze kon zien wat er aan de hand was. Even gebeurde er helemaal niets. Ze zei niets en ze raakte me niet aan. Ze keek alleen maar.

'En heb je dit al lang?' vroeg ze uiteindelijk.

'Sinds gisternacht.'

'Hm mm', zei ze en ze verdween weer uit het zicht. Haar vingers gleden om het centrum van de pijn heen. Af en toe duwde ze licht, kneep een beetje. Het voelde goed, de overmacht van de pijn nam iets af. 'Daarna nog veel gedaan?' vroeg ze.

'Redelijk.'

'Is dat alles?'

'Was meer dan genoeg.'

Ze hield op en kwam weer naast me zitten, waar ik haar kon zien. 'Oké,' zei ze, 'ga je me nog vertellen wat er hier aan de hand is of hoe zit dat?'

'Alsof jij ooit iets verteld hebt', zei ik, precies datgene waarvan ik wist dat ik het niet moest zeggen, omdat het zo stom was. Ik maakte verwijten waar ze geen antwoord op kon hebben. Want wat had ze dan moeten vertellen? Ik wilde het ook helemaal niet zeggen, zeker niet nu ik nog nauwelijks kon bewegen, vastgespijkerd aan de vloer. Dat was de ideale positie om stomme dingen te zeggen. Maar de momenten kiezen zichzelf en tot op zekere hoogte moet je ze daarin vertrouwen.

'Dat klopt,' zei Kirsten, 'maar over sommige dingen kun je beter praten als je kunt laten zien wat je bedoelt, anders blijft het zo'n theoretisch geklets en zo ben ik niet. Ik ben niet theoretisch.'

'Nee', zei ik.

'Maar verder heb je wel gelijk.'

'Top,' zei ik, 'net 't soort gelijk dat ik nodig heb.'

We zwegen.

'Pillen', zei ik.

Ze liep de kamer uit en kwam terug met twee paracetamol.

'Meer', zei ik en ik stopte de eerste twee in mijn mond.

'Ik begrijp wel dat je nergens anders heen kon,' zei ze na een tijdje, 'maar ik ben toch blij dat je er bent.'

'Ik ook.'

'Vast.'

'Het ziet er misschien niet zo uit,' zei ik, 'maar ik ben blijer dan je denkt.'

Weer viel het stil.
'Gedeeltelijk, tenminste.'
'En het andere deel?'
'Daar is alles kapot.'
'Hier, bedoel je?' Ze wees op mijn rug.
Ik schudde mijn hoofd. 'Nee,' zei ik, 'daar doet het alleen maar pijn.'

'Je moet wel accepteren wie ik ben', zei ze.
'Ja.'
'Anders wordt het moeilijk.'
'Vertel mij wat.'
'Even serieus.'
Langzaam begonnen mijn ledematen weer te bewegen. Onze handen raakten elkaar. 'Ik weet wel wie jij bent,' zei ik, 'maar als ik jou zie, dan weet ik niet meer wie ik zelf ben, begrijp je? Je hebt niet alleen iets aan jezelf veranderd, maar ook iets aan mij.'
'En dat had ik niet mogen doen?'
'Jawel, daar gaat het niet om.'
'Weet je 't zeker?'
'Natuurlijk, hou even op. Jij bent wie je bent, maar sinds jij Kees niet meer bent, ben ik mezelf niet meer.'
'Dat is nou precies het soort theoretisch geklets dat ik bedoelde', zei ze. 'Waar heb je het over?' Ze ging op haar hurken naast me zitten en pakte mijn arm beet. Heel voorzichtig rolde ze me op mijn zij. 'Om te beginnen moet je overeind.' Ze vouwde mijn benen en trok me omhoog in een zittende positie. Daarna ging ze voor me staan, zette haar voeten op mijn tenen, pakte mijn handen en trok me omhoog. Pijn schoot door mijn lijf. Ik wist dat ze gelijk had, dat ik iets moest doen om de verstijving tegen te gaan, maar mijn lichaam wilde liever stil blijven liggen. Eindelijk stond ik recht overeind, mijn losgeknipte overhemd en jasje vielen van me af. Ik zat onder de schrammen en de blauwe plekken. Ik was vies en ik stonk. Ik kreunde.

'En dan onder de douche graag, want zo kan ik echt niets met je.'

Ze ondersteunde me, begeleidde me, eigenlijk sleurde ze me gewoon door de gang naar de badkamer. Even later stonden we tegenover elkaar in de kleine witbetegelde ruimte en begon ze mijn broek los te maken.

'Hé!' riep ik en ik maaide haar handen weg. Door de plotselinge beweging verloor ik bijna mijn evenwicht. Ik greep me vast aan de rand van de douchecel.

'Niet goed?' vroeg ze.

'Nee, natuurlijk niet.'

'Ik heb je al zo vaak gezien, dus waarom ...'

'Omdat je toen nog niet ... zo was.'

'O, en nu ik ... zo ... ben, nu kan het niet meer?'

'Nee, hè hè.'

'Waarom niet?'

'Waarom niet, waarom niet, ja, waarom denk je?' Het was een onmogelijk gesprek. Kirsten duwde me onherroepelijk naar de dingen die ik nog steeds niet had gezegd. Niet hardop. Omdat ik niet wist hoe ik het moest zeggen totdat iemand de woorden eruit dwong. Dat deed ze.

'Wat ik denk?' vroeg ze. 'Ik heb één ding geleerd: je moet nooit voor een ander denken, want negen van de tien keer zit je ernaast en die ene keer dat je het goed hebt, vergiste je je in wat je zei. Dus kom maar op. Waarom niet?' Ze stond nog geen tien centimeter van me vandaan. Ik kon haar ruiken, ik kon de warmte van haar lichaam voelen, en hoe ik ook knipperde, ik kon haar ogen niet uit de mijne krijgen.

'Omdat ...'

'Omdat je niet wilt dat ik ... zo ben, maar wat dat ... zo ... dan is, durf je niet eens te zeggen!'

'Vrouw', zei ik.

'Precies. Omdat ik niet ben wat jij denkt dat ik zou moeten zijn, daarom niet.'

Ik schudde mijn hoofd. Pijn in mijn rug. 'Nee,' zei ik, 'nee ...'

'O nee? Wat dan?' Ze was kwaad met een gekwetste venijnigheid. Dit moment had zij gekozen, dit moment had mij gekozen. Hier op de tegels voor de douche. Ik kon mijn lichaam nauwelijks bij elkaar houden en hier moest ik zeggen wat het was. De woorden die ik kon bedenken, werden steeds botter. Steeds harder.

'WAT?' schreeuwde ze.

'Oké, wat? Wil je weten wat?'

'JA!'

'Omdat ik dan straks met zo'n erectie voor je sta, oké!'

Haar mond zakte geluidloos open. 'O', zei ze.

'Of is dat soms ook theoretisch?'

Ze schudde haar hoofd. 'Nee', zei ze.

Ik steunde met een hand tegen de muur en liet me op de rand van het bad zakken. 'Zie je 't voor je?'

Ze lachte. 'Dan weet ik in ieder geval dat de operatie gelukt is.'

'Je weet niet half hoe goed', zei ik.

'En ik maar denken dat je niet meer van me hield.'

Ik kreunde. 'Doe me een lol!'

Ze legde haar handen aan weerszijden van mijn gezicht. 'Maak jij je nou maar geen zorgen over dat apparaat van je, want in jouw conditie is dat waarschijnlijk het enige deel van je lichaam dat niet stijf kan worden.' Ze zoende me, zacht en niet lang genoeg om het iets anders te laten zijn dan een zoen. Met een paar snelle bewegingen rukte ze de pleisters van mijn gezicht. Van schrik sloot ik mijn ogen. Het volgende ogenblik pakte ze mijn handen, hielp me weer overeind, knoopte mijn broek los en trok alles naar beneden. Ze draaide me om en duwde me de douchecel in.

'De kraan vind je zelf wel', zei ze en ze sloot het deurtje achter me. 'Als je klaar bent, roep je maar, dan kom ik je halen.'

Ze had gelijk. De pijn in mijn rug maakte elke vorm van opwinding onmogelijk. Ik douchte met moeite. Bij elke beweging, elke draai in de kleine gladde ruimte dacht ik dat ik onderuit zou gaan. Met een handdoek om mijn middel gewikkeld strompelde ik terug naar de kamer. Ze had de tafel iets opzijgeschoven en een matras op de grond gelegd. Het paste net. Voorzichtig ging ik liggen, op mijn buik. Het matras was goed. Niet te hard en niet te zacht en lekker recht. Zodra ik lag, begon ze mijn rug in te wrijven met zalfjes en crèmes waarvan ik niet wist dat ze bestonden. Arnicazalf tegen de bloeduitstorting en de kneuzing, Advil-crème tegen de pijn en tijgerbalsem om mijn stijve spieren te ontspannen.

'Je hebt geen scheergerei', zei ik.

'Nee, dat duurde even, maar na een tijdje had ik het niet meer nodig. Dat is een van die dingen die ...'

'Zo bedoelde ik het niet', zei ik. 'Ik bedoelde dat ik me daarom nog niet heb geschoren.'

'Dacht je dat ik dat niet wist?' zei ze.

'Ik weet zo langzamerhand niet meer wat ik moet denken.'

'Daar hebben de meeste mensen last van', zei ze.

Ik vertelde alles, vanaf haar aankomst op Schiphol en de complete verwarring waarin ik terecht was gekomen. 'Als ik niet had geweten wie je was, had ik je ter plekke versierd,' zei ik, 'echt waar.' Ik vertelde dat ik minutenlang alles tegelijk dacht en voelde en besefte, en dat ik, op het moment dat ze door de schuifdeuren naar buiten kwam zo klem zat in tegenstrijdige emoties dat ik nog maar één kant op kon.

'Tegen de grond', zei Kirsten.

'Afgevoerd in een ambulance', zei ik. 'Was niet eens echt nodig, maar ik vond het allang best. Als ik maar weg was. En vervolgens heb ik dagenlang in een dronken waas in mijn flat gehangen. Niemand wist waar ik was. Ik nam de telefoon niet op, keek niet in mijn e-mail, deed de deur niet open. Het enige wat ik opendeed waren flessen. Wodka, whisky, jenever, cognac, weet ik veel. Ik had nogal een voorraadje en na een paar dagen was het meeste op.' Alles vertelde ik, van het dreigende ontslag tot de dood van Radekker en de jacht die er vanaf dat moment op mij werd gemaakt. Ik vertelde van mijn vlucht zodat ik niet, zonder enig spoor, ergens zou verdwijnen. Ergens waar niemand me meer zou kunnen vinden. Tot en met hoe ik gisteravond, nacht, om halfvier voor haar deur op de stoep terechtkwam. Alles vertelde ik, behalve over Jessica. Daar praatte ik met een grote boog omheen. Jessica kon ik niet aan. Nog lang niet.

'Dus is het eigenlijk allemaal mijn schuld', zei Kirsten.

'Eigenlijk wel.'

'Sorry.'

Daarna zei ze nog allerlei dingen, maar wat weet ik niet. Midden in een zin viel ik weer in slaap. Dieper deze keer en rustiger. Voor het eerst in ik weet niet hoeveel dagen en nachten ontspande ik en toen ik aan het eind van de middag wakker werd, was ik nog lang niet uitgerust, maar de pijn was minder.

'Het ziet er erger uit dan het is', zei ze. 'Een paar dagen smeren, denk ik, en dan kan ik je wel helpen.'

Het hele weekend was ik bij haar, op de grond in de eetkamer, half onder tafel, zo plat mogelijk op mijn buik. Kirsten masseerde mijn rug, zachtjes, met vingers die me soms nauwelijks leken te raken, maar die toch alles voelden. Elke kneuzing, elke kapotte spier, elke beknelde zenuw.

'Want meer is het niet', zei ze. 'Zodra ik kan zien waar het zit, druk ik hem er uit en dan is de pijn ook weg.'

'Denk jij.'

'Weet ik. Ik heb daar in Amerika nog wel wat anders gedaan al die jaren.' Ze zat schrijlings over mijn dijen, licht voorovergeleund wreef en kneedde ze, steeds iets verder, steeds iets dieper in mijn huid. Onder mijn huid. Ik verging van de pijn, maar ik zei niets.

42 Bellilog 26.06.04

Ergens ben ik mijn binnenste kwijtgeraakt, hart, ziel, whatever. Ik heb alleen nog krakende gewrichten en pijnlijke spieren. Ik ben fysiek, meer niet, en zelfs dat is er niet best meer aan toe.

Mail van: HB2
Onderwerp: online
Morgenochtend, tien uur jouw tijd. Oké? Tot dan.

43 Virussen in een gunstig klimaat

Plat op mijn buik lag ik achter mijn laptop. Ik surfte naar Huibs beveiligde server en ik had me nog niet gemeld of zijn vragen knetterden van het scherm. Waar was ik geweest? Waarom had hij zo lang niets gehoord? Wat was er gebeurd? Had ik nog op het net gekeken? Had ik de enorme drukte gezien? De informatiestromen die steeds uitzinniger werden? Had ik …

Geduldig wachtte ik tot hij klaar was voor ik mijn eerste opmerking typte. Het was het begin van een sobere chat.

– gisteren tweede slachtoffer, zelf bijna derde
– door oom?
– Ja.
– SURE?
– 100%
– Fuck
– en ik heb de computer
– ....
– wat denk je?
– dit moet ik eerst met mijn vader overleggen
– wat?
– over HB
– wat moet je vader daarmee?
– hij is zijn broer

Vanaf dat moment was er niet meer met Huib te praten. Hij zat vast in een familiegedoe waar ik geen zicht op had. Mijn familie was een uiteengeslagen groepje mensen. Mijn zus had ik net leren kennen, mijn vader moest ik nog zien te vinden, mijn moeder had me aangegeven bij de politie en mijn broer had doppen in zijn oren. Huib sprak over zijn vader, zijn ooms, zijn broers, zijn grootvader en zijn neven alsof hij het over een ondeelbare eenheid had. De hele mannelijke afdeling van de Breger-familie ging zich ermee bemoeien.

De verhoogde activiteit van de informatiestromen had waarschijnlijk te maken met de naderende EU-top over Veiligheid en Integratie. Tijdens die top wilden de regeringsleiders afspraken maken over gezamenlijk optreden tegen extremisme en fundamentalistisch geloof. De tegenstellingen werden elke dag grimmiger. HC&P zat op allerlei niveaus in de voorbereiding van die top en het leek niet meer dan logisch dat ze hun inspanningen in de verschillende landen op elkaar afstemden. HB2 verdween van het net en liet me alleen achter met gedachten die ik niet kon afmaken.

Kirsten liet me oefeningen doen en terwijl ik boog en strekte, kraakten mijn kiezen, zo hard klemde ik mijn kaken op elkaar. Ze voelde mijn rug, steeds weer opnieuw liet ze haar vingers over de beurse plekken glijden.

'Het is nog te blauw,' zei ze, 'nog te donker, ik kan het nog niet zien.'

Ze wreef meer zalf en crème en liet me liggen. Uitgeput door de pijn en de voortdurende behandeling viel ik weer in slaap. Niet lang, een paar uur, maar toen ik wakker werd, was Kirsten de deur uit. Ik trok de telefoon naar me toe en belde Vince Batte. De computer van Strila zat nog in mijn rugzak en het was hoog tijd dat iemand met een beetje verstand van apparatuur ernaar keek.

'Breng maar langs', zei Batte opgewekt.

'Slecht plan', zei ik en ik moest behoorlijk mijn best doen om hem ervan te overtuigen dat hij zijn zaterdagavond moest opgeven en naar mij moest komen. De adviseur in me draaide overuren, en dat allemaal op mijn buik. Ik had kramp in mijn nek en mijn kaak van het praten in die houding.

'En dan nog iets', zei ik. 'Dat pasje dat ik van je heb gekregen, is waarschijnlijk al onbruikbaar. Gisternacht ben ik ontdekt en als ik gelijk heb wat betreft de registratie van de niet-geregistreerden, dan werkt het ding nu niet meer.'

Batte was stil.

'Ben je daar nog?' vroeg ik na bijna een halve minuut.

'Ja, ja, nog even.'

Weer was het stil.

'Oké, dat pasje kan ik pas op kantoor afmaken, dus dat wordt maandag of dinsdag. Hoe laat bij jou?'

'Wanneer je wilt', zei ik. 'Ik lig hier nog wel even.'

Kirsten kwam terug met eten en met scheerspullen. Ze hielp me naar de badkamer en met veel schuim en warm water kon ik de baard van dagen van me af krabben. Het voelde goed, geschoren is schoner dan gewassen. Ik bekeek mijn gezicht in de spiegel en voelde voorzichtig aan de schrammen en builen. De wond boven mijn wenkbrauw was nu echt dicht. Nog even en het korstje zou loslaten. Kirsten kwam naast me staan en samen keken we naar elkaar in de spiegel.

'Hé, Kees', zei ik.

Ze glimlachte en schudde haar hoofd. 'Ik ben nooit Kees geweest.'

'Zo bedoelde ik het niet', zei ik. 'Maar ik begin het te begrijpen.' We zwegen en bleven naar ons spiegelbeeld staren. Net op het moment dat ik mijn mond opendeed om iets te zeggen, ging de deurbel. Wat ik wilde zeggen, verdween. Het had iets te maken met familie en met broer en zus en allerlei gedachten die Huib in mijn hoofd had gestopt. Maar dat zei ik allemaal niet. Ik zei: 'O, daar heb je Batte.'

Kirsten was eerst kwaad omdat dat ik haar adres aan een onbekende had gegeven. Met een verongelijkt hoofd bracht ze me terug naar de kamer. Op de gang trok ze aan het koord voor de voordeur en schreeuwde door het trapgat naar beneden: 'Driehoog!' Tegen de tijd dat ze me weer op mijn buik op de matras had liggen, klonken de voetstappen van Batte op de bovenste treden. In de gang.

'Oké, waar is het?' vroeg hij.

'Hier', riepen Kirsten en ik in koor.

Kirsten draaide zich naar de deur en een seconde later kwam het modieuze nerdhoofd van Batte de hoek om. Zonnebril omhooggeschoven op een vrijwel kaal geschoren hoofd. Van de verwaterde lange gelpunten van een paar dagen geleden waren niet meer dan millimeters over. Hij zag Kirsten, bevroor midden in de beweging die hij maakte, zijn armen in een vreemde spreiding links en rechts van zijn lichaam.

'WOW!' zei hij. *'Reboot all systems.'* Hij leek even door zijn knieën te gaan, maar kwam weer overeind, trok spastisch met zijn armen, draaide een houterige, wankele pirouette, ramde de deur en greep naar zijn hoofd.

Kirsten schoot naar voren en ondersteunde hem. 'Wat doe je?' vroeg ze.

'This program has encountered fatal beauty', zei Batte. 'Niet loslaten. Wat je ook doet, niet loslaten.'

Ze hield hem vast en wachtte. Er gebeurde niets. Batte schokte niet meer, hij leek ook niet meer te zullen omvallen. Het enige wat hij deed was haar aankijken, met een geleidelijk weker wordende blik in zijn ogen.

'En nu?' vroeg Kirsten na een minuut of zo.

'Nu mag de eeuwigheid beginnen.'

'O ja, en met jou d'r in zeker?' Ze liet hem los en gaf hem een lel op zijn arm. Batte kreunde en kromp ineen, maar Kirsten reageerde er niet meer op.

'Kirsten,' zei ik, 'dit is Vince. Vince, als je bijgekomen bent, mijn zus.'

In twee min of meer normale minuten schudden ze handen, zeiden ze gewone dingen en wist Batte mij te vinden op mijn matras. Hij vloekte.

'Wat heb jij gedaan?' vroeg hij. Hij wees op mijn rug, draaide zich naar Kirsten, zijn blik flitste een paar keer heen en weer, en voordat ik antwoord kon geven, was hij me al weer vergeten. 'Of heb jij dit gedaan?' vroeg hij aan Kirsten.

'Waar zie je me voor aan?'

'Nou, het is dat je het vraagt, want ...'

Het was niet te houden. Batte draaide om Kirsten heen en sprak een taal die zij beter leek te begrijpen dan ik. Het leven krioelde bij me vandaan. In dezelfde kamer, buiten bereik vanaf mijn matras, gedroegen Batte en Kirsten zich als een stel virussen in een gunstig klimaat. Het leek wel of ze zich elke seconde verdubbelden. Alles wat ze zeiden was ook meteen onbegrijpelijk geestig. Kirsten lachte en giechelde, en opeens gooide ze haar hoofd naar achteren, haar lange haar waaierde om haar gezicht, ze maakte twee, drie kleine gebaren met haar handen en ergens tussen die momenten, ik kon niet eens precies zeggen waar, was Kees verdwenen.

Zomaar.

'VINCE!' riep ik.

Met een theatrale beweging draaide hij zich om en keek me aan. *'Oui, mon Général?'*

'Kappen.'

'Maar ik doe niets.'

'Daarom juist.'

Mijn eigen boosheid verbaasde me, maar ik moest verder. Hoe meer Kirsten en Batte in elkaar geïnteresseerd raakten, des te meer haast ik kreeg. Dat was oneerlijk. Wat zij deden, daar had ik niets mee te maken, behalve dat het allemaal van mijn tijd af ging en zoveel tijd had ik niet. Het was een bizarre situatie. Ik kon nergens naartoe, ik was volkomen afhankelijk van de mensen die me wilden helpen en ondertussen deed iedereen waar hij zelf zin in had. Ik wees op de laptop van Strila.

'Juist', zei Batte. Hij maakte een verontschuldigend gebaar naar Kirsten en klapte het ding open. 'Wat was er ook alweer mee?'

Hij startte de computer. Ik gaf hem Strila's wachtwoord en

even later klikte hij door de bestanden op de vaste schijf. Hij draaide een paar checkprogramma's en deed een systeeminventarisatie en schudde zijn hoofd. 'Volstrekt normaal computertje', zei hij. 'Wat zei je nou over een M-drive of zo?' Hij klikte naar de MS-DOS-prompt en typte M: en een omhaal.

'Stationsaanduiding ongeldig', verscheen er op het scherm.

'Dit ding heeft helemaal geen M-drive', zei hij. 'Hier,' hij wees op een overzicht op het scherm dat ik niet kon zien, 'veertig gigabyte gepartitioneerd in een C-schijf en een D-schijf. Waar lul je nou over? Dit is een standaard Datwell 4120, de meest verkochte laptop ter wereld. Daar zijn er miljoenen van. Ik heb er zelf ook een.'

'Waar?'

'Thuis. Ding staat bij mij thuis.'

'Op het net?'

'Nee, hij staat nu uit.'

'Maar met alle kabeltjes erin?'

'Natuurlijk.'

Ik trok mijn eigen laptop naar me toe, klikte het internet op en via de beveiligde server van Huib surfte ik naar het net van HC&P.

'Ken je dit?' vroeg ik.

'Wat?' Batte zat met zijn rug naar me toe.

'Dit. Hier. Als je niet kijkt, zie je het niet.' Ik moest hem erbij sleuren, anders bleef hij met zijn ogen aan Kirsten hangen. 'Hier', zei ik.

Batte kwam naast me op de grond zitten en keek naar het scherm. Het duurde geen twee seconden voordat zijn aandacht volledig door het programma was geabsorbeerd. Hij keek naar het pulserende beeld van rondschuivende informatiezwermen. Huib had gelijk, het net was actiever dan ik het ooit had gezien. Tussen Brussel, Amsterdam en San Francisco heerste de grootste activiteit.

'Is dit een game?' vroeg Batte. 'Want deze ken ik niet.'

'Nee, geen game', zei ik. 'Kijk maar.'

Razendsnel klikte ik door de menuutjes, zoals ik Huib had zien doen, totdat ik WorldWare in Nederland had gevonden. Ik gokte erop dat het bedrijf, dat zo dicht betrokken was bij alles wat HC&P deed, bijna volledig in het netwerk zou zijn opgenomen. Ik klikte naar de projectenlijst van het bedrijf en even later was op het scherm te zien wat er allemaal bij WorldWare gebeurde. Naast me hoorde ik Batte alleen nog fluisteren.

'Fuck', zei hij zachtjes.

Ik klikte de lijst weg en koos de ingang via de afdelingen.

'Waar werk jij?' vroeg ik.

'Registration Systems.'

Een lijst namen van medewerkers verscheen op het scherm, die van Batte stond vrijwel bovenaan. Ik klikte op zijn naam en na een paar seconden verscheen er een dialoogvenstertje op het scherm.

Host available. Proceed 'yes' or 'no'.

Ik klikte op 'yes' en het venstertje verdween. Op een leeg, donker scherm verscheen de simpele prompt van een MS-DOS-omgeving, M:, daarachter een knipperende cursor. Ik typte C: en daarna een omhaal. Een nieuw dialoogvenstertje verscheen:

Host switched off. Proceed 'yes' or 'no'.

Weer koos ik 'yes' en het ronddraaiende zandlopertje verscheen.

Please wait while booting host.

Batte was doodstil. Zijn ogen leken door het scherm heen te kijken naar de draden en digitale informatieverschuiving erachter. Op het scherm verscheen de Windows-desktop. Prachtig blauw, sereen bijna. Ik schoof de computer naar Batte.

'Ga je gang', zei ik.

Aarzelend naderden zijn vingers het toetsenbord en het touchpad voor de cursorbediening.

'Is dit mijn computer?' vroeg hij.

'Dat weet jij beter dan ik.'

Hij klikte naar de Verkenner en zodra het overzicht op het scherm verscheen, trok hij zijn handen van het toetsenbord af.

'Dit kan niet!' zei hij. 'Niemand kent mijn wachtwoord! Niemand kan in mijn computer zonder mijn wachtwoord, en ...'

'Het wachtwoord is niet eens gevraagd', zei ik.

Batte vloekte. Verbijsterd keek hij naar het scherm. 'Maar hoe kom je er dan in?'

Ik trok het ding weer naar me toe, sloot Windows. De computer schakelde terug naar MS-DOS.

'Via de M-drive', zei ik en ik wees naar de laptop op tafel. 'En dan kan jij honderd keer zeggen dat hij er niet in zit, maar wat is dat dan?'

Nu wees ik naar het donkere scherm van mijn eigen computer, waar die ene onontkoombare prompt op te zien was. M:

Batte sprong overeind en staarde met een verbeten blik naar het computertje op de tafel. Handen in zijn zij, lippen getuit tot een vooruitgeschoven post van zijn gezicht. Zijn blik schoof heen en weer tussen de computer van Strila en de M-prompt op mijn scherm. Langzaam schudde hij zijn hoofd.

'Het kan niet', zei hij. 'Je kan niet binnenkomen op een computer die uit staat en dan alle beveiligingen omzeilen alsof ze niet eens bestaan. Alles kan, dat weet ik. Een computer die in verbinding staat met internet heeft meer dan vijfenzestigduizend ingangen. Maar dan moet hij wel aanstaan. Dit kan niet! Niet met míjn computer!'

Plotseling nam hij een beslissing. Hij zette de computer van Strila uit, klapte hem dicht en draaide hem om. 'Heb je een schroevendraaier?' vroeg hij aan Kirsten. 'Kruiskopje?'

'Ik ben geen kruiskopje', zei Kirsten. Ze speelde met hem en

Batte had het pas na een paar seconden in de gaten. Ze deed het domme vrouwtje, dat niets van gereedschap en andere mannendingen wist, en daagde hem uit de net zo domme man te zijn. Batte glimlachte. Hij was snel genoeg. Moeiteloos schakelde hij tussen zijn concentratie en de grap die ze maakte.

'Als jij een kruiskop was, zou ik Engels met je praten. Dus wat denk je?'

'Mm', zei Kirsten. 'Wat is schroef in het Engels?' Ze pakte een doos uit de kast en zette hem op tafel. 'Als ik er een heb, dan zit-ie hier in.'

'Dank je,' zei Batte, 'praten we straks verder.'

Hij trok de snoeren uit het apparaat, haalde de accu eruit, draaide een paar schroeven in de bodemplaat los, trok aan een paneel, klikte twee zijkanten weg en even later haalde hij voorzichtig de hele onderkant van de computer. Geconcentreerd staarde hij naar het binnenwerk.

'Meer is het niet', zei hij. 'Vaste schijf, dvd-drive, floppy ...' Met de schroevendraaier wees hij naar de onderdelen die hij noemde. Over zijn schouder keek Kirsten met hem mee. 'Modem,' zei Batte, 'communicatiepoortjes, het is allemaal zo simpel, ik bedoel, je kijkt er niet eens meer naar. Deze modellen zijn zo compact gebouwd, dat is ook het mooie van die dingen.'

'En wat is dit?' vroeg Kirsten. Ze wees met een lange nagel naar een minuscule schakeling aan de inputkant van het modem.

'Dat is ...' Batte zette de punt van de schroevendraaier op het ding en tikte erop, 'dat is ... ik heb geen idee wat dat is.'

'Lijkt wel een splicer', zei Kirsten.

'En dat zou jij weten?'

'Wij kruiskopjes komen overal', zei ze en ze trok haar wenkbrauwen omhoog. Ze wees in het apparaat. 'Of weet jij iets beters?'

Batte knikte. 'Ik weet iets veel beters', zei hij en hij draaide zich naar mij. 'Mag ik?'

'Graag', zei ik. 'Op één voorwaarde. Dat je het hier, op de

grond doet, zodat ik ook wat kan zien. Want ik begin me behoorlijk buitengesloten te voelen.'

Ze zaten tegenover elkaar voor mijn neus. De computer ondersteboven tussen ons in. Batte wees met de schroevendraaier nog een keer de verschillende onderdelen aan en tikte ten slotte op de schakeling die aan het modem zat.

'Dit dingetje doet iets wat wij niet begrijpen,' zei Batte, 'en als je iets niet begrijpt, dan moet je verder kijken.'

'Eerst kijken, dan denken', zei ik.

Batte stak zijn handen in het apparaat en trok het ene na het andere onderdeel eruit. Bijna alles was met een kliksysteem bevestigd, meer dan drie kleine schroefjes zaten er niet in.

'Moeilijk is het niet,' zei hij, 'je moet je alleen aan een bepaalde volgorde houden.' Uiteindelijk had hij de vaste schijf te pakken. Het ding zat met één schroefje vast aan de achterkant. Hij draaide het los en langzaam wrikte hij de vaste schijf uit zijn contactpunten. 'Hieronder zit de processor,' zei hij, 'en dus moet je een beetje voorzichtig zijn.' Op dat moment schoot het ding los. Batte legde het naast de computer op de grond en met zijn drieën keken we naar twee identieke processors, die keurig naast elkaar in het hart van de computer lagen.

'Krijg nou wat', zei Batte. 'Een dubbele processor?'

'Voor extra snelheid misschien?' zei Kirsten.

Batte schudde zijn hoofd. 'Volgens mij niet. Ze zijn helemaal niet geschakeld. Hier, kijk, deze bedient de computer die we net uit elkaar hebben gehaald, en deze lijkt met iets anders verbonden. Maar wat?' Hij probeerde met de punt van de schroevendraaier de schakelingen te volgen. 'En d'r zit ook zo'n raar stalen plaatje onder.'

'Lijkt wel hetzelfde als dat ding dat je er net uit gehaald hebt', zei ik.

Batte pakte het laatste onderdeel dat hij had verwijderd en hield het omhoog. 'Dit bedoel je? Dit is de vaste schijf, dit is ...'

Hij schudde zijn hoofd. 'Ah nee', zei hij en hij legde de drive weer neer. In een razend tempo begon hij de rest van de computer uit elkaar te halen en vijf minuten later lagen er niet alleen twee processors, maar ook twee vaste schijven naast elkaar op het kleed.

'Dit is niet één computer', zei Batte. 'Dit zijn er twee in één kastje. De M-drive is helemaal geen partitie, maar een tweede vaste schijf met een eigen processor en een eigen link naar het modem. Altijd bereikbaar, of de computer nou aanstaat of niet, want deze drive kan je niet uitschakelen. Kijk maar.' Hij wees naar de eigen voedingsverbindingen die buiten de aan-uitschakeling om liepen. 'En het zou mij niets verbazen als de programmatuur op de M-drive zo is dat je wel van M: naar C: kan en weer terug, maar nooit van C: naar M: kan als je in C: bent gestart. Mag ik?'

Hij pakte mijn computer, waar de M: nog steeds stond te wachten op een commando. Batte typte een paar dingen in en lijsten en overzichten rolden over het scherm. Geconcentreerd staarde hij naar de cryptische gegevens, zijn ogen in cadans met de langsrazende informatie, zijn vingers gereed om op elk gewenst moment de stroom te stoppen of te verleggen. 'Hier', zei hij opeens. 'Hier, hier, kijk dan hier ... KUT!'

Hij trok zijn handen van het toetsenbord en staarde naar het scherm.

'Wat is er?' vroeg Kirsten.

'Hier staat een registratie van al mijn werkzaamheden', zei hij. 'Ook van de dingen die ik niet heb gemeld. Als iemand wil weten hoe jij gisteren dat gebouw binnen bent gekomen, en waar die vip-pas vandaan kwam, dan komen ze bij mij uit.'

Niemand zei iets. Mijn lichamelijke toestand was duidelijk genoeg.

'En kan je dat bestand niet wissen?' vroeg Kirsten.

'Onmiddellijk.' Battes vingers vlogen over de toetsen, maar de commando's die hij intypte werkten niet. Steeds kreeg hij dezelfde melding.

File access denied.

Koortsachtig probeerde hij de beveiliging op te heffen, zodat hij het bestand in zijn geheel kon verwijderen. Eindelijk had hij de juiste codes te pakken. Weer typte hij het commando om de file te wissen en met ingehouden adem drukte hij op de omhaaltoets. Midden op het scherm verscheen een venster.

User please re-identify. Log in location does not match current status.
Running server check.

'ERAF!' gilde ik. 'ERAF, ERAF!' Angst greep me over mijn hele lichaam, mijn ingewanden rolden om. De laatste keer dat ik die melding had gezien, was bij Gijs en die had de gevolgen ervan maar nauwelijks overleefd. Ik griste de computer bij Batte vandaan, klikte als een razende door de menu's en logde uit. Seconden later was het scherm egaal grijs.

Kirsten en Vince staarden me aan.

'En nu?' vroeg Kirsten.

'Nu?' zei ik. Ik herhaalde de vraag nog een keer, koortsachtig op zoek naar een antwoord, maar ik vond alleen meer vragen. Was de server van Huib gekraakt? Hadden ze hem gelokaliseerd? Hadden ze ons gelokaliseerd? In dat geval was de verdieping van Kirsten niet meer veilig. Battes computer hadden ze zeker gelokaliseerd, dat was de host en die was onderdeel van hun eigen net. Daarmee was Battes adres onmogelijk geworden. Waar moesten we naartoe? Ik durfde er niet op te gokken dat het adres aan de Hondecoeterstraat niet was gevonden. Als hier twee, drie man binnenkwamen waren we machteloos. Maar wat dan? Ik had al mijn mogelijkheden benut, ik was aan het eind van mijn familie, van mijn netwerk.

'Nu weet ik het niet,' zei ik, 'behalve dat we hier weg moeten. Zo snel mogelijk.'

44 Geen weg terug

Het eind van mijn familie was het begin van de rest van de wereld. Kirsten en Vince namen het van me over. Met een paar vragen wisten ze voldoende en begon de voorbereiding van de gezamenlijke verhuizing van twee mensen die elkaar nauwelijks kenden en een halve invalide. Batte pleegde drie telefoontjes en stond op.

'Vijftien minuten', zei hij. 'We hebben een kwartier om hier alles te doen wat we moeten doen, dan staat er vervoer voor de deur. En ik heb een plek waar we heen kunnen. Oké?'

Kirsten knikte. Haar gelaatstrekken hadden zich verhard, van de speelse vrouw was niets meer te herkennen. Ze was naar binnen gekeerd en zwijgzaam. Ik lag nog steeds op het matras op de grond.

'Dus wat doen we?' vroeg Batte.

'Computers inpakken', zei ik. 'Al mijn spullen, er mag hier niets meer zijn wat naar mij verwijst. En alles waar jouw naam op staat moet ook weg', zei ik tegen Kirsten.

Het inpakken was binnen een paar minuten gebeurd. Alles wat ik had, zat om te beginnen al in een rugzak en drie plastic tassen. Kirsten smeet haar bankafschriften en wat andere papieren in een tas, ze pakte de zalfjes en crèmes waarmee ze mij behandelde, nog wat kleren voor zichzelf en ze was klaar. Ondertussen stuurde ik e-mails en chatregels naar Zuid-Afrika om Huib te waarschuwen dat zijn beveiligde server misschien niet meer secure was. Normaal kreeg ik binnen vijf minuten antwoord, dit keer niet. Huib reageerde op geen enkel bericht. Ongerust klapte ik mijn laptop dicht en gaf hem aan Vince. Hij stopte hem in mijn rugzak. Kirsten en Vince kwamen aan weerszijden van me staan.

'Nou jij nog', zei Kirsten. Samen hielpen ze me overeind. Dat ging nog wel, maar aankleden was lastiger. Het pak dat ik aan had gehad, was allang in een vuilniszak verdwenen. Uit mijn rugzak haalde Kirsten andere kleren. Elke beweging of buiging van mijn rug was te veel. Nu ik uitgerust was, leek de pijn scherper, heviger, niet meer gemaskeerd door vermoeidheid of opwinding. Mijn lichaam produceerde niet meer voldoende adrenaline om de pijngrens te verschuiven. Nu was er alleen de pijn.

Drie trappen af naar de voordeur nam de rest van de tijd in beslag. Elke beweging maakte de volgende moeilijker. Buiten klonk de toeter van een auto. Batte rende voor ons uit en deed de deur open. Hij zwaaide naar iemand die Kirsten en ik niet konden zien en kwam weer terug naar boven. Met zijn tweeën tilden ze me het laatste stuk naar beneden. Pas op de stoep zetten ze me weer neer, naast een middelgrote camper. Het deurtje naar het achterdeel stond open en terwijl Kirsten naar boven liep om de spullen te halen, hielp Batte me de drie treetjes op.

De camper had alles. Een keukentje, een wc en een douche, een zithoek en een eettafel, lampjes aan het plafond en aan de wanden, tapijt op de vloer en als allerbelangrijkste een bank waar ik languit op kon liggen. Op mijn buik. Mijn wensen werden steeds beperkter. Met een zucht van verlichting voelde ik de pijn wegtrekken tot een hanteerbaar niveau.

Kirsten kwam naar buiten, beladen met tassen en mijn rugzak. Ze zette alles achterin, draaide zich om, liep terug naar de voordeur en sloopte haar naamplaatje weg bij de bel. Daarna stapte ze in en trok het deurtje achter zich dicht. Het losse naamplaatje stopte ze in de achterzak van haar broek. Ze kwam naast me zitten.

Vince probeerde het flirterige sfeertje tussen hem en Kirsten terug te vinden, maar Kirsten kapte elke poging af. Nu ze opeens niet meer wist waar ze terecht zou komen, liet ze niets meer gebeuren waar zij geen zin in had. Vince kreeg te horen dat ze nu even nergens zin in had en zeker niet in hem. Daarmee was de stemming in de camper misschien verpest, maar de verhoudingen waren tenminste duidelijk.

'Als iedereen het nu een beetje naar zijn zin heeft, kunnen we misschien vertrekken', klonk een zangerige stem vanuit de enorme bestuurdersstoel. Het ding was zo groot dat van achteren niet was te zien of er iemand in zat. Een man met een blonde paardenstaart die tot tussen zijn schouders hing leunde naar opzij. Kirsten en ik zagen hem voor het eerst. Hij droeg ringen en kettingen en een brilletje met glazen waardoor een normaal mens niets kon zien. Tussen zijn vingers hing een enorme joint.

'Dit is Bernie', zei Vince.

'Hai', zei Bernie.

'Bernie en ik kennen elkaar al ...' Hij dacht even na. 'Hoe lang kennen wij elkaar al?' vroeg hij.

'Heel lang', zei Bernie. 'Van toen mijn moeder nog mijn onderbroeken voor me kocht.'

'Precies, en Bernie is de eigenaar van dit ... eh ...'

'Ruimteschip', zei Bernie. 'Waarmee ik elk zonnestelsel kan bereiken dat ik maar wil.' Hij stak een wijsvinger uit en duwde op een grote knop op het dashboard. Met een diepe grom sloeg een grote dieselmotor aan. De camper schudde even en kwam weer tot rust zodra de motor stationair liep.

'Hyperdrive', zei Bernie en hij hield de joint uitnodigend omhoog. 'Iemand een hijs?' vroeg hij.

Het ding ging rond, van Batte naar Kirsten naar mij. Iedereen nam een paar trekjes, hield zijn adem zo lang mogelijk in en blies uiteindelijk de uitgeklede rook weer uit. De geur vulde de camper en het duurde niet lang voordat ik het effect van de wiet begon te voelen.

'En waar zijn die verre uiteinden precies?' vroeg ik.

'Amsterdam-Noord', zei Vince.

'Heb ik altijd al heen gewild', zei ik en ik stak de joint tussen mijn lippen, nam nog een paar diepe halen en gaf het ding terug aan Kirsten. Wat er daarna mee gebeurde weet ik niet meer. Bernie reed langzaam weg, heel voorzichtig, op uitdrukkelijke instructies van Vince en Kirsten. De trage, deinende beweging van de auto en de diepe brom van de dieselmotor hingen als een beschermend schild om ons heen. De ruimtereis was begonnen.

Op een straathoek ergens op het Java-eiland zette Bernie de camper stil. Vince en hij mompelden wat en even later stapte Bernie uit.

'Cool, zo terug', zei hij. Zachtjes deed hij het portier achter zich dicht. Ik duwde mezelf op en keek door het raam naar buiten. In de vallende avond zag ik de nieuwe grachten van het eiland. Bernie liep met swingende pas verder het eiland op.

'Dit is toch niet Noord?' vroeg ik.

Batte schudde zijn hoofd. Kirsten staarde met overgeconcentreerde blik naar de straat waar we geparkeerd stonden.

'Waar zijn we dan?'

'Mijn ding halen', zei Vince.

'O', zei ik. Ik had last van het tegengestelde van Kirsten, mijn concentratie leek nergens op. 'Welk ding?' vroeg ik.

Batte keek glazig achterom en wreef zijn ogen. 'Je weet wel', zei hij.

'O.'

Bernie stopte halverwege de straat en verdween in een portiek. Langzaam drong het tot me door dat we bij Battes flat waren en dat Bernie bij hem naar binnen was gegaan om daar iets op te halen.

'Fuck', zei ik.

'Cool', zei Vince.

Kirsten staarde naar buiten en zei niets. Eigenlijk had ik onbeheerst kwaad moeten worden, had ik moeten gillen en schreeuwen, dat ze hartstikke gek waren om hierheen te komen, dat ze geen idee hadden hoe gevaarlijk dit was en nog veel meer, maar het enige wat er uit mijn mond kwam, was een soort rollende giechel.

'Wow, link!' zei ik.

Vince begon nu ook te grinniken. De wiet had zich om onze

lachspieren gewikkeld en deed er heel eigen dingen mee.

'Ah, Bernie gaat daar gewoon naar binnen,' zei Vince, 'en ... niemand vraagt ooit wat aan Bernie, echt niet. Het is gewoon niet het soort figuur waar anderen wat aan vragen ... wat trouwens vreemd is, want hij doet alles wat je vraagt, maar dat weet niemand, dus eigenlijk heeft hij een perfecte vermomming ...' Vince zweeg even. 'Kut, is dit sterke wiet', zei hij opeens en ik hield het niet meer. Hinnikend lag ik voorover op het bankbed. Vince zat huilend van de lach in zijn stoel, tranen biggelden over zijn wangen.

'Jezus, wat hebben jullie?' zei Kirsten. Onze lachkick verstoorde haar concentratie. Ze was kwaad, maar haar boosheid werkte averechts.

'Weet je,' zei ik, 'als dit verkeerd gaat, zijn we d'r allemaal geweest.' Mijn lichaam schokte van het lachen.

'O ja, dat is pas geestig', zei Kirsten.

Vince loeide. Hij gleed van zijn stoel en verdween onder het dashboard. Hij had zijn armen om zijn knieën geslagen en lag als een bolletje op de vloer van de auto. Ik probeerde een van de kussentjes op de bank door mijn mond naar binnen te proppen om de wild om zich heen grijpende inwendige verslapping tegen te gaan.

'Ik probeer hier wat te zien, ja!' zei Kirsten nijdig. Vince en ik waren niet meer te stoppen.

Vanaf het eiland reed Bernie terug naar de Piet Heintunnel. De grote camper bromde rustig, alsof we in een eigen kamer op weg waren door een onbekende wereld van beton, asfalt en kunstverlichting. Een ruimteschip met een dieselmotor, traag en onverstoorbaar op weg naar een nieuw zonnestelsel.

De lachkick verdween zoals hij was gekomen, stukje bij beetje. Op de ringweg naar Amsterdam-Noord waren we stil. Kirsten keek uit het raampje naar de langs glijdende nacht. Vince zocht in de spullen die Bernie voor hem uit zijn flat had gehaald. Ik lag nog steeds op mijn buik. Hoofd op een kussentje, armen eromheen. Door de wiet was mijn lichaam volledig ontspannen. Geen druk op mijn rug, geen krampachtige pogingen meer om al mijn ledematen onder controle te houden, om niet door een onverwachte of stomme beweging de pijn opnieuw aan te jagen. Ik lag en meer niet.

Gedachten dreven op eigen kracht door mijn hoofd, groot en ongrijpbaar, zoals dat in een stoned hoofd gaat. Alles glashelder en onvermijdelijk. Jessica's lange blonde haar dat van de bovenste treden van de trap hing. De blik in haar ogen die ik nooit meer zou zien. Alleen nog beelden van haar. Foto's, herinneringen. En een gevoel waar ik geen beeld bij kon vinden. Een gevoel dat ik niet meer was wie ik was. Net zoals ik een deel van mezelf kwijtraakte toen Kees Kirsten bleek te zijn, zo was ik nu weer iets kwijt. Ingrijpender, want Jessica was het verband tussen alles wat ik deed. Tussen het harde werk en de onzinnige gedrevenheid. Zij was de logica tussen de lust en de chaos. Zonder haar was het systeem uit mij verwijderd en was ik niet meer dan een toevallige verzameling gegevens. Ongestructureerde data. Dat was ik. Daar op het bankje achter in de camper voelde ik me voorgoed ongestructureerd.

'Wij zijn systemen die we zelf niet begrijpen', zei Jessica altijd en nu zag ik dat het andersom was. Wij zijn geen systemen. Wij hebben anderen nodig om richting te vinden. Anderen zijn niet alleen anderen. Wij zitten in elkaar, letterlijk. Familie, vrienden, liefdes, vijanden. Zonder Jessica was ik iemand anders geweest. Nu zat ik met mezelf, wat daarvan over was, en de vooruitzichten waren niet best.

Voorzichtig schudde ik mijn hoofd om de gedachtegang te breken. Ik kon niet aan Jessica denken. Nog niet. Wat er in haar flat was gebeurd, was te bedreigend. Te gevaarlijk. De dood was te direct. Om mij heen en in mij. Hard tegen hard. Agressie in plaats van argumenten. Ik was terechtgekomen in de wereld die ik alleen kende van het nieuws en van de rapporten die HC&P

aan de lopende band produceerde. Rapporten waar ik zelf aan had meegewerkt. De culturele confrontatie. Het verschil van God. Overal werd gewaarschuwd voor de toenemende haat. Het geweld was er al, op straat, onverwacht. Angst groeide, langzaam maar zeker nam het bezit van het denken. Van het doen. En nu zat ik er zelf middenin, sleurde ik anderen erin mee. Gijs, mijn ouders, Jessica, Kirsten en Vince. De kring werd steeds groter, het geweld steeds erger. Alleen kwam het niet uit de hoek waar iedereen voor waarschuwde. Ik werd niet achternagezeten door moslims. Dit geweld kwam van de mensen die altijd op de nuances wezen, die de inventarisaties maakten en de rapporten schreven. Dit geweld kwam van HC&P, van de adviseurs, van de partij die geen partij was.

Of was dat wel zo?

Die vraag ging niet meer weg. Zo kort als hij was, zo verpletterend waren de implicaties ervan. Als HC&P niet een onafhankelijk adviseur was, dan was het bureau partij. Dan waren de uitgewerkte opdrachten geen adviezen, maar de eigen mening van het bureau, van HC&P zelf. Dan was de confrontatiepolitiek die in steeds meer landen werd gekozen niet de keuze van die landen zelf, maar van HC&P.

You have reached the home of mister Miller.

Adem stokte in mijn keel. In het huis van meneer Miller golden kennelijk heel andere regels. Regels waarvan alleen een select groepje op de hoogte was. Regels die keihard werden gehanteerd.

Mensen nemen beslissingen op basis van feiten. Gegevens. Als je die beslissingen wilt beïnvloeden, dan moet je ervoor zorgen dat je controle hebt over de gegevens. Over de feiten. En dat deed mister Miller. Via het enorme netwerk van computers kon informatie niet alleen worden gestolen, de gegevens konden ook worden veranderd. Gemanipuleerd. Aangepast. Ik had het zelf gedaan in de computer van Strila. Zonder erbij stil te staan, had ik het netwerk andersom gebruikt. En als ík dat al kon, dan konden anderen dat ook. Beter. *If you don't want control, then leave the net alone.*

Zelfs mijn eigen adviezen aan de minister van Justitie, over de manier waarop hij de pers te woord moest staan, dat hij stelliger moest zijn, duidelijker, minder omslachtig moest formuleren, dat hij niet bang moest zijn man en paard te noemen, dat hij mensen zekerheid moest bieden zonder de feiten uit het oog te verliezen, dat hij niet hoefde toe te geven aan de almaar groeiende roep om hardere maatregelen, maar dat hij er wel antwoord op moest geven – al die adviezen waren gebaseerd op feiten die ik niet ter discussie stelde. Op cijfers en gegevens die het ministerie zelf produceerde. Inventarisaties, onderzoeken en rapporten die allemaal openstonden voor manipulatie.

Door mister Miller. Door HC&P. En op dat moment drong het pas tot me door dat mijn eigen computer ook een M-drive moest hebben. Mijn laptop zat zelf in het netwerk. Huib Breger en zijn mannen konden me steeds zo snel vinden omdat ze via de M-drive in mijn computer konden kijken. Ze wisten wat ik schreef en wat ik las. Wat ik bij anderen had gezocht, had ik al die tijd bij me gehad.

Zo stoned was ik.

De camper reed door een verlaten industrieterrein in Noord. Dit was het deel van de stad dat op het punt stond ontdekt te worden. Vervallen loodsen, halve nieuwbouw en braakliggende grond wisselden elkaar af. Hier waren de oude bedrijven weggetrokken en wachtten de gebouwen op nieuwe plannen. Nieuwe mensen. De voorhoede was er al. Kunstenaars en artiesten hadden de eerste panden betrokken en het was een kwestie van tijd voordat de rijkere studio's en creatieve bureaus de wijk zouden ontdekken. Nu was het er nog donker en verlaten. De straatverlichting was er minimaal. Op straat was nergens iemand te zien.

Ik reikte naar de overkant van het zitje en tikte Kirsten op haar knie. Verstoord draaide ze haar hoofd naar me toe.

'Ja?'

'Gaat-ie?' vroeg ik.

'Nee.' Ze draaide zich weer van me af. Staarde door het raampje naar de donkere wijk.

'Ik ...'

'Laat maar', zei ze. 'Alles wat je nu zegt, maakt het alleen maar erger. Je hebt kennelijk geen idee wat ik vanavond heb moeten achterlaten. Mijn verdieping, ja? Jij komt even binnen en voor ik het weet sta ik mijn naambordje van de deurpost te schroeven. Waarom? Omdat meneer zegt dat het moet. Omdat meneer iets heeft gedaan waar ik opeens aan mee moet doen. Maar wat ík wil wordt niet gevraagd. Wat ik wil heb jij nooit gevraagd.'

Ze zweeg. Haar verwijten waren ouder en groter dan ons overhaaste vertrek uit de Hondecoeterstraat. Ze droegen jaren van miskenning met zich mee.

'Er is geen weg terug', zei ik en ik bedoelde het goed, net zoals ik alles eigenlijk goed bedoelde, maar goede bedoelingen telden niet. Niet meer.

'DACHT JE DAT IK DAT NIET WIST?!' schreeuwde Kirsten. 'Dacht jíj nou echt dat ík niet wist dat er geen weg terug meer is? IK? Waar dacht je dat ik al die jaren mee bezig ben geweest? Het enige verschil is dat ik er lang over heb nagedacht voordat ik die weg nam. Heel lang. En jij? Jij slaat zonder te kijken ergens links af. En nou is er opeens geen weg meer terug. Hoe durf je?!'

Vince had zich omgedraaid en keek met grote ogen naar de ruzie. 'Hé', zei hij.

'Wat? Heb jij ook nog wat?' Kirsten snauwde hem de vraag toe.

'Nee', zei Vince. Hij schudde zijn hoofd. 'Nee, ik weet niet waar dit over gaat. Ik wou alleen zeggen dat we d'r bijna zijn. Daar.' Hij wees naar een gebouw in het donker, aan de rand van de wijk. Achter het pand glinsterde het water van het IJ.

Voorzichtig manoeuvreerde Bernie de wagen door een half

openstaand hek het terrein op. Stapvoets reed hij om het gebouw heen, naar de achterkant. Door de hoge ramen scheen licht naar buiten, weerspiegelde op het water. De glinsteringen die we eerder zagen. Aan een lange steiger lagen een paar kleine bootjes. Bernie draaide de camper met zijn neus naar een grote schuifdeur en toeterde, één keer, kort.

Langzaam schoof de deur opzij. Erachter lag een grote ruimte, een loods. Twee mannen duwden de deur steeds verder open, tot de camper erdoorheen kon. Bernie trok op en de wagen rolde naar binnen. Achter ons ging de schuifdeur weer dicht, ik hoorde hem rammelend in het slot vallen.

Bernie schakelde de motor uit, deed zijn portier open en stapte uit. Vince stapte aan de andere kant uit. Even later ging de zijdeur open en kwam hij weer naar binnen. Hij stak zijn hand uit naar Kirsten.

'Hier', zei hij. 'Kom maar.'

Meer zeiden ze niet. Kirsten klom van het bankje en volgde hem naar buiten. Van het ene moment op het andere lag ik alleen achter in de camper. Op mijn buik.

'Hé!' riep ik.

Geen antwoord.

'Hé, en ik dan?!'

Het maffe kale hoofd van Vince verscheen weer in de deuropening. Hij glimlachte.

'Ik ben zo terug', zei hij.

Ik sliep. In de stilte van de verlaten camper, op het smalle bankje, mijn armen om mijn kussen gevouwen, de wiet nog voldoende in mijn lijf om diep en droomloos in slaap te vallen. Pas toen iemand aan me begon te sjorren, werd ik weer wakker. Drie man stonden om me heen. Kirsten zat omgekeerd in de bestuurdersstoel.

'Voorzichtig', zei ze. 'Hou zijn rug recht. Wat je ook doet.'

Voorzichtig hielp niet. Alle pillen en zalfjes waren uitgewerkt.

Van de wiet was alleen nog een dicht en duf hoofd over. Elke beweging sneed door mijn rug. Ze tilden me van het bankje en begeleidden me de camper uit. Daar lag een provisorische brancard, zelf gemaakt van een paar stalen pijpen en een stel oude dekens. Zodra ik erop lag, pakten ze elk een uiteinde van de stangen en droegen me door de loods naar een deur aan de andere kant.

Achter die deur lagen de oude kantoren van het bedrijfspand. Ze droegen me door een lange gang, een trappetje op, een hoek om, trappetje weer af, weer een hoek om, tot we uiteindelijk een kamer in gingen. Een kamer met een bed, een tafel, een stoel en een kast. Een deur naar de gang en een raam met een uitzicht dat ik niet kon zien, omdat ik weer eens plat op mijn buik lag.

45 Bellilog 28.06.04

Oké. Niet oké. Het is niet oké. Ik lig hier in een kamer, ergens, doet er niet toe waar, en K komt binnen, vraagt hoe het met me gaat. Gewoon, zoals mensen doen. Een normale vraag. En ze kijkt naar me, naar mijn ogen. Ze kijkt niet naar de kale kamer, niet naar het oude matras, niet naar de schimmel op de muren of de verf die met hele plakken tegelijk van het plafond af komt. Ze kijkt niet naar de totale afwezigheid van enige voorziening, er is geen verwarming, geen water en geen elektriciteit in de kamer. Er is één lamp en die is aangesloten op een verlengsnoer dat de stroom uit een ander deel van het gebouw haalt. Maar daar kijkt ze niet naar. Ook niet naar mijn lichaam, dat stijf en ellendig is, dat ik nauwelijks kan bewegen zonder snijdende pijn. Nee, ze kijkt naar mijn ogen, alsof ze door die kleine ronde kogels naar binnen kan kijken, naar de ravage die ik daar heb achtergelaten, want ik leef buiten mezelf. Daar is het veiliger. En dat is niet oké.

46 The Pattern

'Waar ben ik?'

Niemand reageerde op mijn vraag. Kirsten controleerde of ik goed lag. Ze schoof mijn hemd omhoog en voelde mijn rug. Haar vingers gleden langs mijn wervels, bijna zonder ze aan te raken.

'Oké,' zei ze, 'hier kan ik wel wat aan doen.' Ze keerde zich naar Vince. 'Heb jij die tas nog ergens? Die gele met die roze hengsels?'

Achter mij verlieten ze allebei de kamer. Ik hoorde hun voetstappen in de gang. Stilte. Even later kwam Kirsten terug. Ze zette een glas water op het tafeltje naast het bed. Vince bracht de tas en liet hem naast haar op de grond vallen.

'Bedoel je deze?' vroeg hij.

Ze knikte. Ritste de tas open en haalde er de tube pijnstillende crème uit en een doosje paracetamol. Ze gaf me een paar tabletten. Eén voor een slikte ik ze door met water. Na de laatste nam ze het glas van me aan en zette het weg. Ze pakte de tube en begon de plek op mijn rug in te wrijven. Heel langzaam, heel zachtjes wreef ze de crème in de pijn. Ik sloot mijn ogen, beet op de rand van mijn kussen en wachtte tot ze klaar was.

'Kwartiertje', zei ze. 'Over een kwartiertje ben ik terug.'

Vince zat op een rechte houten stoel naast het bed.

'Hoi', zei hij.

'Jij ook.'

'Gaat-ie een beetje?'

'Niet overdrijven', zei ik. 'Waar zijn we hier?'

'Bij The Pattern.'

'Nooit van gehoord.'

'Eigenlijk is het een commune. Een IT-commune.'

'Een IT-commune? Klinkt als iets wat niet kan.'

'Omdat je er niets van weet.'

'Klopt. Minder dan ik zou willen.'

'Zeventien mensen wonen en werken hier', zei Vince. 'Allemaal high end software design. Geen spelletjes of andere leuke dingen die mensen alleen maar verder van de technologie verwijderd houden. Nee. Systemen. Besturingssystemen. Content management systemen. Beveiligingssystemen. Gespecialiseerd. Waar WorldWare ophoudt gaat The Pattern verder. Zo moet je het zien.'

'Vrienden van je?'

'Meer dan dat.'

'Maar zelf woon je hier niet.'

'Nu wel.' Hij lachte. 'Kirsten is misschien kwaad dat ze haar verdieping moest verlaten, maar ik niet. Ik stond toch al op het punt hierheen te verhuizen. Het enige wat ik nog nodig had was een trap onder mijn gat, dus eh ...'

'Graag gedaan', zei ik.

'Precies. En als dat netwerk hier niet gekraakt kan worden, dan zou ik niet weten waar het dan wel kan.'

Ik schrok. Ik zag de gevonden rust onmiddellijk alweer verdwijnen. Het zou geen uur duren voordat ook deze plek was gevonden en Breger en zijn mannen weer achter me aan kwamen. Dat wilde ik niet. Niet meer. Vanaf nu gingen alle kanalen dicht. Dat was de enige manier om onvindbaar te blijven.

'Wat jullie ook doen,' zei ik, 'wacht tot ik erbij ben. Ga niet zonder mij op dat net zitten.'

Vince keek me meewarig aan.

'Maak je geen zorgen', zei hij. 'Deze jongens zijn de beste in Nederland. We weten heus wel wat we doen.'

Ik schudde mijn hoofd. 'Misschien weet jij wel wat je doet, maar je hebt geen idee wat de ander doet. En dat weet ik wel.'

'Het zal eens niet zo zijn!' De stem van Kirsten doorbrak de spanning die zich tussen Batte en mij had opgebouwd. 'Hij weet het altijd beter', zei ze. 'Toen hij twaalf was, wist hij het al beter en nu is hij nog geen stap verder.'

'Kirsten, alsjeblieft', zei ik. 'Ik probeer hier ...'

Ze legde een vinger op haar lippen en maande me tot stilte. Ze boog zich voorover en bekeek mijn rug.

'Kijk,' zei ze, 'nou zie ik het. Vince? Help je even?'

Samen hielpen ze me van het bed, tot ik rechtop stond. Armen langs mijn lichaam. Het voelde onwennig. De pillen en de crème hadden hun werk gedaan en dus kon ik bepaalde bewegingen zonder al te veel pijn maken. Kirsten ging pal achter me staan.

'Ontspannen', zei ze. 'Toe maar.' Ze schoof haar armen onder de mijne door en haakte haar handen voor mijn borst in elkaar. 'Leun maar tegen me aan en volg mijn bewegingen', zei ze.

Ik liet mijn rug tegen haar aan zakken en wiegde met haar mee. Ze begon een trage draai, naar links, naar achteren, naar rechts, naar voren. En nog een keer. Pijn kroop vanuit mijn ruggengraat naar alle delen van mijn lichaam. Zo sterk waren die pillen nou ook weer niet. Ik kreunde.

'Ontspannen', zei Kirsten weer. En ze draaide weer. 'Blijven ontspannen.' Tot we een cadans te pakken hadden, een langzaam ritme waarin het gewicht van haar lichaam het mijne voortbewoog en ik bijna zonder inspanning, steeds makkelijker en steeds vrijer met haar mee draaide. De pijn bleef, maar door de beweging en de kleine, zacht gesproken woorden van Kirsten raakte ik in een soort trance. Naar links. 'Goed zo.' Naar achteren. 'Verder, verder.' Naar rechts. 'Ontspannen.' Naar voren. 'Loslaten.' Naar links. 'En draaien.'

Op het moment dat mijn hele lichaam de draai naar links inzette, klemde zij haar armen strak om mijn borst en kraakte mijn bovenlichaam de andere kant op. Ik gilde het uit. Alle kracht en tegenkracht leken samen te komen in de ene plek op mijn rug. Kirsten trok zich niets van mijn geschreeuw aan en duwde door tot ze een kleine schok voelde, een klik, als een verbinding die weer op haar plaats valt. Op dat moment verslapte ze haar greep.

Ze liet me niet los, maar ze liet me vrij. De pijn stroomde weg, uit mijn rug, mijn benen, mijn armen. Uit mijn hoofd. Als zout dat oplost in water en heldere vloeistof achterlaat.

'Zo beter?' vroeg ze.

Ik knikte.

'Mooi', zei ze. 'Een paar dagen voorzichtig en dan heb je nergens meer last van. Ik zie je zo meteen wel weer.' En met die laatste woorden liep ze de kamer uit. Kirsten. Ze haalde haar kennis uit twee werelden, de briljante natuurkundestudent en de manueel therapeute met opvallend sterke handen. Kirsten was een team op zichzelf.

Vince staarde haar na. Ik ook.

'Jezus, hoe kom jij aan zo'n zus?' vroeg hij.

'Goeie vraag,' zei ik, 'maar niet een die je aan mij moet stellen.'

47 Als we vrij zijn, zijn we verloren

The Pattern werkte in één enorme ruimte. Lange tafels, stellingen vol computers, beeldschermen, een woud van kabels. Toetsenborden met kleurcodes om te kunnen zien op welke computer ze waren aangesloten. Alles door elkaar. De opstelling had niet eens de schijn van orde. Het leek meer een organisch gegroeid iets, een enorme technologische zwam met draden, bakken en vlakken.

'Ik dacht dat bij informatietechnologie alles draaide om orde', zei ik.

'Om ordening', zei Batte. 'Dat is iets anders. En om precisie. Niet om netheid. Het gaat er niet om dat jij het systeem begrijpt. Als we daaraan moeten beginnen, dan gebeurt er nooit meer wat. Het gaat erom dat het systeem werkt.' Hij wees op de tafels en de wirwar aan spullen. 'En dat werkt', zei hij.

We liepen langs de opstelling naar een groepje van vijf mannen en vrouwen die rond een aparte tafel stonden. Dichterbij zag ik dat er twee opengeschroefde laptops op lagen. Die van mij en die van Vince. Als dode huisdieren. Even voelde ik een onverwachte pijn, ergens in mijn borst. Hier lag mijn computertje. De afgelopen weken was dit het enige wat ik nog had. Ik had ermee geslapen en mee gewerkt. Met mijn armen er omheen geslagen had ik erop gesteund. Letterlijk. Die nacht in de tram had het mij overeind gehouden. Het was mijn contact met de rest van de wereld. Via deze laptop praatten Jes en ik met elkaar, toen dat nog kon. Via deze computer had ik Huib Breger 2 gevonden, had ik de partners van HC&P uit hun schuilplaats gedwongen en was ik bij Vince Batte terechtgekomen. Dit was niet zomaar een ding, dit was een maatje, een vriend, ook al had hij dan een rotte plek.

'Dit is Karl', zei Batte.

Een kleine man van achter in de veertig draaide zich om. Keek me aan. Diepliggende ogen. Voorhoofd als een maisonnette, hersenen over twee verdiepingen. Hij schudde mijn hand.

'En dan ben jij de eigenaar van dit slachtoffer', zei hij en hij wees op mijn laptop. 'Volgens Vince mogen wij niets doen zonder dat jij erbij bent.'

'Liever niet', zei ik en ik vertelde waar ze mee te maken hadden. Het netwerk en vooral het levensgevaarlijke vermogen van het net om gebruikers te lokaliseren en uit te schakelen. 'Er is ene meneer Miller, die er hoogstpersoonlijk voor zorgt dat onbevoegde gebruikers worden verwijderd. Niet alleen hier, want ik ben bang dat mijn contactpersoon in Zuid-Afrika ook is verdwenen. Ik heb al dagen niets van hem gehoord en dat klopt niet.' Ik vertelde hoe ik Huib had gevonden, wat hij had gedaan, de beveiligde server die hij had geregeld, waarvan ik nu niet meer wist of hij nog veilig was of niet. 'Als ze Huib te pakken hebben, dan zijn ze vlakbij.'

'Een beveiligde server is geen probleem', zei Karl. 'Dat is techniek, dat regelen we hier zo. Nee, het echte probleem is waarom. Waarom gebeurt dit? Ik kan zelf honderd verschillende redenen bedenken, maar er is er altijd maar eentje waar het echt om gaat. En pas als je die te pakken hebt, weet je wat je moet doen.'

Ik zweeg.

'Dus dat is de vraag', herhaalde Karl. 'Waarom?'

'Heb je mijn naam al gegoogled?' vroeg ik.

Hij schudde zijn hoofd.

'Mag ik dan even?'

Karl nam me mee naar een toetsenbord en een beeldscherm. Hij klikte een paar keer met de muis en het vertrouwde beeld van de zoekmachine verscheen. Op de zoekregel tikte ik mijn naam. 'Michael Bellicher'. Binnen een seconde had de zoekmachine 14.978 vermeldingen van mijn naam gevonden op het internet.

'Bekende jongen', zei Karl.

'Het is maar hoe je het ziet', zei ik. Langzaam scrolde ik langs de vermeldingen. Het waren stuk voor stuk berichten over geweld, moord en het feit dat ik op de vlucht was. Vergelijkingen met *American Psycho*, de nette adviseur nu brute moordenaar. 'Dit ben ik', zei ik. 'Kennelijk.'

Karl nam de muis van me over en scrolde verder. 'En dit heb jij niet gedaan?' vroeg hij. 'Geen van deze dingen? Dit dus ook niet. Hier. Vrouw verkracht en vermoord in Amsterdam-Zuid. Ene Jessica Polse. Heb jij ook niet gedaan?'

Mijn ogen vonden het bericht op het scherm en met elk woord dat ik las, liep ik verder vast. Ik werd gezocht voor de moord op Jessica. Sporenonderzoek wees naar dezelfde dader als bij de moord op I. Radekker, administratief medewerkster bij hetzelfde bureau. Alles klopte, van mijn haar aan het hengsel van het tasje van Ina tot mijn bloedsporen in haar flatje, van mijn vingerafdrukken bij Gijs tot mijn zaad in Jessica. Alles wat ik had gedaan bewees dat ik iets anders had gedaan.

Karls ogen gingen heen en weer, van de berichten op het scherm naar mijn gezicht. Hij zag de verbijstering, die langzaam overging in woede. Hij reikte naar de muis en klikte het scherm weg.

'Oké, iemand manipuleert informatie. Bedoel je dat?'

Ik knikte.

'Om jou dwars te zitten?'

'Nee', zei ik en ik schudde mijn hoofd. 'Nee, ik ben niet meer dan een hapering, een vuiltje.' Ik zweeg. 'Waarom ze het doen, weet ik niet. En hoe ze het voor elkaar krijgen, weet ik ook niet. Het gaat met die dingen,' ik wees op de laptops, 'maar wat ik niet begrijp, is hoe ze allerlei bestanden kunnen vervalsen zonder dat iemand het in de gaten heeft.'

'Dat gaat makkelijker dan je denkt', zei Karl. Hij legde zijn hand op een beeldscherm. 'Want dit is God.'

'Alsjeblieft, begin jij nou ook al?'

'Nee, luister. Vroeger hadden wij God voor alles wat we niet begrepen. Het enige wat we konden was een beetje krabbelen aan de oppervlakte. Als kippen in een ren. Meer niet. Al het diepere, zoals de schepping en de natuurlijke orde der dingen en zo, dat deed God. Die was er voor alle echt ingewikkelde zaken. Ja? Nou, in die verhouding is eigenlijk weinig veranderd. Alleen zijn de ingewikkelde zaken nu de complexe structuren en systemen van de techniek die ons dagelijkse leven beheersen. Wij zijn dan wel mensen met een vrije wil, maar de systemen bepalen dat ik mijn paspoort moet verlengen en of ik straks nog wel een nieuw paspoort krijg of niet.' Hij wees op het beeldscherm. 'Wij, de mensen, hebben al die systemen bedacht en gebouwd, maar nu gaan ze onze eigen kracht te boven. Jij of ik alleen kunnen er weinig tegen beginnen en of we het nou willen of niet, steeds vaker zijn het de systemen die ons leven bepalen. Die ons lot bepalen. Uiteindelijk vertrouwen de meeste mensen erop dat wat er uit dat systeem komt goed is. Zonder dat vertrouwen kunnen we niet verder. Wij moeten erop vertrouwen, in het diepste van ons wezen, dat de systemen het beste met ons voor hebben. Net zoals God dus', zei Karl. 'Of hoe je het dan ook noemen wil.'

'Het kwaad.'

Karl lachte. 'Ja, misschien, maar dat is een ander gesprek', zei hij. 'Waarom denk je dat wij hier zitten?'

'Om geld te verdienen?'

'Ook ja, maar vooral omdat je alleen met een eigen systeem een kans hebt. Alleen met een eigen structuur kun je de complexiteit onder controle houden. Als je tenminste weet wat je doet.'

Een maand geleden had ik dat op zijn best subversief gevonden. Maar vooral heel erg oninteressant. Geneuzel in de marge. Gezeur van mensen die er niet toe deden, die niet belangrijk waren. Nu zag ik dat precies andersom.

'Oké,' zei Karl, 'twee dingen. Die Huib Breger in Zuid-Afrika en de Roadmap. In die volgorde.'

'Misschien kunnen we beter eerst een eigen beveiligde server opzetten', zei ik, maar Karl schudde zijn hoofd.

'Dat is techniek', zei hij lachend. Voor hem was het geen onderwerp. Hij sloeg me op mijn schouder. 'Daar kan je niks aan doen', zei hij. 'De meeste mensen denken dat het om de techniek draait. Maar zo is het niet. Het gaat om mensen, zoals die Huib. Die was toch familie van een van die gasten?'

'Naamgenoot zelfs.'

'Heel goed. Heel goed. Vince, help jij Michael even? Zo snel mogelijk, als het kan.' Hij draaide zich om en liep naar een andere tafel. Spreidde zijn armen, wijd, alsof hij de hele ruimte wilde omvatten. 'Familie,' zei hij, 'zonder familie zijn we vrij en als we vrij zijn, zijn we verloren.'

48 Mail van: HB2

Onderwerp:???
WAAR BEN JE???
HIER ALLES KLAAR.
MAIL!

49 Een genetische opdracht

De hele groep kwam om het scherm zitten. Iedereen bemoeide zich met de mails die ik naar Huib stuurde en iedereen leverde commentaar op de berichten die ik van hem ontving. Wat hij moest doen en wat hij vooral niet moest doen. Iedereen leek het beter te weten dan hij. Ik typte en mailde tot ik er beurse vingertoppen van kreeg. En tot Huib er genoeg van had.

'NEE NEE NEE!' schreef hij. Zijn opwinding knalde van het scherm. 'Dit is Breger-business. Dit is mijn familie, ja? Als een van ons in de fout gaat, dan gaat de familie hem halen ... met zijn allen. Als de familie wil dat oom Huib iets doet, dan doet oom Huib dat. Vergis je niet.'

'Heel goed', zei Karl. Hij glimlachte. 'Heel goed. Wanneer gaan ze oom halen? Vraag dat maar.'

Ik typte en verzond de vraag. Het antwoord kwam een paar seconden later.

'Volgende week maandag.'

'Waar?' vroeg ik.

'Brussel.'

'In Brussel? Sinds wanneer is HB in Brussel?'

'Hallo! Is daar iemand? Hebben jullie geen CNN?'

Karl pakte een afstandsbediening en drukte op een knopje. Aan een beugel aan het plafond hing een groot televisietoestel. Het beeld flitste en versprong tot CNN was gevonden. De nieuwszender berichtte over de EU-top in Brussel. Beelden van regeringsleiders die glimlachend en handenschuddend arriveerden, van onze eigen minister-president, die samen met de bondskanselier van Duitsland naar binnen ging. Lachen voor de camera's. Wijzen naar elkaar. Naar mensen die niet te zien waren. Microfoons die links en rechts naar voren werden geduwd, op de golven van geschreeuwde vragen, die niets te lachen overlieten.

'Gaan de grenzen dicht?'

'Neemt de EU het verbod op hoofddoekjes over?'

'Worden de radicale moskeeën gesloten?'

'Is de vrijheid van godsdienst in het geding?'

Bezwerende handen, vage blikken. De premier stapt naar voren en spreekt in de microfoons. 'Eén ding,' zegt hij, 'de problemen zijn ernstig en er is niemand die dat ontkent, maar dit is een INtegratie-top, geen DESintegratie-top, en wij zullen de feiten en de cijfers laten spreken, niet de emoties.'

De commentator van CNN nam het over en noemde de enorme verantwoordelijkheid die deze leiders hadden, de opdracht die zij hadden om in Europa een nieuw evenwicht te vinden. De uitdaging om voor het groeiende aantal moslims een plek en een rol te vinden die de democratie niet zou bedreigen. *Defining the future* noemden ze het op CNN, maar in de opgeklopte urgentie van de Amerikaanse stemmen klonk iets heel anders. Een dreiging. Ik wees naar het scherm.

'Wij zullen de feiten en de cijfers laten spreken', zei ik. 'Maar welke?'

Karl keek me aan. 'Bedoel je dat er met de sociale en politieke gegevens wordt geknoeid? Dat is niets bijzonders, want dat gebeurt al eeuwen. Iedereen knoeit met zijn cijfers.'

'Met zíjn cijfers, ja. Mensen knoeien met hun eigen cijfers. Hier is iemand anders met onze feiten aan het knoeien. *Interzonal Strategical Confrontation*', zei ik. 'Waar die zones precies liggen, weet ik niet, maar een ervan is hier. Kijk maar.' Ik wees weer naar de televisie. 'Heb jij ooit, buiten op straat, in een winkel, weet ik veel waar, de dreiging en het gevaar gevoeld waarvan iedereen tegenwoordig zegt dat die er is? Die in alle rapporten staat en die de kern vormt van de feiten en cijfers waar zij het over gaan hebben? Ooit?'

'Dat kan niet', zei Karl. Zijn toon beslist, kortaf bijna. 'Dat zou een extreem diepe infiltratie zijn. Dat kan gewoon niet.'

'Dat denk je omdat jij het netwerk nog niet kent', zei ik. 'Vince?'

Via de routers en de beveiligde server van Huib gingen we internet op. Ik typte de domeinnaam in de bovenste regel van de browser en even later sprong de computer naar het virtuele adres.

Zwart scherm. Witte letter.

YOU HAVE REACHED THE HOME OF MISTER MILLER
WELCOME?

Achter deze twee eenvoudige zinnen verscheen de langzaam ronddraaiende aarde. Groen en wit en blauw, badend in het ongefilterde licht van de zon in de ruimte. *The home of mister Miller* leek een vredige planeet. De website was nog onveranderd sinds de laatste keer dat ik er was geweest. Met behulp van Huib, die vanuit Zuid-Afrika meekeek, leidde ik de mensen van The Pattern door het bizarre netwerk. De eerste stoere opmerkingen en grappen waren snel voorbij. Binnen een paar minuten keken ze met ingehouden adem naar het onvoorstelbare bereik van meneer Miller. Karl had ongeveer een kwartier nodig om het te bevatten en de consequenties ervan te overzien. 'Jij hebt geen leven meer', zei hij. 'Wie dit systeem tegen zich heeft, kan er net zo goed mee ophouden.'

'Dank je', zei ik. Blij dat eindelijk iemand onder woorden bracht wat ik nu al een paar weken voelde.

Vanaf dat moment ging het snel. Karl organiseerde zijn mensen. Een paar man namen de M-drives uit mijn laptop en uit die van Vince onder handen, haalden de netwerkprogrammatuur eraf en begonnen de software code voor code uit elkaar te halen. Anderen gingen het net op en probeerden toegang te krijgen tot de achterliggende gegevens. Ieder richtte zich op een onderdeel van het systeem en snel veranderde de grote zaal in een werkplaats. Mensen verdwenen in hun opdrachten, in de minuscule ruimte tussen bits en bytes, en elke keer was het weer verbijsterend om te zien hoeveel er mogelijk was door de beheersing van de allerkleinste componenten.

Vince en ik trokken ons terug in een aparte kamer om afspraken te maken met Huib. Als de Bregers volgende week maandag naar Brussel gingen om de afvallige oom weer in de schoot van de familie terug te brengen, dan wilde ik weten hoe ze dat gingen doen. Wanneer. En waar. En dan wilde ik daarbij zijn.

Het Europese hoofdkantoor van HC&P stond vlak buiten de stad, in een kantorenwijk van Amerikaanse allure, met brede gazons en voorbeeldig onderhouden parkjes. Ik was er een paar keer geweest, voor vergaderingen en ook een keer voor een interne opleiding.

Het was de perfecte plek voor de Bregers om toe te slaan. Afgelegen, ruim en makkelijk te bereiken. Het enige echte probleem was de toegang tot het gebouw. Zonder pasjes van HC&P kwam niemand erin. Tenzij ze het gebouw wilden bestormen.

Huib mailde zijn laconieke antwoord een paar minuten later. 'Als het moet. We zijn wel eens een nicht van ons gaan halen, die door haar man … eh, hoe zal ik dat zeggen … geëxploiteerd werd, ja? En toen zijn we ook niet op de stoep blijven wachten tot hij naar buiten kwam. Dat kan ook niet. We gaan daar niet naartoe voor het uitzicht. Dat is hier trouwens mooier.'

Van de gedachte alleen al werd ik een stuk vrolijker. Niets kon Jessica terugbrengen en niets kon mijn leven terugdraaien tot voor die nacht, tot voor de dag dat ik mezelf voorbijholde. Maar het idee dat Huib Breger straks door zijn bloedeigen familie het pand van HC&P uitgesleept werd, bracht een glimlach op mijn gezicht.

'Ik weet niet hoe jullie dat denken te doen,' mailde ik, 'maar als je daar straks met drie man voor de deur staat, dan zijn ze bij HC&P niet onder de indruk.'

'Je kent mijn familie niet', schreef Huib terug.

'Wij regelen hier wel pasjes', zei ik en ik trok me niets aan van de verbaasde uitdrukking op het gezicht van Vince. 'Hoeveel moet je er hebben? Tien? Vijftien? Twintig?'

Vince verdween in de werkplaats. Het regelen van twintig niet te traceren pasjes was veel moeilijker dan ik had laten blijken. Na mijn actie, 's nachts in het kantoor hier in Amsterdam, was het bekend dat mijn nieuwe pasje door Vince was gemaakt. Daarom moest hij een manier vinden om de automatische registratie van zijn werk te wissen, en dat was hem tot op heden niet gelukt. Er zat een beveiliging op die elke vorm van inmenging onmogelijk maakte. Als die beveiliging niet kon worden gekraakt, dan waren alle pasjes die hij aanmaakte onmiddellijk bekend. En dus onbruikbaar. Achter in de grote zaal werkte hij onverstoorbaar met een van de andere programmeurs van The Pattern. Iedereen werkte met eenzelfde gedrevenheid, met eenzelfde verbetenheid. Voor deze mensen waren internet en informatietechnologie de grootste verworvenheden van de individuele vrijheid; het waren de symbolen van het vermogen van de mens informatie beschikbaar te maken en zelf te bepalen wat hij wel of niet wilde weten. De aanmatigende uitspraak van meneer Miller, dat het zijn *home* was, en dat hij bepaalde wie er wel en wie niet welkom was, was een regelrechte oorlogsverklaring.

Een paar uur later kwam Karl naar me toe. Hij vertelde hoe ver ze ondertussen waren gekomen. De beveiliging voor de pasjes was gekraakt. Het netwerkbesturingsprogramma op de laptops was herkenbaar gemaakt, en nu probeerden ze een sabotageprogrammaatje te bedenken, een soort computervirus, waarmee ze de besturing van het netwerk konden ontregelen.

'Maar dat gaat niet zomaar lukken', zei hij. 'Als je hier of daar ergens iets uitschakelt, dan heeft dat geen enkel effect. De defecte delen worden gewoon uit het systeem geknikkerd en het systeem maakt zelf onmiddellijk een vervanger. De besturing zit ook niet ergens in één computer, die je kan uitschakelen of zo. Was het maar zo. En bovendien', hij aarzelde even, 'is het beeldschoon. Het is software met een soort genetische opdracht. Eigenlijk is het zonde om die uit te schakelen.'

'Daar kom je wel overheen', zei ik. Ik was niet in de stemming voor zijn technoromantiek.

'Waarschijnlijk', zei hij. 'Daar kwam ik trouwens niet voor. In alle drukte hebben we het nog steeds niet gehad over dat tweede punt.'

'Welk was dat ook alweer?' Ik was zijn lijstje van belangrijke zaken vergeten.

'Die roadmap', zei hij. 'Hoe noemde je hem ook alweer?'

'De Roadmap Interzonal Strategical Confrontation.'

'Die ja. Waar kan ik dat ding vinden? Ik heb overal gezocht, maar ...'

Ik schudde mijn hoofd, haalde mijn schouders op en spreidde mijn handen. 'Ik heb geen idee', zei ik. 'Waar heb je zoal gekeken?'

Overal. Elke plek die ik kon bedenken, had hij afgezocht. Elk hoekje op het internet had hij bekeken. De paar referenties aan de roadmap gaven geen links naar andere pagina's of andere bronnen.

'Als het al iets is,' zei Karl, 'dan staat het niet op het net. En als het toch op het net staat, dan is het op een plek waar zoekmachines niet kunnen komen.'

'En wat moet ik me daarbij voorstellen?' vroeg ik.

'Inlichtingendiensten. Pentagon. Dat soort jongens.'

Als de informatie verborgen zat bij organisaties zoals die van Huib Breger of bij andere geheime diensten, dan wilde ik daar het liefst met een zo groot mogelijke boog omheen lopen. Het vertrouwen van Karl in zijn eigen beveiliging was bemoedigend, maar ik was nog niet echt overtuigd. Voorlopig wist niemand waar ik was, en dat wilde ik graag zo houden.

Als het kon.

'Wacht', zei ik. Plotseling herinnerde ik me de papieren en documenten van Jessica en van Ina. 'Zo terug.' Ik holde door de gangen naar de loods. In de camper vond ik de plastic tassen. Naast elkaar. In een hoekje tussen het kleine aanrechtje en een van de bankjes. Bernie hield zijn ruimteschip keurig aan kant.

50 Mail aan: Jes

Onderwerp: forever
Ik verwacht geen antwoord, maar ik mis je wel.
belli

51 Het schaakbord

Alles zat door elkaar. De papieren die ooit in mapjes hadden gezeten, op onderwerp gerangschikt, had ik na de val in het trappenhuis van HC&P gewoon in de tassen gepropt. Er zat geen enkele orde meer in. Een voor een legde ik de vellen uit op de grond, allemaal naast elkaar. Drie tassen vol. Het waren honderden pagina's.

Op al die bladzijden zocht ik naar kenmerken, verbindingen, lettertypes, alles wat ik maar kon vinden, om te bepalen welke papieren bij elkaar hoorden. Mijn ogen draaiden langs de eindeloze hoeveelheden woorden. Ik las niet. Ik scande de pagina's op zoek naar een beeld, een woordbeeld.

Veel viel onmiddellijk af. Zodra ik de naam van een klant ergens zag, hoefde ik niet verder te kijken. Wat ik zocht, zou HC&P nooit aan een klant vertellen. Langzaam maar zeker vorderde ik en aan het eind van de dag had ik drie bladzijden, drie eenzame vellen papier, elk met een verwijzing naar RISC. Meer niet. Het verhaal tussen die verwijzingen vertelde wel iets, maar bij lange na niet genoeg. Niet wat het was, niet hoe het in elkaar zat, niet waar het vandaan kwam. En niet wie erachter zat. Teleurgesteld liet ik de papieren weer op de grond vallen. Karl raapte ze op en keek er nog een keer naar, maar ook hij kon er niets meer van maken dan het was. Een vage omschrijving van iets waar we niets mee konden.

'En wat is dat?' vroeg hij. Hij wees op een vierde plastic tasje dat nog onaangeroerd tegen de muur stond.

'Dat zijn wat spullen van die andere vrouw', zei ik. 'Radekker, de vrouw van de financiële afdeling, en daar zit ook niet veel bij, een soort boekhouding, meer niet. En ik heb geen idee waarvan.'

Karl pakte het tasje en haalde de paar dunne mapjes eruit. Bladerde door de inhoud. Schudde zijn hoofd. 'Ik geef het wel aan

Sacha, die is goed met cijfers.' Met de papieren in zijn hand liep hij de kamer uit en van het ene moment op het andere was het stil. Ik stond alleen in de grote ruimte, om mij heen de rotzooi. Ik liet me op de grond zakken en begon alles weer bij elkaar te rapen en op te bergen.

Kirsten kwam binnen. 'Hoi', zei ze, en ze ging naast me op de grond zitten. Met zijn tweeën ruimden we op. Zwijgende handen. Ritselend papier. Rekkend plastic.

'Die vrouw?' vroeg ze.

'Jessica?'

'Die, ja. Was dat een vriendin van je?'

Ik knikte. 'Zoveel heb ik er niet', zei ik.

'Sorry', zei ze en ze sloeg haar armen om me heen. Ze wiegde me heen en weer. Traag. Beweging van genade. 'Dat wist ik niet', zei ze.

'Er is zo veel dat we niet van elkaar weten.'

'Nee. Maar je zei ook niets.'

Ik haalde mijn schouders op. Perste mijn lippen op elkaar. 'Ik weet niet wat ik zeggen moet', zei ik. Er zat te veel, te veel geweld om verdriet vrij baan te laten. Ik had nog steeds te veel haast om het toe te laten.

'Hier', zei Kirsten. Ze haalde mijn Labello-stift tevoorschijn. 'Is deze van jou?'

Verbaasd keek ik naar het kleine plastic staafje. Jarenlang had ik niet zonder gekund en nu had ik het al een paar dagen niet gemist. Ik rolde mijn lippen over elkaar. Ze waren soepel en zacht. Nergens spleetjes of velletjes. Ik nam de stift van haar aan en liet hem in mijn zak glijden. Een herinnering. Van iets.

Helemaal zeker wist ik het niet meer.

De nacht was een voortdurend onderbroken poging om ergens meer dan een uur slaap te pakken. Er werd in ploegen doorgewerkt. Om halfdrie kwam Vince me halen. Hij had de pasjes geregeld. De hele aanvraag en afhandeling was geautomatiseerd.

Het enige wat we nu nog hoefden te doen, was de pasjes in handen krijgen.

'Elke dag rijdt er een koerier die de nieuwe pasjes aflevert. Niet alleen van HC&P, ook voor andere bedrijven. En daar wordt het lastig,' zei hij, 'want ik kan wel van alles aanmaken en bestellen, maar ik kan de koerier niet naar een ander adres laten rijden. De pasjes zijn voor hc&p en die moet hij bij HC&P afleveren. Op een ander adres geeft hij ze niet eens af. Hoort allemaal bij de veiligheidsprocedures.'

'En dus?' vroeg ik. Slaap vocht nog om voorrang in mijn lijf.

'Dus moeten we iets anders bedenken.'

'Nee toch.' Ik staarde naar het computerscherm. Als ik nog veel van die menuutjes en programma's zou zien, werd ik gek. 'Dan moeten we die koerier ergens onderscheppen', zei ik.

Vince keek me aan. 'Hoe had je dat dan gedacht?'

'Gewoon, auto klemrijden, vent eruit sleuren, pasjes pakken. Weet ik veel!'

'Slecht plan', zei Vince.

'Weet jij iets anders?'

Hij schudde zijn hoofd.

'Kan jij via de computer de route van die koerier te pakken krijgen?'

Midden in de nacht zaten Vince, Bernie, Kirsten en ik aan een tafel, ergens in het pand. Door de grote ramen van de kamer keek ik uit over het IJ. Met een mok dampende koffie in mijn handen slenterde ik van het ene raam naar het andere. Naar de kamer ernaast, een grote lege ruimte. Het linoleum op de vloer was vergaan, de muren waren grauw en smerig en het houtwerk was half verrot. Achterstallig onderhoud was een veel te vriendelijke omschrijving, maar de ruimte was uniek. Aan het water, uitzicht op het station, op de stad aan de overkant. Ik genoot van de ruimte en van de afstand.

Vince deelde printjes uit met de route van de koerier. Bernie legde het plan uit. Kirsten knikte en wist kennelijk wat ze moest doen.

Karl stak zijn hoofd om de deur.

'L.G.? Zegt jou dat iets?' Hij keek mij aan.

'Lange golf?' zei ik.

'Volgens mij is het een bedrijf, maar jij kent het dus niet?'

Ik schudde mijn hoofd. Karl was alweer verdwenen.

Ik ook.

De volgende ochtend vond ik Kirsten in de keuken. Met geroosterd brood en gebakken eieren en meer koffie. We aten in stilte. De dag, deze dag, was belangrijker dan ik op dat moment wilde toegeven. Dit weekend waren alle betrokkenen bij elkaar in Brussel. Niet alleen de EU-leiders, maar ook iedereen bij HC&P die iets te maken had met mij. Met meneer Miller. Als ik ooit een kans zou krijgen mezelf vrij te pleiten, om los te komen van de waanzin die me achtervolgde, dan was het daar. Dit weekend. Na maandag vertrok iedereen weer. Naar Amerika, naar alle landen waar het bureau zijn mensen vandaan haalde.

Hier in Amsterdam kon ik niet meer verder. Het had ook geen zin nog langer te wachten. Als ik er nu niet doorheen kon breken, met alle hulp die ik hier kreeg, dan wist ik het niet meer.

Samen liepen Kirsten en ik naar de werkplaats, de grote ruimte met alle hardware. In groepjes van drie werd gewerkt aan een manier om het netwerk te ontregelen. Plat te leggen. Maar vooralsnog hadden ze niets.

'De software is ongrijpbaar', zei Vince. 'Wat we er ook in stoppen, het wordt geïsoleerd en onschadelijk gemaakt. Zomaar. Plop! Alsof we niet eens wat hebben geprobeerd.'

Op een groot beeldscherm was het netwerk zichtbaar. De zacht pulserende stromen, de zwermen. Het net leek sterker dan ooit. Gerichter.

'Misschien gaat het niet om de software', zei Kirsten.

Karl reageerde geïrriteerd. 'Het gaat altijd om de software', zei hij. ‘Iedereen die iets van IT weet, die weet dat het om de software gaat.’

Alsof ze de bijtende toon in zijn stem niet eens had gehoord, wees Kirsten op het beeld. ‘Het netwerk’, zei ze. Haar vingers gleden over het scherm. ‘Waarom is het zo ongrijpbaar?’

‘Omdat we niet weten waar het zit. Het zit overal. In delen. En die delen vormen een geheel, niet volgens een vaste structuur, maar volgens een behoefte die per seconde wordt bepaald. Alsof je een wond hebt aan je arm of aan je been en je lichaam reageert, op verschillende manieren. Eerst wordt er spul door je aderen naar de wond gestuurd om de zaak dicht te maken. Tegelijkertijd worden de functies en taken opnieuw verdeeld, zodat je de arm met de wond zo min mogelijk gebruikt. Waar zit het? In je hersenen, in je ruggenmerg, in je zenuwen, je spieren, je hart. Overal.’

‘Precies’, zei Kirsten. ‘Het zit overal. En wat is dat dan, dat overal?’

‘Computers’, zei Karl. ‘Miljoenen computers.’

‘Hardware, dus.’ Kirsten draaide zich om en liep naar de tafel met de twee ontmantelde laptops. ‘Die ongrijpbare software kan alleen maar draaien op een netwerk van miljoenen computers. Als je de software wil pakken, dan moet je de computers uitschakelen. Kijk.’ Ze wees op de onderdelen op de tafel. ‘Al die computers hebben een extra drive. Hoe dat kan, daar hebben we het nog niet eens over gehad, maar die extra drive zit erin. Het net werkt doordat al die computers zich aanmelden zodra ze online zijn. Die aanmelding gaat automatisch. Dat zit in de software op die extra vaste schijf. Wat je moet hebben, is een programmatje waardoor de computer zich weer afmeldt en die extra schijf schoonveegt. Klaar. Klik. Ik ben er niet meer. Eén voor één.’

‘Maal weet ik hoeveel miljoen’, zei Vince.

‘Ach, wat is een paar miljoen tegenwoordig’, zei Kirsten. ‘Ken je het verhaal van de Egyptische schaker die het land had gered en van de farao een beloning mocht kiezen? De schaker wees op het schaakbord en zei: “Sire, dit is de beloning die ik wil. Op het eerste vakje van mijn schaakbord wil ik één graankorrel. Op het tweede vakje twee. Op het derde vier. En zo verder. Op elk vakje het dubbele aantal van het vorige vakje. Tot u alle vakjes van het schaakbord hebt gehad." "Is dat alles?" vroeg de farao, die zich niet kon voorstellen dat hij meer dan een zak graan aan de man kwijt zou zijn. "Dat is alles", zei de schaker. Nou ja, de rest is bekend.'

Karl keek haar aan, wenkbrauwen hoog opgetrokken. 'Op het twintigste vakje zit je boven het miljoen', zei hij.

'In vierentwintig stappen heb je meer dan tien miljoen computers te pakken. En het enige wat je hoeft te doen is elke computer de opdracht te geven twee andere computers te vinden die zich op dit netwerk hebben aangemeld, voordat hij zichzelf uitschakelt. Twee. Meer niet. Voor een beetje virus is dat helemaal niets.'

'Dat klopt,' zei Karl, 'maar hoe krijgen we zo'n virus bij de eerste computer naar binnen?'

Kirsten wees op de twee laptops. 'Hier heb je er twee', zei ze. 'Met de een kan je experimenteren tot je het goed hebt. Dat zet je dan op de andere en die plug je weer op het net.'

'Dan hebben we maar één kans', zei Vince.

'Eén kans, ja.' Kirsten zette een vinger midden op zijn borst en tikte een paar keer. Lange nagel, lichtblauw op zijn zwarte T-shirt. 'Maar dat is toch altijd zo, Vince?'

Hij lachte. 'Krijg ik maar één kans?' vroeg hij. 'Meer niet?'

Langzaam schudde ze haar hoofd.

'Ik had het niet over jou', zei ze. Ze knipperde met haar ogen en liep weg. 'Over anderhalf uur moeten we op pad', zei ze. 'Niet vergeten.'

Vince en ik staarden haar na.

'Hoeveel vakjes heeft zo'n schaakbord eigenlijk?'

'Vierenzestig', zei ik.

Vince sloot zijn ogen en probeerde het getal uit te rekenen. Na een paar minuten gaf hij het op.

'Zeg 't maar', zei hij. 'Hoeveel graankorrels kreeg die vent?'

'De hele nationale oogst van een jaar.'

52 De belangen van de Heer

Kirsten liep over de stoep. Strak topje, bloot buikje, glanzend soepele trainingsbroek, klein tasje aan haar schouder, oranje Puma's. Elke stap die ze zette was goed. Een prachtige ochtend. Zon op de gracht. Geen zuchtje wind. Juni op zijn best. Keizersgracht in Amsterdam. Veel mensen op straat. Veel verkeer. De auto van de koerier stond voor een groot pand. Een bank. De koerier zelf was net naar binnen. Klein pakje in zijn hand. Auto met knipperlichten aan midden op straat. Hij zou maar een paar minuten weg zijn. Kirsten liep langzaam naar de auto toe.

Vince kreunde. De camper stond in een parkeervak iets verderop. Door een van de ramen achterin volgden we Kirsten. Vince hield het niet meer.

'Die zus van jou hè.'

'Ander keertje, Vince.'

De koerier kwam weer naar buiten, snel, met twee treden tegelijk van het bordes naar beneden. Hij keek naar rechts, naar links de gracht af, naar de rij auto's die zich achter de zijne had gevormd. Gebaarde verontschuldigingen. Lachte. Fantastische dag. En knalde voluit tegen Kirsten op, die zich met twee goed getimede passen midden op zijn pad had gemanoeuvreerd.

Vince kreunde. 'Als ik die niet snel krijg, dan gaat het fout.'

'Vince.'

'Aan jou heb ik ook niks.'

Kirsten krabbelde overeind, keek verdwaasd om zich heen. Hield zich even aan de koerier vast en lachte.

De koerier lachte ook. Bezorgd, bang dat ze iets zou hebben gebroken of gekneusd. Kirsten voelde aan haar hoofd, bewoog haar nek een paar keer heen en weer, draaide haar heupen links en rechts, om te kijken of alles het nog deed.

Vince sloot zijn ogen.

'Het was jouw idee', zei ik.
'Ik weet het, ik ben een genie.'

De koerier zei iets. Kirsten wees. De koerier zei nog iets en Kirsten knikte. Ze deed het portier aan de passagierskant open en stapte in. De koerier holde om zijn auto heen, stapte ook in en even later gingen de knipperlichten uit.

'Let op', zei ik. 'Nu!'

Bernie draaide de camper de weg op. Achter hem kon de koerier nog net op tijd remmen. 'Klaar?' vroeg hij.

'Go!' zei Vince.

Bernie zette de camper in zijn achteruit en liet het gevaarte tergend langzaam naar achteren rijden. De koerier begon te toeteren, maar Bernie trok zich er niets van aan, en reed steeds verder achteruit tot de camper met een duidelijke schok de auto van de koerier raakte. Niets dramatisch. Niet hard genoeg om tot deuken of schade te leiden. Maar toch onmiskenbaar. Om zeker te zijn van zijn zaak, gaf Bernie nog een keer gas. De camper duwde de auto van de koerier moeiteloos een meter achteruit. De koerier leunde vol op zijn toeter, gooide zijn portier open en kwam naar voren gerend. Op dat moment deden Vince en ik de zijdeur van de camper open en begonnen omstandig een oude boekenkast uit te laden. Terwijl de koerier schreeuwend van Bernie eiste dat hij uitstapte, zetten wij de kast zo neer dat hij Kirsten niet meer kon zien.

Kirsten werkte razendsnel. Ze trok de sleuteltjes uit het contact van de auto, zocht aan de bos naar het sleuteltje van de koerierskoffer en haalde de orderlijst en het pakje pasjes eruit. Uit haar tasje haalde ze een nieuwe orderlijst, zette een krabbel in een van de vakjes, stopte de nieuwe lijst in de koffer, sloot hem weer af, stak de sleutel terug in het contact van de auto en stapte uit. Nog geen minuut later lag ze op de vloer van de camper, onder de tafel. Vince en ik op de bankjes aan weerszijden. Kast weer binnen. Zijdeur dicht.

De schade aan de auto bleek niet meer dan een krasje op de

bumper. Na een paar minuten was de opwinding omgeslagen in opluchting en had Bernie de koerier gerustgesteld.

'Ik zag je gewoon niet', zei hij. 'Je hebt ook zo'n klein karretje man, dat voel ik niet eens.' Hij lachte. 'Hier.' Hij gaf de man een kaartje. 'Als er nou toch wat blijkt te zijn dat we gemist hebben of zo, dan bel je maar. Hier kan je me altijd bereiken.'

Ze schudden handen, sloegen elkaar op de schouder. Wat is nou een krasje tussen twee mannen? Bernie draaide zich nog één keer om. 'En je belt hè? Als er wat is, dan bel je. Zeker weten!' Lachend stapte hij in en startte de camper.

'En als hij dan belt, wie krijgt hij dan aan de telefoon?' vroeg Vince.

'Groothandel in keukenspullen, geloof ik. Ovenwanten en onderzetters. Prachtige spullen. Dat kaartje heb ik vorig jaar gekregen van een vent op de automatiseringsbeurs.' Hij schakelde en reed weg. 'En?' vroeg hij zonder achterom te kijken.

Vince gluurde langs het gordijntje van het achterraam. De koerier wilde instappen, keek in zijn auto, richtte zich weer op en keek om zich heen.

'Hij zoekt Kirsten', zei Vince.

'Wie niet', zei Kirsten van onder het tafeltje. Het klonk stoer, maar alleen zij wist of ze het ook zo bedoelde.

Via de Rozengracht en de Nieuwe Zijdsvoorburgwal reed Bernie naar het station, hij draaide er voor langs de Prins Hendrikkade op, en via de IJtunnel reed hij terug naar de loods in Amsterdam-Noord. Met twintig ongeregistreerde pasjes voor de gebouwen van HC&P. Vince had alle informatie over de pasjes uit het systeem verwijderd. Nadat de koerier ze had opgehaald en was vertrokken, had Vince de orderlijst in de computer gewijzigd. De pasjes voor HC&P stonden er niet meer op. De oude lijst had hij uit de computer van het koeriersbedrijf gewist. Kirsten had de print van de nieuwe lijst in de koerierskoffer gestopt. De oude lijst had ze meegenomen. De koerier zou ze niet missen, omdat hij de hele koffer met pasjes en al aan het begin van de dag meegekregen had. Bij WorldWare was geen enkel archief meer van de pasjes. Niet dat ze waren gemaakt en niet dat ze waren geleverd. Deze twintig pasjes bestonden niet. Maar ze werkten wel.

Karl wachtte ons op in de loods en nam ons mee naar de werkruimte, naar een tafel waar een vrouw volledig geconcentreerd achter een computer zat.

'Dit is Sacha', zei hij. 'Sacha is bezig met L.G.' Ze stak haar hand uit en keek me even aan. Niet te lang, haar aandacht bij het werk.

'L.G., uit de administratie van Radekker', zei ik.

Karl knikte. 'Wat die administratie precies is, dat is nog onduidelijk', zei hij. 'Maar we weten ondertussen wel waar die vandaan komt.'

'L.G.?'

'Larkowl Group.' Het kostte Sacha enige moeite haar werk los te laten. Steeds trokken haar ogen naar het scherm en haar rechterhand naar de muis. Zij voelde zich meer op haar gemak met de computer dan met mensen die zij niet kende. Zij was het soort vrouw dat zich schaamt voor haar intelligentie en voor haar interesse in systemen in plaats van mode. Ze droeg een zwarte broek en een zwarte trui. Haar donkere haar viel de hele tijd voor haar ogen en om de zin draaide ze zich met haar rug naar ons toe om iets op het scherm aan te wijzen of om naar een ander veld te klikken. Ze sprak in korte zinnen en elke zin was bedoeld om informatie over te brengen. Sacha deed niet aan sfeerbeschrijvingen.

'Larkowl Group is een stichting', zei ze. 'Een organisatie van gelovige christenen. Voornamelijk in Noord-Amerika. Opgericht om de ...' ze draaide zich om en las van het scherm, '..."belangen van onze Heer Jezus Christus te verdedigen en zeker te stellen in een wereld die zich steeds verder afkeert van de heiligheid en die heiligheid als leidend beginsel niet meer accepteert." Hun woorden.'

'Een kerk, dus?' vroeg ik. 'Een sekte?'

'Nee. Integendeel eigenlijk. Ze kennen geen enkele vorm van viering of dienst. Geen gebouwen, geen centra. Niets. Voorzover ik het nu kan zien, is de stichting een verbond van rijke zakenmensen, politici en militairen. Dat is daar gebruikelijker dan hier.'

'Larkowl Group', zei ik.

'Het bestuur van de stichting wordt gevormd door negen mensen. Namen die mij niets zeggen, behalve die van Ralph Well, eigenaar van Datwell-computers.'

Iedereen kende Datwell, het bedrijf dat in vijf jaar tijd meer dan veertig procent van de markt voor pc's en laptops veroverde met goede spullen voor minder geld.

'De rest van de namen moet ik nog uitzoeken. Dit zijn ze.' Ze leunde iets achterover en draaide het scherm, zodat we allemaal het lijstje van negen namen konden lezen. Alfabetisch. Ralph Well stond daar inderdaad op, bijna onderaan. Maar mijn ogen werden getrokken naar de naam op de tweede plaats, Herbert Colland, medeoprichter en eigenaar van het grootste adviesbureau ter wereld, de C in HC&P.

'De stichting is gevestigd in Houston, Texas,' zei Sacha, 'en heeft daar een kantoortje met wat staf. Niet veel. Larkowl Group zelf is klein en mijdt elke vorm van publiciteit.'

'Behalve internet.'

'Hoe bedoel je?' Sacha keek me niet-begrijpend aan.

'Kennelijk,' zei ik, 'want jij hebt al deze informatie daar kunnen vinden.'

'O dit', zei Sacha. 'Dit is niet via internet. Op internet vind je helemaal niets over Larkowl Group. We hebben ons echt wezenloos gezocht, maar via de normale kanalen is er niets over deze organisatie te vinden. Niets. Dit', zei ze en ze tikte met haar vinger op het beeldscherm, 'is via meneer Miller. Ik zit in hun computer. Via de M-drive.'

'Hoe lang al?'

Ze keek op haar horloge. 'Halfuurtje. Misschien iets langer.'

Te veel gedachten drongen zich tegelijk aan me op. Vragen, concrete vragen en vage onduidelijkheden. Wat deden Herbert Colland en Ralph Well in het bestuur van die stichting? Wat deed die stichting zelf eigenlijk? Hoe lang zou het duren voor ze ons hier hadden gevonden? En wat dan? En waar had dit trouwens iets mee te maken? Larkowl Group? Belangen zeker stellen? Voor Jezus Christus? Waar ging dit over?

'Wat voor belangen eigenlijk?' vroeg ik.

'Dat weet ik nog niet', zei Sacha. 'Voor de meeste informatie heb je weer een wachtwoord en een gebruikersnaam nodig en daar moeten we nog even omheen.'

Ik dacht na. 'En wie is meneer Miller?' vroeg ik. 'Zit die ook in die stichting?'

Sacha schudde haar hoofd. 'Niet dat ik weet.'

Ik vloekte. 'Waarom zouden deze mensen iets te maken hebben met mij? Dat wil ik weten. Waarom zouden zij willen dat ik ...' Het waren vragen zonder antwoord. Ik wilde te veel weten in één keer. 'Oké,' zei ik, 'andere vraag. Wat voor computer hebben ze daar bij Larkowl Group?'

'Je bedoelt type en specificaties?'

'Nee, welk merk?'

Ze klikte een paar keer met de muis en een venster verscheen op het scherm. Ze las. 'Een Datwell Pro 8100. Dikke bak. Niet het nieuwste van het nieuwste, maar wel erg goed.'

'Datwell', zei ik.

'Ja. Bijna iedereen heeft Datwell, dus dat is niet zo bijzonder.'

'Jullie ook?'

Sacha en Karl lachten. 'Nee, wij niet', zei Karl. 'Wij kopen onderdelen en zetten het allemaal zelf in elkaar. Dat is goedkoper en beter en je kunt je apparatuur sneller aanpassen aan de behoeften.'

'Maar betekent het dan dat al die computers met een M-drive Datwell-computers zijn?'

Het viel stil. Ook dat was een vraag waar nog geen antwoord op was. Ik kon wel raden, en dat deed ik ook, maar het was niet meer dan dat. 'Want iemand moet die handel er toch in zetten? Standaard. Zonder dat iemand het weet.'

'Ik kan er wel even random een paar prikken', zei Sacha. Ze klikte met haar muis en het beeld op haar scherm versprong sneller dan ik kon bijhouden. 'Datwell', zei ze. 'En hier ook een, Datwell, deze ook. En deze. Zijn er maar vijf, maar ...'

'Maar alle vijf Datwell', zei ik. 'En dan de volgende vraag. Hoe krijgen ze het voor elkaar om die apparaten goedkoper aan te bieden dan wie ook, terwijl er dubbele spullen in zitten? Mijn laptop had twee harddrives, twee cpu's en weet ik wat voor extra bedrading en kostte honderdvijftig euro minder dan die van een ander merk, waar dat allemaal niet in zat. Hoe doen ze dat? Hoe kunnen die lui zoveel geld verdienen? Datwell is zo'n beetje de grootste ter wereld. Er zitten bijna vierenhalf miljoen computers op dat netwerk van meneer Miller. Vierenhalf miljoen! Kostprijs alleen al zouden die dingen vijftig euro meer moeten kosten. Niet minder! Ik bedoel, we hebben hier toch allemaal wel eens een bedrijf vanbinnen gezien, dus waarom is die tent niet allang failliet?'

We staarden in stilte naar het computerscherm.

'Misschien is het geen verkoopbedrijf', zei Kirsten.

'Hoezo?'

'Nou, misschien zien we het niet, omdat we er op een verkeerde manier naar kijken. Want, stel dat je een wereldwijd netwerk van computers wilt bouwen. Vierenhalf miljoen geschakelde units. Die je toegang bieden tot alle informatie die je wilt. Die je bovendien de mogelijkheid bieden informatie te veranderen wanneer je dat maar wilt. Stel dat je dat zou willen, hoeveel zou dat dan kosten?'

'Om te bouwen?'

'Ja. Ongeveer. Hoeft niet op de euro nauwkeurig.'

'Dat is niet te berekenen', zei Karl. 'Honderd miljard? Vijfhonderd miljard? Zeg 't maar. Vierenhalf miljoen computers kan je nog wel voor vier miljard kopen, duizend euro per stuk, dan kom je een eind. Maar dan moet je ze nog over de hele wereld neerzetten. En de rest.'

'Dus,' zei Kirsten, langzaam, alsof ze elk woord nog moest bedenken, 'als je zo'n systeem, zo'n netwerk, zou kunnen kopen, helemaal kant-en-klaar, operationeel, met alles erop en eraan, voor, nou, noem eens wat, negenhonderd miljoen?'

'Dan ben je gek als je het niet doet', zei Karl. Instinctieve reactie. Hij draaide zich om en keek naar het scherm. 'Hè?'

'Het hangt ervan af hoe je het bekijkt', zei Kirsten. 'Je kan Datwell zien als een bedrijf dat computers onder de kostprijs verkoopt en dus failliet zou moeten zijn. Of je kan het zien als een bedrijf dat voor een schijntje iets onbetaalbaars koopt.'

'Geen verkoop, maar inkoop', zei Karl. 'Op elke Datwell-computer leg je tweehonderd euro toe. Waarschijnlijk minder, want een gedeelte van het prijsvoordeel is echt. Je levert de spullen bij elke bestelling, over de hele wereld, en de klant doet al het werk. Het enige wat je nodig hebt is een paar jaar geduld.' Hij floot zachtjes. 'Daarom is Datwell niet failliet. Ze scoren hier de deal van de eeuw.'

'Maar voor wie? En waarom?' vroeg Vince. 'Om de belangen van de Heer zeker te stellen? Wat is dat voor onzin? Hoe moet ik me dat voorstellen?'

'Letterlijk', zei ik. Voor het eerst zag ik in de hele nachtmerrie een logica ontstaan. Voor het eerst begreep ik waarom er zo makkelijk aan een mensenleven een eind kon worden gemaakt. Voor het eerst begreep ik waarom ik niet meer welkom was in het huis van meneer Miller: in het belang van de Heer was ik allang afgeschreven.

53 Mail van: HB2

Onderwerp: check in
eerste groep is vertrokken, inchecken over een uur, vlucht eind van de middag, voel me net een reisbureau, kom nauwelijks meer op het net, behalve om tickets te regelen, planning, duh, geef mij maar hard data, huib

Mail van: Peter Bellicher
Onderwerp: Pa
K, Mike, pa zit in den haag. Sinds gisteren. Trompstraat 21b. Zaterdag ga ik er heen, ochtend – waar zitten jullie trouwens, want dit is dus principieel waardeloos, zo zonder elkaar.
cu peet

54 Alles wat wij hebben is hier

Ik zag wat ik dacht te zien. Of wat anderen wilden dat ik zag. Eigenlijk wist ik maar één ding zeker: alles wat ik zag was op de een of andere manier gemanipuleerd. Tot op zekere hoogte was dat niet erg, onvermijdelijk misschien. Niemand weet wat de werkelijkheid is. Wat de een pijn doet, voelt een ander niet. Mijn werkelijkheid was een slagveld. Een grote puinhoop van verdriet en ellende. Maar voor een ander was het nu bijna opgeruimd. Nog één keer goed vegen en de zaak was aan kant.

Maar wat zag ik dan? Een vreemde stichting aan de andere kant van de oceaan. Rijke mannen die hun geld in een bizar en onbegrijpelijk computernetwerk stopten. Mannen voor wie een paar honderd miljoen geen bezwaar was. Ik zag dingen die te ver weg waren. Dat was het. Ik moest het dichterbij zoeken. Dries van Waayen, Huib Breger. Johan Wolfsen. Gijs. Waar was Gijs? Naar het hoofdkantoor in Amerika, had Jessica gezegd. Maar wat wist zij daar eigenlijk van? Hoorde ik wat ik wilde horen, hoorde ik wat iemand anders wilde dat ik hoorde, of zat hij daar inderdaad? Iemand zou toch contact met hem moeten hebben. Ik pakte de telefoon en belde zijn achterbuurvrouw.

'Silverschmidt.'

'Emma?' zei ik. 'Met de schuurman.' En deze keer wist ze precies wie dat was. Ik wachtte of ze aan de lijn zou blijven of onmiddellijk de verbinding zou verbreken.

'Ja?' zei ze.

'Ik bel voor Gijs.'

'Die is hier niet.'

'Nee, maar ik vroeg me af of jij nog iets van hem hebt gehoord.'

'Wanneer?'

'Afgelopen week.'

'Nee.'

'En daarvoor?'

'De dag dat hij uit het ziekenhuis kwam was de laatste keer. Daarna heb ik hem niet meer gezien.'

'Geen telefoontje? Geen kaartje?'

'Niets.'

'Ik ook niet.'

'Na wat er hier is gebeurd, is dat misschien niet vreemd', zei ze.

'Misschien', zei ik. 'Maar dat is de vraag, natuurlijk. Misschien vind ik het niet vreemd, maar waarom vind ik dat? Waarom praat jij nu wel met mij en de vorige keer niet?'

'Omdat ik de krant lees en wat daar allemaal in staat klopt niet met wat ik van jou heb gezien. Jij bent behoorlijk de weg kwijt, op de een of andere manier, maar ja, wie niet, zou ik zeggen. Wat dat betreft ben je eigenlijk heel normaal.'

'En dus?'

'En dus pak ik terug op mijn eigen ervaring. Op wat ik weet. Dat kan ik vertrouwen. Of nee, dat zeg ik verkeerd. Ik weet in hoeverre ik dat kan vertrouwen.'

'Je kent de maat?'

'Ja, ik ken de maat van mijn eigen betrouwbaarheid. Dat is het. En daarmee kan ik de maat van betrouwbaarheid van anderen beoordelen. Niet of iets waar is of niet. Als puntje bij paaltje komt, weet ik gewoon niet of jij iemand hebt vermoord of niet. Sorry dat ik het zeg. Maar zolang ik dat niet weet, kan ik alleen kijken naar de kans dat het waar is. Nou, dan ben ik snel klaar. De maat van de betrouwbaarheid van de media legt het ruimschoots af tegen die van mij.'

'Oké,' zei ik, 'Gijs en ik spraken elkaar elke dag. Drie jaar lang. Over niks. Over alles. Werk, vrouwen, auto's, huizen in Frankrijk, eenzaamheid, klaarkomen, schoenen ...'

'Schoenen?'

'En nu heb ik al bijna twee weken niets van hem gehoord.'

Emma Silverschmidt zweeg.

'Vanuit mijn eigen ervaring is dat heel erg vreemd', zei ik. 'Ongeacht wat ik wel of niet heb gedaan.'

'Dat lijkt mij ook', zei ze. 'Maar je belt me waarschijnlijk niet om te horen dat ik het met je eens ben.'

Opeens moest ik lachen, want dat wilde ik juist wel. Hoe stellig zij ook kon beweren dat je vanuit je eigen ervaring moet oordelen, ik had grote behoefte aan iemand die het met me eens was. Zeker als het om Gijs ging.

'Zou je iets voor me willen doen?' vroeg ik. 'Via de schuur bij Gijs naar binnen gaan en kijken of je ergens iets kan vinden. Een aantekening, een bericht, een briefje voor de werkster. Iets.'

'Doe ik', zei Emma. Van het ene moment op het andere werd ze praktisch. Ze wilde een nummer waar ze me kon bereiken. Kennelijk wilde zij net zo graag weten waar Gijs was als ik.

Gijs had mijn gedachten omgedraaid. Plotseling keek ik naar de mensen die het dichtste bij waren. In mijn directe omgeving. Gijs was verdwenen en hoe langer ik erover nadacht, hoe meer ik ervan overtuigd raakte dat hij helemaal niet in Amerika zat. Dat sloeg nergens op. Ik dacht het omdat Jessica dat had gezegd. Weer zag ik wat iemand anders wilde dat ik zag. Gijs zit in de States. Werkt aan topproject. Internationaal niveau. Niets was makkelijker om te geloven. Vooral omdat het werd gezegd door iemand die ik vertrouwde. Die ik wilde vertrouwen. Door Jes.

Daarmee was ik aangekomen waar ik al die tijd niet wilde zijn, waar ik met een grote boog omheen was gelopen. Met mijn ogen dicht. Mijn hoofd afgewend. Bij Jessica. Jes. Gouden Jes. Bij de vraag die na haar dood was blijven hangen, omdat ik het antwoord niet wilde horen. Jessica was dood, en daar pasten geen twijfels bij. Emotie is een harde regisseur. Keihard. Wat niet in de kraam van pas komt, wordt er zonder pardon uit geflikkerd. Vragen? Wat nou vragen?

Deze bijvoorbeeld.

Waarom was Huib Breger in haar flat?

Omdat ik vanuit haar flat met mijn computer op internet was geweest. Dat was het makkelijke antwoord. Ik was via de beveiligde server naar de computer van Erik Strila gegaan en met Erik had ik zeker een halfuur in contact gestaan. Minimaal. Sinds ik Breger en zijn mannen in de flat had aangetroffen, was ik ervan uitgegaan dat de beveiligde server was gekraakt. Dat ze me dwars door alle ingenieuze verdediging heen hadden gevonden. HB2 in Zuid-Afrika was tenslotte ook verdwenen. De conclusie leek logisch, tot ik weer contact met hem had en begreep dat zijn server nog steeds secure was. HB2 was helemaal niet verdwenen. Niemand had hem nog in de gaten. Hij was zo veilig als wat, en dus hadden Jessica en ik dat ook moeten zijn.

Waarom waren die mannen dan in haar flat?

Omdat Jessica ze zelf had binnengelaten. Dat was het moeilijke antwoord. Het antwoord waar ik al die tijd bang voor was geweest en waar nu geen alternatief meer voor was. Jessica had gemeld dat ik in haar flat zat. Aan Dries van Waayen misschien, of aan een van de andere partners. Ik dacht niet dat ze ooit direct contact had gehad met Huib Breger. Maar zij had het zelf gemeld, en daarmee had ze het schoonmaakteam van de Risk Containment Group binnengehaald. Het kon niet anders. Wat had ze vanuit Amerika gemaild? 'Onze relatie begint me hier op te breken, je weet hoe ze zijn: *you're for us or against us*. De corporate family is heilig en ik weet zo langzamerhand niet meer wat ik moet zeggen.'

De maat van de betrouwbaarheid kon maar op één manier worden gezien. En als Jessica had gezegd dat Gijs in Amerika zat, dan had ik nu alle reden om dat niet te geloven.

Gedachten draaiden rond in mijn hoofd. Ik was duizelig van het verraad. Ook al speelden Jessica en ik vaak met de grens tussen onze carrière en onze relatie, en daagden we elkaar uit met de loyaliteit die het bedrijf vroeg, toch gingen wij ervan uit dat de verhouding altijd in ons voordeel zou uitvallen. Stilzwijgend. Misschien was ik wel de enige die dat dacht en was ik er te makkelijk van uitgegaan dat Jessica het met me eens zou zijn.

Het ene moment was ik opgelucht, het volgende voelde ik me bedrogen. De nieuwe zekerheid die ik had gevonden had een hoge prijs. De oude die ik ervoor moest inleveren liet een gat na, een gemis dat groter was dan een verloren goed. Alsof de chirurg een been had afgezet om mijn leven te redden. Ik leefde, ik was weer gezond, die wetenschap maakte me sterker dan ik me in tijden had gevoeld. Maar tegelijkertijd was de handicap niet te ontkennen.

In de werkruimte keken Vince, Bernie, Karl en Kirsten met grote ogen naar een beeldscherm. Naast het toetsenbord lag een digitale camera en op het scherm waren foto's te zien van een flat. Een moderne woning, ooit, want het interieur was gesloopt. Stoelen lagen met gebroken poten op de grond. Een tafel lag in twee stukken. De bank was opengesneden. In de keuken hing de afzuigkap scheef aan de muur, deuren waren van de kastjes gerukt en de inhoud ervan lag op de grond. De puinhoop was niet te overzien.

'Kijk dan,' zei Vince, 'mijn cd's!' Hij wees op de verwrongen en kromgetrokken kunststof doosjes en schijfjes. Zwarte roetstrepen liepen tot aan het plafond. Het hout van de schapjes was geblakerd. 'Het lijkt wel of iemand er een vlammenwerper op heeft gezet!'

'Dan heb je de slaapkamer nog niet gezien', zei Bernie. Hij drukte op een knopje van de camera en het beeld versprong. Van de slaapkamer was niet veel meer te herkennen. 'Hier is de brandweer aan de gang geweest', zei Bernie. Water stond nog in plasjes op de vloer. Alles was zwart, verbrand.

Karl draaide zich om en keek me aan. 'Komt dit allemaal door jou?' vroeg hij.

'Dat is nog niks', zei ik.

'O nee?' Hij stond op en kwam voor me staan. 'Als je het niet erg vindt, dan bepaal ik dat wel.'

'Jij?'

Karl knikte. Dit was zijn plek, zijn wereld. Hij zocht een confrontatie waar ik geen zin in had, maar ik begreep dat ik nu niet meer opzij kon stappen.

'En waarom zou jij dat bepalen? Hier is nog niemand geweest. Er zijn hier drie mensen die iets te bepalen hebben en dat zijn Vince, Kirsten en ik. Jij hebt alleen wat foto's gezien. Meer niet!'

Zwijgend stonden we tegenover elkaar. Niet zeker van de volgende stap. Ik had geen zin om ook hier weer de schuld te krijgen van wat er gebeurde. Ergens hield het op. Ik begreep Karl wel. Hij had Kirsten en mij binnengelaten. Hij was gefascineerd door het netwerk van meneer Miller, door de technologie, door de software waar hij principieel tegen was, maar die tegelijk zo mooi was dat hij er alles van wilde weten. Nu bleek die wereld opeens meer dan alleen virtueel. Fysieke bedreiging kwam dichterbij en daar had hij niet op gerekend.

'Als een van deze mensen iets overkomt ...'

'Dat is al gebeurd', zei ik.

'Hé, het zijn maar spullen', zei Vince. Hij kwam tussen ons in staan. Sloeg een arm om Karls schouder. 'Nou hoef ik niet te verhuizen. Zo kan je het ook zien.'

'Dat kan,' zei Karl, 'maar zo wil ik het niet zien. Dit is mijn plek. Onze plek. Alles wat wij hebben is hier. Dit terrein is onze haven, letterlijk en figuurlijk. Aan het water van Amsterdam. Als wij hier iemand binnenlaten, dan verwacht ik dat hij dat vertrouwen niet misbruikt.'

'*You have reached the home of mister Miller.*' Waarom ik het zei, wist ik niet eens, maar het paste precies. Op een andere schaal, en met andere mensen, maar de betekenis was hetzelfde. Iedereen trok ergens zijn streep, om te bepalen wie hij was. Mijn moeder trok die streep tussen zichzelf en haar gezin. In haar man en haar kinderen herkende ze zichzelf niet meer. Nee, het was niet de herkenning, het was sterker. Om bij haar gezin te blijven moest ze veranderen en zou ze zichzelf niet meer zijn. Dat is wat haar dreef, de bescherming van haar identiteit. *The home of mister Miller.* Kirsten had diep in zichzelf de keuze moeten maken tussen haar lichaam en haar geest, tussen wat zij wist en wat zij was. Mijn vader wist al jaren niet meer wie hij was, maar toen mijn moeder de band tussen hem en zijn kinderen wilde verbreken, was ook zijn keuze gemaakt. Als je weet bij wie je hoort, dan weet je wie je bent. Het is de omgekeerde wereld, maar de wereld staat al zo lang op zijn kop dat we niet anders meer gewend zijn. Jessica koos voor de macht, voor de weg naar de top van het internationale bedrijfsleven. Die weg lag voor haar open, maar de macht wilde haar niet, omdat ze aan mij vastzat. Meneer Miller trok de streep ergens anders. Dwars door haar heen. En ik? Ik had nog nooit een keuze gemaakt. Niet zo een. Tien jaar lang leefde ik al sneller dan mijn tijd. Late nachten en vroege ochtenden gingen naadloos in elkaar over. Slaap was een verloren moment tussen opdrachten. Deadlines parasiteerden op de liefde die ik zou moeten voelen, maar die langzaam maar zeker verwerd tot niets anders dan een afspraak. Nog een afspraak. Werkdruk was altijd een geldige reden om niet te kiezen. Niet vandaag. Niet nu.

Tot een paar weken geleden werd besloten dat ik er niet meer bij hoorde. Er. Werd. Besloten. Misschien had ik niet veel ervaring in het maken van keuzes, maar met die keuze was ik het niet eens. Ik moest ergens beginnen.

'Karl,' zei ik, 'wat jullie hier doen, is geweldig. Echt. Zonder Kirsten en Vince en zonder jullie zou ik nu ergens in een of ander hotel liggen te creperen. Zou ik niet weten wat ik nu weet. En daar ben ik jullie dankbaar voor.'

'Gedraag je daar dan naar.'

'Dat doe ik ook.' Ik wees op de foto van de uitgebrande kamer. 'Dat heb ik niet gedaan. Ik weet wie het gedaan hebben en ik weet dat ze het gedaan hebben om mij te pakken. Of eerst Vince en dan mij. Maakt niet uit. Dus wat vraag je nou eigenlijk? Dat ik mijn spullen pak en vertrek? Zodat jullie niet meer bang hoeven zijn voor de mensen die naar mij op zoek zijn? Vraag je dat?

En moet Vince dan ook weg? En al die mensen die hier op dat verdomde net hebben gezeten, moeten die ook weg?' Mijn stem sneed door de grote ruimte. Nergens klonk meer het geluid van een toetsenbord of een telefoon. Alleen de constante zoem van tientallen computers. De ruis van de technologie die bijna overal de stilte vervangt.

'Wat wij hier doen is veilig', zei Karl.

'Ik was ook veilig', zei ik. 'Ik was de veiligste mens die ik kende.' Achter hem zag ik Sacha opstaan van haar werktafel. Geruisloos kwam ze naar ons toe, tot ze vlak achter Karl stond. Ze tikte hem op zijn arm.

'Karl?'

'Niet nu, Sacha.' Hij wilde zich alweer wegdraaien. Sacha greep zijn arm en hield hem tegen.

'Karl, ik zit erin', zei ze.

55 De wereld is te klein voor ons

Achter de schermen van Larkowl Group lag de macht voor het oprapen. In de stichting bundelden de grootste bedrijven van de Verenigde Staten hun krachten. Bouwondernemingen, wapenfabrikanten, oliemaatschappijen, informatietechnologie, computerfabrikanten, particuliere beveiligers en nog vele anderen hadden er een platform dat hun belangen kon verdedigen. De stichting onderhield contacten met politici en militairen die voor veel geld hun naam verbonden aan commissies, samenwerkingsverbanden en handelsmissies. Het was een kartel van macht en kapitaal dat zonder enige terughoudendheid zijn invloed deed gelden. De archieven lieten activiteiten zien over de hele wereld. En overal waar zij kwam, toonde de groep een ongekende gedrevenheid.

'Hier, dit zochten jullie toch?' zei Sacha. Ze klikte nog een keer met haar muis en op het scherm verscheen nog een keer de vraag om een wachtwoord. Ze typte iets en in het kadertje verschenen acht sterretjes. Ze klikte op 'next' en twee nieuwe kadertjes verschenen. In het eerste stond een getal van acht cijfers. Het tweede was leeg.

'Deze was de moeilijkste', zei Sacha. Op een laptop die naast haar gewone toetsenbord stond, toetste ze de acht cijfers. De laptop maakte een snelle berekening en produceerde even later een nieuwe code van vijf cijfers en twee letters. Die code zette Sacha in het tweede vakje en even later verscheen een nieuw beeld op het scherm. Een tekst. Niet meer dan twee regels.

Roadmap Interzonal Strategical Confrontation
Forward Defense program

Sacha klikte met haar muis. De tekst verdween en een nieuwe kwam ervoor in de plaats.

> Never fight a war at home if you can fight it somewhere else.
> M. Miller

Er volgde een beschrijving van RISC, een programma voor de actieve verdediging van het christendom tegen de oprukkende islam en de bedreigingen van radicale fundamentalisten. In stilte lazen we wat het plan inhield en hoe het werd uitgevoerd. Het was glashelder, veel te helder. Niet alleen door de trotse overtuiging van het eigen gelijk, maar vooral ook door de omvang. Een strak geleide informatieoorlog moest ervoor zorgen dat de strategische confrontatie niet in de Verenigde Staten zou plaatsvinden. Om dat te voorkomen werd de polarisatie in Europa opgevoerd. Op alle mogelijke manieren werden onderzoeken en rapporten gemanipuleerd, zodat overheden altijd het hardste beleid zouden kiezen. Dat beleid lokte gewelddadige reacties van moslims uit. In Frankrijk, Duitsland, Engeland, Spanje, Nederland, overal vonden aanslagen plaats, kleine en grote, die de nationale overheden bevestigden in hun keuze voor een zo hard mogelijk beleid.

De confrontatie was er al en meneer Miller zorgde ervoor dat wij bang genoeg bleven. Angstig. Want zonder angst werkt de confrontatie niet. Steeds werden de meest beangstigende cijfers gekozen om beleid mee te maken. Fracties van de christelijke partijen kregen rapporten waarmee ze elke gematigde mening onderuit konden halen. Meneer Miller was de spil in een informatieoorlog en Europa was de *theatre of operations.*

'Alles is altijd anders dan je denkt', zei Karl. 'Hoe ben jij hier in godsnaam in verzeild geraakt?'

'Hier zijn we allemaal in verzeild geraakt', zei ik. 'Het enige verschil is dat wij het nu weten. Maak je geen zorgen. Overmorgen ben ik hier weg. Dan ga ik naar Brussel.'

'Brussel', zei hij. 'Juist. En wat denk je daar te kunnen doen?'

'Mijn leven terugkrijgen, want in Brussel zit de man die mijn onschuld kan bewijzen.'

'Hoe? Door je een alibi te verschaffen?'

'Nee,' zei ik, 'door zelf schuld te bekennen.'

Karl zweeg. Trok zijn lippen tot een zuinig mondje. Zijn voorhoofd leek hoger dan ooit. 'Sterk plan', zei hij en zonder mijn reactie af te wachten richtte hij zich tot Bernie. 'Hoeveel UMTS-lijnen heb je in de camper?' vroeg hij.

'Drie. En een schotel.'

'Kan je morgen eind van de dag klaar zijn om te vertrekken?'

Bernie knikte.

'Mooi. Sacha, kun jij de website van Larkowl Group opengooien voor de pers?'

'Met een paar kleine ingrepen.'

'Vince, hoe staat het met de anti-software voor meneer Miller?'

'Niet', zei Vince. Hij schudde zijn hoofd. 'Wat we ook schrijven, er zit steeds weer een nieuwe beveiligingslaag.'

Karl vloekte zachtjes. 'We hebben nog achtenveertig uur om er wat aan te doen en dat is langer dan we ooit nodig hebben gehad. Oké?' Op die vraag draaide hij zich terug naar mij en zette zijn wijsvinger op mijn borst. 'Morgen eind van de dag spreken we elkaar weer. Tot die tijd wil ik je even niet meer zien.'

Emma belde. Ze had het hele huis doorzocht. Het enige wat ze had kunnen vinden was een klein opgerold briefje in het kijkgat tussen haar schuur en het tuinhuisje van Gijs.

'Een briefje op die plek, dat moet iets betekenen', zei ze. 'Dat kan niet anders. Niemand kent die plek. Ik had er zelf bijna niet eens gekeken. Hij moet het daar gestopt hebben op die ene dag dat hij thuis was. Na het ziekenhuis. Alleen, wat erop staat, dat zegt me helemaal niets. Hier, luister ...'

Ik hoorde haar frunniken met een papiertje, het kleine ritselende geluid klonk duidelijk door de telefoon. Ze las.

'W. is bereikbaar.'

Ze zweeg even. 'Begrijp jij dat?' vroeg ze. 'Want ik kan er niets mee.'

'Misschien', zei ik. 'W. is volgens mij zijn oom Walter. Zit bij Binnenlandse Zaken en die heb ik wel eens ontmoet. Kennelijk heeft hij contact met Gijs. Of Gijs met hem. Of wat dan ook. Daar kom ik wel achter.'

'Laat het me weten', zei ze. 'Zodra je iets weet, want ik begin mijn buurman behoorlijk te missen.'

Bernie was in de loods bezig de camper om te bouwen tot een hightech communicatiecentrum. Het aanrechtje was verdwenen en daarvoor in de plaats was een werkplek gekomen. Drie flatscreen monitors hingen aan de wand, daarnaast een paneel met telecomschakelingen, een stapeltje headsets. Bernie lag onder het werkblad, kabels en snoeren om hem heen.

'Zo bij je', zei hij. Hij klikte de kabels ergens vast, plugde de snoeren in en werkte alles weg in een klaarliggende kabelhouder. Voorzichtig schuivend op zijn rug kwam hij tevoorschijn. Het interieur van de camper was wezenlijk veranderd. Het huiselijke karakter was weg, zelfs de eettafel met de bankjes leek opeens meer op een vergaderruimte.

'Plug and play', zei hij. 'Alle aansluitingen zitten in de wand. Het hele aanrecht met alles d'r op en d'r aan, kranen, afvoer, klik je d'r zo uit en het werkblad klik je d'r in. Net zo makkelijk. Computers zitten er al in.' Hij trok de keukenkastjes open. Links stonden schoonmaakspullen, rechts stonden drie identieke pc's naast elkaar, muurvast in een kunststof frame. Op een schapje erboven lag een batterij modems. Breedband. Rode en groene ledjes knipperden. 'Standaard camperuitrusting', zei hij. 'Wat kan ik voor je doen?'

'Ik moet iemand bellen,' zei ik, 'maar waar ik vandaan bel mag niet te vinden zijn. Ook niet naderhand door middel van het nummer.'

'Oké.' Bernie knikte en keek naar de apparatuur die hij aan het installeren was. 'Nu?'

'Kan dat?'

'Denk 't wel. Paar minuutjes.' Hij reikte onder het werkblad, trok een soort uitklapkrukje tevoorschijn en zette zich achter het toetsenbord. Achteloos klikte hij door menuutjes en bracht verbindingen tot stand die alleen in computers bestonden. Zwijgend keek ik naar Bernie, een zwaarlijvige man van begin dertig. Grote handen met dikke vingers die opvallend snel en precies alles deden wat hij wilde. Zijn aanslag op de toetsen was licht, lichter dan de mijne. Ik hamerde, met veel te veel kracht, alsof de energie die ik erin sloeg terug te vinden zou zijn in dat wat ik typte. Hij niet. Hij vocht niet met de apparatuur. Daar was ook geen aanleiding toe, want de apparatuur en hij stonden aan dezelfde kant. Hij kende de wereld achter de knoppen en daarom hoefde hij er nooit op te slaan.

Dat dacht ik en dat was wat ik hier om me heen voelde. De wil van mensen om niet alleen bij elkaar te horen, maar ook bij de onzichtbare systemen die zoveel van het leven beheersen.

'O nee, sorry', zei Bernie. Niet tegen mij, maar tegen het beeldscherm, en met vlugge vingers herstelde hij de fout. 'Zo beter?' Achter het deurtje klonk tevreden gezoem. Bernie keek ingespannen naar de voorbij flitsende formules en codes, tot het beeld tot rust kwam. Er klonk een klein, bescheiden geluidje.

Biep.

'Dacht ik wel', zei Bernie. Hij pakte een draadloos toestel. 'Welk nummer?' vroeg hij.

Ik gaf hem het nummer van Walter Eberhuizen, secretaris-generaal bij Binnenlandse Zaken.

Bernie toetste een veel langer nummer in. 'Satellietverbinding, via die beveiligde server van dat vriendje van je in Zuid-Afrika internet op en d'r weer af en verder over een vaste lijn naar Den Haag. Niet heel erg ingewikkeld, maar moet voldoende zijn. Hier.' Hij gaf het toestel aan mij.

In de hoorn hoorde ik de verbinding tot stand komen, klikjes en piepjes gaven de voortgang aan, via een apparaat dat in een baan om de aarde cirkelde naar een land aan de andere kant van de evenaar en van daaruit terug naar Nederland. Amsterdam – Den Haag, de wereld is te klein voor ons.

'Eberhuizen.'

Ik schrok. Ik had niet verwacht de man direct zelf aan de telefoon te krijgen, maar eerst zijn secretaresse. Hortend en stotend kwam ik op gang, legde uit wie ik was, dat wij elkaar een paar weken geleden hadden ontmoet in verband met een mogelijke opdracht voor HC&P en dat gebeurtenissen daarna verder contact helaas onmogelijk hadden gemaakt.

'Ik weet heel goed wie u bent, meneer Bellicher. Ook zonder de uitleg.'

'Daar was ik al bang voor.'

'De vraag is of ik er goed aan doe met u te praten. Over het werk kan het niet gaan. De opdracht loopt, de eerste fase is al bijna afgerond en als ik het goed begrijp bent u helemaal niet meer aan het bureau verbonden. En dat is niet verwonderlijk met de zaken waarvan u wordt verdacht.'

Dat laatste hoorde ik al nauwelijks meer. Ik was bij de derde zin blijven hangen. 'De opdracht loopt?' vroeg ik.

'Ja, natuurlijk.'

'U hebt hem niet ingetrokken?'

'Nee. De eerste paar dagen was het allemaal wel wat onduidelijk, maar later heb ik er uitgebreid met Van Waayen over gesproken, en Gijs heeft me verteld hoe het zat, dus ...'

'Gijs?' vroeg ik. 'Doet Gijs de opdracht?'

'Nee, hoe komt u erbij? Frans Stutman zit hier, aardige vent. Gijs is er trouwens helemaal niet. Die zit met het hele EU-team in Brussel.'

'In Brussel', zei ik. Gijs zat helemaal niet in de Verenigde Staten. Hij zat een paar honderd kilometer verderop. Als zijn oom Walter gelijk had, dan wist ik precies waar ik Gijs moest zoeken. Het Europese hoofdkantoor van HC&P was niet zomaar een kaal gebouw met werkplekken en vergaderruimten. Het was het Europese hart van het bedrijf. Mensen uit alle delen van de wereld kwamen ernaartoe voor trainingen en projecten. De grote EU-opdrachten werden er aangenomen en verdeeld. Delen ervan werden uitbesteed aan kantoren in andere landen, maar net zo vaak werden er internationale teams samengesteld, waarvoor specialisten soms maandenlang in Brussel zaten. Om niet iedereen de hele tijd in hotels te hoeven onderbrengen, had HC&P aan het hoofdkantoor een nieuwe toren laten bouwen met kleine appartementen en suitekamers, een restaurant, een bioscoop, een bar, een fitnesscentrum en zwembad. Alle faciliteiten voor de moderne adviseur. Het hele gebouw, inclusief de kantoren, was nog beter beveiligd dan het kantoor in Amsterdam. Zonder het juiste pasje kwam niemand erin. Voor Gijs gold het omgekeerde, want zonder dat pasje kwam je er ook niet meer uit. Alles was er even luxueus, maar in het gebruik was het gebouw net zo effectief als een gevangenis.

'Wanneer hebt u hem voor het laatst gesproken?' vroeg ik.

'Nog geen week geleden, afgelopen maandag.' Hij aarzelde even. 'Hoezo?'

'Ik kon hem niet vinden,' zei ik, 'maar nu ik weet waar hij zit, ben ik weer gerustgesteld.'

'En ben ik dat dan ook?'

'Ik weet niet wat u allemaal hebt gehoord,' zei ik, 'alhoewel, het meeste kan ik wel raden.'

'Meneer Bellicher, er lopen twee beschuldigingen van moord tegen u. U bent de meest gezochte man van Nederland. Ik wil graag de zekerheid dat ik Gijs over twee weken op mijn negenenvijftigste verjaardag zal zien.'

'Als het aan mij ligt wel', zei ik.

'Mooi zo.'

'Maar eigenlijk moet u dat aan meneer Van Waayen vragen', zei ik. 'Niet aan mij.'

Secondelang bleef het stil. Ik wachtte op hem. Waar hij op wachtte, wist ik niet. Iedereen heeft zijn eigen procedure.

'Als ik de toon in uw stem goed beluister,' zei hij uiteindelijk, 'dan kan ik dat beter niet doen, of hoor ik dat verkeerd?'

'Nee, dat hoort u goed.' Ik voelde een glimlach over mijn gezicht trekken. Eberhuizen hield de deur voor me open. 'Persoonlijk heb ik nog wel een paar vragen voor meneer Van Waayen,' zei ik, 'en misschien kan ik die van u dan gelijk meenemen?'

'Meneer Bellicher, als u mij voldoende reden geeft, dan ben ik mans genoeg om mijn eigen vragen te stellen. Dat lijkt mij een betere afspraak. Als ik wist waar u zat, zou ik de politie daarvan op de hoogte stellen. Dus het lijkt mij dat ons gesprek nu is afgelopen. Denkt u niet?'

Eberhuizen had duidelijk gemaakt wat hij van mij verwachtte. Zo ver stond de deur nou ook weer niet open.

Kirsten zat op het achterdek van een van de bootjes aan de steiger achter het pand. Voorzichtig klauterde ik aan boord en ging naast haar zitten. Zwijgend keken we naar het water en naar het drukke verkeer tussen de noordkant van de stad en het centrum. Boten in alle maten voeren in alle denkbare richtingen. Sommige snel, andere opvallend traag. Niet gehinderd door straten of stoepen, door parken of gebouwen koos iedereen de meest directe weg naar zijn bestemming. Op het water was de mens vrij, hij kon gaan waar hij wilde en het resultaat was een krioelende, wriemelende massa. Alle routes liepen dwars door elkaar. Een paar eenvoudige regels en voor de rest hield iedereen elkaar in de gaten. Zo moeilijk was het niet.

'Ga jij morgen naar pa?' vroeg Kirsten.

'Als jij gaat, ga ik ook.'

'En als ik niet ga?'

Ik zweeg, keek naar de boten, naar de vervulling die mensen vonden in het sturen van een vaartuig. Het leven in eigen hand. De richting zelf bepaald. 'Dan ga ik toch', zei ik.

'Dan gaan we samen', zei Kirsten. Ze lachte. 'En we gaan ook samen naar Brussel', zei ze. Voordat ik kon reageren ging ze verder. 'Want ik blijf hier niet in mijn eentje in deze loods hangen.'

'Niet met Vince?'

'Vince gaat ook mee', zei ze.

'Samen in de camper?' vroeg ik.

Ze lachte. 'Waarom niet?'

Ik keek haar aan, wenkbrauwen zo hoog opgetrokken dat de rimpels in mijn voorhoofd stonden. 'Weet hij het dan al?'

'Dat gaat je niks aan.'

'Nee, natuurlijk gaat mij dat niks aan, hè hè, dat begrijp ik zelf ook wel.'

'Waarom vraag je het dan?'

'Omdat ik het wil weten', zei ik.

In stilte keken we naar onze benen, bungelend boven het water. Kirsten staarde naar de overkant.

'Ja', zei ze.

'Heftig', zei ik.

'Valt wel mee', zei ze. 'Zijn eerste reactie was goed. Heel erg goed.'

'Maar?'

'Geen maar.'

'Wat dan?'

'Nou ja, over een paar maanden komen er andere reacties. Van zijn familie. Van zijn vrienden. Van andere vrouwen. En die kunnen hard aankomen.' Ze glimlachte. Verstild.

'Been there?' vroeg ik.

'Hm.' Ze knikte.

56 Bedoelen is geschiedenis

'Burgertje?'

'Hè, getver.'

'Pizzaatje dan? Jij was toch van de pizza?'

'Hou op, 't is halfelf 's ochtends!'

'Mooie tijd toch?'

'Normale mensen willen dan koffie.'

'Sinds wanneer zijn wij normale mensen? Hier, let op, want ze hebben hier Burger King.'

'En?'

'En de King is beter dan de Mac. Dat weet iedereen.'

Op Den Haag Centraal was alles al verkrijgbaar. Zon straalde door de hoge ramen van de hal. De regen van een paar dagen geleden was definitief verdwenen en het begin van de zomer had nauwelijks nog het geduld om tot na het weekend te wachten. Elke dag werd het licht warmer en hoe dichter je bij de kust kwam, hoe helderder het werd. Zelfs binnen in de stationshal was dat zichtbaar. Hier sneden dikke bundels door de ruimte, als spots op een toneel. Aan de ene kant de perrons en de treinen, die allemaal met hun neus naar de hal stonden, aan de andere kant de deuren naar het centrum van de stad. Nergens komen aankomst en vertrek zo mooi bij elkaar als in een kopstation. De stad ontvangt de trein in een eindpunt; zij is geen halte op weg naar een volgende plaats, geen stop van minder dan vijf minuten. De spoorlijn is geen schampschot, maar een voltreffer, en dat voelde ik in elke beweging. Ook al was het Haagse station een chaos door de verbouwing, toch bleef die speciale sfeer behouden.

Ik stak mijn hand achter Kirstens arm en trok haar mee, door de ingang van de Burger King. Het was er rustig, te vroeg voor de grote trek. Een meisje van nog geen twintig begroette ons, haar uniform nog schoon aan het begin van de werkdag, kapje op het haar, glimlach nog vers.

'Woppertje en een koffie', zei ik.

Ze herhaalde de bestelling, zette een beker onder het koffieapparaat, drukte op de knop en terwijl de koffie liep, pakte ze een ingepakte hamburger van het warmhoudrek. Nog geen anderhalve minuut later stond het klaar.

'Anders nog iets?'

Ik schudde mijn hoofd en betaalde. Kirsten nam de koffie, ik de burger. Nog voor we de deur weer uit waren had ik het papiertje ervan af. Met twee handen tilde ik hem naar mijn mond. De geur van gegrild vlees, uitjes, tomaat en saus krulde naar mijn neus en zette mijn voeten stil. Ik zuchtte. Wachtte nog even. Snoof het agressieve aroma nog een keer in me op. Genot kun je verlengen door het uit te stellen. Daarna komt de bevrediging en die is altijd kort.

Ik at.

De weke, zachte substantie van het broodje en van de burger zelf gleden door mijn mond. Het vet en het zout hingen aan mijn papillen alsof ze nergens anders wilden zijn. Ik schrokte de burger naar binnen. Vijf, zes happen, meer had ik er niet voor nodig. Ooit had ik een kleine hamburger in één keer in mijn mond gepropt, geperst tot het er allemaal in zat. Toen ik daarna wilde kauwen, spoten straaltjes saus en vet tussen mijn lippen door naar buiten. Stukjes ui en tomaat vielen weer uit mijn mond. Junkfood had niets met eten te maken, het was de bevrediging van de gril, het was een manier om onmiddellijk toe te geven aan een opwelling. Eten was niet meer dan een middel.

Heerlijk. Ik was de laatste tijd hardhandig buitenspel gezet en hoe langer dat duurde hoe meer trek ik kreeg. Ik kon er niets aan doen, hamburgers hoorden bij mij. En ik hoorde bij hamburgers. Ik veegde mijn mond af en mikte het servetje in de afvalbak.

'Nu kunnen we gaan', zei ik.

Het Zeeheldenkwartier ligt vlak naast het centrum van Den Haag. Dit was de wijk waar mijn vader oorspronkelijk vandaan kwam. Zijn ouders hadden hier gewoond, in een huis dat er allang niet meer was. In de smalle straten tussen de Waldeck Pyrmontkade en de Anna Paulownastraat was hij opgegroeid. Daar was hij nu teruggekeerd, op fietsafstand van de verzekeringsmaatschappij waar hij drie fusies en ontelbare reorganisaties makkelijker had overleefd dan het huwelijk met mijn moeder.

De tram stopte bij de Elandstraat en samen liepen Kirsten en ik de Zoutmanstraat in en van daaruit via de Piet Heinstraat terug in de richting van de Koninklijke Stallen.

Het straatje was druk. Aan beide zijden alleen maar winkeltjes. Veel tweedehands, wat antiek, een grote kantoorboekhandel, de ene kapper na de andere, een groenteboer en sanitairzaak, fietsenhandel, koffieshops, schoenwinkel en een kringloopzaak. Veel Turken en Marokkanen aan het begin van de straat. Verderop Russen. Leegstand en renovatie door elkaar. Vechthonden en art nouveau. Hasj en borsjt.

Het voelde goed om met Kirsten op pad te zijn. Voor het eerst in weken deed ik alsof er niets aan de hand was en bleek er niemand die me daarvan wilde afhouden. De meest gezochte man in Nederland, had Eberhuizen gezegd, en die zaterdagochtend tussen de winkelende mensen merkte ik daar niets van. Niemand zocht me. Kirsten stelde geen vragen over mijn schuld of onschuld, daarover kende ze geen onzekerheid. Na haar aanvankelijke boosheid had ze de ruwe verstoring van haar nieuwe leven in de Hondecoeterstraat geaccepteerd. Dat wil zeggen, tijdelijk. Mijn rugblessure was voor haar de doorslaggevende reden geweest om mee te gaan. Zij was de enige die me daarmee kon helpen en de gedachte mij over te laten aan de ongerichte zorg van een enthousiaste softwarefanaat kwam gewoon niet in haar op. Hoe leuk ze Vince ook vond.

Sinds mijn wervels weer op hun plaats zaten, waren ook haar redenen veranderd. Tussen de mensen van de commune in Amsterdam-Noord ging zij haar eigen weg en tot mijn verbazing had ze het niet meer gehad over haar woning of over de wens weer terug te gaan. Ze observeerde mij en Vince en de anderen, en meer dan eens dacht ik dat ze de verplichte evacuatie misschien voelde als een tijdige doorbreking van een naderende eenzaamheid. Tegelijkertijd vroeg ik me af waarom ik die eenzaamheid zo goed en zelfs zo graag herkende. Vooral de graagte wees me terug naar mezelf. Dat begreep ik nu beter dan ooit.

'Trompstraat was het toch?' vroeg ik.

'Een verder, twee minder', zei Kirsten.

'Pardon?'

'Taaltje van Peet en mij', zei ze. 'Van vroeger, als we ergens wilden afspreken zonder dat anderen wisten waar dat was. Een straat verder, twee nummers minder.'

'Deden jullie dat dan?'

'Soms. Het was meer de kick. Als ik hem ergens moest ophalen, bijvoorbeeld, en pa en ma mochten niet weten waar hij was geweest. Een verder, twee minder. Hier,' zei ze, 'Barendzstraat.' Ze keek op een klein papiertje. 'Eenentwintig min twee is negentien.'

Voor 19B hielden we stil. Twee identieke voordeuren naast elkaar. Benedenwoning en bovenwoning. Ik keek naar boven. Het was een groot, recht pand met hoge ramen op de eerste verdieping. Het leek in niets op ons oude huis in Dordrecht. De nette buitenwijk, waar de moderne proporties overheersten, leek krap vergeleken bij de ruime maten van dit stadshuis. De verf bladderde van de kozijnen en de voeg tussen de bakstenen was vermoeid en uitgehold, maar het achterstallige onderhoud had het karakter niet aangetast.

Kirsten belde aan en in de korte tijd dat wij wachtten, begon mijn wereld te schuiven. Zodra mijn vader de deur opendeed, zou Dordrecht, en alles wat ik daar had meegemaakt, voorgoed tot het verleden behoren. Tot dat moment was dit huis niet meer dan een adres in een wijk ergens in Den Haag. Ik wist dat mijn vader hier woonde, maar pas als ik hem er zag, als ik samen met hem in de keuken stond of aan de eettafel zat, zouden de oude beelden door nieuwe worden vervangen. Het verschil tussen kennis en ervaring is de rol van de ander. Ik hoorde de voetstappen op de trap en even later ging de voordeur open. Mijn vader straalde.

'Kirsten', zei hij. 'Michael. Jezus.' Tranen liepen over zijn wangen. Hij veegde, probeerde zijn gezicht droog te houden.

Kirsten sloeg haar armen om hem heen en zoende hem. Onhandig beantwoordde hij haar omhelzing. Pa was nooit erg fysiek geweest en zelfs nu hij waarschijnlijk meer dan ooit behoefte had aan contact, ging het hem niet makkelijk af. Hij kon luidruchtig zijn en hartelijk, maar anderen aanraken deed hij zo min mogelijk. Kirsten liet hem los, veegde nog een traan van zijn wang en stapte opzij. Ik stak mijn hand uit.

'Pa', zei ik.

Boven kwam Peter net de keuken uit met een kan koffie en vier mokken. 'Hé, zus', zei hij. 'Yo, Mike.' Hij ging de achterkamer in en zette alles op de tafel.

Kirsten stak haar arm onder zijn arm en leunde tegen hem aan. 'Zet jij koffie tegenwoordig?' vroeg ze.

'Ik doe helemaal niks,' zei hij, 'maar als ik op hem moet wachten, dan kan ik net zo goed gelijk bij de nonnen. Daar krijg je ook niks.'

'Ik moet nog een beetje mijn draai vinden', zei pa.

'Draai', herhaalde Peter. 'Je aan-uitknop zal je bedoelen.' Hij liep de kamer weer uit.

Kirsten lachte en ging hem achterna. Mijn vader en ik keken elkaar wat schaapachtig aan en schoven onwennig rond de tafel. Ik pakte de kan.

'Zal ik?' vroeg ik.

'Waarom niet.'

Ik schonk de vier mokken vol en even later kwamen Peter en

Kirsten terug. Kirsten met melk, suiker en lepeltjes, Peter met een appeltaartje, vier schoteltjes en een mes. Terwijl hij de taart in punten sneed, roerden wij onze koffie. Lepeltjes tikten tegen het aardewerk. Mijn vader bekeek zijn kinderen een voor een en het leek of zijn besef van geluk zich verdiepte. Nog verder bij hem binnendrong.

'Jullie mogen wel wat zeggen', zei Peter.

'Zit jij nog bij ma, in Dordrecht?' vroeg ik.

'Dus wel.' Hij verdeelde de taart over de vier bordjes en deelde ze uit. 'Jullie zie ik daar niet.'

'Nee, maar ik bedoel ...'

'Wat je bedoelt, daar heb ik dus niks aan, Mike. Iedereen bedoelt iets, weet je, en bedoelen is dus geschiedenis. Oud. Vorige eeuw. Fuck bedoelen, oké?' Hij wees op de taart. 'Heb je genoeg?'

Ik knikte.

'Want ma bedoelt dus ook de hele tijd van alles, ja, en ze bedoelt het nog goed ook.' Hij draaide zich naar pa. 'Waar of niet? Pa?'

'Ze bedoelt het goed', zei hij.

'Precies. Maar het ís dus kut! Zeg ik dat goed, Kirsten?'

'Waarom vraag je dat aan mij?'

'Omdat jij weet waar ik sta.'

Kirsten zweeg. Ze keek naar Peet, de jongere broer met de grote mond. Tussen pa en ma, die steeds verder waren vastgelopen in hun bedoelingen, had hij zich schreeuwend en vloekend teruggetrokken. Niet om hen te kwetsen, maar om zichzelf te beschermen tegen hun megalomane misverstand.

'Een verder, twee minder', zei ze.

'Daar, ja.'

'Ik denk dat ik een ander woord zou gebruiken.'

'Whatever.'

'En hoe gaat het daar dan?' vroeg ik.

'Vechten', zei Peter. Hij nam een hap van zijn taart en spoelde hem door met een slok koffie. 'Ik zal wel moeten,' zei hij, 'want d'r is niemand meer waar ik achter weg kan duiken, hè pa?' Hij lachte. 'Zeg 's wat, pa?'

'Het leven met je moeder is nooit eenvoudig geweest.' Hij zei het zonder verwijt, zonder ergens schuld te leggen, hooguit met de verwondering dat hij die constatering nu pas kon maken.

Voor het eerst drong het tot me door hoezeer onze familie was veranderd. Alle personen en alle verhoudingen waren omgekeerd, alle compromissen die in de loop der jaren waren gesloten, bewust of onbewust, waren geschrapt. Hoeveel ervaringen wij ook deelden, nu bleek hoe weinig wij van elkaar wisten, al was het alleen maar omdat we nu pas ontdekten wie wij zelf waren.

Peter bleef zichzelf, maar veranderde door ons. Opeens was hij de constante en niet meer de uitgegroeide puber die zich overal tegen verzette. Van de rand van de familie was hij naar het hart verschoven. Hij had een nieuwe positie en alles wat hij deed en zei kreeg daardoor een andere betekenis. Hij schold nog net zoals altijd, maar nu konden we er geen genoeg van krijgen. Ik zag mijn vader, Peter, Kirsten en mezelf. Ik zag de familie die wij nooit waren geweest, die wij nu konden worden, en ik wist dat ik daarbij wilde zijn.

57 Bellilog 30.06.04

V, vanmiddag in de keuken, hoofd in de ijskast, op zoek naar cola: 'Is er geen cola meer?' Drie flessen voor zijn neus. Ik wees en V keek verbaasd. Zijn verbazing was prachtig, ongekunsteld. Als zonsopgang in een natuurpark, het eerste licht. Hij legde een hand op zijn voorhoofd en richtte zich op. 'Déja vu', zei hij. Ik dacht dat hij de cola bedoelde en dat kon ik begrijpen. 'Oké, reboot', zei hij en hij deed de ijskast dicht, zette twee, drie passen achteruit en begon opnieuw. Naar de ijskast, deur open, kijken. Hij voelde aan de deur. Deed de deur weer dicht. En weer open. Zijn ogen dicht om elke handeling, elke beweging te voelen. Schudde zijn hoofd. Keek weer in de ijskast. Legde een hand op een van de colaflessen. 'Die was het niet,' zei hij, 'want die zag ik niet.' Hij pakte een stoel, zette hem voor de ijskast en ging zitten. Staarde naar de pakken melk, de kaas, de groenten, de vleeswaren en alle andere dingen die in de ijskast lagen. 'Ik zag het niet en daarna zag ik het wel en kon ik me niet voorstellen dat ik het niet had gezien.' Hij pakte een fles, draaide de dop eraf en zette de fles aan zijn mond. Dronk gulzig, van computers krijg je dorst, kwart van de fles was zo weg, schroefde de dop er weer op en legde de fles terug op zijn plek. 'En daarop had ik een déja vu,' zei hij, 'dat ik me niet kon voorstellen dat ik het niet had gezien.' Hij deed de ijskast dicht, draaide de stoel om en kwam tegenover me aan de keukentafel zitten. 'De déja vu is dus dat ik iets over het hoofd zie wat pal voor me ligt. Oké, nou hoef ik alleen nog maar te weten wat er pal voor me ligt.' En tevreden liep hij de keuken uit.

Een halfuur later kwam V terug. Hij kwam naast me zitten. 'Oké, dit is het', zei hij en hij legde een lijstje van vijf punten voor me neer. 1. pasjes, 2. antivirus, 3. k, 4. brussel, 5. flat. 'Deze vijf dingen liggen pal voor mijn neus. Welke van die vijf zie ik nou niet?' En met die vraag sloeg de schrik me om mijn hart. Het besef dat zelfs wanneer je alles kunt benoemen, je het nog steeds over het hoofd kan zien. Misschien zag ik ook iets niet. Dat vroeg ik hem. 'Jij hebt geen bewijs', zei hij. Dat wist ik. 'Ja, maar je ziet het niet. Kijk, wat die meneer B straks wel of niet gaat zeggen, is voor jou misschien interessant, maar zelfs als hij bekent, hoeft hij maar één keer te twijfelen en alles wijst weer op jou. Jouw naam komt de hele tijd uit die computer rollen. Niet die van hem, dus ...' En op dat moment keek hij me opeens heel glazig aan. 'Als je iets de ene kant op kan, kan je het dan ook andersom?' vroeg hij.

Waarmee ik maar wil zeggen: ik weet niet meer waar de virtuele wereld begint en de echte ophoudt. Of is de echte wereld allang virtueel? Zijn alleen de oorlogen nog echt? En de rampen?

Mail van: HB2
Onderwerp: meer zien, meer weten
oké, tweede groep is weg. zelf met de laatste groep, nachtvlucht, maandagochtend vroeg in brussel. server nog steeds schoon. link met pattern erg mooi, wow! dank, dank! wil graag meer zien, meer weten. maar eerst oom.

Mail naar: HB2
Onderwerp: Re: meer zien, meer weten
mannen met pasjes dragen pakken en hebben koffertjes. zoek de camper

58 Taal die ik niet beheers

Zondag, midden in de nacht, was de camper klaar om te vertrekken. Bernie aan het stuur. Ik in de passagiersstoel naast hem. Kirsten en Vince achterin. Alle leden van The Pattern stonden bij het hek. Het was een prachtige nacht. Onder de heldere hemel klonken geluiden harder dan normaal. Bernie had zijn raampje opengedraaid en sprak nog met Karl. Een paar woorden. Karl klopte twee keer snel achter elkaar met zijn hand tegen de carrosserie en deed een stap achteruit. Bernie schakelde, beantwoordde het klopsignaal van Karl met twee korte stoten van de toeter en reed weg. Langzaam rolde de grote wagen door het hek. De paar honderd meter naar de hoek keken we in de spiegels en door het achterraam naar de zwaaiende mensen. Het was het vertrek uit een basis, een vertrek waarbij de terugkeer van meet af aan tot het reisdoel behoorde. Zodra Bernie de eerste hoek om draaide en de loods achter ons uit het zicht verdween, werd het stil in de camper. Het was een geladen stilte. Alle vier zaten we gevangen in onze gedachten. Herinneringen en verwachtingen weefden zich aaneen. Verleden en toekomst verbonden in het moment van de keuze. Deze keuze. Voor het eerst sinds de dood van Ina Radekker ging ik in de aanval. Niet meer reagerend op wat anderen deden, maar gericht eropuit om te halen wat ik nodig had. Met de rug tegen de muur, zegt men, en dat is waar, maar het is wel zo prettig iets achter je te hebben. De muur is ook rugdekking. Als je niet meer kunt vertrouwen op de mensen om je heen ben je slechter af. Dat stadium was ik voorbij. Rug tegen de muur. Prima.

We kropen door Amsterdam-Noord. Alle normale straten waren klein voor de camper en zolang we in een wijk reden, ging Bernie niet harder dan dertig kilometer per uur. Bochten gingen nog langzamer. Hij reikte naar het dashboard en zette de radio aan. De stem van een nieuwslezer klonk rustig en vertrouwd. Berichten over een kettingbotsing op de A12, over onenigheid in de coalitie, ruzie tussen ministers, over een betoging in Brussel. Het duurde even voordat de inhoud van het bericht tot me doordrong.

> ... toch de eerder verboden demonstratie gehouden. Duizenden Belgische, Nederlandse, Franse, Duitse en Britse moslims gingen de straat op om te betogen tegen discriminatie en tegen de ongelijke behandeling die zij zeggen te ondervinden. Het was de eerste keer dat moslims in Europa massaal betoogden om hun ongenoegen kenbaar te maken. Beelden uit Brussel vandaag deden denken aan de emotionele betogingen in het Midden-Oosten. De politie was met groot materieel aanwezig en kon verhinderen dat de demonstratie naar het centrum van de stad trok. Na een aantal korte, soms felle charges werden de demonstranten uiteengedreven. Ongeregeldheden duurden nog tot in de avond, maar speelden zich ver buiten het gezichtsveld van de bezoekende regeringsleiders af. De politie verrichtte negentien ...

Bernie schakelde naar een andere zender, klassieke muziek, pianosonates van Mozart. Vluchtige klanken in een melodie die blijft hangen, steeds weer terugkomt, tot hij ook zonder geluid bestaat.

Tien over twee 's nachts stonden we stil voor een rood licht. De weg vijf banen breed, geen enkele andere auto te zien, de camper alleen op een indrukwekkend groot kruispunt.

'Waarom rij jij eigenlijk in een camper?' vroeg ik. 'Dat valt toch enorm op?'

'Dat zal wel', zei Bernie. Hij lachte. 'Maar tot op heden heb ik me nooit hoeven verbergen.'

Het licht sprong op groen en hij trok op, en sloeg rechts af de oprit van de ringweg op. De camper maakte snelheid. Er was geen verkeer op de ring en Bernie kon in alle rust de weg op. Onwillekeurig dacht ik aan de familie Breger en aan de ernst waarmee HB2 daarover sprak. Ik dacht aan de groepen mensen die op weg waren, een vanuit Amsterdam, dat waren wij, en drie vanuit Zuid-Afrika. Straks stonden we daar in Brussel met twintig man voor de deur van een immens kantoorgebouw. En dan? Inwendig moest ik lachen. Mijn glimlach weerspiegelde in de donkere voorruit. Een lege asfaltvlakte strekte zich voor ons uit. Geel licht van de lantarens op het zwarte wegdek. Witte lijnen in de nacht. Bernie gaf gas en het gevaarte accelereerde onbeschrijfelijk traag van zestig naar vijfentachtig. Accelereren was niet het juist woord. Evolueerde. Vijfduizend toeren.

'Oké, warpspeed', zei Bernie en hij schakelde naar zijn hoogste versnelling.

Ergens tussen Antwerpen en Brussel werd ik wakker. De diepe brom van de dieselmotor als een meereizend fundament onder de rust in de auto, Bernies handen roerloos op het grote stuur, zijn gezicht onwerkelijk in een bevreemdende combinatie van licht: groen van het dashboard en lichtblauw van het schermpje van de GPS-routeplanner.

'Bijna', zei Bernie.

Achter lag Kirsten op een van de smalle bankjes. Vince zat op het uitklapkrukje aan het werkblad, zijn blik was niet meer dan een staar. Op het ene beeldscherm codes en op het andere commando's die ik geen van beide begreep. Ik gespte mijn gordel los en klom tussen de voorstoelen door naar achteren. Uit het ijskastje pakte ik twee blikjes cola, een voor mijzelf, het andere gaf ik aan Vince.

'Wat doe je?' vroeg ik.

'Iets wat ik drie dagen geleden al had moeten doen', zei hij. Hij tikte met een nagel op de bovenkant van het blikje. 'Dank je.' Hij trok het lipje omhoog, vouwde het weer terug en dronk het blikje in één keer half leeg. Wees op het linkerscherm. 'Dit is het programma dat de pasjesregistratie van HC&P stuurt, wie welk pasje heeft en wie het wanneer gebruikt en waar, dat soort dingen. Ergens in dat programma zit de opdracht om bepaalde pasjes niet te registreren. Als ik dat deel van het programma kan vinden ...'

'Dan kan je het uitschakelen', zei ik.

Vince keek me aan. 'Ja, dat zou kunnen,' zei hij, 'maar dat is niet zo interessant. Als ik het kan vinden, dan kan ik erachter komen welke pasjes niet worden geregistreerd. Die pasjes hebben een verzamelcode, anders kan de computer ze niet herkennen. Met die code kan ik ze weer vinden, begrijp je?'

'Niet echt, geloof ik.'

'Ik moet eerst weten wat ik zoek. Als ik de computer vraag: zoek ongeregistreerde pasjes, dan is hij zo klaar, want hij kent geen ongeregistreerde pasjes. Voor de computer is niets ongeregistreerd. Dat is alleen voor ons zo, omdat wij driekwart van de tijd niet opletten. Maar zo werkt een computer niet. Een computer let altijd op.'

'En?' vroeg ik.

Vince schudde zijn hoofd. 'Niets', zei hij. 'Hoe ik ook zoek, ik kom geen routines tegen die uitzonderingen regelen.' Hij typte een nieuw commando op het rechterscherm en op het linkerscherm begonnen de codes op hoge snelheid over het beeld te schuiven.

'Hoe kan je nou nog zien wat daar staat?' vroeg ik.

'Dat hoef ik niet', zei Vince. 'De computer zoekt. Zodra hij iets vindt, stopt hij. Dan ga ik weer kijken.' Hij nam nog een slok van zijn cola.

Gebiologeerd keek ik naar de flitsende getallen en letters. Voor mij was het betekenisloze informatie, het was een taal die ik niet beheerste en voor het eerst besefte ik hoezeer ik het contact met de wereld had verloren. Al jaren dacht ik dat Engels, Spaans en Chinees de grote talen van de wereld waren, dat het beheersen van ten minste één van die talen voorwaarde was om te begrijpen wat er om ons heen gebeurde, om te kunnen meepraten, op welk niveau dan ook. Nu zag ik dat er maar één wereldtaal was, een taal die overal werd gesproken, in welk land dan ook, en dat was de taal van computers, van de informatietechnologie. De rest, de talen die wij spraken en die wij zo belangrijk vonden voor onze identiteit, was allemaal folklore, aardigheid voor de mensen die niets meer hadden in te brengen. Het was cultuur en dat was het verkeerde niveau. Het verkeerde programma. De woorden van Vince kwamen terug. Driekwart van de tijd letten wij niet op. Als je in het verkeerde programma zit te kijken, let je honderd procent van de tijd niet op, hoe goed je ook kijkt.

'Wacht even,' zei ik, 'waar zit jij eigenlijk naar te kijken?'

'Heb ik net gezegd, naar ...'

'Nee, ik bedoel hoe?'

'Gewoon, zoals altijd als we iets moeten aanpassen of updaten, via het beheerssysteem van WorldWare, plug je direct in.'

'Misschien is dat het probleem', zei ik. 'Misschien kom je van de verkeerde kant binnen, van de kant van de beheerder.'

'De enige andere kant is die van de gebruiker en die krijgt helemaal niets te zien.'

Ik schudde mijn hoofd. 'Nee,' zei ik, 'er is nog een derde kant. Die van de eigenaar.'

Vince staarde naar het scherm.

'Meneer Miller, bedoel je.'

59 Zoekende ogen

Een kantorenwijk in de nacht is een confrontatie. Alsof de neutronenbom eindelijk is getest en de gebouwen op zichzelf zijn aangewezen. Dat kan, want alles is geautomatiseerd. De verwarming slaat aan als het te koud wordt, de zonwering komt naar beneden als het licht te fel is, als het donker wordt gaat de verlichting aan, airconditioning houdt de lucht aangenaam. Levering van stroom en gas kan eindeloos doorgaan, want zonder mensen hoeft energie ook niets meer te kosten. Bovendien gaat het verbruik drastisch naar beneden. Alle systemen liggen er, werken zelfstandig en een beetje computer begrijpt dat hij alleen zichzelf ermee heeft als hij de elektriciteit afsluit. Gebouwen zijn 's nachts gelukkiger.

Dat voel je.

Langzaam rolde de camper door de brede, lege straten. Gevolgd door de altijd achterdochtige logo's die in alle kleuren neon hoog tegen de glanzende gevels de wacht houden. Het was halfvijf 's ochtends en in de hele wijk was niemand te zien. Straat na straat kropen we verder tot we uiteindelijk stopten bij het Europese hoofdkantoor van HC&P. Het was er doodstil. Minimale verlichting in de kantoren. In de woontoren ernaast brandde hier en daar licht. Het eerste teken van menselijke aanwezigheid. Daar ergens zat Gijs, achter een van die honderden ramen.

Bernie schakelde de koplampen uit en reed een terrein op aan de overkant van de straat, tegenover de ingang van het kantoor. Hij parkeerde achterstevoren in het uiterste vak aan de zijkant. Door het achterraam hadden we vrij zicht op de hoofdingang. Hij schakelde de motor uit en draaide zijn raampje open. Stilte en de onweerstaanbaar frisse geur van een zomerochtend die op het punt staat te beginnen, dreven de auto in.

Achter me hoorde ik Kirsten bewegen. Ze gaapte en draaide

zich om op het bankje, brabbelde wat onverstaanbare woorden en sliep weer verder. Vince werkte gestaag door, zijn tempo was het laatste uur aanmerkelijk gezakt, maar hij gaf niet op. Steeds weer klonken zijn vingers op het toetsenbord, de kleine klikjes van de muis, de korte piepjes als de computer een bewerking had afgesloten of antwoord wilde op een vraag.

Bernie deed zijn portier open en stapte uit. 'Laat Vince maar', zei hij. Buiten rekte hij zich uit en ging aan de voorkant van de auto op de bumper zitten.

Ik stapte ook uit en liep naar hem toe. Even later zat ik naast hem en keken we samen naar het lege parkeerterrein en naar de dageraad die achter de zware gebouwen voorzichtig omhoog reikte. Bernie haalde een joint uit het borstzakje van zijn shirt en stak hem aan. De zachte weeïg zoete geur van wiet kringelde in de stille ochtendlucht.

'Jij?' vroeg hij en hij bood me de joint aan.

'Nee', zei ik. 'Ik moet straks nog heel boos worden.'

'Agressief', zei Bernie. Hij knikte. Nam nog een hijs, hield de rook lang in zijn longen en liet hem langzaam ontsnappen. 'Dan moet je weten waar je grens ligt.'

'Of niet,' zei ik, 'maar dan moet ik dat weten.'

Bernie lachte. 'Altijd wat', zei hij. Hij zweeg. De joint knetterde even tussen zijn vingers. 'Fuck,' zei hij, 'wat een waanzinnig mooi parkeerterrein.'

In de camper zette ik koffie. Bernie had het aanrecht er wel uit gehaald, maar voor de rest zat alles er nog in. Er was een toilet, een douche, een ijskastje, er waren borden, mokken, bestek, een kastje vol etenswaren en een grootverpakking Nutsen. Die maakte ik open en haalde er drie uit. Kirsten sliep nog steeds. Vince nam zijn mok aan, scheurde het papiertje van de Nuts en nam een hap. Met volle mond mompelde hij iets wat het midden hield tussen een kreun en een woord. Buiten gaf ik Bernie een mok en een reep en ging weer naast hem zitten.

'Heel goed', zei hij. Hij legde de Nuts naast hem op de bumper en omsloot de dampende mok met zijn grote handen. 'Ik weet niet hoe het straks allemaal zal gaan,' zei hij, 'maar voor je naar binnen gaat, krijg je van mij een mobiele telefoon met een open verbinding met de camper. Van hieruit kan ik je doorschakelen naar Amsterdam of naar wie dan ook. Ik kan een groepsgesprek regelen, wat je maar wilt. Ik bedien de telefoon van hieruit. Wat je ook doet, zorg dat je nooit de verbinding met de camper verbreekt. Wij zitten hier. Vince kan alles uit een computer halen wat je zoekt en ik kan elke verbinding maken die je nodig hebt. En Vince en ik hoeven elkaar niets meer te vertellen, want wij kennen elkaar al vanaf de lagere school in Alkmaar. Wat wij niet van elkaar weten, dat hoeven we niet te weten.'

'Daarom ben jij hier,' zei ik, 'omdat Vince het heeft gevraagd.'

'Omdat Vince het heeft gevraagd', herhaalde hij. 'Want laten we wel wezen, wat ken ik jou nou?'

'Niet.'

'Daarom', zei hij. 'Evenzogoed, voor Vince is het belangrijk.'

'Voor mij ook', zei ik.

In het vroege ochtendlicht reed een auto het parkeerterrein op. Het was kwart voor zes. De eerste adviseur arriveerde voor zijn werk.

'Tijd om naar binnen te gaan', zei Bernie. We pakten onze mokken, Bernie raapte de wikkel van zijn Nuts op en even later trokken we het deurtje achter ons dicht.

In de beperkte ruimte van de camper vertraagde iedereen zijn bewegingen. Kirsten was wakker geworden en terwijl Vince verder werkte, zaten Bernie, zij en ik aan de tafel. Vanachter de gordijntjes zagen we het parkeerterrein langzaam steeds voller worden. Tussen zes en zeven uur gingen honderden mensen het gebouw in. Bernie maakte nieuwe koffie, haalde een pak melk uit de ijskast en zette kommen, lepels en een pak cruesli op tafel. We aten en dronken in stilte.

Om tien over halfacht rechtte Vince zijn rug en stond op.

'Klaar', zei hij. Hij keek naar het beeldscherm alsof hij het zelf nog niet kon geloven. Lachte. Zuchtte. Draaide zich naar mij. 'Wil je 't zien?'

Alle codes en programmataal waren van het scherm verdwenen. Er stond alleen nog een klein, overzichtelijk menuutje.

'Wat wil je weten?' vroeg hij.

'Wie waren er aanwezig in het kantoor van HC&P Amsterdam in de nacht van woensdag 25 mei op donderdag 26 mei?'

Vince klikte in het menuutje, selecteerde de datum en het kantoor, voerde de tijden in en nog geen seconde later verschenen er drie namen op het scherm. En het nummerbord van een auto. Tijd van aankomst. Tijd van vertrek. Alles. Een genadeloos logboek.

Ik kon mijn ogen niet van het scherm af houden. Dit was het bewijs dat ik nodig had. Hier stond, digitaal vastgelegd, dat ik niet de enige in dat gebouw was geweest. Ik wilde lachen en huilen tegelijk, gevangen in een vreemde, tegenstrijdige emotie. Ingehaald door het verlangen, dat mij wekenlang had opgejaagd en dat mij nu in volle vaart voorbij stormde en als een wegstervende sirene verdween. Vince had een dag en een nacht lang onafgebroken gewerkt en voor hem was het een doorbraak. Hij had een code ontcijferd. Prachtig, geweldig zelfs, maar voor mij was het iets heel anders. Voor mij was het een nieuw begin.

Vanaf dat moment leek het alsof de tijd werd samengeperst. Ik douchte in de kleine cabine, schoor me en kleedde me aan. In overhemd en pak. Stropdas. Glimmende schoenen. Koffertje.

'Wat zit daarin?' vroeg Kirsten.

'Niets.' Ik legde het op tafel en deed het open. Het koffertje was leeg.

'Waarom heb je het dan?'

'Vermomming', zei ik. 'Een adviseur zonder koffertje is geen adviseur.'

Bernie gaf me een broekriem met daaraan een mobiele telefoon in een leren houder.

'Met extra zware batterij', zei hij. 'Houdt het minstens zes uur vol. Waarschijnlijk zeven.'

'Voor die tijd moet ik allang weer buiten zijn,' zei ik, 'anders hoeft het niet meer.'

'Het hoeft altijd', zei Bernie en hij leidde een draad over mijn rug onder mijn overhemd door. Achter bij de kraag kwam het draadje weer tevoorschijn. Hij stopte een oorknopje in mijn oor.

'Zit het zo goed?' vroeg hij terwijl hij mijn overhemd weer rechttrok.

Ik haalde het draadje iets naar voren zodat het microfoontje dichter bij mijn mond hing.

'Prima', zei ik.

Op een van de beeldschermen waren de telecommunicatieverbindingen te zien. Via de computer kon Bernie de telefoon aan- en uitzetten. Hij zette zelf een headset op, klikte een paar keer met de muis en sprak zachtjes.

'Oké, test, Michael, spreek zachtjes en spreek recht voor je uit.'

Zijn stem klonk diep in mijn oor. Rustig. Voor het eerst viel me op hoeveel controle hij had over volume en toon. Wat hij zei was vrij van oordeel of mening. Zijn intonatie was niet vrolijk en niet ernstig, het was geen opdracht, geen bevel, maar het was ook geen vrijblijvende suggestie. Het was logisch, vanzelfsprekend, en daarom was het onmiddellijk vertrouwd. 'Ik heb Amsterdam voor je.'

Ik zag Bernie de muis bewegen en hoorde twee klikken.

'Michael?'

Het was Karl.

'Ja?'

'*A bug is born*', zei hij. In Amsterdam hadden ze de beveiliging van de M-drive gekraakt en een virus geschreven dat zich in het netwerk kon verspreiden. Het bestond uit een programmaatje om de beveiliging uit te schakelen, een programmaatje om zichzelf naar twee andere computers in het netwerk te verzenden, te wachten tot het bevestiging had ontvangen dat het in de twee volgende computers was genesteld, en ten slotte de opmerkelijk eenvoudige opdrachtreeks uit te voeren: formatteer de M-schijf.

'Het kan er nu uit', zei Karl. 'Dan ligt over ruim anderhalf uur het netwerk plat. Eenentwintig stappen van elk een minuut of vijf. Zeg het maar.'

'Nog niet', zei ik. 'Ik wil dat iedereen er is voordat we iets doen. Ondertussen heeft Vince hier iets gevonden wat vandaag naar de politie en de pers moet. Kunnen jullie daarvoor zorgen?'

Ik schreef een kort bericht bij de gegevens. 'Nieuwe ontwikkeling in moordzaak Radekker.' Vince plakte het overzicht eronder plus de manier waarop journalisten zelf die informatie konden vinden. Dat stuurden we naar Amsterdam.

Daarna begon het wachten. Vince kon via meneer Miller direct in de gaten houden wie het Brusselse gebouw binnengingen. Elke keer dat iemand zijn pasje langs een scanner haalde, verscheen zijn naam bij ons op het scherm. Ik had een kort lijstje namen bij Vince op het werkblad gelegd. De namen van de mensen die er moesten zijn.

Vanaf kwart over negen arriveerden de eerste partners.

'Vogels is binnen', zei Vince. Caspar van den Vogels, managing partner van het Amsterdamse bureau. Vijf minuten later volgde Van Waayen.

'Nog geen Olde Nieland?' vroeg ik.

Vince schudde zijn hoofd.

'Kun je kijken wie er in de toren zitten?'

Vince klikte door de schermen, tot het logo van HC&P Residential Facilities verscheen. Hij scrolde door de gastenlijst en schudde zijn hoofd. Geen Olde Nieland. Ik had het kunnen verwachten, maar toch was ik teleurgesteld.

'Kun je die lijst printen?' vroeg ik.

Vince knikte, klikte een paar keer met zijn muis en even later zat ik met drie A4'tjes in mijn hand. Vierenzeventig namen. Er stond er niet een bij die ik kende.

'Breger is ook binnen', zei Vince. 'Dat was de laatste. En nu?'

Ik zweeg. Keek om me heen, van Vince, naar Kirsten, naar Bernie. 'Ik weet het niet', zei ik.

'Je wou toch daar naar binnen? Waar wacht je dan op?'

'Op de familie van Breger. Die zou hier met een man of tien, vijftien komen om hem op te halen.'

'Familie van Breger? En hoe zien die eruit?' vroeg Bernie.

'Ik heb geen idee.'

Elke minuut leek langer dan de vorige. Onder de druk van de stelselmatig opgebouwde verwachting, van de planning en van de inspanning die iedereen had geleverd om hier te kunnen zijn, begon de tijd te vervormen. Ik moest wachten. Zonder de familie van Breger kon ik niets beginnen. Zij moesten Huib Breger neutraliseren, zodat ik me vrij kon richten op de partners van het bureau. Zolang Breger niet was uitgeschakeld, zou ik hen nooit kunnen bereiken.

'Laten we op zijn minst vast dat virus in het netwerk proppen', zei Bernie. 'Hoe eerder we dat doen hoe eerder het platligt.'

Ik schudde mijn hoofd. 'Nee. Nee. Nee', zei ik. 'Als we het virus te vroeg loslaten, weten ze dat het fout is en dan komen we er niet meer in en is Breger onbereikbaar. Pas als we binnen zijn. Eerder niet.'

Adrenaline bokte in mijn lijf. Het kostte me enorme moeite om me te beheersen. Als ik hier als een dolle te keer ging, had ik geen schijn van kans. Dan werd ik binnen tien minuten door de beveiligingsdienst opgepakt en ergens vastgezet. Dan was het voor mij afgelopen. De hele operatie berustte op het simpele feit dat ik straks, in dat gebouw, deed alsof ik daar hoorde, rustig, beheerst, glimlachend, zonder te haasten en zonder te treuzelen, met de zelfovertuigde gedecideerdheid die een adviseur eigen is. Als ik dat niet kon opbrengen, dan hoorde ik daar niet.

Terug naar de lijst. Vierenzeventig namen. Nog steeds herkende ik er niet één.

‘Wie zoek je?’ vroeg Kirsten.

‘Gijs. Gijs van Olde Nieland. Maatje van me.’

‘Zit die daar?’

‘Dat denk ik, ja. Ik denk dat hij daar vastzit, in die toren daar.’ Ik wees door het raampje.

‘Vast? Heeft hij dan geen pasje?’

Vince leunde over tafel. Naar Kirsten. ‘Wat vroeg je nou?’

‘Of hij geen pasje heeft.’

‘Interessant’, zei hij. ‘Dan zou ik dus ook kunnen zoeken naar iemand zonder pasje ...’ Hij draaide zich om. Zijn hand aan de muis. Klik. Klik. Klik. ‘Ene meneer Gold heeft geen pasje’, zei hij. ‘Kamer 506. Suite. Doorkiesnummer 506.’ Hij pakte een telefoon, koos het nummer en gaf het toestel aan mij.

Gespannen wachtte ik op de verbinding, maar zodra de oproep werd beantwoord, wist ik dat het niet zou lukken. Ik werd doorgeschakeld naar de centrale en kreeg een beleefde vrouw aan de lijn die met een zangerige stem wist te melden dat kamer 506 niet opnam. Ik verbrak de verbinding.

Weer niets. Ik wist niet eens of Gijs direct in gevaar was. Waarschijnlijk niet direct. Het gevaar deed er ook niet meer toe. Vandaag, hier, trok ik mijn grens. Ik wilde mijn leven terug. En datzelfde wilde ik voor Gijs. Als ik te lang nadacht, kwam ik er niet uit. De enorme macht van het bureau en van de Larkowl Group was veel te groot voor mij. Alleen als ik me concentreerde op mensen, individuen, had ik een kans een gat te slaan in de verdediging. Door Breger weg te halen hoopte ik HC&P op zo’n gevoelige plek te raken, dat zij onzeker zouden worden. Als dan bovendien het netwerk instortte, hoopte ik dat voldoende partners ervoor zouden kiezen schoon schip te maken, om zo te proberen het adviesbureau te redden. Twee klappen kon ik uitdelen. Ze moesten allebei raak zijn, anders had ik niets.

‘Zeker een bedrijfsuitje vandaag’, zei Kirsten. Ze hing tegen het achterraam geleund en hield het gordijntje opzij. ‘Kijk dan.’

Achter elkaar, in gesloten formatie, draaiden traag vijf identieke donkerblauwe touringcars de straat in. Langzaam reden ze door tot voor de hoofdingang van het kantoor. Daar stopten ze. Bumper aan bumper.

'Lijkt de ME wel', zei Vince.

Na een paar minuten ging de deur van de voorste bus open en een jongeman stapte uit. Donkerblauw pak, zwarte schoenen, wit overhemd, rode das. In zijn hand een koffertje. Blond haar. Zoekende ogen. Hij deed een paar passen opzij en keek om zich heen, tot hij de camper had gevonden.

60 Bug on the move

Nog voor hij op het deurtje had geklopt, deed ik open. Hij was iets jonger dan ik. Blauwe ogen keken me aan met een vrolijke onverzettelijkheid die ik niet eerder bij iemand had gezien.

'Sorry dat we wat later zijn,' zei hij, 'maar voordat we iedereen in de bus hadden ...' Hij schudde zijn hoofd. 'Ik dacht dat ik gek werd.'

'Maar wie zitten daar dan allemaal in?' vroeg ik.

'Familie.'

Ik keek naar buiten, naar de vijf bussen, die roerloos langs de weg stonden.

'Je zou met een man of vijftien komen, zei je?'

Huib Breger 2 lachte. 'Nee, ik zei dat ik vijftien pasjes nodig had, maar dat ik met de familie zou komen. Als je even goed kijkt naar dit bedrijf waar oom Huib in zit en naar wat hij allemaal gedaan heeft, dan kan dat ook niet anders.' Hij zweeg even. 'Kennen jullie oom Huib?' vroeg hij.

'Van dichtbij', zei ik.

'Natuurlijk', zei hij. 'Maar je weet niet wie hij is. Oom Huib is een onverzoenlijke blanke. Dat kennen jullie hier niet. Wat jullie extreem rechts noemen, dat is bij ons gematigd. En oom Huib is niet gematigd. Nooit geweest. Apartheid zit hem in zijn bloed. Na de verandering kon hij in Zuid-Afrika niet meer leven en is hij naar Amerika vertrokken. Daar is nog ruimte voor het blanke christelijke hart.' Hij lachte. 'We hebben het dus niet meer over een of ander klein pooiertje dat er met een nichtje vandoor is. Vandaar.'

'Hoeveel mensen zitten er in die bussen?' vroeg Kirsten.

'Tweehonderddertien.'

'Mannen, vrouwen en kinderen?'

'Nee, alleen mannen.' Huib beantwoordde elke vraag met een

vanzelfsprekendheid die bij ons alleen tot verdere verbazing leidde. Onwillekeurig draaiden onze hoofden weer naar het raam, naar de enorme overmacht die rustig stond te wachten tot ze in actie mocht komen.

'Oom Huib gaat vanmiddag mee terug naar Zuid-Afrika', zei Huib, bijna achteloos. 'Vlucht vertrekt om halftwee. Inchecken twee uur van tevoren.' Hij keek me aan en de onverzettelijkheid in zijn blik verhardde tot een diepe, onbreekbare kern. 'Andere smaken zijn er niet', zei hij.

'Oké,' zei ik, 'de logistiek van meer dan tweehonderd mensen is even anders, dus ...'

Huib schudde zijn hoofd. 'Er gaan vijftien man met je mee. De rest doen we zelf.'

'Dat is nou juist waar ik zo bang voor ben', zei ik.

'Hoeft niet. Er gebeurt niets wat niet mag. De hele club gaat gewoon naar binnen en meldt zich een voor een, aan de balie. Als bezoeker.'

'Voor wie?' vroeg ik.

'Zeg het maar. Wie moet er zo zenuwachtig worden dat hij misschien de verkeerde dingen gaat zeggen?'

Ik glimlachte. Sommige dingen zijn opeens heel eenvoudig. Ik gaf Huib vijftien pasjes en ik gaf er eentje aan Bernie. Zelf hield ik de rest.

'Jouw oom is niet de enige die mee naar buiten moet', zei ik.

Huib knikte. 'Nog een schuldige?'

'Nee, integendeel.'

Huib keek me aan. 'Begrepen', zei hij. 'Jij kent het gebouw, jij weet waar we moeten zijn, dus jij leidt. Zodra we mijn oom hebben, brengen tien man hem en mijn grootvader weer naar buiten.'

'Je grootvader?' vroeg ik. 'Gaat je grootvader mee naar binnen?!'

Huib knikte. 'Willem gaat mee.'

'Maar dat is waanzin!'

'Het is zijn zoon', zei Huib onverstoorbaar. 'Hij is de enige die hem kan halen. De rest is er alleen maar bij om het onvermijdelijk te maken. Over tien minuten bij de ingang.' Hij stapte de camper uit en liep terug naar de voorste bus.

In groepjes van twee en drie gingen we naar binnen. Door de hal, vriendelijk knikkend naar de receptionistes, pasje voor de scanner, door het poortje, naar de liften. Ik zat in het eerste groepje van drie. Zodra ik het poortje door was, sprak ik via de telefoon met Karl in Amsterdam.

'Nu', zei ik.

'En ... klik', zei Karl. *'Bug is ... on the move.'*

'Hou me op de hoogte', zei ik. 'Ik wil bij elke stap weten hoever we zijn.'

De aanval was begonnen. Zes man binnen nu. Het virus in het netwerk. Er was geen weg terug meer. Door de hal zag ik de oude Willem Breger naderen. Drieëntachtig jaar oud, zijn spierwitte haar golfde in volle lokken om zijn verweerde gezicht. Hij liep niet snel, maar hij liep alsof de wereld van hem was. En dat was hij ook, dacht ik. Willem Breger had acht zonen en zesendertig kleinzonen. Zijn zeven broers hadden samen vijfendertig zonen en honderdzevenentwintig kleinzonen. Hij was de oudste, de pater familias van een familie die groot genoeg was om de eigen waarden hoog te houden. Willem Breger groette de receptioniste, glimlachte, toonde zijn pasje en liep naar het poortje. Zijn wandelstok tikte op de gladde marmeren vloer. Hij hield zijn pasje voor de scanner, wachtte op de piep en liep door, alsof hij hier dagelijks kwam.

Een paar minuten later kwam Huib als laatste de hal in. Ook hij liep rechtstreeks naar de poortjes, pasje in zijn hand, en terwijl hij de receptioniste groette, verscheen er achter zijn rug een muur van mannen, die allemaal, zonder te dringen, vriendelijk glimlachend naar binnen kwamen. Toen Huib zich bij ons voegde hoorden we hoe de eerste zich aanmeldde bij de balie.

'Ik kom voor de heer Van Waayen.'
'En u hebt een afspraak?'
'Hij verwacht me.'
'En uw naam is?'
'Breger.'
'Meneer Breger. Als u even wilt plaatsnemen, dan geef ik het door.' Ze pakte de telefoon en belde.

In de hal stonden er al bijna honderd. De ruimte was volledig geblokkeerd.

'Bijkomend voordeel', zei Huib. 'Niemand kan er meer in of uit. Tot wij weg zijn.' Hij lachte. 'Zodra we oom Huib hebben, gaan Rob en ik met Michael mee. De rest brengt oom Huib en grootvader naar beneden, naar buiten en naar de bus. De grote groep blijft in de hal tot Rob, Michael en ik terug zijn. Oké?' Hij draaide zich naar zijn opa. 'Alles in orde, grootvader?'

De oude Breger tikte met zijn stok op de grond en wees naar de lift. 'Schiet nou maar op', zei hij.

We hadden twee liften nodig om met zijn allen in één keer naar boven te gaan. Ik hield de deur van de ene lift open tot een tweede was aangekomen.

'Vier', klonk de droge stem van Karl in mijn oor. 'Daar moet je dan wel de voorgaande stappen bij optellen.'

'En hoeveel is dat?'

'Het aantal van de laatste stap min één.'

'Dus we staan op zeven?'

'Precies.'

De lift stopte op de derde verdieping. Ik stapte als eerste de gang in. Links waren de kamers van de partners en hun secretaresses. Rechts, om de hoek, waren de vergaderzalen en helemaal aan het eind van die gang lag de grote bestuurskamer. Daar verwachtte ik iedereen te vinden.

Een paar meter naast me klonk een tweede geluidssignaal en Huib stapte de gang in. Op hetzelfde moment vloog tegenover ons een deur open en een vrouw kwam naar buiten rennen. In haar hand had ze een mobiele telefoon.

'Dan maar de vergadering verstoren', riep ze. 'Ik ga nu inbreken. Blijf aan de lijn.'

Ze verdween de hoek om en ik hoorde haar hollende passen door de gang verdwijnen. Ik wenkte en alle vijftien Bregers kwamen de liften uit. Een van de mannen haalde een wig uit zijn zak en sloeg hem met een harde klap boven in de loop van de liftdeur. Ik wees naar rechts en de groep zette zich zwijgend in beweging.

'Tweeëndertig', zei Karl.

'Waar zijn acht en zestien gebleven?' vroeg ik.

'Het gaat sneller dan we dachten.'

Aan het einde van de gang stond de deur naar de bestuurskamer op een kier. Vanuit de kamer klonken schreeuwende stemmen. Die van Van Waayen klonk overal bovenuit. Hij was hysterisch.

'Maar waarom vraagt hij naar mij?'

Terwijl hij sprak haastte een tweede secretaresse zich naar de kamer. Ze keek onze groep even vragend aan.

'Kan ik u ergens mee helpen?' vroeg ze. Op datzelfde moment klonk de harde stem van Breger uit de bestuurskamer.

'DRIES! Kijk dan, godverdomme! Er staat geen Breger aan de balie. Dat kan helemaal niet, want ik ben hier. Dat zie je toch!'

De secretaresse reageerde geschrokken. 'Ik moet nu even, ben ik bang ...'

'Maakt u zich om ons geen zorgen', zei ik. 'Wij zijn er bijna.'

Ze schoot de kamer in, op de voet gevolgd door een derde vrouw. Het tumult in de grote kamer viel stil. Even. Tot de diepe stem van Caspar van den Vogels de stilte doorbrak.

'Huib, wat is dit voor gelazer? Ik hoor net dat er twintig meneren Breger in de receptie staan, die allemaal naar mij vragen ...?' Hij zweeg. 'Dertig ondertussen, hoor ik hier. Is dit een grap of zo? Of een test? Of een machtsgreep?'

Moeizaam gelach klonk. Niet het beste moment voor een grap.

'Jij denkt kennelijk nog steeds dat ik dat nodig zou hebben.' De stem van Breger was ijzig, uit de hoogte. Onverhuld agressief. 'Er is er hier maar één die meneer Miller beheert,' zei hij, 'en zonder Miller is deze club nergens.'

'Tweehonderdvijftig.' De stem van Karl in mijn oor.

Achter de deur hoorde ik iemand opstaan. 'Ik zoek wel even uit wat dit allemaal is', zei Breger. 'Ondertussen gaat hier niemand de kamer uit!'

Op dat moment duwde ik de deur open. Met vijftien Bregermannen achter me stapte ik naar binnen. De luxueuze bestuurskamer was tot de laatste plaats bezet. Partners uit alle Europese landen zaten schouder aan schouder om een immense tafel. Aan de korte kant hing een groot scherm, waarop het netwerk zichtbaar was. De paar honderd uitgevallen computers maakten geen enkele indruk. Ze waren niet eens zichtbaar. Huib Breger was halverwege de deur. Ik bleef in de opening staan.

'Misschien is het beter als u zelf ook nog even blijft', zei ik.

Breger vloekte. Hard. 'Michael Bellicher! Jij had al drie keer weg moeten zijn!' schreeuwde hij en even verloor hij zijn zelfbeheersing. Hij stormde om de tafel heen, zijn handen klaar om voor eens en voor altijd de lucht uit mijn lichaam te knijpen. Links en rechts sprongen partners verschrikt overeind. Sommigen gilden. Waarschijnlijk daardoor hervond Breger zijn controle. In een flitsende beweging had hij een mobiele telefoon in zijn hand, drukte op een paar toetsen en sprak in het toestel.

'Beveiliging, twee man naar de bestuurskamer. Nu!' Hij luisterde naar het antwoord dat hij kreeg en langzaam trok zijn gezicht wit weg. 'Haal er dan twee uit de hal!' gilde hij. 'Hoe bedoel je, dat gaat niet?!' Met een nijdig gebaar klapte hij het telefoontje dicht en stopte het in de binnenzak van zijn jasje. 'Ook goed,' zei hij, 'dan doe ik het zo.' In dezelfde beweging trok hij een pistool uit een schouderholster en richtte het op mij. Niemand zei meer iets. De stilte in de zaal was tastbaar.

'Duizend', zei Karl in mijn oorknopje.

Op het scherm achter Bregers rug zag ik het netwerk in actie komen om de uitvallende computers te neutraliseren en eromheen te werken. Duizend was nog niets, maar vanaf nu zou elke volgende stap harder aankomen. Niemand zag het. Iedereen keek naar mij. Breger kwam een stap dichterbij, wilde nog een stap zetten, maar leek in zijn eigen beweging vast te lopen.

Achter mij kwam zijn familie verder naar binnen. Zijn broers en zijn neven. Eén voor één kwamen ze naast me staan.

'Jezus, Rob', zei Breger. Zijn hand met het pistool aarzelde. 'Peter? Chris? Waar komen jullie vandaan? Hé, kom op, jongens, ik ben hier aan het werk. Dit is niet het moment om ...' Alle zekerheid verdween uit zijn stem. Met elke volgende naam die hij noemde, leek hij kleiner te worden. Ik werd omgeven door een schild van zijn familie. Het was absoluut uitgesloten dat hij een schot zou lossen. Zijn armen hingen slap langs zijn zij. 'Die mensen beneden?' vroeg hij.

'Ja, wat is daarmee?' zei Rob.

'Die zijn er dus echt?'

Rob knikte. Hij was meer dan een kop groter dan ik. Kleine bewegingen van Rob Breger waren voldoende om een ander tot voorzichtigheid te manen.

'Zijn jullie er allemaal?'

'Bijna', zei Rob. 'Niels kon niet komen.'

Het was alsof die toevoeging, die ene naam van degene die niet was meegekomen, bij Breger het laatste verzet brak. Hij schudde zijn hoofd en staarde in ongeloof naar zijn familieleden. Om ons heen barstte een pandemonium los, iedereen schreeuwde door elkaar en even leek het alsof de situatie alsnog uit de hand zou lopen. De vijftien Bregers blokkeerden de uitgang van de kamer, maar die blokkade kon niet te lang duren. Partners eisten op hoge toon uitleg. Ze probeerden elkaar schreeuwend en gillend tot de orde te roepen. Zonder Breger was de autoriteit uit de zaal verdwenen en onderling kunnen adviseurs van elkaar nooit leiding aanvaarden. De gedachte dat iemand iets beter zou weten dan zijzelf, is hun vreemd. Tussen de roepende en springende mannen hield ik er één angstvallig in de gaten: Van Waayen. Die wilde ik straks mee hebben.

'Vierduizend', klonk de stem van Karl. 'Nu komen we ergens.'

Achter me voelde ik de gesloten linie Breger-mannen opzij stappen. Midden in het tumult kwam de oude Willem Breger achter zijn zonen tevoorschijn. Hij hief zijn stok hoog in de lucht en liet hem met een snijdende knal op de houten vergadertafel neerkomen. Hij legde al zijn kracht in de klap. Al zijn woede. De lak sprong van het tafelblad.

'Als jullie nou allemaal even je kop houden, dan zijn wij hier zo weg', zei hij. Hij gunde de aanwezigen geen blik, draaide zich om en liep naar zijn zoon.

In de klemmende stilte stond een man op. Aan de andere kant van de tafel. Een kleine man, die zich tot op dat moment nog niet had laten horen. Het was Herbert Colland, mede-eigenaar en CEO van HC&P, drijvende kracht achter de Larkowl Group, zelfbenoemd bewaker van de belangen van de Heer. Hij liet de stilte groeien tot alleen hij hem nog kon verbreken.

'En wie denkt u eigenlijk dat u bent?' vroeg hij. Zijn scherpe stem sneed met onverholen agressie door de ruimte.

Willem Breger keek hem niet eens aan. De autoriteit die Colland wilde claimen bereikte de overkant van de tafel niet. Willem legde een hand op de schouder van zijn zoon.

'Huib,' zei hij, 'de kabouter daar wil weten wie ik ben.'

Het leek minuten te duren voordat Huib Breger verstaanbare woorden uit zijn mond kon krijgen.

'Dit is mijn vader', zei hij.

Colland veranderde, paste zichzelf aan. De blik in zijn ogen verzachtte, zijn intonatie ging een paar tonen omhoog, warmer, de klinkers langer. 'Meneer Breger,' zei hij, 'wat een eer u te ontmoeten. Uw zoon is een fenomeen, een genie.'

'Daar weet u niets van', zei Willem. Hij was niet onder de

indruk van mooie praatjes. 'En als u dit gedrocht hier een genie vindt, dan weten we meteen hoe het met u is gesteld.'

'U onderschat hem.'

'Ik onderschat niemand.' De oude Willem had er overduidelijk genoeg van. 'En nou is het afgelopen, Huib. Meekomen.'

Colland gaf niet op. 'Maar u kunt niet zomaar hier binnenlopen en ...'

'Dat kan ik wel. Dit is binnen mijn familie. Het maakt niet uit waar ik dit doe. Huib, zeg even dat het klopt.' Willem porde zijn zoon met zijn wandelstok.

Huib Breger knikte.

'Mooi zo', zei Willem. 'Dan is dat ook geregeld.' Twee broers stapten naar voren, pakten Huib bij zijn armen en sleurden hem achter zijn vader aan de gang in.

In de ijzige blik van Colland was te zien dat hij al afscheid had genomen van de man die jarenlang zijn beveiliging had geregeld en die meneer Miller voor hem had gerund. Voor hem een ander.

'Zestienduizend', zei Karl. 'Het duurt niet lang meer. Nog zes stappen en het net ligt eruit. Voor die tijd moet je weg zijn, want dan weten we niet meer wat er nog functioneert en wat niet.' Op het scherm begon de activiteit van het netwerk grillig gedrag te vertonen.

Met Rob Breger en met de jonge Huib schoot ik naar Dries van Waayen, trok hem uit zijn stoel en wilde hem meenemen.

'Wat is hier godverdomme eigenlijk aan de gang?!' Herbert Colland ontplofte en zijn woede richtte zich nu op mij en de paar overgebleven Bregers. Ver weg in de gang hoorde ik de anderen in de lift stappen en vertrekken. Ik stond er alleen voor.

'Meneer Van Waayen wordt in Amsterdam verwacht', zei ik. 'In verband met de moordzaak in het kantoor daar.' Naast mij kromp Van Waayen ineen.

'Ik bepaal wie er waar wordt verwacht,' antwoordde Colland, 'en volgens mij heb jij niet in de gaten wat dat precies betekent.'

61 Een camper heeft geen pasje

Niemand bewoog. Colland had zijn gezag weer terug. In de familiezaak van de Bregers had hij misschien weinig in te brengen, maar dit was anders. Dit was zijn domein, zijn bedrijf. Hij kwam om de tafel heen naar mij toe. Hij liep soepel, bijna zonder inspanning te tonen. Met kleine, gestileerde gebaren zette hij zijn woorden kracht bij. Maar eenmaal dichterbij zag ik dat zijn ogen vloekten.

'De enige die in Amsterdam wordt gezocht voor een moord, dat bent u', zei hij. Zijn mond trok scheef omhoog in een gestoord soort glimlach.

'Er is een verschil', zei ik, 'tussen degene die het heeft gedaan en degene die ervoor wordt gezocht.'

'Wij maken dat verschil', zei Colland. De arrogantie van de man was verpletterend in zijn eenvoud. Gesterkt door het meest succesvolle adviesbureau ter wereld hoefde Colland niets meer uit te leggen aan mensen die het niet met hem eens waren. Zijn succes was het enige bewijs dat hij nodig had. Zijn macht deed de rest. 'Wij beschermen dingen van waarde. Bedrijven, organisaties die het anders misschien niet zouden redden. Belangen die dreigen te worden vergeten.'

'Als moderne ridders', zei ik.

Colland knikte, tevreden. 'Zo zou u dat kunnen noemen, ja.'

'Dan is dit zeker de ronde tafel?'

'Een van de vele', zei Colland.

'Voor een nieuwe kruistocht', zei ik.

'Tegen de bedreiging van onze waarden. En dat is iets wat u ter harte zou moeten nemen. Wij hebben een speciale taak in deze wereld. U denkt daar te licht over.'

'Waarom?' vroeg ik.

Herbert Colland keek me aan alsof ik een verouderd stuk gereedschap was. 'Waarom?' herhaalde hij. 'Omdat de wereld te complex is om over te laten aan de goede zorgen van gekozen nitwits met een gemiddeld IQ van ergens tussen de tachtig en de honderdtwintig', zei hij. 'Allemaal erg schattig hoor, maar zij zien de grote structuren niet. Overal worden onze waarden verkwanseld in laffe onderhandelingen. Politici denken aan de volgende verkiezing en alleen als ze harde, onbetwistbare informatie hebben, alleen als ze kunnen bewijzen dat de zaak uit de hand loopt, als het eigenlijk al te laat is, dan willen ze ingrijpen. Anders niet. En dat kan niet meer. De tijd van afwachten, van pappen en nathouden is voorbij. Geweest! West-Europese regeringen moeten de confrontatie zoeken vanuit de overtuiging dat zij geen andere keus hebben. De christelijke overtuiging heeft die keus al gemaakt. Wat ontbreekt zijn de juiste feiten.'

'En meneer Miller zorgt ervoor dat ze die feiten krijgen?'

'Iedereen krijgt de feiten die hij nodig heeft', zei Colland. 'Daar gaat het om. Dat is cruciaal. In feite hoef ik u hier niet eens tegen te houden. Wilt u met meneer Van Waayen vertrekken? Ga uw gang. Voor u in Amsterdam terug bent, denk ik dat iedereen de feiten van deze ontmoeting kent.'

'O ja?' vroeg ik.

'Ja, want wij zijn de nieuwe elite, de nieuwe intelligentsia. Wij combineren inzicht en kennis en hebben de macht om keuzen te beïnvloeden. De een of andere halve gare liberaal kan wel denken dat het openbaar vervoer moet worden geprivatiseerd, maar wij maken de analyses. Wij bedenken de redenatie en verschaffen de feiten die bepalen of het wel of niet kan. Als wij iets niet willen, dan wordt dat altijd door feiten gestaafd. Door onze feiten, en onze feiten zijn altijd beter dan die van anderen. Wij beheren de feiten, meneer Bellicher, en aan de feiten kan niemand ontsnappen.'

Op het scherm was te zien hoe het netwerk langzaam uit elkaar viel. Er waren nu zoveel computers uitgevallen dat het begon te haperen. Kleine knipperende lichtjes gaven aan dat er iets niet goed ging.

‘Tweehonderdzestigduizend’, klonk de stem van Karl. ‘Kan jij het ook zien?’

‘Reken maar’, antwoordde ik.

‘Reken maar wat?’ vroeg Colland. Hij stond nog steeds met zijn rug naar het scherm. Iedereen keek naar mij, alleen Van Waayen en ik keken de andere kant op. Van Waayen zei niets.

‘Eerst kijken, dan denken’, zei ik en ik wees op het scherm. Op dat moment klonk een schrille pieptoon, een alarmsignaal. Een rood venster met een waarschuwingstekst lichtte op. Iedereen draaide zich om en keek naar het scherm. Voor hun ogen vielen grote delen van het netwerk uit. Met panische signalen en snerpende tonen probeerde meneer Miller zich te herstellen. Colland staarde sprakeloos naar het gevecht tussen software en hardware. Tweehonderdzestigduizend computers hadden elk twee andere computers gevonden en begonnen zichzelf nu uit te schakelen. Ondertussen gingen de volgende vijfhonderdduizend computers elk weer op zoek naar twee nieuwe om het virus aan door te geven. Elke stap was tweemaal zo groot als de vorige. Daarom duurde elke volgende stap ook iets langer, maar nog steeds kon je erop wachten. Meneer Miller bestond bij de gratie van computers die voortdurend contact met elkaar zochten. Om het vernietigende bestandje door te geven, hoefden ze alleen maar te doen wat nodig was om meneer Miller in stand te houden.

Terwijl het virus zijn weg zocht, herstelde het netwerk zich van de laatste klap. Met een kwart miljoen computers minder kon het nog prima vooruit. Het verdeelde de capaciteit opnieuw en kwam weer tot rust. Iets kleiner dan voorheen, maar stabiel. Per minuut wonnen de signalen weer aan kracht. Colland lachte.

‘Ik weet niet wat er zojuist gebeurde,’ zei hij, ‘maar het is niet interessant. Meneer Miller is het eerste zelfdenkende en zelfsturende netwerk ooit. Het zoekt zelf de oplossing voor elk probleem dat het tegenkomt, en de rekencapaciteit van het net is zo groot, dat het elk probleem aankan.’

‘Natuurlijk’, zei ik. Ik draaide me naar Van Waayen en trok

hem mee. Huib wrong zich voor mij langs, duwde Colland opzij en creëerde zo een opening waardoor we de deur konden bereiken. Colland reageerde furieus.

'Dat dacht ik niet!' gilde hij. Hij schreeuwde om de bewakingsdienst, maar er kwam niemand. Stampend van woede pakte hij zijn mobiele telefoon en belde een nummer. Nog voor hij contact kreeg, klonk er een kreet van ontzetting in de zaal. Het virus had zijn volgende stap voltooid en het was alsof het scherm door een donkere golf werd getroffen. Overal vielen verbindingen weg. Weer klonken de alarmsignalen, en deze keer hielden ze niet meer op. Colland gilde. Met maaiende armen wierp hij zich op ons, hij mepte met de kracht van iemand die niet meer weet wat hij doet. Met zijn drieën sloegen we hem van ons af, tot Rob Breger hem vastpakte en met een enorme zwaai over de grote houten tafel gooide. Onhoudbaar gleed hij over het glanzend gepolitoerde oppervlak. Kopjes en glazen omverkegelend. Aan de overkant van de tafel schoof hij over de rand bij een van de partners op schoot. De stoel kantelde achterover en met een klap belandden ze samen op de grond.

'Nog even en meneer Miller is niet meer', zei ik tegen de verzamelde partners. 'Misschien wordt het tijd om aan de eigen belangen te gaan denken.'

Meer hadden ze niet nodig. Iedereen begon te gillen en in de consternatie holden we de vergaderkamer uit. Met Van Waayen, op zoek naar Gijs.

De passage naar het residentiële gedeelte was een verdieping lager. Ook daar werd de doorgang gecontroleerd door glazen sluisdeuren, die alleen met een pasje konden worden geopend. We schoten er doorheen, Van Waayen zeurde en etterde, maar hij deed geen enkele poging om te ontsnappen.

'Wat wil je met me?' riep hij.

'Dat je voor mij gaat getuigen', zei ik.

'En waarom zou ik dat doen?'

'Omdat je anders met je vriendje Huib mee mag naar Zuid-Afrika. Zeg 't maar!'

Van Waayen staarde me aan.

'Dat is ontvoering', zei hij.

'Niet als je er zelf voor kiest', zei ik en we sleurden hem verder.

'Een miljoen', zei Karl in mijn oordopje.

Op de vijfde verdieping holden we door de gang tot we voor kamer 506 stonden. Ik probeerde de deurkruk, maar die bewoog loos op en neer. De deur bleef dicht. Onder de kruk zat een cijferslot. Ik vloekte.

'Vince!' riep ik in het microfoontje van mijn telefoon, 'cijferslot op kamer 506. Kan jij in het systeem de code vinden?'

'Vergeet het maar', zei Vince. 'Het hele netwerk ligt plat. Niemand kan ergens meer in.'

Met een ruk draaide ik me om.

'Oké,' zei ik tegen Van Waayen, 'dan wil ik hem van jou.'

'Ik zeg niets', zei Van Waayen en hij klemde zijn kaken demonstratief op elkaar.

'Als jij straks voor mij wilt getuigen, en we hebben net samen besloten dat jij dat wilt, dan zal je nog veel meer moeten vertellen waar je geen zin in hebt. Dus zie dit maar als een oefening.'

Van Waayen zei niets.

'WAAROM NIET?' gilde ik. 'Wat heb je er in godsnaam bij te winnen door nu je mond dicht te houden?'

Nog steeds reageerde hij niet. Hij keek me met grote glazige ogen aan.

'Ik heb niets met die moorden te maken', zei hij uiteindelijk.

'O. Mooi! Geweldig! Dries, als je dat zo zeker weet, wat zeur je dan nog? Ik weet ook zeker dat ik er niets mee te maken heb, maar ik moet het bewijzen, omdat jullie ervoor hebben gezorgd dat niemand me gelooft. Doe me een lol!'

Hij antwoordde niet, maar stapte naar voren, toetste pijlsnel een nummer in en even later sprong de deur open.

Gijs lag op bed. In een soort trainingspak. Verdoofd of in elk geval zodanig vol pillen dat hij nauwelijks wist waar hij was of wat hij deed. Zijn eigen kleren hingen in een kast, maar het vooruitzicht hem te moeten omkleden leek me een hopeloze zaak. Snel zocht ik naar de belangrijkste spullen, portefeuille, sleutels, en stopte ze in mijn zakken. Huib en ik tilden Gijs op en probeerden hem tussen ons in mee te nemen. Het ging moeizaam, zijn lange lijf werkte niet mee. Zijn spieren waren te slap en bij elke stap was het onzeker of wij hem zouden kunnen houden. Na twee passen stonden we weer stil. Het ging niet.

Koortsachtig probeerde ik te bedenken hoe we weg konden komen. Zolang de Bregers in de hal de beveiliging bezighielden, konden we min of meer onze gang gaan. Maar dat zou niet eindeloos duren. Zodra Colland de leiding van de beveiliging weer op orde had, zou het snel moeilijker worden. Zoveel tijd hadden we niet meer. Ik vloekte.

'Laat mij maar', zei Rob. Hij liet Van Waayen los, zakte door zijn knieën, tilde Gijs dwars over zijn rug en stond weer rechtop. 'Klaar', zei hij.

Huib en ik duwden Van Waayen voor ons uit de gang weer in, naar de lift. Rob volgde met grote, zware passen.

Op de tweede verdieping stapten we weer uit en haastten ons naar de poortjes tussen het residentiële gedeelte en het kantoor. Vanaf dat punt was het nog twee verdiepingen naar beneden en dan een lange rechte lijn naar de uitgang.

'Michael?' De stem van Bernie klonk in mijn oordopje. 'Door de voordeur kun je er niet meer uit. Medewerkers die het pand willen verlaten proberen zich een weg te banen door de wachtende Bregers. Daar kom je niet doorheen.'

We stopten midden in de gang. Terwijl ik de anderen vertelde wat er aan de hand was probeerde ik een alternatief te verzinnen.

'Via de parkeergarage?' suggereerde Huib.

Ik schudde mijn hoofd. Dit pand had geen parkeergarage. De ruimte eromheen was zo groot dat iedereen gewoon buiten zijn auto kwijt kon. Ik vloekte weer. 'De ratten verlaten het schip en wij zitten hier ergens op het tweede dek. Het lijkt verdomme de Titanic wel.'

'Er is nog een vip-ingang', zei Van Waayen plotseling. 'Aan de achterkant van het gebouw, naast de huisdrukkerij. Door de leveranciersingangen kunnen we er niet uit, die werken met een ander toegangssysteem. Maar de vip-ingang werkt op de gewone pasjes.'

Ik keek hem aan. 'Een vip-ingang?' zei ik. Ik geloofde er niets van. De achterkant van het gebouw was niet de plek om een vip te ontvangen.

'Voor mensen die niet gezien willen worden', zei Van Waayen. Hij begon ongeduldig te worden en trok Huib en mij met zich mee.

'Waarom heb jij opeens zo'n haast?' vroeg ik. 'Omdat een paar medewerkers het gebouw uit willen?'

'Denk dan na', snauwde hij. 'Dat zijn geen medewerkers. De medewerkers weten nergens van. Dat zijn de partners. Dat is de top van het bedrijf die eruit wil. En dan wil ik niet de enige zijn die hier achterblijft!' Hij sleurde Huib met zich mee en even later holden we door de gangen naar de achterkant van het gebouw. Al rennend gaf ik Bernie aanwijzingen hoe hij bij de service-ingang kon komen. Met het pasje dat ik hem had gegeven, kon hij het terrein op.

'En Bernie,' zei ik, 'zeg tegen de Bregers dat ze de hal ontruimen. Iedereen moet eruit kunnen. Zo snel mogelijk.' Als de top het bedrijf wilde verlaten, dan moesten wij ze vooral geen seconde langer tegenhouden. Ik wilde niemand de gelegenheid geven zich te bedenken.

Door het oortelefoontje hoorde ik Bernie praten met een van de Bregers. Portieren sloegen dicht en even later klonk alleen nog het diepe geluid van de dieselmotor.

Er leek geen einde te komen aan de gang naar achteren. Rob Breger zwoegde met het half bewusteloze lijf van Gijs en raakte steeds iets verder achterop. Van Waayen wees naar voren waar de gang een hoek naar links maakte.

'Bijna', zei hij.

'Mike?' Dit keer was het de stem van Kirsten die via het oordopje klonk. Gejaagd. 'We staan hier bij de slagboom en het pasje werkt niet.'

'Dat kan niet!' schreeuwde ik. 'Dat ding moet het doen! Probeer het nog een keer.'

'Er gebeurt niets', zei Kirsten.

'Dan weet Vince wel wat je moet doen. Vraag het aan Vince.'

Maar Vince was er niet. Hij was met de Bregers mee om ervoor te zorgen dat iedereen zo snel mogelijk weer uit de hal in de bussen kwam.

'Ah, fuck it', hoorde ik Bernie op de achtergrond zeggen. Kirsten gilde en haar schreeuw overstemde andere, krakende geluiden van versplinterend hout. Even later was Kirsten terug aan de lijn.

'Oké,' zei ze, 'we zijn erdoor. En nu?'

We spurtten de hoek om. Aan het einde van de gang was een gewone glazen kantoordeur in metalen frame. Deurkruk en een elektronisch slot. Aan de wand hing een klein kastje met een rood lampje. Van Waayen was er het eerst. Hij hield zijn pasje voor de scanner, er klonk een kort piepsignaal en de deur sprong open. Huib ging als eerste naar buiten. Na hem Van Waayen en daarna ik. Samen hielden we hem bij ons. Ik wilde niet dat hij er op het laatste moment vandoor zou gaan.

Buiten wachtten we op Rob, die met Gijs op zijn schouders net de hoek van de gang om kwam. Achter hem verschenen opeens nog twee mannen, Colland en zijn chauffeur. Ik schreeuwde naar Rob. Te laat. De chauffeur duwde hem opzij en Rob verloor zijn evenwicht. Hij kon nog net voorkomen dat Gijs van zijn schouder gleed. Hij hield zichzelf overeind, zette Gijs neer en holde achter de twee mannen aan. Hij greep de chauffeur en met een snelle en keiharde beweging smeet hij de man tegen de muur en zette hem klem. Linkerarm dwars over zijn keel. Knie hoog in zijn kruis. Rechtervuist klaar om bij de man het licht uit te slaan.

'ROB!' schreeuwde ik. 'NIET DOEN! Laat maar. Laat hem gaan.'

Naast mij siste Van Waayen. 'Nee, nee, niet laten gaan! Dit is je kans. Die vent is een maniak!'

Ik schudde mijn hoofd. 'Hier is voor ons niets meer te winnen', zei ik.

Van Waayen kreunde. 'O, jezus, watje', zei hij. 'Dan doe ik het zelf wel.'

Hij liep terug de gang in en gilde tegen Colland, schold hem uit voor alles wat hij kon bedenken. Colland stond nu alleen en schreeuwde terug. Veel anders kon hij niet. Achter hem hield Rob de chauffeur in een ijzeren greep. Voor hem stond Van Waayen en achter Van Waayen stonden Huib en ik. Zweet droop van zijn gezicht. De geur van zijn angst vulde de beperkte ruimte. De twee mannen stonden pal tegenover elkaar te gillen, steeds heviger en steeds feller, totdat Van Waayen met een ongeremd harde trap een van zijn glimmend gepoetste roodbruine instappers diep in Collands kruis begroef.

De man was in één keer stil.

Diep voorovergebogen greep hij naar zijn ballen, die nu waarschijnlijk ergens in zijn maagstreek zaten. De pijn moest hij tot in zijn oren voelen.

Achter ons stopte de camper. Dwars over de voorkant van de auto liep een diepe, horizontale deuk, vlak boven de bumper. Houtsplinters zaten onder de ruitenwissers. Kirsten gooide de zijdeur open en Huib trok Van Waayen als eerste mee naar binnen. Ik schoot langs de dubbelgevouwen Colland en hielp Gijs door de gang naar buiten. Als laatste kwam Rob. Hij liet de chauffeur los, deed drie, vier passen achteruit zonder de man uit het oog te verliezen, draaide zich om en rende het laatste stukje naar de auto.

Bernie hing aan het stuur. De zware camper stuiterde met piepende banden om het gebouw heen, terug naar de uitgang. Voor de slagboom stond een file, omdat de vele vertrekkende auto's er maar een voor een doorheen konden. Bernie draaide om de rij heen en reed vol gas de andere kant op, naar de ingang.

'Dat gelul met die pasjes, dat doe ik niet meer', zei hij. 'Een camper hoort geen pasje te hebben.' Langs de gebroken slagboom reed hij het terrein af.

Bij de deur van de voorste bus stond Vince te wachten. Alle Bregers waren ingestapt. Het wachten was op de laatste twee. Rob stapte uit en op straat schudden wij elkaar de hand. Voor de eerste keer.

'We hebben niet eens kennisgemaakt', zei ik.

'Dat zie ik toch heel anders', antwoordde hij. Hij lachte. 'Evenzogoed, aangenaam.' Hij leunde langs mij heen en stak zijn hoofd weer de camper in. 'Huib, kom je?'

Huib aarzelde. 'Ik … eh …'

Opeens herinnerde ik me zijn laatste mailtje. 'Graag meer weten. Graag meer zien.'

Huib wilde mee naar Amsterdam. Hij had het me laten weten en ik had er nog steeds niet op gereageerd.

Details.

Zo belangrijk. Bovendien wilde ik nog geen afscheid nemen van de man die vanuit zijn familie de wereld benaderde en begreep. Daar had ik nog iets van te leren.

'Huib,' zei ik, 'in Amsterdam wordt er op je gerekend. Je gaat nou toch niet weglopen hè?'

62 BON

De meeste partners van HC&P verdwenen geruisloos uit Brussel. Zonder hun voortdurende bijdrage en zonder de geregisseerde feiten van meneer Miller bleken de regeringsleiders het opeens nergens over eens te kunnen worden. Op de laatste dag stortte de Europese top over Veiligheid en Integratie in. De eerder opgestelde verklaringen leken te scherp. Te hard. Te confronterend. De EU trok zich terug op het veilige standpunt van meer onderzoek, meer analyse en meer afstemming.

In Zuid-Afrika meldde de oude Willem Breger zich samen met zijn acht zoons bij de politie. Huib Breger bekende zijn betrokkenheid bij de moorden in Amsterdam, gaf de namen van de mannen die hem hadden geholpen en onthulde de organisatie die erachter zat. HC&P, het machtige, wereldwijd opererende adviesbureau, kreeg de zwaarste klap uit de geschiedenis van het bedrijf. Herbert Colland trad terug. Hij bleef in alle toonaarden ontkennen dat hij op welke manier dan ook betrokken was, maar niemand geloofde zijn woorden. De gevallen topman is altijd onbegrepen.

Het kantoor in Amsterdam werd het hardst getroffen. Vrijwel alle partners waren op de hoogte van de activiteiten van Huib Breger, en de politie haalde ze een voor een op voor verhoor. Als enige zonder connecties met Colland en de Larkowl Group nam Johan Wolfsen de leiding van het Nederlandse kantoor over. Hij zette een drastisch saneringsprogramma in en bracht alles in stelling om via een management buy-out het bureau in Nederland volledig onafhankelijk te maken. Hij zag erop toe dat Dries van Waayen meewerkte aan het politieonderzoek naar de moord op Ina Radekker en die op Jessica Polse. Inspecteur Pletting belde me persoonlijk om te vertellen dat ik niet meer werd gezocht.

De bank was minder makkelijk. Het duurde weken voordat

de blokkade op mijn rekeningen werd opgeheven en ik weer gewoon bij mijn geld kon. Niemand begreep waarom die blokkade er was, iedereen was het met me eens dat hij zo snel mogelijk weg moest, maar om de een of andere onverklaarbare reden gebeurde het niet. Pas toen de vader van Gijs een kennis van hem in de raad van bestuur belde om te vragen hoe dat nou precies zat bij die bank van hem, was het een dag later opgelost.

Bankzaken.

HB2 bleef nog een paar weken. Hij paste in The Pattern alsof hij nooit ergens anders was geweest. Dagenlang verdween hij in het digitale pretpark, waar macht en subversie altijd dicht bij elkaar liggen. Informatie- en communicatietechnologie vormen een wereldomvattend systeem dat door anarchisten en freaks steeds verder wordt geperfectioneerd. De gezagsgetrouwe burger heeft er niet het juiste soort hersens voor. Huib vond er wat hij zocht, al zal ik die intieme omgang met de technologie nooit precies begrijpen. Misschien hebben computers de rol van brommers en auto's overgenomen. Wat ooit de kubieke inhoud van een motorblok was, is nu het aantal gigabites. Sleutelen is frotten geworden. De spullen zijn veranderd, de magie is hetzelfde.

Na drie weken vertrok hij, terug naar Zuid-Afrika, naar zijn familie. 'Soms word ik wel eens gek van ze,' zei hij, 'maar er zijn er zoveel dat ik er altijd wel een paar mis. Daar moet je toch zuinig op zijn.'

Johan Wolfsen deed wat hij kon om Gijs en mij bij het bureau te houden, maar uiteindelijk begreep ook hij dat er te veel was gebeurd. Wij huurden de kamers aan het water, in de uitbouw van het grote pand van The Pattern en openden er na een paar weken schilderen en inrichten het adviesbureau Bellicher Olde Nieland, BON Consult. Compleet met briefpapier, kaartjes en secretaresse. Bij de feestelijke opening kwam Wolfsen met een dikke ordner die hij plechtig overhandigde.

'Een aardigheidje,' zei hij, 'in plaats van bloemen, want die hebben jullie nou wel genoeg. Maandagochtend halfnegen beginnen.' Hij tikte met een vinger op de ordner. 'Hier zit de briefing in. Want als jullie dan zo nodig voor jezelf moeten beginnen, dan huur ik jullie gewoon in.'

Het was onze eerste opdracht.

Van Vince kregen we een M-drive die hij tot kunstwerk had verheven, gedemonteerd en tussen twee perspex platen gevat. *De macht van meneer Miller*, had hij in het kunststof laten graveren, en ik werd er stil van als ik ernaar keek.

De angst bleef. Ook zonder meneer Miller gilde iedereen om het hardst dat de wereld zijn wereld was, of die van een hogere macht die geen tegenspraak duldde. De feiten werden minder verdraaid, minder agressief gemanipuleerd, toch bleven de oude feiten hangen. Mensen geloven wat ze willen geloven. Ze betrekken hun stellingen en verdedigen hun positie, ook lang nadat die is opgeheven. Terecht of onterecht, het verlaten van de eigen stelling is de laatste stap.

Er moet nog veel worden gecommuniceerd.

Kirsten en Vince hadden een paar moeilijke weken, waarom weet ik niet. Kirsten ging terug naar haar verdieping aan de Hondecoeterstraat. Vince bleef bij The Pattern. Ze zeiden er niets over en Vince deed alsof er niets aan de hand was. Nu gaat het weer beter. Als vanouds eigenlijk. Misschien hadden ze wat afstand nodig na hun bizarre begin. Misschien was het iets heel anders. Misschien moet ik helemaal niet interpreteren en het gewoon aan haar vragen als ik het wil weten.

Mijn ouders spreken definitief niet meer met elkaar, dat doen ze via ons, en waarschijnlijk is dat beter. Het huis in Dordrecht is verkocht. Peet en ik hebben ma helpen inpakken en verhuizen. Dat was vreemd. Ik voel me nog steeds door haar verraden, maar ergens ben ik het vermogen kwijtgeraakt boos op haar te zijn. Ik weet nu hoe voorzichtig ik moet zijn met mijn woede.

Na de verhuizing is Peet bij Kirsten ingetrokken en sinds zij weer steeds vaker bij Vince is, heeft hij de verdieping nagenoeg voor zichzelf. Wat hij hier in Amsterdam wil doen, heeft hij mij nog niet kunnen uitleggen, behalve dat hij hier wil zijn. En dat begrijp ik.

Pa heeft een nieuwe vriendin, en dat is pas echt wennen. Het is de eerste keer dat ik hem verliefd zie en ook al ben ik blij voor hem, ik krijg het beeld niet in het verleden geplakt. Mijn fout. Ze reizen. Zodra ze de kans krijgen, zijn ze weg. Nu zitten ze in New York. Volgende week in San Francisco.

Gijs is bij een klant. Een industriële bakker in de buurt van Spakenburg, het hart van fundamentalistisch Nederland. Hij kan daar beter mee overweg dan ik.

Het is donderdagmiddag. Ik zit in de achterkamer, het raam open, de zon kaatst op het IJ, de zomer bereikt nu elke dag een nieuw hoogtepunt. Tegen de muur achter mijn stoel staat de rugzak, rood en donkergrijs met zwarte banden, al weken ongebruikt, maar klaar om alles wat ik nodig heb mee te nemen. Ik schrijf mijn weblog.

63 Bellilog 19.07.04

Ik ben er weer.

Jac. Toes

Fotofinish

INHOUD

Noord

3 januari, 14.30 uur. Midwintercross,
21,1 km. -13 °C

I

Tussen de volgebouwde heuvel en de rondweg die de stad in bedwang houdt, ligt het sportcentrum. Het is een burcht met sauna's, een solarium en krachthonken, kroonjuweel van een wijk die ooit model stond voor arbeidershuisvesting maar nu in een slepend gevecht met de verloedering is geraakt. Aan de andere kant van de weg wacht het parcours voor de eerste wedstrijd.

Toptijden zijn vandaag niet te verwachten. Het is te koud, en te vroeg in het seizoen. De paden zijn bochtig, het parcours bestaat uit met venijnige heuvels, maar vooral zullen de lopers kampen met de naweeën van hun oudejaarsuitspattingen.

De warming-up vindt plaats in de sporthal, alhoewel een paar fanatiekelingen de tartanbaan zijn opgegaan en sprintjes trekken in de snijdende wind. Leunend tegen een wankel tafeltje heb ik mijn spieren losgemaakt, terwijl de rest van mijn kantoorploeg binnenkwam. We zullen hoog eindigen, ons team bestaat uit gelouterde wedstrijdlopers. Vorig jaar werden we slechts vijfde: in de slotkoers zakte Gordon in elkaar en plaatste de EHBO-mensen voor een raadsel. Het bleek een opflakkering van malaria, overgehouden aan een voorjaarsvakantie in de sawa's van zijn Indonesische voorvaderen. Sven en ik duikelden mee in het klassement.

Ook de lopers van de andere teams staan bij elkaar, sommige met de naam van het bedrijf in fluorescerende letters op hun rug. Ik zoek onze concurrenten en ontdek Bonner & Bonner, amices die pas een nieuw pand hebben betrokken. Ik zie de ploeg van Christanze, jonge makelaars met scherp geknipte koppen, en hun huisbankiers, Forth & Debater, die er altijd als hockeyers uitzien. De accountants van Schuitman staan achteraf, een beetje besmuikt alsof ze door de mand vallen nu ze hun driedelig grijs hebben uitgedaan. Vorig jaar werden ze wel mooi kampioen.

Bij de startlijn deelt de speaker trots mee dat een recordaantal deelnemers zich heeft ingeschreven. De Gelder Classics hebben nationale allure gekregen. Wat vijf jaar geleden begon als een weddenschap tussen twee advocatenkantoren is uitgegroeid tot een wedstrijdcircuit waar zesenzeventig bedrijven hun teams heen sturen. We staan met zeshonderdacht mannen en drieënnegentig vrouwen onder het wapperende startdoek. Van januari tot mei treffen we elkaar viermaal.

Het startschot zal snel vallen, want de speaker heeft het koud, laat hij weten, en de lopers maken constant sprongetjes om hun spieren warm te houden. Na een laatste waarschuwing tegen onderkoeling rennen we weg, achtervolgd door schaarse toejuichingen.

Bij het verlaten van de tartanbaan slaat een scherpe oostenwind mijn adem weg. De eerste lopers buigen zich voorover. Vijf man maken zich los in de korte afdaling. In het open veld aarzelen ze en zoeken elkaars beschutting. Ik ken ze geen van allen, het zijn individuele lopers. De weg stijgt daarna scherp en de mountainbiker die voor de koplopers uit rijdt, moet op de pedalen staan. Bij het startschot stond ik vooraan, maar ik laat me nu terugzakken en nestel me midden in de tweede groep, een kordon van snuivende en rochelende lopers die hun longen schoonmaken en speekselfluimen naast zich spuwen.

Voorbij de bocht naar het oosten blaast de harde wind tranen in mijn ogen en het ademvocht bevriest in de shawl om mijn kin. Na vijfhonderd meter bereiken we een groepje eiken, de eerste luwte. Pas dan kijk ik om.

De opkomst is inderdaad opvallend groot. Maar wie wil zijn eerste werkdag in het nieuwe jaar niet beginnen met een vrije middag, zij het met verplicht sporten? Vlak achter mijn groep zie ik tientallen plukjes lopers die angstvallig bij elkaar blijven. Hun bedrijfslogo's zijn nu verborgen onder truien en skibroeken. De mannen van Bonner & Bonner hebben een legerdump geplunderd, de malloten. Ze dragen grijze, met namaakbont gevoerde petten uit de magazijnen van de Bescherming Bevolking, de kleppen stijf onder de kin vastgeklit. Zelfs hun borstnummers zijn onder gewatteerde body's – in camouflagekleuren – verdwenen.

'Hé, Dewende!'

Ik kijk naast me. Het frontzwijn. Hij heeft zijn wollen muts tot over zijn zware wenkbrauwen getrokken. Hij grijnst en doet alsof het hem verbaast mij hier aan te treffen. Er hangen bevroren druppels in zijn snor.

'Mag je wel meelopen van je vrouw?'

Ik grijns terug.

'Ze heeft me gedwongen.'

Hij tikt me op de rug.

'Prima idee. Heeft ze ook 'ns rust. Gefeliciteerd trouwens.'

Ik steek mijn duim op. Hij blijft naast me lopen en drijft me naar de zijkant van de groep, uit de luwte van mijn voorganger. Ik houd een paar passen in.

We zijn een week geleden getrouwd, Elvy en ik. We hebben het niet rondgebazuind, maar het nieuws is al doorgesijpeld. Het frontzwijn wil er het zijne van weten en er grappen over maken. Ik laat hem een kleine voorsprong nemen, ik ga mijn adem niet verspillen aan borrelpraat. De kranten onder zijn trainingsjack kraken. Straks, als hij warm genoeg is, zal hij ze weggooien. In een afvalbak natuurlijk, het frontzwijn is senior engineer van een bedrijf dat al eeuwenlang huishoudelijke apparaten test op deugdelijkheid en sinds kort op milieuvriendelijkheid. Hij is een toonbeeld van fatsoen, maar op wedstrijddagen speelt hij het beest. Daar heeft hij zijn bijnaam aan overgehouden: het frontzwijn, de loopgravensoldaat die tomeloos aanvalt, maar zich even snel vastloopt. Halverwege de koers zal hij naar voren stormen, puffend en met zijn ellebogen stotend. Hij zal een halve kilometer op kop rennen, hij zal versnellen en niemand zal zijn demarrage beantwoorden. Daarna zal hij zich opblazen omdat hij zijn grenzen niet wil kennen, wat niet alleen voor zijn looptactiek geldt: het frontzwijn weegt meer dan honderd kilo en veel daarvan bevindt zich tussen zijn nek en benen. Hinkend of snelwandelend zal hij ten slotte over de finish komen terwijl de speaker zijn naam over de baan laat schallen. Hij zal triomfantelijk zwaaien naar een denkbeeldig publiek. Voor ons is het frontzwijn dus geen partij. Ik kijk maar eens om. Waar zijn mijn ploeggenoten?

Vlak achter me loopt Gordon, hij kijkt zorgelijk en schudt zijn hoofd. Hij haat de kou, zijn beste tijden liep hij bij tropische temperaturen. Gordons aanleg en conditie zijn superieur, maar hij is zo labiel als een pasgeboren kuiken. Het is geen killer – wat hem ook in ons vak parten speelt. Met zijn intelligentie, zijn dossierkennis en zijn strakke logica zou hij tot de top van de advocatuur kunnen doordringen, maar hij mist vechtlust. Het is geen krijger, hij zal zichzelf nooit verbazen. Hij werkte al jaren bij de oude Poon toen ik me inkocht, in loondienst. Een trouwe knecht.

'Sven?' vraag ik.

Hij wijst achter zich. Ik ontdek hem achter twee lopers van Bonner & Bonner. Sven is onze junior, de laatste aanwinst, een stille, smalle jongen. Hij werkt bijna een jaar op ons kantoor.

Hij heeft één keer gelachen, op zijn verjaardag, toen hij de lipstick van de secretaresses wegveegde. Ik zoek oogcontact met hem, maar we slaan links af een pad in. Een korte daling, het frontzwijn glijdt bijna uit, maait met een arm door de lucht en vindt houvast bij een medeloper. Vloekend blijft hij overeind terwijl zeven, acht lopers hem passeren.

De wedstrijd is nu op gang gekomen. Geen stoere opmerkingen meer over de kou, alleen gehijg en het geknisper van de sneeuw. We lopen in een langgerekt peloton van dertig man, achter een paar kopgroepjes die tussen de berijpte bomen steeds meer voorsprong nemen.

Het tempo ligt hoog, maar als het pad zich verbreedt, haal ik een paar lopers in. Het kost me mijn cadans, maar ik weet dat we nog kilometers op dit smalle bospad zullen rennen en ik wil niet opgesloten zitten achter iemand die gaten laat vallen. Sven loopt mee in mijn kielzog, ik hoor het driftige ritme van zijn voeten.

Wak! Wak! Wak! Er wordt een waarschuwing doorgegeven. In een bevroren plas midden op het pad heeft iemand een gat getrapt. De modder is eruit gespat, de man staat ernaast en maakt zijn sportschoenen schoon met een zakdoek. De roep echoot door het bos, alsof een koppel eenden zich opmaakt voor de paring.

Deze vrieskou bevalt me. Vorstlucht maakt alles zuiver, het bos is verstild tot een ijzig decor en op de heuvels is uiterste concentratie nodig, vooral bij het afdalen.

Ik ken dit terrein. In de lente was ik hier, bij de gerechtelijke reconstructie van de Vorstmoord. Ik had de zaak net overgenomen van een collega die in het ziekenhuis lag.

Onder deze zwarte dennen en in deze zelfde strenge kou had Bert W. niet kunnen accepteren dat zijn vrouw Maria hem ging verlaten. Ze had hem opgebeld om 'de scheiding rond te praten'. Het gesprek verliep ogenschijnlijk in harmonie en Maria ging in op Berts voorstel om een wandeling te maken, ondanks het late middaguur. Het was een valstrik: alleen de dood zou hen kunnen scheiden, desnoods zou Bert die een handje helpen. Onverhoeds greep hij haar vast en probeerde haar te bedwelmen. Maria vocht terug, tevergeefs, Bert duwde een dot in chloroform gedrenkte watten onder haar neus. Het was even koud als nu, het schemerde en 's nachts vroor het negentien graden. Hij kleedde haar uit, nam zelfs de trouwring van haar vinger en zette het bewusteloze lichaam op een stapel houtstammen. Haar kleding deed hij in een plastic zak, die hij onderweg bij het oud vuil zette.

Mijn cliënt was geen getrainde moordenaar, hij kreeg spijt en een uur later al belde hij de politie. Hij noemde zijn naam niet en vertelde alleen dat 'een vrouw zonder kleren in de kou zat'. Hij legde uit waar ze te vinden was, maar een politiepatrouille zocht eerst in het verkeerde bos en verdwaalde later in het juiste.

Maria werd de volgende dag gevonden, stijf bevroren. Niemand wist wie ze was en het gerechtelijk lab trof chloroform in haar bloed aan. Na een tv-oproep werd ze geïdentificeerd door buren, kennissen en familie. Automatisch kwamen de rechercheurs bij de ontroostbare echtgenoot Bert terecht: wat kon er gebeurd zijn?

Maria heeft er zelf een eind aan gemaakt, was zijn idee. Ongebruikelijke methode, maar daaraan waren de rechercheurs gewend. Zwervers duiken 's winters in een wak als het bestaan hun te veel wordt.

En de chloroform?

Ze werkte in een ziekenhuis ...

De bloedneus?

Een gesprongen adertje, van de vrieskou? Dat kon kloppen, maar hij kwam op het hellende vlak toen haar kledingstukken op het hoofdbureau werden afgeleverd. Een handelaar in tweedehandsspullen, zo'n masochistische milieu-idealist, had de vorst getrotseerd en de troep langs de straat doorgespit. De bruikbare kleding selecteerde hij voor zijn kringloopwinkel. Bij toeval zag hij de tv-oproep, maar hij deed er twee dagen over om zijn activistenafkeer van politie te overwinnen. Jas en trui, gescheurd en bebloed, bracht hij naar de recherche, de rest had hij al verkocht. Iemand draagt nu het ondergoed van een vermoorde vrouw.

Ik passeer de plek waar het lijk, rechtop gezeten, langzaam verkilde.

Moordenaars maken aan de lopende band fouten. Slachtoffers maken een zootje van hun doodsstrijd: ze krabben, bijten, spugen, schijten en pissen alles onder, zodat er een heleboel sporen vrijkomen. Maria deed dat ook en Bert zag in de chaos veel over het hoofd.

Mijn cliënt veranderde in een huilende reus toen vezels van haar jas onder zijn nagels werden gevonden. Hygiëne was niet zijn eerste zorg. En de ring droeg hij nog bij zich in zijn portefeuille. Na een paar dagen bekende hij. Hij probeerde de schuld af te schuiven op de politieagenten die hadden gefaald toen ze Maria zochten, maar de officier veegde dat verweer van tafel. De rechtbank ook. Twaalf jaar.

We hebben de heuveltjes achter ons gelaten en onze groep wordt een veelkleurige sjerp in het bos. We zigzaggen met de paden mee, om de honderd meter staat een parcourswacht in een oranje hesje om de richting aan te geven. De bochten zijn scherp, het aanzetten kost telkens kracht. We naderen de snelweg, af en toe vangen we vlagen verkeerslawaai op.

Eerder dan verwacht passeren we het vijfkilometerpunt. Mijn tijd? Ik schuif de boord van mijn handschoen weg. Achttien vijftig. Dat wordt een eindtijd van dik vijf kwartier.

Achter me hoor ik nog steeds Sven. Voor hem is het niet de vraag óf, maar wáár hij gaat aanvallen. We dalen een meter of tien, het pad wordt breder en we steken de rondweg over. Meteen schieten we een ander bos in, door een wijd geopend hek. Ik kijk om, ons peloton is in stukken gebroken. Gordon voert de tweede groep aan, zijn gezicht is nauwelijks zichtbaar, hij draagt een bivakmuts, zijn mond hangt open. Probeert hij het gat dicht te lopen? Hij zal het zwaar hebben en hij kan beter wachten tot we de eerste barrière hebben genomen. We dalen snel en plotseling worden we een asfaltweg op gestuurd. Rechts zie ik het opgeknapte Kasteel Rosendael, iets verderop de beruchte kinderattractie en als we het goudgepunte hek passeren, begint de eerste grote klim. Ik denk niet aan het stijgingspercentage. Ik druk mijn vuisten naar beneden. Losjes lopen!

Ik laat Sven passeren, dat wil zeggen: hij loopt plotseling naast me en kijkt me vragend aan. Ga maar, gebaar ik en hij schiet naar voren, in een bijna speelse tred. Dat jongenslichaam hoeft slechts achtenvijftig kilo omhoog te sjouwen. Bovendien is hij een geboren klimmer, het lijkt wel alsof hij lichter wordt als hij een heuvel op rent. Moeiteloos huppelt hij van me weg.

Sven was mijn keus. De oude Poon had het aan mij overgelaten om uit te zoeken wie ons kantoor moest versterken. Sven had nauwelijks ervaring, maar hij brandde van ambitie. Die maakt hij waar, alleen zijn presentatie in de rechtszaal is nog net zo mager als zijn knokige lijf. Een slungel in toga, een puistenkop met een hoge stem. Er zijn rechters die daarop letten.

Ik ga aan de rand van de weg lopen, maar het maakt niet uit, het golvende asfalt trekt me terug. Ik verander mijn cadans, maak mijn passen korter, op het steilste deel loop ik op mijn tenen. Het helpt even, maar Sven neemt zienderogen een voorsprong. Een tweede loper komt me voorbij, nog één, en in zijn kielzog een heel groepje, in strakke kleren die laten zien hoe broodmager ze zijn. Ze snijden een bocht af en ik probeer aan te haken. Het lukt een paar seconden, maar bij een extra stijging pakken ze drie, vier meter en word ik gelost. Mijn rechtervoet glijdt weg. Ontspannen, niet boksen! Blijf dansen.

Nog houd ik ze in zicht, maar de afstand wordt groter. Het bos is hier helder, de berken langs de weg maken alles licht, hun geschilferde basten zijn door de sneeuw nog witter dan normaal.

We stijgen alleen voelbaar nu, niet meer zichtbaar. Vals plat. Ik schuif mijn pet verder over mijn voorhoofd. Het zweet in mijn nek wordt koud. Is daar de top? Een parcourswacht gebaart ons een klinkerweg op: nóg een helling, een vuil klimmetje. De vermoeidheid slaat toe, een wee gevoel nestelt zich in mijn knieholten. Plotseling duiken links, rechts meer lopers op en word ik opgenomen in een grote groep die eendrachtig de laatste stijging neemt.

Sommige mannen hebben een jongensadem, hoog en kwetsbaar, die elk ogenblik kan breken in een zucht van verdriet. Andere ademen diep en log, als een zeeschip op koers. Lopers zoals het frontzwijn happen slordig naar lucht en even onstuimig stoten ze die weer uit. En er zijn muzikanten met obstakels in hun luchtpijp, of puffers die razendsnel in- en uitademen, als angstige veldmuizen. Ik loop in een orkest van hijgers, tot we bij de bevrijdende glooiing komen.

De wind komt nu schuin van voren, de kou kruipt langs mijn hals naar binnen, waar mijn trainingsjack tegen mijn borst plakt.

'Laat je mij straks opnemen in een gesloten inrichting?' zegt een man naast me. 'Dit is gekkenwerk.'

Hij heeft een halsdoek voor zijn mond die hij even naar beneden schuift. Ik herken een accountant van Schuitman. Zijn neus ziet rood en uit zijn ooghoeken loopt een parelmoeren spoor. Ik antwoord niet, ik heb alle lucht nodig om een nieuw tempo te vinden.

We laten het bos achter ons. Op het Rozendaalsche Veld, waar graspollen de heide hebben verdreven, kan windkracht zeven ons ongehinderd vinden. Zonder afspraak gaan we waaieren, als wielrenners in de polder. Wanneer het mijn beurt is om op kop te lopen, lijkt het alsof de kleren van mijn lijf worden geblazen. Mijn bovenbenen verstijven, fijne korrels zand en sneeuw prikken in mijn gezicht, ik knijp mijn ogen samen om het pad te blijven zien.

Voor me is het peloton klimmers uit elkaar geslagen. Konden ze het niet opbrengen om samen te werken? Ook Sven, met zijn wollen muts, worstelt eenzaam in het eindeloze landschap. Hij hangt een beetje voorover. Mijn mouwen wapperen en het zweet op mijn rug bevriest. Met mijn vuisten stoot ik tegen de wind en na een minuut laat ik me wegzakken in de warmte van de groep.

Pas in de buurt van de brandtoren is er beschutting van een bosje naaldbomen. We zijn halverwege en er staat een drinkpost, bemand door twee vrouwen in pooljacks, maar niemand grijpt een bekertje van de plank. We komen op adem, nog een paar honderd meter en we slaan af naar het westen. Voor ons strekt zich weer een lange rechte weg uit, een fietspad waarop de sneeuw in slordige vegen is verwaaid. Het tempo van onze groep gaat omhoog, we worden in de rug geblazen. Ik schuif naar de eerste linie. Lopen gaat nu vanzelf, ik heb zelfs oog voor het bevroren landschap, de alleenstaande groepjes berken, waar de wind aan trekt en duwt. De horizon is een duistere bosrand tussen de witgrijze lucht en het even witgrijze veld.

Plotseling krijg ik een schouderduw, ik balanceer even op de rand van het asfalt en moet inhouden voor een paaltje. Het frontzwijn maakt van de gelegenheid gebruik om voorbij te gaan. Zijn gezicht is rood, zijn hoofd gaat driftig op en neer, zijn pet heeft hij in zijn mouw gepropt en hij stampt met lange passen naar de koppositie. Het is ongelooflijk zoals hij zijn dikke reet naar voren wurmt. Wat een lompheid, wat een misplaatste grap! Hij perst zich tussen twee lopers die samen even breed zijn als het pad, roept nog 'sorry' ook en zet een sprint in. Hij pakt tien meter, vijftien, hij probeert de laatste klimmer te bereiken, die twintig meter voor hem loopt, maar zijn demarrage strandt in ademnood.

Niemand reageert. Zal ik hem als springplank gebruiken? Nee, te vroeg, ik zal het hele peloton achter me aan krijgen.

Eensgezind achter het frontzwijn dravend bereiken we de bosrand en in een dalletje slaan we af.

Nú.

Deze klim kan ik aan, niet meer dan vijftig meter en de kilometer lichte daling daarna compenseert de wind. Ik trek het tempo aan. Langzaam versnellen, niets forceren, niet letten op wat er achter me gebeurt. Het frontzwijn is het eerste slachtoffer. Als ik hem passeer, werpt hij een triomfantelijke blik opzij en zet toch nog even aan. Goed, jongen, neem maar een paar meter wind voor je rekening. Ik lig op stoom, dit kachelen is mij op het lijf geschreven.

De klimmers, met hun benen als luciferhoutjes, lopen nog steeds verspreid, kleurige eilandjes in de sneeuw. Ze missen het vet om de kou te trotseren en ik spring van eiland naar eiland. Sven is de derde en hij haakt aan, ik houd even in, een slijmspoor druipt langs zijn kin en met zijn tweeën bereiken we de volgende loper. Daarna hoor ik zijn trippelpas wegzakken.

Aan het eind van de bosrand heb ik alle klimmers ingehaald en zie ik niemand meer voor me. Nog vijf kilometer, één lange afdaling. Ik neem alle risico's, ik laat me neerstorten, ik maak mijn passen lang en dans naar beneden over de bevroren grond. Ik laat iedereen achter me.

Een begraafplaats, midden tussen reusachtige beuken, kondigt de bewoonde wereld aan. Uit een inham in het houten hek komt een man in een legerjack tevoorschijn. De ijsdruppels hangen in zijn snor, hij stampvoet van de kou, maar dan zet hij zijn rechterbeen op een boomstronk en brengt een camera voor zijn oog. Pers? Onwaarschijnlijk, die verschijnt hooguit bij de start. Ik recht mijn schouders en kijk hem aan met opgeheven hoofd. Nog net hoor ik het klikken van zijn toestel, dan stuif ik hem voorbij.

Een boerderij, de slotlaan en weer het goudgepunte hek. Een kort giftig klimmetje, dan drie kilometer bospad ... en onverwacht nemen de mannen van Bonner me in de tang.

Waar zaten ze al die tijd? Waar komen ze vandaan? Ook de accountant van Schuitman is erbij. En zelfs zo'n scherpe jongen van Christanze, die aan de staart van ons clubje blijft bungelen.

Drie kilometer lang sleur ik ze mee en met zijn vijven bereiken we de atletiekbaan. Daar moeten we een volle ronde rennen. Een publieksronde. Maar waar zijn onze fans?

Het is nu de vraag wie de sprint aan trekt. Ik? Nu? Op driehonderd meter? Maar een Bonner-jongen versnelt al, hij passeert me en ik moet volgen. In de laatste bocht verlamt de kou mijn benen. Ik zuig alle lucht naar binnen die ik kan verzamelen, met open mond, elke stap is nu één ademteug. In, uit, in, uit. Ik gooi mijn pet af, ik jaag mijn vuisten op en neer. Nóg een versnelling? Ik scheer naar de rand van de baan, mijn voeten ranselen het tartan.

De speaker is blij met deze opleving van de strijd. Hij bladert driftig door de wedstrijdformulieren op zoek naar onze namen. Ik sprint vlak langs hem over de finishlijn en ruik zijn alcoholadem.

Pas als ik uitloop op het middenveld, vindt hij mijn naam. Hij maakt er de gebruikelijke grap van.

'Stan "Gun" Dewende komt binnen op één uur, vierentwintig minuten en zes seconden. Ook hij levert een uitstekende prestatie!'

Iemand fluit op de vingers.

Ik draai me om en zwaai, ik had haar niet gezien. Het is Elvy! Ze houdt een fototoestelletje voor haar oog. Daarna holt ze in haar namaakbontjas naar me toe en drukt een kus op de brug van mijn neus.

Haar lippen voelen koud aan, ze heeft lang op me gewacht.

Oké, Dewende eindigt als anonieme achtendertigste in het totaalklassement, maar bij bedrijven veteranen-I is hij numero één.

2

In de kantine van het sportcentrum hangt een lucht van oververhit frituurvet. De ramen zijn beslagen, sigarenrook verspreidt zich in slierten boven de tafels en tussen de flessen achter de bar blèrt een soundblaster *Hollands hitwerk volume 2*. Twee oma's staan aan een gasfornuis in een pan chocolademelk te roeren. Het inschenken laten ze over aan schoolmeisjes die geluidloos meezingen en onophoudelijk naar elkaar glimlachen alsof ze een wereld van geheimen hebben te verbergen. Misschien zijn ze verliefd op de breedgeschouderde knaap achter de biertap die glazen bier met een veel te dikke schuimkraag klaarzet. In tegenstelling tot de grietjes heeft hij het druk.

We hebben ons gedoucht en omgekleed en het is vermakelijk hoe snel de herinneringen aan de kou en het lijden wegsmelten wanneer we de eerste borrels naar binnen gieten. Pijn? Dat afzien was een voorrecht, een bewijs van bestaan. Ik ren dus ik ben.

Elvy heeft haar jas en bontmuts over de leuning van een stoel gelegd en ze drinkt uit een flesje Crystal, zonder glas. Ai, wat ziet ze eruit! Ze wordt gefeliciteerd met ons huwelijk, ze krijgt zoenen en ze draagt een winterjurk van rode angorawol, kort genoeg om elke man, en vrouw, een blik op haar benen te laten werpen. Telkens als ze het flesje naar haar mond brengt, zet ze haar arm in haar zij als een caféhoudster, lekker ordinair, maar ze doet het met stijl, onversneden klasse. Ik leun op haar schouder en gluur af en toe naar beneden, in haar hals, in de duistere plooi tussen haar licht gebruinde borsten. Ze voelt dat ik kijk en plukt veelbetekenend aan de plooi van mijn broekspijpen terwijl Sven en Gordon een uitzichtloze discussie over de wedstrijd voeren.

Tijdens de laatste afdaling dreven ze elkaar tot het uiterste. Hun achterstand op mij liep terug tot minder dan een minuut en voluit sprintend zijn ze de finish gepasseerd. Sven claimt heftig de winst: als een volleerde atleet liet hij zich op de finishlijn voorover vallen en nam naar eigen zeggen een borsthaar voorsprong. Gordon schudt wijs zijn hoofd, met ironisch samengeknepen ogen, en nipt aan zijn bier.

Een comité van drie heren zit achter een grote tafel in de hoek en voert op een laptop de gegevens in van wedstrijdformulieren.

Wanneer de uitslagen zijn uitgeprint, komt een van de Bonner-boys naar ons toe, wapperend met een vel papier. 'Secondenwerk, Stan!'

Hij blijft even staan. Boven aan de lijst prijkt Dewende & Poon. Gordon stoot me aan en vraagt terwijl iedereen het kan horen: 'Wat is de kampioenspremie, chef?'

Ik antwoord: 'Echte kampioenen bepalen zelf wat ze waard zijn.'

Van de kantine verhuizen we naar het kantoor. We rijden in mijn Saab, Elvy zit naast me. Ze is opgetogen, het was ons eerste officiële optreden en ze had zich zorgen gemaakt over vragen over ons onverwachte huwelijk. Maar die vragen bleven onuitgesproken alhoewel Sven in zijn naïviteit opmerkte dat hij geen uitnodiging had ontvangen.

We zijn in stilte getrouwd: zonder *bachelor's party*, zonder familie en vrienden, zonder receptie. Er was slechts een korte plechtigheid in het stadhuis van Elvy's geboortedorp, een doodstil plaatsje ver in de Achterhoek, waar het dialect doorspekt is met klanken uit de oertijd.

Op kantoor worden we ingehaald als helden. In de eetkamer hangen slingers en twee lampions. Froukje, onze secretaresse, heeft bij een traiteur schalen pasteitjes besteld, er is champagne en taart. Anna, onze typiste, blijft beweren dat het een nieuwjaarsreceptie is, maar het is duidelijk dat er een verkapt bruiloftsfeestje wordt gevierd. Er wordt getoost, plotseling stormen de partners binnen en iedereen barst uit in een luid en onverstaanbaar lied. Elvy en ik laten de hulde over ons heen komen en spelen mee dat het om een uit de hand lopende kantoorfuif gaat.

De oude Poon giechelt als een pubermeid. Hij komt nog maar een uur of wat per dag op kantoor, meer uit eenzaamheid dan werkdrift. Hij zit aan het hoofd van de tafel, in zijn versleten leren leunstoel terwijl hij vertelt hoe vanochtend een oude klant van hem aan een zware veroordeling is ontsnapt. Sven hangt aan zijn lippen, evenals zijn vriendin, een kleine vrouw die gedachteloos pinda's eet. Gordon grinnikt geamuseerd, Froukje heeft zich over zijn vrouw ontfermd en Anna heeft haar ex-man opgetrommeld die we beter kennen dan haar zoveelste kersverse vriend.

Poons cliënt, Theo K., een pooier die het heeft geschopt tot huizenhandelaar, was bedreigd door een vroegere makker die onlangs een pandje van hem had overgenomen. Een opknappertje, maar volgens Theetje, zoals Poon hem liefkozend noemt, zat er minstens een halve ton renovatiesubsidie in het vat. De gemeente was echter aan het bezuinigen geslagen en de subsidieregeling kende de nieuwe eigenaar slechts tien procent toe van de beloofde halve ton.

De koper kwam bij Theetje verhaal halen, maar stuitte op een hardnekkige weigering 'iets aan het probleem te doen'. Hij dreigde daarop met andere maatregelen en als bewijs dat het hem ernst was, zeilde dezelfde nacht een partij stoeptegels door de ruiten van Theetjes villa.

Voor het volgende gesprek had Theetje zich uitgerust met het pistool van zijn vrouw. Het was een kleine Walther TPH, een relikwie uit roeriger tijden. Het overleg, in de gehavende woonkamer, liep snel uit de hand toen de koper een stoeptegel optilde en naar buiten gooide om 'Theetje te helpen de rotzooi op te ruimen'. Theetje stond echter in de baan van het projectiel en weerde de tegel met zijn hand af. Hij voelde zich 'ernstig bedreigd', en haalde de Walther tevoorschijn.

Zijn gekneusde hand begon dik te worden, bovendien miste

hij de vingervlugheid van vroeger. Terwijl hij zijn vinger tussen de trekker en de beugel wurmde, loste hij per ongeluk een schot waardoor de schoudervulling van zijn vrouw aan flarden werd geschoten. Woedend begon ze te gillen dat Theetje moest ophouden met die onzin. Theetje beweerde dat hij onmiddellijk wilde gehoorzamen, maar zijn zwellende wijsvinger kwam klem te zitten. Hij probeerde die te bevrijden, wat uiteindelijk lukte, maar hij kon niet verhinderen dat hij daarbij de trekker overhaalde. De kogel raakte zijn zakenpartner in de heup en daarom stond er poging tot doodslag in de dagvaarding.

Poon had de rechtbank voorgehouden dat Theetjes vroegere kameraad zelf de oorzaak van het schot was. Had hij de tegel niet geworpen, dan was Theetjes hand onbeschadigd gebleven en had hij probleemloos zijn vinger kunnen terugtrekken.

De rechter was het ermee eens. Poon kreeg vanochtend het vonnis binnen: Theetje ging vrijuit. Opzet werd niet bewezen geacht. Alleen voor verboden wapenbezit kreeg hij een boete van niks en zes maanden voorwaardelijk.

Poon strijkt over de paar haren op zijn gevlekte schedel.

'Die erectie was zijn redding', verklaart hij.

Hij giechelt weer als een waanzinnige en glimt van genoegen.

Dit zal een van zijn succesverhalen worden in de verzorgingsflat.

De foto komt veertien dagen later.

Elvy maakt mijn post nooit open, alles wat voor mij bestemd is, laat ze liggen op de gangkast. Ik loop naar boven en steek mijn hoofd om de deur.

'Ik ben thuis', antwoordt ze afwezig.

'Iets drinken, mus?'

Ze zit voorovergebogen aan haar bureau, dat is bezaaid met schooltoetsen en cijferlijsten. Niet storen. Ze kijkt nauwelijks op en ik loop naar beneden.

Het is koud in de kamer en met mijn kont op de cv-radiator scheur ik de post open. Er is een kleurige envelop bij, ik herken het logo van de Gelder Classics.

Ik trek een foto uit de envelop. De naam van de hoofdsponsor komt tevoorschijn, in wilde letters, daarna mijn benen, mijn borstnummer en daarboven een rood gezicht.

Een giro-overschrijvingskaart met een voorgedrukt bedrag valt eruit. De bijgaande brief nodigt me uit het geld over te maken in ruil voor deze unieke herinnering aan een unieke prestatie.

Het is een belachelijk hoog bedrag, in de prijs moet verwerkt zijn dat de helft van de lopers niet voor hun foto betalen en die ook niet terugsturen in de retourenvelop.

Het is een grote foto, geschikt voor een prikbord. Ik sta midden in het beeld, mijn ogen kijken triomfantelijk in de lens, mijn mond hangt half open, mijn vuisten zijn gebald, door mijn loopbroek heen zijn de strakgespannen spieren van mijn bovenbeen zichtbaar en de klep van mijn pet staat jolig omhoog.

Ren ik ontspannen of ben ik aan het beulen? Vermoedelijk iets ertussenin. Ik loop op een bed van beukenblad, onder besneeuwde stammen. Boven de kale takken zijn twee lauwerkransjes afgedrukt, daartussen staat GELDER CLASSICS – MIDWINTERCROSS.

Pas dan ontdek ik achter me een tweede loper, een man met een kleurige ijsmuts. De rechterkant van zijn lichaam is achter mijn rug verborgen. Toch is goed te zien dat hij krom loopt. Zijn gezicht is bleek. Zijn tanden blinken in een brede lach, of is het de verbeten trek van iemand die alles geeft? Zijn rechterhand zweeft op ooghoogte, het lijkt of hij op mijn schouder gaat tikken om mijn aandacht te trekken.

Hersencellen geven met een onvoorstelbare snelheid informatie aan elkaar door. Elke cel activeert in een fractie van een seconde vijftigduizend andere hersencellen en uiteindelijk levert die lawine van reacties iets op dat heet: begrijpen. Maar op dit moment breekt er een spontane staking van al mijn honderd miljard hersencellen uit.

Ik begrijp niet wat ik zie.

Omdat ik niet wil geloven wat ik zie.

De man achter me op de foto kan niet de man zijn die ik herken.

Ik kijk om me heen, naar een rozenboeket, naar een lege melkfles, naar een sculptuurtje dat Elvy en ik op de kop hebben getikt tijdens onze vakantie in Italië.

Goed, dit klopt, dit bestaat. Ik loop naar de keuken en schenk een glas cognac in. Ik laat een flinke slok door mijn keel glijden voordat ik weer naar de foto kijk.

Het is onontkoombaar: het is hem.

Oek Rottir. Wat doe jij daar, in dat bos? Waarom ren jij achter me aan? Hoe is het in godsnaam mogelijk dat jij rent, hoe kan het dat je loopt, hoe kun jij je zonder krukken voortbewegen?

Ik draai de foto om. Er staan enkele vage letters en cijfers in computerschrift. Een code van de fotograaf? Ik draai het beeld weer terug. Is het hem echt? Ik knijp mijn ogen samen, houd de foto op armlengte.

Ja, het is hem.

De volle lippen, de smalle heupen, het elegant bewaarde evenwicht en zelfs in die verbeten grijns blinkt de charme die hem tot het troeteldier van de balie maakte.

Oek Rottir, Oeki voor de vertrouwelingen. Je was een wrak, kreupel, kreunend, je lag in bed met een witte tent over je benen. Je was nauwelijks in staat me een hand te geven. Een verpleger wilde een plastic beker aan je mond zetten en je overeind helpen, maar je liet zien dat je je bovenlijf omhoog kon trekken aan die rinkelende handgreep boven je bed. De dekens gleden weg en onder het frame van de tent kwamen je geknakte benen tevoorschijn. Ik zag de pennen die in je spieren verdwenen en de brokstukken van je botten op hun plaats hielden. Op de gladde staven, van knie tot enkel, weerkaatste het zonlicht. Bouten, moeren en dwarsverbindingen hadden je een roestvrij stalen skelet gegeven.

Ik neem nog een flinke teug. De brand slaat in mijn keel, maar verdooft niet de herinnering. Ik trek de keukenla open en pak een loep.

Zijn gezicht wordt wanstaltig uitvergroot, zijn neusvleugels staan wijd open als van een woedend paard, de waas op zijn kin worden baardstoppels. Zijn ogen liggen diep verzonken in de donkere oogkassen, alsof hij nachtenlang is doorgezakt. Oek Rottir, van beroep bon-vivant, je leefde van fles naar fles, van avontuur naar avontuur. Natuurlijk belandde je in de problemen, maar je had je rappe tong en je samenzweerderslachje dat van elke tegenstander een bondgenoot maakte.

Je praatte je een uitweg uit alle problemen. Dus waarom houd jij je vuist geheven? En wat heb je vast? Iets wits, waar het vergrootglas geen vorm aan geeft. Een stuk berkenbast? Of een lopersflesje, een vuistbidon ... Met dit weer? Maar er stonden drinkposten langs de route en in die kou verloor je nauwelijks vocht. Wat dan? Een puntige kei? Om als vuistbijl te gebruiken? Het blijft een vage vlek.

Ik richt de loep op zijn benen. Zijn voeten zijn een beetje naar binnen gericht, zijn heupen staan gedraaid, in een vreemde dans verkrampt. Kon hij op die manier meer dan twintig kilometer lopen?

In het ziekenhuisbed lag een invalide, met versplinterde onderbenen. Wie heeft hem zo ver opgelapt? Wie kan tegenwoordig een lamme weer laten lopen? Maar Oek wás geen loper, Oek was van alle markten thuis, diepzeeduiken, zweefvliegen, bergbeklimmen. Hardlopen verveelde hem.

Wat deed hij dus achter me? Op niet meer dan vijf meter? Waarom hoorde ik zijn voetstappen niet? Op het pad lagen dorre bladeren, het pad daalt steil bij de begraafplaats ... Liep hij in dezelfde cadans als ik? Natuurlijk had ik mijn aandacht bij de fotograaf!

Wat heb je toch in je hand, man? Een sneeuwbal? Ik houd de loep hoger. De randen vervagen ... is het een lap? Een dot watten? Mijn adem stokt, ik knipper met mijn ogen.

Oeki, jij zat op de Vorstmoord voordat ik die van je overnam. Haalde je een geintje uit of wilde je me echt bedwelmen? Zoals Bert W. met Maria deed? Omdat je niet kon accepteren dat ik je verliet? En dan, Oeki? Had je me ergens willen dumpen? Achter de houten wal van het kerkhof? Wat hield je tegen? Schrok je van de fotograaf?

Elvy stommelt de trap af. Ze is ineens uitgelaten, ze neemt twee treden tegelijk, ze gilt dat ze aan een borrel toe is.

Snel stop ik de foto in een tijdschrift.

Ik zal haar niet opzadelen met die geest uit een voltooid verleden tijd. Laat hem maar in de fles blijven.

Ik schenk een droge Martini voor haar in en kondig aan dat we uit eten gaan. Ze zet een verzaligd gezicht op en haar ooghoeken trekken een beetje schuin naar boven. Elvy Anderburg, je bent de mooiste Chinees van dit halfrond en we zijn precies twintig dagen getrouwd.

We toosten en schieten in onze winterjassen, ik bestel een taxi. Ik wil drinken, Oeki Rottir wegspoelen, maar ik weet dat de foto in mijn gedachten zal blijven fladderen.

Oeki, wat deed je achter mijn rug, daar, in dat stille stuk bos?

Op een avond waren we met zijn tweeën naar een bijscholingscursus geweest, op Poons bevel. We kwamen terecht in een kroeg in de binnenstad, zo'n tent die vaker van eigenaar wisselt dan een valse hond.

Aan de bar zaten vier mannen die voortdurend lieten merken dat we onuitgenodigd hun huiskamer waren binnengewandeld. Het waren slechte acteurs, weggelopen uit een B-film: dure T-shirts, overdadige spierbundels en veelbetekenende stiltes. Het soort klantjes dat we in de bajes zo vaak waren tegengekomen.

Ze maakten opmerkingen over onze schoenen, boerden in onze richting en bauwden ons accent na. We reageerden er niet op, evenals de barkeeper die vastbesloten de glazen schoonpoetste. Een van de mannen begon mij aan te staren en volgde elke beweging die ik maakte. Ik werd nerveus, begon harder te praten, greep vaker naar mijn glas. En ik keek steeds terug, mijn blik werd onweerstaanbaar in zijn richting gezogen. Plotseling kwam zijn maat omhoog van de barkruk en smeet een bierviltje in mijn richting.

'Kijk voor je, lul!' zei hij dreigend.

Oek deed alsof hij wakker schrok.

'Keek mijn vriend hinderlijk?' vroeg hij en trok het meelevendste gezicht dat hij in voorraad had.

Oek wees naar de man die mij had aangestaard en zei: 'Ik heb zelf ook een gehandicapt broertje.'

De verwarring was overdonderend. Hij ging over een grens, zo onnavolgbaar ver dat iedereen stilviel. Twee maten schoten ongewild in de lach, de derde fronste alsof hij de omvang van de belediging probeerde te bevatten. Het slachtoffer zelf had geen spier vertrokken en zijn blik was nog steeds op mijn gezicht gericht. Oek perste zijn tong tussen zijn onderlip en voortanden en trok schele ogen.

'Eeh ontje odde ele ajr', zei hij.

'Lul, wat zeg je?' beet de man hem toe, maar hij liet zich weer op zijn barkruk zakken. Oek deed zijn broertje na en een gehandicapt kind sla je niet.

'Een rondje voor de hele bar', zei ik gespannen.

De barkeeper stond te hikken van het lachen, zwaar overdreven, zo grappig was het niet, maar rotzooi was het laatste wat hij kon gebruiken. Hij begon haastig te tappen en zette druipende halveliterglazen voor iedereen neer.

Oek toostte zwijgend, met dat charmante olijke lachje waardoor niemand hem ooit iets zou kwalijk nemen. Ik voelde me opgelucht en beschaamd tegelijk.

Na een lange avond met wijn en cognac is Elvy op bed geploft en in slaap gevallen. Ik rommel op mijn werkkamer en orden een paar dossiers. De foto ligt op het bureaublad.

Waarom besloot Poon met míj in zee te gaan, een jaar geleden? Hij had Oek de tuinkamer toebedeeld, waar de grote cliënten werden ontvangen, maar hij verkocht zijn kantoor met alles en iedereen aan mij. Tegenover zakenrelaties roemde hij mijn betrouwbaarheid en mijn precisie. Hij prees mijn ambitie om het kantoor voort te zetten in de geest van ouderwetse degelijkheid, maar met open oog voor de eisen van de tijd. Het verplichte geleuter, eerder had hij Oek en mij drie dagen de tijd gegeven om met een gezamenlijk plan te komen.

Aan het eind van de derde dag lag Oek in een ziekenhuisbed, suf van de narcose, niet wetend wat hem wachtte. Een rolstoel in een aangepaste woning. Een kreupel leven met krukken. Een moeizaam herstel onder de knedende handen van therapeuten, in warme baden. Geen arts waagde zich aan een voorspelling.

Die avond ben ik in mijn eentje naar Poon gegaan. De volgende dag werd de overeenkomst getekend.

Poon heette voortaan Dewende & Poon, de oude zou nog een jaar aan het kantoor verbonden blijven, zijn naam nog drie jaar. Als Poon al geen miljonair was, werd hij het die dag.

Oek was uit het verhaal verdwenen. Poon vroeg niet naar hem. Hij begreep het. Niemand wilde risico's nemen. Geen bank had Rottir & Dewende willen financieren. En Poon wist wat hij waard was, liefdadigheid was van de kerk, of de staat.

Wat had Oek te bieden? Een legende, leuk voor de vrijdagmiddagborrel, maar de bank eiste een steviger onderpand. De lening zou op mij terecht komen. Een invalide Oek zou jaren een blok aan het been blijven, een bedrijfsrisico, niet de steunpilaar voor een jong advocatenkantoor met een torenhoge schuld.

Ik ben naar Oek toe gegaan. Hij keek naar het schilferende plafond in het ziekenzaaltje en luisterde vermoeid. Hij zocht de hand van zijn vrouw en antwoordde: 'Ik wil slapen.'

Daarna handelde hij alles schriftelijk af.

Hij diende zijn ontslag in per post, nam afscheid per post en incasseerde zijn laatste salaris.

Oek Rottir is nooit meer in zijn tuinkamer geweest.

3

’s Nachts schokte ik wakker. Naast me ruiste de lichte ademhaling van Elvy en de flard van een macabere droom glipte weg toen ik overeind kwam. Oek kent me, hij weet dat ik ijdel genoeg ben om foto’s van mijzelf niet ongezien ter zijde te schuiven. De gedachte dat Oek dezelfde foto gekregen had, doemde op als een silhouet in de duisternis.

Oek heeft zichzelf bekeken en mij. Misschien heeft ook hij gebogen gezeten over die gestolde scène in het bos. Misschien heeft ook hij met een loep mijn gezicht bestudeerd, mijn lichaam bekeken, spier voor spier, en geconstateerd hoe ik kracht verzamelde voor de laatste kilometers.

Oek, wat wil je duidelijk maken, wat wil je bewijzen?

‘Wat is er?’ vroeg Elvy toen ik het bedlampje aanknipte. Maar ze draaide weg en rolde zich op als een egel.

‘Niets’, mompelde ik.

Ik voelde me naakt, zelfs onder dat dikke winterdekbed. De slaap vond me pas nadat de ochtendkrant door de bus was geschoven.

Vannacht en gisteravond was ik in de ban van herinneringen, bij het ochtendlicht ga ik aan de slag met de nuchtere feiten. Het koffieoverleg op kantoor sla ik over. Froukje houdt mijn afspraken bij in de kantooragenda, dus ze kan iedereen vertellen waar ik van uur tot uur ben.

In mijn kamer stal ik de inhoud van de envelop uit op mijn bureau. Ik begin met de uitslagenlijst en ik ploeg hem helemaal door. Van junioren – onder de achttien – tot veteranen-III – vijfenvijftig en ouder. Van vrouwen en mannen. Van bedrijven en individuele lopers. Bij elkaar zevenhonderd en één namen.

O. Rottir is er niet bij.

Is hij de finishlijn nooit gepasseerd of is hij over het hoofd gezien? Hij wordt zelfs niet genoemd bij het lijstje uitvallers. Misschien heeft hij onder een andere naam gelopen.

Oek, wat heb je gedaan sinds je het ziekenhuis verliet? Je bent zelfs nooit meer gesignaleerd in dat piepkleine uitgaanscentrum van onze stad.

Ik grijp weer naar de foto. Zijn borstnummer heb ik al minutieus bestudeerd. Het is half zichtbaar. Het eerste deel, één of twee cijfers, zit verscholen achter zijn zwarte handschoen. Jammer, juist dat geeft aan in welke categorie hij heeft meegelopen.

Hoe oud is Oek nu? Negenendertig. Nog net seniorenloper, die liepen met nummers beginnend bij honderd. De borstnummers van vijfhonderd tot duizend waren voor de veteranen.

Het tweede cijfer kan een zes zijn of een acht, zijn kromme handje zwaait over de bovenste helft, maar het derde is duidelijk een twee.

Ik zoek alle nummers op tussen honderd en vierhonderd die eindigen op tweeënzestig of tweeëntachtig en markeer ze met een stift. Bij nader inzien geef ik alle borstnummers een streep die eindigen op tweeënzestig of tweeëntachtig. Zelfs de vrouwen, die beginnen bij duizend.

Ik zet de namen onder elkaar en zoek er de telefoonnummers bij. De meesten deden mee met de bedrijvencompetitie, de nummers staan in de adressenlijst op de achterflap. Er zitten twee individuele lopers tussen. Ze wonen in een dorp vlakbij en zijn in het telefoonboek makkelijk op te sporen.

Om halftien begin ik de bedrijven te bellen. Ik mompel een naam, vraag doorverbonden te worden en hang een verhaal op over een kwaliteitsenquête. Ik controleer eerst de personalia, informeer of de loper daadwerkelijk heeft deelgenomen aan de Midwinterloop en stel daarna wat onnozele vragen over de ontvangst, de route, of de verzorging onderweg. Sommigen zijn een tikkeltje verbaasd, maar de meesten zijn vereerd en geven uitvoerige antwoorden. Bijna iedereen begint te klagen over de kou.

Om halftwaalf heb ik ze allemaal opgespoord en ze bestaan, Van Meers, Binkema, Sol, Blitman, Rombini, hoe ze ook mogen heten. Ze leven, ze werken, en ze renden allemaal onder hun eigen naam.

Maar Oek was er niet bij. Hoe leeft hij, werkt hij? Loopt hij hard?

Ik zal de fotograaf moeten bellen, en de wedstrijdorganisatie.

Een venijnige klop op de deur stoort me en Froukje beent zonder te wachten naar binnen. Achter haar in de deuropening staat een aarzelende cliënt. Verdomme, het is Trommelaar, oprichter van GeVo, de fantasievolle afkorting van de franchiseketen Gezond Voedsel. Zijn bedrijfsleiders stammen stuk voor stuk uit het hippietijdperk en hebben meer kaas gegeten van actievoeren dan management. Om de haverklap lappen ze de contractbepalingen aan hun laars en dan roept Trommelaar mijn hulp in. Omdat hij zelf ook zo'n softe zestiger is, moeten zijn medewerkers 'op een menselijke manier' gecorrigeerd worden. Dat is zijn vaste uitdrukking en het komt erop neer dat we uren kwijt zijn aan vriendelijke formuleringen. Het gevolg is dat zijn bedrijfsleiders denken dat onze brieven goedbedoelde adviezen bevatten, terwijl Trommelaar keiharde eisen stelt. Daarop volgen weer nieuwe brieven en uiteindelijk is GeVo in onze boeken goed voor jaarlijks honderddertig mille omzet.

Ik schuif de foto en de wedstrijduitslagen haastig bijeen en nodig de cliënt binnen. Ik verontschuldig me, kijk quasi-betrapt maar zend Froukje een verwijtende blik toe. Sinds wanneer stuif je zomaar binnen met de klanten?

'Je was steeds in gesprek, hoor', zegt ze. Ze heeft gelijk. Hoe moest ze me anders waarschuwen? Ik zucht en vraag haar koffie te brengen.

'Mijnheer heeft tweemaal koffie gehad', zegt ze. 'Hij wacht al twintig minuten.'

Tijdens de lunch vraag ik Sven of hij een foto van de wedstrijd heeft ontvangen.

'Jij niet?' zegt hij verwonderd.

'Ik sta erop als een vage vlek.'

'Hoe weet de fotograaf dan je borstnummer?'

Ik haal mijn schouders op.

'Hoe dicht zaten jullie achter me? Jullie waren toch bezig met een inhaalrace?'

'Volgens de uitslagenlijst was er een gaatje van vijftig seconden.'

'Ben je nog iemand voorbijgegaan in de laatste kilometers?'

Hij kijkt me verbaasd aan en even krullen zijn mondhoeken naar iets wat een lach kan worden.

'Ja.' Hij wijst naar Gordon. 'Hem. Kijk maar bij de uitslagen.'

Gordon gooit een servet in zijn richting.

'Wat heb je die schele zatlap bij de finish betaald om jou een voorsprong te geven?'

De wedstrijdorganisatie bestaat uit vrijwilligers.

Dat blijkt als tot halfvier mijn telefoontjes onbeantwoord blijven en zich daarna iemand met een voornaam meldt.

'Met Angelieke.'

Ik aarzel. Ik kan niet beoordelen of het een kind is of een vrouw met een kinderstem. Maar wat ik wil weten, vereist discretie. Ik kies een vaderlijke stem, vriendelijk en beslist.

'Het betreft de Gelder Classics', zeg ik. 'Gaat u daarover?'

Er klinkt een kirrend lachje.

Een geïrriteerde reactie op de achtergrond: 'Geef maar hier, lieverd.'

De hoorn wordt overgenomen. Een man meldt zich en doet geen moeite te verbergen dat hij een mond vol eten wegkauwt.

Ik noem mijn naam en kantoor. Ik kwam een oude bekende tegen tijdens de Midwinterloop, helaas verloor ik hem in de drukte uit het oog en ik vroeg me af of ik zijn adres via de organisatie …

Hij laat me mijn verhaal niet afmaken en zegt met halfvolle mond: 'Sorry, Dewende. We hebben al 'ns problemen gehad met adressen. De mensen zien niet graag dat we hun gegevens aan anderen doorspelen. Kwestie van privacy.'

Sorry, Dewende. Sinds mijn diensttijd heeft niemand me meer zo aangesproken. Op de achtergrond begint iemand met een blokje hout op de grond te hameren.

'Kunt u dan in ieder geval checken of mijn kennis heeft meegedaan?' probeer ik. 'Zodat ik zeker weet dat ik me niet vergis?'

'Wij mogen aan derden helemaal geen inlichtingen verstrekken over de deelnemers. Maar ik mag u wel een tip geven: hebt u de uitslagenlijst ontvangen? Dan kunt u zien of uw kennis erbij was. En tussen ons ...' Hij zwijgt even alsof hij een staatsgeheim gaat prijsgeven. ' ...Met een beetje moeite kunt u daarop genoeg gegevens vinden om het adres te achterhalen.'

Ik antwoord dat dat een goed idee is, maar kan het niet laten nog een poging te wagen.

'Van wie krijgt de fotograaf eigenlijk de adressen?'

'Dat is contractueel geregeld. Via de sponsor', klinkt het defensief. 'Probeert u het daar eens. Goedemiddag.'

Op de achtergrond maant iemand het kind tot stilte. Terwijl hij de hoorn neerlegt, hoor ik hem verzuchten: 'Godsakker, dat was de tweede al vandaag.'

Het gesprek leverde niets op, maar dát zinnetje blijft natrillen: ik was de tweede.

Wie was de eerste?

Oek. Naar wie heeft hij geïnformeerd?

Naar mij.

De fotograaf werkte voor Fotorun bv, een firma die heel Nederland op sportwedstrijden afstroopt. Er zijn vijftien fotografen in dienst, freelancers, die op pad gaan zodra het moederbedrijf een contract heeft getekend. Ze werken voor eigen rekening en staan dertig procent van hun winst af aan de firma. Ze zijn zonder uitzondering humeurig, er is dagelijks onenigheid en de vetste kluiven gaan naar de directie, twee broers die Fotorun bv hebben opgericht.

Dit alles vertelt een telefoonmeisje met een gretigheid alsof ze een biecht doet of haar eenzame werk zat is. Vermoedelijk houdt ze in haar eentje – en onderbetaald – de complete administratie bij, werft ze klanten en is ze dag en nacht oproepbaar. Maar ze klinkt hulpvaardig en het kost me geen enkele moeite mijn probleem voor te leggen.

'Ik heb de goede foto, maar geen overschrijvingsformulier. In de brief staat dat ik moet betalen en dat wil ik best. Maar ik heet Rottir. Kunt mij een girootje op die naam toesturen? En graag een extra afdruk van mijn foto. U hebt mijn adres?'

Het meisje laat mij de naam herhalen en ik hoor haar toetsenbord ratelen.

'Ik kan u niet vinden ...'

'Mijn borstnummer eindigt op tweeënzestig, of tweeëntachtig, dat kan ik op de foto zien. Helpt dat?'

Ze mompelt iets.

'Het spijt me, het systeem meldt niets terug. Wat is de fotocode?'

Ik aarzel. Die kan ik niet geven zonder te verraden dat ik Dewende ben.

'Die staat achterop', zegt ze behulpzaam.

'Ik zie niks.'

'Dat kan niet', zegt ze stellig en er wordt wantrouwen in haar stem wakker.

'Toch wel ...' zeg ik.

'En die foto komt van óns bedrijf? Met ons briefpapier?'

Ze noemt naam en adres van de firma.

'Jazeker, dat staat op de envelop.'

'Dan is er iets misgegaan', zegt ze en haar stem klinkt opeens triomfantelijk. 'Mag ik uw adres noteren, meneer Rottir, dan nemen we contact op met de betrokken fotograaf en zoeken we het uit.'

Haar strijdvaardigheid verbaast me tot ik begrijp dat ze de fotograaf ervan verdenkt dat hij buiten de firma om foto's verstuurt en later zijn geld incasseert met een nagestuurde rekening. Het zal haar positie geen kwaad doen als ze een fraude bij de baas kan melden.

Razendsnel denk ik na. Op dit moment kan ze me niet veel wijzer maken. Kan ik zelf in problemen verzeild raken? Nee, laat ze maar uitzoeken wat er aan de hand was en de resultaten opsturen.

Ik geef het adres van mijn kantoor.

Alle post voor Oek kwam na zijn vertrek toch bij mij terecht.

's Avonds ren ik in mijn eentje de deur uit. Het is de wekelijkse trainingsavond voor ons kantoorteam, maar Gordon zegde af met een onwillige knie en Sven kreeg vanmiddag een kort geding binnen waarvoor hij de stukken moet bestuderen.

Er staat een korte duurloop op mijn programma, in een stevig tempo. Ik heb ruim een uur gepland, zestien kilometer op asfaltwegen, want de duisternis dwingt te lopen waar lantaarnpalen staan.

Ik ren langs het Sonsbeekpark en sla de brede weg in die me met een lange boog de stad uit leidt. Het is halfzeven, de straten zijn doodstil. De etensgeuren blijven hangen in een opkomende mist, vooral van gebakken spek. In grote verlichte huiskamers – zonder uitzondering witgeschilderd – staan de tv's te flikkeren. Bij het benzinestation sla ik de rondweg in en voer het tempo op totdat ik aan niets meer denk en alleen maar voortsnel.

Pas bij de dierentuin houd ik in. Ik maak een rondje over het parkeerterrein langs Burgers Bush, waar tropische dieren om onbekende redenen tot levenslang in een oververhitte sporthal zijn veroordeeld. Ik schiet de rondweg weer op en in het licht van de lantaarnpalen meen ik een tijger te zien in een holte tussen zijn namaakrotsen.

Buiten de stad wordt het mistiger. Ik controleer mijn armlamp, het flikkerlichtje gloeit rood op. Ik kijk ook op mijn stopwatch. Hoelang nog? Een kwart van de afstand zit erop.

De meeste hardlopers zijn rennende rekenapparaten. Ze plannen zoveel passen per meter, zoveel hartslagen per minuut, zoveel koolhydraten per dag, zoveel kilometer per week. Voor een handvol seconden sneller worden computerprogramma's ontwikkeld en behangen ze zich met hartslagmeters en pasfrequentietellers. Maar het lichaam laat zich niet in een digitaal dwangbuis vangen. Spierscheuren en peesontstekingen, hielspoor en hamertenen, maagkramp en zure oprispingen slaan toe op de meest ongelegen momenten. In geen andere sport kwellen zo veel blessures het peloton. Het enige voordeel van al die kwalen is dat ze een onuitputtelijk reservoir met excuses voor tegenvallende prestaties opleveren.

Ik loop op gevoel. Ontspan, ontspan, swing, word een Afrikaan, word een perpetuum mobile. Maak je passen langer, rol je voeten af, zoek de ideale cadans, het betoverende ritme.

Iets verderop hangt de mist zwaar onder het geboomte. De auto's minderen vaart, ze rijden vlak achter elkaar, een colonne passeert me. Uitlaatgassen wolken op en plotseling zie ik op het fietspad het silhouet van een andere loper. Hij draagt een reflecterend vest, de zilveren strepen lichten fel op.

Kwam hij uit het bos? Hij houdt een strak tempo aan, hij is een mooi doelwit, misschien kan ik aanpikken. Ik verhoog mijn snelheid, ga nu even hard als de file wagens naast me. De afstand met de onbekende loper wordt echter groter. Ook hij versnelt, alsof hij in de gaten heeft dat ik hem probeer in te halen. De weg daalt, in het diffuse licht van de lantaarnpalen rijzen rechts de grafzerken op van het kerkhof. Mijn doelwit kijkt even om, ik zie een bleek gezicht, een ongeschoren kin en koolzwarte ogen. Ondanks zijn hoge tempo loopt hij beroerd. Zijn stijl is wilskracht, de donkere haardos danst, zijn schouders schokken, hij rent niet, hij bokst zichzelf vooruit. Ik versnel nogmaals en langzaam haal ik hem in op het open stuk tussen de twee snelwegen die de rondweg kruisen. Ik nader hem tot twintig meter.

Opeens realiseer ik me dat dit de eerste kilometer was van de Midwinterloop en op hetzelfde moment verdwijnt de loper uit zicht. Ik vertraag, speur om me heen … daar rechts zie ik een flikkering! Sloeg hij een bospad in? Is het daar zo licht dat je kunt zien waar je loopt? Onwaarschijnlijk, maar ik neem blindelings hetzelfde pad. Ik struikel meteen over een boomwortel, duik voorover, mijn handen breken mijn val, maar mijn rechterhand glijdt weg in een modderplas en ik kom plat met mijn gezicht in de vochtige aarde terecht. Ik ruik de bosgrond en een scherpe pijn schiet door mijn schouders. Een paar seconden blijf ik liggen. Iets gebroken? Ergens kraakt een tak, ik kijk op, en zie niets dan duisternis. Hoe kan iemand hier de weg vinden?

Ik strompel terug naar de weg en ik sta weer in het licht. Ik veeg mijn handen schoon, draai met mijn schouders, kneed mijn nekspieren en begin voorzichtig weer te lopen. Het gaat, maar de cadans ben ik kwijt.

Aan het eind van de rondweg voel ik alleen mijn elleboog schrijnen. Ik doe wat strekoefeningen. Ik zuig de vochtige lucht binnen. In een uitgestorven straat huppel ik op en neer om mijn spieren te ontspannen en ik tril.

Is er iets gebeurd?

Nee, niets. Je gleed uit. En je gelooft niet in rennende spoken die je het bos in lokken. Kom, ga terug. Je hebt niet eens een signalement.

Mijn schouderbladen lijken nu vastgelijmd.

Elvy heeft iets in de oven gezet, een gerecht dat ruikt naar Italië en ze laat het bad vollopen terwijl ik mijn ellebogen en knieën inspecteer. Wanneer ik me heb uitgekleed, staat ze plotseling naast me in de badkamer, ook naakt. Zwijgend strooit ze badzout in het water dat melkachtig wit oplost en ze laat zich in het bad glijden.

'Soms krijg ik het vermoeden dat de helft van mijn collega's in het onderwijs zijn gegaan om wraak te nemen', begint ze. '*The revenge of* ... vul maar in. Veel docenten zijn vroeger gepest op school en die rekening willen ze vereffenen.'

Ik stap op de weegschaal. Vijfenzeventig kilo, constateer ik tevreden. Elvy geeft Verzorging, een nieuw vak. Ze heeft me al drie keer uitgelegd wat dat inhoudt, maar ik kan alleen onthouden dat ze haar leerlingen bijbrengt hoe ze hun tanden moeten poetsen. Ze is ook mentor: dat begrijp ik beter.

'Ik moet ze leren voor zichzelf te zorgen, maar ze krijgen soms verdomd weinig respect van de collega's.'

'Hoezo?'

'Vandaag kwam er een meisje op mijn spreekuur. Een nul gescoord voor een spreekbeurt. Geen tijd gehad om zich voor te bereiden. Ze had een baantje voor een paar avonden gehad.'

Ik haal mijn schouders op.

'Planning hoort erbij. Als ik een pleidooi slecht voorbereid, ga ik voor schut.'

Ze snuift.

'Ze moest babysitten bij de leraar Nederlands voor wie ze die spreekbeurt moest houden. Op zijn eigen uitdrukkelijk verzoek. Hij zat klem, zijn vrouw was een week weg en hij had vergaderingen waar hij niet gemist kon worden. En ze kon in zijn huis niet aan die spreekbeurt werken, want hij heeft drie kleuters die maar bleven blèren.'

Ik schiet in de lach.

'Dus een docent dwingt een leerling drie avonden op te passen, waardoor ze haar huiswerk niet af krijgt en als beloning volgt een onvoldoende. Juridisch gezien een bedenkelijke kwestie ...'

Elvy is er niet in geïnteresseerd.

'Ik heb hem in de pauze in zijn lokaal opgezocht. Weet je wat hij zei? "Meisjes kunnen tegenwoordig nee zeggen, schatje."'

Haar stem klimt een verontwaardigde octaaf terwijl ze aankondigt: '"Schatje"! Ik ga hem terugpakken.'

'Wraak is voor kapotte klokken', zeg ik. 'Ze blijven stilstaan om één keer hun gelijk te halen. Ondertussen loopt de tijd door. Op die school van jou is er toch een beroepscommissie voor dit soort gevallen?'

Ik draai mijn hoofd, mijn wervels kraken.

'Pijn?' vraagt ze.

'Kou op de nekspieren.'

Ze steekt haar hand uit en trekt me in het water. Oek Rottir lost even snel op als haar badzout. Ik glijd tussen haar benen, mijn rug tegen haar borsten. Haar handen strelen mijn wangen, ze kamt mijn haar naar achteren met haar vingers en ik zink weg.

Ze tast verder, over mijn borst, bij mijn navel stopt ze en buigt zich naar voren. Haar vingertoppen spetteren in het water.

'Ik kan er niet bij', zegt ze klaaglijk en dan dwingend: 'Als je voor een stijve zorgt, kan ik hem pakken.'

Ik gehoorzaam terwijl ze in mijn oor blaast en haar tong naar binnen likt. Ik voel dat haar blik op het troebele water tussen mijn benen gericht blijft. Wanneer het topje van mijn pik opduikt, doet ze een triomfantelijke uitval. Dat mislukt en ze duwt me verder voorover.

'Au!'

'Wat is er?'

'Mijn nek!'

Ze klimt op de badrand en begint mijn schouders te masseren. Ik laat het toe, Elvy is de enige die ik mijn rug durf toe te keren.

'Zo beter?'

'Mmmm ...'

Met rustige bewegingen maakt ze mijn spieren zacht, wrijft de knopen weg. Ik laat mijn hoofd tegen de rand van het bad rusten en doe mijn ogen open. Vlak boven me deinen haar borsten in het ritme waarmee ze mijn bovenarmen kneedt. Ik knik veelbetekenend naar beneden.

Ze draait zich om, haar kont zweeft een paar seconden voor mijn ogen en ze laat zich over me heen zakken. Ze fixeert mijn blik, haar handen gaan naar beneden, wrijven en friemelen en met een hoog keelgeluid komt ze klaar, terwijl ze me strak aanstaart. Meteen maakt ze zich los en op het moment dat ze zich druipend verheft, spuit ik stralen sperma in het hete water. Ze stollen ogenblikkelijk. Elvy staat al naast het bad en droogt zich af. Ze houdt de handdoek uitnodigend omhoog.

'Musje, zo krijgen we nooit kinderen', mompel ik. 'Dat weten zelfs jouw leerlingen.'

Ze lacht uitdagend.

Ik trek me op aan de douchestang. De pijn schiet terug. Oek Rottir heeft zich weer tussen mijn schouderbladen genesteld.

Oost

28 februari, 10.00 uur. Stratenloop,
11,4 km. +6 °C

4

Zondagochtend. De lente staat op doorbreken. Tussen immense wolkenpartijen door verspreidt de zon haar eerste warmte. Voor een stratenloop zijn we naar het slaperigste stadje van Nederland gereden.

Zevenaar. Twee rondes door dit uit zijn voegen gegroeide grensplaatsje. Op het plein voor het raadhuis staat een tent waar we ons kunnen omkleden. De afgelopen nacht is er carnaval gevierd en een heteluchtkanon blaast ons een lucht van verschaald bier, zweet en spierbalsem tegemoet. Tegen de tapkast werkt een vrouwenteam de warming-up af. De bierkraan gaat schuil onder sporttassen en sweatshirts.

Met zijn drieën zoeken we een plek om ons om te kleden. Met opgeheven hoofd, we hebben een positie te verliezen. Ons team staat eerste in het klassement. Gordon is zwijgzaam, hij heeft over zijn knie geklaagd. Bij de toiletcabine vinden we een bank waar we onze trainingspakken uitdoen.

Sven kleedt zich te koud. Hij draagt een hoog uitgesneden lopersbroekje, daarboven een dun halterhemdje. Zijn lichaam is gebruind en dat wil hij laten zien. Hij gaat vooruit, hij maakt zich al de ijdelheid eigen van strafpleiters die willen winnen. Maar dit is onzin. De zware wolken brengen regen. Wanneer de wind langs het open veld vat op hem krijgt, zal de kou zijn spieren verlammen. Op zijn armen heeft hij kippenvel. Ik wurm mijn benen in een strakke rennersbroek.

'Er is hagel voorspeld', zeg ik. 'Heb je je ingevet? Vorig jaar is er een vent afgevoerd met onderkoeling.'

Sven aarzelt en verwisselt zijn korte broek voor een trainingsbroek. Over het hemdje trekt hij een T-shirt aan met ons kantoorlogo. Ik sla Gordon op zijn schouders, die overdreven ineenkrimpt en we lopen naar een tafel op schragen om onze borstnummers op te halen.

Vrouwen in mantelpakjes geven ons veiligheidsspelden en schrijven ons in. Terwijl we het papier opspelden, kijken ze steels naar onze lopersbroeken. Op hun ooghoogte gaan heel wat kruizen voorbij, tamelijk herkenbare bobbels in de strakke stof.

Op een grasperkje buiten rekken de lopers hun spieren. Ze staan voorovergebogen, hun vingertoppen tegen een muur, hun blik op de grijze bakstenen gericht alsof ze zojuist zijn gearresteerd en op vervoer wachten. Tussen hun sportschoenen liggen platgetrapte sneeuwklokjes. Ik bots tegen het team van Schuitman, drie klonen met dezelfde grijzende slapen, dezelfde goudgerande brilmonturen en hetzelfde verweesde grijnsje om hun lippen.

Terwijl we onze spieren losmaken, houd ik de uitgang van de tent in de gaten. Ik zwaai naar de bankiers van Forth & Debater, maak een wegwerpgebaar naar de advocaten van Bonner & Bonner en pareer de opgestoken middelvinger van de felle jongens van Christanze met een kushandje.

En al die tijd kijk ik ook om me heen, bedacht op een loper met zwart golvend haar, een hartverwarmende glimlach en kromgetrokken ziekenhuisbenen.

Bij de startlijn staat een jongetje in een rode wielrenbroek. Zijn vader plakt hem een pleister op die zijn neusgaatjes openspert, zodat hij meer lucht kan binnenhalen. De vader kijkt trots, het zoontje verbeten. Dwars over de winkelstraat klappert het startdoek in een opstekende wind. De starter werpt een zorgelijke blik naar boven terwijl we ons achter de streep persen. Een paar meter voor ons staan de toplopers. Ze zijn herkenbaar aan hun fel glanzende kleding, die het reliëf van hun onderbroek doordrukt. Ogenschijnlijk ontspannen praten ze over blessures en concurrenten die voor een andere wedstrijd hebben gekozen.

Als de speaker commentaar heeft gegeven op de opkomst – wederom geweldig – lopen ze nonchalant achterwaarts. Het zijn professionals, glimlachend duwen ze de lopers naar achteren die al die tijd braaf voor de krijtlijn stonden te wachten. Er wordt onderdrukt gescholden, maar voor een gunstige plaats bij de start laten ze dat lijdzaam over zich heen komen. Broodlopers, ze rennen voor de prijzen. Een wedstrijdcommissaris maant ze nog verder terug en ze kijken met een onnozele blik naar achteren, sorry, overmacht. Er klinkt meer gemor en er wordt beschaafd gesjord, maar de concentratie is heilig. Niemand wil zijn energie verspillen aan scheldwoorden, niemand wil buiten adem van verontwaardiging de eerste bocht in gaan.

Vlak voor het startschot krommen ze hun bovenlichaam.

'Verdomme, ik moet pissen', zeg ik benauwd.

Ik maak me los uit de wachtende meute en haast me naar een steegje achter het peloton. Daar draai ik me om en sluit me aan bij de laatste rij.

Het startschot is nauwelijks te horen omdat iemand heeft besloten dat het carillon op het raadhuis moet klingelen. De eerste lopers schieten de winkelstraat in, maar achterin wordt nog gemoedelijk gebabbeld. Eindelijk beginnen we te drentelen en pas bij het startdoek zit de vaart erin. Ik ben de laatste van het veld, de wedstrijdklok loopt al anderhalve minuut. Mijn race zal een grote inhaalslag zijn.

En niemand zal me in de rug kunnen verrassen.

De uitdaging van een stratenloop bestaat vooral in het ontwijken van straatmeubilair. Reclameborden, vuilnisbakken, lantaarns, zitjes, bloembakken, fietsenrekken en kunstobjecten, de eerste kilometer ben ik door het winkelcentrum aan het slalommen. Ondertussen passeer ik de achterhoede, die vooral uit gezelligheidsclubjes bestaat. Bejaarden die zich niet willen laten kennen. Kroegtijgers vanwege een verloren weddenschap. Een klasje schoolkinderen voor uitstervende woestijnkonijntjes.

Op een lange rechte weg buiten de stad kom ik de eerste bekende tegen. Het is Benter, een eenpitter die kantoor houdt aan de rand van de hoerenbuurt. Vroeger waren zijn klanten de tippelaarsters die voor zijn deur liepen te heupwiegen. De rest van zijn clientèle woonde niet veel verder om de hoek, waar ze de hele opiumwet bij elkaar spoten, rookten en verhandelden. Af en toe beroofden ze een late fietser en als het zo uitkwam, elkaar. Toen hij zelf een keer was geript, specialiseerde hij zich in fiscaal recht. Sindsdien spoort hij voor de anonieme bazen van dat tuig de kronkelweggetjes op in het internationale geldverkeer. Ondanks zijn zware bouw loopt hij veerkrachtig.

'Hé, Stan … Gefeliciteerd nog, met je huwelijk.'

Meteen kijkt hij voor zich. Benter deed Rottirs echtscheiding, een vriendendienst. Elvy koos Gordon, op mijn advies en verder heb ik me er niet mee bemoeid. Natuurlijk gonsde het van de roddels in ons kleine wereldje, maar ik durf iedereen recht in het gezicht te zeggen dat het huwelijk tussen Oek en Elvy al aan flarden lag voordat Oek in het ziekenhuis belandde.

'Heb je Oek nog gezien de laatste tijd?' vraag ik.

Hij schudt zijn hoofd.

'Enig idee waar hij uithangt?'

Even een verbaasde blik.

'Vraag het je vrouw', antwoordt hij.

'Bedankt.'

Ik laat hem mijn hielen zien en hoor nog net zijn antwoord: 'Het was niets.'

Dat klopt, maar de rest van deze ronde zijn mijn gedachten bij Oeks ziekbed. Ik mis zelfs de eerste drinkpost.

Ik had een enorme fruitmand meegenomen, die hij geïrriteerd op een tafel liet leggen. Het was mijn eerste bezoek, een ongemakkelijke stilt dreigde op de achtergrond. Elvy zat aan de andere kant van zijn bed en plukte aan het laken. Ik vroeg hem naar de kwaliteit van het voedsel, van de kamer, van het bed en – onhandige grap – van de verpleegsters. Oek zuchtte. Elvy's ogen flitsten over de sprei. Ze was niet beledigd, ze zocht troost.

Na een kwartier waarin het gesprek traag voortkroop, schoof

ik het krukje onder Oeks bed en wenste hem sterkte. Elvy stond tegelijk met mij op, drukte een kus op zijn voorhoofd en bij de tochtdeuren had ze me al ingehaald.

Ik kende haar nauwelijks. Toen we pas bij Poon werkten, haalde ze Oek soms op uit ons stamcafé, een schim achter het stuur die wachtte tot hij zijn rekening had betaald.

Ik vroeg het toen we uit de ziekenhuishal liepen.

'Wil je meerijden?'

Was dat het begin? Ik wist dat hun auto nog in Houffalize stond.

'Kun je me naar het station brengen?'

'Ik zet je wel thuis af.'

Oek lag in de benenkliniek in Nijmegen en al voor de Waalbrug strandden we in een file. Elvy vertelde honderduit, ze was verrassend nuchter. Ze had het druk op school, moest een nieuw vak op poten zetten. Nauwelijks een woord over Oek, over het geknakte leven van haar man, niets over hun toekomst.

'Schrok je toen je Oek terugzag?' vroeg ik.

Ze knikte afwezig.

'Hij herinnert zich niet veel ...'

'Hij heeft geluk gehad', ging ik verder. 'Voor hetzelfde geld ...'

Ze wees naar het dashboard.

'Is dit een aansteker?'

Ik dacht dat ze niet wilde praten omdat ze er nog niet aan toe was. Later begreep ik dat ze Oek al achter zich had gelaten. Ze stak een sigaret op en liet zich onderuit zakken. Voor haar huis in Arnhem bedankte ze me met een onverwachte kus.

Een paar dagen later ging ik Oek vertellen dat Poon de zaak aan mij had overgedaan. Aan mij alleen, en niemand anders.

Natuurlijk bood ik Oek alle hulp en medewerking aan bij zijn terugkeer. Per slot was hij in dienstbetrekking en Poon had me verplicht om het voltallige personeel over te nemen.

Elvy hield haar ogen devoot op haar vingers gericht, die ze om het hengsel van haar tasje had gestrengeld.

'Als ik iets voor je kan doen, laat het me weten', zei ik.

Oek draaide zijn hoofd weg.

'Het ga je goed', zei hij.

Hij nam de moeite niet om het spel mee te spelen. Hij klemde zijn handen om de rand van het bed en zijn knokkels sloegen wit uit. Vermoedde hij dat hij niet alleen zijn baan was kwijtgeraakt? Hij beduidde Elvy zijn koud geworden thee aan te reiken.

Bij het afscheid keek ze me langer aan dan nodig, en op dat moment zeker langer dan gepast.

Op het parkeerterrein bij het ziekenhuis bleef ik achter het stuur zitten en sloot mijn ogen. Ik had gedaan wat me te doen stond, dat was zeker. Maar ik had twee nachten niet geslapen en liet mijn voorhoofd op het stuur rusten. Ik tolde mee met mijn gedachten.

Plotseling werd tegen het portier getikt. Ik draaide het raampje open. Het was Elvy, ze had niet eens haar jas dichtgeknoopt en wees vragend op de passagiersstoel.

'Ik neem je niets kwalijk', verklaarde ze bij het instappen. 'Het gaat zoals het gaat. Grote beslissingen hebben hun eigen wetten.'

Ik keek haar aan, verbaasd over zo veel begrip.

'Mijn eigen auto staat in de garage. Kun je me nog één keer thuis brengen?'

Ik bleef haar aanstaren totdat ze met haar nagels tegen de sleutels tikte die in het contact bungelden.

'Zullen we?'

Halverwege had ik genoeg moed verzameld om haar te vragen of ze met me ging eten, ik wist een goed restaurant aan de dijk.

Ging ik over een grens? Ze aarzelde tot vlak voor de afslag.

We aten oesters, ik dronk glazen wijn. In de duisternis gleden de lichten van de vrachtboten voorbij en soms volgde ik ze op hun doelgerichte reis, om niet steeds naar haar te kijken. Ik werd licht van alcohol en overmoed.

En wat bezielde Elvy? Als ik ernaar vraag, zegt ze iets onnozels als ‘het overkwam me’ of ‘ik was er klaar voor’.

Na de cognac haalde ze ongevraagd de sleutels uit mijn jaszak, startte mijn oldtimer Saab en reed me op topsnelheid naar huis. Wild stoof ze het pad naar mijn garage op. Ik gaf geen kik en ze schaterde het uit. Ze ramde nét niet de garagedeuren en ik had niet het geduld ze open te maken.

Pas twee dagen later zette ik haar bij haar eigen huis af.

Bij het ingaan van de tweede ronde versnel ik. De krombenigen, de babbelaars en de bejaarden heb ik achter me gelaten. Ik passeer groepjes lopers die zwijgend strijd leveren, vooral met zichzelf. Ik herken niemand. Toch kijk ik geregeld om, een ongemakkelijke houding, vooral in een pelotonnetje. Maar ik neem het gevloek van mensen die ik op de hakken loop voor lief.

We rennen achter een kerk langs. Negentiende-eeuws? Neogotisch? Neo-niks.

Binnen een paar minuten zijn we in een buitenwijk, een woekering van huisjes en tuintjes, totdat we worden teruggestuurd naar het hart van de stad.

In het winkelcentrum controleer ik in de weerspiegeling van de etalageruiten wie er achter me loopt. We draaien een pleintje op, vier grote stenen kikkers zitten rond een kurkdroge fontein. Onze voetstappen klateren daarna hol onder een passage en een paar minuten lang voer ik een peloton middenmoters aan tot bij een bejaardenhuis waar de drinkpost staat. Een stuk of tien meisjes van een sportclub staan klaar, hun armen gestrekt met bekertjes.

De eerste let niet op en ze draait zich pas op het laatste moment om. Ze draagt een zonnebril en capuchon en geeft een bemoedigende glimlach. Ik knipoog terug, grijp het bekertje en leeg het in één teug.

De inhoud smaakt een beetje laf, zoetig, zoals alle sportdranken. Maar wel met een bittere nasmaak: Ik gooi het bekertje weg, tussen de massa plastic op de grond. Het laatste meisje reikt me een kletsnat sponsje aan dat ik over mijn gezicht en lippen veeg.

Ik lig op stoom en maak meer snelheid. Als ik aanhaak bij de volgende groep kan ik bij de eersten finishen, ik heb genoeg kracht over.

De wind komt van opzij, maar we lopen in de luwte van een bedrijventerrein. Na een paar honderd meter heb ik een hypnotiserende cadans te pakken, de rijen meubelzaken, garages en tapijthallen vervagen tot een wazig decor, ik ijl in een tunnel van licht en lucht en de kleurige lopersshirts aan het eind lijken niet ver weg.

Het frontzwijn is mijn eerste prooi.

Traditiegetrouw heeft hij zich opgeblazen na een kortstondige triomf. Stampend en puffend perst hij de laatste kilometers eruit. Zijn teamgenoten zullen hem op de schouders kloppen, maar achter zijn rug schudden ze meewarig hun hoofd. Ik steek een vinger ter herkenning op.

'Gaat het, Stan?'

'No problem.'

Hij fronst zijn wenkbrauwen.

'Man, wat zie je eruit!'

Een afleidingsmanoeuvre. Ik trek even mijn ooglid naar beneden.

'De groeten thuis!'

Een korte tussensprint en ik pak vijf, tien, twintig meter. Even inhouden, dieper ademhalen. Ik zuig de lucht tot in de uiteinden van mijn longen maar mijn adem is op hol geslagen.

Rustig aan nu, zweef, armen laag, laat je longen rustig hun werk doen. Mijn voorhoofd begint echter te prikken, het zweet loopt langs mijn hoofdband in mijn ogen. Ik veeg het weg en verlies mijn evenwicht. Verdomde stoeprand. Het tintelende gevoel verspreidt zich over mijn hele gezicht, mijn nek, een rilling trekt langs mijn ruggengraat. Ik voel me grauw worden van binnen, al mijn energie lijkt plotseling weg te sijpelen. En mijn adem gaat steeds meer zijn eigen onbeheerste gang! Even drentelen dan, toe maar, en daarna weer op koers.

Het stampende voetenwerk van het frontzwijn komt snel dichterbij. Jezus, wil hij het nog eens proberen? Gaat hij weer voor zijn circusnummer?

In slowmotion zie ik hem voorbijgaan, hij kijkt opzij, hij houdt in. Waarom hijg ik zo luid, zo'n raspend geluid, zo'n stervend gereutel. En waarom druipt er zo veel zweet langs mijn kin? Of kwijl ik? Ik veeg speeksel weg, dat in draden aan mijn mouw blijft hangen.

'Alles goed, Stan?'

Ik bijt mijn kiezen op elkaar en sis: 'Lazer op, lul!'

Geschrokken doet hij een pas opzij. Niet eens nijdig, hij knijpt zijn ogen samen en kijkt bezorgd. Nee, hij loert. Hij loert als een stompzinnige hagedis naar een vlieg. Ik maak een beweging dat hij moet doorlopen. Toe maar, jongen, maak je nummer af! Ik kom je zo wel tegen.

Nu sta ik stil en zet mijn armen in mijn zij, hoofd achterover, wandel een paar meter en zie dat het frontzwijn doorloopt maar voortdurend blikken achterom werpt. Ik zwaai nogmaals en hij haalt zijn schouders op.

Vlak langs de weg staat een café, zo'n modern ding van glas en beton. 's Zomers is er een terras met plastic meubelen en een chagrijnige serveerster. Het lijkt gesloten, nee, de eigenaar is bezig de gordijnen open te trekken. In de spiegeling van ruiten zie ik mezelf, half gebogen, met een kloppend voorhoofd en mijn ogen wijdopen, tong uit mijn mond. Ik laat me slap hangen, zet mijn handen tegen de ruit. Gelukkig wordt mijn adem rustiger. Alleen zit er een obstakel in mijn keel dat zo'n vreemd geluid maakt, maar ik hijg niet meer zo amechtig als een jong hondje. Toch blijf ik zweten. Het vocht druipt in straaltjes van mijn hoofd, op de betonnen tegels verschijnen donkere druppels. En plotseling neemt mijn hart het over van mijn adem! Het begint te ratelen in mijn borstkas, als een specht tegen een boomstam. Wat is er aan de hand?

Ik wankel, grijp me vast aan een afvalbak en sluit mijn ogen. Jochie, wat is er met je? Is dit de beruchte *sudden death*? Heeft je laatste uur geslagen? De marathonloper die dood neervalt? Ik schud verwoed mijn hoofd, druppels vliegen in het rond.

Onmogelijk, dan lag ik al plat.

Ik voel aan mijn hartstreek en in een flits zie ik het gezicht van het meisje dat het bekertje aanreikte.

Een meisje? Ik zie de zware wenkbrauwen weer voor me, de glimlach, de mondhoeken onweerstaanbaar gekruld.

Oek? Oeki?

Nee. Jawel ... ik wrijf over mijn gezicht om die hersenschim te verdrijven. De gedachte explodeert in mijn maag, een golf misselijkheid welt omhoog. Oek, wat gaf je me? Wat deed je in dat bekertje? Wat liet je me drinken?

Zonder nadenken steek in mijn vingers in mijn keel. Ik kokhals maar er komt niets. Dieper! Ik klauw mijn nagels tegen mijn huig, mijn bovenlichaam schokt, ik zak door de knieën en tot mijn opluchting gulpt mijn ontbijt naar buiten.

Vooruit, alles moet eruit! Ik pers mijn tong naar voren ... Een tweede straal volgt en een derde klettert op de tegels. Een paar seconden blijf ik zo staan terwijl achter me de lopers vrolijke opmerkingen roepen.

Ik kom overeind. Mijn adem is onder controle, mijn hart klopt weer kalm. Ik huppel wat en dan maakt een intense woede zich van me meester. Oek, als je daar nog staat ...

Tegen een stroom verbaasde lopers in ren ik terug en binnen vijf minuten ben ik bij de drinkpost. Het is een marktkraam, op de planken staan een paar grote ketels waaruit de bekertjes worden volgeschonken. De naam van de sportdrank wappert op een vlaggendoek. Ik draai rond elk meisje tot ik er zeker van ben dat Oek Rottir niet kan schuilgaan onder een capuchon. Ik dwing ze me allemaal aan te kijken totdat een man met een portofoon me op mijn schouders tikt.

'Is er iets aan de hand?'

Zijn vingers gaan naar de zendknop. Hij wil maar al te graag een *emergency* doorgeven.

'Ik had erop gerekend dat mijn broer hier zou staan ...'

Hij laat teleurgesteld zijn hand zakken.

'Dan kun je lang zoeken', zegt hij. 'Ik ben de enige man hier.'

Ik draai me om en voor de vorm loop ik nog een rondje om de kraam. Ik sluit me aan bij een groepje vrouwen en voel me verslagen. Heb ik Oek daar werkelijk gezien? Of is mijn fantasie op hol geslagen, net als mijn adem en mijn hartslag?

Wat kon dat drankje bevatten?

Ik kan een monster van mijn braaksel nemen, een zakdoek is voldoende, desnoods in mijn sokken! Ik sprint weer terug alsof het een honderdmeterwedstrijd is.

Bij het restaurant is de eigenaar op het terras bezig. Hij boent met een bezem over de plek waar ik heb overgegeven. Naast hem staat een emmer water, met lange halen veegt hij de resten in een putje. Hij kijkt nijdig op.

'Kom je de rotzooi opruimen, makker?'

Ik buig me voorover en peuter met mijn vingers in het roostertje. Maar hij schrobt een golf water over mijn handen en gromt: 'Als je zo'n gore junk was geweest, had ik je een ram voor je kop gegeven. Donder maar gauw op, anders haal je de finish niet eens.'

In de tent zoek ik Sven en Gordon. Hun tassen zijn weg en ik trek mijn trainingspak aan.

Ik ontdek ze bij een standbeeld dat vier trommelaars voorstelt. Ze drinken uit een blikje cola en zien er tevreden uit. Ik loop hoofdschuddend naar ze toe en leg uit dat mijn ingewanden onderweg volledig van slag zijn geraakt.

'Toch geen kou op de maag?' vraagt Sven.

'Iets verkeerds gegeten', zeg ik.

'Of gedronken?' vraagt Gordon suggestief. Hij knijpt zijn ogen samen.

‘We zijn gekelderd, in een vrije val’, zegt Gordon. ‘Maar Sven heeft de eer gered. Hij is tweede in zijn klasse geworden.’

‘En jij?’

‘Ik had een goeie dag, achtste bij veteranen-1.’

Hun blik houdt het midden tussen ongeloof en verontwaardiging als ik antwoord: ‘Ach, wat is het verschil tussen een lauwerkrans en een graftak?’

Ik laat me afzetten bij het kantoor en daal met stijve benen af naar de kelder. Mijn spieren lijken van klei, mijn knieën roestige scharnieren. Tussen de houten stellages zoek ik het dossier Tilly A. Ik neem het mee naar boven en blader erdoorheen terwijl ik mijn kuiten masseer.

Op het moment dat Tilly A. gearresteerd werd, bestudeerde ze min of meer geïnteresseerd de proefwerksommen die haar wiskundeleraar om negen uur had uitgedeeld. Dát ze naar school was gegaan, was al opmerkelijk. Ze was die ochtend om halfvijf in haar bed gerold na een feestweekend dat twee nachten eerder was begonnen met een doodgewoon schoolfeest.

Tegelijk met Tilly werden drie jongens uit de klas gehaald door een onthutste directeur. Ook zij hadden dat weekend niet meer dan drie uur geslapen.

Een vijfde feestganger stierf kort nadat de rest van de klas het proefwerk had afgemaakt en dat was ook de reden dat de wachtcommandant opmerkte dat Tilly voorlopig wel op het hoofdbureau zou verblijven.

Tilly werd Oeks cliënt nadat haar ouders in paniek naar ons kantoor waren gesneld. Hun dochter werd verdacht van zware mishandeling met voorbedachten rade, de dood tot gevolg hebbend. Daarop staat maximaal twintig jaar.

Tilly was inderdaad een krengetje en ook haar medeplichtigen bezaten het soort gluiperigheid dat het overlevingspatroon is van kinderen die worden opgevoed met te veel geld en te weinig aandacht.

Het slachtoffer heette Bardo, hij was achttien jaar en hoorde niet bij het gezelschap waarvan Tilly de spil was. Maar hij koesterde voor haar een hartstochtelijke verliefdheid. Tilly vond dat prima, ondanks dat ze meer aanbidders had, onder wie een van de verdachten.

Op het schoolfeest deed Bardo pogingen met Tilly in contact te komen. Dat bleef niet onopgemerkt, wat hem op spottende opmerkingen van haar vrienden kwam te staan. Na afloop sloot hij zich bij het clubje aan. De eerste halte was een oude bioscoop waar ze tot vijf uur op bier en baco's dansten. Daarna kwamen ze in een loods aan de Rijn terecht waar een achtenveertiguurse houseparty bezig was. Tilly kende daar een dealer die het gezelschap van middelen voorzag om de vermoeidheid te verdrijven. Bardo deed niet mee: hij verkondigde dat hij geen drugs nodig had om op de been te blijven. Wilde hij indruk maken op Tilly? Of provoceerde hij haar vrienden? Werd toen het plan gesmeed om Bardo een hak te zetten?

In ieder geval besloten ze hem ongevraagd te trakteren op biertjes waarin ze een paar pilletjes hadden gegooid die ter plaatse onder de naam *Speed for lovers* werden verkocht. Tilly was dronken en vond op dat moment alles leuk, Bardo's rivaal wilde zijn eigen slag slaan en de anderen waren wel in voor een geintje.

Bardo stond na een uur nog steeds aan de kant en keek toe hoe Tilly en haar vrienden zich in het zweet dansten. Een tweede dosis volgde, waarschijnlijk nog een derde en een vierde, maar dat viel niet meer te reconstrueren.

Om elf uur 's ochtends begonnen de liefdespillen te werken en ging Bardo bij Tilly op schoot zitten. Misschien hallucineerde hij toen al. Hij sloeg zijn armen om haar heen, maar zijn rivaal trok hem op de vloer. Een half uur later kreeg hij last van hartkloppingen.

Niemand had gerekend op een eigen initiatief van Bardo. Uit het politieonderzoek bleek dat hij zelf ook de nodige pilletjes had gekocht en ingenomen. Bij elkaar waren de ingeslikte hoeveelheden voldoende voor een oververhitting die hem agressief maakte. Uitsmijters werkten het hele gezelschap naar buiten en in een weiland kreeg Bardo een toeval. Ook klaagde hij over ademnood. Toen zijn lichaam bleef schokken, dumpten ze hem bij een ziekenhuis, waar Bardo in coma raakte en een half etmaal later stierf.

Een toxicoloog constateerde dat Bardo 1,4 gram MDA – beter bekend als amfetamine – had binnengekregen, iets meer dan de dodelijke dosis. Tilly en haar vriendjes vielen snel door de mand.

De officier van justitie ging er vol in: hij beschuldigde het viertal ervan het slachtoffer de dood te hebben ingejaagd. Motieven: pesterij, jaloezie, leedvermaak.

'De verliefde Bardo was een makkelijk doelwit', hoonde hij.

Oek verdedigde Tilly met verve. Hij nam het voortouw en de advocaten van de andere verdachten hoefden slechts te volgen.

Was er sprake van opzet? Kom nou, alles kwam voort uit een misverstand. De bedoelingen van de verdachten waren goed, alleen de afspraken waren slecht geregeld. Hij citeerde uit de processen-verbaal: 'Bardo had weinig geld. We hebben toen pillen voor hem gekocht. We hebben dat niet tegen hem verteld, want hij zou het een afgang vinden als anderen voor hem betaalden. Die wilden we hem besparen.'

De officier probeerde uit te wijken naar 'dood door schuld'.

Schuld? Onzin, Tilly kon redelijkerwijs niet vermoeden dat Bardo zelf het pad van de drugs zou opgaan. Hij had immers verklaard daar geen behoefte aan te hebben. Wellicht verwachtte hij van die pillen wat hij zelf niet klaarspeelde: dat Tilly voor hem zou vallen. Bovendien, bij wie lag eigenlijk de schuld? Er was immers niet meer na te gaan wiens dosis precies tot de dood had geleid. Wie weet hoeveel de jongen zichzelf had toegediend!

Hij sleepte er vrijspraak uit. Zijn laatste overwinning.

Natuurlijk ging de officier in hoger beroep, maar voor het hof hoefde ik slechts in Oeks pleitnotities te kijken.

Thuis stuif ik naar de medische encyclopedie. Wat konden mijn hartkloppingen, mijn snelle adem en mijn agressieve uitval naar het frontzwijn betekenen? Het antwoord beslaat pagina's, maar stress en overbelasting staan boven aan de lijst met oorzaken. Klopt, ik maak dagen van veertien, soms zestien uur.

En als Oek een boodschap voor me had? Bardo werd afgestraft omdat hij werk maakte van Tilly. Dan stond Oek daar om wraak te nemen voor Elvy.

5

De rokken van Froukje worden korter naarmate ze ouder wordt. Of het heeft met de lente te maken. Ik heb een eindeloze zitting achter de rug bij de kantonrechter en snak naar een borrel. Het is bijna halfzes, we bespreken de agenda van het kantooroverleg, een fossiel uit het democratische tijdperk. Maar vooral een alibi om na afloop met het hele kantoor naar het dichtstbijzijnde café te snellen. Ze torent hoog boven me uit, zoekt de notulen op de bovenste schappen en rekt zich uit. Haar gebruinde kuiten glanzen in het neonlicht.

'Trommelaar heeft gebeld, drie keer', zegt ze en draait zich plotseling om. Mijn ogen schieten een meter hoger.

'Goh', zeg ik lui. 'Problemen?'

'Je moest alle procedures stopzetten. Hij neemt nog contact met je op.'

'Alle procedures? Moeten die brieven ook niet de deur uit?'

Ze komt het trapje af en zegt nadrukkelijk: 'Je bent hem kwijt. Hij haakt af, ik hoorde het aan zijn stem.'

'Onzin. Ik bel hem wel even.'

Trommelaar neemt zelf op. Hij klinkt ver weg, alsof hij de hoorn van zijn mond houdt. Hij begint aan een lang en onsamenhangend verhaal, maar uiteindelijk komt hij bij de kern: hij wil zijn franchisehouders de harde lijn voorschotelen. Het is slikken of stikken, ze moeten kiezen, niet alleen de rechten maar ook de plichten.

'Prima', zeg ik. 'Dat roep ik al het hele jaar. Laten we beginnen met een conceptdagvaarding ...'

'Het probleem', gaat hij door, 'is dat jij niet meer geloofwaardig bent. Als ze met jou te maken krijgen, denken ze nog steeds dat het een geintje is. Ze nemen je gewoon niet meer serieus.'

Ik open mijn mond voor een weerwoord maar hij is me voor:

'Het is even doorbijten, maar de zaak gaat voor. Kijk, voor hen was jij een soort buffer. Misschien dat we in de toekomst ...'

Een buffer? Breekijzer zal hij bedoelen! Ik onderbreek hem resoluut: 'Mag ik je eraan herinneren dat jij steeds aandrong op geduld, dat jij steeds verhinderde dat er orde op zaken werd gesteld?'

'Ja, ja, het gaat niet om jou als persoon', sust Trommelaar. 'Je hebt uitstekend werk gedaan, maar ze moeten nu weten dat het roer is omgegooid. Daarom is het beter dat je voorlopig low profile blijft.'

Low profile! Hij zet me simpelweg aan de dijk, Dewende & Poon wordt door de plee gespoeld. *Abserviert.* Hier helpen geen argumenten meer, Froukje heeft gelijk, we zijn onze lucratieve twijfelaar kwijt. Het boekje schrijft nu voor dat ik de prettige samenwerking benadruk en hem succes wens met de verdere procedure. Ik dien de suggestie te vermijden dat cliënt een onbetrouwbare hufter is, dat cliënt het stompzinnigste besluit in zijn leven heeft genomen en dat cliënts achterbakse argumenten stinken als een strontkar.

'Ik heb je al maanden geleden gezegd dat je met die laffe briefjes niks bereikt', begin ik. 'Die overjarige tuinkabouters lachten jóú uit. Vanaf het begin! Niet mij! Als jij je kloten had laten zien, hadden ze nooit zo'n puinhoop van jouw filialen kunnen maken. En realiseer jij je wel ...'

Ik word afgestopt door het getuut in de hoorn, leg hem neer en incasseer een verwijtende blik van Froukje.

'Hij was niet meer zo tevreden', zeg ik luchtig.

'Jij was niet zo professioneel', antwoordt ze.

'Klopt, maar Trommelaar is een geboren zeur. Aan dat soort klantjes is geen eer te behalen.'

Ze knikt bedachtzaam.

'Trommeltje kon alleen opschieten met ...'

De deur gaat open en Sven komt handenwrijvend binnen.

'Zullen we alvast beginnen? Kunnen we des te eerder naar De

Bels. Het laatste vat winterbier is al aangeslagen!'

Ik kijk langs hem heen en vraag aan Froukje, scherper dan ik wil: 'Met wie?'

Ze vermijdt het antwoord door naar het kopieerapparaat te lopen, maar we weten het allebei: met Oek, die Trommelaar had binnengehaald, afgestoft en opgepoetst tot hij al zijn zaken bij ons had ondergebracht. Oek was zijn adviseur, zijn biechtvader, zijn goeroe.

Sven merkt de spanning en begint in de oude notulen te bladeren. Ik wuif Oek weg en vraag hem: 'Wat voor winterbier tappen ze?'

Maar Anna komt binnen, schaterend van het lachen. 'Dit komt net binnen op de fax. Ach Stannie, was het echt zo erg?'

Ze laat een spotprent zien, een tekening van een mannetje in sportkleding dat brakend over de finishlijn loopt terwijl het publiek met flessen drank zwaait. 'DE ELLENDE VAN DEWENDE' staat eronder.

Ik produceer een grijns. 'Van wie komt dit?'

'Afzender onbekend. Verstuurd vanuit het postkantoor.'

Ik doe alsof ik de tekening bestudeer maar speur naar herkenningstekens. Van wie is het, wie tekent mij zo lullig?

De telefoon gaat. Froukje neemt op, kijkt verschrikt en geeft de hoorn aan mij.

'Trommelaar?' vraag ik fluisterend.

Ze schudt nee, haar voorhoofd is één ongeruste frons.

Het is Elvy.

Ze is zo overstuur dat ze nauwelijks een woord kan uitbrengen, maar ik begrijp dat ik moet thuiskomen. Meteen.

'Over vijf minuten ben ik bij je', zeg ik.

Ik schiet mijn jas aan. De vragende blikken van mijn kantoorgenoten laat ik voor wat ze zijn en ik ren de deur uit.

Ik negeer de avondspits. Ik rijd door rood, pers mijn bumper dwars door de files en let niet op het concert van woedende claxons.

Elvy, mus, ik zweer het: wie jou aanraakt, maakt van mij een beest.

Ik vind haar in de douche, op een krukje, in elkaar gedoken, snikkend. Ze heeft het licht niet aangedaan en haar jas klemt ze stevig om zich heen. Wanneer ik naast haar kniel, begint ze te rillen.

'Musje, wat is er gebeurd?'

Ze maakt een geluid dat klinkt als het koeren van een duif. Ik vraag het nogmaals en weer laat ze alleen dat wanhopige geluid horen.

Ik knip het lampje aan boven de wastafel en vul een glaasje water.

'Hier mus, ik ben er nu, drink ...'

Ze reageert pas als ik haar armen losmaak en het glas tegen haar lippen druk. Haar tanden tikken tegen het glas, er ontsnapt een nerveus lachje dat overgaat in een hevig snikken.

'Wat is er dan?'

Ze schudt alleen haar hoofd en ik herhaal, iets strenger: 'Kom, Elvy, vertel het me, is er iets gebeurd op school?'

Ze schudt heftig nee en kijkt me aan door een gordijn van verregend haar. Ik veeg het weg en zie nu pas de moddervegen op haar gezicht.

'Ben je gevallen? Een ongeluk? Toe, niet huilen, ademhalen!'

Ze zucht diep.

'Nee ... ik weet niet ... hoe ik ... ik was zo bang, Stan!'

'Is alles in orde? Mankeer je iets?'

Ze haalt haar schouders op.

'Ik weet het niet, stijve nek.'

Ze draait zich om en wijst op het lege glas.

Ik haal uit de slaapkamer een fles cognac. Ze neemt een grote slok en steekt met trillende vingers een sigaret in haar mond. Ze tast in haar zak naar een aansteker en dan zie ik dat ook haar jas is besmeurd met modder en bladeren ... en alle knopen zijn eraf gescheurd!

‘Wat is er gebeurd, muizemus?’

Meteen begint ze te ratelen in een tempo dat haar de adem beneemt. Ik maan haar tot kalmte.

‘Ik weet niet wat hij van me wou ...’

‘Wie?’

‘Iemand! Een vent!’

Ze schreeuwt het uit, maar vraag voor vraag krijg ik het verhaal boven water.

Er was een spoedvergadering uitgeschreven over Elvy’s mentorgroep, die al wekenlang weigerde om maandagochtend voor tien uur op school te verschijnen. Er werd tot strenge maatregelen besloten, wat Elvy na afloop met telefoontjes aan de ouders van de grootste spijbelaars bekendmaakte. Ze was de laatste die de school verliet, het schemerde al, de conciërge sloot af nadat ze haar fiets uit de stalling had gehaald. Ze had haast, ze wilde nog boodschappen doen en fietste over het wandelpad door een stukje stadspark. Het gaat er heuvelafwaarts, ze had een behoorlijke vaart. Ineens dook een schim uit het duister voor haar op. Ze remde, maakte een schuiver maar ze wist overeind te blijven. Haar schooltas gleed van de bagagedrager en ze draaide zich om hem terug te duwen. Plotseling stond de man vlak bij haar.

‘Ik dacht eerst dat hij me wilde helpen, maar hij duwde tegen mijn fiets zodat ik omviel.’

‘Een man? Kon je zijn gezicht zien?’

Ze haalt haar schouders op.

‘Een flits, het is daar zo donker, onder die zwarte dennen zie je niks. En ik lag meteen op mijn buik.’

‘Hoe zag hij eruit?’

‘Een trainingspak, en zo’n ijsmuts ...’

‘Zei hij iets?’

‘Niks! Dat was juist zo eng. Hij duwde me omver en dook boven op me! En hij stonk uit zijn mond, zo’n knoflookadem!’

In een modderplas vocht ze een paar seconden – of een paar minuten, ze wist het niet meer – voor haar leven en ze slaagde erin zich los te worstelen. Liggend deed hij nog een greep naar haar benen, kreeg haar jas te pakken, maar ze scheurde zich los en rende naar de veilige, verlichte weg vijftig meter verderop. Vandaar liep ze op een drafje naar huis.

'Wat wilde hij? Heeft hij aan je gezeten?'

'Nee, daar kreeg hij geen kans voor ...'

'Wilde hij geld? Waar is je schoudertasje?'

'Om mijn nek, die kreeg hij niet te pakken!'

'En je fiets?'

'Die ligt daar nog ...'

Ze slaat haar hand voor de keel.

'Oh nee!' kreunt ze. 'Mijn schooltas ook. Daar zitten de werkstukken van de kinderen in!'

De tranen wellen weer op en ik haal een washand over haar gezicht. Terwijl ik de jas om haar heen sla, vraag ik: 'Wie was het? Werd je opgewacht?'

Ze geeft geen antwoord.

'Kom.'

'Wat?'

'Aangifte doen.'

Het is het enige wat ik kan bedenken om de groeiende drift in mijn lichaam tot bedaren te brengen.

Op het hoofdbureau word ik herkend door de vrouwen achter de ontvangstbalie. Terwijl ze hun gebruikelijke norse groet prevelen – strafpleiters zijn nooit welkom op een politiebureau – gaat een hand al naar de knop om de deur naar de wachtcommandant te openen. Ik leg uit waarvoor ik deze keer kom en ze verwijzen ons naar de eerste verdieping. Daar wachten we een kwartier tot we een kamer worden binnengelaten. Een jonge agente stelt zich voor, gaat achter een tafel zitten en zegt: 'Vertelt u het maar.'

Elvy doet haar verhaal terwijl de agente begrijpend knikt. Vervolgens draait ze het beeldscherm van een computer naar zich toe en begint te typen. We wachten weer en kijken rond in de kamer.

Aan de muur hangt een poster met richtlijnen tegen seksuele intimidatie.

'Ik heb nog een paar vragen', zegt ze. 'Hebt u om hulp geroepen?'

Elvy kijkt me twijfelend aan.

'Dat weet ik niet meer, misschien.'

Terwijl de agente het antwoord typt, stelt ze de volgende vraag.

'U bent aangevallen door een man van ongeveer 1.80 meter, gekleed in een donker trainingspak, waarschijnlijk blauw ... Zijn gezicht hebt u niet gezien, dus u weet ook niet of de man blank of bruin was. Wat was zijn leeftijd?'

Elvy toont in onwetendheid haar handpalmen.

'Tussen de vijftien en vijftig?'

Ze schokt met een schouder.

'Hoe weet u eigenlijk dat het een man was?'

Elvy haalt diep adem.

'Toen hij op me lag duwde hij zijn wang in mijn nek, ik voelde dat hij zich niet geschoren had.'

'Bedreigde hij u?'

'Nee. Ja! Hij rukte en sjorde aan me, hij probeerde mijn armen te pakken te krijgen ...'

'Was hij gewapend? Had hij een mes, een knuppel bij zich, zoiets?'

Elvy denkt even na.

'Ik heb geen wapen gezien.'

Ze geeft er een schril lachje bij alsof ze een bekentenis doet. Ze merkt het en gaat snel verder: 'Hij hield me vast toen ik wilde weglopen! Is dat normaal? Hij trok mijn jas stuk, kijk hier!'

Ze legt haar jas op tafel, ze wijst de scheuren aan waar de knopen zaten. 'Hij greep me hier vast ...' Driftig draait ze de stof om en laat het achterpand zien. De agente bekijkt de voering en betast zorgvuldig de scheur.

'Zat deze winkelhaak er al?'

Elvy schudt haar hoofd.

'Waren er getuigen?'

'Niet dat ik weet.'

'U weet zeker dat hij geen mes bij zich had? Dat moet haast wel, zo'n scheur maak je niet met je nagels.'

De agente duwt de jas weg alsof het een detailkwestie is, iets waarvoor wel een verklaring bestaat als je even nadenkt, maar ik herken die nonchalance. Bij een verhoor is dat een manier om de verdachte in slaap te sussen.

'Had u zelf iets ter verdediging bij u? Veel vrouwen hebben een busje gas in hun tasje. Het is daar niet zo veilig, het park staat erom bekend ...'

Verbeeld ik het me of klinkt dat beschuldigend? Elvy snuift.

'Nee, ik kwam van mijn werk', antwoordt ze met een flauw lachje. 'In tegenstelling tot veel scholieren gaan docenten ongewapend naar school.'

'U hebt geen verwondingen opgelopen. Bent u bij een arts geweest?'

'Nee, voor die blauwe plek op mijn been en een stijve nek val ik geen dokter lastig.'

De agente staart haar een poosje nadenkend aan en zegt dan: 'Ik vat uw verhaal samen: u bent aangevallen, maar u bent niet beroofd, u bent niet aangerand en u bent ook niet mishandeld. Kan het zijn dat de man boos was omdat u op het voetpad fietste ...?'

Elvy haalt haar schouders op.

'Ik wil uw verhaal niet in twijfel trekken, maar was er misschien sprake van een misverstand? Die meneer liep op het pad terwijl het donker was. Hij zag u niet, u zag hem niet. U weet zeker dat u hem niet hebt aangereden?'

Elvy schudt in verbazing haar hoofd.

'Hebt u gedronken?'

Ik moet ingrijpen! Nog even en de agente zal suggereren dat Elvy aangifte kwam doen om te verbergen dat ze een verkeersongeluk onder invloed heeft veroorzaakt!

'Is er soms een melding binnengekomen van een aanrijding?' vraag ik scherp. 'Ik gaf mijn vrouw een glas cognac toen ik haar volledig overstuur thuis aantrof. Bij mijn weten is dat niet strafbaar. Gaat u nu de dader opsporen?'

Ze bloost en drukt een paar toetsen in.

'Het zal heel moeilijk zijn om op basis van uw verklaring een verdachte te pakken te krijgen', mompelt ze tegen het bureaublad.

'Hadden jullie niet een Sonsbeek-unit opgericht? Om het gajes op te pakken dat het park onveilig maakt ...'

Haar ogen lichten op. De agente weet wie ik ben, waarschijnlijk heeft haar chef haar al ingelicht. Haar gezicht zegt: jij kloteadvocaat, áls wij al iemand te pakken krijgen, dan sta jij meteen voor de deur om datzelfde gajes weer zo snel mogelijk uit de cel te helpen!

Terwijl ze Elvy's verklaring uitprint, antwoordt ze beleefd: 'We zijn in de administratieve fase waarin we de aangiftes verzamelen. Op basis daarvan ontwikkelen we een dadergroepprofiel en daarna pas maken we een plan van aanpak.'

Ze trekt een A-viertje uit de printbak.

'Wilt u hier tekenen?'

Elvy zet haar handtekening en staat met een ruk op. Ze loopt zonder groeten de deur uit. Ik volg haar.

'Als de dader bekend is, wil ik zijn naam en adres hebben', zeg ik achterom.

De agente kijkt me brutaal aan: 'Voor een schadevergoeding van een paar tientjes?'

Zwijgend rijden we naar huis. Elvy stampt de trap op naar de slaapkamer en gaat op bed liggen. Ik breng haar een glas thee dat ze gehoorzaam opdrinkt. Ze valt meteen in slaap.

In mijn werkkamer kom ik tot rust.

In ons archief zitten wel tien klantjes die in parkjes opereren: verkrachters, tasjesdieven, potloodventers, potenrammers, er zit zelfs een lustmoordenaar tussen. Elvy heeft ongelooflijk geluk gehad, maar ik moet ook toegeven: als advocaat had ik van haar verhaal geen spaan heel gelaten. Als de overvaller mijn cliënt was, zou ik alle vragen van de agente stellen – en ik zou veel verder gaan. Elvy's antwoorden waren zo vaag dat die cliënt vrijuit zou gaan.

Ik controleer haar jas. Ik voel aan de winkelhaak in de zoom, ik ruik aan de stof, ik probeer bij het andere jaspand hoeveel kracht nodig is om er een scheur in te maken. Ik zet mijn nagels in de stof, trek uit alle macht, maar het lukt me niet. Heeft de overvaller dan toch met een mes naar haar uitgehaald?

Wanneer haar ademhaling een half uur later rustig en diep is, trek ik mijn loopkleren aan en sluit het huis af. Ik ga haar schooltas zoeken en een misgelopen training inhalen. In mijn achterzak prop ik een zaklamp en een kort knuppeltje, een loden staaf in leer gewikkeld. Sommige cliënten laten na een goed gesprek hun spullen liggen.

De plek waar Elvy is overvallen, ligt op de helling van de heuvel naast de rijkeluiswijk. Behalve enkele gepensioneerden die er hun hond heen sturen, komt er niemand. Het is te klein voor een natuurwandeling en te groot voor een ommetje.

Ik loop langzaam tot mijn ogen gewend zijn aan de duisternis. De maan is opgekomen en glinstert in de waterplassen, de takken van de dennenbomen hangen zwaar over het pad, bijna op ooghoogte. Halverwege knip ik mijn zaklamp aan.

Was het hier? De grond is omgewoeld, naast het asfalt lopen bandensporen die in een modderbrij verdwijnen. Ik schijn wat rond, de vlekkerige boomstammen lijken al het licht op te slurpen. Ik spring over een plas en loop een paar meter het bos in.

Was hier de worsteling? Takjes en half vergane dennennaalden steken uit de zwarte aarde. Verse sporen? Ik ga op mijn hurken zitten en snuif een grondlucht op. Zou kunnen. De wind jaagt een vlaag waterdruppels naar beneden. Ik sta op en meter voor meter speur ik met de zaklamp de omgeving af.

Ten slotte vind ik drie knopen, keurig bij elkaar in een kuiltje. Zijn die van haar jas? Draadjes garen zitten er nog aan … en een stukje stof. Van Elvy's jas, ik herken de donkerrode gabardine. Waar is de rest, waarom ligt de inhoud van haar schooltas niet verspreid over het pad? Ik dwaal rond tussen de bomen, in steeds grotere cirkels.

Tien meter van het pad staat haar fiets tegen een boom. Hij is uit het zicht geparkeerd, achter een paar rododendrons. De schooltas bungelt aan het zadel.

Ik controleer de inhoud. Alles is ordelijk ingepakt. Ik til de fiets op en bekijk de banden, het spatbord, het stuur, de remmen. Niets is verbogen, niets wringt. Alleen het slot zit dicht. Ik buig me voorover om te zien of het sleuteltje erin zit.

Plotseling breekt een tak, vlakbij, gevolgd door het snelle geritsel van iemand die snel wegloopt … of juist op me afstormt.

Ik richt me op en zwaai lukraak met de knuppel om me heen. Ik raak slechts lucht.

'Wie daar, verdomme?' wil ik roepen, maar mijn stem is niet meer dan een woedend gefluister.

Niemand antwoordt. Mijn hart bonkt tegen mijn ribbenkast, de stilte suist, om me heen vallen de druppels. Ik wacht een paar seconden, zoek met mijn zaklamp de omgeving af.

Hoewel ik vermoed dat het sleuteltje ergens aan een tak zal hangen, kijk ik niet verder. Ik hang de tas aan mijn schouder en til de fiets op aan de bagagedrager. Ik sjouw de fiets de heuvel af, het park uit.

Wie heeft alles zo keurig klaar gezet?

Word ik paranoïde of wil iemand me herinneren aan die duistere avond toen ik de mountainbike van Oek Rottir wegsleepte, uren nadat hij was afgevoerd naar een ziekenhuis in Houffalize?

We hadden er bijna twee dagen op zitten met een sportinstructeur die er niet genoeg van kreeg ons tot teams te smeden. De oorspronkelijke groep was uitgedund tot vier mannen en twee vrouwen. Oek had zich een superieure survivalspecialist getoond, onuitstaanbaar bedreven, Oek op zijn best. De vrouwen waren weg van hem, ik was overbodig.

Het liep tegen het eind van de middag, we hadden nog een afdaling voor de boeg. Abseilen naar ons basiskamp, dertig meter lager. We stonden aan de rand van een leisteenplateau, dat als een reuzenhand in de lucht stak. De instructeur liet ons wennen aan de diepte, terwijl hij de touwen vastmaakte aan dennenstammen. Hij gooide de reservetouwen bij ons op een hoop.

'We gaan in ploegen van twee naar beneden', kondigde hij aan. 'Wie zin heeft komt weer boven en gaat nog een keer.'

Hij liet zien hoe we in onze klimgordel moesten stappen en hoe we het touw door de zware gesp voor onze borst, de abseilacht, moesten vlechten, zodat we soepel touw konden uitgeven en afremmen. We luisterden beleefd alhoewel we ervaren dalers waren.

De twee mannen gleden snel naar beneden waarbij ze zich om de twee meter soepel tegen de rotswand afzetten. De twee vrouwen volgden. Een van hen had hoogtevrees, maar beet zich erdoorheen. Ze kreunde toen ze zich achterover liet vallen. Schokkend daalde ze af, maar eenmaal op de grond stak ze haar duim op en klauterde weer naar boven.

Natuurlijk maakten Oek en ik er een wedstrijd van. Oek raakte de wand niet éénmaal, hij liet zich in een rechte lijn vallen en remde pas in de laatste meters. Ik kwam een fractie van een seconde later op de grond terecht, te hard. Langs mijn ruggengraat trilde de schok door tot in mijn hersenstam en ik brandde mijn vingers aan de gloeiend hete abseil-acht. Ik liet niets merken. Oek klom al langs het pad naar boven, ik volgde hem.

'Dat kost touw', was het commentaar van de instructeur toen we ons bij de groep voegden.

'Nylon smelt pas bij honderdtwintig graden', antwoordde Oek.

Een bleek zonnetje en een regenboog gaven het landschap kleur. We gingen op de rand van de rots zitten terwijl de instructeur een verhaal vertelde over avonturen met een eerdere groep. Oek zat aan het uiteinde, hij luisterde maar half, rommelde wat en toen we ons opmaakten voor een volgende afdaling, verroerde hij zich niet. De instructeur trok de twee touwen strak en hield ze uitnodigend omhoog.

'Wie eerst?'

'Ik', zei Oek.

De instructeur wierp een touw in zijn richting. Oek draaide zich om en probeerde het te vangen. Hij miste en graaiend in de lucht verloor hij zijn evenwicht.

We stonden verstijfd terwijl hij langzaam leek weg te glijden en over de rand kantelde, zijn mond geopend in een geluidloze schreeuw. Ruggelings verdween hij in de diepte.

De twee vrouwen grepen elkaar vast, de instructeur bleef vloekend staan, de anderen stoven naar voren.

Oek bungelde een meter onder ons, keurig met zijn arm om het touw en grijnzend keek hij naar boven. Daarna liet hij zich met een bloedvaart zakken, terwijl wij ons afvroegen hoe hij dit geflikt had.

Het antwoord lag vlakbij. Een van de reservelijnen had hij onopvallend vastgemaakt aan een oude boorhaak die bij vroegere afdalingen was gebruikt. Toen hij stiekem het touw door zijn abseil-acht had gefrommeld, kon hij met zijn truc beginnen.

Binnen een minuut was Oek weer boven en wentelde zijn gebalde vuisten om elkaar heen. De triomfantelijke geste van een goochelaar die uit het niets tevoorschijn komt en zijn publiek verrast.

Ollekebolleke en hier ben ik weer.

De instructeur schudde nijdig zijn hoofd.

'Kom eens hier, Oek.'

Hij nam hem mee naar de rand van het plateau, wrikte even aan de boorhaak en trok hem moeiteloos uit het gat. Terwijl hij het cement eraf tikte, zei hij met ingehouden woede: 'Het is mijn humor niet wat je daarnet flikte. Absoluut niet. Maar dit had je wél je leven kunnen kosten! Dus controleer in het vervolg effe of je haak goed vastzit, ja?'

Oek antwoordde met zijn onverstoorbare grijns: 'Voor mij moest het ook spannend zijn.'

De derde dag werden Oek en ik aan elkaar gekoppeld.

D-day, we hadden nog met geen woord gerept over de bedoelingen van Poon. Het moest er die dag van komen, tot dan toe hadden we elkaars gezelschap meer vermeden dan gezocht.

's Ochtends schreef het programma een kanotocht voor. Het was maart, hoog in de Ardennen waren de oevers van de prille riviertjes beijzeld. We hesen ons in dikke surfpakken en gleden het water in. Oek zat voorin, de stuurman. Ik achter hem, de motor.

Er heerste een vloedregime, de bomen stonden met hun stammen in het water. In de snelstromende Ourthe verloren we de andere teams snel uit het oog. We wisten de vrouwen vóór ons, ze hadden meteen de ideale lijn in het wilde water gevonden.

Oek en ik bleven overeind ondanks een paar kolderieke wendingen waarbij we dwars op de stroom kwamen te liggen. Na een paar kilometer kregen we de slag te pakken en meteen zocht Oek alle risico's op die hij kon ontdekken. Hij leidde onze kano door de onstuimigste stroomversnellingen en nam liever een ruwe passage langs rotsblokken dan een rustige buitenbocht.

Bij het eindpunt stonden de twee vrouwen op een bruggetje te wachten. Ze klapten toen ze ons in de gaten kregen en Oek gaf een knipoog achterom. Ik wist niet wat hij van plan was, maar op tien meter afstand wierp hij zijn peddel als een speer op de wal, ging recht overeind staan en liet zich een paar seconden meevoeren, de armen gespreid als een overwinnaar.

Zijn timing was perfect: vlak voordat onze kano omsloeg,

greep hij zich vast aan de spijlen van de brugleuning en hees zichzelf met een elegante zwaai omhoog. Zijn zolen schampten mijn helm voordat ik onder water verdween. Meteen werd ik in de keerstroom van de brugpijlers meegesleurd. Ik hoorde de kano kraken toen de voorpunt tegen het beton sloeg, ik tolde om mijn as terwijl ik mezelf uit de kuip probeerde te bevrijden. Toen ik happend naar adem bovenkwam, keek ik in de lachende gezichten van de twee vrouwen die aanmoedigingen riepen. Met één hand hield ik de kano vast, met de andere mijn peddel. Woedend probeerde ik de wal te bereiken, maar Oek kwam al aangerend, dook in het water en hielp me de kano leeg te maken. De vrouwen applaudisseerden weer.

We trokken onze kleren aan, warmden ons bij een vuur en aten onze rantsoenen op. Daarna kregen we terreinfietsen mee, een kompas en een slechte kopie van een landkaartje. De instructeur stapte in zijn Toyota 4WD en beloofde een krat Belgisch bier bij het basiskamp, vijfendertig kilometer verderop.

Oek nam de leiding, keek naar de lucht en bepaalde zijn koers. Hij sprintte van heuvel naar heuvel, over zandpaden, door modder en sneeuw. Ik hijgde achter hem aan en controleerde met kompas en kaart of we in de goede richting reden.

Halverwege was ik buiten adem en moest afstappen bij een steil rotspaadje, maar Oek reed door. Hij wachtte tot ik bovenkwam. We keken een tijdje naar de rivier die ver beneden ons door het grauwe bos kronkelde.

'Poon wil de zaak kwijt, aan ons samen', zei hij plompverloren. 'Hij stuurde ons niet voor niets op deze safari. Wat denk je ervan?'

Ik aarzelde. Wij waren Poons kroonprinsen, zijn droomcombinatie. Om dat te bevestigen lieten we ons al drie dagen afbeulen.

Nog hoorde ik Poons bezwerende woorden: 'Oeks vindingrijkheid en jouw degelijkheid, Oeks scherpzinnigheid en jouw onverzettelijkheid. Kom terug met een plan. Met zijn tweeën redden jullie het makkelijk.'

Ik wist wat hij bedoelde: Oek de acrobaat, ik het vangnet. Oek het paradepaardje, ik de werkezel. Oek de durfal, ik de vaste grond onder zijn voeten.

Statistisch gezien was ik maar nét over de helft van mijn leven. Had ik Oek nodig om van de tweede helft een succes te maken? Als springplank voor zijn capriolen?

Ik schudde mijn hoofd, wilde iets zeggen in de trant van 'niet meteen beslissen', maar hij greep mijn aarzeling met beide handen aan. Zijn conclusie kwam snel: 'We laten Poon beslissen.'

Hij sprong op zijn fiets en begon aan een razendsnelle afdaling. Ik reed achter hem aan terwijl er steeds meer vragen opkwamen.

Was hij teleurgesteld? Had hij een handdruk verwacht, de bevestiging van een vriendschap? Een dankbaar ja-ik-wil? Of had hij Poon al een bod gedaan? Had Poon aangedrongen om mij een kans te geven? Had ik die verspeeld met mijn aarzeling? Op welke kaart speelde hij en welke kaart hield hij verborgen?

Zuid

28 maart, 22.30 uur. Nachtloop,
17,1 km. +13 °C

6

Diep in het zuidelijk stadsdeel verzamelen we ons in een gymnastieklokaal. Er hangt een dikke zweetlucht, maar uit grote boxen klinkt dixielandmuziek en in het midden staan brancards met masseurs in witte jassen die popelen om onze spieren onder handen te nemen.

Er is geklaagd bij de organisatie. In de wandelgangen hebben de sponsors hun ontevredenheid laten blijken: de publiciteit was magertjes, de wedstrijden hadden geen allure, maar vooral werd de *après-running* gemist.

Daarom is er een nachtloop georganiseerd, exclusief voor de bedrijfsteams. De afstanden voor individuele lopers zijn vroeg in de avond afgewerkt. Wij krijgen een eigen parcours, politiemotoren met zwaailichten zullen ons door de duistere Betuwe loodsen. In de binnenstad is een café afgehuurd om de lopers, en vooral hun directieleden, een vip-behandeling te geven.

Er loopt zelfs een verslaggever rond van een lokaal ochtendblad die nog 'voor de deadline van halfeen 'n stukkie moet typen'. Hij vertelt het me op een toon alsof het al twijfelachtig is of hij zelf die deadline gaat halen. Zijn naam is De Wacht, ik ken hem van de rechtbank. Hij lijkt nauwelijks de klap te boven dat hij op zijn vrije avond als sportverslaggever is opgeroepen.

En alsof het is uitgelekt dat er pers aanwezig is, staat naast het startdoek een handjevol demonstranten met trommels en toeters. Ze zingen een onverstaanbaar lied, maar van De Wacht begrijp ik dat ze protesteren tegen de dijkverhoging langs de rivieren. Vier vrouwen – om onduidelijke redenen in klederdracht gehuld – delen vlugschriften uit. Bouwbedrijven, ingenieursbureaus, Rijkswaterstaat en de 'agrarische maffia' krijgen vegen uit de pan vanwege 'hun paniekaanval op het rivierenlandschap'. Het gaat er gemoedelijk aan toe totdat het startschot wordt aangekondigd.

Twee betogers blokkeren de weg en ontrollen een spandoek: 'GEEF HET WATER DE RUIMTE'. Een derde gaat ernaast staan met een bord waarop 'NU!' gekalkt is.

De speaker maant de heren opzij te gaan terwijl de agent op de motor bewegingloos toekijkt.

'Kunnen die luï niet met een noodverordening verwijderd worden?' sist Sven.

Hij staat op scherp, hij heeft een aanval op de eerste plaats aangekondigd. Ik observeer de demonstranten: is Oek erbij? Wat heeft hij deze keer voor me in petto?

Meteen schuif ik die vraag als belachelijk ter zijde. Ik heb het me de afgelopen weken dagelijks ingeprent: voor Oeks streken is geen bewijs, alleen een foto met een vent die op Oek lijkt. En áls het Oek is die geintjes uithaalt: wat valt er van een invalide te vrezen?

Even dreigt een handgemeen wanneer een lid van het organisatiecomité de actievoerders probeert weg te trekken. De agent draait zijn motor om en een fotograaf laat zijn camera aan een stuk door flitsen, een relletje is altijd welkom. Uit het lopersveld worden echter kalmerende kreten geroepen. Na een minuut gaan de actievoerders opzij terwijl hun geestverwanten scanderen: 'Nu! Nu! Nu! Nu!'

Om de spreekkoren te overstemmen houdt de starter zijn pistool bij de megafoon en drukt af.

Kom maar, Oek, denk ik, maar weer schud ik die gedachte van me af. Lopen, Stan, je eigen race!

Meteen breekt een stortbui los.

Het is onnatuurlijk warm, zelfs de regen voelt lauw. Het eerste stuk van het parcours is een doolhof van korte, gladde bochtjes waar niemand snelheid kan maken. Wie Arnhem-Zuid ontwierp, moet een obsessie voor het klonen van woonhofjes, viaductjes en steegjes hebben gehad. Een paar kilometer volg ik in Svens spoor, met Gordons slepende tred achter me. We kleven aan elkaar als magneten tot we de oude weg naar Elst bereiken waar het sein voor versnellingen wordt gegeven. Onze groep wordt uitgerekt tot een lint dat langzaam breekt. Het zwaailicht van de politiemotor verdwijnt uit zicht en bij een rotonde kijk ik om. Gordon loopt tien meter achter me, de bandage om zijn knie is tot zijn enkel afgezakt.

Voor me ligt een lange rechte weg, in de warme natriumgloed van de wegverlichting tel ik tien, twaalf opwippende hoofden. Een mooie positie. Om die vast te houden kies ik een straf tempo. Voor het eerst sinds de aanval loop ik ongedwongen, hoewel de spieren in mijn kuiten en bovenbenen strak aanvoelen.

'De aanval'. Zo hebben we het incident in het park gedoopt. Waarom en door wie zal waarschijnlijk duister blijven, want van de politie hebben we niets meer gehoord. Elvy merkte laconiek op dat de dader nog niet eens zou worden ingerekend als hij zich vrijwillig op het bureau zou melden. Dat zou de administratieve fase van het onderzoek maar verstoren.

Sinds de aanval is Elvy's rug zo stijf als een plank en ik breng haar vier keer per week naar de fysiotherapeut, waar ze oefeningen doet in een warm zwembad. Ze gaat naar school op wilskracht, ze miste geen enkel lesuur, maar thuis is ze afgedraaid.

Ik heb niet gesuggereerd dat het Oek was die haar aanviel. Ook niet toen ik had gevraagd of de man haar achterna kwam en ze antwoordde: 'Nee, hij bleef liggen.' Alleen een invalide zou zijn prooi zo makkelijk laten ontsnappen.

Op kantoor heb ik Froukje gevraagd waarheen ze de persoonlijke post voor Oek Rottir doorstuurt. Ze liet een postbusnummer in Spanje zien.

'Het is in de buurt van Granada', zei ze. 'Wil je hem opzoeken?'

Ze vroeg het zonder ironie, maar zo vlak dat ik volstond met een afstandelijk hoofdschudden.

Na een flauwe bocht komt de kerktoren van Elst in zicht, een gedrocht in een overdaad aan licht. We zijn een half uur onderweg. Ik heb dorst en lik de regen van mijn lippen. Ik zal geen vocht aannemen onderweg.

Een man met een halogeenlamp zwaait ons rechtsaf, een kilometer voor het dorp. Zijn gezicht is onzichtbaar onder een paraplu.

'Attentie!' roept hij zodra ik binnen gehoorsafstand ben. Ik bekijk hem zorgvuldig.

'Nummer dertien, hou vol', zegt hij enthousiast en gebaart dat ik moet afslaan. Via zijn portofoon geeft hij mijn borstnummer door.

Tien meter verder loop ik tegen een inktzwarte muur. Ver weg prikken de buitenlichten van afgelegen boerderijen in het landschap, maar hier vlakbij is de duisternis overdonderend. Ik moet me buigen om het wegdek te zien.

Ik vertraag ... is dit de route? Klopt dit? Ik drentel door, bezorgd om me heen kijkend. Links stroomt de Linge onheilspellend stil, vlak voor me doemt een andreaskruis op ... een onbewaakte spoorwegovergang. Is dat mogelijk in deze wedstrijd? Ik draai me om, zie de achtervolgers op de hoofdweg. Slaan ze ook af? Het water sijpelt in mijn ogen, ik veeg mijn voorhoofd af met de mouw van mijn shirt en stop vlak voor de glimmende rails.

Plotseling flitst een zaklamp aan, twee parcourswachten in hun reflecterende hesjes doemen op, kletsnat van de regen.

'Alles oké?'

Ik schrik maar steek mijn duim op. Een van hen kijkt op zijn horloge.

'Vooruit, doorlopen!'

Twintig meter verder begrijp ik zijn haast: het waarschuwingssignaal begint te rinkelen. Dit levert een mooie voorsprong op! Ik maak snelheid.

Mijn ogen wennen langzaam aan het donker en ik ontwaar de contouren van de horizon. Langs de weg tekent zich een hoge haag coniferen af. Verbergt die een varkensfokkerij, of een bordeel?

Een half uur lang draaf ik door dit zwarte landschap, onzichtbaar deel uitmakend van een keten lopers, maar het bevalt me niets dat ik zo alleen loop. Het lijkt alsof ik het heelal ben ingestuurd.

Bij een elektriciteitsmast laat ik de Linge achter me om noordwaarts te gaan. Een B-weggetje, niet meer dan een breed fietspad. In de bochten staan lantaarnpalen, de meeste zijn half omvergereden.

Onverwachts krijg ik een voorganger in beeld. Het is een van de Bonners, de oudste, ik herken hem aan zijn driftige loopstijl. Ik zet de achtervolging in en een paar boerderijen verder loop ik in zijn kielzog. Ik laat me een tijdje meenemen. Hij hoort me niet, hij zet zijn voeten plat neer, het klinkt alsof hij op zwemvliezen loopt. We passeren een parkeerterrein waarop één vrachtwagen staat en hij kijkt plotseling om. Hij heeft een verbeten trek om zijn mond.

Weer een scherpe bocht en de regen slaat in mijn gezicht. Bonner zet aan, probeert me te lossen, maar een alarmerend gebliep doet hem inhouden: zijn hartslagmeter heeft de ingestelde limiet bereikt. Ach, zijn *Heimatschuß*, soldaten in de Eerste Wereldoorlog waren er dol op. Bonner mag nu met een gerust hart afhaken.

In de volgende bocht snijd ik een stuk af over de berm, trek een kort sprintje en neem een voorsprong. Even nog hoor ik het geklapper van zijn voeten, dan ben ik weer alleen met mijn ademhaling, mijn eigen voetstappen en de regen die tegen het wegdek ruist.

Driel: de wegverlichting verspringt van oranje naar helwit, ik passeer drie gesloten benzinestations in een lege dorpsstraat. Straks zal ik de dijk opdraaien, maar tot mijn verbazing leiden rood-witte linten me langs een supermarkt, een donker bejaardenhuis, een school ... ik loop een rondje om de kerk! Zijn we in een kermiskoers beland? Bij het minuscule kerkplein wordt duidelijk waarom: onder een tentzeil staat een jazzorkestje, tien blazers met hun instrumenten aan de lippen.

Ik zwaai en ze zetten 'All Blues' in, het onheilspellende intro golft me tegemoet. En ik kan er niets aan doen, ik ga op de maat van het nummer lopen. Ik zweef naar de dijk, achtervolgd door de klanken van Miles Davis. Pas bij het bord 'einde gemeente' vind ik mijn cadans terug.

Links liggen de stuwwallen, pikzwart afgetekend tegen de wolkende lucht. De Rijn stroomt er even duister onderlangs. Het is hoog water, de rivier lijkt roerloos, maar het gladde oppervlak is verraderlijk. De sluis en de stuw liggen er onwezenlijk bij, in hun doodstille feestverlichting. De enige beweging komt van de knipperende rivierlichten.

Waarom loop ik zo alleen? Waar zijn mijn kameraden? Is het de nacht die iedereen op zichzelf terugwerpt of lopen we wel dicht bij elkaar maar kunnen we elkaar niet zien in deze duisternis?

De Kema-toren steekt boven de bossen uit als een onttakelde kerstboom. Hij wijst waar de stad is, maar eerst worden we door Meinerswijk geleid, een natuurgebied waar het water de ruimte heeft gekregen. Hadden de actievoerders dat over het hoofd gezien?

Door parcourswachten met fakkels worden we van de dijk af gestuurd, langs een lage stuw die de steenfabrieken vroeger beschermde tegen hoog water. Er staat een rij kaarsjes in glazen potjes en aan het eind is er een kunstenaarskolonie. Een paar bewoners staan bewegingloos voor de ramen, het glas in de hand.

Bij de oude steenfabriek ruik ik dat de rivier vlakbij is. Opeens wordt de duisternis opengescheurd door schijnwerpers. Filmlampen? Is er een filmploeg? Tv? Tegelijkertijd ontdek ik een groepje van tien, twaalf lopers, een compleet peloton! Niet meer dan honderd meter voor me! Bijna iedereen zit in de kopgroep! Ik maak meer snelheid, maar bij de lampen roept een parcourswacht: 'Rustig aan!'

Hij wijst naar de grond. Wildroosters. Verblind door de lampen loop ik er voorzichtig overheen. Ik accelereer daarna meteen, het groepje is onder bereik. Maar na een bocht bots ik weer op die totale duisternis en net op tijd zie ik de arm van een parcourswacht die me door een hek dirigeert. Ik tuur in het donker? Waar is de kopgroep?

Ik zie niets, ren door, maar ik glijd uit. Ik glibber over een paar basaltkeien en voordat ik kan afremmen sta ik tot mijn borst in het water. Meteen neemt de kou me in een verstijvende greep. Ik verlies mijn evenwicht, in een reflex zoeken mijn handen naar houvast. Ik sla wild om me heen, vind een boomtak die afbreekt als ik de modder onder mijn voeten wegtrap. Ik zak nog verder in het water, ik ga kopje-onder, ik krijg water binnen, het smaakt zout en mijn paniekschreeuw strandt in een hoestbui. Op het moment dat ik gierend ademhaal, hoor ik de klik van het hek dat in het slot valt.

Een paar seconden klem ik me vast aan een boomstam. Dichtbij glijden de boordlichten van een vrachtschip voorbij. Ik laat de stam los en probeer terug te zwemmen, maar er zijn meer takken onder water, mijn knieën schaven langs takken, paaltjes, ik probeer rechtop te staan en verlies opnieuw mijn evenwicht als de golfslag van het vrachtschip me terugzuigt.

Uit alle macht roep ik om hulp, maar kom niet boven het motorgeronk uit. Het wijkende water trekt me verder de rivier in, ik bonk tegen de keien van een strekdammetje. Onzichtbaar voor de andere lopers, schimmen die tien meter verderop voorbijschieten, klauw ik door de golven en graai naar alles wat me voor de handen komt. Ten slotte krijg ik een stuk prikkeldraad te pakken, ik let niet op de roestige punten, ik trek me naar boven, wacht een nieuwe golf af en wild trappend klauter ik de kant op.

Druipnat sta ik op de wal, ik wankel naar het hek, klim eroverheen en laat me in het gras vallen.

Huil ik? Ik weet het niet, ik vloek, spuug water uit en ik hoor de spottende opmerkingen van de lopers die vlak langs me schieten.

'Kom op, joh!'

Een hand kletst op mijn schouder. Ik kijk in het onderzoekende gezicht van Gordon. Ik ril en hij pakt me onder mijn oksels vast.

'Kom op, man, nog maar twee kilometer!'

Werktuiglijk til ik een been op en begin te lopen. Ik kijk achter me. Wie loodste me door dat hek? Ik zie daar alleen lopers. Stond daar wel een parcourswacht? Of was het een tak, een loshangende plank? Gordon geeft me een duwtje.

'Doorlopen, anders koel je te veel af. Ben je uitgegleden?'

Ik knik. Of moet ik vertellen dat iemand me probeerde te verdrinken? Dat mijn ouwe maat Oeki, mijn gedoodverfde compagnon, al weken bezig is mijn bestaan te ondermijnen? Ik begin te klappertanden. Heb ik een shock of heb ik het koud? Ik blijf angstvallig in de buurt van Gordon.

Bij de sportzaal verdwijn ik meteen onder de hete douche. Ik bekijk mijn geschaafde knieën, de gaatjes in mijn handen. Ik was de oliegeur van de rivier weg terwijl ik binnensmonds vloek.

Dit kan ik niet meer alleen af.

Ik móét Elvy nu vertellen wat er zich afspeelt.

Op de bovenverdieping van Café Royal worden we opgewacht door een ober in jacquet die alle binnenkomende gasten een kir royal aanbiedt. Ik giet het drankje naar binnen en zet het glas met een klap neer. Sven kijkt verbaasd over het onbeheerste gebaar. Hij denkt dat ik baal van mijn slechte tijd.

'Hoe ging het?' vraagt hij.

Ik haal mijn schouders op en duw hem richting bar. 'Vertel jij het maar.'

Hij steekt één vinger op en kijkt me veelbetekenend aan over de rand van zijn glas.

'Echt? Eerste plek?'

Hij knikt.

'Wat drink je, prijsdier? Een biertje? Ik ga je voorstellen aan een paar hotshots.'

We dwalen door het zaaltje, ik schud handen, laat zien dat mijn kantoor een kampioen in huis heeft. Het is netwerktijd, daar is dit circus voor bedacht. Op het podium wordt de uitslag bekendgemaakt, de wethouder sportzaken schrijft de namen van de klassementsleiders op een schoolbord. De Schuitman-accountants staan nu eerste bij de teams, maar bij de senioren is het Sven die bovenaan staat. Gordon en ik juichen als zijn naam wordt genoemd. Ik trakteer op whisky's, krijg er een paar terug en de herinnering aan mijn worsteling met de rivier drijft weg op de alcohol.

Op de wc leun ik met mijn verhitte voorhoofd tegen de tegels en Oek is weer terug.

Denk na! Blijf nuchter! Is Oek de enige mogelijkheid? Wie komt er dan nog meer voor in aanmerking?

De Wacht komt naast me staan.

'Heb je je stukkie af?' vraag ik. 'Je hebt toch wel onze winnaar genoemd?'

Hij maakt een wegwerpgebaar.

'Alleen die actievoerders maakten het de moeite waard. Zeg, klopt het dat jij het water bent ingelopen?'

'Van wie hoorde je dat?'

De Wacht groet een bekende en zegt: 'Dat mag ik niet vertellen van mijn baas.'

Mijn handen beginnen te trillen en ik omklem de knop van de spoeling alsof het de reling is van een schip in een vliegende storm. Verdomme, wie was het?

Maar De Wacht heeft me op een idee gebracht dat Oek uitsluit. Ik buig me naar hem toe: 'Off the record: ja, dat klopt.'

'How come?'

'Ik weet het niet', zeg ik met opeengeklemde kaken.

'Weet je het niet of mag je het niet zeggen?'

Ik trek een vermoeid grijnsje.

'Je hebt die demonstranten gezien. Tel één en één 'ns op!'

'Een van die knapen van het antidijkenfront stuurde je de rivier in?' zegt hij verbaasd.

Zijn rechterhand tast in zijn binnenzak naar zijn opschrijfboekje.

'Zonder bewijs geen veroordeling', antwoord ik.

De Wacht knikt een beetje ongelovig en zegt met een taxerende blik: 'Je bent toch niet bezig een Pietje Paranoia te worden?'

Zijn hand komt leeg terug.

'Denk je dat ik voor mijn lol in het water loop? Ik werd bijna meegezogen door een rijnaak! Vraag maar eens na. Jij hebt toch contacten in dat wereldje van actiegroepjes?'

Hij schudt afkeurend zijn hoofd.

'Ga nou niet met modder smijten', zegt hij serieus. 'Je hebt een reputatie te verliezen.'

'Jij een primeur.'

Hij loopt grinnikend weg.

'Leuk geprobeerd, hoor', zegt hij achterom.

7

Vannacht dwaalde ik tussen waken en slapen. De lakens schuurden langs mijn ontvelde schenen, het zweet prikte in mijn handpalmen en telkens wanneer ik de grens van de slaap raakte, joeg een spiertrekking me terug. En telkens beleefde ik weer het moment dat de grond onder mijn voeten wegzakte en het water me in zijn omarming nam, zodat mijn hart bonkte alsof ik een sprint had getrokken.

Toch heb ik Elvy niet wakker gemaakt en ook heb ik besloten haar niet in de manipulaties van Oek te betrekken. Zij heeft haar vroegere geliefde al een jaar geleden begraven onder de ruïne van haar herinneringen. Oek zal ons niet bereiken, hij zal niet langs een sluipweg in ons huis binnendringen.

Oek, verleidelijk prooidier, je lokt, maar ik zal niet blijven cirkelen boven iets wat niet meer dan een kadaver kan zijn.

Vanochtend verdween Elvy stil uit bed. Ik sluimerde na tijdens de gebruikelijke geluiden: het verontwaardigde pruttelen van het espressoapparaat, de vinnig dichtklappende keukenkastjes, het opgewekte gerinkel van het bestek.

Met houten benen liep ik de trap af en stommelde de keuken in. Neuriënd staarde ze uit het keukenraam naar de narcissen. De krant lag dichtgeslagen op de grond. Ze draaide zich vliegensvlug om, alsof ik haar betrapte.

'Koffie?'

'Ja, wat een wedstrijd ...'

'Weet je wat ik gisteravond gedaan heb?'

Ik schudde mijn hoofd en pakte de krant.

'Na de fysio ben ik de stad in gegaan. Koopavond. Ik vond dat het maar eens uit moest zijn met die aanvalonzin. Ik kan toch niet mijn hele leven 's avonds binnen blijven?'

Ik knikte gapend.
'Weet je wie ik tegenkwam?'
Ik bladerde naar het sportgedeelte en humde een ontkenning.
'Oek Rottir.'
Ik schoot overeind.
'Wat? Hoe laat?'
'Gekkie! Wat doet dat er nou toe?'
Ik herstelde me: 'Hoe was het?'
'Leuk! Hij zag er goed uit.'
'Wat doet hij tegenwoordig?'
'Niks, hij woont nog steeds in Spanje, maar hij is voor behandeling in Nederland. Leuk hè?'
'Goh', antwoordde ik en ik begreep haar opgewektheid. Gewoonlijk is ze 's ochtends ten prooi aan haast en stress.
Ze ratelde verder: 'Hij reed me bijna van de sokken in de winkelstraat, in zijn rolstoel. Ik herkende hem eerst niet eens. Hij had zo'n rare muts op. We zijn wat gaan drinken in De Bij. Het gaat goed met hem, zijn enige probleem is de alcohol.'
'De alcohol?'
'Ja, hij drinkt echt veel, hoor! We hebben maar een half uurtje in het café gezeten en hij sloeg vier whisky's achterover.'
'Whisky?' Mijn stem werd schor van wantrouwen. 'Schenken ze whisky in een warenhuis?'
'Nee, alleen in de Irish coffee, maar Oek kreeg de serveerster zover dat ze de koffie wegliet.'
Inderdaad, typisch Oek. Ik was klaarwakker.
'Hebben jullie verder nog wat afgesproken?'
'Nee hoor, het was goed zo. Ik ben echt opgelucht.'
'Heb je het nog over mij gehad?'
Ze keek me aan alsof de vraag nog stompzinniger was dan ikzelf.
'Neu ... waarom?'
Ik sputterde tegen: 'Ik heb jou toch van hem afgepikt?'
Ze schaterde het uit.

'Zo ziet Oek dat niet. Hij is nu blij dat hij van me af is.'

Ze liep naar me toe en schudde me door elkaar.

'Misschien heb ik jóú wel van hem afgepikt. Heb je daar ooit aan gedacht?'

Mijn ochtendjas viel open en plagerig trok ze mijn slip naar beneden. Ik kreunde, wat ze verkeerd opvatte.

'Nee, nu niet, ik ben al laat', zei ze.

'Zal ik je naar school brengen?'

'Jij staat nog stijf van de drank', lachte ze. 'Ik ruik het, nee hoor, ik rij zelf. O, je moet de allerhartelijkste groeten van Oek hebben. Dat mocht ik beslist niet vergeten.'

Ik hoorde haar klungelen met de garagedeuren en het grind spatte vrolijk tegen het houten hek toen ze het pad af reed.

Hoe moet ik haar ooit vertellen dat Oek met demonische spelletjes bezig is?

Op kantoor stond de hele ploeg gebogen over de ochtendkrant. De Wacht had zijn omschakeling tot sportjournalist goed doorstaan. Er was zelfs een bescheiden klassementslijstje afgedrukt, waarop ik ontbrak. Sven en Gordon hadden hun namen met stiften omcirkeld. Ook de actie van het antidijkenfront werd genoemd – als een goede grap. Halverwege wijdde De Wacht één anonieme zin aan mijn avontuur: *Een enkeling had zo veel haast om bij de dichtstbijzijnde drankgelegenheid te komen dat hij in de Rijn dook.*

Ik haalde mijn schouders op, maar ik vroeg me af wie hem had ingelicht. De tipgever moest mij gezien hebben.

Waarom had die onbekende getuige mij niet een reddende hand toegestoken?

De rest van de dag duwde ik die vraag weg. Er lagen tientallen brieven op mijn bureau, vanaf halftien liepen afspraken en aan het eind van de middag wachtte een lastige zitting.

Tijdens de koffie belde de boekhouder.

‘Jullie hebben met een terugloop van inkomsten te kampen.’

‘Hoe komt dat?’

‘Die nieuwe, Sven, heeft nog geen reputatie en Gordon zit opgescheept met de erfenis van zijn verleden. Veel huurders kennen zijn naam, maar er zitten weinig betalende klantjes tussen, de meeste zijn pro Deo.’

‘En ik?’

‘Jij draait redelijk.’

‘En Poon?’

‘Die doet sowieso bijna niks meer ... maar dat was afgesproken.’

‘Waar blijven dan de grote jongens die hij altijd had? Er is toch een aardig bedrag neergelegd voor de goodwill!’

‘Daar moet je wel wat mee doen’, zei hij droog en hij legde neer.

Hij had gelijk. De laatste maanden is het contact met Poon erbij ingeschoten. En Gordon zal wat meer zaken moeten draaien voor verhuurders in plaats van huurders die komen klagen over lekkende dakgoten en tochtige deuren. Hij heeft nu genoeg ervaring met die armoedzaaiers opgedaan om de lucratievere tegenpartij te bedienen. Sven is een investering, die moet zich over twee, drie jaar uitbetalen.

Anna, jarig, trakteerde op gebak, maar ik zat er zwijgend bij. Sven en Gordon discussieerden over de race van gisteren. Als team staan we op de dertigste plaats, maar Sven pakte bij de senioren de koppositie en Gordon werd bij de veteranen-1 verdienstelijk vijfde in het totaalklassement. Als hij mij gisteren niet op sleeptouw had genomen, was hij hoger geëindigd. Ze vermeden te praten over mijn tegenvallende prestaties en ik liet het zo. Ik glimlachte afstandelijk toen ze hun kansen voor de eindklassering bespraken.

Over een paar weken is de laatste koers.

Maar ik maak me op voor een andere confrontatie.

De zitting was een succes.

Mijn cliënt heette Harrie H., een vleesgeworden misdaadstatistiek: man, leeftijd drieëntwintig jaar, opleiding nihil, moreel besef idem, wat wel logisch was na een jeugd van gescheiden ouders, alcoholmisbruik en kindertehuizen. In zijn dossier was geweldpleging de rode draad.

Harrie bezocht na een nacht stappen met een maat een cafetaria. Hij had razende trek maar er stond een klant te wachten op een frites speciaal. Toen de fritesbakker de bestelling door het luik aanreikte, wilde Harrie 'een dolletje maken'. Hij griste het bakje weg voor de neus van de man en vanaf dat moment bestaan er twee versies.

Het slachtoffer beweerde dat hij protesteerde en vervolgens de frites in zijn gezicht geduwd kreeg, gevolgd door een boksbeugel.

Volgens Harrie deed het slachtoffer een 'opgefokte uitval' naar zijn patatje, gleed hij uit en viel met zijn gezicht tegen een uitstaand klepje van de automatiek.

Zeker is dat bij de eerste hulp een mengsel van mayonaise en ketchup achter de oogbal van het slachtoffer werd verwijderd. Sindsdien lijdt hij aan dubbel beeld, begint de dag met hoofdpijn en komt hij nooit meer in cafetaria's. De fritesbakker had niks gezien – fritesbakkers zien nooit wat – en Harries maat getuigde zoals van Harries maat verwacht mocht worden. Die hoorde rumoer en toen hij zich omdraaide, 'stond Harrie bezorgd gebogen over het slachtoffer'.

De officier dacht er anders over. Hij had de medische verklaringen, hij had Harries strafblad en hij had de aangifte van het slachtoffer die niets aan duidelijkheid te wensen overliet.

Maar juist het slachtoffer zou de zaak verknoeien.

De man beging de fout om zijn verklaring bij te stellen. Tegenover de verbalisanten had hij met honderd procent zekerheid gezegd dat Harrie hem in het gezicht had geslagen. In de rechtszaal raakte hij echter van slag toen ik hem een paar vragen stelde.

'Maar u hebt H. maximaal een paar seconden gezien?'

'Ja, in een flits.'

Ik citeerde uit het proces-verbaal: 'Daarna zaten mijn ogen vol met patat, gesnipperde ui en saus?'

Het slachtoffer wierp een blik naar de rechter: 'Inderdaad.'

'En u hebt H. zien slaan?'

Hij begon te stotteren. 'Nee, maar ... wie anders, er was niemand in de buurt!'

'Wat voelde u precies?'

'Een scherpe pijn toen ik achteroverviel ...'

'Dus u viel en tegelijk voelde u iets in uw gezicht?'

'Het ging zo snel, ik was er niet op verdacht. Iemand raakte me op mijn ogen.'

'Iemand of iets ...?'

Hij aarzelde en besloot: 'Ik voelde iets scherps.'

Hij raakte nog verder in verlegenheid toen ik hem vroeg of het per se onmogelijk was dat hij in zijn val tegen de rand van een automatiekbakje was geslagen. Hij antwoordde dat hij dan wel in een vreemde hoek moest zijn uitgegleden. Niet onmogelijk dus.

Mijn volgende vraag was of hij buiten bewustzijn was geraakt. Dat beaamde hij: hij kwam pas bij in de ambulance. En juist dat deel van het verhaal ontbrak in het proces-verbaal. De verbalisanten hadden hem er niet naar gevraagd, wat een eersteklas stommiteit genoemd mocht worden. In mijn ooghoeken zag ik dat de officier snel door het dossier bladerde. Hij wist waar ik heen ging.

Mijn volgende vraag klonk als een opstapje en dat was het ook: 'U had last van een black-out?'

Het slachtoffer bleef halsstarrig eerlijk: 'Dat was de diagnose van de arts op de poli.'

'Vanaf welk moment kunt u zich niets meer herinneren?'

Hij dacht lang na, te lang: 'Ik bestelde die frites en vanaf dat moment is eigenlijk alles weg.'

Dat was voldoende. In mijn pleidooi wees ik erop dat het slachtoffer onbetrouwbaar was. Ongewild natuurlijk, maar ik liet doorschemeren dat de verbalisanten hem van de nodige suggesties hadden voorzien om de ontbrekende stukken in zijn geheugen op te vullen. Ik besloot met een verzoek om vrijspraak alhoewel ik ervan overtuigd was dat het slachtoffer gelijk had. De rechter plukte aan zijn oor, een goed teken. Hij wist niet wat hij ervan moest denken.

Het slachtoffer liep ontredderd de zaal uit. Er was iets misgegaan, maar wat?

Ik kon het hem wel vertellen: zijn twijfels golden zijn ogen, niet zijn intuïtie, die loog niet.

Ik wist er alles van.

Terug van de zitting zak ik op kantoor in de fauteuil van Poon. Alleen Froukje is er nog. Ze werkt de losbladige wetboeken bij, het saaiste karwei van de week. Ze had een boodschap van Elvy voor me: mijn vrouw eet in de stad vanavond.

Met iemand, waar? Froukje weet het niet.

'Tja, zo gaat dat als de nieuwigheid eraf is', zeg ik met een half lachje en ik verdwijn naar mijn kamer.

Het wordt tijd om uit te zoeken of mijn ogen liegen, of dat mijn intuïtie op hol is geslagen.

Franciscus Droite ken ik van eerdere zaken. Hij is orthopedisch chirurg in de benenkliniek, een topper in zijn vak. Oek stond erop door hem behandeld te worden. Droite is ook de vaste medisch rapporteur van ons kantoor. Sven schakelt hem geregeld in voor een contra-expertise als we in de clinch liggen met een al te zuinige verzekeringsmaatschappij.

Hij lijkt niet verbaasd wanneer ik hem uitnodig voor een vrijdagmiddagborrel. Over een half uur? Geen probleem. Zakelijke relaties hebben een regelmatige onderhoudsbeurt nodig. Onderweg bedenk ik een nette leugen en even later zit ik met dokter Droite in een café aan de Waalkade.

We wisselen uit hoe druk we het hebben, waar we de voorjaarsvakantie doorbrachten en we filosoferen over de reden waarom

Nijmegen en de Waal elkaar omarmen, terwijl Arnhem de Rijn domweg negeert.

Ik bestel een tweede rondje en na een flinke teug kom ik ter zake.

'Oek Rottir', zeg ik. 'Kom je die nog weleens tegen?'

'Al een tijdje niet gezien', zegt hij. 'Die overwintert toch aan de Spaanse kust?'

'Hij is back in town', zeg ik. 'Hij belde me. Oek wil zijn rentree maken in de advocatuur.'

Ik kijk hem niet aan.

Droite reageert waarderend: 'Goed idee, hij heeft er de capaciteiten voor.'

'Vind ik ook. Het is en blijft een scherpzinnige jongen. Ik wil hem die kans wel geven ... Wat denk jij?'

Droite kijkt verbaasd en neemt een slok om zijn verlegenheid te verbergen. Vermoedt hij al welke kant het op gaat?

'Oek is een volbloed jurist', zegt hij. 'Hij verdient zo'n kans.'

'Kan hij die waarmaken?'

Droite haalt zijn schouders op. Hij praat niet graag over zijn patiënten.

'Hoelang is hij eruit geweest? Een jaar, iets meer? Dat is nog wel te overbruggen. Geef hem een paar weken om te wennen, dan heeft hij de slag zo weer te pakken. In jullie vak gaan de ontwikkelingen niet zo hard als bij ons. Man, als ik een atv-dag opneem, moet ik de volgende dag al bijscholen.'

'Met Oeks vakkennis is niks mis', zeg ik. 'Het gaat om de rest. Jij hebt hem toch onder het mes gehad?'

Hij knikt voorzichtig, maar ik som op: 'Rechts lag zijn knie aan gruzelementen. Links was zijn onderbeen door zijn enkel geschoten ...'

'O ja, een open pylonfractuur met een infectie en een beenmergontsteking erachteraan. Heel gemene complicatie. Hij mag blij zijn dat zijn poot er nog aan zit. Wat zeggen de keuringsartsen? Is hij al arbeidsongeschikt verklaard?'

Ik maak een wegwerpgebaar en zeg geringschattend: 'Tegenwoordig word je pas afgekeurd als je as in de urn zit.'

Droite moet dat weten. Als hij niet met een bebloed schort aan de operatietafel staat, meet hij met een gradenboog hoe ver iemand zijn verminkte vinger nog kan buigen. Daarna zoekt hij in boeken vol tabellen op hoeveel procent invalide de patiënt is.

Ik houd vol: 'Ik wil hem best een kans geven, maar ik moet weten hoe hij er nu aan toe is. Kan hij dit werk volhouden? Valt hij niet om tijdens een zitting van drie uur? Is hij in staat om tot twee uur 's nachts door te werken als hij een kort geding voor zijn kiezen krijgt? Kan hij de stress aan van een monsterproces?'

Droite knikt, hij begrijpt het probleem. Ik doe er een schepje bovenop.

'Ik kan de werkgelegenheid van vijf mensen niet in gevaar brengen voor één man. Je weet hoe de sociale wetgeving verandert. Als Ock instort, zit het kantoor jaren aan hem vast. Dat gaat kapitalen kosten, kapitalen die we niet hebben.'

Droite beaamt dat. Eindelijk. Ik laat een derde whisky naast zijn glas zetten.

'Ik wil van jou een onafhankelijk oordeel', zeg ik en fluister geruststellend: 'Niets op schrift. Heel erg off the record.'

Droite stribbelt nog tegen.

'O jee. Dan moet ik de dossiers nakijken. Die liggen overal verspreid. Thuis, in de poli, bij het revalidatiecentrum ...'

'Voor jou is het een peulenschil om die te pakken te krijgen. Doe het onder het mom van nazorg.'

'Wat zegt Rottir zelf?'

'Hij stelde voor dat ik eerst met jou zou praten.'

Nu gaat hij overstag: 'Oké. Wat is de onderzoeksvraag?'

'Een: hoe sterk zijn de benen van Rottir? Twee: wat heeft hij nodig om overeind te blijven? Drie: hoe is zijn fysieke conditie? Vier: hoe is zijn mentale conditie? Vijf: hoelang gaat hij nog mee?'

Droite kijkt peinzend uit het raam naar de rivier waar een tanker stug tegen de stroom in vaart.

Hij zet zijn glas neer, nog halfvol, kijkt op zijn horloge en doet onhandig verschrikt.

'Ai, ik moet weg. Afspraken. Ik zal zien wat ik kan doen. Ik bel je.'

Hij geeft geen hand, maar schiet in zijn jas en groet me schichtig. Ik betaal de rekening en snuif de rivierlucht op.

Thuis is het stil. Elvy is er niet, de auto staat niet in de garage, zelfs haar schooltas hangt niet aan de trapleuning. Ik werk een opgewarmde pizza naar binnen.

Tegen tienen gaat de telefoon. Elvy?

Het is Droite: 'Hallo Stan, ik moet het kort houden.'

'Natuurlijk ...'

Hij onderbreekt me voordat ik zijn naam kan noemen.

'Drie maanden geleden is onze vriend voor zijn laatste afspraak op de poli geweest. Een arts-assistent hield zijn kaart bij. Hier zijn de antwoorden. Eén: honderd procent belasting is mogelijk. Twee: daarvoor heeft hij niets of niemand nodig, uitgezonderd een borrel. Drie: fysiek is hij hersteld. Vier: mentaal ongebroken. Vijf: hij gaat mee zolang God het wil, wat voor iedereen geldt. Sorry, ik moet weg. Groetjes aan de vrouw.'

Hij legt neer voordat ik meer vragen kan stellen.

Oké, Oeki, je bent terug en ik weet dat je op het scherp van de snede terugvecht.

De kompastocht eindigde op een heuveltop. Het duurde lang voordat iedereen was gearriveerd. Oek had ik niet meer ingehaald.

Laatste onderdeel van ons survivalweekend. Tokkelen. De instructeur keek bedenkelijk op zijn horloge, maar we drongen aan. Een kabel van zestig meter was heuvelafwaarts door het bos gespannen, op een hoogte van vijf, zes meter. Snel legde hij uit hoe we moesten afdalen.

'Hier klim je erin, op deze trap en je steekt je handen door deze lus. Dan ga je hangen, niet springen, gewoon laten glijden en zoef. Jullie ...'

Hij wees op mij en de twee vrouwen. ' ...gaan naar beneden en vangen de man op met de remkabel die daar hangt.'

Ik knikte.

'Jij kent het, hè? Met zijn drieën moeten jullie de remkabel strak trekken. Maar geef minstens drie meter mee om hem tot stilstand te brengen, want de man die komt aanroetsjen, heeft een behoorlijke snelheid.'

Ik draaide me om en zag dat Oek al op de ladder klaarstond.

'Wacht even!' zei de instructeur tegen Oek. 'Stan. Ik geef een signaal als de eerste naar beneden komt.'

Hij blies op een sportfluitje en ik stak mijn hand op ten teken van begrip.

We liepen langs een smal pad naar beneden, maar een van de vrouwen gleed uit. Ze greep zich vast aan een struik, verzwikte haar enkel en haalde zich open aan de doornen. Met een pijnlijk gezicht bleef ze zitten. Haar vriendin hielp haar overeind.

'Kan die?' schreeuwde Oek.

'Wachten!' riep ik terug.

De vrouw stond op en hinkte een paar meter, steunend op de arm van de vriendin.

'Zo kun je de remkabel niet vasthouden', zei ik. 'Gaan jullie maar weer terug en laat een van de anderen naar beneden komen. Met zijn tweeën redden we het ook wel.'

Ze draaiden zich om en ik liep naar het eindpunt waar de remkabel aan de glijkabel hing.

Plotseling klonk schril het fluitje.

Vertrouwde Oek erop dat ik hem in mijn eentje kon tegenhouden? Veel tijd had ik niet. De afdaling duurde tien, twaalf seconden.

Ik begon te handelen in een roes – wat ik mijn cliënten vaak heb horen zeggen en nooit geloof. Ze hebben het over een slechte god die bezit van ze neemt, of een zwart waas waarin ze tot de meest boosaardige daden komen.

Maar wie nam dán de regie van me over? Welk onderbewuste ik stuurde mijn handelingen toen er te weinig tijd was om na te denken?

Was ik het zelf die de remkabel aanspande en een paar maal om de dichtstbijzijnde boom sloeg?

Was ik het die hoorde dat Oek kwam aansuizen, maar met een stevige knoop de remkabel geen centimeter speling gaf?

Was ik het die deed alsof ik de remkabel zou laten vieren terwijl die achter me zo onwrikbaar gezekerd was? Oek naderde razendsnel, hij zwaaide vrolijk heen en weer, Tarzankreten uitschreeuwend. Eerst was hij een gele vlek tussen de kale bomen, meteen daarna zag ik die grijns, die Oek-grijns waarmee hij altijd de wereld zou veroveren, míjn wereld.

Ik gloeide van vermetelheid. Ik wist wat er ging gebeuren en liet hem komen. Op het allerlaatste ogenblik begon ik te wuiven om Oek te waarschuwen en pas toen merkte hij dat hij zijn hand had overspeeld. Zijn grijns verstijfde.

Meteen daarna blokkeerde zijn glijlus tegen de strakgespannen remkabel. Zijn polsen konden hem niet houden en zijn lichaam schoot door als een ongeleid projectiel. Hij zeilde een paar meter door de lucht, een logge vogel, hij schampte een overhangende tak en daarna botste hij frontaal tegen een massieve eik.

De eerste klap ving hij op met zijn linkerbeen, zijn andere been wrong zich in de splitsing van de stammen. Kronkelend deed hij een poging om zich op te richten, hij wentelde om zijn as, maar zijn handen vonden geen houvast en zijn machteloze bovenlichaam werd het contragewicht van een hefboom.

Hulpeloos zakte hij voorover en het waren niet de takken die kraakten.

De instructeur kwam met springende passen aangesneld.

'Godver, ik draai me om en hij is weg', bracht hij uit.

Oek lag aan de voet van de stam. Hij richtte zich langzaam op, maar liet zich met een kreet terugvallen. Iemand rende weg om hulp te halen. We legden zijn voeten recht en hij kronkelde van pijn en woede. De rest van de groep stond erbij met de hand aan de keel terwijl de schemering in het bos omhoog kroop. De gealarmeerde arts kon niet veel meer doen dan Oek onder een deken leggen. Toen twee brancardiers hem ten slotte optilden, bungelde zijn rechteronderbeen aan zijn knie als de slinger van een klok.

'''s Avonds verschenen twee rijkswachters bij onze tenten. Ik verklaarde dat ik nog heb geprobeerd om de remkabel los te maken, maar dat ik machteloos moest toezien hoe Oek tegen de boom sloeg.

Te vroeg van start gegaan, was mijn oordeel. De instructeur bevestigde dat, en nog meer: Oek had geen geduld, Oek nam al drie dagen te veel risico. Niemand sprak hem tegen.

En niemand vroeg wie de remkabel zo stevig had vastgezet. Zelfs Oek niet toen hij door de rijkswachters werd gehoord in het ziekenhuis.

Van Houffalize werd hij naar de benenkliniek in Nijmegen gebracht. Droite oefende zijn toverkunsten uit en na een paar weken was hij uitgeopereerd.

Oek had het geluk dat hij te jong was om in een verpleegtehuis te revalideren tussen de dementen en de stervenden. Hij verdween voor een half jaar in een revalidatiecentrum. Verplichte ontspanning tussen elf en twaalf en bij de lunch volop griezelverhalen over medische fouten.

Oek, heb je daar bedacht hoe je ging terugslaan, en wanneer?

West

30 april, 09.30 uur. Bosloop, 12,8 km. +22 °C

8

'Is hardlopen de oudste sport ter wereld?' vraagt Elvy aan het ontbijt. Ik stop een banaan in mijn mond en spoel hem weg met koffie.

'Vechtsporters zullen die eer wel opeisen', antwoord ik. 'Het begon al met Kaïn en Abel.'

'Noem je dat sport? Dat was broedermoord.'

'Welnee, onverenigbaarheid van karakters. Het liep uit de hand, maar dat conflict hadden ze op een sportieve manier kunnen uitvechten.'

'Een rondje rennen om het paradijs?'

'Ja, hardlopen is vreedzaam. Negenennegentig procent van de blessures doen de lopers zichzelf aan. En heb je ooit van supportersrellen gehoord bij een marathon? Bij de grote wedstrijden staan er meer dan tien stadions publiek langs de weg, vijf, zes uur lang, zonder vechtpartijen, zelfs zonder scheldpartijen.'

'Dan kom ik je aanmoedigen', verklaart ze. 'Ik ga je opwachten.'

'Waar?'

Ze geeft me een geheimzinnige glimlach.

'Waar je me nodig hebt. Op een stil plekje waar ik je kan verleiden.'

Ik zucht diep: 'Vandaag geen heldendom. Goddank is het de laatste keer. Mijn conditie heeft zo langzamerhand het terminale stadium bereikt. Ik loop mee voor de eer van het kantoor, meer niet.'

'Dan zal ik iets aantrekken wat je oppept.'

'Oh, ga je weer als zo'n ordinaire del!'

'Dat vind je toch lekker?' antwoordt ze. 'Met je bezwete stinkende lijf tegen mijn decolleté ...'

'Dan mag ik blij zijn als ik de eindstreep haal', zeg ik en sta op. Ik grijns veelbetekenend maar ik weet nu al dat ze niet meer dan een blik van herkenning kan verwachten. Ik zal achter in het veld lopen, geconcentreerd tot het uiterste, de hele koers.

Oek zal er zijn en ik wil hem voor mij alleen hebben.

Met tussenpozen van een half uur zijn alle categorieën weggeschoten. Wij, de bedrijven, zijn de laatste. Vandaag worden we van A naar B gestuurd. A is het Arnhemse stadhuis, B een braderie in Doorwerth.

Sven ligt op de trappen in de hal. Hij heeft zijn vriendin meegenomen, die zijn benen masseert. Hij is nerveus, zijn koppositie in het klassement zal het mikpunt van aanvallen worden. De verschillen zijn klein.

Gordon staat er ontspannen naast, ze bespreken een tactiek waarin Gordon gangmaker is. Het eerste stuk van de koers ligt langs de Rijnoever, waar ze de wind pal tegen krijgen. Op dat deel heeft Sven beschutting nodig, maar tijdens de beklimming van de stuwwallen moet hij zijn slag slaan. Daar wil hij al zijn concurrenten op achterstand zetten zodat hij niet meer kan worden ingehaald. Gordon is bereid zich op te offeren. Hij heeft niets te verliezen, behalve Svens dankbaarheid.

Ik heb ze verteld dat ik met onwillige achillespezen worstel. Ze knikken meelevend. Dat kan lang duren, inderdaad, en ze bespreken de laatste details van hun eigen plan. We worden gewaarschuwd, nog één minuut voor de start.

Ik neem mijn plaats in, nadat ik de collega's van Bonner, de boekhouders van Schuitman, de bankjongens en huizenhandelaren heb verzekerd dat ze het moeilijk krijgen tegen onze Sven.

We wringen ons tussen de eetkraampjes, ballonverkopers en straatartiesten om bij de startlijn te komen. Een fanfarekorps verspert even de weg, voorafgegaan door dansmariekes die ijverig hun benen omhooggooien.

Exact om twaalf uur klinkt het startschot. Het publiek kijkt roerloos hoe we wegrennen. Ik kom langzaam in beweging, waakzaam als een roofdier.

Vanaf nu kan ik Oek verwachten.

Nadat het kerkplein ons als een trechter op een smalle klinkerstraat heeft geloosd, klateren onze voetstappen tegen de betonnen nieuwbouwgevels. Het is feest, kleuters blazen op fluitjes, pubers joelen ons na, een paar wielrenners moedigen ons aan. Maar ik blijf achter de laatste loper, een bejaarde man die aan beide handen door kleinzoontjes wordt voortgetrokken. Ze lopen zo langzaam dat ik overga op een wandelpas.

Het publiek heeft zich al verspreid en loopt me voor de voeten, maar het maakt me niet uit. Af en toe loop ik zelfs achterstevoren alsof ik mijn spieren wil losmaken. Kom maar, Oek, ik weet dat je dit tempo aankunt.

De oude man houdt er voor de nieuwe brug mee op en manoeuvreert zijn kleinkinderen naar een snoeptent. Ik passeer als laatste de rotonde en de motoragent die het verkeer regelt, vraagt: 'Komen er nog meer?'

Ik schud mijn hoofd en hij geeft gretig gas.

Langs de Rijn blaast een lauwe wind me de geur van het water en Betuwebloesems tegemoet. Een oud oorlogsvliegtuig ronkt over de stad, vliegt even mee en draait weg. In de uiterwaarden liggen archipels van boterbloemen. Er hangt een waas over het grasland die de zon nog niet heeft opgelost.

Ik loop vlak achter de vroeg gelosten, de wroeters die doorzetten op hun bleke schilferige benen, met hobbezakken van buiken. Mijn tempo ligt zo laag dat het lijkt alsof ik kalmeringsmiddelen heb geslikt. Maar het publiek langs de weg moedigt me geestdriftig aan. Het zijn nette mensen die hun tuinameublement naar de voortuin hebben verhuisd en applaudisseren. Ze roepen dat ik 'nog even moet volhouden', hoewel ik pas een kwart van de afstand heb afgelegd. Ik stop bij een echtpaar dat de wacht houdt bij een emmer water.

Ik buig me voorover om de spons te doordrenken. Wanneer ik me opricht, zoeft een man in een rolstoel voorbij. Het water druipt in mijn ogen, maar ik zie nog net dat hij een halterhemdje draagt, het zweet glinstert tussen zijn bruinverbrande schouderbladen, zijn haar glimt in het zonlicht. Hij passeert me met de snelheid van een wielrenner, de weg loopt hier naar beneden.

Wheelers? Doen er wheelers mee? Twintig meter verder werpt hij een blik achterom.

De grijns van Oek treft me als een heiblok. Ik wankel een paar seconden. Oek steekt beide handen omhoog als groet en maakt met lange slagen meer snelheid.

Ik gooi de spons terug en begin te sprinten. Ik struikel over de uitgestalde prullen van een kind dat zijn eigen vrijmarkt op de stoep is begonnen.

'Hé!' roep ik keihard. 'Kom hier!'

Oek reageert niet. Ik ren op topsnelheid achter hem aan, vergeefs, want om zijn voorsprong te vergroten hoeft hij niet eens te versnellen. Hij rijdt bergafwaarts, neemt soepel een heuveltje en verdwijnt om de hoek, achter een spoorwegviaduct. Ik sta buiten adem stil en mijn machteloze schreeuw bereikt hem niet.

Ik zoek gejaagd om me heen. Zal ik een wagen aanhouden, een fietser? Maar de organisatie heeft haar werk goed gedaan, het parcours is volkomen verkeersvrij. Een paar bewoners staan op en kijken nieuwsgierig in mijn richting.

Elvy, ik moet Elvy waarschuwen!

'Waar kan ik bellen?' zeg ik. 'Snel!'

Een arm wijst een zijstraat in, naar een telefooncel, maar ik klink zo dringend dat iemand me een portable toestel aanreikt. Ik toets ons nummer in terwijl de eigenaar met argusogen controleert wat ik doe.

Het belsignaal gaat over, nog een keer en nog eens en eigenlijk weet ik wel dat Elvy al ergens langs de route staat. *Op een stil plekje waar ze me kan verleiden.*

Het antwoordapparaat neemt ten slotte op en na de pieptoon

zeg ik met een stem, die hees is van paniek: 'Elvy, met mij. Ik heb hem gezien, je ex. Als je dit nog hoort, moet je thuisblijven. Ik leg je later alles uit. Ik ga hem nu achterna.'

Het is een onzinnige boodschap en de man wendt gegeneerd zijn blik af. Ik stamel een excuus en zet een spurt in.

Na honderd meter breng ik mezelf weer onder controle. Misschien is het Oeks bedoeling dat ik mezelf uitput en nergens meer op let!

Ik minder snelheid en in een rustig tempo dwing ik mezelf de omgeving in de gaten te houden.

Een paar kilometer verder draait de asfaltweg steil weg van de rivier naar een groepje gloednieuwe landhuizen.

Kon Oek hier tegenop rijden? Of is hij hier van de route afgeweken? Een parcourswacht wijst naar boven. Naast hem staat een wedstrijdklok.

'Je bent op de helft!'

'Waar zijn de wheelers?'

Hij haalt zijn schouders op.

'Eentje maar, die kant op.'

Ik begin aan een lange klim en beland in een wirwar van nieuwbouwhuizen die dicht tegen elkaar zijn gebouwd, als in een middeleeuws dorp. Mijn benen verzuren, ik voel de kramp aankomen, maar plotseling ben ik op de top van de heuvel. Een volgende parcourswacht stuurt me de oprijlaan van een park in. Het grind knerpt onder mijn voeten.

Hoe is Oek hier gekomen zonder hulp? Een rood-wit lint leidt me langs een smal pad door het bos. Driftig neem ik een paar korte heuveltjes en opeens stap ik in een open vlakte, de Duno, een plateau waar ik uitzicht heb over het land van Rijn tot Waal.

Het licht is hier overweldigend. Duno, Duinoog, het hoge oog. Op en om deze plek is eeuwenlang gevochten, maar waar ooit een burcht stond, ligt nu grauw gras te wachten op de zomer.

Ik draaf langs de rand en in de verte zie ik de stuw en de sluis van Driel liggen. De koepels staan omhoog, het is nog steeds hoog water, de rivier heeft alle vrijheid om naar de zee te stromen.

De helling is kaalgeslagen, gaat hier bijna loodrecht naar beneden, in de diepte parkeren dagjesmensen hun autootjes langs de asfaltweg.

En ik ontdek Elvy! Recht voor me! Ze is alleen, ze zit simpelweg op een bankje, in de schaduw van een paar beukenbomen. Ze heeft haar armen in de schoot gelegd en wacht op me. Ze ziet er vredig uit, een Mariabeeld in een kerkje. Ze tuurt devoot naar haar voeten, ze lijkt zich niet bewust van de omgeving. Haar lippen bewegen ... praat ze in zichzelf? Ik wrijf het zweet van mijn voorhoofd en snel naar haar toe.

'Hier! Hé, Elvy!'

Hoort ze me niet? Ze houdt alleen haar hoofd schuin, alsof ze mijn loopstijl bestudeert. Opgelucht gooi ik beide armen omhoog.

Als ik dichterbij kom, klapt het beeld in elkaar. Zit ze in een rolstoel?

Wie heeft zijn armen om haar middel geslagen? Wiens hoofd rust tegen haar borsten?

Ik sta hijgend stil. Mijn adem piept. Oek en Elvy kijken toe en wachten rustig tot ik iets kan uitbrengen.

'Kom, Elvy!'

Ik wil het gebiedend zeggen en ook zorgzaam, maar het klinkt smekend. Het maakt me kwaad.

'Kom, Elvy', herhaal ik.

Het klinkt nog steeds wanhopig. Terecht, want Elvy, mijn wettige echtgenote, blijft zitten.

Is ze bang? Durft ze niet? Houdt Oek haar met een wapen in bedwang?

Mijn gezicht begint te tintelen, ik bloos van woede, ik doe een dreigende pas naar voren.

'Oek, loslaten!'

Dit keer heb ik de juiste toon te pakken.

Oek reageert. Hij steekt traag zijn armen in de lucht, slaat ze achter zijn hoofd bij elkaar en lacht.

Hij lacht!

'Toe, mus!'

Elvy blijft zitten hoewel ze zó kan opstaan en weglopen.

'Elvy, sta op!'

Ze slaat haar benen over elkaar en leunt achterover. Ik kan het niet aanzien, schiet naar voren en sleur haar uit de rolstoel. Ik scheur ze van elkaar en zend haar een vloek achterna als ze in het gras terechtkomt.

Oek zit nu onbeschermd. Hij tast naar zijn wielen. Wil hij wegrijden? Ontsnappen? Ik snuif.

Eerst Elvy! Ik trek haar verder van hem vandaan, ze stribbelt niet tegen maar ze werkt ook niet mee. Is ze nog in zijn ban? Met een moeizame zwaai slinger ik haar achter me. Valt ze? Ze slaakt een kreet van pijn of schrik. Oek klemt zich vast aan zijn wielgeleiders en zet zich in beweging, maar zijn dunne wedstrijdbandjes zakken weg in het zand.

Druppels zweet rollen over mijn wenkbrauwen. Ik kijk rond, zie dat Elvy wegrent, het bos in. Vlucht ze? Ik spring op Oek af die afwerend zijn handen omhoog houdt.

Er is niemand meer op het plateau, behalve wij tweeën.

Ik beslis.

En Oek weet het, hij opent zijn mond voor een kreet van schrik, maar ik grijp zijn handvatten, rijd hem de drie meter naar de rand van het plateau en duw hem weg, nee, ik gooi hem van me af, smijt hem uit mijn leven.

Oek kantelt uit zijn rolstoel, hij duikt voorover en verdwijnt en meer hoef ik niet te zien.

Ik hoef niet te horen hoe zijn rolstoel dertig meter lager op het asfalt klettert, gevolgd door de doffe smak van zijn lichaam. Elvy is nu het belangrijkst!

Ik draai me om, struikel bijna over een touw en begin te rennen.

Wat is dat geklik? Ik kijk links en rechts, er is niets of niemand te zien. Toe, er is maar weinig tijd! Ik moet Elvy achterna.

Ze moet weten welk sinister spel Oek speelde voordat ze overhaaste conclusies trekt. En domme dingen doet.

De resterende kilometers loop ik in een tunnel van ontluikend groen. Ik heb gedaan wat me te doen stond. Maar waar is Elvy?

Is ze in paniek weggereden? Kom op, mus, we komen er wel uit. We waren er niet, niemand heeft ons gezien. Ik zal zwijgen, en Elvy, jij zult even hardnekkig zwijgen. Het vaste recept voor al mijn klantjes.

Maar ze moet weten waarom we moeten zwijgen en waarover. Ik moet haar vertellen hoe Oek te veel risico nam en hoe hij zijn eigen val vond.

Wie was Oek uiteindelijk? Oek was een onvoorzichtige wheeler, zo'n recalcitrante invalide die koste wat het kost wilde meedoen met een hardloopwedstrijd. Hij moest plassen, vergat zijn rolstoel op de rem te zetten en reed de helling af.

Ik ren over een fietspad, bevrijd. Oek was onze demon en ik heb hem gedood. Elvy, de dreiging is afgewend, de weg is vrij, we kunnen samen verder!

Bij een parkeerplaats zoek ik de vertrouwde bollende daklijn van onze oude Saab.

Is ze naar de finish gegaan om me op te wachten? Natuurlijk is ze overstuur, ze heeft niets uit kunnen leggen. Ik moet haar een kans geven, ik heb me als een jaloerse macho gedragen en haar ruw behandeld. Ik steek de weg over en ineens ben ik in het dorp.

Een paar verlaten straten, terrasflats met luifels die de zon weerkaatsen, tientallen vlaggen en ik loop al in het centrum, niet meer dan een pleintje voor de supermarkt, maar er staan nu zelfs dranghekken. Het gonst van feestvreugde, een vettige damp slaat me op de keel en over een grasveldje denderen de decibellen uit de luidsprekers. Ik sprint nog langs een oude man, witte benen in een sportbroek van voor de oorlog, terwijl het applaus voor hem opklatert.

Ik passeer de finish, draaf meteen verder en verzand in een mensenmassa die drinkt, eet, lalt en host op de muziek. Ik krijg een bekertje aangereikt dat ik onmiddellijk weggooi. Iemand duwt me een plastic tas met folders in de hand.

Waar is Elvy? Wacht ze op me in de kleedruimtes?

Ik zoek in het feestzaaltje waar de jury zitting houdt en de lopers zich omkleden. Ik duw Bonner opzij, ontwijk het frontzwijn en klamp Sven aan.

'Elvy gezien?'

Hij is nog bezweet en schudt zijn hoofd. Hij wil me iets vertellen, maar ik duw hem weg.

Ik doorzoek de wc's, donkere stinkende hokken en loop weer naar buiten. Het zonlicht verblindt me en ik bots tegen andere mensen. Verdomme, waar is ze? Ik loop een winkelstraatje in, om me heen kijkend.

Daar! Ik zie haar weer, op een kruispunt, achter het decor van een straattheater! Weer die golf van opluchting die het bloed uit mijn hoofd wegzuigt.

Ze staat op een houten podium en tuurt over alles heen. Ik zwaai, ik spring omhoog en wenk haar. Ik duw mijn vingers in mijn mond en laat een schel gefluit horen. Ze schrikt op, ziet me en ik ren naar haar toe.

Haastig springt ze van het podium waarbij ze zich vastgrijpt aan een schouder. De schouder draait zich om. Nee, Elvy pakt die schouder en duwt hem in mijn richting en ik beland in een vertraagde film.

Het is Oek.

Ik herhaal het voor mezelf: 'Het is Oek.'

Zijn ogen zoeken me en als hij me heeft gevonden, verschijnt zijn grijns. Zijn Oek-grijns.

Ik sta stokstijf.

Hij balt zijn vuisten, houdt ze omhoog, rolt ze over elkaar en steekt zijn open handpalmen naar weerszijden.

Oek de goochelaar.

Ollekebolleke en hier ben ik weer.

Ik zie de abseil-acht onder zijn openhangende jas blinken.

Elvy blijft staan, het geluid uit de luidsprekers zwelt aan. Mijn hoofd loopt vol met schlagermuziek.

Vlakbij staat een motoragent, zijn leren pak heeft hij opengeritst, zijn motor staat naast hem en hij lijkt te overleggen met een paar geüniformeerde collega's. Ze stellen vragen aan een man met een baard, die hevig gesticuleert. Hij heeft een legerjack aan dat uitpuilt van de fotoapparatuur.

Plotseling, alsof het is afgesproken, draaien ze zich om en staren naar mij. De schlager knalt nu ondraaglijk hard uit de luidsprekers.

De man met de baard reageert het eerst. Zijn lippen bewegen begerig en hij steekt een besliste vinger in mijn richting.

Ik schuifel achteruit. Dat lijkt het teken voor de agenten om in beweging te komen. Ze stappen vastberaden op me af.

Ik zie Elvy's blik en ik lees niets. Oek heeft zijn arm om haar schouder geslagen. Ze kijken ernstig en ze horen bij elkaar. Ze volgen samen de agenten. Oek hinkt een beetje, maar hij loopt fier overeind, Elvy drukt zich tegen hem aan.

Het is alsof ze zijn bescherming zoekt.

9

De rechter-commissaris heeft de beperkingen opgeheven. Twee weken lang was het me verboden kranten te lezen, bezoek te ontvangen of te telefoneren. Alleen een pakketje met schone onderbroeken en een tandenborstel mocht bij de wachtcommandant worden afgeleverd, ik vermoed dat Froukje dat heeft gedaan. Ook was contact met mijn raadsman toegestaan, een van de jonge Bonners. Hij draaide toevallig piketdienst toen ik in verzekering werd gesteld. Ik heb hem gehouden, alhoewel het een onbeduidende knaap is die meer heeft aan mijn aanwijzingen dan ik aan de zijne. Maar dat maakt niet uit, mijn strategie is zwijgen.

Van de verhoorders heb ik hooguit een sigaret geaccepteerd, maar vragen heb ik niet beantwoord. Ik heb de tijd genomen om de gebeurtenissen te reconstrueren en het spel te doorzien van Oek en Elvy. Ik word overigens vastgehouden voor poging tot doodslag.

Het heeft me goed gedaan dat mijn intuïtie me niet heeft bedrogen. Oek was er, al die tijd. Hij was geen hersenschim, geen product van mijn fantasie. Mijn intuïtie had gelijk, alhoewel ik Elvy over het hoofd had gezien.

De foto's waren de kroon op hun werk, de locatie was perfect gekozen, een stil plekje waar ze me kon verleiden. Ze zaten in het volle zicht van de fotograaf van Fotorun bv die zich verdekt had opgesteld in de houtwal aan de bosrand van het plateau. Hij gebruikte een motordrive en maakte de reportage van zijn leven. Hij bleef plaatjes schieten totdat de rol op was. Op vijf beeldjes per seconde is te zien hoe ik Elvy wegtrek, hoe ik de rolstoel vastgrijp en hem de afgrond in duw. Hoe ik me omdraai en wegloop. Of was het een vlucht? Nee, ik heb de uitdrukking op mijn gezicht bestudeerd. Ik zag vastberadenheid, geen spoor van twijfel.

Oek heeft zich overtroffen in onschuld. Als verdachte had ik het recht zijn verklaring in te zien: hij was bezig met een training, hij stond op het punt om zijn touwen uit te proberen en ontmoette Elvy. Ze waren ooit getrouwd geweest en als goede vrienden uit elkaar gegaan. Samen wilden ze op mij wachten en in alle harmonie ging Elvy op zijn schoot zitten. Volgens Oek – en Elvy bevestigde dat – was mijn reactie buiten alle proporties. Ik was 'buiten zinnen'. Hij prees zich gelukkig dat hij zich al met een touw aan de bomen had gezekerd.

Ik heb met geen woord gerept over het vergiftigde sportdrankje, over zijn poging om me te verdrinken en zelfs heb ik de man op de foto niet genoemd, die Elvy waarschijnlijk al heeft weggehaald. Zonder bewijzen zouden die beschuldigingen me belachelijk maken.

Elvy is in het zwart gekleed. Ze draagt een zonnebril. Tegen het neonlicht in de ontvangstzaal? Of heeft ze gehuild? Ze komt binnen met de andere vrouwen die zich hebben uitgedost als hoeren om het bezoekuur voor mijn medegedetineerden de moeite waard te maken. Een cocktail van parfums walmt mee. Ik ben al naar binnen gebracht en wacht aan een tafeltje, temidden van mijn vroegere cliënten.

Ze gaat zitten en pakt uit een koffertje een map met papieren, die ze tussen ons in legt.

'Waar ontmoetten jullie elkaar?' vraag ik meteen. 'Telefoneren was te riskant, niet?'

Ze schudt geïrriteerd haar hoofd.

'In het warmwaterbad van de fysiotherapeut?'

Haar mondhoeken krullen zich onmerkbaar. Raak.

'Stan, ik ben bezig puin te ruimen, jouw puin.'

'Jij tipte hem waar hij moest zijn, hè? En wanneer?'

Ze glimlacht alsof ze niet kan uitleggen dat mijn vragen wel begrijpelijk maar niet te beantwoorden zijn. Althans niet hier, waar we misschien worden afgeluisterd.

'Die toestand in het park, de aanval ... Was dat jouw idee?'

Ze tuit haar lippen alsof ze overweegt het antwoord te geven. Ik haal er de boodschap uit dat ik er niet ver naast zit.

'Wanneer hebben jullie dit hele plan bedacht? In de ambulance van Houffalize naar huis? Jij reed toch mee?'

Ze bijt op haar lippen. Weer raak.

Ze vraagt met een krampachtige stem alsof ze driftig dreigt te worden: 'Wil je nu even meewerken? Op dat kantoor van jou moet iemand de leiding nemen.'

'Wie dan?'

Ze haalt papieren uit de map en schuift ze onder mijn neus. Ik blader ze door en lees zinnen waarin ik afstand doe van, afzie van, akkoord ga met, geen stappen zal ondernemen om. Dewende & Poon wordt herhaaldelijk genoemd, gevolgd door de naam van Oek Rottir. In een andere brief herken ik de volzinnen van een aanvraag voor een echtscheiding. Woedend veeg ik de documenten van de tafel. Twee bewakers kijken gealarmeerd toe, maar Elvy staat al op.

'Was ik een makkelijke prooi?' fluister ik. 'Ik had Oek uitgeschakeld, de zaak van Poon overgenomen. Nu de vrouw van mijn partner nog, om mijn overmoed te voeden. Om me oogstrijp te maken? Hadden jullie het zo ingeschat?'

Hoofdschuddend raapt ze de papieren op en stopt ze in de map.

Dus stel ik een vraag waarvoor ik zelf geen antwoord kon bedenken: 'Hoe heb jij het zo lang kunnen volhouden? Dat bedrog, die leugen? Ik bedoel ons huwelijk.'

Mijn vraag raakt haar, ze wordt rood en ze mompelt: 'Hierop hoef ik niet te antwoorden.'

'Je liet Oek en mij vechten', ga ik door. 'Je deed wel mee met ons spelletje, maar je stond veilig aan de zijlijn. Jij was de enige die geen risico's liep. Oek wel, en ik ook. De winnaar was voor jou, jij was voor de winnaar. Maakte het je wat uit?'

Ze knijpt haar ogen even dicht en schokschoudert. Ze heeft gelijk, dat doet er niet meer toe. Ze knikt me toe en knoopt haar jas dicht. Ze legt de map voor me neer en tikt erop.

'Beloof me dat je hierover nadenkt', zegt ze. 'Ik kom binnenkort terug. Ik ben er om je te helpen, maar je moet het wel willen.'

Ze aarzelt, buigt zich over het tafeltje, doet alsof ze me ten afscheid kust, maar fluistert in mijn oor: 'Grote beslissingen hebben hun eigen wetten.'

Bram Dehouck

De minzame moordenaar

Ik heb hem de nagels uitgetrokken.
Ik kerfde wondjes in zijn lijf, brak de botten in zijn benen, trok het haar in plukken uit zijn hoofd.

Ik deed het niet één keer. Ik deed het elke nacht.

Elke nacht werd ik wakker in een klamme kilte, gevangen in van zweet doortrokken lakens.

Sinds vandaag is hij opnieuw zo vrij als een vogeltje.
En er is niets wat ik daaraan kan doen.

Deel 1

'I was an ordinary man with ordinary desire.'
Bloc Party

1

Het moet altijd al gestonken hebben in deze kamer. In een hoek staat een houten stoel, verwrongen door ouderdom en hitte. Een broek, vuil ondergoed en twee wollen truien zijn er nonchalant over gegooid. Als de ambulanciers straks het lijk weghalen, zal de zurige zweetgeur van die kleren de kamer nooit meer overnemen. Voor eeuwig hangt hier een doodsgeur, als een kwade geest.

Ik sta naast een oud, eikenhouten bed. Van het bed hangen rafelige lakens, alsof ze achteloos weggeslagen zijn om aan een nieuwe dag te beginnen. Op de beduimelde matras, die vol grijze en gele vlekken zit en bedekt is met haar en schilfers, ligt een man. In de borstkas steken twee messen, net onder de tepels.

Aan de andere kant van het bed houdt teamchef Cindy Steen een zakdoek voor haar gezicht.

'Leuk als ze erbij schijten. Alsof het nog niet genoeg stinkt.'

Ik schaam me voor de glimlach die over mijn gezicht glijdt. De laatste keer dat ik lachte in het bijzijn van een dode, was op de begrafenis van een oom die ik enkel kende van de jaarlijkse nieuwjaarsbijeenkomst. Een kind rende uit verveling het gangpad op, gleed uit en smakte met de kin tegen de grond. Ondanks een por van Sanne kon ik een lach-hik niet onderdrukken. Mijn wangen kleurden even rood als die van de moeder, die het krijsende kind op de schoot nam.

Ik kijk naar de opgedroogde, bruine vlek tussen de bovenbenen van de man – als je niet goed oplette, zou je denken dat het schaduw is – maar laat mijn blik snel afglijden naar het gesloten gordijn. Slechts door drie kleine gaten dringt licht binnen. In de slanke lichtbundels danst stof.

Het enige andere meubelstuk, naast de stoel en het bed, is een zielig nachtkastje, zo'n exemplaar van tien euro dat je zelf in elkaar moet knutselen. Daarin vonden Steen en ik een zaklamp, een stapel pornoblaadjes en gebruikte condooms. Op het kastje geeft een wekker aan dat het kwart voor negen in de ochtend is.

'Genoeg gezien?' vraagt Steen terwijl ze een wenkbrauw optrekt. Ze wacht niet op antwoord en gaat de gang op.

Ik volg haar. Pas als ik over het trieste behangpapier wrijf, valt het me op dat er nergens iets aan de muren hangt. Niet in de kamer, niet op de gang. Steen zegt iets over de trap. Die kraakt zo hard; het slachtoffer had de moordenaar moeten horen komen. Ik knik, maar blijf met mijn aandacht bij de muur. Er zijn geen lichte vierkante plekken op het papier afgetekend, er heeft gewoon nóóit iets gehangen. De zware voordeur, die we op een kier laten en die best een likje verf kan gebruiken, is niet geforceerd. Geen sporen van inbraak.

'Het waren twee messen deze keer', zegt Steen. Ze zet haar kraag rechtop als de miezerige regen onverwacht in haar nek slaat.

Ik speur de gezichten van de buren af, die allemaal in hun deurgat staan en van wie enkele geïnterviewd worden door journalisten. Al wekenlang mogen de plaatselijke reporters regelmatig de voorpagina's van hun kranten vullen met feiten, geruchten en roddels over wat zij 'de seriemoordenaar van Ieper' zijn gaan noemen. Ze hopen dat de seriemoordenaar hun nationale journalistieke roem zal brengen. Het zou me niet verbazen als minstens een van hen al denkt aan een boek. Een reporter krijgt ons in de gaten. 'Rondelez! Steen!' Hij komt aangelopen, een beetje waggelend als een eend.

'Sneller', sis ik naar Steen. We rennen naar de oude Volvo, Steen duikt op de bestuurdersplaats terwijl ik naast haar op de passagiersstoel plof. De reporter staakt zijn sprintje en wandelt terug naar de huisvrouw die hij interviewde.

'Dimitri Debo, Karl Vanoot, en nu Gilbert Vermoer, alle drie vermoord met messen. Dezelfde dader?' Steen wacht om de sleutel in het contact om te draaien tot ik antwoord.

'Kan niet anders.' Mannen van de technische recherche in witte pakken gaan het huis in. Wat verderop staat gerechtelijk directeur Louis Creus. Jullie zullen niks vinden, denk ik. Behalve wat ik wil dat jullie vinden.

'Hoelang zou hij er al liggen?' vraagt ze.

'Dat horen we binnenkort wel.'

Ik weet goed genoeg dat de man er al twee dagen ligt. Ver in mijn achterhoofd hoor ik nog altijd Vermoers gegil toen ik de messen in hem plantte.

Het moment dat Gilbert Vermoer zijn doodvonnis tekende, staat in mijn geheugen gegrift. Het gebeurde ongeveer een maand geleden, toen ik om half acht 's morgens van mijn huis in het dorpje Boezinge naar het politiebureau in Ieper reed. Een lage mist hing over de weiden en ik krabde de slaap weg die nog als een korstje in de hoek van mijn rechteroog zat. Onder de achteruitkijkspiegel danste een South Parkpoppetje op de cadans van het asfalt. Sanne viste het poppetje vier jaar geleden uit een kermisautomaat. Zo haalt ze er elk jaar een stuk of vijf uit, telkens verrast door haar eigen handigheid. De speeltjes deelt ze uit aan neefjes en nichtjes, of aan de kinderen van haar collega's. Dit ene poppetje had ze gehouden, en het is onze metgezel geworden bij elke rit die we maken. Ook aan de schiettent staat Sanne scherp, mijmerde ik terwijl ik langs de radiokanalen zapte, die naar mijn mening allemaal te veel gebeuzel en te weinig muziek in hun ochtendshows hebben. De vierde zender – eindelijk – gaf muziek. Een vrolijke deun van Zita Swoon. *Talking 'bout a pretty girl, she lives deep inside of me.* Ik floot mee.

Aan de schiettent schiet Sanne met gemak de kalkstaafjes aan stukken, terwijl de grijze uitbater glimlachend zijn blik over haar kleine, voorovergebogen lichaam laat glijden en aan zijn snor pulkt. Ze schiet veel beter dan ik, en dan grapt ze: '*Meneer de polies* zal les moeten volgen bij zijn liefje.' Als haar kogeltjes opgeschoten zijn, klakt ze met haar tong naar de uitbater. Die knipoogt en geeft haar de beer waarop ze al van in het begin haar zinnen heeft gezet. Ook de grote beer geeft ze weg aan neefjes en nichtjes, behalve die ene keer, drie jaar geleden, toen ze uitdagend naar me keek en zei: 'Deze is voor ons kindje', waarna ze de metershoge Winnie the Pooh dicht tegen zich aandrukte. Haar krullende blonde haar lag als een pruikje over de zachte berenkop. Met een lichte streling verdreef ze de koudegolf die door mijn rug was gesidderd. Haar pupillen stonden groot, alsof ze die kleine daar meteen wilde maken, tussen de draaiende molens en het neonlicht, tussen de zweterige massa en de flauwe slogans van kermisbazen, met de geur van suikerspin en oliebollen als herinnering aan de magische versmelting van onze genen. Op dat moment leek de claustrofobische nabijheid van andere mensen plots te wijken, de menigte werd deel van een georkestreerd decor dat daar was neergepoot enkel en alleen om de nadruk te leggen op ons beiden, Sanne en ik, in het middelpunt van de hitte die uit ons leek op te stijgen. Ik zal het nooit vergeten, die blik in haar ogen, en vooral die glimlach. Als mijn leven ooit voor mijn ogen flitst, dan zal dat beeld het langst blijven hangen. Sannes glimlach.

Op dat moment kreeg ik de Toyota RAV4 van Vermoer in de gaten. De wagen werd in snelvaart groter in de achteruitkijkspiegel, het kon niet anders of hij reed veel sneller dan de negentig kilometer per uur die de Diksmuidseweg toelaat. Ondanks de mist die in plukken over de weg zweefde, waren de lichten van de 4x4 gedoofd. Enkele seconden lang overviel me de sympathie die ik altijd voel bij weggebruikers met hetzelfde automerk, die ingebeelde verbondenheid die je ook hebt met mensen die je naam delen of die fan zijn van dezelfde muziekgroep.

De sympathie maakte snel plaats voor ergernis, toen bleek dat Vermoer aan vriendelijkheid geen boodschap had, en arrogant achter mijn Avensis ging hangen. De ergernis zocht zich jeukerig een weg langs mijn ruggengraat en brandde zich vast in mijn knokkels, die ik rond het stuur spande.

Het moet ongeveer bij Talana Farm Cemetery geweest zijn dat Vermoer zijn koplampen aanstak. Hij remde af en trok vervolgens snel op, waardoor hij meerdere keren leek te zullen inbeuken op mijn auto. Hoewel de Diksmuidseweg breed genoeg is voor drie wagens, kon hij niet inhalen. Aan de andere kant reed een sliert chauffeurs een tractor voorbij die met een slakkengangetje onze richting uit tufte, slechts zichtbaar door de oranje gloed waarmee zijn zwaailicht de flard mist kleurde waar hij net doorheen reed.

Vermoer koelde zijn frustratie op zijn toeter. Een paar keer toeteren en dan met de lichten flitsen, het leek wel alsof hij in morsecode iets duidelijk wilde maken. Uit de weg, uit de weg!

In het rechte stuk bij Bard Cottage Cemetery zag hij zijn kans. Nog een laatste keer kwam hij aangestormd, om precies op het moment dat hij de Avensis zou raken, naar links te zwenken. Hij kwam langszij hangen en keek grijnzend naar binnen. Ik keek terug en dacht aan Dimitri Debo en Karl Vanoot, toen zij me op een gelijkaardige manier voorbijkwamen. De eerste had zijn middelvinger opgestoken en een wegwerpgebaar gemaakt. De tweede had met zijn vinger over zijn keel gestreken, traag en met de tanden bloot. Vanoot besefte toen zelf niet hoe profetisch zijn gebaar zou worden.

Vermoer deed geen van beide, hij grijnsde alleen maar, en ik glimlachte terug. Mijn ogenschijnlijke onverschilligheid maakte hem nog kwader. Hij trok op, sneed me scherp de pas af en flitste vooruit. Zijn banden piepten als geplette muizen toen hij de oprit van de N38 naar Kortrijk opstoof. Daarbij reed hij bijna twee fietsende jongeren omver, waarvan er eentje zo hard moest remmen dat hij tegen de grond smakte. Voldoende reden om Vermoer een bezoekje te brengen, vond ik. Tijdens de laatste kilometers naar het politiebureau herhaalde ik in gedachten steeds dezelfde zes cijfers en letters. Die van de nummerplaat die ik straks door de computer zou halen.

2

Ik staar door het raam in de vergaderzaal op de tweede verdieping van het vroegere rijkswachtgebouw, waar nu de gerechtelijke politie huist. Het gebouw ligt op een T-splitsing, het raam biedt een mooi uitzicht op de dwarsstraat. Geprangd tussen werkmanshuisjes en een café staat de Stedelijke Academie voor Beeldende Kunst. Ooit was het een ziekenhuis, of een gesticht. Het gebouw past in de straat zoals een olifant in een rij ballerina's.

Dan slaat mijn hart een tel over. Daar is ze. Sanne stapt de Academie binnen. Ik druk mijn hand tegen het raam – de bijtende koude verdooft mijn hand – maar het heeft geen zin te kloppen. Van zo ver kan ze me niet horen. In de ene arm draagt ze de reusachtige tekenmap. Er zitten vlekken op, van acryl- en olieverf, en in sierlijke letters heeft ze rechts onderaan haar naam geschreven met een dikke viltstift. Ze plooit haar hand bijna in haar oksel om te voorkomen dat het ding over de grond schuurt, het doet haar wankelen als de wind de map vangt en ermee aan de haal wil. Nog strakker spannen haar spieren rond het handvat, nog steviger knelt ze haar vuist tegen haar borst. Mijn lieve schat.

In de andere hand draagt ze haar materiaalkoffer. 'Ze noemen me mevrouw doktoor,' lacht ze als ze ermee de deur uitgaat, 'of soms ook het loze vissertje.' De koffer lijkt op een dokterstas, zwart en lomp, maar daar trekt ze zich niks van aan. Zolang haar potloden, krijtjes en penselen veilig opgeborgen zitten.

Voor haar verjaardag kocht ik een doos pastelkrijt. Meer dan een uur heb ik staan weifelen in het kunstenaarswinkeltje. Ik wist niet waar te zoeken, tussen de rijen penselen, potloden, vetkrijt, tubes verf en allerlei soorten gommen. Uiteindelijk vond ik het pastelkrijt naast een rek met meetlatten en paletten. De krijtjes waren peperduur, ze bestonden in alle kleuren en ik had er helemaal geen verstand van. De verkoopster bood me niet veel hulp.

Volgens haar waren ze allemaal van uitstekende kwaliteit – 'kijk eens wat een pigment', had ze gezegd met de intonatie van een kleuterjuf – en de kleurkeuze lag vooral aan de smaak van de kunstenaar. Tja, daar had ik veel aan. Uiteindelijk koos ik een vooraf samengestelde doos van twintig krijtjes. Mijn hart ging wild tekeer toen Sanne de cadeauverpakking van de doos scheurde, en een zucht van opluchting ontsnapte me toen ze er dolblij mee leek, die avond van haar verjaardag.

'Die serviceflats worden peperduur', bast lokaal rechercheur Fernand Vandromme en ik schrik. Even hangt een waas voor mijn ogen, dan focus ik weer op de Academie. Er zitten geen ramen meer in. Voor de deur staat een container, waar arbeiders deuren en houten platen in kieperen. Een stofwolk waaiert omhoog en dwarrelt op hen neer.

'Ze liepen trouwens al veel vertraging op', gaat Vandromme verder. 'Asbest, heb ik gehoord.' Hij fluistert het alsof hij een groot schandaal onthult. Hij wil nog meer zeggen, maar het luide 'Is iedereen er?' waarmee Creus binnenkomt, beslist daar anders over. Een gespannen stilte hangt in het lokaal, niet zozeer door de intrede van Creus, maar door de persoon die hem vergezelt. Een onbekende vrouw met kort bruin haar – ik schat haar midden-veertig – wandelt met Creus naar het bureau tegenover het prikbord met de foto's van Debo, Vanoot en Vermoer. Haar ogen zijn zo overweldigend blauw dat het niet anders kan of ze lichten op in het donker. Ze draagt een strakke zwarte trui, een donker rokje tot net boven de knie en zwarte schoenen met een lage hak. Ze is een knappe vrouw, en haar zelfverzekerde houding verraadt dat ze van buiten het arrondissement is, wellicht iemand uit Brussel of Antwerpen. Als ze ziet dat Vandromme haar met zijn ogen uitkleedt, kruist ze haar armen strak onder haar borsten, en ze blijft hem aankijken tot hij de ogen neerslaat. Dat gebeurt niet, Vandrommes mannelijke eer doet hem achteromkijken en iets fluisteren naar Staelens, die begint te grinniken. De vrouw trekt haar neus op. Aan dit soort machismo zal ze nooit wennen, lijkt de reflex te zeggen. Ze overschouwt het gezelschap in de kamer zoals een universiteitsprofessor een groep eerstejaars aankijkt: in de overtuiging dat ze zullen falen. Wij staren terug als eerstejaars naar een professor met een valse reputatie, niet angstig maar wantrouwig. Het staat al bij voorbaat vast dat we geen eerlijke kans zullen krijgen. Creus zal het ijs moeten breken.

Ik krijg bijna medelijden als ik hem daar zo zie staan, gespannen, de schouders strak. Creus haalt zijn hand door een wilde, grijze haardos, de hand glijdt langs de slaap en de vlezige, rode wangen en masseert dan zijn dunne neusbrug. Zijn houding is lomp en onbeholpen. Zijn donkerbruine ogen verraden een scherpe intelligentie, ook al zou hij op nationale vergaderingen altijd de kneus blijven, enkel en alleen omdat hij directeur is in een uithoek van de wereld. Want wat viel er aan eer te rapen voor de grote baas van de gerechtelijke politie van Ieper? In zijn dertigjarige carrière had hij drie moorden opgelost. Dat hij ze opgelost had, was mooi, maar één om de tien jaar was niet meteen wat je spannend kon noemen. De nationale tv-zenders waren vorig jaar twee keer langs geweest na een brutale ramkraak door Rijselse gangsters, die liever net over de grens hun geluk beproefden dan in eigen land een gestolen Jeep in een etalage te parkeren. Verder haalde Creus de regionale krantenpagina's met kleine drugsvangsten. Soms kreeg hij één minuut op de West-Vlaamse televisiezender voor een misdaad die zo knullig was dat hij uit plaatsvervangende schaamte bloosde.

Maar nu liggen de kaarten helemaal anders. Nu liggen er drie doden op zijn bureau. Drie doden in evenveel maanden tijd, allen slachtoffers van de eerste seriemoordenaar uit Ieper, en iedere agent uit het korps weet dat dit een uitgelezen kans is voor Creus om zich te bewijzen. Meer nog, het is zijn enige kans om te tonen dat hij ook het echte werk aankan. Dit is zijn Waterloo, en het staat nog niet vast of hij Napoleon of Wellington is.

'Collega's,' zegt Creus, na een kikker in de keel weg te kuchen, 'dit is Caroline De Bon. Ik contacteerde haar toen ik te horen kreeg hoe Vermoer aan zijn einde kwam. Hij is het derde slachtoffer van de seriemoordenaar van Ieper.'

Hij zwijgt even en versterkt daarmee de spanning die al in de kamer hangt. Hij verstevigt de greep op zijn toehoorders door naar het bord met de foto's van de slachtoffers te wandelen.

'Ik belde Caroline om haar hulp te vragen. Bedankt, Caroline, dat je zo snel tijd voor ons kon vrijmaken.'

De Bon knikt naar hem, haar armen nog altijd onder haar borsten gevouwen. Creus zet een stapje achteruit en De Bon gaat op zijn plaats staan.

'Doe maar, Caroline.'

Hoezeer ik ook had beslist geen kik te geven en hoe zeker ik ook was geen emotie te zullen verraden, ik kan de plotse angst niet bedwingen die de aders in mijn keel zo hard doet kloppen. Ik kan enkel hopen dat niemand het merkt. Een warm, zurig vocht klimt in mijn slokdarm omhoog. Ondanks mijn slikken blijft het er kleverig zitten. Zal De Bon me aanwijzen? Zal ze me plots aankijken en zeggen: daar zit hij, jullie seriemoordenaar, dat hadden jullie toch allang moeten zien, stelletje boerenpummels?

De Bon zet een stap vooruit. Van dat moment maakt Vandromme gebruik om haar nog eens van boven naar beneden en terug naar boven te keuren. Steen doet hetzelfde, niet met de gulzige blik van Vandromme, maar eerder spottend, cynisch, alsof ze denkt: jij doet te veel je best, meisje. Tussen de twee hangt die onverklaarbare spanning die zo vaak tussen twee vrouwen hangt, de spanning die gepaard gaat met het bespieden van elkaars figuur en kledij, een soort instinctieve strijd die voor mannen onbegrijpelijk is, maar die een leuke vrouw plots kan veranderen in een venijnig serpent. Het idee dat Steen en De Bon op het punt staan elkaar de haren uit te trekken en de make-up af te krabben, ontspant me. Het doet de kleffe zurigheid uit mijn slokdarm zakken.

Zelf draagt Steen een jeansbroek die de strakke spieren van haar dijen accentueert. Een groen T-shirt omspant haar borsten, een stevige D-cup, die ze graag in de kijker zet met nauwsluitende truitjes en diepe decolletés. Het leidt de aandacht af van haar ruwe gezicht, haar mannelijke oogopslag, de volle maar desondanks onaantrekkelijke lippen, en het kapsel waarvan ze zelf zegt dat er niks mee aan te vangen is. Je moet je troeven uitspelen, beweert ze, en haar borsten zijn er duidelijk twee van.

Sanne heeft kleine borsten, maatje B. 'Ik heb kleine handen', zeg ik als ze er zelf over begint, 'en daar passen jouw borsten perfect in.' Een voorkeur voor een cupmaat heb ik nooit gehad. Als ik merk dat Steen al enkele seconden in de gaten heeft dat mijn blik dromerig over haar boezem zweeft, ga ik snel rechtop zitten en concentreer me op Caroline De Bon. Haar borsten zitten wat tussen die van Sanne en Steen in, een C misschien. Haar gekruiste armen omkaderen ze, en benadrukken ze op die manier, zeer tot tevredenheid van Vandromme, die met een brede grijns op de achterpoten van zijn stoel balanceert. Een man is de speelbal van zijn hormonen.

'Collega's,' begint ze in een nogal doorzichtige poging een groepsgevoel te creëren, 'directeur Creus heeft mijn expertise gevraagd als profielschetser.' Ze pauzeert, maar haar pauze heeft niet hetzelfde effect als bij Creus. Het woord 'profielschetser' doet enkele voorhoofden fronsen. De Bon pikt er handig op in.

'Profielschetsen heeft nogal een dubbelzinnig imago. Sommige rechercheurs vinden het hocus pocus, of psychologisch gewauwel. Profielschetsen is echter gebaseerd op grondig onderzoek naar de beweegredenen van seriemoordenaars. Het is een aanvulling van het klassieke onderzoek, geen vervanging ervan. Jullie hoeven je dus geen zorgen te maken wat dat betreft.' Haar glimlachje wordt niet beantwoord, daarom gaat ze snel verder. Ik luister aandachtig. Komt het nu, haar onthulling, mijn ontmaskering? Een vreemde opwinding overspoelt me, een zindering, zowel warm als koud, als van een douche die slecht afgesteld is.

'Daar waar het klassieke onderzoek vooral nagaat wat er gebeurd is, vragen profielschetsers zich af waarom een crimineel zijn daden stelt. Waarom viel deze seriemoordenaar precies deze mannen aan, en waarom vermoordde hij hen op deze manier?'

'Omdat hij verdomme zo zot is als een achterdeur', schampert Vandromme. De pretlichtjes in zijn ogen doven terstond als Creus brult.

'Vandromme!' Het klinkt niet als een naam, maar als een vloek.

'Oei, oei, nu vlieg ik op de bon', fluistert Vandromme.

'Vandromme!'

De groep grinnikt, niemand merkt dat ik de enige ben die niet lacht. Vandromme duikt voorover in zijn stoel, het hoofd tussen de schouders. Zelfs het gezicht van De Bon klaart op; ze is zichtbaar geamuseerd door de situatie.

'Laat ik maar meteen ter zake komen', gaat De Bon verder. Ze kijkt even naar de foto's van de slachtoffers. 'Deze drie mannen zijn gedood met messen. De eerste kreeg een mes in de keel, de tweede een mes in het hart, de derde twee messen in de borst. We vonden de slachtoffers thuis, met de moordwapens nog in het lichaam. Wat zegt ons dat over de dader?'

'Dat hij gewiekst genoeg is om een wapen te gebruiken dat in elk huis te vinden is', bijt Steen.

'Gewiekst, u kiest het juiste woord. De dader is zeker een intelligente persoon. Niet alleen kiest hij een wapen dat spotgemakkelijk te verkrijgen is, het is ook een wapen waarvan wij onmogelijk de herkomst kunnen achterhalen. Het gebrek aan vingerafdrukken maakt het bovendien waardeloos als element voor een klassiek onderzoek. Een zeer slimme zet.'

Ziedaar, een complimentje.

'Maar de manier waarop deze mannen vermoord zijn, vertelt ons veel meer over de dader', zegt De Bon na een pauze waarin Steen nerveus op haar stoel schuift. 'De actie van de moordenaar is volledig gericht op het resultaat: doden. Hij kiest de keel, het hart, de longen. Hij slaat maar één keer toe. Hij vindt het niet nodig om de slachtoffers eerst te folteren of een spelletje met hen te spelen. Neen, hij wil het zo snel mogelijk afgehandeld hebben. De moord op zich interesseert hem niet. Het doden zelf doet de dader geen plezier. Het gaat om een moordenaar met een missie.'

Ze zwijgt. Tijdens de ongemakkelijke stilte kijkt ze ons een voor een aan. Ik slik. Een metaalachtige smaak vult mijn mond, alsof ik op geldmuntjes zuig. Ik slik nog eens.

'Een moordenaar met een missie kiest zijn slachtoffers zorgvuldig uit. Het is dus van het grootste belang dat we te weten komen wat Dimitri Debo, Karl Vanoot en Gilbert Vermoer gemeen hebben.'

Steen buigt voorover om iets te zeggen, maar De Bon heft haar hand op en Steen leunt weer achteruit. Ze kijkt naar me om. Ik trek mijn wenkbrauwen op. Het lijkt alsof De Bon Steens reactie verwacht had, maar dat ze er voorlopig niet op wil ingaan.

'Momenteel is er één spoor dat de twee eerste doden met elkaar verbindt, hoorde ik van directeur Creus. Het is goed mogelijk dat dit het juiste spoor is. Maar tot we meer informatie hebben over Vermoer, is er slechts één gemeenschappelijke factor bij alle drie de mannen: ze zijn vrijgezellen zonder kinderen.'

Ze drinkt van een glas water dat Creus haar aanreikt. In de vergaderzaal is niets anders te horen dan het klokken van De Bons slokdarm.

'Het moorden zal doorgaan zolang de dader mensen zoals de slachtoffers ontmoet. Vermoer was niet de laatste dode. De drang om te moorden zal de dader ooit fataal worden.'

Fataal. Het woord haakt zich vast in mijn hersens.

'Het is toch vreemd dat er geen sporen van inbraak zijn', zegt Steen, die haar ongeduld niet meer kan bedwingen en De Bon wil confronteren met het fragiele spoor waar het team zich aan vastklampt. 'Wat denkt u daarvan?'

'Misschien kenden de slachtoffers de dader', antwoordt De Bon droog.

'Of ze vertrouwden de dader voldoende om hem binnen te laten', zegt Steen.

De Bon glimlacht. 'Dat kan ook.'

Steen kijkt opnieuw achterom, ze wil dat ik haar steun, dat ik ook iets zeg over het spoor.

'U praat voortdurend in de hij-vorm. Kan de dader ook een vrouw zijn?' vraag ik.

Nu richt De Bon haar ogen op mij. Ik voel hoe de hele zaal met haar meekijkt. 'Dat kan. Maar het lijkt me onwaarschijnlijk.'

Ze haalt haar ogen pas van mijn gezicht als ik een blos voel gloeien zo heet als een kampvuur.

3

Ik hoor Steens zwarte laarsjes de trappen afkletteren. Ik kan me inbeelden dat ze haar armen spreidt om het evenwicht te bewaren. Ik negeer het geluid van haar achtervolging en ga de trap van het politiebureau af op weg naar het Broodjeshuis in de Rijselsestraat, waar ik een boefer wil bestellen. Dat is een broodje met eiersla en rosbief. De broodjeszaak heeft zich gespecialiseerd in combinaties die op het eerste gezicht vreemd lijken.

'Wat was dat voor een stomme vraag?' hijgt ze als ze me bereikt. Ik kijk haar niet aan, maar staar naar Creus, die De Bon naar zijn wagen begeleidt. Die zullen hun eetlust niet bevredigen met een simpel broodje, het zal hoogstens hun maag voorbereiden op het voorgerecht van een driegangenmenu in een van de betere restaurants van Ieper.

'Welke stomme vraag?'

Ze moet even op adem komen voor ze zich kan verduidelijken. 'Of het een vrouw kon zijn! We richten ons al de hele tijd op een man. Waarom stel je dan zo'n stomme vraag?'

Ik haal mijn schouders op. Het luide gesis van slijpschijven dat opstijgt uit de Academie, geeft me enkele extra seconden om mijn antwoord af te wegen.

'Je keek zo dwingend, ik flapte er gewoon wat uit. Ik wilde haar iets over het spoor horen zeggen.'

Steens houding ontspant een beetje als ze de eerlijke schaamte in mijn ogen leest, maar niet genoeg om me al op mijn gemak te stellen.

'Wat vond je van De Bon?' Ze kijkt alsof ze vroeg of haar kont niet te dik lijkt in die broek.

Ik haal nog eens mijn schouders op. Ik wil de onredelijke antipathie die ze voor de profielschetser voelt, niet op mezelf halen door enthousiast te zijn, maar ik ga ook niet mee in het neerhalen van De Bon. Ik beslis om het puur zakelijk te houden. Al weet ik dat Steen in haar huidige gemoedstoestand elk antwoord door een cynische hakselmolen zal halen.

'De Bon viel wel mee. Ze had zinnige dingen te zeggen. Een psychologische analyse van een moordenaar lijkt me interessant.'

Steen gromt en zwijgt. Mijn antwoord staat haar niet aan. Het kan ook dat ze niet wil praten in het bijzijn van het groepje jongeren dat ons net passeert. Dat zou nochtans niet uitmaken, want het zijn Britse schoolkinderen. Die zijn in Ieper heel gemakkelijk te herkennen. Ze dragen allemaal een geel plastic zakje met daarin een doos Belgische chocolade die ze op bevel van hun ouders kochten in een van de vele chocoladezaken op de Grote Markt.

'Waar ga je heen?' vraagt ze nadat de laatste jongen, met het soort rosse haar dat je alleen in Engeland vindt, ons voorbijgelopen is. Hij draagt twee gele zakjes. Misschien wonen zijn ouders niet meer samen.

'Naar het Broodjeshuis.'

Ze glimlacht en zegt: 'Jij een boefer, ik een philazalm.'

De kinderen gaan bij het kruispunt op de Rijselsestraat de andere kant op en verdwijnen in de drukte van de winkelstraat. De jongen met het rosse haar zwiert de zakjes alsof hij een helikopter is. Misschien is het ene zakje voor zijn ouders en het andere voor zijn oma.

Bij het Broodjeshuis staat een rij jongeren tot buiten aan te schuiven. Het zijn leerlingen van de school aan de overkant, waar Steens man aardrijkskundeles geeft. De Ieperse jongeren tonen geen interesse voor de geschiedenis van hun Britse leeftijdsgenoten, in hun onvolgroeide wereld is er enkel plaats voor henzelf en door hormonen gedreven problemen: ontluikende liefdes, kinderlijke conflicten en de haast hartstochtelijke wens om ooit te ontsnappen aan de beklemmende kleinheid van hun geboortestad. De grootstad met zijn cinema's, winkelparadijzen en fuifpaleizen lonkt naar hen als een draaimolen naar een klas kleuters.

Meewarig, dat is de manier waarop ze kijken naar de sukkels die hier wonen en werken. Dat je in Ieper opgroeit, oké, daar konden ook zij niks aan doen, maar dat je er vrijwillig woont en werkt? Ons zal het niet overkomen, zie je hen denken, wij trekken de wereld in. Vaarwel aan het verstikkende provincialisme van de oudjes! Weg met de wereldvreemdheid van de Westhoek!

Daarom laat het hen volledig koud, de manier waarop Ieper met haar littekens pronkt, de kraters als weggehakt vlees, de loopgraven als spataders onder rimpelig vel, de duizenden graven als een opengebroken gebit. Het laat hen onverschillig dat Ieper haar verminkte uiterlijk koestert zoals een mismaakte deed op een Victoriaanse kermis, omdat hij na de jaren van leed plots besefte dat het hem ook geld kon opbrengen.

'Pft, dat gaat hier een tijdje duren', zucht Steen terwijl ze de jongeren taxeert, op zoek naar herkenning, wachtend op de elleboogstoot van de ene slungel naar de andere om erop te wijzen dat het vrouwtje van de Slurf in de broodjeszaak staat. Want zo noemen ze haar man, de Slurf, vanwege zijn fors uit de kluiten gewassen reukorgaan. Zijn neus is niet alleen enorm groot, het effect wordt nog versterkt door zijn terugwijkende kin. Dat merkte ik toen Sanne en ik hen hadden uitgenodigd voor een etentje bij ons thuis. De Slurf is best een sympathieke kerel, beetje saai, gortdroge humor, een goede kerel om naast te zitten op een trouwfeest vol onbekenden, maar nogal een vreemde keuze voor een vrouw als Steen, die leeft van de adrenaline die het speurwerk haar schenkt. Het is alsof ze de avontuurlijkheid van haar job wil compenseren met de zekerheid van een saai privéleven.

'Maak wat voort', foetert ze binnensmonds als het meisje voor ons een vriendin laat voorgaan die twee minuten na ons binnenkwam. De twee slaan eerst een praatje en tot ergernis van Steen bestellen ze er nog drie broodjes bij voor andere klasgenoten.

Als we onze broodjes eindelijk hebben gekocht en terugwandelen naar het kantoor, zucht ze: 'Kinderen, ik wil er nooit aan beginnen. Ik kan me geen enkele leeftijd indenken waarop ze leuk zijn. Van hun nul tot hun zes schijten, kotsen en kwijlen ze, van hun zes tot hun twaalf zijn ze onhandelbaar, tot hun twintig hebben ze een hekel aan je en daarna zie je ze niet meer.'

Ik lach. 'Heb je het Wouter al verteld, dat hij zijn nageslacht op zijn buik mag schrijven?'

Ze rolt met haar ogen. 'Ik probeer het hem duidelijk te maken, maar ik lijk niet tot hem door te dringen. Hij praat over niets anders.'

De geladenheid van haar woorden slaat het gesprek dood. We wandelen zwijgend verder, met tussen ons enkel het geluid van de knisperende broodjeszakken. Hoe langer het zwijgen duurt, hoe meer gewicht het geeft aan wat ze zei. Ze denkt even hard na als ik over een onderwerp om de spanning te breken. Daarom beslis ik over iets te beginnen dat haar nog meer ergert dan de schoolkinderen in het Broodjeshuis: Caroline De Bon.

'Wat vond jij van De Bon?'

Alsof de vraag haar uit haar evenwicht brengt, stapt ze van het voetpad af en er terug op.

Ze neemt even mijn arm beet, wat me een rilling ontlokt door de onverwacht intieme warmte van een vrouwenhand, maar ook door de dwaze angst dat ze zo mijn ziel raakt en kan voelen dat ik iets te verbergen heb. Maar er gebeurt niets, geen teken van achterdocht in haar ogen, ze blijft gewoon ontspannen naast me wandelen.

'Ze maakt veel show, De Bon, en ze heeft Creus al helemaal in haar zak, opgevouwen als een zakdoekje waarin ze straks haar neuskeutels smeert.' Ze grijnst gemeen en wuift dan haar eigen grapje weg. 'Oké, wat ze zei, dat sloeg ergens op, maar volgens mij waren we daar zelf wel achter gekomen. Ik bedoel maar, het is mooi meegenomen, maar het maakt voor ons niet veel uit, toch?'

Ik knik. Bij het politiebureau komen net Staelens en Vandromme naar buiten. Vandromme houdt de deur open voor Steen en keurt ongegeneerd haar achterste.

'Terwijl jij en meneer Rondelez broodjes eten en daarna gezellig verder konkelfoezen met juffrouw De Bon, zullen Staelens en ik wel de plakboeken van Vermoer uitpluizen!'

Steen pakt Vandromme bij de arm zoals ze bij mij gedaan had. Voelt hij dezelfde tinteling? Van zijn gezicht valt behalve binnenpret niets af te lezen.

'Dat zal heus wel meevallen met die plakboeken, Vandromme. Er staan veel mooie plaatjes in, misschien doe je inspiratie op voor thuis met Francine?'

Steen en Staelens lachen hard, over Vandrommes gezicht trekt een gegeneerde grijns. Ik moet glimlachen om de schaamte die een rode vlek in zijn nek vormt. Het kortgeschoren kalende hoofd en de harde blauwe ogen verbergen een warme persoonlijkheid. Hij houdt van zijn mannelijke theatraliteit. Hij koketteert met handboeien en wapenholster, maar hij verbergt een beminnelijke binnenkant. Hij aanbidt zijn vrouw Francine en zal zich nog dagen schuldig voelen omdat door zijn grote mond gespot werd met haar bedprestaties.

Steen knipoogt terwijl Vandromme en Staelens de trappen afgaan, maar als ze zich naar me omdraait, is ze doodernstig.

'Ik ben erg benieuwd naar deze middag. Hoe De Bon ons spoor zal evalueren. Of het in haar plaatje past.'

Ik ben nog benieuwder dan zij. Als enige weet ik dat ons spoor zo dood is als de slachtoffers zelf. Het spoor berust op puur toeval, en is me als het ware in de schoot gevallen. Het is een gelukkig gevolg van de voorzichtigheid waarmee ik die schoften uitkoos. Van de klootzakjes die zich in hun spurtbommen aan me opdrongen, haalde ik er enkel alleenstaande mannen zonder kinderen uit. Ik schaduwde hen minstens een week om er zeker van te zijn dat ze geen partner of kinderen hadden. Ik wilde tijdens mijn bezoek niet verrast worden door een vriendin die plots uit de douche stapte of een kleuter die met een tekening kwam aandraven. Een stuk of vijf wegpiraten hebben hun leven te danken aan vrouw en kinderen, al denk ik niet dat die daar ooit een bedankje voor zullen krijgen.

Met de moord op Debo kon de lokale politie geen kant uit. Al snel werd het onderzoek overgelaten aan de gerechtelijke politie, en kon ik de zaak van nabij volgen. Om de pil voor de lokale politie te vergulden werden de lokale rechercheurs Vandromme en Staelens aan het onderzoek toegevoegd.

Na de moord op Vanoot was er plots wél een spoor, een geloofwaardige denkpiste die met de nodige ernst werd onderzocht. Daar had ik nooit op durven hopen. Ik had toen moeten beseffen dat het tijd was om te stoppen.

Ik heb me met Vermoer te ver gewaagd.

4

Als we een uur later het kantoor van Creus binnenkomen, zitten hij en Caroline De Bon al gezellig achter een kop koffie. Creus staat meteen op. Hij beseft zelf dat het tafereel er te intiem uitziet, en bij gebrek aan een leuke openingszin stelt hij ons nog eens voor aan De Bon. Zij blijft zitten in een van de zes leren zetels die Creus rond zijn vergadertafel heeft gezet, en knikt beleefd als hij onze namen noemt en kort onze carrière bij de Ieperse politie uit de doeken doet.

Het kantoor van Creus is zo groot als een woonkamer. Aan de ene kant staat zijn bureau, waarop stapels papier een computer aan het zicht onttrekken. Om de aandacht van die chaos af te leiden hangt achter het bureau een enorm prikbord waarop een indrukwekkende collage van memo's de zwaartekracht tart. Op een kast, die de hele rechterkant van de muur beslaat, staan politiehelmen uit alle delen van de wereld. Ik weet zeker dat Creus de helmen met openlijke trots getoond heeft aan De Bon, met door de jaren aangedikte verhalen over hoe hij ze bemachtigd heeft. Meestal waren het geschenken van bezoekende politiecommissarissen, maar zo'n saaie uitleg zal je van Creus nooit horen. Hij praat over zijn helmen als een Canadese jager over de elandkoppen aan zijn muur.

Achter de helmen hangt een gigantische kaart van België, en boven de deur kijkt het koningspaar ongeïnteresseerd de kamer in. Door de grote ramen aan de linkerkant stroomt veel daglicht binnen, waardoor de kamer in een gezellige sfeer baadt. Het moet moeilijk zijn om hier niet weg te dromen. Nu, met een hele stad die schreeuwt om de arrestatie van een seriemoordenaar, zal Creus wel geen moeite hebben om zijn aandacht bij het dossier te houden.

'Lekker gegeten?' vraagt Steen.

‘Ja hoor’, zegt De Bon. ‘Ik wist niet dat er hier in een omtrek van vijftien kilometer twee restaurants te vinden zijn met een Michelinster.’ Er klinkt oprechte bewondering in haar stem.

‘Louis, je hebt Caroline toch niet naar een sterrenrestaurant meegenomen?’ lacht Steen, maar haar grapje doet Creus blozen.

‘Natuurlijk niet, Cindy. Dan zou ik mijn jaarbudget voor etentjes erdoorheen hebben gedraaid.’ Hij lacht gemaakt, en De Bon gniffelt. Steen houdt haar lippen stijf en ik kijk gegeneerd weg, naar de grote Belgische kaart, alsof ik een plotse interesse koester voor het wegennet tussen Luik en Namen.

‘Jullie hebben al sterk werk verricht in dit dossier’, zegt De Bon als Creus uitgelachen is.

‘Dank u’, zeg ik snel, in een poging te voorkomen dat Steen er nog een cynisch grapje tussen gooit. ‘Uw uitleg over profielschetsen was erg verrijkend. We zijn benieuwd of u ons speurwerk in uw profiel kunt inpassen. Cindy en ik konden er deze middag niet over ophouden.’ Steens ogen branden gaten in mijn gezicht, maar ik blijf vriendelijk naar De Bon kijken, als een rund dat gevoelloos blijft bij het aanbrengen van een brandmerk.

‘Dat doet me plezier, Philip.’

‘Caroline, ik heb je al verteld dat deze situatie zeer uitzonderlijk is voor Ieper’, pikt Creus in, zichtbaar blij dat het stroeve moment voorbij is. ‘We zijn een stad van ocharmen 35.000 inwoners. Zo’n moordgolf verwacht je in Brussel, of Londen, of New York. Niet in een stad op het platteland. De mensen zijn bang, de kranten worden dol, de journalisten ruiken bloed, excuseer mij de uitdrukking, niet alleen het bloed van de slachtoffers, maar nog meer dat van ons.’

Steen snuift. Creus kijkt snel naar haar, dan naar De Bon, naar mij en terug naar De Bon. Zij wacht beleefd tot hij verder gaat.

‘Heel wat mensen worden zenuwachtig van de situatie. Je moet weten, binnen een maand komen busladingen buitenlanders naar Ieper afgezakt voor de negentigste verjaardag van de Wapenstilstand. Daar zitten veel belangrijke mensen tussen: ambassadeurs, ministers, Nobelprijswinnaars. We kunnen het gewoon niet maken dat er dan nog een seriemoordenaar op vrije voeten is.'

'We kunnen het ons hoe dan ook niet veroorloven dat hij nog lang rondloopt', zegt Steen terwijl ze een bekertje neemt en koffie inschenkt.

'Natuurlijk niet', zegt Creus en hij biedt haar melk en suiker aan.

'Ik neem hem zwart, Louis.'

'Jij, Philip?' Creus neemt een bekertje, het lijkt wel een kwetsbaar vogeltje in zijn grote hand.

'Nee, bedankt', zeg ik. 'Ik ben al zenuwachtig genoeg. Van een kop koffie ga ik helemaal beven.'

Steen kauwt op haar onderlip en Creus trommelt nerveus met zijn vingers op tafel als De Bon haar dure, leren map opent.

'U hoeft niet te beven', lacht ze minzaam. 'Ik denk dat u niets te verwijten valt in dit onderzoek. Meer nog, de verdachte die u in het vizier heeft, past in mijn profiel. Niet voor de volle honderd procent, maar dat is bijna nooit zo. Als ik zijn strafblad bekijk, zijn er genoeg redenen om een gestoorde persoonlijkheid te vermoeden. Hij zou het type kunnen zijn dat in staat is om dit soort misdaden te plegen. Als ik het goed begrijp, hebben jullie de telefoon van de verdachte afgetapt?'

'Jazeker', zegt Steen. 'Na de moord op Vanoot luisterden we al zijn gesprekken af. Dat waren er heel wat. Onze collega's Staelens en Vandromme gaan nu na of daar een telefoontje van Gilbert Vermoer tussen zit.'

De Bon knikt met gefronste wenkbrauwen. 'Alles hangt af van wat uw collega's vinden, en wat het sporenonderzoek bij Vermoer oplevert. Als dat niets wordt, verliest uw spoor een groot deel van zijn geloofwaardigheid.'

Een immens schuldgevoel bekruipt me. Wat voor een schurk ben ik dat ik de collega's met wie ik al jarenlang samenwerk zo voor de gek houd? Zie haar zitten, Steen, met die verbeten trek om haar mond, de hoop in haar ogen, volledig erop gericht een moordenaar te pakken te krijgen die op nog geen twee meter van haar zit. Wat zou ze van me denken als ze dat te weten kwam? Haar ontgoocheling zou verpletterend zijn. Ze zou niet begrijpen dat ik het zelf zo niet gewild heb. Dat het me gewoon overkwam. Ik was een gewone man met gewone verlangens. Die ondraaglijke woede als een wegpiraat me passeert, daar vraag ik zelf niet om. Kon ik haar vertellen over de verrukking die ik voelde als ik eenmaal het huis uit was na een moord, het gevoel dat ik niet alleen mezelf maar de hele wereld had bevrijd, dat minstens één leven was gered? De kriebelende zekerheid dat mijn daad juist was geweest, die zou zij nooit ervaren.

Het schuldgevoel, dat soms als een verkrampte hand mijn hart dichtknijpt, bekruipt me enkel tegenover mijn collega's voor het verraad dat ik ontegensprekelijk tegen hen pleeg. Ik voel mij een infiltrant, een contraspion, een judas. En hoe vaak ik daarover ook wakker lig, voor de misdaad zelf, de moord, voel ik geen berouw.

Na elke moord, op weg naar huis, omklemde ik het stuur met bevende handen. Mijn adem kwam in horten en stoten, gehinderd door mijn hart, bonzend in mijn hals. Voor mijn ogen speelde zich steeds een onschuldig tafereel af: ik zag een meisje in de tuin op een trampoline springen, een vrouw die achteloos een winkelkarretje duwt, een man die zijn zoontje leert fietsen. Ik kende de mensen niet in wier leven ik plots een inkijk kreeg, maar van één ding was ik zeker: ik had hun leven gered.

Nog voor ik thuis was, sloeg een pijnlijke ontgoocheling met de kracht van een volle vuist op mijn borst, ik veerde naar adem happend recht in mijn stoel, en de kilte van kort na de moord veroverde opnieuw mijn hele lijf. De lieflijke taferelen werden even ongenadig weggewist als de regenspatten op mijn voorruit. Het was niet genoeg. Deze mensen liepen nog altijd gevaar. Mijn daad was een druppel op een hete plaat.

Ik ben geen schurk. Ik ben zelfs geen moordenaar. Zij zijn het! Zij zijn de potentiële moordenaars. Zulke mensen zijn niet tot inzicht te brengen. Wat kan het hun schelen? Niks! Heimelijk zweren ze samen met de dood: zolang zij in leven blijven, mag de dood een ander komen halen. En als de maatschappij hun vraagt om boete te doen, als men hun de kans geeft hun schuld te vereffenen, dan nog weigeren ze. Zelfs voor een dood kind laten zij geen slaap.

Het duurt een tijdje voor je zoiets begrijpt. Je moet het zelf meemaken om het te beseffen, je moet het zelf gezien hebben. De schokkende waarheid komt steeds te laat. Soms zie ik iemand op het televisienieuws van wiens gezicht het af valt te lezen. Weer iemand die de keuze heeft: de ziekelijke onrechtvaardigheid aanvaarden of verantwoordelijkheid nemen. Niemand kan me ooit zeggen dat ik mijn verantwoordelijkheid niet genomen heb.

5

De scherpe geur van platgetrapte kastanjebolsters en het vochtige parfum van gevallen bladeren ontlokken me een ontspannen zucht. Wie beweert dat de zomer zo veel mooier is dan de herfst, heeft nog nooit deze heerlijke sfeer geademd.

Ik stap net naast het politiebureau de vesting van Ieper op. De vesting is een bouwwerk van Vauban, de maarschalk die in opdracht van de Franse Zonnekoning een dertigtal steden met onneembare grachten omgordde en een groot aantal bestaande vestingen verstevigde. In Ieper had hij erg goed zijn best gedaan, de vesting behoorde tot de sterkste in Europa. Hoewel het buitenste deel in de negentiende eeuw werd ontmanteld, braken de Duitsers er tijdens de Eerste Wereldoorlog toch hun tanden op. Toen ze in de blauwe klei van Ieper klem kwamen te zitten, werd de rustige stad plots het decor van een vier jaar durende slachtpartij.

Dat heb ik niet in de geschiedenisles geleerd, Sanne heeft het me verteld. Sappig, uitvoerig, met brede gebaren deed ze de geschiedenis uit de doeken van de stad waar ze zo van houdt. En dan vertelde ze ook hoe het haar verwonderde dat een militair bouwwerk in tijden van vrede kan uitgroeien tot een oase van schoonheid en rust. Want Vaubans vesting is uiteindelijk een groene rustplek geworden, een plaats die je opzoekt om te ontspannen. Waar soldaten vroeger muren metselden, bouwen eenden nu hun broedplaats. Zou er op de wereld een andere militaire constructie zijn, vroeg Sanne zich hardop af, waar koppeltjes hun eerste afspraak hebben, en waar grootmoeders met hun kleinkinderen gaan wandelen? Spreken tieners af aan de bunker van Eperlecques voor de eerste kus? Spelen kinderen verstoppertje in de Normandische loopgraven? Schildert iemand aquarellen op de dodentrap van Mauthausen?

'En ik ben er nog mee akkoord gegaan om te praten!'

Een puber zit onderuitgezakt op een bank, de benen wijdopen, de handen diep in de zakken. Zijn gezicht gaat half verborgen onder een witte pet. Een blond meisje buigt naar hem toe. Ze draagt een kort jeansjasje, daaronder laat haar T-shirt een stuk van haar rug bloot. Net boven de broek ontwaar ik het begin van de bilspleet. Ik wend snel mijn blik af, ze is amper zestien.

'Ik vond het al vreemd', gaat de jongen verder, 'en ik heb al je sms'jes van de afgelopen tijd opnieuw gelezen. Toen begreep ik het!'

Het meisje wil iets inbrengen op het moment dat ik voorbij wandel, maar ze krijgt geen kans.

'Ik wist het! Ik had het verdomme al veel langer moeten weten', roept de jongen. Ik versnel mijn pas, ik wil geen getuige zijn van de dood van deze relatie. Ik hoor het meisje zeggen, bijna fluisteren, dat ze het vroeger had willen zeggen, maar ze kon het niet, ze wilde hem niet kwetsen. Het meisje zal de relatie zachtjes de keel dichtknijpen, met sussende woorden en complimentjes aan zijn adres. Maar als de jongen blijft zaniken over hoe moeilijk dit wel is voor hem, zal haar medeleven snel plaats ruimen voor de ergernis die haar hier naartoe leidde en haar deed beslissen deze huilebalk aan de kant te zetten. Dan is het gedaan met de lieve woordjes. Ze zal de breuk als een mes in zijn hart planten, zoals ik het mes plantte in de keel van Dimitri Debo. En in het hart van Karl Vanoot. En onder de tepels van Gilbert Vermoer.

Zou straks op het gezicht van de jongen dezelfde verbazing liggen als op die van de drie wegpiraten? Toen ze de deur openden, en ik mijn badge omhoogstak met de woorden 'Philip Rondelez, gerechtelijke politie Ieper', hadden ze alle drie eerst hun minachting laten blijken. Door de neus op te halen, het voorhoofd te fronsen of opnieuw de smerige grijns te laten zien waarmee ze me hadden begroet toen ze me inhaalden. Ze verwachtten de politie, dat was duidelijk. Waarschijnlijk verwacht elke agressieve chauffeur dat de politie ooit aan zijn deur zal staan, omdat de gepensioneerde of de huisvrouw die ze vandaag geterroriseerd hebben de aanwezigheid van geest had om hun nummerplaat te noteren en naar de politie te bellen. Maar de gerechtelijke politie komt voor zo'n onbenulligheid nooit aan de deur. Zelfs de plaatselijke recherche houdt zich daar niet mee bezig. Hooguit een patrouille die toevallig in de buurt is, zou de moeite nemen, althans als er iemand wordt afgetuigd. Maar dat wisten deze sukkels niet. Dus was het met een diepe zucht dat ze de deur verder opentrokken toen ik vroeg of ik mocht binnenkomen.

Het misprijzen was niet alleen voor mij bedoeld, de kloterige agent die hen kwam lastigvallen, maar ook voor de nitwit die hen had verklikt, de randdebiel die beter rijlessen zou nemen in plaats van fatsoenlijke mensen aan te geven bij de politie. Want zou meneer de agent niet beter bij hén langsgaan? Bij de huismoeders en de zestigplussers die de wegen onveilig maakten, die verdomme twintig kilometer per uur trager reden dan toegestaan, die dachten dat ze een abonnement hadden op het tweede rijvak van de autosnelweg en het niet nodig vonden om richtingaanwijzers te gebruiken? Zo erg waren ze bezig met de reden van mijn bezoek, dat ze niet op mijn kleren letten. Ze stelden zich geen vragen bij de donkere kledij en de handschoenen. Ze waren enkel bezig met zichzelf, met de groeiende verdediging in hun hoofd, en de woede die als braaksel uit hun keel zou gutsen zodra ik de woonkamer binnen was.

Zover liet ik het niet komen. Ik wachtte geduldig tot de voordeur dichtging en glimlachte beleefd terwijl de man me voorging naar de woonkamer.

Het lemmet brandde in mijn hand. Nu?

Nee, hij zou de uithaal kunnen zien, vanuit zijn ooghoeken.

Nu? Nog even. Het leek alsof het mes mijn jas in vuur en vlam zou zetten.

Ik deed een stap dichter naar de woonkamer, dichter naar de man ook. En dan, als het slachtoffer zijn aandacht verlegde – Debo naar de luie stoel die hij me wilde aanwijzen met de woorden 'Neem plaats, agent', Vanoot naar de flesjes bier die hij nog snel wilde opruimen om een goede indruk te maken – sloeg ik toe. Het mes flitste uit mijn jaszak en doorboorde het stuk vlees dat in die ene seconde het meest geschikt leek om de man te doden.

Dimitri Debo greep kokhalzend naar zijn keel, bloed stroomde uit zijn mond en tussen de vingers waarmee hij het mes omklemde. Zijn ogen puilden uit en de verbazing die ik in een glimp opving, doofde toen hij vooroverviel in de luie stoel en op de grond gleed. Karl Vanoot sloeg dubbel en zakte meteen op de grond. Caroline De Bon had gelijk: de moord op zich plezierde me niet. Integendeel, ik voelde een afkeer voor deze mannen, en ik stootte alleen zo hard toe om zo snel mogelijk mijn hand te kunnen terugtrekken, weg van dat vallende lichaam, die tientallen kilo's afkoelende botten en vlees, weg van het bloed dat in stoffen sofa's drong en op koele vloeren vloeide. Ik bleef net lang genoeg wachten om zeker te zijn dat de mannen dood waren. De eenvoud van de daad verbaasde me. De banale manier waarop het leven deze lichamen verliet – in een-twee-drie, de tijd om een wind te laten – schokte me zelfs. Er school niets eervols in, in niets leek het op de actiefilms die ik samen met Sanne had bekeken. Daarin kwam de schurk altijd opnieuw overeind als de held probeerde op adem te komen. Met verminkt gezicht en afschuwelijke wonden, waarna de held geschrokken maar moedig de genadestoot toebracht. Niets van dat voor mij. Ik kreeg niet eens de tijd voor een gevatte oneliner.

Ik had ook niet verwacht dat het zou zijn als in de film, God behoede me. Ik had al het vermoeden dat deze types, met hun opdringerige maniertjes en hun patserige gedrag aan het stuur, in feite kleine niksnutten waren die zich als een kerstkalkoen zouden laten afslachten. Deze kerels hadden een hoge dunk van zichzelf als er 120 pk onder hun gat zat, maar ho-hoho als je hen te pakken kreeg zonder de bescherming van automatisch vergrendelde deuren en getinte ramen, dan waren het ruggengraatloze losers.

Dat ik in mijn vermoeden bevestigd werd door Debo en Vanoot, deed mijn afkeer voor hen enkel toenemen.

Samen met het lijk leek ook de omgeving af te koelen. Met de kilte kwam de kriebeling, een tinteling over mijn hele huid, die krioelde als maden die zich klaarmaakten om zich in horden op het lijk te storten. Ik liep het huis niet snel uit, ik wandelde, omdat ik weet dat hard lopen de aandacht trekt. Maar inwendig rende ik zoals ik nog nooit gerend had.

Bij Gilbert Vermoer ging het mis. Toen hij de deur opende, gekleed in een onderbroek en pantoffels, met een vet lijf walmend van het oude zweet, overviel me een duizelig makende walging die me te vroeg deed toeslaan. Vermoer was nog maar half de woonkamer binnen. Misschien zag hij het mes blinken, misschien was de beweging van mijn arm te opvallend. Wat het ook was, hij draaide zich plots om.

'Wat betekent ...?' bracht hij uit, om me vervolgens tegen de arm te slaan. Hij trok me de woonkamer in. Ik tuimelde over de luie stoel waarin hij een appel had zitten schillen. Ik voelde het aardappelmesje onder mijn kont knellen. Het rook er vochtig, naar het stilstaande water van een dode beek.

Vermoer verdween vloekend de gang in. Ik hervond mijn evenwicht, greep snel ook het mes uit de fauteuil en ging achter hem aan. Hij hijgde de trap op. De traptreden kreunden alsof zij de angstkreten slaakten waaraan het zijn piepende adem ontbrak.

'Wat is dit? Wie ben jij?' riep Vermoer, die de overloop bereikt had en zijn kamer in pufte. Ik haalde hem net in toen hij de deur tegen mijn gezicht wilde dichtslaan. 'Wie ben jij, wat wil je?' kermde Vermoer. Zijn stem brak. Met de dood voor ogen wordt zelfs de grootste bullebak een moederskindje.

Ik sloeg de deur hard terug. De kracht gooide Vermoer achteruit, en hij viel op bed. Een zure luchtstroom woei in mijn gezicht. Het was genoeg geweest.

'Je hebt een mooie auto, Vermoer, maar je hol stinkt als de pest!'

Ik stortte me op hem en plantte de twee messen diep in zijn borst. Ik kon Vermoers bedorven adem ruiken toen hij gilde en met het geluid van een loslatende ballon scheet hij zijn onderbroek vol.

Een ijselijk gekrijs snijdt door mijn ziel. Met de vleugels wijd vlucht een gans het struikgewas in, enkel achternagezeten door zijn eigen schaduw. Wellicht brak hij uit het dierenparkje wat verderop. Zijn luidruchtige ontsnapping dreigt zijn felbevochten vrijheid enkel te zullen inkorten, in de verte klinken al verbaasde kreten van mogelijke eigenaars. Het dier fladdert nu een struik uit, nog steeds opgejaagd, alsof hij niet kan geloven dat het hem gelukt is uit zijn saaie leven los te breken, terwijl hij al aanvoelt dat zijn uitbraak genadeloos afgestraft zal worden door wezens die menen te weten hoe hij zich hoort te gedragen: braaf, gedwee, vetgemest. Dronken door impressies die hij nooit had mogen ontdekken en aangevuurd door een instinct dat zich eindelijk in volle glorie ontketent, waggelt het dier opnieuw het wandelpad op en zet het een spurtje in, het noodlot tegemoet.

Eindelijk ben ik bij Ramparts Cemetery, het kleine militaire kerkhof op de vesting, waar Sanne in de zomer aquarellen komt schilderen. De schoonheid van het kerkhof is van een haast onwerkelijke romantiek, een beetje onzedelijk zelfs. De perfectie van deze begraafplaats verdoezelt de geleden gruwel, verheerlijkt zelfs de dood van deze mannen.

Tijdens het hele traject van de vesting raak je gewend aan de chaos van wilde struiken en brokkelige baksteen aan de waterkant, en dan plots sta je op dit perfect onderhouden gazon omzoomd met een strak geschoren haag. Alsof je in een zaal vol tuinen van Monet op een late Mondriaan stuit, zo beschrijft Sanne het. In de schaduw van het immense Cross of Sacrifice kijkt een honderdtal zuiver witte zerken, gelegen op een zachte helling, uit over de waterplas, een adembenemend zicht. De grafstenen richten zich niet naar de bezoeker; je kijkt bij het binnenkomen op hun ruggen. Ze zien uit over het water, naar een horizon die bezoedeld was door kruitdampen in de tijd toen de namen die ze dragen nog behoorden aan levendige jonge mannen. De zachte rode gloed die nu het begin van een stille nacht aankondigt, was toen een teken van helse branden op tot niemandsland gebombardeerde heuvels. De graven staan op wacht, alsof de soldaten die er liggen nog steeds de stad beschermen die ze toen niet konden redden.

Het getuigt van een immens respect dat men deze jongens het prachtige uitzicht over het landschap schonk, de vergoeding van hun vaderland voor de kou, de honger, de geblafte bevelen van oorlogsdolle officieren, de ratten die knaagden aan hun stervende vlees. In die tijd, waarin het leven van een mens evenveel waard was als een platgetrapte sigaret, voelden de grafdelvers schroom om de lijken met het hoofd naar beneden op de helling te begraven. Ze plaatsten de graven als zonnebaders op een strand, en redden daarmee de menselijkheid van hun generatie. Dit moet een van de mooiste plaatsen zijn om begraven te liggen, bedenk ik, terwijl een sluimerend duister de oranje zonneschijn verdrukt. Net als ik op het bankje wil plaatsnemen waar Sanne haar talloze aquarelletjes schildert, gaat mijn telefoon over. Zuchtend neem ik op. Het is Vandromme.

'Philip, kom snel.'

Hij klinkt opgewonden.

'We hebben iets.'

Deel 2

'I can feel a change in fortune.'
Simon Webbe

I

Een mens kan soms dikke pech hebben. Dat was het geval voor Amadeo Berteloot, Bunny voor de vrienden, toen Gilbert Vermoer op 7 september de weekendeditie van *Het Laatste Nieuws* ter hand nam en besliste Sexy Sandy te bellen, Bunny's vriendin, tevens zelfstandige callgirl van wie Bunny uiteraard enkel de chauffeur was. Later mocht ik vaststellen dat Sandy veel minder sexy was dan de advertentie deed vermoeden.

Het had helemaal niets betekend, dat telefoontje van Vermoer, ware het niet dat ook Dimitri Debo en Karl Vanoot met Bunny contact hadden gezocht. Ze maakten kennis met Sandy via www.bunnycam.be, Bunny's amateurpornosite die hem, volgens zijn eigen woorden, 'fucking veel money' opleverde. Na een paar webcamsessies wilden de twee Sandy's kunsten in levenden lijve meemaken. Want Bunny liet Sandy de klanten eerst geil maken via de webcam, en als er eenmaal een vertrouwelijke band groeide, kon hij hen ver boven de marktprijs privé laten afspreken. 'Als je maar doet alsof het exclusief is, kun je vragen wat je fucking wilt', grijnsde hij tijdens zijn eerste ondervraging, kort na de moord op Vanoot. Die grijns is ondertussen van zijn smoel verdwenen.

Tja, wat doet een vrijgezel met te veel testosteron behalve zijn gaspedaal in de kont van andere weggebruikers duwen? Dimitri Debo sleet zijn arbeidersbestaan aan een lopende band van weefgetouwengigant Picanol. Al werd Debo door zijn collega's omschreven als een betrouwbare collega, voor hem was de job alleen draaglijk als financiering voor zijn hobby: rally. Naast af en toe een bezoek aan een Kortrijkse disco besteedde hij zijn vrije tijd uitsluitend aan zware motoren op vier wielen. Zijn woonkamer bulkte van de auto- en rallymagazines, kasten tot proppens toe gevuld, en volgens zijn tranen met tuiten huilende moeder was hij behalve doodbraaf ook erg handig onder de motorkap. Aan hem was een goede garagist verloren gegaan.

Als negentienjarig jochie meldde hij zich als vrijwilliger voor de Ypres Westhoek Rally, onder de plaatselijke bevolking bekend als de '24 uur van Ieper', een rally met internationaal aanzien die ondanks enkele doodgereden toeschouwers nog elk jaar de plattelandbewoners van de Westhoek twee juninachten uit hun slaap houdt. Tijdens die nachten waagt geen verstandig mens zich op de openbare weg, volledig opgeëist als die is door ijzingwekkend snelle racepiloten en roekeloze na-apers. Vooral de na-apers zijn te vrezen. Hun nachtelijke gescheur wordt slechts af en toe geremd door spijkers en balken, op zorgvuldig gekozen punten van het rallytraject gelegd door milieuactivisten die met hun actie enkel blijk geven van een even groot gebrek aan verantwoordelijkheidszin als de mensen die ze denken te bestrijden.

Apetrots was Dimitri Debo toen hij te horen kreeg dat hij aan de slag kon bij het bewakingsteam van de Ypres Westhoek Rally, snikte zijn moeder, een zakdoek en een foto van haar zoon in haar met levervlekken ontsierde hand geklemd. Na enkele jaren geduld en met de nodige contacten in het circuit kon hij op zijn 23ste beginnen als monteur bij een plaatselijke piloot. Hij offerde er al zijn vakantiedagen voor op en zelfs zijn liefdesleven, want de meisjes hielden het nooit lang uit bij iemand die zo bezeten was van wagens. Zijn moeder zuchtte erbij, ze kon nauwelijks geloven dat haar Dimitri niet de tijd vond om een relatie met een fatsoenlijk meisje te onderhouden, maar wel om op het net naar goedkope porno te surfen. Dat hij zo lelijk was als de nacht, leek zijn moeder niet in overweging te nemen als reden voor het gebrek aan vrouwelijke aandacht.

Dimitri hoopte het ooit tot co-piloot te schoppen, zag ik haar later aan de West-Vlaamse televisie toevertrouwen, met in haar ogen de ontgoochelde zekerheid dat haar zoon het ooit zo ver geschopt zou hebben. Op dat moment stulpte en bolde mijn blikveld zoals in een spiegelpaleis, en al wist ik zeker dat niet de gedachte aan Dimitri Debo de tranen ontlokte, toch kon ik er niet helemaal de vinger op leggen of het verdriet van de moeder ze veroorzaakte, de onbeholpenheid waarmee ze naast de camera keek, de kramp waarin ze nog altijd zijn foto in haar handen knelde, of het besef van mijn eigen tragische keuze.

Karl Vanoot was een heel ander geval. Hij was een middelmatige boekhouder in een klein bedrijf, kort van stof, met een kille vorm van humor en tegenover vrouwelijke collega's als humor vermomd seksisme, wat hem allesbehalve populair maakte. Een man vol frustraties, zo beschreef zijn baas hem, en een radicale vakbondsman. 'Over zijn werk kan ik niet klagen, dat was correct. Maar hij was een driftig kereltje, een muggenzifter. Zaniken over kleine details, en liefst nog bij de dames op de dienst. En 's avonds vertrok hij altijd met gierende banden, zo opgefokt was hij. De arbeidswetgeving kende hij door en door. Als ik hem had ontslagen, dan had ik een jarenlang proces aan mijn broek, daar ben ik zeker van', vertelde hij toen Steen en ik hem ondervroegen in zijn kleine, van airco verstoken bureautje. Hij leek wel blij dat ik Vanoot voor hem uit de weg had geruimd.

Vanoot had nauwelijks sociale contacten. Hij surfte veel op het internet; zijn computer stond boordevol illegaal gedownloade muziek en porno. Blijkbaar was de arbeidswetgeving voor Vanoot de enige wetgeving die het navolgen waard was.

Over Gilbert Vermoer kan ik kort zijn: we weten bijna niets over hem. Dat is ongeveer evenveel als wat zijn verre nicht, de enige familie die we konden vinden, over hem wist. Hij was een niet bijzonder succesvolle schroothandelaar. Met het uitpluizen van zijn boekhouding zullen we nog enkele jaren zoet zijn. Hobby's? Appels schillen in zijn luie stoel, gekleed in een slip en gehuld in een zweetwalm, dat is de enige hobby die ik me kan herinneren.

Buiten enkele gemeenschappelijke kennissen, die je sowieso vindt bij iedere drie willekeurig gekozen mensen uit dezelfde stad, waren de drie op geen enkele manier aan elkaar te linken.

Behalve dan via hun honger naar de lichamelijke liefde van Sexy Sandy.

Omdat, alweer volgens Bunny, de meerderheid van de surfers te veraf woonde om er met Sandy naartoe te gaan – of het waren Noord-Fransen, waar zij niet naartoe durfden – begon hij ook met contactadvertenties in reclameblaadjes en weekendkranten. 'De meerderheid van de sukkels die hier wonen, durft niet eens op zoek naar porno op het internet. Bang dat een virus hun computer besmet', lachte hij smalend, bij ons eerste bezoek in zijn smaakloze Menense villa, waar hij met zichtbaar plezier zijn werkwijze uiteenzette. Hij zag er niet uit als een goedboerende pornobaas, maar als een ongemanierde nerd. Hij leek zo weggelopen uit de jaren negentig, met zijn Doc Martenslaarzen, het Smashing Pumpkins-T-shirt en zijn bruine haar in korte stekels. Ook zijn muren ademden de jaren negentig dankzij ingekaderde affiches van films als *Terminator III*, *Independence Day* en *Star Wars: The Phantom Menace*.

Bunny leunde arrogant achterover, het omhoogkrullende T-shirt gunde ons een blik op een haarloze dikke buik. Om de een of andere reden deed het me denken aan die eerste en enige keer dat ik, als jongetje van tien, oog in oog stond met een zwangere zeug op de boerderij van een klasvriendje, me verbazend over de dwaasheid in haar blik en de glanzende vetheid van haar lijf. En de warme stank die ze walmde, bijna bedwelmend.

Bunny schoof heen en weer tegen de kussens, alsof hij een jeuk aan de rug wilde wegmasseren. Het strakke leer van de sofa protesteerde met het geluid van een obscene scheet. Hij pulkte voortdurend aan scheerwondjes in zijn gezicht, of trok aan haartjes die aan het scheermes waren ontsnapt. Regelmatig speelde zijn maag op en boerde hij binnensmonds.

'Hebt u al eens Ieperse seksadvertenties gezien in de plaatselijke reclameblaadjes?' vroeg hij uitdagend, eerst ijzig naar mij, dan zijn blik strak op Steen.

Het deed haar niets. 'Nee', zei ze.

'Ik ook niet', antwoordde Bunny. Zijn lach, scherp en met de mond wijdopen, won nog aan obsceniteit door de sofascheet waarmee hij gepaard ging. 'Ze bestaan niet, excuseer, bestonden niet voor Sandy ermee begon. Een geile Westhoeker moest onder Kortrijk kijken om aan zijn trekken te komen. Toen Sandy dat zag, wist ze gewoon, dit is het fucking gat in de markt!' Opnieuw die lach. Het wondje waaraan hij had zitten pulken, begon te bloeden, hij depte het met een haast onbewuste beweging, omdat hij het al zo vaak gedaan had, bleek ook uit de witte zakdoek die al vol opgedroogde bruinrode vlekjes zat.

Aan de andere kant van de sofa kauwde Sandy kauwgum zoals alleen hoertjes dat kunnen, aandoenlijk stoer, in een poging Bunny's arrogante houding te evenaren. Maar ze was niet meer dan een tienermeisje. Alleen ontbrak het haar aan de frisheid die met haar leeftijd gepaard had moeten gaan. De vaalheid van haar gezicht werd versterkt door broos blond haar, waarvan de bruine uitgroei genadeloos de valsheid blootgaf. Geen vrolijkheid in haar zwaar aangezette ogen, het wit kleurde ziekelijk geel en de iris had de kleur van fletse groentesoep. Ze ontweek ons, staarde naar de tv die geluidloos muziekclips liet zien, naar de stapel PlayStationspelletjes op de grond voor de tv-kast, vooral *first-person shooters* merkte ik, of ze tuurde zuchtend langs het moderne IKEA-interieur naar de woekerende tuin waarop de hoge schuifdeuren een mooi uitzicht gaven. Het stelde mij deels gerust een tuin te zien die nog onverzorgder was dan de mijne. Zorgen voor later, in de lente.

Ons hele bezoek lang hield Sandy haar benen gekruist en wiebelde ze met haar ene voet, alsof ze schopte naar onzichtbare vliegen, of dringend naar het toilet moest. Regelmatig gleed mijn blik naar de witte sportschoen, op neer op neer op neer. Als ze me zag kijken, hield het wippen op, om meteen weer te beginnen zodra ik mijn aandacht had verlegd. Onder het weinig flatterende trainingspak ging een mooi lichaam schuil: lange benen, een smalle taille en een borstomtrek waarnaar mannen als Vandromme goedkeurend zouden fluiten. Toen ze plots naar de keuken wandelde, liet ze een strakke kont zien. Maar ze slofte als een uitgebluste moeder met een drankverslaving. Het leven had het grootste deel van haar lust al opgevreten. Ze kwam terug met een pakje fruitsap dat ze tergend langzaam leegzoog, ze bleef aan het rietje zuigen tot het karton reutelend ineenklapte. Het leverde haar een grijns op van Bunny.

Hij genoot. O, wat genoot Bunny van dat moment. Veel te gulzig vertelde hij over de centen die hij verdiende aan de blootsessies op zijn site, hoewel hij natuurlijk alleen maar abonnementsgeld vroeg. Wat die meisjes deden, daar had hij geen zaken mee. Het verbaast me nog steeds hoe spitsvondig dit type mensen op het slappe koord van de legaliteit balanceert, terwijl hun schrijnende gebrek aan opleiding zou doen vermoeden dat ze enkel een leven vol tristesse tegemoet gaan. Iemand als Bunny, met die combinatie van lef, sluwheid, emotionele intelligentie en meedogenloosheid, zou in het bedrijfsleven een schitterende carrière hebben uitgebouwd, alleen ontbrak het hem niet alleen aan elk moreel besef, wat in de harde business niet eens een slechte zaak is, maar vooral aan een goede afkomst en de juiste diploma's. Daarom deed Bunny het op zijn manier, en door het aftasten van de grenzen van de wet stak hij een dikke middelvinger op naar de maatschappij.

Nochtans was zijn rijkdom niet af te leiden uit het kneuterige interieur van de onopvallende villa, alleen misschien uit de Mercedes SLK voor de deur. Niet meteen het hipste merk in de streek, het vervoert al decennialang voornamelijk oude boeren met een onverwoestbaar vertrouwen in Duitse degelijkheid.

Bunny vertelde vrolijk voort, pulkend en knorrend, niets kon hem deren. Het was duidelijk dat hij al kennis had gemaakt met het Belgische gerecht; zijn laconieke houding was niet geheel onterecht. Hij toonde slechts enige discretie toen het gesprek op twee namen kwam: Dimitri Debo en Karl Vanoot. Over hen kon hij niets zeggen. Ja, hij hield een agenda bij met alle contacten van Sandy, natuurlijk deed hij dat, met telefoonnummer, adres en alles. Maar hij moest opletten, daar stonden belangrijke namen in, hij wilde zijn zaakje niet opgedoekt zien door geruchten over een politieonderzoek. En er was nog de wet op de privacy, daar kon toch niet mee gesold worden. Hadden wij trouwens geen huiszoekingsbevel nodig om zoiets te vragen?

'We roken hem uit zijn grot', juichte Vandromme alsof hij het over Osama bin Laden had, toen we met twee Kortrijkse collega's opnieuw op weg waren naar Bunny, deze keer om hem in te rekenen. Achteraf bleek dat Vandromme helemaal niet op Osama bin Laden had gealludeerd, maar op Hugh Hefner. Die had een grot, zo zag Vandromme ooit in een reportage, met een verwarmd zwembad, sfeervol verlicht, waar hij werd verwend op alle mogelijke manieren door wel tien blonde vrouwen, met lichamen, mannekes, zulke lichamen kreeg je enkel in Amerika te zien. Meteen waren we op de hoogte van Vandrommes ultieme fantasie.

2

'Rondelez!'

Ik schrik.

'Philip, pak aan!'

Ik kijk in de krimpende schuimkraag van een blonde Leffe. Ik neem hem aan, Vandromme draait zich terug naar de bar, pakt eerst zijn Watous Witbier, zet het behoedzaam op tafel, en grijpt dan het glas witte wijn dat hij, na elegant op zijn stoel plaats te nemen, voor Steen neerzet. Ik verbaas me over de handigheid waarmee hij het doet, nu zijn rechterarm verpakt zit in een brace.

De cafétafel ligt vol kranten. Met de arrestatie van Bunny haalden we alle voorpagina's. Grote foto's tonen een wazige – en gelukkig nauwelijks herkenbare – Bunny op de achterbank van de wagen die hem het gerechtsgebouw van Ieper binnenrijdt. Op de binnenpagina's worden artikels over het onderzoek opgefleurd met biografietjes van de slachtoffers en de verdachte, en in kaderstukjes geven Ieperlingen hun kijk op de zaak. De burgemeester is blij dat er een doorbraak is. DIT GEWELD PAST NIET IN DE VREDESSTAD luidt de kop boven zijn reactie in *Het Laatste Nieuws*. In *Het Nieuwsblad* lees ik: MET GERUST HART NAAR 11 NOVEMBER.

Want niet alleen het vinden van een veronderstelde moordenaar verlicht de stad en daarmee het onderzoeksteam, maar ook het besef dat we verlost zijn van de hete adem van de burgemeester en de procureur in onze nek, die op hun beurt voortdurend aan de oren werden getrokken door de staatsveiligheid.

Nu is men op het stadhuis wel gewoon geraakt aan telefoontjes van de staatsveiligheid. Reden daarvoor is dat elke avond om klokslag acht uur onder het British Missing Memorial Monument, beter gekend als de Menenpoort, de Last Post weerklinkt. De Menenpoort is het gigantische herdenkingsmonument voor vermiste soldaten van de Commonwealth, een grootse poort, eigenlijk te groot voor de stad waartoe ze toegang geeft. Een triomfboog wil men hem officieel niet noemen, al is hij dat wel, maar het klinkt protserig te triomferen in de schaduw van de 55.000 namen die in de poort gebeiteld staan, 55.000 namen van evenveel soldaten die nooit teruggevonden werden.

Het maakt niet uit of de regen met bakken uit de hemel komt gevallen, de sneeuw centimeters dik onder de voetzolen kraakt of de zon de dakpannen bakt, elke dag van elk jaar sinds 1928 zetten klaroenblazers het leven onder het monument even stil om, na het plechtig heffen der klaroen, meteen de ongemakkelijke stilte aan flarden te schallen. Het tot klankkast verworden monument weerkaatst de klaroengalm met een kakofonische kettingzang als resultaat. Wat je hoort, is geen muziek meer, het klinkt als het gekerm van de soldaten van wie hier enkel de gebeitelde naam rest, alfabetisch gerangschikt per regiment, tot de nok op de verblindend witte steen geptopt. Elke keer als ik daar sta, worden mijn ogen onverbiddelijk naar de namen gezogen, en klim ik langs hun letters omhoog naar het cassettedak met de ronde openingen, waarlangs bij speciale gebeurtenissen klaproosblaadjes naar beneden dwarrelen, zoals tien jaar geleden, bij de tachtigste verjaardag van de wapenstilstand, de dag dat ik Sanne ontmoette.

Dit wereldwijd unieke ritueel, door Vandromme ooit 'een hels kabaal' genoemd, maakt van Ieper de internationale hoofdstad van de herdenking van de Eerste Wereldoorlog. Ieper schrikt niet meer op van deze of gene ambassadeur, eerste minister of president die onder het monument de verdedigers van zijn vaderland komt eren op een dag dat een groot aantal van hen, zo vele jaren geleden, aan stukken werd geschoten door de Duitsers.

Het laat de Ieperlingen grotendeels koud. Het bezoek van Queen Elizabeth in de zomer van 2006 ging geruislozer voorbij dan het optreden van een schlagerzangeresje in de Westhoek Expo-hal.

De desinteresse van de Ieperse bevolking is niet enkel te wijten aan gewenning, ze is er al sinds 1918. Nadat het vier jaren durende bombardement de stad had herschapen tot een puinhoop waarin nog amper drie muren overeind stonden, waren de Ieperlingen de oorlog kotsbeu. Het voorstel van Groot-Brittannië om Ieper als ruïne te bewaren als herinnering aan de waanzin van de oorlog, werd door de getraumatiseerde bevolking op afschuw onthaald. De mensen gruwelden van het idee dat hun stad een modern Pompeï zou worden en beslisten radicaal het tegenovergestelde te doen. Enigszins geschokt moesten de Britten vaststellen dat Ieper herrees precies zoals het voor de oorlog was: de middeleeuwse gebouwen, de trapgeveltjes, de klassieke architectuur werden tot in het kleinste detail herbouwd. Na vele jaren lag Ieper erbij alsof er niks gebeurd was. Met de slagvelden gebeurde hetzelfde. Ze werden niet beschermd, niet opgeruimd, niet leeggehaald. De Ieperse boeren gooiden er een paar meter aarde over en begonnen prompt aardappelen te planten. Ieper probeerde het oorlogstrauma op een typisch West-Vlaamse manier te verwerken: begraven en doen alsof er niets gebeurd is. Zoals zo vaak bij foute therapieën keerde die aanpak als een boemerang terug in het gezicht van het slachtoffer. Regelmatig stootte een boer op vergeten springtuig, dat niet alleen de arme man met paard en kar of tractor de lucht deed invliegen, maar meteen ook alle oude wonden openreet.

De wens van de Ieperse bevolking om de oorlog zo snel mogelijk te vergeten werd door de Britten omzeild door de heldencultus van de gevallen soldaat net hier tot een summum op te voeren, met de dagelijkse Last Post als ultieme verering. De stad die de oorlog wilde vergeten, werd de internationale hoofdstad van de herdenking van de Eerste Wereldoorlog, en de bevolking kon niet anders dan volgen. In de schaduw van de heldenverering door buitenlandse militaire machten, die met hun 11-novemberparades neigen naar een romantisering van de oorlog, zelfs naar een soort morbide heimwee, ontstonden plaatselijke initiatieven die Ieper promoten als de Vredesstad, en in de herdenking een kans zien op te roepen tot 'nooit meer oorlog'. De twee houden elkaar in een schizofreen evenwicht, enerzijds de buitenlandse, vooral Britse, loftrompet voor de heldhaftige soldaat, anderzijds de plaatselijke roep dat zoiets nooit meer mag gebeuren.

De Ieperse middenstand kiest geen partij, zij ziet vooral gouden kansen in de busladingen Remembrance-Britten. De enige oorlog die momenteel nog woedt, is de guerrilla onder de chocoladeverkopers op de Grote Markt.

Maar voor de negentigste verjaardag van de wapenstilstand, over exact zeventien dagen, past geen onverschilligheid of ironie. Je haalt de burgemeesters van Chicago, Hiroshima en Jeruzalem, de eerste minister van Nieuw-Zeeland, de Afghaanse ex-minister en mensenrechtenactiviste Sima Samar, tevens winnares van de Vredesprijs, de Belgische minister van Defensie en de helft van de Vlaamse regering niet naar een stad die de naam Vredesstad draagt, maar tegelijk gegijzeld wordt door een meedogenloze moordenaar. Dat betekent nog eens pech voor Bunny: al is het dossier tegen hem niet zo sterk als ik gehoopt had, we hebben hem, en we zullen hem niet meer loslaten. Daar zal de politiek wel voor zorgen. Als ik me koest houd, en er na Bunny's arrestatie geen moorden meer plaatsvinden, mag hij nog zeggen wat hij wil. Hij kan ontkennen tot in de eeuwigheid, hij draait ervoor op. Soms kan de perceptie zo goed meewerken dat er nauwelijks bewijs nodig is. En ik ga de perceptie een handje helpen.

Hier stopt de theorie van Caroline De Bon. Ik – de seriemoordenaar, het woord alleen al doet me rillen – ga mezelf niet aan de galg praten, ik ga de eer voor deze moorden niet opeisen omdat een onschuldige is opgepakt voor een foute reden, ik ben niet moordverslaafd, ik stop ermee, het is genoeg geweest. Het is tijd om alles te laten rusten. Misschien moet ik een cursus woedebeheersing volgen, of mindfulness, voor als er nog eens zo'n klootzak op mijn weg komt, maar wellicht lukt het zo ook wel, vanzelf. Het kan niet anders, ik kan me geen nieuwe Vermoer veroorloven.

3

Gulzig drinkend van zijn glas bladert Vandromme voor de vierde keer door *De Standaard* en *Het Nieuwsblad*. Het zijn de enige kranten met een kleine primeur. Onder de kop AGENT GEWOND BIJ ARRESTATIE prijkt een foto van een glunderende Vandromme in T-shirt, geschoten vanuit kikvorsperspectief om de blauwe brace rond zijn rechterarm nadrukkelijk in beeld te brengen. Dat de kranten de primeur hebben, is niet verwonderlijk, Vandromme is er zelf mee naar zijn goede vriend de plaatselijke correspondent gelopen, en hij doet geen moeite dat te verbergen. Het leverde hem een obligate berisping van Creus op, al was dat amper gemeend. De vreugde over de doorbraak in het onderzoek was daarvoor te groot.

Vandromme heeft het natuurlijk helemaal zelf gezocht, die gekneusde elleboog. Uit Bunny's dossier, dat Vandromme ook heeft gelezen, blijkt dat hij zich niet laat uitdagen. Bunny groeide op in een gezin waar eten, slapen en drinken synoniem stonden voor drugs, seks en alcohol. Toen hij twaalf jaar was, verdween Bunny's moeder met de zuiderzon en een onbekende Italiaan. Dat ze haar drie zonen Italiaanse voornamen gaf – Amadeo, Giovanni en Silvio – werd vanaf toen beschouwd als een tragisch voorteken. Blijkbaar beviel haar nieuwe leven haar zo goed dat ze niks meer van zich liet horen. Niet dat het veel verschil uitmaakte voor Bunny. De twaalf jaar voordien hoorde hij van haar vooral gekreun, veroorzaakt door vaderlief of, als vader op café was, door vrienden des huizes. Terwijl Bunny huiswerk maakte, als hij daar al de tijd voor had, lag mama in bed en zat papa op café.

Na het vertrek van moeder vergezelde Bunny zijn vader steeds vaker op café. Op zijn veertiende werd hij voor de eerste keer opgepakt, toen ze samen een Marokkaan in elkaar hadden getimmerd, in de foute veronderstelling dat het een Italiaan betrof. De cafégevechten volgden elkaar al snel op, traditioneel gevolgd door kleine diefstallen, en voor hij het goed en wel besefte, plaatste een rechter Bunny in een jeugdinstelling.

Na een moeizame start, die zoals bij zo veel moeilijk opvoedbare jongeren gepaard ging met weggeslingerde stoelen en lichtgewonde begeleiders, leek het de goede kant op te gaan. Bunny maakte zijn middelbaar onderwijs af en volgde een cursus webbuilding. De hoop van de maatschappelijk werkers dat hij met die kennis een seniorennet of een dierenhobbysite ging bouwen, boorde hij de grond in zodra hij de deur van de instelling achter zich dichtsloeg. De site die hij in elkaar knutselde, stond binnen de kortste keren vol webcammeisjes die tegen een prijsje hun lichaam in allerlei bochten kronkelden, gehuld in schooluniformpjes, doorzichtige topjes, leren strings of wat er ook maar aan de fantasie ontsproot van de mensen die hen daarvoor betaalden, vijftigers met een buikje, of jonge vrijgezellen zoals Dimitri Debo en Karl Vanoot.

'Wij laten je wel een toontje lager zingen, dik moederneukertje!'

Dat waren de woorden.

Die woorden leverden Vandromme een brace op, en betekenden voor mij een gouden zaak wat ons dossier tegen Bunny betreft.

Ik hoor ze nog altijd uit Vandrommes mond komen.

Bunny's vuist flitste onverwacht stevig vanuit dat logge lijf van hem midden op Vandrommes borst, die totaal verbaasd en klapwiekend tegen het salontafeltje knalde, en kermend naar zijn elleboog greep.

De collega's hadden Bunny snel op de grond: arm omdraaien, stoot tegen de nieren, tik tegen de binnenkant van de knieën en hij lag op de vloer, vloekend en spuwend. Steen en ik hielden Sandy in bedwang, die schreeuwde dat het een schande was en dat we het ons allemaal nog zouden berouwen.

'Mijn arm is gebroken, herejezus, mijn arm is gebroken',

kreunde Vandromme terwijl hij naar buiten strompelde.

'Houd dan ook je mond, Ieperse boer', siste een van de Kortrijkse collega's hem na, en dan tegen mij, kwaad: 'Hop, inpakken en weg ermee.'

'Agressief kereltje, onze Bunny', zei ik tegen Steen, die Sandy in de rug porde. 'Heel agressief kereltje.'

Ze knikte.

Een auto toetert. En nog eens. Vandromme klokt een laatste slok naar binnen en zet het glas krachtig op tafel, alsof de hele zaak moet horen dat hij, ondanks zijn verwonding, niets aan kracht heeft ingeboet. Ik wacht even tot een barst vanuit de bodem als een aderstelsel uitwaaiert en het glas tot gruis uit elkaar doet vallen, maar er gebeurt niets. Een restje schuim glijdt loom naar beneden, en dat is het.

'Ik ben weg, mijn taxi is er', zegt hij.

'Ik help je even in je jas.' Steen staat op en hangt de jas over zijn schouders.

'Bedankt, Steentje.' Hij kust haar vluchtig, zoals je doet bij een collega.

'Dag meneer Rondelez, nog veel plezier samen.' Vandromme reikt me zijn linkerhand en ik schud hem onhandig en slapjes, zonder de gêne te voelen die doorgaans gepaard gaat met het schudden van de foute hand. Integendeel, ik ben opgelucht dat zijn rechterhand in een brace zit. Ik gruw ervan die hand te schudden. De eerste keer dat ik hem schudde en in Vandrommes koele ogen keek, staat te nadrukkelijk in mijn geheugen gegrift. Ik kan deze collega, voor wie ik nochtans een warme sympathie voel, niet meer de hand schudden zonder dat de koude rillingen me over de rug lopen.

Hij neemt de deurkruk vast, steekt nog eens zijn hand op naar iedereen en niemand in het bijzonder, maar niemand herkent hem en niemand komt hem een bewonderend schouderklopje geven, dus gaat hij snel de deur uit en rent door de gutsende regen naar de auto. Pas in het licht van de autolampen merk ik hoe zwaar de regen naar beneden klettert, het zachte rood van de achterlichten vangt de omgeving in een mistroostige waas. Als hij instapt, werpt het leeslampje een zwak licht op Francine, die vanachter weerkaatsend glas naar het café staart en zich dan naar Vandromme richt. Dan verzinkt het interieur weer in een allesverhullend donker.

'Ik ga ook maar eens', zeg ik terwijl ik me naar Steen draai. Ze pakt mijn arm beet. Ik schrik.

'Nee, blijf nog even. Nog eentje.'

Ik zucht, kijk op mijn horloge, dan weer naar haar, en ik besef dat ik niet eens zag hoe laat het is.

'Ik heb nog geen zin om naar huis te gaan.' Ze slaat haar blik neer in het glas wijn.

'Heb je nog altijd ruzie met Wouter over kinderen?' glimlach ik. We kijken allebei hoe ze haar wijn walst en zo een draaikolkje veroorzaakt.

'Het is geen ruzie meer, het is scherper dan dat. Een venijnige onderhuidse spanning. Het is niet leuk meer.' Ze stopt het walsen en klokt de wijn in een teug naar binnen.

'Ik begrijp niet', gaat ze verder, 'dat iemand die de hele dag tussen pubers slijt, plots zelf een paar snotters wil maken.' Ze zucht diep. 'Is het zo abnormaal dat ik geen kinderen wil?'

Ik haal de schouders op. 'De meeste vrouwen willen kinderen. Maar als je er geen wilt, kun je er beter niet aan beginnen. Dat is niet fair tegenover het kind.'

Ze gromt en drinkt nog een slok, maar haar glas is leeg en het enige wat ze binnenkrijgt, is een trage druppel en veel lucht. Ze zwaait naar de barman.

'Voor mij een cola', zeg ik.

'Een witte wijn en een cola', schreeuwt ze naar de barman, en ze moet het nog eens herhalen, want de muziek staat te hard. Het verbaast me steeds hoe cafébazen hun muziek precies zo luid weten te zetten dat je nog net de mensen aan je eigen tafel kunt horen en voor de rest alleen het gejengel dat uit de boxen knalt. Deze cafébaas koos voor een verzamel-cd seventies rock.

Steen buigt zachtjes voorover. 'Ik heb nooit kinderen gewild. Ik ben tweeëndertig nu, volgens mij zal het moederinstinct nooit komen. Luiers, kots en kwijl, ik moet er niet aan denken.'

'Als je het niet wilt, moet je het niet doen, echt waar. Wouter kan je niet dwingen.'

Ze glimlacht als een popje dat tweede wordt in een schoonheidswedstrijd. Ik heb geen zin om hier te blijven, om medeplichtig te worden gemaakt aan haar complot tegen haar huwelijk, ik wil er niks mee te maken hebben. Wat mij betreft heeft ze gelijk, en Wouter ook. Allebei gelijk. Ik wil naar huis, naar Sanne.

Ze drinkt van haar wijn, ik van de cola. Hij brandt in mijn maag. Ik onderdruk een boer. Ze speelt met de voet van haar glas, bijna sierlijk draait ze het tussen duim en wijsvinger. De beweging van haar hand krijgt plots iets geruststellends, misschien omdat het ons afleidt. Door onze valse interesse voor de beweging van Steens hand hoeven we elkaar niet aan te kijken, en bieden we onszelf een goedkoop excuus voor de daarmee gepaard gaande stilte die tussen ons hangt. We weten allebei dat dit beter is dan het nutteloos voortzetten van een gesprek dat nergens toe leidt. Wat heeft het voor zin dat ik haar gelijk geef als ze straks, eenmaal thuis, toch weer in eindeloos geruzie verzeild raakt? Wat is het nut om in mij een gelijkgestemde te zoeken, als ze weet dat ik dat eigenlijk niet ben?

'Misschien kunnen we toch maar beter weggaan', zegt ze met een knikje naar de box die schuin boven ons tafeltje hangt en waaruit een psychedelische gitaarsolo weerklinkt. 'De muziek bevalt me niet.'

Zelf kan ik dat soort experimenteel gejengel niet verdragen. Sanne zegt het me zo vaak: 'Jij houdt niet van het experiment, jij hebt graag alles klaar en duidelijk. In een schilderij moet je iets herkennen, van een song wil je de tekst kunnen meezingen, en een boek lees je enkel als je het verhaaltje begrijpt.' Dan pak ik haar vast en kietel haar tot ze me smeekt te stoppen. Daar heb je het, haar experiment.

Als ik de deur voor Steen openhoud, merk ik dat het niet meer regent.

'Eigenlijk vind ik het spijtig dat we hem al hebben', zegt ze, naar autosleutels tastend in haar jaszak. Ze vindt ze, en kijkt me aan. Ik weet niet of de blos op haar wangen te wijten is aan de kou, of aan de bekentenis die ze doet. Misschien wel aan allebei.

'Ik heb me op deze zaak gegooid, het wordt afkicken. Het leidde me af van de herrie met Wouter.'

'Hij heeft nog altijd niet bekend', zeg ik terwijl ik de auto's afspeur. Ik ben weer vergeten waar ik de mijne heb geparkeerd. 'Je kunt je daar nu op storten. Mij zou het goed uitkomen, want ik wil wat vakantie nemen.'

'Hij bekent nog wel. Daar ben ik van overtuigd.' Ze duwt op de afstandsbediening en de knipperlichten van een Audi A2 laten weten dat ze welkom is. 'Neem jij maar vakantie. Geniet ervan.'

Ze wandelt weg.

'Je mag me altijd bellen als er iets is', zeg ik nog snel. 'Ook met Wouter, je kunt op me rekenen.'

Ze knipoogt. Als ze wegrijdt, zwaait ze.

Ik zwaai terug en besef dat mijn auto twee straten verderop staat, net op het moment dat de voorbode van een nieuwe regenbui op mijn neus valt.

4

Als ik thuiskom, zit ze in de zetel. In een topje en een onderbroekje, met haar benen opgetrokken, haar armen leunend op haar knieën en een groene kop soep aan haar lippen.

'Dag ventje,' zegt ze, 'wil je ook een kopje soep?'

'Geen soep vandaag', zeg ik ontgoocheld in de dode ogen van Winnie the Pooh, de enige aanwezige op de zitbank als ik het licht aanknip. Rillend zet ik de thermostaat op twintig graden, ik steek de kaarsen aan en kus de foto van Sanne.

Speeksel vloeit in mijn mond. Ik probeer het weg te slikken, maar bij elke slok stroomt er meer in mijn mond. Ik krijg het niet meer weggeslikt en ren naar het toilet.

Het is niet de zure warmte van de kots die braken zo walgelijk maakt, het is dat ene moment vóór de stinkende stroom, het moment dat de strotklep de luchtpijp afsnoert en je beseft dat er voor onbepaalde tijd geen lucht meer binnenkomt, dat je bewustzijn overgeleverd is aan een lijf dat oncontroleerbaar haar viezigheid loost. Tranen van walging springen me in de ogen en ik grijp naar het met bruine druppeltjes bespatte email.

Maar ik voel geen koude steen, ik voel de rechterhand van Fernand Vandromme. Plots sta ik aan mijn voordeur, het is een zonnige lentedag, zo'n ochtend waarop de eerste hooikoorts mijn neus verstopt. Vandromme neemt zijn uniformpet af, het is de eerste keer dat ik die kortgeschoren kop zie met de sterke blauwe ogen. Hij schudt me de hand, stelt zich voor en vraagt of hij mag binnenkomen. Hij staat daar heel sereen, helemaal anders dan de drukke macho die ik leerde kennen. Ik zie een typische agent, een kerel die vertrouwen uitstraalt, iemand van wie ik me kan voorstellen dat hij aangesloten is bij de plaatselijke wielerclub. Ik kan me al helemaal niet inbeelden dat we drie jaar later samen achter een seriemoordenaar zullen aangaan. Hij zal iets vragen over politiewerk, hij heeft mijn hulp nodig. Maar waarom wacht hij dan niet tot ik op kantoor ben? Wat is er zo belangrijk dat hij 's morgens vroeg al voor mijn deur staat?

Dan zegt hij het.

Dan zegt hij de woorden die alles zullen veranderen.

'Meneer Rondelez, het spijt me u dit te moeten mededelen. Uw vriendin is vanochtend overleden bij een ongeval.'

Deel 3

'All I want is the past.'
Beirut

I

De lont sist als een kwade kat, even vrees ik dat de vlam haar niet zal vangen. Ik draai de lucifer tussen mijn vingers en raak gebiologeerd door de verraderlijk rustgevende vlam. Als de lont zich eindelijk gewonnen geeft, blaas ik de lucifer uit en snuif snel de heerlijke brandgeur op.

'Je vindt het vast onnozel', zeg ik tegen Steen, die naast Winnie the Pooh op de sofa zit.

'Nee hoor', zegt ze.

Ik plaats de kaarsen dichter bij de foto van Sanne. Ik wil haar portret kussen, zoals ik elke avond doe, maar ik durf niet. Steen zou het belachelijk vinden, misschien zelfs griezelig. Het kost me moeite me van de kast los te maken en bij Steen te gaan zitten. Het is alsof ik Sanne verraad door de foto niet te kussen, alsof ik een levensnoodzakelijk ritueel doorbreek en onheil over ons afroep, over mezelf en over haar zielenrust.

Alleen al de aanwezigheid van een andere vrouw in dit huis voelt aan als verraad. Maar ik kon het niet over mijn hart krijgen 'nee' te zeggen toen Steen deze morgen een beetje beschaamd belde om te vragen of ze een nachtje mocht blijven logeren. Ze had al de hele week bij haar zus geslapen, morgen wilde ze terug naar Wouter, voor een laatste verzoeningspoging.

'Ik vind het lief van je', zegt Steen. 'Het is mooi hoe je nog altijd van haar houdt.'

Ik glimlach en kijk naar de rusteloze schaduwen die de vlammen op de muur werpen.

'Ben je er zeker van, dat ik vanavond kan blijven slapen?' vraagt ze.

'Natuurlijk', zeg ik. Ik knip de tv aan. Het geluid staat te zacht om er iets van te verstaan. De nieuwslezer kijkt dwaas de woonkamer in, hij beseft niet dat zijn uitleg voor ons zinloos is. Ik zet het geluid niet hoger, de tv dient enkel om af en toe naar te staren als afleiding, als het gesprek zou dreigen te stokken.

Steen streelt de berenkop. 'Mooie beer.'

'Heeft Sanne geschoten voor onze eerste kleine.'

Ze trekt haar hand weg, alsof ze een kokende waterketel aaide.

Ik lach. 'Cindy toch, je hoeft niet zo gespannen te zijn.'

Ze gooit haar hoofd achteruit en met een lichte kreun leunt ze tegen het kussen van de sofa. Ze masseert haar oogleden.

'Zie me hier zitten. Ik ben een jonge, vruchtbare vrouw, en ik vlucht van mijn vent omdat ik geen kinderen wil. Terwijl jij, jij en Sanne, jullie kregen niet eens de kans.'

'Je hoeft je helemaal niet schuldig te voelen.' Ik wandel naar de keuken en kom terug met een fles Sauvignon en twee glazen. 'Ontkurk jij deze even, dan ga ik hapjes maken.'

In de keuken spiets ik salami, kaas en olijven op houten prikkers. Op elk stokje een blokje kaas, een vierdubbel gevouwen schijfje salami en daartussen een olijf. Ik let erop mijn vingers tussendoor niet af te likken, al voel ik die neiging als de olijfolie mijn vingers vettig maakt. Uit de woonkamer klinkt het zachte ploppen van de kurk.

'Mmh, lekker wijntje', roept Steen.

'We maken er een gezellige avond van', roep ik terug.

Als ik in de woonkamer kom, zit Steen niet meer op de sofa. In mijn ooghoek zie ik de rode vlek van haar trui, ze staat aan het dressoir, gelukkig ver genoeg van de kaarsen om ze niet te doen uitwaaien bij een bruuske beweging.

'Het zijn kerkhofjes', zegt ze, wijzend naar Sannes ingekaderde aquarellen, drieëntwintig stuks die samen een hele muur beslaan.

'Ramparts Cemetery.'

'Ken ik niet.'

'Aan de Rijselpoort, op de vesting.'

'O ja, daar.' Ze buigt voorover om de schilderijtjes van dichterbij te bestuderen.

'Ken je iets van aquarel?' vraag ik.

'Nee, kunst is niet mijn ding.'

Ik wijs naar een kadertje dat in het midden hangt. 'Dit is Sannes eerste. Het mist kracht, het is onhandig en te angstig geschilderd. De aquarellen aan de buitenkant zijn stukken beter. Aquarel vraagt veel oefening, je hebt een bepaalde vlotheid nodig om het goed te doen. Daarom is het ook zo moeilijk.'

'Mooi gedaan, hoor', zegt ze over een werkje dat ik zelf tot een van mijn favorieten reken.

'Na de begrafenis heb ik ze ingekaderd.'

'Deze muur, dit geheel ... Het heeft iets van ... een schrijn.'

Haar aarzeling doet me blozen.

'Hoe bevalt je vakantie je?' vraagt ze terwijl ze een tweede keer inschenkt. Ik hou van het geluid dat gepaard gaat met het inschenken van wijn, alsof de wijn zachtjes naar je lacht. Zou het om dat mooie geluid zijn dat mensen zwijgen als je de glazen vult?

Ik slik een stuk olijf weg. Ik heb er spijt van dat ik geen voorverpakte warme hapjes kocht. Ik heb er plots enorm veel zin in.

'De eerste week was voorbij voor ik het wist. Hopelijk doet de tweede het een beetje kalmer aan.' Ik glimlach. Steen gromt.

'Vorige week is ook voor ons voorbijgevlogen. Helaas zonder veel resultaat.'

'Hoe gaat het met de ondervraging van Bunny?' Ik schuif geïnteresseerd naar voren en probeer de emotie van Steens gezicht te lezen. Die ligt, als ik het goed heb, tussen ergernis en vermoeidheid.

'Goed en slecht tegelijk', zegt ze. Ze neemt een prikker, pulkt er de kaas af en begint erop te knabbelen. 'In het begin werkte Bunny bijzonder goed mee. Een hele omslag met onze eerste kennismaking, toen hij ons zo zat te tergen, weet je nog? Blijkbaar besefte hij dat het menens was. Hij deed er alles aan om zijn onschuld te bewijzen.'

'Ja, dat zal wel. Wil je nog wat?' Ik wijs naar haar lege glas, ze knikt. Ze praat wat luider als ik naar de keuken ga om een tweede fles uit de koelkast te vissen.

'Voor alle avonden heeft hij een alibi. Nu ja, hij had afspraken staan in zijn agenda, en Sandy bevestigt die. Sommigen van haar klanten hebben het ook bevestigd. Maar Bunny bleef in de wagen terwijl Sandy de klant afwerkte. En in die tijdspanne had hij altijd de mogelijkheid om de moord te plegen. Bovendien zitten er enkele gaten, niet alle klanten hebben zin om toe te geven dat ze Sandy hadden geboekt.'

'Haha, dat verbaast me niet.'

'We blijven die kerels onder druk zetten. Eerlijk gezegd kan het me niet schelen als hun relatie naar de bliksem gaat omdat ze hun hoererij moeten bekennen, als we daarmee kunnen uitmaken of Bunny liegt of niet. Want hij klinkt verrassend geloofwaardig.'

'Daar ga je toch niet in trappen, Cindy? Seriemoordenaars spelen komedie als de beste, dat weet je toch? Dat Bunny nu de onschuldige, braaf meewerkende getuige speelt, dat is pure strategie. En straks, als het niet blijkt te werken, wordt hij het arme slachtoffer van een politiecomplot.'

'O, dat is hij nu al. Sinds gisteren praat hij niet meer. Volledige stilte.'

Ik ontkurk de fles, controleer de hals op stukjes kurk en schenk in.

'We hadden hem moeten schaduwen na Vanoot', zeg ik. 'Dan hadden we zekerheid over de avond van de moord op Vermoer.'

Ze klopt me op de schouder, haar warme hand doet me blozen. Ik ben vrouwelijke aanrakingen ontwend, mijn lichaam protesteert ertegen.

'Philip, je weet goed genoeg dat we daar geen budget voor hebben. Trouwens, de moord op Vermoer vond plaats een maand na die op Vanoot. Een dag of vijf, hoogstens, hadden we hem kunnen schaduwen, maar een hele maand, no way.'

Om mezelf een korte pauze te gunnen, drink ik van mijn glas. Ik kijk naar de hand waarmee ze me aanraakte. Zou ze daarmee de Slurf afrukken?

Geschrokken van mijn eigen gedachte verslik ik me. Steen gebruikt dezelfde hand nu om zachtjes op mijn rug te kloppen. Hoestend kijk ik naar de nieuwslezer, maar het beeld wil niet weggaan. Ik zie een naakte Slurf en een naakte Steen die, half over hem gebogen, zijn – in mijn fantasie – gigantische geslachtsdeel omklemt en er wild aan trekt, iets te snel, iets te hard, want zoals voor zo veel vrouwen is het ook voor Steen niet eenvoudig het juiste ritme te vinden.

'Gaat het, Philip?'

Ik knik, opgelucht omdat ze de roodheid van mijn gezicht aan het hoesten wijt. Dan zit ze, gedetailleerd naakt, op haar ellebogen en knieën, met Slurf hijgend duwend achter haar, en haar grote borsten wiebelen op het ritme van Slurfs hortende stoten – herejezus!

De nieuwslezer maakt plaats voor huilende Aziatische jongetjes die me redden van de vulgaire fantasie waarvoor ik me schaam, ook al heeft Steen er geen flauw benul van.

'Het gaat wel weer', zeg ik.

'Je liet me schrikken', zegt Steen. Ze wrijft over mijn rug, maar de aanval van platvloerse verbeelding verdween even abrupt als ze verscheen. Ik zie alleen huilende kinderen in vuile kleren, scharrelend tussen rotzooi en puin.

'Bijna vermoord door witte wijn', lach ik. Ik drink nog een slokje om te benadrukken dat het in orde is.

'Die fles zullen we in de boeien moeten slaan en hardhandig ondervragen', grapt Steen. Ik lach, niet om het grapje, maar om de sfeer er weer wat in te krijgen.

'Ik was graag bij de ondervraging van Bunny geweest,' zeg ik in een poging het voorval af te sluiten en het gesprek opnieuw op gang te brengen, 'maar ik had net iets meer behoefte aan vakantie.'

Niet zozeer het verlangen naar rust deed me twee weken vakantie nemen, maar vooral het schuldgevoel tegenover mijn collega's. Ik heb hun geloof in het foute spoor aangewakkerd, en ik wil mijn schuldbesef niet verder op de spits drijven door ook nog eens Bunny te kraken. Dat laat ik liever aan anderen over.

'We hebben samen de vragenlijsten opgesteld', zegt Steen. 'Dat was meer werk dan de ondervraging op zich.'

Voor de zaak tegen Bunny stelden we driehonderd vragen op, geordend in vijf categorieën. Bij de ondervraging gooien we alle vragen door elkaar. Enkel wij zien de structuur achter de vragen, Bunny niet. Achteraf rangschikken we de antwoorden volgens de categorieën, zo krijgen we een goed beeld van de zwakke punten in Bunny's verhaal.

'Is Caroline De Bon er nog bij betrokken?'

'Ze volgt de ondervraging, ja. Bunny vertoont typisch psychopatengedrag volgens haar. Spelletjes spelen en de boel manipuleren. Voorlopig houdt vooral de reden waarom Bunny deze drie klanten uitkoos haar bezig.'

'Heeft ze al enig idee?'

'Misschien waren ze gewelddadig tegen Sandy. Maar Bunny en Sandy ontkennen dat.'

'Ze hoefden niet eens veel te doen om Bunny op stang te jagen. Je zag zelf hoe hij Vandromme aanvloog toen we hem arresteerden. Misschien waren ze niet gewelddadig, maar denigrerend. Ik heb de indruk dat Bunny met een grotesk minderwaardigheidscomplex te kampen heeft. Het lijkt me niet onwaarschijnlijk dat hij door het lint gaat als iemand zijn vriendin, ik zeg maar iets, "een stomme stoephoer" noemt.'

Steen gaat overeind zitten. 'Ja, daar heb je wel een punt. Misschien kun je toch maar beter komen helpen bij de ondervraging. Nu, voorlopig is het grootste probleem dat Sandy en Bunny ontkennen dat ze ooit bij Vermoer geweest zijn.'

'Wablief?'

'Je weet dat de telefoontap niets opleverde.'

Ik knik. Het telefoontje van Vermoer naar Bunny duurde nog geen twintig seconden. Hij vroeg naar de prijs, en daarna legde hij neer. Daaruit zou je afleiden dat Bunny en Sandy nooit bij hem over de vloer zijn geweest.

'Bovendien', gaat Steen verder, 'is er van hem geen spoor in hun agenda. En er zijn in Vermoers woning geen vingerafdrukken of DNA gevonden van Sandy. Bij Debo en Vanoot vonden we DNA, vingerafdrukken én grindresten die identiek zijn aan het grind van Bunny's oprit. Bij Vermoer vonden we enkel de grindresten.'

Ik neem een prikker, ook al heb ik er geen zin meer in. Bunny is nooit bij Vermoer geweest. Vermoer was iemand die een uurtje seks met Sandy veel te duur vond. De grindresten kwamen van mij. Ik peuterde ze van tussen mijn schoenzolen na ons eerste bezoek aan Bunny en bewaarde ze in een zakje tot ik ze eens nodig mocht hebben. Tot ik bij Vermoer op de stoep stond dus.

'Wanneer hebben wij Bunny bezocht na de moord op Vanoot?' vraag ik.

'Daar vraag je wat. Eind augustus ergens, de 28ste of zo?' Steen neemt ook een stokje, en trekt er de salami vanaf.

'En wanneer belde Vermoer Bunny?'

'7 september.'

'Bij Debo en Vanoot vinden we vingerafdrukken, DNA en grind. Dan gaan wij op bezoek bij Bunny. Vervolgens belt Vermoer Bunny. Enkele weken later is hij vermoord, en daar vinden we alleen grind. Lijkt er sterk op dat Bunny voorzichtig werd, en bewijsmateriaal vermeden of vernietigd heeft, maar te stom was om zijn voeten te vegen.'

'Die mogelijkheid overweegt Creus ook. Een verdacht gebrek aan sporen. Maar ik twijfel er toch aan. Dit is Ieper, hè, niet Agatha Christieland.'

We lachen.

'Toch blijft het vreemd, hoor', wuift Steen. 'Na de blijdschap over de doorbraak blijf ik met één gevoel achter: dat er iets niet klopt.'

Ze zucht en slaat opnieuw haar handen voor haar ogen. Ze is vermoeid.

'Ik had beloofd er een leuke avond van te maken, en we praten enkel over het werk', glimlach ik.

Ze zucht nog eens, en ze loeit erbij, het klinkt als een oerkreet. 'Je hebt gelijk, Philip, maar ik vrees dat ik geen leuk gezelschap ben. Als ik niet bezig ben met het ondervragen van een griezel, help ik mijn huwelijk om zeep.'

2

Een vrouw in huis. Het voelt vreemd aan. Ik lig in bed en luister. Of ik haar ademhaling hoor, of ik haar hoor draaien op de matras in de kamer hiernaast. Drie jaar is het al. Drie jaar dat geen vrouw hier binnenkwam, sinds de ochtend dat ik voor het eerst de hand schudde van Fernand Vandromme.

Snurkt ze? Of hoor ik haar praten in een droom? Misschien kan ze net als ik de slaap niet vatten. Denkt ze aan Wouter, en hoe het met hen verder moet. Daar kan ik nu zelf beter niet over denken, over de Slurf en haar – daar komt niets goeds van.

Deze avond overviel me. Het was overweldigend om Steens vrouwelijke kijk op mijn manier van leven te ondergaan, en te ontdekken hoezeer dit huis al het huis van een eenzame vrijgezel geworden is: dat ik een nieuwe ijskast nodig heb, zei ze, en dat ik de stof van mijn sofa eens moet laten opfrissen. Geamuseerd keek ik hoe ze, na de afwas, de glazen en koppen in de kast veel beter rangschikte dan ik het doe. Onbewust liet ze haar vrouwelijke vingerafdruk achter op mijn woonst, via opgeschudde sofakussens en gevouwen handdoeken. Pas toen besefte ik hoezeer ik dit soort simpele handelingen gemist heb, die kleine tekens van genegenheid waarmee Sanne me het leven gemakkelijker maakte. Geschokt stelde ik vast dat ik al drie jaar bijna onzichtbaar Sannes stille aanwezigheid wis. Haar pannen staan schots en scheef onder het aanrecht tussen lege flessen allesreiniger en wasmiddel, het geparfumeerde dubbellagige toiletpapier verving ik door het goedkoopste supermarktmerk, en mijn was ruikt allang niet meer naar de kersenbloesemwasverzachter die ze altijd kocht.

Het is lang geleden dat ik nog zo in tranen uitbarstte. Een uur geleden was het verdriet terug, als een goede vriend die me onverwachts op de schouder klopte. Zo lang al ben ik in de greep van een verzengende woede, die me leerde anderen te verzwelgen in plaats van zelf verzwolgen te worden, dat ik niet meer wist hoe te huilen.

Niet de gedachte aan onze zomerse vakanties of een wilde vrijpartij deden mij daarnet de das om, maar de kleine dingetjes waaraan Steen me onbedoeld herinnerde. Het plezier waarmee Sanne mijn favoriete hemd streek, de aandacht waarmee ze haar boeken alfabetisch rangschikte, de snoepjes die ze in mijn uniform verstopte bij officiële gelegenheden. Ik huilde om de manier waarop ze 'oeps' zei als ze iets liet vallen, de frons op haar voorhoofd als ik over een pas gedweilde vloer wandelde, haar lachje wanneer ik een grap vertelde.

Ik weende – stil om Steen niet te wekken, of op zijn minst niet te verontrusten – om haar zelfgemaakte handtas met bloemetjesprint, om mijn per kleur op stapeltjes gevouwen boxershorts, om de groene kop waaruit ze altijd haar winterse soep dronk. De tranen kwamen voor de hapjes die ze maakte tijdens romantische avonden en de kuiltjes van haar glimlach als ze zag dat ik ervan genoot.

Haar glimlach was het eerste wat me aan haar opviel, die elfde november tien jaar geleden. Het was een mooie novemberdag, de hemel was van een strak blauw zonder enig streepje wit en ondanks de bijtende kou bewoog het waterzonnetje me tot een lenteachtige vrolijkheid. Ik wandelde over de Grote Markt en verbaasde me over de kleurige wirwar van mensen die een al even kleurrijke verscheidenheid aan talen lieten horen. Kranige oude mannen met zilvergrijs haar en borstelige wenkbrauwen paradeerden in uniform. Hun eretekens schoten vuur in de zon. Aan hun armen gingen fiere vrouwen in bloemetjesjurken en in rechte jasjes met schoudervullingen. Zij aanhoorden knikkend en glimlachend de verhalen van manlief en zijn vrienden. Maar zij keken vooral uit naar de verwenkoffie die ze zouden nuttigen op een verwarmd terras. Jonge soldaten draalden in groepjes bij cafédeuren of chocoladewinkels en floten naar meisjes alsof zij vandaag Ieper hadden bevrijd en daarvoor een gepast bedankje verwachtten. Ze praatten luid om hun woorden te doen uitstijgen boven het klaaglijke gekreun van doedelzakken, bespeeld door gespierde bonken met krachtige kuiten in witte kniekousen, van wie ik me afvroeg of de aders in hun gezicht zouden knappen door hun bolgeblazen kaken. Aan de pretlichtjes in de ogen van de vrouwelijke toeschouwers kon ik aflezen dat zij wachtten tot de wind hun een blik zou gunnen onder de kilts.

Plots keek ik in de kille ogen van een strak in het pak zittende kerel. Hij praatte in een microfoontje op zijn jas terwijl hij een vinger in zijn oor hield. Nadat hij een teken gaf, volgde een groepje mannen hem een restaurant in. Twee mannen bleven onopvallend voor de deur drentelen, alsof ze op iemand aan het wachten waren, terwijl ze in werkelijkheid enkel de omgeving nauwlettend in de gaten hielden.

Ik maakte net plaats voor een groep muzikanten van de plaatselijke fanfare, die ik beklaagde omdat ze in deze kou moesten opdraven in een zomers uniform, toen Sanne vrolijk op me afgetrippeld kwam. Ik was meteen betoverd door haar frisse verschijning. Ik had net de tijd om in haar grote bruine ogen te kijken en de kuiltjes van haar glimlach te zien.

Ze stopte een flyer in mijn hand.

'Dag meneer, komt u vanavond naar het vredesconcert op de Vismarkt?' vroeg ze. Het was een vraag die ze aan iedereen stelde, want ze huppelde meteen twee stappen van me weg om iemand anders een flyer aan te bieden.

'En wie komt er allemaal naar dat vredesconcert?' kaatste ik de bal terug, zonder de flyer te bekijken. Mijn hart bonkte in mijn keel.

Vlug gaf ze een exemplaar aan een oudere dame, want het was niet iemand die je op een vredesconcert zou verwachten, hooguit op een kaartavond van de gezinsbond. Ze huppelde naar me terug, alsof de tijd even in rewind werd gezet.

'Wat er valt te beleven?' Haar ogen fonkelden en ze veegde een lok krullend blond haar van haar voorhoofd. Ze kwam naast me staan, pakte het gele blaadje beet en raakte daarbij ook mijn hand aan. Traag snoof ik haar parfum op, dat licht en fruitig rook, en me verdoofde.

'Het staat op de flyer', zei ze, en ze keek bekoorlijk naar me op. 'Eerst een paar lokale bandjes, die stellen niet zo veel voor.' Ik volgde haar vinger, maar ik kon de schemerende letters niet lezen. Ik zag alleen haar kleine vinger en de afgekloven nagel. Ze droeg geen ringen, wel een stoffen armbandje. 'Daarna Coco Junior. Tja, ons budget is niet zo groot. En als top of the bill Janez Detd. Dat is een jonge punkband.'

Ik knikte, hopeloos zoekend naar een gepast en grappig antwoord. Maar dat was niet nodig, ze vertelde zelf verder.

'Oké, erg indrukwekkend is dat niet, vergeleken met alle grote namen die hier vandaag rondwandelen. Maar het wordt wel heel erg gezellig. Misschien loopt u er bekende mensen tegen het lijf. Ik hoorde dat de eerste minister zou komen. En ook Queen Elizabeth, ze neemt er speciaal een latere trein voor. De paus heeft afgezegd, helaas. Hij is nog niet bekomen van zijn bezoek in 1985.'

We lachten allebei hard. Ik wenste dat het lachen zou blijven duren, dit moment dat we voor het eerst echt samen waren. In die luttele seconden bestudeerde ik haar gezicht. De kleine neus en de witte tanden. Het moedervlekje boven haar linkerwenkbrauw, de schaduw onder haar onderlip. Een oorbel als een knopje in haar oor, soms verborgen door haar krullen.

'Ik heb altijd gedacht dat Ieper het einde van de wereld was, maar er komen verrassend veel belangrijke mensen op bezoek', lachte ik. Over haar gezicht gleed een ernstige frons. De schittering uit haar ogen verdween. Paniek overviel me, want ik had duidelijk iets fouts gezegd, en ik kon me wel de haren uit het hoofd trekken.

'Ieper wás het einde van de wereld', sprak ze als een lerares tegen een jongetje dat het in zijn broek heeft gedaan. 'Voor de jongens die hier vier jaar lang in de modder kropen en van wie de darmen uit hun lijf werden geschoten. Ieper was het einde van honderdduizenden werelden. Dat is net wat we vandaag herdenken, begrijpt u?'

Al het bloed uit mijn lijf was naar mijn hoofd gestroomd. Ik kon enkel knikken.

Toen opende een stralende glimlach haar gezicht. 'Trouwens, vindt u dat niet spannend, om naar het einde van de wereld te reizen?'

'Mijn excuses', zei ik.

'Geeft niet', zei ze. 'Ik zag meteen dat u geen autochtoon bent. Of noemt u ons liever inboorlingen?' Ze grijnsde. Ze genoot ervan me in de tang te hebben.

'Nogmaals mijn excuses.'

'Als u het wilt goedmaken, dan lijkt een koffie me wel wat. Doe daar maar meteen een pannenkoek bij, dan kunt u me uitleggen wat u hier aan het einde van de wereld doet.'

Later bekende ze dat ze toen voor me gevallen is. Door de hulpeloze manier waarop ik daar stond, krampachtig zoekend naar een gepast woord, stuntelig mijn excuses aanbiedend. Maar dat wist ik nog niet toen zij achter een dampende pannenkoek zat en ik een gesuikerde wafel naar binnen werkte. Ik vertelde hoe een job bij de politie me naar Ieper had geleid, hoewel ik zelf ook dacht mijn carrière te slijten in Gent of Antwerpen. In mijn koffers had ik naast ondergoed en een tandenborstel alle vooroordelen gepakt die gekoppeld worden aan een provinciestad in het verre westen van het land. De bevolking is achterlijk en boers, het sociale leven is er dood en het woord cultuur bestaat er niet. Twijfel voelde ik over mijn keuze, en angst om in een verloren stukje van ons land ook daadwerkelijk verloren te lopen. Maar tijdens mijn eerste jaar in het politiekorps leerde ik dat de vooroordelen slechts gedeeltelijk kloppen. De bevolking is soms stuurs en boers, maar dat is men op zo veel plaatsen. Het sociale leven is mogelijk zelfs rijker dan in de grootstad, want hier moeten de mensen in hun eigen entertainment voorzien, zonder het aanbod van cinema's en evenemententempels. En de cultuur, die zal nooit kunnen tippen aan die van een grote stad, maar het aanbod is ruim en kwaliteitsvol. Maar wat ik nooit had kunnen vermoeden, tot die elfde november tien jaar geleden, was dat Ieper naast een kleine provinciestad ook een metropool is die elk jaar duizenden mensen van over de hele wereld lokt.

Sanne vertelde meer over de stad dan over zichzelf, maar al gauw had ik berekend dat we zeven jaar verschilden. Zij was negentien, ik zesentwintig. Ze studeerde geschiedenis aan de Gentse universiteit en wilde later aan de slag in het In Flanders Fields Museum op de Grote Markt. Lesgeven zou ze nooit doen, ze wilde in een museum werken. En als dat niet kon in het met prijzen overladen oorlogsmuseum van Ieper, dan richtte ze desnoods zelf een museum op.

'Ik vraag me af waarom mensen bezeten kunnen zijn van een oorlog die al zo lang voorbij is', zei ik, wijzend naar de toeristencolonne die zich buiten als een stoet mieren voortbewoog. 'De meeste mensen die hier stierven, waren jongens zonder nageslacht. En toch komen duizenden Britten hun zogezegde voorvaderen herdenken.'

'Deze oorlog was de meest absurde die ooit gevoerd is', zei Sanne. 'Dat kunnen we niet bevatten en daarom intrigeert het ons. Mensen begrijpen dat iemand sterft voor de liefde, of voor geld, maar deze duizenden jongeren stierven voor een kluit modder. Bestaat er in de geschiedenis een grotere opoffering dan dat? Een hele generatie die zich liet doodschieten voor drie heuvels en een waterloop. Want dat is het uiteindelijk geweest. Die jongens wisten het natuurlijk niet, en dat maakt het achteraf alleen maar tragischer. Ze waren opgefokt door propaganda, of ze dachten dat de oorlog een grote picknick was. Als je naar een foto kijkt van soldaten in loopgraven, dan kun je enkel denken: Ga toch naar huis, arme sukkelaars. Maar dat deden ze niet, ze bleven er vier jaar verhongeren en verkleumen om uiteindelijk te sterven.'

Ze haalde de wikkel van het chocolaatje bij haar koffie en ik volgde haar beweeglijke vingers. Ze had geen haar op haar armen. Enkele tafels verder zaten drie Maori's. Een van hen speelde luidruchtig gitaar terwijl de andere twee Duvels dronken.

'Ze worden vereerd vanuit het schuldgevoel van de overlevenden, bedoel je dat?' vroeg ik. 'Omdat zij vochten voor niets terwijl wij een luxeleven leiden?'

Alsof het gejengel nog niet genoeg was, zong de Maori erbij. Zijn stem deelde de rokerigheid van Tom Waits, maar het geluid dat uit zijn keel ontsnapte, deed zelfs zijn vrienden bedenkelijk kijken.

'Schuldgevoel zal er wel bij zitten, maar ik denk dat toch vooral het ongeloof meespeelt. Ongeloof dat zoiets kon gebeuren met zo veel mensen zonder duidelijke reden. Waarom vochten ze uiteindelijk? Had een totale zinsverbijstering de wereld plots in haar macht? De Eerste Wereldoorlog is de moeder van alle oorlogen omdat ze uit het niets is ontstaan en de grootste slachting voortbracht die men tot dan gekend heeft. Er is niets zo gruwelijk als een zinloze dood.'

De pseudo-Waits sloeg een nieuw akkoord aan. Ik hoopte dat zijn gitaarsnaren zouden knappen voor mijn zenuwen het deden. Een ober bracht drie glazen Duvel naar het tafeltje. Met een beetje geluk wiegde het bier hem in slaap. Sanne keek op haar horloge.

'Hé, straks begint de Last Post. Ga je mee kijken?'

Ik knikte en legde vlug het juiste bedrag op tafel.

We vertrokken toen de Maori aanstalten maakte om een nieuw nummer in te zetten. Hadden zijn voorvaderen in de loopgraven zo'n geluid voortgebracht, de Duitsers waren spoorslags op de vlucht geslagen.

3

Wat gebeurt er? Ik hoorde een schot. Ik zit rechtop in bed. Schaduwen dansen op de muren. Armen en hoofden zijn het, geknakte wiegende ruggen en groteske vingers. Ze bewegen volgens het vaste patroon van de wind die door de bomen waait.

Getrippel op de gang. Dan een deur. Ik lig stil en houd mijn adem in. Ik luister naar de bomen. Ik kijk naar de wekker. 03:49. Hoelang heb ik geslapen? Hoelang lag ik te waken? Ik draai me om, staar naar het grijs van het raam.

Het toilet spoelt door. Getrippel op de gang. Steen doet de deur van haar kamer zachtjes dicht. Ik hoorde geen schot daarstraks, maar de deur die uit het slot sprong.

Ze kan waarschijnlijk ook moeilijk de slaap vatten, in dit vreemde huis met zijn beladen geschiedenis. Telt ze nu ook de tijd weg, starend naar het plafond, denkend aan haar persoonlijke geschiedenis en welke dramatische wending ze die binnen enkele uren zal geven?

In de tijd voor mijn eigen dramatische wending, voor die ochtend waarop Sanne haar nutteloze dood stierf, was dit een huis met weinig zorgen.

Zoals bij elke prille relatie stond ik zenuwachtig bij haar ouders op de stoep, die eerste keer dat ze me uitnodigden voor een etentje. Ik had mijn voorzorgen genomen: in één hand droeg ik een groot boeket met witte rozen en aronskelken en veel groen voor moeder Gerda, in de andere twee witte rozen voor Sanne. De vader des huizes, Pierre, wilde ik voor me winnen met een stevige Haut-Médoc Cru Bourgeois.

'Ik heb al veel over je gehoord', lachte Gerda toen ze de deur voor me openhield. Ze verstopte haar kleine, ronde lichaam achter de deur om me binnen te laten in een gangetje dat gedomineerd werd door een lage zware houten kast. Een trap kroop tegen de muur omhoog en door het licht dat langs de gele brandglazen van de woonkamerdeur het halletje in sijpelde, leek het alsof we ons in een oude foto bevonden. Het rook er naar versleten pantoffels. Op de kast stonden gedroogde bloemen in een kitscherige vaas. Achter de vaas hing een grote foto van Sanne en haar twee zussen toen ze nog kinderen waren. Ik kon Sanne moeilijk herkennen, ik gokte dat zij het meisje in het midden was, met de lachkuiltjes.

'Ah, dat had je niet hoeven te doen', zei Gerda, terwijl ze de bloemen aannam. 'Die hebben je vast een fortuin gekost.'

Ze schuifelde naar de deur met het gele glas en duwde hem open, er nutteloos 'kom binnen' aan toevoegend. Ik volgde haar in de hoop Sanne daar te vinden, zodat ze met een kus en een kwinkslag de onwennigheid die ondanks de vriendelijke ontvangst in mijn maag bleef knagen, kon doen verdwijnen.

Ik kwam binnen in het traditionele universum van plattelandsmensen. Een robuuste eetkamer domineerde de ruimte. Het dressoir was volgepropt met porseleinen figuren en fotolijstjes die ik snel scande op foto's van Sanne. In het midden nam een eettafel voor zes alle plaats in. Naast de vier borden en de glazen voor het etentje werd hij enkel versierd door een kanten tapijtje en een lege vaas. Vermoedelijk werd hij slechts gebruikt voor Kerstavond of Nieuwjaarsdag. Ik hoorde het obligate getik van een staande klok, de metronoom van het leven hierbinnen.

Gerda leidde me de kamer door, naar het licht dat via een veranda de kamer binnenstroomde. Sanne was er niet. Paniek sloeg om mijn hart. Waar was ze?

'Ik ga deze snel even wegzetten', zei Gerda en ze verdween in de keuken.

Op een stoel, bestaande uit een dik houten geraamte bekleed met stoffen kussens, zat Pierre. Op zijn schoot lag een witte kat met rosse vlekken te spinnen. Ze rechtte haar rug toen ze me in de gaten kreeg, alsof ze klaar was om mijn gezicht open te krabben bij de minste verdachte beweging. Pierre joeg haar de zetel uit en duwde zich kreunend overeind, steunend op een wandelstok. De stevigheid van zijn lijf, hoewel zichtbaar gebroken, was imposant gebleven. De donkere ogen had Sanne van hem. Toen hij me de hand drukte, kon ik enkel naar zijn armen kijken, overwoekerd met stug wit haar. Beleefd nam hij de fles wijn aan en door de manier waarop hij het etiket bestudeerde, besefte ik dat ik beter een krat pils had meegenomen. Hij knikte naar een stoel, daar mocht ik gaan zitten. De kat nestelde zich terug op zijn schoot. Met zijn ruwe vingers krabde Pierre haar achter de oren.

'Sanne is zich nog even aan het opfrissen', knipoogde hij. Ik glimlachte terug. Nog voor hij uitgesproken was, fladderde ze de kamer in. Gelukkig, ik had geen idee waarover ik met haar vader had moeten praten.

'Dag paps', zei ze. Met 'dag Sizzer' en een klopje op de kop begroette ze de kat, die haar verwelkomde door haar hand te likken. Toen kwam ze naar mij, boog naar me toe en kuste me op de mond.

Haar aanwezigheid friste de ruimte op. Ik rook weer die zoetige geur, haar 11-novembergeur.

'O, wat lief,' zei ze, 'zijn die voor mij?' Ze wees naar mijn hand, waarin ik losjes de twee rozen vasthield die ik al glad vergeten was.

'Natuurlijk zijn die voor jou', zei ik. Ze kuste me snel, nam ze van me aan en verdween toen in de keuken waar haar moeder nog altijd niet uit was teruggekeerd. Het zwart in Pierres ogen gloeide van trots terwijl hij haar nakeek. Al snel stak ze haar hoofd weer naar binnen.

'Hela, waarom krijgt mijn moeder een veel groter boeket?'

Met dat grapje brak Sanne het ijs. Vanaf toen ging ik elke zondag bij haar ouders eten. Pierre sprak vol bewondering over zijn dochters, die alle drie een hogere opleiding hadden gevolgd: Sarah was architecte, Sofie werd advocate en Sanne studeerde geschiedenis. Zelf was Pierre metselaar, en het zware werk in de bouw deed hem geknakt en gebroken met pensioen gaan. Hij kon alleen nog wandelen met een looprek, maar zijn eer verdroeg hooguit een wandelstok. Zijn gekromde houding deed niets af aan zijn gezag als pater familias, een gezag dat hij niet hoefde af te dwingen. Hij kreeg het vanzelf omdat hij ieders talenten erkende en vooral zijn eigen gebreken inzag. Hij liet zijn dochters zelf hun leven uittekenen, hij gaf hun hooguit advies over emotionele aangelegenheden, omdat hij goed genoeg wist dat hij intellectueel de mindere was. Zij hielden van hem als van een beste vriend, en leden in stilte mee met de wurgende rugpijn waarover niet gepraat mocht worden, maar die zich meermaals per dag liet horen in een zucht, een kreun of tandengeknars. 'Mijn rug', zei Pierre in een zeldzaam moment dat hij erover wilde vertellen, 'heeft mijn leven lang meer krom dan recht gestaan van het werk. Maar klagen deden we niet. Als we klaagden, vlogen we gelijk buiten!' Hij zei het niet op een belerende toon. Hij bedoelde het ook niet als een speelse steek dat wij blij mochten zijn dat we het zo veel beter hadden. Hij zei het met de opluchting van een vader die trots was dat uit zijn genen verstandige meisjes waren gegroeid. In zijn stem klonk de geruststelling dat zijn dochters aan het arbeidersbestaan waren ontsnapt.

Gerda werkte nog steeds als poetsvrouw. Zij sprak nauwelijks, zij luisterde. Ze lachte om grapjes die ze niet begreep, uit beleefdheid, en knikte instemmend bij uiteenzettingen waarvoor ze geen enkele interesse koesterde. Tijdens de maaltijd keek ze zorgelijk of de soep niet te romig was of het vlees wel zacht genoeg. Pas bij het afruimen of tijdens de afwas hoorden we van haar af en toe een grappig verhaal over het werk als schoonmaakster. En als ik met Pierre in de woonkamer over het weer zat te kletsen, met tussen ons in het ronken van Sizzer – waarvan de naam ontleend was aan het sissende geluid dat ze als jonge kat maakte – hoorde ik Sanne in de keuken met gedempt geroezemoes haar hartsgeheimen toevertrouwen aan haar moeders stilzwijgen.

Geen van beiden repte ooit over ons leeftijdsverschil. Ze gaven onze relatie hun zegen. Pierre kwam soms naast me staan als ik naar de tuin staarde, pakte mijn schouder vast als was het een baksteen en zei: 'Zorg goed voor haar.' Voor hem was dat het enige wat telde.

Vreemd genoeg keurde vooral Sannes Gentse vriendenkring onze relatie af. Ik bracht haar elke zondagavond naar Gent en de eerste twee keren vergezelde ik haar naar een wekelijkse afspraak met enkele geschiedenisstudenten. Het gesprek viel stil als we binnenkwamen in het rokerige zolderkamertje waar ze met zessen op een stoffige sofa of op klapstoeltjes rond een salontafel vol bierblikken en volle asbakken zaten, onder de harde blikken van Che Guevara enerzijds en Renton uit de film *Trainspotting* anderzijds, als iconen aan de linker- en de rechtermuur. Ik deelde hun wereld niet, ik zou er nooit deel van uitmaken, integendeel, ik was het prototype van wat zij net niet wilden worden: een saaie, brave slaaf van het systeem. Het verschil tussen hun negentien en mijn zesentwintig jaar, het verschil tussen student en werknemer, voor Sannes vrienden was het een onoverbrugbare kloof. 'Waarom kies je iemand wiens leven volledig uitgestippeld is?' vroegen ze haar als ik beleefd afscheid had genomen, omdat ik aanvoelde dat het geen zin had te blijven. 'Voor je het weet, ben je getrouwd en heb je twee kinderen.' In hun commentaar over mij klonk altijd dezelfde mening door: dat Sanne veel beter kon krijgen. Mijn leven was te omlijnd, te voorspelbaar voor deze jongeren die nog in de waan wilden verkeren ooit de wereld te redden.

De discussie over hun maatschappijvisie en de politieke modellen waar studenten zonder enige levenskennis zo graag over debatteren, sputterde in mijn bijzijn als een grasmaaier die na een lange winterslaap het eerste lentegras te lijf moet. Ze keken me stilzwijgend aan alsof ik een spion was die hun meningen over politieke partijen, overheidsinstellingen en grootbanken direct na afloop zou overbrieven aan allerlei obscure geheime diensten. Ze onderschreven allemaal een open kijk op de wereld, ze pronkten met hun progressiviteit, maar omwikkelden die met een ondoordringbaar wantrouwen tegenover alles wat autoriteit uitstraalde. De overheid, multinationals en mensen in uniform waren niet te vertrouwen. Een politieagent was, zonder uitzondering, een rechtse zak zonder verstand en met een foute snor die onschuldigen en allochtonen in elkaar knuppelt. 'De enige reden waarom de jouwe er nog geen in elkaar sloeg, is omdat er geen allochtonen zijn in Ieper', zei een vriendin ooit tegen Sanne, en dat was niet als grap bedoeld.

'Trek het je niet aan', lachte Sanne het weg. 'Wij studenten hebben het nodig om te geloven dat we van iedereen onafhankelijk zijn. Maar we beseffen goed genoeg dat we, eenmaal afgestudeerd, allemaal braafjes zullen solliciteren voor overheidsjobs in het onderwijs of de cultuursector. Haha, dan is het gedaan met de revolutie.'

'Dat ze kritiek hebben op mijn manier van leven is geen probleem', zei ik. 'Maar dat clichébeeld over een politieagent, dat kan ik niet verdragen.'

'Och ventje,' kwam ze me troosten, 'wat maakt het uit? Ik weet toch dat je een held bent die de onschuldigen beschermt en gemene boeven vangt? Zolang je geen foute snor laat groeien, zeggen ze maar wat ze willen.' In haar kussen kon ik de jelly bean-snoepjes proeven die ze zo lustte.

Veel vroeger dan haar vrienden besefte ze dat een doorsneesterveling de maatschappij niet kan maken, maar in het beste geval met optimisme moet ondergaan. Ze voelde er al gauw steeds minder voor om op zondagavond naar de bijeenkomsten te gaan, maar verkoos om gezellig op haar studentenkamer te blijven. We keken naar de kleine tv, babbelden, vrijden zo passioneel dat haar kotgenoten giechelend aan de deur kwamen luisteren, of gingen een pizza eten met vrienden uit de Ieperse jeugdbeweging of naar de cinema met medestudenten die het theoretische gebeuzel ook waren ontgroeid. Na enkele maanden was er geen sprake meer van de zondagavonddebatten, alsof ze er nooit aan had deelgenomen.

Ze studeerde af met grote onderscheiding op een eindverhandeling over de aanwezigheid van soldaten van de Commonwealth of Australia in Ieper tijdens de periode 1916-1918. Ik begreep er geen snars van, maar was apetrots tijdens de proclamatie. Opgelucht ook, dat de tijd van studeren eindelijk voorbij was en we aan ons gezamenlijke leven konden beginnen.

Ze trok bij me in. Na enkele interimjobs kreeg ze een vast contract aangeboden bij de toeristische dienst. Na een jaar kon ze doorgroeien naar een job als onderzoeker van het In Flanders Fields Museum.

Alles verliep volgens plan. We kochten een stuk bouwgrond. We bouwden een huis met vier slaapkamers, plaats voor drie kinderen. We hadden een tuin die groot genoeg was voor barbecues, glijbanen en springkastelen. Sanne kreeg opslag, ik promoveerde tot de rang van hoofdinspecteur. Het ging ons voor de wind.

Sanne volgde tekenles en schilderde aquarellen op Ramparts Cemetery. Toen schoot ze de Winnie the Pooh. We wilden een kind. Het leven lachte ons toe.

4

'Ik ga wel met de fiets', zei Sanne. 'Blijf jij nog maar even liggen.'

Ze krulde tegen me aan. In mijn hoofd doezelde een sufheid van champagne en slaap.

'Het is je verjaardag', mompelde ik in mijn kussen, 'en dat betekent dat jij lekker blijft liggen en ik de boodschappen doe.'

'Daar ben je veel te moe voor', fluisterde ze bij mijn oor. 'Als je wat ouder wordt, kun je moeilijker recupereren. En ik ben een jong blaadje, ik kan daar allemaal tegen.'

Ik draaide me naar haar toe en kuste haar grijnzende mond. Ze duwde haar hoofd dieper in het kussen.

'Ik ben anders wel fit genoeg voor een rondje ochtendgymnastiek', zei ik, met mijn hand over haar buik wrijvend. Ze klopte me op de borst en kriebelde in mijn borsthaar. Mijn hand gleed naar haar dijen. Ze spande haar spieren.

'Dat denk je alleen maar.' Ze streelde mijn rug en mijn schouders en haakte haar vingertoppen achter mijn oor. Ze krabde me alsof ik Sizzer was. 'Jij bent veel te moe, je moet nog een beetje slapen. Trouwens, ik ben te zenuwachtig om te vrijen. Ik wil het weten, ik wil naar de apotheek.'

'Ik wil het best voor je doen', zei ik. Ik rolde terug naar mijn kant. Ze volgde en legde haar hoofd tegen mijn schouder.

'Nee hoor, ik doe het liever zelf. Trouwens, het zou maar een gek gezicht zijn, een man die een zwangerschapstest koopt.'

Met een kusje sloot ze het welles-nietesspelletje af. Ze wipte uit bed. Ik staarde naar haar ronde kontje terwijl ze haastig een hemd aantrok. Ze wierp me nog een kus toe voor ze de deur achter zich dichttrok. Die ging meteen weer open, haar lachende gezicht verscheen in de opening.

'Nog niet opstaan, hè. Straks kom ik terug voor de gymnastiek.' Een knipoog en weg was ze.

Ik hoorde het vertrouwde geklater van douchewater uit de badkamer. Ik nestelde me diep in de lakens. Tien minuten later wekte haar 'tot straks!' en de slaande voordeur me uit een dromerig gedoezel. Ik lag met een brede grijns naar de barstjes in de verf op het plafond te kijken, kleine gesprongen adertjes leken het. Ik had haar moeten vragen hooikoortspillen mee te brengen, dacht ik toen mijn dichtgeslibde neus geen lucht binnenliet. In het nachtkastje graaide ik naar oude neusdruppels.

De avond ervoor hadden we Sannes verjaardag gevierd. Ik had de woonkamer en de keuken gevuld met Happy Birthday-ballonnen, had een fles champagne en veel te veel hapjes in de koelkast staan, en de slaapkamer versierde ik met rozenblaadjes en rode theelichtjes.

Met oprechte verwondering kwam ze die avond binnen, al wist ze goed genoeg dat ik haar verjaardag nooit vergat. Maar ze vergat hem zelf. Sanne was zo iemand die geen belang hechtte aan haar verjaardag. Als ik geen feestje organiseerde, zou ze pas 's anderendaags beseffen dat ze alweer een jaar ouder was. 'O ja, dat is waar ook', zou ze zeggen als iemand haar erop attent maakte.

Ook al betekende haar verjaardag voor haar niet veel, toch was ze elk jaar uitgelaten als ik haar in de bloemetjes zette. 'Ik wilde dat ik elke dag jarig was', zei ze.

Ik kon Sanne blij maken met kleine dingen. De ballonnen en de champagne waren al meer dan genoeg. 'Jouw gezelschap is mijn mooiste geschenk', zei ze toen ik in de kast haar cadeau ging zoeken. Nerveus rommelde ik tussen oude magazines, ik had het cadeau te goed verstopt, helemaal achteraan, ik zat bijna met mijn hele bovenlijf in de kast.

'Neem je tijd maar,' zei Sanne, die zich op de sofa genesteld had, 'ik heb een goed uitzicht op je kontje. En op je spaarpotje. Ik wist niet dat ons dressoir zo mooi kon zijn.'

Ik grinnikte en verloor mijn evenwicht, waardoor ik dieper de kast indook en mijn hoofd stootte. Eindelijk had ik de doos te pakken, ik haalde hem voorzichtig tevoorschijn, bang dat het broze pastelkrijt zou breken.

Behoedzaam haalde ze het papier van de doos, elke strook plakband peuterde ze geconcentreerd los, alsof het papier even waardevol was als het geschenk zelf.

'Een cadeau openmaken is het leukste wat er is. Daarom doe ik het zo traag mogelijk', zei ze. Ondertussen groeide de spanning in mijn borst. Zonder enige kennis van zaken had ik een doos pastelkrijt gekocht, overrompeld door de keuze in de kunstenaarswinkel, en met de keuze groeide ook de kans op een fout geschenk. Uiteindelijk liet ik me leiden door de winkelierster, al vreesde ik zelfs nu nog dat haar advies meer was ingegeven door een commerciële neus dan door de bekommernis een goede kleurencombinatie aan te prijzen.

Eindelijk werd de doos zichtbaar, ik kon de witte letters ASTELKRIJ lezen, en het logo van de fabrikant stond in felrood contrast tegen de donkergroene kleur van de doos.

'O!' Dat was het eerste geluid dat aan haar ontsnapte. Het klonk verbaasd, tevreden zelfs, durfde ik te vermoeden. Maar zeker was ik nog niet.

'O, ventje, wat lief van je!' Ze klemde de doos tussen haar handen, alsof ze bang was dat hij zou gaan lopen.

'Het is een vooraf samengestelde doos. Ik wist niet welke kleuren ik anders moest kiezen. Ze hebben er echt veel, zeker honderd.'

'Het is perfect', zei ze, met de klemtoon op elk woord. We kusten.

Ze haalde het deksel van de doos. Eronder zat een grijs beschermend hoesje uit schuimrubber. Ze haalde het eraf en streelde de krijtjes. Ik keek glimlachend toe.

'Mooie kleuren, hoor. Echt super bedankt!'

We kusten nog eens. Ik schonk de champagne leeg en toen zei ze: 'Ik heb ook een cadeau.'

Ik schrok. Had ze ook iets voor mij gekocht? Zou ze nu ook

op haar hurken in het dressoir beginnen te graaien? Waarom had ik dat niet gemerkt?

Voor ik mijn verbazing in woorden kon omzetten, zei ze: 'Ik ben twee weken over tijd.'

Ik wist niets uit te brengen. Ik kon alleen maar in haar stralende ogen kijken, en naar haar glimlach, duidelijk tevreden dat het er eindelijk uit was.

'Twee weken over tijd', kwam uiteindelijk over mijn lippen. Ze knikte.

'Ik heb een zeer regelmatige cyclus. Ik denk dat ik zwanger ben.'

Ik zag er waarschijnlijk uit als iemand die net te horen kreeg dat hij de honderdduizendste klant in de supermarkt was en gratis zijn winkelkar mocht vullen.

'We moeten natuurlijk voorzichtig zijn. Twee weken betekent nog niets. Misschien is het loos alarm, of gaat er iets fout.' Ze zei het snel, gejaagd, opgewonden, ze keek van mij naar de doos krijtjes en terug.

'Wat vind je ervan?' vroeg ze na een poosje. Ze had Winnie the Pooh op haar schoot genomen, en ze wiegde hem alsof hij de baby was die we verwachtten.

'Ik vind het fantastisch. Echt fan-tas-tisch!'

Nadat we dicht tegen elkaar op de bank waren gaan liggen, praatten we urenlang over zwangerschapskledij en kinderkamers en uitstappen naar pretparken en luiers en de kleuterklas en de eerste woordjes en alles waar een koppel met een kinderwens over praat.

Daarover lag ik te mijmeren toen ik Sanne hoorde aanbellen. Ik zuchtte en draaide me om in bed. Het was warm genoeg om in T-shirt naar de apotheek te gaan, ik vermoedde dat Sanne haar jas niet had aangetrokken waarin haar huissleutel zat. Ik wreef de korstjes uit mijn ogen en stapte uit bed. Even overwoog ik in onderbroek naar beneden te gaan, maar sprong toen toch snel in mijn broek, stel dat de buurvrouw net voorbijkwam.

Ik huppelde de trap af, ik voelde bijna hoe ze buiten stond te trappelen van ongeduld. In de gang schopte ik een ballon weg die uit de woonkamer was gedreven. De Happy Birthday tolde de lucht in, ik gaf hem nog een tik met mijn hiel toen hij terug naar beneden kwam. De ballon dobberde gehoorzaam de woonkamer in.

Ze belde nog eens. 'Ik ben er, lieverd, niet zo snel', riep ik.

'Geduld is een mooie deugd', lachte ik toen ik de deur opende.

Maar het was niet Sanne die mijn woorden hoorde. Ze verdwenen betekenisloos in het niemandsland tussen mij en een agent. Hij stond strak in het uniform op twee meter van de drempel, alsof hij het huis ongekende krachten toekende en daarvoor terugdeinsde. Hij nam zijn uniformpet af en zijn kortgeschoren blonde haar blonk in het zonlicht.

Hij richtte zijn felblauwe ogen op me, strak en dwingend. Hij bood me een hand aan. Hij voelde warm en stevig, vriendelijk haast. Waarom was hij hier? Wat was er gebeurd dat het korps een agent naar mijn voordeur stuurde, op een vrije dag nog wel? Als het niet op zijn minst een dubbele moord was, kon deze agent een humeurige collega verwachten. Ik wilde dat hij zou weggaan voor Sanne thuiskwam. Ik wilde ons intieme moment van de zwangerschapstest niet verstoord zien door problemen op het werk, verpersoonlijkt door deze collega op de stoep. Waar bleef ze trouwens? Ze had al thuis kunnen zijn. Wellicht stond ze over het mooie lenteweer te kletsen met de apothekeres.

'Meneer Rondelez?' De agent liet mijn hand los en pakte zijn uniformpet met beide handen vast.

Ik knikte.

'Fernand Vandromme. Mag ik even binnenkomen?'

Ik liet hem voor in de woonkamer. Toen zag ik het apothekerszakje. Hij droeg het losjes, het zat verstopt achter zijn pet. Was hij ook naar de apotheek geweest? Misschien had hij Sanne daar ontmoet.

Ik bood hem een plaats op de bank aan. Gegeneerd keek hij

naar Winnie the Pooh, naar de lege champagnefles en dan naar de ballonnen, die opnieuw een dansje waren begonnen door het openen van de deur.

'U kunt beter ook even gaan zitten, meneer Rondelez.' Ik deed wat hij me vroeg. Nog nooit had een collega mij zo formeel aangesproken. Wat was er aan de hand? Hij legde het apothekerszakje naast zich neer. Er schoof een doosje hooikoortspillen uit. Had hij ook ...? Toen zag ik de zwangerschapstest eronder liggen. Mijn keel snoerde dicht.

'Meneer Rondelez, het spijt me u dit te moeten mededelen.'

Plots was alle warmte verdwenen, het blauw van zijn ogen veranderde mijn lichaam in ijs. Hij schraapte zijn keel, alsof hij even twijfelde of hij dit wel zou zeggen. Ik wilde heel erg dat hij zou zwijgen, dat hij gewoon zou verdampen.

'Uw vriendin is deze morgen overleden bij een ongeval.'

De lucht was vervuld van een gekmakende stilte.

Eerst was er het ongeloof. Toen Fernand Vandromme vertelde wat er gebeurd was, leek het alsof mijn hoofd in huishoudfolie was verpakt. Ik hoorde zijn woorden door een dof geklop in mijn hoofd heen. Alles wat hij zei, werd vergezeld door een dramatische drum. Vandromme vertelde geen details, geen naam van de dader, enkel dat Sanne was doodgereden op de terugweg van de apotheek. Ze was op slag dood geweest. Ik zat te knikken en keek naar de zwangerschapstest, en ik kon alleen denken aan het moment dat Sanne en ik vol ongeduld zouden wachten tot het verkleurde. Ik wachtte nog steeds tot Vandromme wegging en Sanne thuiskwam. Ze kon niet dood zijn, dat was belachelijk. Met een kind op komst hadden we geen tijd om dood te gaan. We moesten kinderkleertjes kopen, een kinderkamer schilderen, we moesten zelfs nog de rommel opruimen van de dag voordien. Vandromme had zich vergist. Iemand anders was doodgereden.

Als het toch Sanne was, dan lag ze in het ziekenhuis. Zo meteen zou er iemand Vandromme bellen om te zeggen dat het om een vergissing ging, dat ze enkel iets gebroken had, een arm of een been, niets ernstigs, en dat ik haar mocht oppikken in het ziekenhuis. Ooit zouden we erom kunnen lachen.

Maar Vandromme werd niet gebeld. Hij sprak troostende woorden, woorden die hij wellicht altijd uitsprak in dergelijke situaties, en waarvan ik hem later zei dat ze volstrekt zinloos zijn op zo'n moment, op het ogenblik van totale verbijstering. En toen vertrok hij. Hij vertrok in elkaar gedoken als was hij bang dat de hemel op zijn hoofd zou vallen. Toen ik de deur sloot, was ik zijn woorden al vergeten. Mijn hersens maakten zich vrij voor de totale leegte. Ik ging terug binnen in een huis dat het mijne niet meer was, ik zat op een bank die ik niet kende, ik keek naar een champagnefles waarvan ik nooit een druppel gedronken had. Ballonnen dansten over de vloer, als kleine treiterende kwelduivels. Elk sprongetje was een steek in mijn hart.

Ik hoefde niet naar het ziekenhuis, na de autopsie werd ik verwacht in het mortuarium. Toen ik haar daar zag liggen, haar zachte gezicht, haar lippen die me smeekten haar te kussen in die levenloze omgeving, dacht ik nog even dat het een grap was. Enkele seconden wachtte ik tot ze haar ogen zou openen, grijnzen, en 'gefopt!' zou roepen. Ik zou me kwaad maken op haar. Ik zou haar honderd keer doen beloven nooit meer zulke grapjes uit te halen. Ze zou 'sorry, ventje' zeggen en me kussen, waarna ik haar meteen zou vergeven. Wat wilde ik me graag kwaad kunnen maken op haar! Ik wachtte, maar er gebeurde niets. Ze maakte geen geluid, ik hoorde enkel het gezoem van de koelcellen. Toen stopte het ongeloof, en kwam het allesversmachtende verdriet. Verdriet is iets wat altijd blijft, en dat soms, als het wordt geprikkeld door een bepaalde gebeurtenis, een geur, een beeld of wat dan ook, onverhoeds en gulpend weer bovenkomt. Kort na Sannes begrafenis kreeg ik mijn verdriet onder controle, toen het plaats maakte voor een veel warmere emotie.

De woede nestelde zich al van in het begin in een donkere hoek van mijn hersens, onzichtbaar als een spin, en daar baarde ze honderden nakomelingen die kriebelend mijn gedachten wegvraten tot alleen die ene achterbleef.

Lange tijd was woede het enige wat ik nog kon voelen voor de dood van Sanne, die als een onbenullig vod van haar fiets werd gemaaid door een oude Nissan Sunny. Vandromme kon en mocht me geen details geven, maar het levendige roddelcircuit in Boezinge had minder scrupules. Al snel kwam ik te weten dat Sanne aangereden was door de vijfenveertigjarige Dave Boudry, die werkte bij de Ieperse groendienst. Boudry stond bij de Boezingse caféhouders bekend als De Spons, door zijn toogmakkers werd hij lieflijk Sponsje genoemd, en niet omdat hij vaak zijn ramen lapte. Toen hij Sanne aanreed, had hij een halve bak pils binnen.

Vijf maanden na Sanne stierf Pierre. Het gemiauw van de oude Sizzer had Gerda naar de woonkamer gelokt, waar ze hem vond in zijn favoriete leunstoel, zijn trouwe wandelstok in zijn hand. Sizzer probeerde hem tevergeefs wakker te maken. Maar Pierres gevoelige hart zag het niet langer zitten zijn gebroken lichaam in leven te houden. Vanaf toen hulde Gerda zich nog meer in stilte, alsof ze voor zichzelf een vacuüm creëerde waarin ze onaanraakbaar werd.

Als de dood van Pierre één voordeel met zich meebracht, dan was het dat de belediging van Boudry's proces hem bespaard bleef. Ik zag tegen het proces op, omdat ik wist dat hij een lichte straf zou krijgen, maar ik kon niet vermoeden dat Boudry het lef zou hebben ons tot in het diepste van onze gevoelens te vernederen.

Hij stond voor de politierechter als een kwajongen tegenover een leraar zonder gezag: schaamteloos, ongeïnteresseerd, verveeld. Als hij al eens bang keek, was het omdat hij vreesde dat een camera hem herkenbaar in beeld zou brengen. Hij werd veroordeeld tot drie jaar gevangenisstraf met uitstel. In werkelijkheid betekent dat: niets. Zijn rijbewijs werd ingetrokken voor tien jaar, en hij moest een schadevergoeding betalen van tienduizend euro.

Dat was het leven van Sanne waard. Tienduizend euro. Daar kun je nog geen driedeurs stadswagentje voor kopen. Het is een bedrag dat je wint bij gokspelletjes. Maar volgens het Belgische recht is het ook de prijs van een dochter, een geliefde, een vriendin, een moeder, een mens. DOODRIJDER KRIJGT ZWARE STRAF kopte een krant 's anderendaags. Razend besliste ik die krant nooit meer te kopen.

Ook Boudry vond zijn straf te zwaar. Hij ging in beroep. Alsof honderden messen in mijn lijf werden gedreven, zo voelde ik me toen ik dat hoorde. In beroep werd zijn voorwaardelijke gevangenisstraf teruggebracht tot één jaar. Gevangenisstraffen van één jaar worden nooit uitgevoerd. Het rijverbod werd verlaagd tot twee jaar. 'De beschuldigde toont berouw en had geen strafblad. Het heeft geen zin hem zijn maatschappelijke leven af te pakken', oordeelde de rechter. Iemand die berouw toont gaat niet in beroep, wilde ik schreeuwen. Over Sannes maatschappelijke leven, of dat van mij, zei de rechter niets. De uitspraak gonsde in mijn hoofd, alsof iemand een ijzeren emmer omgekeerd op mijn hoofd had gezet en er met een knuppel op begon te rammen.

Dave Boudry, tuinman, dronkenlap, moordenaar van Sanne. Ik heb hem de nagels uitgetrokken, ik heb hem levend gevild, ik heb zijn voeten in brand gestoken. Ik kerfde kleine wondjes in zijn lijf, brak de botten in zijn armen en benen, trok het haar in plukken uit zijn hoofd. Wat ik nog het liefst deed, was zijn hoofd in een emmer water steken terwijl ik elektriciteit door zijn kloten joeg. Hij stuiptrekte van de pijn.

Ik deed het niet één keer. Ik deed het elke nacht opnieuw. Elke nacht na de begrafenis van Sanne werd ik wakker in een klamme kilte, gevangen in van zweet doortrokken lakens.

Boudry is al die tijd in Boezinge blijven wonen. Hij loopt de cafés af, hij werkt bij een tuinbedrijf, hij bakt braadworsten tijdens de plaatselijke kermis, hij leeft. Sinds juni rijdt hij weer rond in de witte Nissan Sunny. Het wit van de bumper en de motorkap is witter dan de rest van de wagen. Het is een engelachtig, maagdelijk wit, een wit dat werd geboren toen Sanne stierf. Boudry toonde nooit spijt. Hij betaalde de eerste twee schijven van de schadevergoeding, en toen kwam er niets meer. Drie aangetekende brieven van Gerda's advocaat haalden niets uit. Gerda gaf het op, geen enkele som geld kon haar dochter terugbrengen. Ik respecteerde haar keuze en liet het er ook bij.

Ondertussen is Dave Boudry zo vrij als een vogeltje. En er is niets wat ik daaraan kan doen.

5

Als Steen een kat is, dan is de chocoladekoek een muis. Ze pulkt eraan, draait ermee, bestudeert hem als een steen uit het heelal en legt hem terug op haar bord. Nu duwt ze er met haar vingertoppen op, alsof ze het ding wil reanimeren, maar niet van harte.

'Smaakt het?' vraag ik.

Ze geeuwt. 'Sorry, Philip, ik heb barslecht geslapen, en mijn maag voelt als een blok beton.'

Ik grinnik. 'Bij mij was het ook geen al te goede nacht.' Ik neem een hap. De koek smaakt droog. Ik schenk een nieuwe kop koffie. Buiten dragen de struiken en het gras een doodskleed van rijm. Een zwarte vogel huppelt op het binnenplaatsje op zoek naar voedsel. Ik mag niet vergeten straks Steens chocoladekoek buiten te gooien. Zo hebben de vogels er toch iets aan.

Het was een afschuwelijke nacht. De herinneringen ankerden zich als vleeshaken in mijn woelige slaap. Ik stond weer op de begrafenis van Sanne en Pierre, twee keer in dezelfde koele kerk, twee keer luisterend naar de zinloze preken van onwetende priesters. Afschuwelijk was het om te moeten luisteren naar het gezwets van mannen die nooit de warmte van een wereldse liefde gevoeld hebben. Hoe kunnen zij weten hoe het voelt? Hoe kunnen zij beseffen wat dit soort verlies betekent? Als je alleen de liefde van je God en een stel paleontologische parochianen kent, is het natuurlijk gemakkelijk om te zeggen dat het leven ondoorgrondelijk is en dat enkel de Hoge in de Hemel weet waarom hij iemand tot zich neemt. Als hij mij ooit tot zich neemt, dan krijgt hij een ferme klop op zijn bakkes nog vóór hij kan verantwoorden waarom hij Sanne tot zich nam.

De vogel huppelt nu mijn vuilnisbak op en pikt op het deksel, op zoek naar de etensresten die daarbinnen bederven. Steen heeft nog altijd geen hap genomen, en ik krijg de neiging om haar koek nu meteen aan de vogel te voederen. Maar ik bedwing me als ik zie dat de vogel opfladdert en over het muurtje de tuin van de buur induikt.

Dan is hij terug, hij huppelt over de muur en vliegt de andere kant op. Hij is al even wispelturig als mijn onderbewustzijn, dat vannacht vanuit de spelonken van mijn geheugen de meest pijnlijke herinneringen op mijn netvlies schoot.

'Wanneer vertrekt de bus naar Ieper?' vraagt Steen. Ze kijkt mijmerend naar de smeltende rijm.

'Bus?'

'Wouter heeft de auto. Ik kwam met de bus.'

'Je hoeft de bus niet te nemen. Ik breng je wel.' Samen staren we naar de tuin.

'Dank je', zegt ze.

Een zwarte vlek landt op de vensterbank.

'Vind je het erg als ik deze aan die vogel geef?' Steen houdt de chocoladekoek omhoog.

'Nee hoor. Ga je gang', lach ik.

De vermoeidheid brandt pijnlijk achter mijn ogen. In de wagen hangt de geladen atmosfeer van slaapgebrek en onaangename vooruitzichten. Het is verdorie amper half negen 's morgens. Wat ga ik op deze lusteloze zondag nog doen? Deze middag ga ik eten bij Gerda. De traditie om elke zondag bij haar ouders te eten bleven we na Sannes dood verder zetten. Daar zaten we dan, Gerda, Pierre en ik, te kieskauwen op kip of biefstuk met friet, terwijl de tikkende stilte van elke seconde ons herinnerde aan Sannes afwezigheid. Wat was de eetkamer altijd vol gezelligheid toen ze leefde, als ze lachte met Pierres flauwe grapjes, als ze Sizzer plaagde tot ze miauwend onder de bank stoof, als ze haar moeder liefdevol uitvroeg over de voorbije werkweek. We kwelden ons door elke week het ritueel te herhalen waarvan alsmaar duidelijker werd dat Sanne het smeermiddel was geweest, een warm samenzijn dat was verworden tot een stilzwijgende dodenwake. In het begin hield ons gezamenlijke trauma het gesprek nog gaande, zo af en toe, maar al gauw merkten we dat we elkaars verdriet enkel versterkten. Alles herinnerde aan haar. En de kilte van ons samenzijn zonder haar vergrootte het gemis alleen maar. Zo voelden Pierre en ik het aan, Gerda echter zweeg. Het enige wat ze deed, was me elke vrijdagavond bellen om mee te delen wat we zondag zouden eten. Weigeren was uitgesloten, alsof ik zou deserteren uit ons driemansleger, verwikkeld in een oorlog van pijnlijke herinneringen en kwade dromen. Na Pierres dood bleef ze bellen. Elke vrijdag hoor ik of het kip of biefstuk is. Vandaag wordt het biefstuk. Dat zal zo zijn tot het moment dat ik ook Gerda begraaf.

'Nog eens bedankt dat ik mocht blijven slapen', zegt Steen. Ze kijkt uit over het slaperige landschap, de lege weiden die wachten tot de koeien opnieuw komen grazen.

'Graag gedaan. Ik vond het een leuke avond.'

'Ik ook. En al kon ik niet goed slapen, ik heb veel nagedacht.'

'Ik hoop dat je eruit komt met Wouter. Jullie zijn een leuk koppel.'

'Ik zal het proberen. Ik besef dat ik geen breuk wil. We zullen tot een compromis moeten komen, in de mate dat je over kinderen überhaupt tot een compromis kunt komen.'

Ik rem af, zo'n honderd meter voor ons tuft een tractor. Landbouwers zijn een beklagenswaardige soort. Ze werken dag en nacht, winter en zomer, weekdag en weekend. Wat krijgen ze ervoor? Mislukte oogsten of aalmoezen.

'Wat is dat?' Steens stem klinkt gejaagd, ze draait zich om.

Nu merk ik het ook. In mijn achteruitkijkspiegel zie ik een weerkaatsing, als van een laaghangende zon. Maar het kan de zon niet zijn. Het licht flikkert onrustig, het zweeft heen en weer over de weg. Het duurt even eer ik besef dat het koplampen zijn. Koplampen die razendsnel dichterbij komen.

'Waar is die mee bezig?' vraagt Steen met de opwinding van een agent die een misdaad op het spoor is.

Tussen de verblinding van de koplampen door merk ik dat het om een Alfa Romeo gaat. Hij schuift soms tot halfweg de andere rijstrook. Ik rem verder af, ik ben amper enkele meters van de tractor verwijderd. Ik zet me schrap. Ik weet waarop ik moet letten. ‘Godverdomme’, roept Steen. De Alfa zoeft ons toeterend voorbij. ‘Die reed op zijn minst honderdtwintig. Da’s dertig kilometer per uur te snel.’

‘Ik zou gerust honderdveertig durven gokken’, zeg ik. Mijn hart bonkt als een dubbele basdrum.

‘Die kerel is gek. Ga erachteraan, Philip.’ Ze trilt, ze klinkt geschokt.

De tractor knipt zijn linkerrichtingaanwijzer aan. Ik wijs ernaar en haal mijn schouders op.

‘Als die tractor weg is, zijn we hem allang kwijt’, zeg ik.

‘Godverdomme’, zegt Steen nog eens. Ze slaat op het dashboard. Snuivend en met op elkaar geklemde lippen kijkt ze naar de achterkant van de tractor. Tergend traag hobbelt die een landweggetje op. Van de Alfa is niets meer te zien.

‘Ik ga hem niet achtervolgen in mijn privéwagen. Ik wil ons leven niet op het spel zetten om die kerel bij te houden.’

‘Wat voor merk was het? Een Alfa?’

‘Niet gezien.’

‘Heb je zijn nummerplaat?’ Steen pakt het dashboard beet, bijtend op haar onderlip.

‘Nee’, zeg ik.

Ik lieg.

Deel 4

'When the time comes, you're no longer there.
Fall down to my knees, begin my nightmare.'
Editors

I

Zelfs in het donker blinkt de metalliek rode Alfa Romeo 159 als in een toonzaal. Een knipperend lichtje laat weten dat ik maar beter niet aan de deurhendel trek. Met de leren zetels, de tv-schermen in de hoofdsteunen en het dure gps-systeem is het alarmsysteem geen overbodige luxe. Op de achterbank ligt een exemplaar van *Marketing Today* en een alumniblaadje van de Vlerick Leuven Gent Management School. Alsof hij graag het lot tart, heeft Francis Hollebeke een laptop op de passagiersstoel laten liggen.

Je kunt je natuurlijk afvragen wie er op dit verlaten weggetje naar buit op zoek zou gaan. Ik staar de zandweg af naar de oranje schijn van een eenzame lantaarn aan de grote weg. Verlatenheid krijgt hier een gezicht. Uit de beken klinkt griezelig geritsel. Ik stel me voor hoe daar beneden ratten me met blinkende oogjes bespieden, om me straks mee te sleuren in de diepte. Ik ril en schud de gedachte van me af.

Ik kan nog weggaan. Ik kan gewoon op mijn stappen terugkeren en naar mijn auto wandelen, die ik een halve kilometer verderop parkeerde. Ik kan de koude rust van deze avond over me heen laten glijden en me geruststellen met het verkleumde droombeeld dat ik daarmee de goede keuze maak, het excuus dat vluchten de beste manier is om hiermee om te gaan. Maar ik weet goed genoeg dat na vijftig meter het schuldgevoel zou beginnen te knagen. De geruststelling zou aan me ontsnappen als een wolkje adem in deze kille nacht. De manier waarop Francis Hollebeke Steen en mij voorbijvloog, was haast niet te geloven. Ooit moest het misgaan met die kerel. Hem laten gaan is ondenkbaar, hij is de ergste van de vier, nu opgeven zou een aanfluiting zijn van alles waarin ik geloof. Het onheilspellende geruis in de beken is wel degelijk voor mij bestemd, maar niet omdat de ratten mij willen meesleuren. Omdat ze ongeduldig wachten tot ik Hollebeke voor hen haal.

Ik wrijf over het koetswerk van de Alfa alsof ik de huid van een slapende vrouw streel. Op dit weggetje zit hij na vijf meter onder de modder; Hollebeke moet hem elke dag wassen om hem zo proper te houden, dat kan niet anders. De auto past niet in dit decor, en ik ben er zeker van dat ook de eigenaar niet in het plaatje past. Een hond blaft, een verre echo van buren die Hollebeke nooit ontmoet. De boeren willen geen contact met dit soort yups, mensen die denken dat het plattelandsleven bestaat uit kabbelende rust en vlinderachtige romantiek, maar een gezicht vol afgrijzen trekken als ze slippen tijdens een eerste bevroren winternacht, als de stank van verse varkensmest door geopende ramen in hun beddenlakens waait of ze oog in oog staan met een losgebroken stier. Lachen doen de boeren met de stadsvegetariërs die een melkkoe niet kunnen onderscheiden van een mestkoe en het plukken van een kip als een barbarij beschouwen.

Ik controleer mijn gebit in de spiegelende ruit – stel je voor dat ik Hollebeke van kant maak met een stukje peterselie tussen de tanden – adem nog eens diep in en wandel naar de deur.

Nog voor ik kan aanbellen, word ik verblind door een felle spot. Verdomde bewegingssensoren. Als ik nog getwijfeld zou hebben, dan is dit het moment waarop ik niet meer terug kan. Zou hij me nu achter een donker raam zitten aanstaren? Ik kijk naar mijn hand die naar de bel reikt. Een scherp geluid weerklinkt. Door het raam boven de deurpost komt nog meer licht naar buiten gestroomd. Dan zwaait de deur open.

'Philip Rondelez, gerechtelijke politie Ieper', zeg ik tegen de schaduw van een man. Het tegenlicht maakt hem dreigend donker, hij zou echt een buitenaards wezen kunnen zijn.

Hij reageert niet. Dan bromt hij: 'Ja?'

'Philip Rondelez, gerechtelijke politie Ieper', herhaal ik, en als hij nog altijd geen aanstalten maakt daarop te reageren, ga ik verder: 'Meneer Francis Hollebeke? Kan ik even binnenkomen?'

Hij komt een beetje dichter, maar niet dicht genoeg om zijn

gezicht te kunnen zien. Hij beseft duidelijk zijn psychologische voordeel: ik gevangen in een zee van licht, hij als een duistere Darth Vader in het deurgat.

'Wat kan ik voor u doen?' vraagt de gestalte. Hij klinkt zelfverzekerd. Hij heeft de touwtjes in handen.

'Laat u me even binnen, meneer Hollebeke?'

'Kijkt u eens om u heen, meneer de agent. Er is in de wijde omtrek niemand te zien. U kunt uw boodschap hier meedelen, u hoeft daarvoor niet binnen te komen.' Zijn lach klinkt klokkend, als een kalkoen. Ik erger me aan het schokken van zijn schouders. De arrogantie. Om van te kotsen. Ik schat de afstand tussen ons. Ik kan nu niet meer weg, maar kan ik al toeslaan? Nee.

'Laat u me toch maar binnen, meneer Hollebeke.'

'Ik bepaal zelf wel wie ik binnenlaat. Mijn excuses, maar simpele politieagenten behoren niet tot mijn kennissenkring. U zegt het hier of u gaat weg.'

'Het betreft uw moeder.'

Hij schrikt. Het vernoemen van een familielid heeft altijd effect. 'Maar ... mijn moeder is al jaren overleden.'

Ook dat nog. Ik maak gebruik van zijn verwarring om dichterbij te komen, en voor ik het besef, duw ik Hollebeke de gang in. Ik heb genoeg van deze kerel.

'He ... ho!' Hij struikelt en valt achterover. Dat geeft mijn ogen de tijd te wennen aan het licht. Hollebeke draagt een zwarte coltrui op een strakke jeans. Aan zijn voeten zitten dure bruine schoenen. Hij is een knappe man. Zijn dikke zwarte haar heeft hij stijlvol achterover gekamd. Ik grijp het mes uit mijn jaszak, in twee stappen sta ik bij hem.

'Wie ben jij? Wat is dit?' Ze vragen altijd hetzelfde. Wie ben jij, waarom doe je dit, wat heb ik misdaan? En altijd met die geschokte trilling in hun stem. Ik hef het mes en haal naar hem uit, maar Hollebeke is me voor. Hij trapt hard tegen mijn enkel, een verblindende pijn flitst door mijn been. Het mes schampt tegen zijn arm en ketst weg, de gang in. Ik val tegen de muur en glijd op de grond. Godverdomme wat een pijn! Hollebeke krabbelt overeind. Ik houd me klaar om zijn aanval te pareren. Bloed klopt in mijn enkel en in mijn slaap. Ik hoop dat ik nog kan weglopen, mocht het nodig zijn.

Maar Hollebeke valt me niet aan. In de war door de onverwachte aanval en zich nog niet helemaal bewust van de situatie, waggelt hij naar een witte deur aan het einde van de gang. Hij opent hem en verdwijnt in het zwart van de nacht.

Vloekend spartel ik overeind, spuug bungelt uit mijn mondhoeken. Mijn enkel doet pijn, maar ik kan er nog op lopen. Het geritsel is terug, alsof de ratten nu in de spouwen van de muren krioelen, dol door de geur van bloed en angst. Ik herwin mijn kalmte, want ik ben in het voordeel. Hollebeke kent zijn huis, natuurlijk, maar hij is in paniek, en de afgelegen ligging van deze boerderij is mijn bondgenoot.

'Hollebeke!' gil ik. Ik loop naar de deur. Ik heb nog maar net de deurkruk vast als Hollebeke de deur met een rotsmak tegen mijn hoofd knalt. Ik word geplet tegen de muur. De huid van mijn voorhoofd scheurt. Mijn kaak gloeit. Bloed stroomt in mijn neus en mijn mond.

'Hollebeke godverdomme!' Het klinkt alsof ik onder water praat.

Dan ben ik buiten, de kou verdooft de pijn en ik zie Hollebeke enkele passen van me vandaan een binnenplaatsje over rennen naar een bijgebouw. Voor ik hem achtervolg, gris ik een hark mee die tegen de muur leunt. Gedreven door woede stamp ik de deur van het bijgebouw open, de pijn voelt nu als een drug. In het flauwe schijnsel van een peertje staat Hollebeke tegen een gasverwarmingsinstallatie geleund. In een hoek staan een barbecuestel, een grasmaaier en een kannetje benzine. Aan de witgekalkte muren hangen snoeischaren, een zaag en een bijl. Hollebeke houdt een spade vast met bevende handen. Hij heft hem, klaar voor het gevecht, maar er gaat geen kracht van uit, enkel angst.

'Stomme klootzak!' spuw ik. Ik zwaai de hark als een woeste

hand in zijn gezicht. De metalen tanden rijten zijn linkerwang open, bloed sproeit over zijn armen. Rode spatten kleuren het wit van de muren. Zijn tong stulpt uit zijn mond, huilend laat hij de spade vallen.

'Laat me gaan! Ik heb betaald! Ik heb betaald', jammert hij. Wat voor onzin kramen die kerels toch altijd uit? Zijn woorden voeden mijn woede. Hij heeft helemaal nog niet betaald. Daarvoor ben ik hier, om hem te doen betalen. Ik haal nog eens uit met de hark. De tanden bijten door de hoofdhuid en krommen zich op de schedel. Het verzorgde kapsel splijt open. Een tand haakt zich vast in zijn linkeroogkas en doet het oog met een walgelijke plop knappen. Bloed vermengt zich met een gelige pus. Hollebeke krijst. Het geluid komt uit zijn mond, maar ook uit het gat in zijn wang, waardoor ik bebloede tanden en de glimmende dikke tong zie zitten.

'Lamegaan!' Hij probeert weg te krabbelen, dieper het veilige donker van het gebouwtje in. Daarop neem ik de spade en begin op hem in te hakken. Ik mik eerst op zijn knieën, zodat hij niet meer verder kruipt. Zijn knieën breken met een walgelijk gekraak. Hollebeke schreeuwt niet meer, hij kreunt. Hij brabbelt onbegrijpelijke woorden tegen zichzelf, als een mokkend kind, terwijl snot en bloed de woorden smoren.

Ik overschouw de ravage. De hitte van de woede verdampt samen met het zweet op mijn huid. Ik gooi de bebloede spade in een donkere hoek waar hij met veel gekletter neerkomt. Ik vrees de kilte die me stilaan besluipt. Ik moet het snel afmaken voor ik versteen. Ik durf hem niet dood te steken. Met de bijl? Ik gruw van het idee hem aan te raken, om door de bijl heen het kraken van de botten te voelen zoals daarstraks bij de knieën.

Mijn oog valt op het barbecuestel en het kannetje benzine van de grasmaaier. Op de verwarmingsinstallatie vind ik aanmaakblokjes en lucifers. Ik neem de benzine en besprenkel Hollebeke. Hij protesteert niet. Ik gooi er een paar aanmaakblokjes bij en strijk een lucifer aan. Eén seconde twijfel ik, maar dan veranderen de wollen trui en de jeans in een laaiende deken waarin Hollebeke zich kermend krult en draait.

De hitte jaagt me het gebouw uit, het liefdesspel tussen Hollebeke en het vuur duldt geen getuige. Ik vlucht. Ik zit net in mijn wagen als een rollende knal de stilte verstoort. Zo'n knal hoorden ze hier sinds 1918 niet meer. De gasketel.

Ik voel in mijn jas. Het mes zit er niet in. Het ligt nog ergens in de gang bij Hollebeke. De gang die vol sporen zit. Mijn sporen. Dan zie ik in de achteruitkijkspiegel het gezicht. Ik schrik. Een grote, half verdroogde bloedkorst kruist het voorhoofd. Het rechteroog zit dicht, zorgwekkend dik als een overrijpe pruim, het andere kijkt me verwilderd aan. De rechterwang is blauw en gezwollen. Ik kan me nauwelijks voorstellen dat dit gezicht het mijne is.

2

'Met Philip Rondelez.'

'Philip, ik ben het, Cindy.'

'Hé, wat voor nieuws? Hoe gaat het?'

'Persoonlijk, bedoel je? Dat valt mee. Wouter en ik gaan het nog eens proberen. Hij is bereid zijn kinderwens minstens een jaar uit te stellen. Dan zien we wel weer.'

'Goed dat te horen.'

'Je klinkt vreemd, Philip. Is er iets aan de hand?'

'Ik heb een griepje te pakken, denk ik, mijn keel zit een beetje dicht.'

'Veel beterschap. Kom je werken maandag?'

'Ik weet het niet, misschien wordt het woensdag, na 11 november.'

'Je ziet maar, zorg goed voor jezelf. Maar ik bel je eigenlijk voor iets anders. Heb je het al gehoord? Of gelezen?'

'Wat?'

'Het nieuwe slachtoffer. Er is weer een dode, Philip.'

'Hoe ...'

'Gisteren hebben we een man gevonden, zwaar toegetakeld met een spade en een hark, en daarna in brand gestoken.'

'Nee, daar weet ik niets van. Wat is ermee?'

'Je moet eerst beloven dat je me niet zal uitlachen.'

'Beloofd.'

'Ik denk dat de seriemoordenaar het deed.'

Ik weet even niet wat te zeggen.

'Philip? Ben je daar nog?'

'Ik kan je niet volgen. Onze seriemoordenaar zit in de cel.'

'Misschien moet je maar gaan zitten voor ik dit vertel. Zit je?'

'Ik zit.'

'Wel, ik denk dat iemand anders de moorden pleegde.'

Ik hap naar adem. 'Maak je een grapje?'

'Nee.'

'Je zegt dat het laatste slachtoffer is toegetakeld en verbrand. Dat is toch helemaal anders dan de slachtoffers van Bunny?'

'Inderdaad. Op het eerste gezicht is het helemaal anders. Maar als je er dieper op ingaat, zie je veel gelijkenissen. Te veel, als je het mij vraagt.'

'Leg eens uit.'

'Ten eerste: de moord lijkt op een wraakactie, net als de vorige.'

'Dat zegt nog niks.'

'Ten tweede: de dader deed opnieuw geen moeite het lijk te verbergen.'

'Cindy, is dat lijk niet in brand gestoken om sporen te wissen, om het te doen verdwijnen?'

'Je had het moeten zien, Philip. Het was meteen duidelijk dat het om moord ging. De voordeur stond open, de gang zat onder het bloed, en alle moordwapens lagen in de buurt van het lijk. De dader had evengoed als boodschap op de gevel kunnen schilderen: hier is een moord gepleegd.'

'Goed, dat wist ik niet.'

'Maar nu komt het belangrijkste: we vonden een keukenmes in de gang, hetzelfde type als bij de vorige drie.'

'Ah.' Ik pauzeer even, en zeg dan: 'Misschien is het een copycat. Iemand die over Bunny's moorden gelezen heeft en voor de grap een mes meenam?'

'Ik weet het niet. Ik denk dat de moordenaar heeft moeten improviseren, dat zijn plan fout is gegaan. Hij wilde het slachtoffer met het mes doden, maar toen dat niet lukte, werd hij woest en gebruikte hij wat hij vinden kon: een hark en benzine.'

'Of hij nam dat mes mee om je af te leiden, om een dwaalspoor op te werpen.'

'Er is nog iets. We hebben DNA van de dader. Er zat bloed en speeksel op de deur naar de binnenplaats.'

Ik verkil. 'Weet je wie het is?'

'Nee, voorlopig niet. Niemand die we kennen.'

'Hoe zit het met de verhoren van Bunny?'

'Pft, Bunny. Die blijft ontkennen. In andere omstandigheden hadden we hem allang moeten laten gaan. Nog een geluk dat de raadkamer zo gemakkelijk met de voorlopige hechtenis speelt.'

'Bunny heeft geen alibi, Cindy. Alles wijst naar hem.'

'Hij heeft er wel één, maar het is zo lek als een zeef. Dat betekent nog niet dat hij het gedaan heeft.'

'Denk je nu echt dat we de foute hebben?'

'Ik weet het niet, Philip, misschien ben ik wel ... Misschien heb ik het mis, maar ...'

'Wat?'

'Misschien fixeerden we ons te lang op Bunny. Ik denk dat een ander spoor ook mogelijk is, een spoor dat veel moeilijker aan het licht komt, iets wat we over het hoofd zagen, juist omdat Bunny zo prominent in beeld kwam.'

Stilte.

'Wil je het horen, Philip? Mag ik het ... Het is misschien onnozel, misschien gaat mijn fantasie met me aan de haal.'

'Vertel maar.'

'Dimitri Debo was vrijwilliger bij de rally, hè?'

'Ja.'

'Die kerel van gisteren, Francis Hollebeke, was het ook. Hij verzorgde de sponsoring.'

'Half Ieper is vrijwilliger bij de rally.'

'Laat me even uitspreken. De auto van Hollebeke deed me ergens aan denken, die ken ik ergens van, maar ik kan er de vinger niet op leggen. Toen ik hoorde dat hij bij de rally was, begon ik in die richting te denken.'

'Goed, Debo en Hollebeke. Maar wat doe je dan met Vanoot en Vermoer?'

'Herinner je je nog ons gesprek met de baas van Vanoot?'

'Ik kan me niet herinneren dat hij iets over de rally vertelde.'

'Nee, maar hij had het wel over Vanoots agressieve rijstijl. Ik heb zijn collega's opnieuw gebeld. Hij was geobsedeerd door zijn auto, vertelden ze. Een vrouwelijke collega reed ooit met hem mee, en om haar te imponeren draaide hij een straat in door zijn handrem aan te trekken. Ze had de schrik van haar leven.'

'Ga verder.'

'Debo en Hollebeke zijn rallyfanaten, Vanoot met zijn agressieve rijstijl misschien ook? Die manier van met de handrem een bocht in te draaien, dat is toch typisch voor rallypiloten?'

'We hebben niks in die richting gevonden, Cindy. Hij was vooral een pornofan.'

'Zou elke rallyfan autoboekjes lezen of naar rallysites surfen?'

'Ik denk het wel. En wat met Vermoer?'

'Dat is de zwakke schakel. Maar kijk eens naar de auto's van de slachtoffers. Dat zijn allemaal krachtige karren, auto's voor mensen die graag rijden. Dimitri Debo reed met een uitgebouwde Volkswagen Golf, Vanoot met een gloednieuwe Mini Cooper, Vermoer met een Toyota RAV4 en Hollebeke met een Alfa Romeo. Vermoers huis stonk als het achterste van een varken, maar zijn auto was piekfijn gewassen. Begrijp je wat ik bedoel? Er zit geen oude Nissan Almero tussen, of een vuile Skoda van 80 pk. Allemaal minstens 140 pk, en verzorgd tot in de hoekjes van de asbakken.'

'Ik vind het een beetje vergezocht. Kan Bunny geen hulp gekregen hebben? Zou Sandy ...'

'Nee, dat kan niet; Hollebeke is een homo. Die heeft nooit contact gehad met Bunny. Never. Dat sluit Bunny en Sandy uit.'

'Waar denk je dan aan?'

'Ik weet het nog niet. Iets in het rallymilieu? Naijver? Chantage? Of iets in autokringen? Ah, sorry, Philip, ik weet dat het onnozel klinkt. Maar ik kan het niet helpen dat ik voel dat ik in die richting moet zoeken, ook al leidt het tot niks.'

'Wat vindt Creus ervan?'

'Hij lacht me weg. Hij blijft Bunny verdenken van de vorige

zijn goedkope aftershave niet verdragen. Het knipoogje naar de bakkersvrouw, het geritsel van de broodzak, het doet mij kokhalzen. Dan kijk ik naar de harige nek en de ruwe handen met de eeltige vingers, luister ik naar zijn snuivende ademhaling, en dan walg ik van elk teken van leven dat die man uitstraalt. Zijn aanwezigheid is overrompelend.

Het is niet de confrontatie met hem die ik vrees, niet zijn blik, zijn woorden of zijn vuisten, het is zijn dierlijke uitstraling die zo kwetsend de nadruk legt op het feit dat hij leeft. Ik mijd alle plaatsen waar hij komt. 's Avonds blijf ik thuis, bevreesd om hem tegen het lijf te lopen als hij een Boezings café verlaat. In die cafés zette ik al drie jaar lang geen stap meer.

Gevangen ben ik, een kever in een glazen pot, door de walging voor die man en door mijn woede tegenover iedere chauffeur die net als hij denkt dat hij een god op aarde is. Geen enkele cursus woedebeheersing kan me daarvan genezen. Geen enkele therapie kan mij verlossen van die mentale ketens.

Als ik wil ontsnappen uit de gevangenis in mijn hoofd, moet ik afrekenen met mijn duivel. Nu is de tijd daarvoor rijp. Ik heb nog twee dagen. Dave Boudry, houd je maar klaar.

Ik glimlach naar mijn spiegelbeeld. Het driekleurige mozaïek glimlacht terug. Het is kwart voor twaalf. Ik moet voortmaken als ik op tijd wil zijn voor het middagmaal bij Gerda. Kip deze week.

'Philip, wat is er met je gebeurd?'

Gerda's verschrikte ogen glijden over mijn gezicht, maar vinden geen houvast in de kleurenpuzzel.

Ik haal mijn schouders op. 'Gevallen, ik kan het me niet goed meer herinneren.'

Zonder haar ogen van me af te halen maakt ze plaats, zodat ik het gangetje in kan. Ik open de deur naar de woonkamer, waar de geur van gebakken kip me verwelkomt.

'Heb je gevochten?' vraagt ze. 'Philip, je ziet er vreselijk uit.'

Ik schud het hoofd, de twee losse tanden sturen een pijnscheut door mijn gezicht. Ik probeer te glimlachen.

'Niet gevochten.' Ik maak een drinkgebaar.

Gerda slaat haar ogen neer. 'Vandaar dat je er niets meer van weet.'

Ik ga aan tafel zitten terwijl ze naar de keuken schuifelt.

Vanaf het dressoir lacht Sanne me met tientallen ogen toe. Op vakantie in Tenerife, tijdens de kerstmarkt in Ieper, aan de barbecue op het terras. Van sommige foto's weet ik niet wie ze nam of wanneer ze gemaakt zijn. Sinds haar dood veroverden de foto's van Sanne langzamerhand het hele buffet en verdringen ze de afbeeldingen van haar zussen. Hoewel zij het waren die Gerda en Pierre een schattig nageslacht schonken – Sarah is ondertussen al aan haar vierde baby toe, met enige schaamte moet ik toegeven dat ik de namen van de eerste drie zelfs niet kan onthouden – toch zijn zij nauwelijks aanwezig op de kast. Drie, vier foto's misschien. Van Sanne tel ik er zeventien. Als het op foto's aankomt, halen de doden het altijd van de levenden. En waar ik vroeger een soort troost in haar ogen vond, lijkt het alsof ze me nu melancholisch aanstaart. Zie je daar eens zitten, ventje. Hoe is het zover met ons kunnen komen?

'De frituurketel is kapot', zegt Gerda. 'Daarom heb ik aardappelen gebakken.' Ze zet een pan op tafel. De goudbruine aardappelen knetteren in het vet. Dan komt ze terug met de kip.

'Ik hoop dat het je smaakt.' Ik prik drie aardappelen op mijn bord en wacht geduldig tot Gerda zorgvuldig een stuk borst van de kip snijdt en in mijn bord legt. Het is niet haar kookkunst die ik vrees, maar de martelgang die de maaltijd zal worden voor mijn pijnlijke gezicht.

'Je moet opletten met alcohol, Philip. Moet je zien wat er dan gebeurt. Ik wil niet dat je iets overkomt. Ik wil niet dat je domme dingen doet.' Ik wil jou niet ook nog verliezen, hoor ik haar daar in gedachten aan toevoegen.

Ik knik. 'Het was stom, het zal niet nog eens gebeuren.'

We eten een tijdje in stilte. Ik probeer het eten te malen met de linkerkant van mijn gebit. Ik proef nauwelijks wat ik eet, zozeer concentreer ik me op het vermijden van de zeurende pijn.

'Ah, ik spel je de les over je drankgebruik, en dan vergeet ik je wat te drinken aan te bieden.' Gerda heft haar handen ten hemel en staat op van tafel.

'Water is goed', glimlach ik.

'Ga je dinsdag naar de parade?' vraagt ze als ze terugkomt met een fles spuitwater.

'Met dit gezicht? Geen denken aan.'

Waarom zou ik mezelf kwellen door naar de 11-novemberviering te gaan kijken? Wat kunnen die opgeblonken eretekens mij nu nog schelen? Waarom zou ik de herinnering verpesten aan de viering van tien jaar geleden, toen Sanne zo wonderbaarlijk uit de menigte kwam gehuppeld?

'Het is erg druk in de stad. Alle hotels zijn vol. Je hoort alleen maar Engels.' Ze gaat weer zitten en draait een poot van de kip.

'Het is goed voor de economie. De toeristen laten het geld rollen', zeg ik.

'Het is vooral goed dat de moordenaar nu achter de tralies zit', zegt Gerda met gefronste wenkbrauwen. 'Die kerel heeft de stad veel angst bezorgd, en schade, want zo'n nieuws is geen goede reclame. Ik las in de krant dat jullie moeite hebben om hem te doen bekennen, die pooier. Ze zeggen dat jullie hem moeten laten gaan.'

Ik zucht. Nu begint ze nog over Bunny ook. 'Je moet niet alles geloven wat in de kranten staat, Gerda. Ze verzinnen van alles om te verkopen.'

Ze maakt aanstalten om enkele aardappelen op te scheppen, maar ik hef mijn hand op. Ze laat de lepel terug in de pan glijden.

'Misschien overdrijven ze soms, maar verzinnen, nee, dat geloof ik niet. Er stond trouwens een interview in met een politieagent. Een vrouw die ook aan het onderzoek heeft meegeholpen. Ze doet iets speciaals, ze maakt schetsen van de moordenaars, of zoiets.'

Caroline De Bon! Die zal binnenkort ook grote ogen opzetten. Haar expertise zal worden getorpedeerd zoals bij een kunstkenner die zich een valse Picasso laat aansmeren.

'Heb je dat artikel nog?' vraag ik. 'Dat zou ik wel graag lezen.'

'Ik zoek het eens voor je. Hopelijk heb ik er de aardappelen niet op geschild.'

Ik lach, voor zover mijn gezicht dat toelaat. Het doet haar giechelen.

'Ik moet er niet aan denken dat die griezel nog vrij zou rondlopen', zegt ze. 'Weten jullie al waarom hij die mannen vermoord heeft?'

'Als ik je dat vertel, ben ik meteen mijn job kwijt.'

'Oei, dat zou ik niet op mijn geweten willen hebben. Ik ben erg trots op het werk dat je doet, Philip. Ik vertel iedereen dat je de moordenaar hielp inrekenen. Ik krijg alleen maar complimenten over je.'

Het beste wat ik nu kan doen, is de steelpan nemen en Gerda ermee het hoofd inslaan, om haar de schaamte te besparen die haar te wachten staat. Vanaf overmorgen zal ze worden uitgelachen en bespot, omdat haar zo bejubelde schoonzoon helemaal niet de held is, maar de gehate moordenaar. Haar schoonzoon, een politieagent nota bene! De politie, uw vriend! O, wat zullen haar vriendinnen in de rij bij de slager daarvan smullen. Het genadeloze roddelcircuit zal haar met huid en haar verslinden, traag en likkebaardend, want dit sappige verhaal is er niet eentje voor een dag, je kunt er weken op teren, maanden zelfs. Waarschijnlijk porren ze elkaar over tien jaar nog in de zij, fluisterend en glurend naar de schoonmoeder van de seriemoordenaar, de sukkelhen die dacht dat haar schoonzoon een held was. Een moordenaar, ja! De ergste ooit in het land! Je zou erom moeten lachen als het niet zo godsgruwelijk was.

Nee, dan kan ik nu beter de braadpan grijpen en het ding dwars door haar schedel slaan, zodat haar bloed en hersens de kamer rondspatten. Maar ik kan het niet. Ik kan het niet omdat ik van deze vrouw houd, deze kleine lieve naïeve muis die al genoeg geleden heeft. Als de wereld me morgen als verdorven bestempelt, zou enkel deze moord die beschrijving rechtvaardigen. Want verdorven ben ik niet. Bovendien kan ik deze vrouw geen haar krenken onder de tientallen ogen van Sanne, die me aanstaren vanaf het dressoir, en die me voor altijd zouden verlaten als ik het krankzinnige idee tot uitvoer zou brengen.

'Ben je zeker dat je geen aardappeltje meer wilt?' vraagt Gerda.

Ik kijk naar de pan en schud mijn hoofd.

4

'Ik ben thuis!'

De dichtslaande deur wekt me uit een sluimer. Starend naar de scheurtjes in het plafond tel ik de stappen op de trap. Sanne komt de slaapkamer binnen, zweterig van het fietsen.

'Hé, ventje, ik ben terug.'

'Ik zie het', lach ik.

Ze komt op het bed zitten en ik schuif naar haar toe. Haar parfum is overweldigend. De hele slaapkamer vult zich met een zoetige fruitgeur.

'Ik heb hooikoortspillen voor je mee.'

Ze haalt de doos als bewijs uit het zakje.

'Kom je mee naar beneden? Ik kan niet meer wachten.' Ze staat op en glipt door de deur.

'Ik kom', zeg ik. Loom glijd ik het bed uit, ik heb moeite om te ademen, de lucht voelt dik als pudding.

Ze zit al klaar in de sofa, met naast haar het apothekerszakje en de zwangerschapstest. Ze leest aandachtig de bijsluiter. Wat verder zit Winnie the Pooh. Hij staart naar de champagnefles op de salontafel.

'Eerst goed de gebruiksaanwijzing lezen, zodat ik het niet fout doe', zegt ze. Ik sluit mijn ogen en lever me volledig over aan haar geur. Passievrucht. Abrikoos.

'Wasted and wounded, it ain't what the moon did.'

Ik open mijn ogen. In de eetkamer zitten drie Maori's. Een van hen tokkelt op een gitaar en zingt met een rauwe, hartverscheurende stem. De andere twee drinken bier en grijnzen.

'I've got what I've paid for now', kreunt de zanger. Over zijn hele borstkas prijken tatoeages. De aders in zijn stierennek spannen zich als staaldraden. Dan zit ik aan een tafel. Sanne eet een pannenkoek. De Maori wordt begeleid door een pianist en een

strijkkwartet. Een koppel staat op van een tafeltje om een dans aan te vatten.

'Het wordt te druk hier', zegt Sanne. 'Gaan we naar de Last Post kijken?'

Ik knik. Ik wenk een kelner. Een knap, zwart meisje zeilt tussen de tafeltjes naar ons toe. Onder het witte hemd, waarvan de twee bovenste knoopjes openstaan, draagt ze een rode bh. Ze knikt, rekent af, en gaat bij de zingende Maori op schoot zitten. Die laat zich niet afleiden, ook niet als ze zijn tatoeages streelt en haar hoofd in zijn nek legt.

Ik volg Sanne naar buiten, we worden opgeslokt in een mensenstroom die zich naar de Menenpoort beweegt. Ik houd Sannes hand stevig vast om haar niet kwijt te raken. Regelmatig kijkt ze glimlachend om. Ik glimlach terug. Aan de Grote Markt staan kermiskramen opgesteld. In de verte hoor ik het knallen van de geweren aan de schiettent. De lucht is stralend blauw en vol luchtballons in allerlei vreemde vormen. Boven het belfort drijft een reusachtige salami, boven de rechtbank een immense Winnie the Pooh.

Is het de hitte van de mensenzee die me zo doet zweten? Is het de nabijheid van al deze onbekenden die mijn borst beklemt? Sanne kijkt opnieuw achterom. Haar lippen bewegen. We zijn er bijna, lees ik erin. De menigte sleurt ons door de Meensestraat. Uit de ramen boven de winkels hangen mensen. Ze gooien snoep naar beneden. Een jong meisje zwaait. Ik zwaai terug. Uit mijn hand stromen straaltjes zweet naar mijn oksel. Mijn hemd is doorweekt. Het meisje steekt haar tong uit. Ik steek mijn tong uit. De zon brandt er meteen blaren op. Ze barsten open en een gloeiende pus vult mijn mond. Ik slik het door.

Onder de Menenpoort stopt de stoet. De mensen verdringen elkaar om niets van het komende spektakel te missen. Sanne leidt me mee, twee treden van de brede trap op, zodat we over de hoofden kijken. Een fanfare van wel honderd klaroenblazers komt aangemarcheerd. Sanne knijpt mijn hand bijna fijn. Ze legt haar hoofd tegen mijn schouder.

Sereen heffen de klaroenblazers hun instrument, in een stilte die haast pijnlijker is dan het geschal dat daarna losbarst en mijn trommelvliezen scheurt.

Uit de ronde openingen in het gewafelde dak tollen duizenden Happy Birthday-ballonnen naar beneden, en plots bevinden we ons in een kleurenzee van knallend rubber. Als kinderen krioelen de omstanders door elkaar in dat reuzenballenbad. Natte lijven stoten tegen me aan, ik word de trap af geduwd, ik struikel over knappende ballonnen, ik word opgetild en voortgestuwd in dit waanzinnige spel, deze kermisdans van kleuren en hitte en armen en benen en buiken.

'Sanne!' gil ik. Ik ben haar kwijt. Ik probeer mij te oriënteren, maar ik zie alleen maar rode gezichten, halfnaakte glanzende lichamen en rondtollende Happy Birthdays.

'Sanne!' gil ik.

Dan wijkt de massa terug. Ik sta in het midden onder het monument, omcirkeld door een haag van juichende gekken. Ik speur de gezichten af naar Sanne. Een lichaam maakt zich los uit de menigte en rent op me af.

Het is een vet lijf, walmend van het zweet, slechts gekleed in een vuile slip. In zijn beide handen klemt hij een mes. Bewegen kan ik niet, mijn voeten zijn vastgeklonken in de grond. Het walgelijke lijf tilt de messen op en met een ijselijk gekrijs plant hij ze in mijn borst. Ik sla achterover. Ik word weer overeind getrokken. Bloed gutst over mijn buik. Dan landt een mes in mijn keel. Opnieuw sla ik achterover. Opnieuw helpt de menigte me overeind. Gelaten wacht ik de volgende aanval af. Ik voel geen pijn, ik voel niets.

Als ik een laatste keer tegen de grond ga, komen Cindy Steen en Fernand Vandromme naar me toe. Zorgvuldig binden ze ruwe touwen rond mijn enkels. Ze slepen me over de straat naar de brede trap van de Menenpoort. Bij elke trede knalt mijn hoofd tegen de witte steen. Ik schaam me voor het bloedspoor dat ik achterlaat op de smetteloze stenen. Mijn hemd rafelt en mijn vel laat los als ze me over het wandelpad van de vesting sleuren. Ik laat hen begaan. Wat kan ik anders doen dan dit gelaten ondergaan? Het is mijn lot, zij begrijpen het niet, ze weten niet wat het is. Ik heb dit mezelf aangedaan.

Achter ons volgt de menigte, dronken van plezier, opgejut door de klaroenfanfare, die vrolijke deuntjes speelt. Ik kijk naar de hemel, naar het picknickblauw met dat ene wolkje wit als een weggegooid servetje, naar de zachte kruinen van de berken, naar dansende muggen boven het water.

Ik weet waar we naartoe gaan. Ik hoor daar thuis. Een glimlach verschijnt op mijn gezicht als Steen en Vandromme het deurtje openen. Ze slepen me het vers gemaaide gazon op. Ik zie de stenen die uitkijken over de einder. Ik zie het bankje, maar Sanne zit er niet. Steen en Vandromme slaan de touwen over de armen van het Cross of Sacrifice en ze hijsen me op.

Omgekeerd hang ik klaar, als een martelaar. Dan stort de menigte zich op me.

Ik schrik wakker in de leegte van de slaapkamer. De lakens zijn nat van het zweet en van bloed uit mijn gewonde hoofd. Ik kijk naar het gordijn, waarachter het eerste ochtendlicht moeizaam deze elfde november baart.

5

'Hallo, met Cindy Steen.'

'Dag Cindy, met Philip.'

'Ah, Philip, hoe gaat het met je griep? Al genezen?'

'Steeds beter, dank je.'

'Kom je morgen weer naar het werk?'

'Ik ... Je zult morgen niet om me heen kunnen kijken.'

Ze lacht. 'Goed zo.'

'Cindy, ik bel je in verband met Bunny.'

'Daarvoor bel je me speciaal op deze feestdag? Kan het niet wachten tot morgen?'

'Nee, het kan niet wachten.'

'Vertel op.'

Ik adem diep in, maar mijn longen lijken zich langzaam te vullen met water.

'Cindy, je hebt gelijk.'

'Gelijk? Wat ...'

'Bunny is de moordenaar niet.'

Ik wacht op haar reactie, maar die komt niet. 'Je hebt gelijk over de moorden. Het heeft niks met Bunny te maken. Het gaat hem zelfs niet om de auto's, maar om de chauffeurs.'

'Philip, hoe weet je dat? Wat bedoel je?'

'Francis Hollebeke, de laatste, daarvan had je het gevoel dat je zijn auto kende, hè?'

'Ja.'

'Hij was het, die zondag. Hij was het die ons met honderdtwintig kilometer per uur voorbijraasde toen ik je naar huis bracht. Toen we achter die tractor hingen.'

'Oké, dat is mogelijk, maar wat ...?'

'Ik heb toen zijn nummerplaat onthouden en opgezocht in ons systeem. Ik heb het ...'

'Nee ...'

'Ik heb het bij alle vier gedaan. Ik controleerde hun nummerplaat in ons systeem, en toen ik zag dat het vrijgezellen waren, toen ... Je kunt het gemakkelijk controleren. Je kunt ...'

'Philip, waar ben je nu?'

'Ik hoop dat je me kunt vergeven, Cindy. Ik hoop dat je me ooit kunt begrijpen. De pijn, de woede als zo'n klootzak me passeerde met zijn grijnzende smoel, terwijl hij anderen in gevaar bracht. Het waren potentiële moordenaars, weet je, het waren niet zomaar onschuldige slachtoffers. Sanne was een onschuldig slachtoffer.'

'Philip, waar ben je nu? Ben je thuis?'

'Ik wil me verontschuldigen tegenover het hele korps. Ze zullen me wel haten nu, iedereen zal me haten. Ik kan het begrijpen, ik kan het hun niet kwalijk nemen. Ik had het kunnen weten toen ik eraan begon. Ik had alleen niet verwacht dat het zo zou aflopen. Ik had het me wat glorieuzer voorgesteld. Ik dacht dat de goeden altijd wonnen, maar dit zal wel de spreekwoordelijke uitzondering zijn.'

'Philip, je ...'

'Maar het zal Creus niet lukken om het uit te stellen, Cindy, en dat was toch wat je wilde, niet? Ik zal ervoor zorgen dat het vandaag stopt. Op 11 november, tien jaar later, tien jaar na mijn ontmoeting met Sanne. Een mooie symbolische datum.'

'Philip, je bent in de war. Zeg me waar je bent, dan kom ik naar je toe. Dan praten we dit uit.'

'Het is nog niet afgelopen, Cindy.'

'Wat bedoel je?'

'Ik ga nog achter één iemand aan.'

'Wie?'

'Dave Boudry uit Boezinge.'

'Dave Boudry, wie is dat? Philip, wat ben je in 's hemelsnaam van plan?'

'Hij is de doodrijder van Sanne, hij is al drie jaar lang mijn kwelduivel, Cindy.'

'O, Philip, nee toch ...' Ik hoor een trilling in haar stem, alsof ze nu pas beseft dat het me menens is.

'Cindy, ik moet ophangen.'

'Zeg me eerst waar je bent.'

'Ik sta voor zijn deur, ik sta voor het huis van Dave Boudry. En ik moet ophangen, want hij komt net naar buiten.'

6

Boudry sluit zijn voordeur. Hij steekt een sigaret op en kijkt naar de hemel. Het kan elk moment gaan stortregenen. Donkere wolken, zwanger van regen en grotendeels aan het oog onttrokken door het late paars van de nacht, dreigen met onweer. Dan gaat hij de drempel af en wandelt door het voortuintje.

'Het is zover, Winnie', zeg ik, en ik klop op de zachte kop van Winnie the Pooh, die op de passagiersstoel zit. De teddybeer kijkt roerloos voor zich uit, als een maffioso die zich over niets meer verbaast.

Elke morgen, voor hij naar het werk gaat, koopt Boudry een pakje Camel Light in het kruidenierswinkeltje aan het marktplein. Hij legt de afstand te voet af. Ik kwam hem zo nu en dan tegen als ik op hetzelfde moment om brood ging.

Mijn plan is simpel: als hij de straat oversteekt, rijd ik hem omver. Als hij niet dood is, rijd ik nog eens over hem. Het maakt me niet uit hoe vaak ik tussen vooruit en achteruit moet schakelen, ik stop pas als hij zo plat is als een camembert onder een pletwals.

Ik beeld me in hoe Steen nu haastig een ploeg bij elkaar trommelt, het adres van Boudry opzoekt en ondertussen nog een ander team naar mijn huis stuurt. Straks wordt het hier een kermis van loeiende sirenes. Ze zal hem proberen te bellen, maar hij is al het huis uit. Hopelijk vindt ze zijn mobiele nummer niet. Veel tijd heb ik niet, hooguit tien minuten. Maar veel tijd heb ik niet nodig. Ik geef Boudry nog een seconde of dertig, de tijd om zijn sigaretje op te roken. Daarna rijd ik over hem heen, ga met Winnie the Pooh naar huis en wacht tot ik word ingerekend.

Ik draai de sleutel om in het contact en mijn motor wordt met een zacht gebrom wakker. De airco blaast warme lucht en de radio speelt een vrolijk nummer van Lily Allen. *At first when I see you cry, yeah it makes me smile, yeah it makes me smile.* Ik zet hem af, er is nu geen tijd voor tienerpop.

Boudry wandelt aan de overkant in de schijn van de straatlantaarns, een wolkje adem en sigarettenrook kringelt rond zijn hoofd. Hij gaat van het voetpad af en staat tussen twee geparkeerde wagens. Hij kijkt nog eens naar de donkere lucht, maar de wolken lijken hun lading nog even te sparen. Ze wachten tot zijn bloed gevloeid is om de straatstenen schoon te wassen.

Ik verlaat mijn parkeerplaats en rijd traag de baan op, want Boudry gaat nu oversteken. Hij twijfelt nog even. Hij haalt een sleutelbos tevoorschijn en wandelt langs een auto. Hij opent de deur van de volgende auto, een witte Nissan Sunny.

Verdomme! Mijn hart springt op in mijn borst, ik klem mijn tanden op elkaar, een helse pijn snijdt door mijn gezwollen wang. Ik gil. Boudry gaat op de bestuurdersstoel zitten en klapt de deur dicht. Het warme geblaas van de airco prikt in mijn ogen, de lucht ruikt als de muffe adem van het noodlot. Net als ik voorbijrijd, draait hij het contact om. Godverdomme! Natuurlijk, het is 11 november, de winkel is gesloten. Boudry hoeft helemaal niet te gaan werken. Hoe kon ik dat over het hoofd zien? Hoe kon ik zo stom zijn?

In mijn achteruitkijkspiegel zie ik de achterlichten van de Nissan oplichten, hij schuift uit de parkeerplaats en draait rustig de straat naar Elverdinge in.

Vloekend keer ik de auto. De versnellingsbak krijst als ik te snel schakel. Een vrouw staat stil en kijkt me aan. Waar sta jij naar te kijken, hoepel op! Ze schrikt en wandelt snel door. Ik verlies kostbare seconden.

Ik draai de straat in en zie nog net de achterlichten van Boudry in de volgende bocht verdwijnen. Waar gaat die stomme klootzak naartoe? Het doet er niet toe, ik ga hem van de weg rijden. Als ik hem eenmaal in de sloot heb, zie ik nog wel wat ik doe. Het wordt improviseren, zoals bij Hollebeke. Als Steen het nu maar niet voor me verpest.

Ik duw mijn gaspedaal dieper in en bijt tegelijkertijd harder op mijn tanden. Een van de bungelende exemplaren is helemaal losgekomen en zwerft in mijn mond. In een fluim van bloed spuw ik hem uit. Een zoete, warme smaak vult mijn mond. De aders in mijn gezicht kloppen pijnlijk, mijn vel spant zo erg dat ik vrees dat het zal knappen, mijn goede oog puilt uit, alsof er in mijn kop geen plaats meer is voor vlees en botten, maar enkel voor woede.

Mijn hart bonkt op de cadans van de betonnen platen. Kadong, ka-dong, ka-dong. Ik haal Boudry in, ik kan bijna de naam van de garagist van zijn oude Nissan lezen. Ik moet kalm blijven. Ik wil Boudry van de baan rijden voor hij het volgende dorp bereikt. Ik weet hoe het moet, ik heb het geleerd op de politieschool.

Dan verdwijnt hij in een scherm van water. De wolken beslissen om het spel mee te spelen. Mijn ruitenwissers zwiepen. Sneller, sneller, sneller, zuchten ze.

Ik zit op twintig centimeter van Boudry, die remt voor de regen. Ik kan zijn gezicht niet zien. Wat zou ik graag zijn gezicht zien als ik hem een duwtje geef. Ik fixeer me op de achterlichten, die er door de regen uitzien als stroken wild uitgeveegde pastel.

Ik versnel een laatste keer en tik tegen de bumper van de Nissan, net op het moment dat de regenbui gaat liggen, al even snel als ze ontstond. Boudry remt en schokt het andere rijvak op, maar hij herstelt zich. Zijn verschrikte ogen overheersen zijn achteruitkijkspiegel. Herken je me? Herken je dit verhakkelde gezicht? Doe je het in je broek, Boudry?

We zijn bijna in het dorp. Ik haal nog eens uit. Boudry volgt mijn naderende razernij met zichtbare ontsteltenis. Garage Dutrieue uit Diksmuide. Hij zegt iets, hij praat tegen zichzelf, misschien bidt hij.

Hij herkent me. Hij beseft nu ten volle wat er gebeurt. Hij buigt naar rechts en graait met zijn linkerhand. Hij heeft zijn gordel niet om!

Ik raak hem harder. Hij zwiept, links, rechts, hij remt, zijn banden piepen, hij schokt als een beschonken neushoorn, maar hij blijft op de weg. Had je drie jaar geleden zo goed gemanoeuvreerd, dan was dit alles niet nodig geweest, Dave.

We passeren het bord ELVERDINGE, we zijn binnen de bebouwde kom. Opnieuw graait zijn linkerhand naar de gordel. Ik raas een derde keer op hem af. Als ik hem raak, slaat hij meteen naar links. Zijn banden trekken gierende sporen over het natte wegdek. Hij maait twee boompjes weg en glijdt de sloot in. Ik juich. Al snel voel ik hoe mijn Toyota naar rechts helt. Ik kan hem zelf niet meer onder controle houden. Ik verlies de grip over het stuur. De auto schuift over het fietspad.

Een gestalte – een hond, denk ik – verschijnt uit het niets. Het dier botst lomp tegen de voorruit, die in een ondoorzichtig kluwen van glasadertjes barst en verandert in een witte muur. In mijn achteruitkijkspiegel rolt het dode lijf over de grond. Dan pas merk ik het regenjasje op. En het gekreukte fietsje.

Honden dragen geen regenjasjes.

Honden rijden niet op fietsjes.

De Toyota glijdt de sloot in. Een elektrische schok snijdt door mijn knieën. De auto schurkt tegen de sloot op, alsof hij er terug uit wil. De motor ronkt kwaad, aardekluiten bonken als woeste handen op de motorkap, metaal knarst.

Terwijl airbags ploffen, verdrink ik in een zee van wit. De voorruit begeeft het. Glasconfetti klettert in mijn haar.

Over mijn gezicht stroomt kleverig vocht dat uit de opengebarsten wonde op mijn voorhoofd gulpt. Mijn arm zit gekneld. Een drukkende hitte omgeeft mijn benen, alsof ik in een erg warm bad zit. Ook het zijraam begeeft het. De deur plooit en piept. De auto wordt ingedeukt. Nu wil hij de sloot niet meer uit: hij geeft de strijd op en graaft zijn neus in de donkere beek. Dan staat alles stil.

Ik adem een bedwelmende geur in. Het duurt even voor ik besef dat ik oliebollen en suikerspin ruik. Ik lik mijn lippen en proef poedersuiker. In de verte laat een bel weten dat een kind de kwast te pakken heeft.

'Hé', hoor ik.

Haar stem.

Ik kijk door het raampje. Ze staat afgetekend tegen een donkergrijze hemel. Wat is ze mooi.

Ze buigt voorover.

Ze steekt haar hand door het gat waar ooit glas zat.

Ze streelt door mijn haar.

Dan reikt ze naast me.

Ik ruik haar zoete parfum, haar verdovende 11-novembergeur.

Ze pakt Winnie the Pooh en drukt hem zacht tegen haar boezem. Haar blonde krullen liggen over de berenkop.

Haar ogen staan groot, de pupillen wijd.

Ze glimlacht. Die lieve, schattige glimlach van haar.

Dan wiegt ze de beer zachtjes in haar armen en zegt stilletjes, zo stilletjes dat ik het bijna niet kan horen, dat het bijna het ruisen van de wind lijkt door de bomen: 'Deze is voor ons kindje.'

Charles den Tex bij De Geus

Dump

Alex Duffield heeft net zijn overleden vader als directeur van afvalverwerkingsbedrijf Duffield Chemicals opgevolgd. Eigenlijk tegen wil en dank. Hij heeft niet veel op met chemie. En met gerotzooi met chemisch afval al helemaal niet. Alex is vastbesloten Duffield Chemicals schoon te maken. Maar dan moet hij wel afrekenen met een internationale criminele organisatie.

Code 39

Jan Stegger wordt naar Dubai gestuurd om de oorzaak te achterhalen van de plotselinge, enorme omzetdaling bij de Nederlands-Arabische joint venture Daretco. Kort nadat Stegger is gearriveerd, blijkt het kantoor van Daretco te zijn opgedoekt. Er is maar één man die daartoe genoeg macht bezit: Abdullah al Majid, de man met wie Stegger juist geacht wordt samen te werken.

Schijn van kans

Winnaar Gouden Strop 2002
Eigenaar Ernst Dellenge van Standard Capital, een kleine, gerenommeerde bank, kaapt een lucratieve opdracht weg voor de neus van de machtige Nederland Europa Bank. Als Dellenge plotseling overlijdt, dreigt Standard Capital in de problemen te komen. Aan medewerkster Matti van der Donk de bijna onmogelijke opdracht een financiële ramp af te wenden.

Stegger

Een dubieuze, overzeese brievenbus-bv blijkt het obstakel te zijn voor de overname van Switchtronics door HECI. Jan Stegger, commercieel directeur van HECI, die eerder optrad in Den Tex' thriller *Code 39*, reist zelf af naar Curaçao om de problemen op te lossen.

Angstval

Privédetective Kram steelt voor klanten en houdt zich schuil in een flat op een onbekend adres. Hij is voor niemand bang, behalve voor mensen die te dichtbij komen. Tot hij Miranda ontmoet. Zij ontregelt zijn leven, zij ontketent in hem een ongekende wilskracht. Zij lokt en verleidt en duwt hem steeds verder in een zoektocht naar een mysterieus molecuul.

Claim

Honderden kilometers voor de kust van Argentinië vergaat het containerschip All Virtue met man en muis. Aanvankelijk wekt de schadeclaim van 56 miljoen geen enkel wantrouwen, totdat schadebehandelaar Ellen Brachman het schip nergens kan ontdekken in het doolhof van internationaal opererende schademaatschappijen. Ze besluit de waarheid te achterhalen.

CEL

Winnaar Gouden Strop 2008
Hoe bestrijd je iemand die jouw identiteit gebruikt? Michael Bellicher, hoofdpersoon uit *De macht van meneer Miller*, is getuige van een raadselachtig auto-ongeluk met fatale afloop. Hij wordt overgebracht naar een politiebureau in het Westland, waar hij te maken krijgt met een bizarre aanklacht, een onontkoombaar bewijs en een advocate die hem niet gelooft.

Spijt

Op een station in Zuid-Frankrijk nemen een man en een vrouw afscheid. Hij gaat voor een congres naar Antwerpen, zij keert terug naar hun vakantiehuis. Na vijf dagen is ze weer op het station om hem op te halen, maar hij komt niet. Wanneer ze hem gaat zoeken, blijkt hij spoorloos verdwenen. Hij laat nog één keer van zich horen: via zijn advocaat.

Onmacht

In de relatie tussen Ellen en Victor is het stadium van de kleine irritaties ruimschoots gepasseerd. Op een onverwacht moment barst de bom. Een scheiding lijkt onvermijdelijk. Maar dan neemt het geheel een gruwelijke wending.

Wachtwoord

Guusje van Donee, de vriendin van Michael Bellicher, lijkt spoorloos verdwenen. Lijkt. Want tegenwoordig is niemand meer spoorloos. Door bewakingscamera's, mobiele telefoons en navigatiesystemen is iedereen is traceerbaar. Het enige wat hij nodig heeft, is toestemming. En een wachtwoord.

Deal

Henk van der Voort opereert in de keiharde markt voor medicijnen. Net wanneer hij denkt dat hij zijn zaken voor elkaar heeft, wordt hij voor miljoenen opgelicht. Hij laat het er niet bij zitten, ook al moet hij daarvoor onverantwoorde risico's nemen.

De vriend

Emma werkt als tolk voor de Amsterdamse recherche. Haar kleine team luistert gesprekken af van een groep Kroatische mannen die ervan verdacht worden een aanslag voor te bereiden. Op een dag voegt zich een nieuwe man bij de groep. Wanneer haar collega's erachter komen dat de man bepaald geen onbekende voor haar is, raakt Emma betrokken bij een levensgevaarlijke actie.

Jac. Toes bij De Geus

De kleine leugen

Ghislaine Krantz stelt alles in het werk om haar verdwenen echtgenoot Stefan terug te vinden. Omdat haar zoektocht al snel strandt en ze van de politie nauwelijks hulp krijgt, neemt ze advocaat Fred Benter in de arm. De verdwijning van Stefan trekt een zware wissel op Ghislaine en haar zeventienjarige zoon Ferry. Hun relatie wordt slechter naarmate Stefan langer wegblijft.

De twaalfde man (met Arnold Jansen op de Haar)

Heleen Akkerslag krijgt tijdens haar stage bij de Arnhemse recherche meteen haar vuurdoop: uit de Rijn zijn twee lichamen opgedregd. De schok is groot als ze haar hoogleraar, criminoloog Karle Bosselaar, en haar medestudente Fatima Ansloo herkent.

De afrekening

Uit de Arnhemse Blueband-bajes ontsnapt op spectaculaire wijze Danny Hecker, topman van de Gelderse maffia. Hij wordt met cel en al door een hoogwerker over de gevangenismuur gehengeld en op een gereedstaande vrachtwagen gezet. Twee weken later wordt zijn lijk opgevist uit het Apeldoorns Kanaal, samen met dat van zijn – onbekende – bevrijdster.

Kunst zonder genade (met Thomas Hoeps)

De vrouw van een Nederlandse museumdirecteur vindt de dood in een Duits museum. Haar moordenaar heeft zich klaarblijkelijk laten inspireren door een kunstwerk. Om die reden wordt de deskundigheid van restaurateur Robert Patati ingeroepen. Als ook in Nederland een artistiek geïnspireerde moord ontdekt wordt, is de Nederlands-Duitse connectie een feit.

Blind zicht

In een congrescentrum op de Veluwe vergadert de ondernemingsraad van de gemeente Helzijl. Het havenstadje staat aan de vooravond van een serie bouwprojecten waarmee grote belangen zijn gemoeid. Halverwege de middag wordt voorzitter Angela Marskramer weggeroepen voor een spoedgeval. De volgende ochtend komt het bericht dat ze is verdronken bij de Kop van Helle. Zelfmoord, concludeert de politie op grond van niet mis te verstane aanwijzingen.

Het leugenarchief (met Thomas Hoeps)

Tijdens een bezoek aan Amsterdam ziet de Duitse kunstrestaurateur Robert Patati hoe zijn goede vriend Wolfgang om het leven komt als de geleende Jaguar waarin hij zit tot ontploffing wordt gebracht. Wolfgang restaureerde het fotoarchief van het Duits-Nederlandse levensmiddelenconcern Duneko. Was de aanslag op hem gericht? Of was de eigenaar van de auto, de ceo van Duneko, het doelwit?

Het hoogste bod (met Thomas Hoeps)

Op een kunstveiling in Keulen koopt een onbekende bieder een schilderij van Magritte voor een legendarisch hoog bedrag. Kunstrestaurateur Robert Patati begeleidt het werk naar de koper in Maastricht. Onderweg kapen overvallers de transportwagen. Tijdens de achtervolging veroorzaken de overvallers een treinramp, die Patati bijna het leven kost. Nagenoeg op hetzelfde moment verwoest een brand het laboratorium van een familiebedrijf waarvan een van de eigenaars de Magritte te koop heeft aangeboden. Ex-politievrouw Micky Spijker wordt ingeschakeld om te onderzoeken of de roof iets met de brand te maken heeft. Haar komst leidt tot een serie spectaculaire gebeurtenissen.

Bram Dehouck bij De Geus

Een zomer zonder slaap

Blaashoek is een vredig dorp, waar de seizoenen vloeiend in elkaar overgaan en de mensen in saamhorigheid bij elkaar wonen. Waaien doet het er wel, en daarom worden er grote windmolens geplaatst. De energieopwekkers worden verwelkomd met een groot feest, en aanvankelijk lijken ze ook alleen maar voordelen op te leveren. Tot slager Herman Bracke de slaap niet meer kan vatten door een geluid, een irritante brom die alleen hij hoort en die afkomstig is van de molens. Zijn slapeloosheid verergert en veroorzaakt een serie gebeurtenissen die bijna alle bewoners van Blaashoek kapotmaken.